17,95

KONINKLIJK ORAKEL

Lyn Flewelling bij Uitgeverij M:

DE KRONIEKEN VAN TAMIR
De verborgen prinses
Prins van strijd
Koninklijk orakel

www.fantasyfan.nl

De website van Uitgeverij M bevat nieuwtjes, achtergronden bij auteurs en boeken, voorpublicaties en vele extra's, zoals het FantasyFanForum en WARP-on line.

LYNN FLEWELLING

KONINKLIJK ORAKEL

UITGEVERIJ

Oorspronkelijke titel: The Oracle's Queen
Vertaling: Jet Matla
Omslagbeeld: © George Underwood

Eerste druk september 2006

ISBN 10: 90-225-4406-0 / ISBN 13: 978-90-225-4406-8 / NUR 334

© 2006 Lyn Flewelling
© 2006 voor de Nederlandse taal: De Boekerij bv, Amsterdam
Uitgeverij M is een imprint van De Boekerij bv, Amsterdam

Voor Patricia York

Ik zou willen dat je er nog was om te zien hoe dit deel eindigde. Bedankt dat je me er altijd aan hebt herinnert dat het niet gaat om 'het aantal keren dat je ademhaalt, maar om het aantal momenten die adembenemend zijn'.

Het Skalaanse Jaar

I. WINTERZONNEWENDE – Rouwnacht en Festival van Sakor; plechtigheid van de langste nacht en viering van het lengen der dagen dat dan ingaat.

1. Sarisin: Kalveren
2. Dostin: Heggen en greppels controleren en bijwerken. Erwten en bonen zaaien voor veevoer.
3. Klesin: Haver zaaien, tarwe, gerst (voor het mouten).

II. LENTENACHTEVENING – Bloemenfeest in Mycena. Voorbereiding voor het planten, vruchtbaarheidsriten.

4. Lithion: Boter karnen, kaas maken (liefst v. schapenmelk). Hennep en vlas zaaien.
5. Nythin: Braakland ploegen.
6. Gorathin: Graanvelden wieden. Schapen wassen, scheren.

III. ZOMERZONNEWENDE

7. Shemin: Begin van de maand: maaien, hooien. Eind/Lenthin: graanoogst op gang.
8. Lenthin: Graanoogst.
9. Rhythin: Oogst opslaan. Velden ploegen en beplanten met wintertarwe of rogge.

IV. OOGST IN HUIS – Laatste graan binnen, dankfeest voor het gewas.

10. Erasin: Varkens de bossen in voor eikels en beukennootjes.
11. Kemmin: Nogmaals omploegen. Ossen, varkens slachten en roken. Storm op zee. Einde visseizoen.
12. Cinrin: Verstelwerk binnen; dorsen.

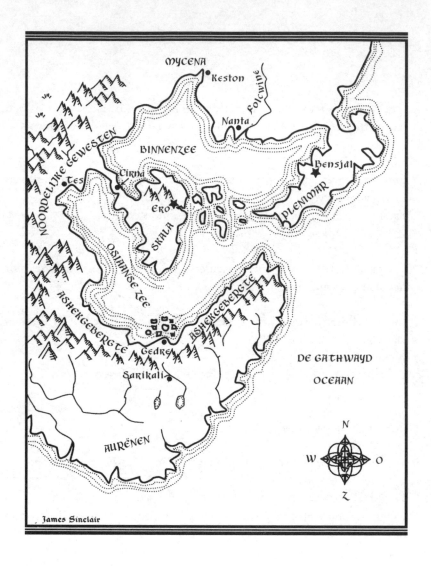

James Sinclair

Noordelijke Gewesten

BINNENZEE

N
W · O
Z

Cirna

Colath · · Atyion
· Ilear
ERO

Alestun
Volchi·

Ylani·

OSIAANSE ZEE

·Afra

Erind·

· SKALA ·

James Sinclair

I

De kille nachtbries draaide en blies de bijtende rook van het kamp-
vuurtje voor de hut van de oude heksenmeester Teolin in Mahti's
ogen. De jonge heks knipperde de pijn weg, maar bleef verder doodstil gehurkt zitten, met zijn cape van berenvel als een kleine tent om zich heen.
Het zou ongeluk brengen om te wiebelen en te wrijven tijdens de laatste cru-
ciale fase van het vervaardigen van een oe'loe.

Teolin neuriede tevreden terwijl hij zijn mes keer op keer verhitte om de
laatste ingewikkelde patronen van spiralen en ringen in de lange houten buis
te branden, die er nu bijna geheel mee bedekt was.

De heksenmeester was stokoud. Zijn tanige gerimpelde huid hing als een
oude lap om zijn magere skelet waarvan je elk bot kon zien. De heksentekens
op zijn lichaam en gezicht waren nauwelijks meer te duiden, zo vervaagd waren ze in de loop der tijd. Zijn haar hing over zijn schouders in een dunne
warboel van vergeelde strengen. Het jarenlange werk had zijn stompe, knoki-
ge vingers zwart geblakerd, maar ze waren nog net zo soepel als vroeger.

Mahti's laatste oe'loe was de afgelopen midwinter op een koude nacht gebarsten, nadat hij al spelende de galaandoening van een oud besje genezen had.
Het had maanden gekost om de juiste bilditak te vinden waaruit een nieuw
instrument gesneden kon worden. Bildibomen waren er genoeg, maar je
moest een jonge stam of dikke tak vinden die door mieren was uitgehold en
de juiste afmetingen had om de goede toon te krijgen.

'Van je knie tot je kin en vier vingers breed' zo was hem geleerd, en zo
moest het zijn.

Armenvol holle takken had hij in de heuvels rond zijn dorp gevonden,
maar de meeste waren knoestig of gebarsten, en anders hadden de mieren zich
wel door de zijkant naar buiten gegeten. De grote zwarte mieren die het sap

door de kern volgden waren harde werkers, maar soms rommelden ze maar wat aan.

Uiteindelijk had hij een goede tak gevonden. Maar aangezien het ongeluk bracht om je eigen instrument te snijden, moest hij op pad om hem te verdienen door te werken voor een andere heks die de oe'loe voor hem kon maken en aan hem kon overhandigen.

Dus bond hij zijn sneeuwschoenen onder, deed zijn cape van berenvel om en knoopte de dikke tak aan een touw op zijn rug. Zo liep hij drie etmalen achtereen om bij Teolin te komen.

De oude heksenmeester was de beste oe'loemaker van de oostelijke heuvels. Drie generaties mannelijke heksen waren al naar hem toegekomen, maar hij stuurde er meer weg dan hij aannam.

Het maken van een oe'loe kon weken in beslag nemen. Gedurende de tijd dat Teolin werkte, was het Mahti's taak om hout te hakken, het vuur brandende te houden, eten te koken en allerhande klusjes te verrichten.

Teolin schilde eerst de bast van de tak en met smeulende kooltjes brandde hij de onregelmatigheden weg die de mieren binnenin hadden achtergelaten. Zodra de buis regelmatig uitgehold was, testte hij buiten gehoorbereik van Mahti de toon van het instrument. Voldaan konden hij en Mahti dan wat rust nemen, en een week lang spreuken en bezweringen uitwisselen, terwijl de oe'-loe in wording droogde op de dakspanten naast het rookgat van Teolins hut.

Hij droogde zonder krom te trekken of te barsten. Teolin zaagde de uiteinden recht af en wreef het hout in met bijenwas tot het glansde. Daarna moesten ze nog twee dagen wachten op volle maan.

En nu, vannacht, moest hij doodstil zitten.

Die middag had Mahti de sneeuw voor de hut weggeveegd en een oude leeuwenhuid naar buiten gebracht waarop Teolin kon zitten. Hij had een groot vuur gestookt en een flinke hoeveelheid brandhout verzameld. Hij hurkte neer om het vuur te verzorgen.

Teolin ging in zijn door motten aangevreten berenvacht op het leeuwenvel zitten en toog aan het werk. Hij gebruikte het verhitte ijzeren mes om magische cirkels in het hout te branden. Mahti keek met grote aandacht toe terwijl hij blok na blok op het vuur legde, en verwonderde zich hoe de patronen, als inkt op een hertenvel, uit de punt van het mes leken te vloeien. Hij vroeg zich af of het hem ook zo schijnbaar gemakkelijk af zou gaan, als de tijd was aangebroken dat hij oe'loes voor anderen zou moeten maken.

Nu was het volle gezicht van de Moeder recht boven hen en Mahti's enkels deden pijn van het lange hurken, maar de oe'loe was bijna klaar.

Toen de laatste cirkel af was, doopte Teolin het mondstuk in een klein potje gesmolten hars. Vervolgens draaide hij een zacht klompje was tussen zijn handpalmen uit tot een dunne band, die hij als een ring tegen het uiteinde plakte. Hij keek snel even naar Mahti tegenover hem, schatte de grootte van zijn mond en vormde de ring van was op zo'n manier dat de opening ongeveer twee duim breed was.

Voldaan grijnsde hij met zijn tandeloze mond naar Mahti. 'Klaar om zijn naam te horen?'

Mahti's hart begon sneller te kloppen toen hij opstond en zich uitrekte om de stijfheid uit zijn ledematen te verjagen. Zijn laatste oe'loe, Maanploeg, had hem zeven jaar gediend. In die tijd was hij man en heler geworden. Om het te-ken van Maanploeg te eren, had hij op de Zaaifeesten van Moeder Shek'met heel veel mooie kindertjes verwekt bij willige meisjes. Zijn zonen en dochters woonden verspreid over drie valleien en aan de oudsten van het stel was al te merken dat ze heksenbloed hadden. Toen Maanploeg barstte, betekende dat dat deze levenscyclus rond was. Hij was drieëntwintig lentes oud en de toe-komst stond op het punt onthuld te worden.

Hij trok zijn eigen mes en maakte een snee in zijn rechterhandpalm. Ter-wijl hij de aanspraakbezwering zong, liet hij een paar druppels van zijn bloed door het mondstuk van de oe'loe vallen, die door Teolin werd vastgehouden.

Het zwarte lijnenspel van heksentekens op zijn gezicht, armen en borst kriebelden als spinnenpootjes. Hij stak zijn hand in het vuur, maar voelde de hitte niet. Hij ging rechtop staan, liep naar de andere kant van het vuur en keek de oude man ernstig aan. 'Ik ben er klaar voor.'

Teolin hield de oe'loe rechtop en zong de zegenende spreuk. Toen wierp hij hem door het vuur in de richting van Mahti.

Hij ving hem onhandig op in zijn vuurhand, maar wel een mooi eind on-der het midden. Al was de oe'loe hol, het was best een zwaar ding. Hij was bij-na uit balans geraakt, en als hij gevallen was, had hij de hoorn moeten ver-branden en helemaal overnieuw moeten beginnen. Maar het lukte hem de buis vast te houden en hij zette zijn tanden op elkaar tot de heksentekens op zijn armen compleet vervaagden. Hij nam het blaasinstrument in zijn linker-hand en bekeek hem nauwkeurig. De glanzende zwarte afdruk van zijn vuur-hand stond als een brandmerk in het hout.

Teolin nam hem weer over en bestudeerde nauwkeurig hoe de afdruk van Mahti's gespreide vingers de gegraveerde cirkels kruisten. Hij was er lang mee bezig, en zoog neuriënd zijn wangen naar binnen.

'Wat is er?' vroeg Mahti. 'Is het een ongelukscirkel?'

'Je hebt het Trekkersteken gemaakt. Ik zou maar spugen als ik jou was.'

Teolin kraste met zijn mes een cirkel in de as bij de rand van het vuur. Mahti nam een mondvol water uit de kalebas, spoog met kracht in de cirkel en draaide zich vervolgens razendsnel om, terwijl Teolin hurkte om de vorm van het vocht te lezen.

De oude man zuchtte. 'Je zult met vreemdelingen rondtrekken tot deze oe'loe barst. Of dat geluk of ongeluk brengt, weet alleen de Moeder, en ze is vannacht niet van zins me iets te vertellen. Maar het is een sterk teken dat je gemaakt hebt. Je zult een lange, lange tocht maken.'

Mahti maakte eerbiedig een buiging. Als Teolin zei dat het zo zou zijn, dan was het ook zo. Je kon het maar beter accepteren. 'Wanneer vertrek ik? Zal ik Lhamila's kind nog geboren zien worden?'

Teolin zoog zijn wangen weer naar binnen en staarde naar de spuugtekens. 'Ga morgenvroeg over een recht pad naar huis en zegen haar buik. Je zult een teken krijgen. Maar laat me nu die prachtige hoorn eens horen die ik voor je heb gemaakt!'

Mahti zette zijn mond stevig in het mondstuk van was. Het was nog warm en rook naar de zomer. Hij sloot zijn ogen, vulde zijn wangen met lucht en blies zachtjes.

Trekkers diepe stem kwam dankzij zijn adem tot leven. Hij hoefde zijn stijl nauwelijks te veranderen, want de rijke, gelijkmatige zoemtoon verwarmde het hout onder zijn handen. Hij keek op naar de witte maan en zong een stil dankwoord naar de Moeder. Wat zijn nieuwe lot ook was, hij wist nu al dat hij grote magie zou verrichten met Trekker, groter dan hij ooit met Maanploeg had geklaard.

Tegen de tijd dat hij het aanspraaklied beëindigde voelde hij zich licht in het hoofd. 'Hij is geweldig!' hijgde hij. 'Ben je gereed?'

De oude man knikte en strompelde terug naar de hut.

Ze hadden de eerste dag al over de betaling gepraat. Mahti stak de lamp met berenvet aan en zette hem bij de stapel bontvellen op de slaapverhoging.

Teolin schudde zijn cape af en maakte de bandjes van zijn vormeloze gewaad los. De elanden- en berentanden die er ter versiering op waren genaaid, klikten zacht toen het viel. Hij strekte zich uit op de verhoging. Mahti knielde en liet zijn ogen over het lichaam van de oude man gaan, en hij voelde medelijden en droefenis in zijn hart opkomen. Niemand wist hoe oud Teolin was, de oude heks zelf ook niet. Tijd had het grootste deel van het vlees van zijn geraamte geknabbeld. Zijn penis, die op meer dan vijfhonderd Zaaifeesten zaad zou hebben geplant, lag als een verschrompelde muis op de haarloze zak.

De oude man glimlachte licht. 'Doe wat je kunt. Noch de Moeder, noch ik kan meer van je verlangen.'

Mahti boog voorover en kuste het gerimpelde voorhoofd van de oude man. Hij trok de mottige berenvacht tot aan de kin om de oude man warm te houden. Hij ging in kleermakerszit naast de verhoging zitten, legde het eind van de hoorn dicht bij de man, sloot zijn ogen en begon het bezweringslied.

Met lippen en tong en adem veranderde hij de toon in een sonoor, ritmisch pulserende klank. Het geluid vulde Mahti's hoofd en borst en resoneerde in zijn botten. Hij verzamelde de energie en stuurde hem door Trekker naar Teolin. Hij voelde hoe het lied de man binnendrong, de krachtige ziel losmaakte uit het fragiele, door pijn geplaagde lichaam, en hem als paardenbloempluis door het rookgat naar boven liet zweven. Een bad in het licht van de volle maan, de Moeder, was zeer helend voor de ziel. Hij kwam gereinigd in het lichaam terug en gaf een heldere kijk op de wereld en een goede gezondheid.

Tevreden veranderde Mahti het lied door zijn lippen samen te trekken, zodat de nachtelijke schreeuw van de purperreiger en de lage roep van een roerdomp erdoorheen geweven werd, net als de dreinende bas van de grootvaderskikker, en het hoge koor van de rietzangertjes die de geheimen van de regen kenden. Met die tonen waste hij het zand uit de gewrichten van de oude man en verjoeg de kleine, kramp veroorzakende geesten uit de ingewanden. Hij zocht het lichaam nog dieper af, en ontwaarde een schaduw in Teolins lijf, die hij volgde tot een donkere vlek op de bovenste lob van de lever. De dood sliep nog, opgerold als een kind in de baarmoeder. Die kon Mahti niet weghalen. Sommigen droegen nu eenmaal hun eigen dood met zich mee. Teolin zou het begrijpen. Maar nu was er tenminste geen pijn meer.

Mahti liet zijn geest door het lichaam van de man dwalen, en verzachtte de druk in de rechterhiel en de linkerarm, drukte de pus uit een wortel van een afgebroken kies, en vergruisde de nier- en blaasstenen. Ondanks zijn trieste aanblik zat er nog steeds leven in de penis van Teolin. Mahti speelde het lied van een bosbrand voor zijn ballen. De oude man zou nog een paar Zaaifeesten kunnen meemaken; hoe groter de nieuwe aanwas die de Moeder zou kunnen eren met zijn sterke heksenbloed in de aderen, hoe beter.

Hij vond veel oude littekens, lang geleden geheeld en geaccepteerd. Hij stond zichzelf een grapje toe en speelde de roep van de witte uil voor de lange beenderen van Teolin, waarna hij de ziel terugtrok in het lichaam van de oude man.

Toen hij klaar was, zag hij tot zijn verbazing de roze dageraad al door het rookgat naar binnen kijken. Hij trilde en droop van het zweet, maar was opgetogen. Hij streek over de gladde oe'loe en fluisterde: 'We zullen nog grote dingen doen, jij en ik.'

Teolin bewoog zich en opende zijn ogen.

'Het uilenlied heeft me verteld dat je honderdacht jaar oud bent,' meldde Mahti hem.

De oude man grinnikte. 'Bedankt. Ik was de tel kwijtgeraakt.' Hij stak zijn hand uit en raakte de handafdruk op de oe'loe aan. 'Ik heb een visioen voor je gehad terwijl ik sliep. Ik zag de maan, maar het was niet de ronde maan van de Moeder. Het was een sikkel, scherp als de tanden van de slang. Ik heb dat visioen slecht één keer eerder gehad, niet zo lang geleden overigens. Hij was voor een heks in een dorpje in de Adelaarsvallei.'

'Is die erachter gekomen wat het betekende?'

'Ik weet het niet. Ze ging weg met een *oreskiri*. Voor zover ik weet is ze nooit teruggekeerd. Ze heet Lhel. Mocht je haar op je tochten tegenkomen, groet haar dan van mij. Misschien kan zij je de betekenis vertellen.'

'Dank je, dat zal ik doen. Maar je weet nog steeds niet of mijn lot goed of slecht is?'

'Ik heb nooit een tocht met Trekker gemaakt. Misschien hangt het af van waar je je voeten neerzet. Stap moedig voorwaarts op al je tochten, eer de Moeder, en vergeet nooit wie je bent. Doe je dat, dan zul je altijd een goed mens blijven en een prima heks.'

Mahti vertrok de volgende dag bij zonsopkomst; de zegen van de oude man kriebelde nog steeds zacht na op zijn voorhoofd.

Ploeterend over de krakende sneeuw, met Trekker in zijn draagband over zijn schouder, rook hij de eerste geuren van de naderende lente in de frisse ochtendlucht. Toen later de zon boven de bergtoppen verscheen, hoorde hij het druppelen van water dat van de nu nog kale takken viel.

Hij kende dit pad goed. Het ritmische geknars van de sneeuw onder zijn sneeuwschoenen bracht hem in een lichte trance en zijn gedachten dwaalden af. Zou hij nu een heel ander soort kinderen maken, nu hij niet meer onder het teken van Maanploeg verkeerde? Hoewel, als het de bedoeling was dat hij ver weg zou trekken, zou hij dan überhaupt wel kinderen zaaien?

Hij was niet verbaasd dat hij opeens een visioen kreeg. Die had hij wel vaker op momenten als deze, als hij in zijn eentje voortstapte in het vredige, stille bos.

Het kronkelende pad onder zijn voeten veranderde in een rivier, en de pezen en gebogen wilgentenen van zijn sneeuwschoenen vormden plots een bootje dat licht wiegend voortdobberde op de stroom. In plaats van het dichte woud lag er aan de ene oever weids, open land, groen en vruchtbaar. Uit zijn kennis van visioenen wist hij dat dit het zuidland moest zijn, waar zijn volk ooit had geleefd, voor de vreemdelingen en hun oreskiri's hen naar de heuvels verdreven hadden.

Op de andere oever stond een vrouw tussen een lange man en een jong meisje in, ze zwaaide naar Mahti alsof ze hem kende. Ze was een Retha'noi zoals hij, en naakt. Klein was ze en haar donkere, rijpe lichaam was bedekt met heksentekens. Naaktheid in een visioen betekende dat ze dood was, een geest die een boodschap voor hem had.

Gegroet, mijn broeder. Ik ben Lhel.

Mahti zette grote ogen op toen hij haar naam hoorde. Dit was de vrouw over wie Teolin het had gehad, zij die met zuidlanders was meegegaan voor haar eigen tocht. Ze glimlachte naar hem en hij glimlachte terug; zo had de Moeder het bedoeld.

Ze wenkte hem om zich bij hen te voegen. Ook de anderen hadden zwart haar, maar dat van de man was kortgeknipt en dat van het meisje hing in sierlijke golven tot op haar schouders, in plaats van de kortere, warrige krullen die zijn eigen volk kenmerkten. Ze waren ook langer van stuk, en zo bleek als beenderen. De jonge man had een aura van krachtige magie om zich heen: een oreskiri, vast en zeker, maar met een spoortje bekende magie. Deze heks, Lhel, had hem waarschijnlijk het een en ander van hun volk bijgebracht. Dat was wel ongewoon, al had Teolin geen kwaad woord over haar gesproken.

Het meisje vertoonde geen spoor van magie, maar Lhel wees naar de grond voor de voeten van het meisje en Mahti zag dat ze een dubbele schaduw had: een mannelijke en een vrouwelijke.

Hij wist nog niet hoe hij dit visioen moest duiden, behalve dat die twee leefden en zuidlanders moesten zijn. Hij beangstigde hem niet hen in zijn eigen bergen te zien. Misschien kwam dat door de manier waarop de heks haar handen op hun schouders liet rusten en er zoveel liefde voor hen uit haar donkere ogen sprak. Ze keek Mahti weer aan en maakte het teken van nalatenschap. Ze schonk hem dus de zorg over deze twee vreemden. Maar waarom?

Gedachteloos zette hij de nieuwe oe'loe aan zijn lippen en speelde, als vanzelf, een voor hem onbekend lied. Het visioen verdween en hij stond op een open plek naast het bospad. Hij speelde en speelde, al wist hij niet waarvoor, misschien wel voor die zuidlanders. Hij zou het voor hen spelen wanneer ze elkaar zouden ontmoeten en zou dan wel zien of zij het herkenden.

Je noodlot accepteren is één ding. Ernaar leven is iets heel anders.

2

'Ik ben Tamír!'

Ki stond naast haar in de vervallen troonzaal van het paleis in Ero, waar de zure stank van de brandende stad zwaar in de lucht hing, en keek toe hoe zijn vriend verklaarde een vrouw en rechtmatig erfgename van de troon te zijn. Imonus, de hogepriester van Afra, had koningin Ghërilains verloren gouden plaquette als bewijs meegebracht. Hij was zo groot als een deur en Ki zag hoe Tamír erin werd gereflecteerd, gekroond door de eeuwenoude profetie die in deze plaquette gegraveerd was:

Zolang er een dochter uit het geslacht van Thelátimos
heerst en verdedigt,
zal Skala nimmer onderworpen worden.

Ze zag er niet echt als een koningin uit – ze was gewoon een verward, vermoeid, broodmager meisje in door een veldslag besmeurde mannenkleren. Deze keer had ze zich niet meer hoeven uitkleden voor de verzamelde menigte.

Niemand kon er langer omheen: door de stof van het te grote linnen hemd priemden onmiskenbaar kleine stevige borstjes.

Ki wendde er schuldig zijn ogen vanaf. De gedachte aan hoe dat jongenslichaam in dat van een meisje veranderd was, bezorgde hem nog steeds een naar gevoel in zijn maag.

Iya en Arkoniël stonden, nog altijd in hun vuile gewaden, met de priesters aan de voet van de verhoging. Ze hadden geholpen het tij van de strijd te keren, maar Ki was bovenal achter de waarheid gekomen. Al de leugens, al het bedrog was het werk van deze tovenaars geweest.

Aan de eedaflegging en andere rituelen leek geen einde te komen. Ki liet zijn ogen over de volle zaal glijden, terwijl hij zijn best deed om te delen in de vreugde die alle mensen uitstraalden, maar op dat moment kon hij er alleen maar aan denken hoe jong, schriel, dapper en uitgeput Tobin – nee, Tamír – eruitzag.

Hij herhaalde de naam een paar keer in zijn hoofd, in de hoop dat hij eraan zou wennen. Hij had de bewijzen van haar sekse met eigen ogen gezien, maar zijn geest noch zijn hart kon het bevatten.

Ik ben kapot.

Was het nog maar een week geleden dat ze in opdracht van de koning naar Atyion waren gereden? Nog maar een week sinds hij achter de waarheid van Tobin gekomen was, zijn beste vriend, zijn steun en toeverlaat?

Hij probeerde het bijtende gevoel in zijn ogen weg te knipperen. Zijn vriend was Tobin niet meer. Een meisje dat precies op hem leek stond vlak voor hem, maar het voelde alsof Tobin gestorven was.

Ki keek schuins naar Tharin, hopend dat die zijn moment van zwakte niet had opgemerkt. Leraar, mentor, en tweede vader was Tharin voor hem, en hij had hem een lel gegeven toen hij die nacht op weg naar Atyion een paniekaan-val gekregen had. Ki had het verdiend, en hij was Tharin daar dankbaar voor. Standvastig had hij met Tharin en Lynx een paar dagen later op de trappen van het kasteel van Atyion rond Tobin gestaan, die met een mes een botfrag-ment van Broer uit zijn eigen borst verwijderde, terwijl de magie van de heks haar werk deed. Daardoor was er een mystieke vlammenzee ontstaan waarin al Tobins mannelijke lichaamskenmerken verdwenen. Geschokt had iedereen gezien hoe Tobin bloedde en brandde, maar nog net sterk genoeg was om, als een slang die zijn te krappe huid afwerpt, kleurloze flarden vel af te scheuren, totdat dit ongedeerde fletse meisje met van oververmoeidheid holle ogen overbleef.

De rituelen waren eindelijk volbracht. Tharin en de inderhaast opgetrommel-de lijfwacht gingen in gesloten formatie voor hen staan. Omdat hij zo dicht naast Tamír stond, ontging het hem niet dat ze even wankelde terwijl ze van de verhoging af stapte. Hij stak haast onopgemerkt een hand onder haar elle-boog om haar overeind te houden.

Tamír trok haar arm weg, maar schonk hem een klein strak glimlachje om te laten weten dat ze dat alleen uit trots deed.

'Kunnen we je naar je oude kamer begeleiden, hoogheid?' vroeg Tharin. 'Daar kun je uitrusten terwijl er een andere kamer voor je in gereedheid wordt gebracht.'

Tamír knikte dankbaar. 'Ja, graag.'

Arkoniël maakte aanstalten om hen te volgen, maar Iya hield hem tegen, en Tamír keek ook niet om om aan te geven dat ze moesten meekomen.

De kamers en gangen van het Oude Paleis lagen vol met gewonden. De stank van bloed was niet te ontlopen. Het water in de kleine visvijvers die in de vloer waren verzonken kleurde er rood van. Overal waren drysiaanse helers aan het werk, overrompeld door het enorme aantal mensen dat een beroep deed op hun vaardigheid. Tamír keek verdrietig om zich heen terwijl ze zich voort-haastte. Ki kon haar gedachten wel raden. Deze soldaten hadden onder Erius' banier gestreden en waren voor Ero gevallen. Hoevelen van hen zouden er voor haar gevochten hebben? En hoevelen van hen zouden nu onder haar ba-nier verdermarcheren?

Toen ze eindelijk haar oude kamer had bereikt, vroeg ze aan Tharin: 'Wil je alsjeblieft de wacht blijven houden?'

Ki aarzelde. Hij wist niet zeker of ze bedoelde dat ook hij buiten moest blij-ven, maar ze verjoeg die gedachte met een scherpe blik en Ki volgde haar de geplunderde kamer in die eens hun thuis was geweest.

Op het moment dat de deur in het slot viel, liet ze zich er tegenaan vallen en bracht een hikkerig lachje voort. 'Eindelijk vrij. Voor zolang het duurt na-tuurlijk.'

Haar stem gaf hem nog steeds de rillingen. Tamír was nog geen zestien en was haar hoge, jongensachtige stem nog niet kwijtgeraakt. Schor als ze was van de strijd, klonk Tamír hetzelfde als Tobin. In de vallende schemering léék ze zelfs op prins Tobin, met haar strijdersvlechtjes en het lange zwarte haar dat steeds voor haar gezicht viel.

'Tob?' De oude naam kwam er nog veel te makkelijk uit.

'Zo mag je me niet meer noemen.'

Ki hoorde de echo van zijn eigen verwarring in haar stem en reikte naar haar hand, maar ze streek rakelings langs hem heen en liep naar het bed. Niki-des lag er nog net zo als ze hem achtergelaten hadden: bewusteloos. Zijn zand-kleurige haar zat met bloed en zweet tegen zijn hoofd en wangen geplakt, en het verband op zijn zij was doorweekt, maar hij ademde regelmatig. Tamírs kleine page, Baldus, lag opgekruld aan zijn voeten.

Tamír legde een hand op Nikides' voorhoofd.

'Hoe is het nu met hem?' vroeg Ki.

'Heeft nog koorts, maar hij leeft.'

'Nou, dat is tenminste iets.'

Van de negentien oorspronkelijke Gezellen waren er vijf zeker gestorven, en de andere werden vermist, op Nikides en twee schildknapen na. Tanil mocht alleen maar hopen dat hij niet alsnog aan de wrede martelingen van de Plenimaranen zou bezwijken. Lynx had alles in het werk gesteld om zijn geliefde maar gevallen heer, Orneus, niet te overleven, maar hoe roekeloos hij ook was geweest, hij had geen schrammetje opgelopen.

'Ik hoop maar dat Lutha en Barieus nog leven,' mompelde Ki, die zich afvroeg hoe de vrienden het zonder elkaar zouden moeten rooien. Hij zat op de vloer en haalde zijn vingers door zijn verwarde haar. Het was lang geworden die winter. De dunne bruine vlechten aan de zijkanten van zijn gezicht vielen tot op zijn borst. 'Waar zou Korin heen zijn gegaan, denk je?'

Tamír liet zich naast hem op de grond zakken en schudde haar hoofd. 'Ik kan nog steeds niet geloven dat hij de stad zomaar zonder één woord verlaten heeft!'

'Iedereen zegt ook dat Niryn erachter zit.'

'Weet ik, maar hoe kon Korin zich nu door die ellendeling laten beïnvloeden? Hij had net zo'n hekel aan hem als wij.'

Ki zei niets en hield zijn bittere gedachten voor zichzelf. Vanaf de eerste dag had hij de zwakke kanten van de kroonprins gezien, terwijl Tamír alleen oog had voor het goede in hem. Hij had hen tijdens de strijd al tweemaal verraden, als de zwakke plek in een prachtig zwaard. Koningszoon of niet, hij was een lafaard en dat was onvergeeflijk voor een strijder, zeker voor een toekomstige koning.

Tamír schoof naar hem toe en leunde tegen zijn schouder. 'Wat denk je dat Korin en de anderen zullen denken als ze het nieuws over mij te horen krijgen?'

'Als Nikides en Tanil wakker worden, kunnen ze het ons vertellen.'

'Maar wat zou jij denken, in hun situatie?' zei ze tobberig en ze krabde een bloedkorstje van de rug van haar hand. 'Hoe zou het verhaal overkomen op iemand die er geen getuige van is geweest?'

Voor hij antwoord kon geven, glipte Arkoniël zonder te kloppen naar binnen. Ongeschoren en met één arm in een mitella, zag hij er allerminst uit als tovenaar, eerder als een armetierige bedelaar. Ki moest grote moeite doen hem aan te kijken. Arkoniël was hun leraar en hun vriend geweest, tenminste, dat hadden ze al die tijd gedacht. Nu bleek hij al die jaren leugens te hebben verkocht. Al was hij nu op de hoogte van de reden daarvan, Ki dacht niet dat hij het hem ooit zou kunnen vergeven.

Arkoniël had waarschijnlijk zijn gedachten of zijn uitdrukking begrepen:

de plotseling beschaamde blik verried dat. 'Hertog Illardi heeft zijn landhuis als hoofdkwartier aangeboden. Dat is stevig ommuurd en de pest heeft de omliggende landerijen niet aangetast. Het is er in elk geval veiliger voor je dan hier in Ero. De branden zijn nog steeds niet geblust, ze worden zelfs heviger.'

'Zeg maar dat ik zijn aanbod aanneem,' antwoordde Tamír zonder op te kijken. 'Ik wil Nik bij me in de buurt houden, en Tanil ook. Hij zit in het kamp dat we gisteren ingenomen hebben.'

'Natuurlijk.'

'En we moeten redden wat er te redden valt van de koninklijke bibliotheek en de archieven, voor het vuur daar ook alles verteert.'

'Hebben we al geregeld,' verzekerde Arkoniël haar. 'Tharin heeft bewakers bij de graftomben gezet, maar helaas waren er voor die tijd al plunderaars geweest.'

'Het lijkt wel of ik heel mijn leven voor doden moet blijven zorgen,' mompelde Tamír. Ze stond op en liep naar het brede balkon dat uitkeek op de koninklijke tuinen en de stad erachter. Ki en Arkoniël volgden haar.

Dit deel van het Oude Paleis was nauwelijks getroffen door de vijandelijke aanval, en nagenoeg onbeschadigd. Sneeuwklokjes en brede randen vol witte narcissen glansden in het zwakke licht. Achter de muren stegen donkere rookwolken op, schimmig verlicht door de vuurzee eronder.

Tamír staarde naar de rood gevlekte hemel. 'Een van de laatste dingen die mijn oom tegen me zei voor we naar Atyion reden was dat als Ero verloren was, het einde van Skala nabij was. Wat denk je, Arkoniël? Had hij gelijk? Kwamen we te laat?'

'Nee. Het is een zware slag, dat is zeker, maar Ero is natuurlijk maar een stad als zoveel andere. Skala is waar jij bent. De koningin is het land. Ik weet dat alles er behoorlijk naargeestig uitziet voor je, maar geboortes zijn nooit makkelijk en zonder bloed, zweet en tranen gaat het nooit. Rust nu maar uit voor we vertrekken. O, en Iya heeft met een paar vrouwen van je garde gesproken, Ahra en Una kunnen vannacht bij je blijven.'

'Ki is nog steeds mijn schildknaap.'

De tovenaar aarzelde, maar zei toen zacht: 'Ik denk niet dat dat langer passend is, vind je wel?'

Tamír draaide zich naar hem toe. Haar vlammende ogen verraadden haar woede. Zelfs Ki deed een stapje achteruit voor die blik.

'Het is wél passend, omdat ík het zeg! Beschouw dat maar als mijn eerste verkondiging als toekomstige koningin! Of ben ik soms de marionet van een tovenaar, net als mijn oom?'

Arkoniël legde geschrokken zijn hand op zijn hart en maakte een buiging. 'Nee, beslist niet. Dat zweer ik op mijn leven.'

'Dat zal ik onthouden,' zei Tamír bits. 'En jij moet het volgende niet vergeten. Ik ga mijn verplichtingen aan voor Skala, de goden, mijn voorouders en mijn volk. Maar ik waarschuw je...' Er trilde iets in haar stem. 'Probeer me niet te dwarsbomen. Ki blijft bij mij. En nu... ingerukt!'

'Zoals je wenst, hoogheid.' De tovenaar trok zich snel terug, maar niet zonder Ki nog even een treurige blik te hebben toegeworpen.

Ki deed net of hij niets had gezien. *Jij hebt haar in deze positie gebracht. Dan mag je net als wij allemaal de consequenties wel eens aanvaarden!*

'Prins Tobin?' Baldus zat ogenwrijvend op het bed. Tamírs kamerheer, de oude Molay, had de kleine jongen in een klerenkast verborgen tijdens de laatste aanval. Toen Tamír en Ki hem naderhand vonden, was hij te bang en te moe geweest om de verandering in haar op te merken. Hij keek in verwarring van de een naar de ander. 'Waar is de prinses tegen wie u praatte, heer Ki?'

Tamír liep naar het kind toe en nam zijn handje in de hare. 'Kijk me eens goed aan, Baldus. Heel goed.'

De jongen sperde zijn ogen open. 'Hoogheid... bent u behekst?'

'Dat was ik. Nu niet meer.'

Baldus knikte onzeker. 'Een betoverde prinses. Zoals in de verhalen van de bard...'

Tamír lacht flauwtjes. 'Zoiets, ja. We moeten je ergens onderbrengen waar het veilig is.'

Met trillende kin viel het kind op zijn knieën, greep haar hand en kuste die. 'Ik zal u altijd dienen, prinses Tobin. Stuur me alstublieft niet weg!'

'Natuurlijk niet. Ik kan elke loyale man gebruiken. Maar je moet me voortaan prinses Tamír noemen.' Tamír trok hem overeind en knuffelde hem.

'Ja, prinses Tamír.' Het kind greep haar arm. 'Waar is Molay?'

'Ik weet het niet.'

Ki betwijfelde of ze hem nog zouden zien aan deze kant van Bilairy's poort. 'Ga maar even slapen, Tamír. Ik houd de wacht wel.' Tot zijn stomme verbazing sputterde ze niet tegen. Ze ging naast Nikides op de kale matras liggen, draaide zich op haar zij en gaf zich over aan haar uitputting.

Ki trok een stoel bij het bed en ging met het ontblote zwaard over zijn knieën zitten. Hij was haar schildknaap en hij zou zijn plicht doen, maar hij bekeek dat beschaduwde gezicht met het hart van een vriend.

Toen de duisternis gevallen was kwam Tharin binnen met een lamp. Ki knip-perde tegen het felle licht. Tamír zat meteen rechtop en reikte al naar haar zwaard.

'Iedereen is klaar voor vertrek, Tamír.' Tharin stapte opzij om plaats te ma-ken voor de dragers die Nikides mee zouden nemen. Lynx volgde met Tamírs afgelegde wapenrusting onder de arm.

'Ik heb een escorte samengesteld. Ze staan op het voorhof. Maniës is achter jullie paarden aan,' sprak Tharin. 'Je kunt het best je wapenrusting aandoen. De straten zijn verre van veilig.'

Ki nam de Aurënfaier maliënkolder van de andere schildknaap aan. Lynx begreep het wel, dit was Ki's verantwoordelijkheid.

Hij hielp Tamír in haar soepele lichte maliënkolder, en maakte het borstku-ras vast. Deze stukken kwamen net als de rusting van Ki, Lynx en Tharin uit de wapenkamers van Atyion. Worstelend met de onbekende gespen vroeg hij zich af wat er van de wapenrusting geworden was die ze die nacht in Ero had-den moeten achterlaten. *Weg, net als al het andere*, dacht Ki met spijt. Die van hem was een geschenk van Tobin; het was haar eigen ontwerp geweest.

Tamír! betrapte hij zichzelf. Verdomme! Hoe lang zou het duren voordat het er zonder nadenken uitkwam?

De rest van de koninklijke garde wachtte reeds te paard op de binnenplaats. Aan de andere zijde van de muur was de Palatijnse Heuvel fel verlicht door de huizen die er nog altijd brandden. De hete bries woei in hun richting en alles was bedekt met as, als een dodelijke, grijze rijp.

Er waren minstens honderd ruiters verzameld, van wie sommige fakkels droegen om de weg te verlichten. De meeste paarden hadden geschoren ma-nen, merkte Ki op. Uit rouw voor de koning, of verloren kameraden mis-schien? De paar resterende soldaten van de garde van Alestun voerden de stoet aan en bleven een hechte groep vormen. Aladar en Kadmen groetten hem. Met pijn in zijn hart reed hij verder; wat ontbraken er enorm veel ge-zichten! Vrouwe Una was er wel, met Iya, Arkoniël en de inderhaast verza-melde tovenaars. De rest bestond uit soldaten die de bandelier van Atyion droegen – kapitein Grannia en haar vrouwen reden trots in de voorste gele-deren mee.

Heer Jorvai en heer Kyman, Tamírs bondgenoten van het eerste uur, wachtten met een flink contingent van hun eigen troepen.

De linkshandige Maniës hees Tamírs gescheurde banier. De gemengde wa-pens van haar ouders waren er nog op te zien, Ero en Atyion tezamen. Een lang zwart lint was aan de top van de staf gebonden, uit respect voor de gestorven koning.

'Je zou eigenlijk onder de koninklijke banier moeten rijden,' zei Tharin.

'Ik ben toch nog niet gekroond? Trouwens, Korin heeft die banier meegenomen, onder andere.' Ze leunde naar voren en fluisterde: 'Zoveel man? Het is amper drie mijl naar Illardi's landgoed.'

'Zoals ik zei, in de straten is het erg gevaarlijk. Veel soldaten van Erius wilden zich niet bij ons aansluiten. Ze kunnen overal verstopt zitten en ik weet niet wat ze van plan zijn.'

Tamír schoof haar zwaard zijwaarts tot op haar heup en liep de trap af naar een groot zwart paard dat een stalknecht in Erius' kleuren voor haar vasthield.

'Bij haar blijven en goed opletten,' mompelde Tharin terwijl hij en Ki haar volgden.

'Dat snap ik ook wel!' zei Ki een beetje gekrenkt. Wat dacht Tharin dan dat hij van plan was geweest, rondlummelen alsof ze een uurtje gingen jagen? Terwijl Ki op zijn geleende paard ging zitten, zag hij dat Tamír haar dolk getrokken had. De manen van haar paard waren niet geschoren. Ze greep een bos van het stugge zwarte haar en sneed het los, en verbrandde het in een nabije toorts. Het was een symbolische, maar waardige daad. 'Voor mijn verwanten. En voor iedereen die moedig gestorven is voor Skala,' zei ze, luid genoeg om door iedereen gehoord te worden

Uit zijn ooghoek zag Ki Iya hoofdschuddend glimlachen.

Ki en Tamír reden in het midden van de stoet, aan alle kanten omringd door gewapende ruiters en tovenaars. Jorvai nam de voorste positie in en Kyman en zijn mannen vormden de achterhoede. Tharin reed naast Tamír en twee tovenaars flankeerden hen. Baldus zat met grote ogen achter Arkoniël, met een bundeltje in zijn hand.

Nu zo'n groot deel van de Palatijnse Heuvel nog in vuur en vlam stond, was de normale route vanaf de hoofdpoort onbegaanbaar. Tamír en haar groep doorkruisten het vernielde park naar een kleinere poort achter het inmiddels verkoolde drysianenbosje.

Via deze weg passeerden ze ook de koninklijke graftomben. Tamír keek op naar de beschadigde pilaren van de zuilengang. Priesters en soldaten hielden daar de wacht, maar de meeste koninginnenbeelden waren verdwenen. 'Hebben de Plenimaranen de beelden vernield?'

Iya grinnikte. 'Nee, de verdedigers van de Palatijnse Heuvel hebben ze op de koppen van de vijand gesmeten.'

'Ik ben nooit teruggegaan,' mompelde Tamír.

'Pardon, hoogheid?'

Ki begreep het wel. De nacht dat ze in Ero waren aangekomen, had Tamír de as van haar vader naar de koninklijke crypte gebracht en had ze haar moeders gebalsemde lichaam gezien. Dat was de enige keer geweest dat ze zich in de catacomben gewaagd had, en ze was er nooit weer geweest, noch op Rouwdag, noch op de andere hoogtijdagen. Ki nam aan dat ze na zoveel jaar met Broer te hebben samengeleefd haar buik wel vol had van dood en de doden.

Waar hangt hij trouwens uit? vroeg hij zich af. Sinds de ceremonie van Tamírs gedaanteverandering had hij de demon niet meer gesignaleerd. Alle stukjes bot uit de pop waren ceremonieel verbrand. Misschien was Tamír eindelijk van hem verlost, zoals Lhel had beloofd.

En dan is hij ook weer vrij. Ki herinnerde zich de smartelijke uitdrukking op Broers gezicht in die laatste momenten. Ondanks alle angst en pijn die hij door de jaren heen teweeg had gebracht, en al het leed dat hij veroorzaakt had, hoopte Ki toch dat de kwade geest eindelijk de poort was doorgegaan, voor ieders bestwil.

3

De stad buiten de Palatijnse Heuvel was één grote chaos en overal hoorde je mannen en vrouwen schreeuwen en huilen. De regen was afgenomen, maar rafelige wolken hingen nog steeds dreigend boven de huizen. In sommige gebouwen laaide het vuur hoog op en een eindeloze stroom vluchtelingen verstopte de straten. Buiten de poorten stonden soldaten om terugkerend volk, dat de zinnen had gezet op plunderingen of hun spullen daarvoor wilden behoeden, te weren.

Tamír keek over deze mensen uit – het was haar volk. De meesten van hen hadden geen idee wie hen die nacht passeerde. Wat zouden ze denken als ze zagen dat zij te paard de hoofdstad verliet?

'Bij de Vlam, ik ben het zat om stiekem in het duister van hot naar haar te gaan,' sputterde ze en Ki knikte.

Smeulende funderingen en op de loer liggende rovers vormden niet de grootste gevaren in de geruïneerde stad. Honderden lijken, de slachtoffers van de strijd en de pest, lagen te rotten in de straten als een broedplaats voor ziekten. De meeste doodsvogels, zoals de grafdelvers en vuilnislieden die zich met de doden bezighielden genoemd werden, waren zelf omgekomen.

Toen ze eenmaal buiten de stadspoorten waren, doofde het grootste deel van Tamírs garde de fakkels om geen aandacht te trekken van eventuele bandieten. De noordelijke hoofdweg was druk. In het maanlicht zag Tamír een donkere zigzaglijn van mensen, paarden en wagens in allerlei soorten en maten die zich uitstrekte tot aan de horizon.

Heb ik nu al gefaald? vroeg ze zich af.

Als de Lichtdrager dan zo nodig een koningin wilde, waarom had de Onsterfelijke dan zo'n ellendig moment gekozen om haar op te laten staan? Ze had die vraag al eerder aan de priester van Afra gesteld, maar Imonus' irritant serene glimlach was het enige antwoord. De priesters en tovenaars waren verrukt over deze wending van het lot, ondanks al het lijden dat eruit voortgekomen was.

En toch voelde ze zich maar kleintjes en doodmoe bij de aanblik van al deze ontheemde mensen. Hoe kon zij ze helpen? De last van deze nieuwe rol en alle onzekerheden die erbij hoorden, drukte zwaar op haar schouders.

'Maak je geen zorgen,' zei Tharin zacht. 'Morgen ziet het er allemaal wat rooskleuriger uit. De wolken drijven snel weg. Ik zie de sterren al. Zie je die groep daar?' Hij wees naar het sterrenstelsel. 'De Draak. Dat moet toch wel een goed voorteken zijn, of niet soms?'

Tamír probeerde te glimlachen; de Draak was een van Illiors tekens. Zij was haar hele leven een volgeling van Sakor geweest; nu scheen ieder voorteken van de Lichtdrager te komen. Als antwoord op deze gedachte riep rechts van haar een uil.

Imonus ving haar blik op. 'Nog een goed voorteken, hoogheid. Wanneer u de roep van de vogel van de Lichtdrager hoort, moet u de god groeten.' Hij liet haar zien hoe dat moest, met drie vingers tussen de wenkbrauwen.

Tamír deed het gebaar na. Ki en Tharin deden hetzelfde, net als andere ruiters die het gezien en gehoord hadden.

Doen ze dat omdat ze de hand van Illior in dit alles herkennen, of omdat ze mij willen nadoen?

Aan het hof had ze altijd in Korins schaduw gestaan, en net als iedereen deed ze alles wat hij deed. Als dat zo ging, wilde ze toch wel een beter voorbeeld stellen dan hij had gedaan.

Hertog Illardi en zijn escorte kwamen hen tegemoet rijden. Tamír en de Gezellen waren gedurende de lange hete zomerdagen vaak bij hem te gast geweest. Hij was een sympathieke, grijzende man die haar altijd een beetje aan Tharin deed denken.

'Gegroet, hoogheid,' zei hij, met zijn vuist op zijn hart en hij maakte een korte buiging vanuit het zadel. 'Zo blij als ik ben om u weer eens als gast te mogen ontvangen, zo betreur ik de omstandigheden.'

'Net als ik, excellentie. Ik heb begrepen dat u mij trouw wilt zweren, en mijn aanspraak op de troon wilt steunen?'

'Dat klopt, hoogheid. We zijn altijd al een huis van Illior geweest en zullen dat ook altijd blijven. Ik denk dat het u weinig moeite zult kosten om edelen te vinden die maar wat blij zijn dat de profetie van de Lichtdrager eindelijk is uitgekomen.'

'En net zoveel die dat niet zijn,' merkte heer Jorvai op toen ze verder reden.

'De aanhangers van Sakor die de steun genoten van de koning zullen er niet zo makkelijk in toestemmen dat zijn zoon van de troon gestoten wordt. Sommigen hebben de stad al verlaten om hem te volgen.'

'Bestaat er dan kans op een burgeroorlog?' vroeg Illardi.

Die vraag bezorgde Tamír kippenvel. Ze wendde zich tot Iya. 'Zal Korin het tegen mij opnemen om de kroon?'

'Zolang Niryn nog leeft en gif in zijn oor laat druppen? Het lijkt me zeer waarschijnlijk.'

'Skalanen tegen Skalanen? Ik begrijp niets meer van wat de Lichtdrager van me verlangt!'

Zonder problemen bereikten ze het landgoed van hertog Illardi. Grote vuurbakens stonden op de muren; ze verlichtten de boogschutters die daar op wacht zaten.

Daarachter lag een aangenaam, uit onregelmatige stenen opgebouwd landhuis op een verhoging die uitzicht bood op zee. De Plenimaranen hadden het huis aangevallen toen ze hier passeerden; pijlen met zwarte veren lagen bij hopen op de binnenplaats en in de tuinen, maar de poort had het gehouden.

Voor de hoofdingang stegen Tamír en de anderen af. Twee pilaren waren versierd met Illiors Oog, een maansikkel sierde de latei boven de ingang. Toen ze hier ten tijde van Erius kwamen, was daar de Vlam van Sakor in uitgehakt. Tamír hoopte maar dat Illardi niet te snel, of te vaak, van loyaliteit wisselde.

Maar hij was altijd een prettige gastheer voor de Gezellen geweest, en hij leek het te menen toen hij boog en zei: 'Alles wat van mij is, is van u, hoogheid. Ik heb water voor een bad laten verwarmen en het eten moet zowat klaar zijn. Misschien wilt u beide in uw kamers gebruiken?'

'Heel graag, dank u.' Tamír had nu wel genoeg formaliteiten voor deze dag doorstaan.

Hij bracht haar naar een suite met een veranda en uitzicht op zee. Baldus klemde zich aan haar vast en Ki en Tharin volgden hen. Behalve de slaapkamer was er een zitkamer, kleedkamer en een voorvertrek voor haar garde. 's Zomers waren deze kamers altijd aangenaam koel geweest. Nu waren ze klam ondanks de kaarsen en de haardvuren die in elk vertrek brandden.

'Ik hoop dat alles naar wens is. Rust maar uit; mijn bedienden staan volledig tot uw beschikking.'

'Ik ga even kijken waar de mannen ingekwartierd worden,' zei Tharin en liet haar en Ki alleen voor de deur staan.

Baldus keek verschrikt op; hij dacht dat hij met Tharin werd buitengesloten.

Tamír knikte naar hem. 'Jij bedient mij.'

Het kind huppelde opgelucht naar binnen.

Ondanks het vocht waren de wandkleden warm en kleurig, en de lakens waren schoon en roken naar zon en wind.

Baldus keek rond in de onbekende ruimte. 'Wat moet ik doen, vrouwe? Ik heb nog nooit eerder een dame gediend.'

Tamír schudde het hoofd. 'Ik heb geen idee. Help me eerst maar eens uit deze laarzen.'

Ze ging op de rand van het bed zitten en grinnikte terwijl de jongen worstelde met haar schoeisel. 'Ik denk dat we een hele familie in dit bed kwijt kunnen, Ki.'

Hij liet zich in een stoel vallen en grijnsde. 'En de honden erbij.'

Baldus gaf een laatste ruk aan de ene laars en rolde achterover. Zijn toch al vuile tuniek kreeg nu ook nog moddervlekken.

Tamír keek naar haar vieze sok en de rest van haar besmeurde kleding. 'Ik zie er niet echt als een dame uit, hè?' zei ze met een wrang lachje.

'Ik denk dat koningin Ghërilain er niet zo veel anders uitzag na haar grote veldslagen,' zei Ki terwijl Baldus met zijn volle gewicht aan haar andere laars hing.

'En ik stink ook behoorlijk.'

'Je bent niet de enige.'

Ki's haar hing in vuile klitten rond zijn vermoeide ongeschoren gezicht en de tuniek over zijn maliënkolder was smerig. Ze roken beiden naar bloed en het slagveld.

Baldus haastte zich naar een wasstel en goot water in de lampetkom. Tamír waste haar gezicht en handen. Het water was helder en geurde naar rozen, maar tegen de tijd dat ze klaar was had het de kleur van roest aangenomen. Baldus gooide het water het raam uit en goot vers water voor Ki in de kom.

'Misschien kan hij dat beter niet doen,' waarschuwde Ki. 'Ze zullen er wat van zeggen als hij ook je schildknaap bedient.'

'Ze kunnen de boom in,' snoof Tamír. 'Ga maar snel die gore handen van je wassen.'

Er werden schragentafels op de veranda neergezet. Tamír en haar mensen aten samen met de hertog en zijn jonge zonen, Lorin en Etrin. Ki had de vorige keren dat ze hier waren met hen gespeeld en vond ze slim en van het betrouwbare soort.

Lorin was een lange stille jongen, een paar jaar jonger dan Tamír. Zijn broertje was ongeveer zo oud als Baldus, en staarde haar gedurende de maaltijd met grote ogen aan, alsof ze elk ogenblik weer van gedaante zou kunnen verwisselen.

Baldus voerde ondertussen stoer zijn taken uit, tot Tamír hem op haar bank uitnodigde en hem een paar happen van haar eten toestopte.

Zodra de maaltijd voorbij was kwamen bedienden de tafel afruimen. Illardi vouwde een kaart van de haven uit om de schade op te kunnen nemen.

'De Plenimaranen wisten wat ze deden. Terwijl de landtroepen de kust aanvielen, schoten de zeelieden pijlen met brandend pek naar ieder schip dat binnen hun bereik was, en sneden de ankerlijnen door. Ik ben bang dat al uw oorlogsschepen op de bodem van de haven liggen, of brandend op zee ronddobberen. Slechts een paar kleine galjoenen hebben weten te ontkomen. Zevenentwintig vijandelijke schepen zijn in beslag genomen.'

'Enig idee hoeveel schepen er ontkomen zijn?' vroeg Tamír.

'De uitkijkposten op Grotekaap zeggen niet meer dan tien.'

'Genoeg om thuis hun nederlaag op te biechten,' snoof Jorvai.

'Ook genoeg om thuis te vertellen wat de zwakke plekken van Ero zijn,' waarschuwde Iya. 'We kunnen het ons niet veroorloven nogmaals een verrassingsaanval over ons heen te krijgen. Ik heb een aantal tovenaars naar de kust gestuurd om de zee in de gaten te houden, maar aangezien niemand weet van welke kant de Plenimaranen nu weer komen, ontsnappen de schepen misschien aan hun aandacht. Laat de andere uitkijkposten weten dat ze extra waakzaam moeten zijn, vooral tijdens hondenweer.'

Eindelijk lieten Illardi en de anderen hen alleen. Er was een grote tobbe binnengebracht die terwijl ze aten gevuld was, en Ki had zijn ogen er niet vanaf kunnen houden. Ze hadden dagen in het zadel geleefd.

'Baldus, ga maar even naar de gang en versterk de wacht, tot ik je weer roep,' zei Tamír. Ze liet zich op het bed vallen en knikte naar de tobbe. 'Jij eerst?'

'Nee, ga je gang... Ik bedoel...' Een week geleden had ze hem dat geen twee keer hoeven vragen. Nu voelde hij hoe hij begon te blozen. 'Ik ga ook wel even de gang op... Ja toch?'

Het leek allemaal zo logisch, maar opeens scheen Tamír in tranen uit te zullen barsten. 'Ben ik dan zo afstotelijk?'

'Wat? Nee!' riep hij uit, verbijsterd door zowel de plotselinge stemmingsverandering als haar wrede conclusie. 'Hoe kom je daar nou weer bij?'

Ze boog zich voorover met haar gezicht in haar handen. 'Omdat het zo voelt. Sinds we in Atyion waren lijk ik wel in een boze droom rond te wandelen, waaruit ik maar niet ontwaak. Niets voelt normaal! Dat lege gevoel in mijn broek...' Ki zag dat zij nu ook een kleur kreeg. 'En dit?' Ze keek even naar die twee harde puntjes onder haar vuile linnen hemd. 'Die doen verdomd veel pijn!'

Ki keek alle kanten op behalve naar haar. 'Mijn zusjes zeiden hetzelfde toen ze opkwamen. Het gaat wel over als ze volgroeid zijn.'

'Groeien ze dan nog?' De afschuw was van haar gezicht te lezen bij dat vooruitzicht. 'Maar weet je wat het ergste is?' Ze trok haar hemd over haar hoofd uit, en stond daar, op het kettinkje met de ringen van haar ouders na, vanaf haar middel naakt midden in de kamer. Ki wendde als de bliksem zijn ogen af.

'Dat. Je kunt niet eens meer naar me kijken, of wel soms? Sinds Atyion heb ik je achteruit zien deinzen en je om zien draaien.'

'Daar gaat het niet om.' Ki keek haar nu recht in de ogen. Hij had genoeg naakte vrouwen om zich heen gezien, jonge en oude. Ze zag er niet anders uit dan zijn zusjes, op de grote blauwe plek op haar schouder na, waarmee ze bij de eerste aanval op de stad een klap had opgevangen. Hij was verkleurd tot een geelgroene vlek, met paarse stippels in het centrum waar de maliënkolder de pijl had tegengehouden. 'Het is... Verdomme, ik kan het niet uitleggen. Waar het om gaat is dat je er nauwelijks anders uitziet dan vroeger.'

'Liegen helpt niet, Ki.' Ze kroop in elkaar met de armen om haar borstjes geslagen. 'Illior is wreed. Je wilde me niet aanraken toen ik een jongen was, en nu ik een meisje ben, durf je niet eens naar me te kijken.' Ze deed haar broek uit en schopte hem kwaad opzij. 'Je weet stukken meer over vrouwenlichamen dan ik, Ki. Zeg op, zie ik er nu uit als een jongen of een meisje?'

Ki huiverde heimelijk. Niet omdat er iets mis was met wat hij zag. Het donkere toefje haar dat haar venusheuvel bedekte was hetzelfde als bij elk ander meisje. Nee, het was de wetenschap van wat daar gezeten had waardoor zijn maag zich samentrok.

'Nou?' Ze klonk nog steeds boos, maar er biggelde een traan over haar wang.

Het deed hem pijn dat te zien; hij wist hoeveel er nodig was om haar te laten huilen. 'Tja, je bent nogal mager, en je kont stelt niet veel voor. Maar dat hebben zoveel jonge meiden. Je bent nog niet oud genoeg om te...' Hij stopte en slikte moeizaam. 'Ik bedoel, dat je...'

'Maanbloedingen hebt?' Ze keek niet weg, maar werd vuurrood. 'Die had ik al min of meer voor de verandering. Lhel gaf me kruiden die het een beetje

33

tegenhielden. Maar ik neem aan dat het nu wel zal komen. Dus nu weet je het. De afgelopen jaren heb je naast een jongen geslapen die ongesteld werd.'

'Verdomme, Tob!' Dit was te veel voor hem. Ki zeeg neer in een stoel en nam zijn hoofd in zijn handen. 'Daar heb ik zo de schurft over in. Dat ik van niks wist!'

Ze haalde treurig haar schouders op en reikte naar haar kamerjas die iemand op het voeteneind van het bed had gelegd. Het was een damesjas, van fluweel met kant en zilverkleurig borduurwerk. Tamír sloeg hem om en nestelde zich met opgetrokken benen in de kussens.

Ki hief zijn hoofd en keek haar verrast aan. 'Kijk nou, dat is waar het om gaat.'

'Wat?' mompelde Tamír.

'Zoals je nu zit, dat maakt je gewoon... zo meisjesachtig!' Hij werd bedankt met een dreigende blik.

Vastbesloten om de lucht tussen hen te zuiveren, keek hij om zich heen en zag een ivoren kam op de kaptafel. Dit was dus waarschijnlijk een vrouwenvertrek geweest, of de hertogin had zich de moeite getroost de kamer correct in te richten. Er stonden potjes met fraaie dekseltjes en allerlei spulletjes waarvan hij geen idee had waarvoor ze dienden.

Hij pakte de kam, ging naast haar op bed zitten en grijnsde geforceerd. 'Als ik dan uw kamerjuffer moet zijn, hoogheid, zal ik uw haar dan maar doen?'

Daar werd de blik alleen maar dreigender van, maar toch draaide ze hem even later haar rug toe. Hij knielde op bed en begon de klitten te ontwarren, door het in strengen te splitsen zoals Nari altijd gedaan had.

'Je moet niet denken dat ik niet doorheb waar je mee bezig bent,' zei ze zacht.

'Waar ben ik dan mee bezig?'

'Het onrustige paard roskammen?'

'Nou, het moet gebeuren. Het zit vol knopen.'

Hij werkte een tijdje zwijgend door. Tamír had dik haar, bijna zo zwart als dat van Alben, maar niet zo steil. Toen hij klaar was, viel het in dikke golven over haar schouders.

Geleidelijk ontspande ze haar schouders en slaakte ze een diepe zucht. 'Het is mijn schuld niet, dat snap je toch wel? Ik heb er niet voor gekozen.'

'Weet ik toch.'

Ze keek weer over haar schouder. Hij verdronk haast in die trieste blauwe ogen, die zo vlak bij die van hem waren. De kleur deed hem denken aan de Osiaanse Zee, zoals je hem op een heldere dag vanaf Cirna kon zien.

'Wat is het dan?' vroeg ze. 'Het voelt niet meer zoals vroeger. Zo afstandelijk. Ik haat het!'

Verrast liet hij zich even gaan en de waarheid kwam eindelijk over zijn lippen. 'Ik ook. Ik denk dat ik Tobin gewoon mis.'

Ze draaide zich om en greep zijn schouder stevig vast. 'Ik bén Tobin!'

Hij wilde haar niet aankijken, want dan zou ze de tranen die in zijn ogen prikten zien. Maar ze liet hem niet los.

'Alsjeblieft, Ki. Ik kan er niet tegen dat jíj zo anders tegen me doet!'

Beschaamd omdat hij zo zwak was geweest, nam hij haar handen van zijn schouders en pakte ze vast. 'Sorry. Zo heb ik het nooit bedoeld. Maar nu ben je...'

'Maar een meisje?'

'Nee, je bent bijna koningin, Tamír. Eigenlijk ben je het al.' Ze wilde zich lostrekken, maar hij hield haar vast. 'Een koningin die niet tegen deze grasridder aan kan kruipen op koude winternachten, met wie ze niet kan zwemmen, of worstelen...'

'Waarom dan niet?'

Deze keer was het Ki die zich lostrok, want hij kon die pijn in haar ogen niet meer aanzien. 'Omdat dat niet kán! Verdomme, als je koningin bent, dan moet je je zo gedragen, niet dan? Je bent nog wel een strijder, maar je bent ook vrouw, nou ja... meisje, in elk geval. En jongens en meisjes? Die doen dat niet met elkaar. Zeker niet als ze van adel zijn,' voegde hij er blozend aan toe. Hij had zich, zoals iedereen, genoeg met dienstmeisjes beziggehouden, maar had zich tot nu toe daarvoor niet geschaamd.

Tamír leunde weer met samengeknepen lippen tegen de kussens, maar hij zag de hoekjes trillen. 'Oké. Ga dan maar weg, ik ga in bad.'

'Ik ga wel even zien hoe het met Nik en Tanil gesteld is. Ben zo terug.'

'Doe maar kalm aan.'

Ki liep naar de deur. Ze riep hem niet terug, ze zat daar maar naar de kuil in het bed te staren. Ki glipte naar buiten en drukte de klink zacht neer. Zijn hart bonkte onrustig toen hij zag hoe Tharin en Una hem vragend aankeken.

'Ze ... eh... ze gaat in bad,' mompelde Ki. 'Zeg haar maar dat ik wel terugkom.'

Met zijn hoofd tussen zijn schouders liep hij rakelings langs hen heen. Terwijl hij weg beende, leek het net of er een of andere deur voor zijn neus dichtgesmeten was, zodat hij voor altijd buitengesloten was.

Tamír slikte nog meer tranen weg terwijl ze haar kamerjas uitdeed en in bad stapte. Ze liet zich onder water glijden en zeepte haar haar in, maar ze kon haar gedachten er niet bij houden.

Ze was altijd al een beetje vreemd geweest, zelfs toen ze Tobin was, maar Ki had haar begrepen en geaccepteerd. Nu leek het net of hij alleen die vreemdelinge kon zien die ze geworden was – een lelijk wicht, vel over been, waar hij niet naar kon kijken. Ze liet haar vinger door haar moeders ring glijden, en keek naar het profieltje. Haar moeder was een knappe vrouw geweest, zelfs nadat ze waanzinnig geworden was.

Leek ik maar meer op haar, dacht ze mistroostig.

Ze wilde boos zijn op Ki, maar deze enorme kamer leek opeens vreselijk leeg zonder hem. Haar blik dwaalde naar het grote bed. Ze sliep bijna nooit alleen. Eerst sliep ze met Nari, haar kindermeid en toen met Ki. Ze probeerde zijn beeld door Una te vervangen en kromp ineen toen ze zich die gênante kus die het meisje haar gegeven had herinnerde, in de tijd dat ze dacht dat Tobin gewoon een bleu jongetje was. Sinds de gedaanteverandering had ze nauwelijks tijd gehad om met haar te praten, maar door al dat geregel van Tharin zou ze voortaan genoeg met haar te maken krijgen.

'Bij de ballen van Bilairy,' kreunde ze. 'Hoe moet ik dit allemaal klaarspelen?'

Gewoon doorleven, Zusje. Leef voor ons allebei.

Tamír schoot zo snel overeind dat het water over de rand van de tobbe klotste. Broer stond voor de kuip, een vage maar onmiskenbare vorm waar het vuur of kaarslicht geen vat op had.

'Wat doe jij hier? Ik dacht... ik dacht dat je weg was.'

Het was moeilijker dan anders om hem hier te zien – het beeld van de jongeman die zij had gedacht te zullen worden. Hij was net zo bleek als anders, zijn ogen matzwart, maar verder zag hij eruit zoals hij eruitgezien zou hebben als hij leefde, tot en met de flauwe schaduw op zijn bovenlip. Ze voelde zich opeens verlegen onder zijn vorsende blik en sloeg haar armen om haar knieën.

Zijn stugge, fluisterende stem drong haar geest binnen. *Jij blijft leven, Zusje. Voor ons allebei. Je zult regeren, voor ons allebei. Je bent me een leven schuldig, Zusje.*

'Hoe moet ik die schuld dan afbetalen?'

Hij staarde haar aan.

'Waarom ben je hier nog? Lhel zei dat je vrij zou zijn toen ik dat stuk van je bot wegsneed. De rest van je is met de pop verbrand. Er bleef niets over, zelfs geen as.'

De ongewroken doden rusten niet.

'Ongewroken? Mij hebben ze altijd gezegd dat je dood geboren was.'

Ze hebben gelogen. Zoek de waarheid, Zusje. Hij siste bij het laatste woord alsof hij vloekte.

'Kun je Lhel niet voor me halen? Ik heb haar nodig!'

De demon schudde het hoofd en de zweem van een glimlach deed haar huiveren. De band van huid en bot was verdwenen. Tamír kon hem niet langer bevelen. Ze schrok toen dat tot haar doordrong. Ze had Broer al eerder zien doden.

'Ben je hier om me te vermoorden?' fluisterde ze.

Die zwarte ogen werden nog donkerder en zijn glimlach was wreed. *Hoe vaak heb ik daar niet naar verlangd!*

Hij bewoog zich naar haar toe, drong door de zijkant van de tobbe en knielde voor haar in het water neer, met zijn gezicht vlak voor het hare. Het water werd plotsklaps ijskoud, zoals de rivier bij de burcht in de lente. De demon greep haar naakte schouders en zijn ijzige vingers beten zich vast in haar vlees; ze voelden opmerkelijk tastbaar aan.

Zie je? Ik ben geen hulpeloze schim. Ik zou je hart kunnen vastpakken en het kunnen verfrommelen zoals ik bij die vetklep van een viezerik, die zichzelf jouw voogd durfde te noemen, gedaan heb.

Nu werd ze bevangen door een dodelijke angst, erger dan dat ze ooit bij hem beleefd had. 'Wat wil je van me, Broer?'

Je eed, Zusje. Wreek mijn dood.

Door de muur van angst doemde de gruwelijke implicatie voor haar op. 'Wie was het? Iya? Lhel?' Ze slikte. 'Vader?'

De vermoorden kunnen de naam van hun moordenaars niet zeggen, Zusje. Je zult er zelf achter moeten komen.

'Mispunt!'

Broer glimlachte fijntjes terwijl hij langzaam in het niets oploste.

De deur vloog open en Tharin en Una stormden naar binnen, met getrokken zwaard.

'Wat is er?' vroeg Tharin.

'Niets,' zei Tamír snel. 'Alles is prima, ik... zat alleen hardop te denken.'

Tharin knikte naar Una waarop ze naar de gang terugging en de deur sloot.

Tharin keek de kamer nog argwanend rond voor hij zijn zwaard weer in de schede stak.

'Ik ben bijna klaar,' zei ze met haar knieën nog steeds tegen haar borst. 'Ik zei dat Ki mijn water kon gebruiken na mij, maar het is koud geworden.'

Broer had het laatste restje warmte in zich opgenomen. Niet meer aan hem denken, zeker niet aan wat hij liet doorschemeren. Ze had nu al genoeg op haar bord, laat staan dat ze nog naar moordenaars moest zoeken in haar kleine kringetje van vrienden die ze dacht te kunnen vertrouwen. Ze was allang blij dat Tharin die nacht ver uit de buurt van haar moeder was geweest. In tegenstelling tot Iya, en Arkoniël. Was er misschien nog iemand geweest? Het was te pijnlijk om erover na te denken.

'Wat een lang gezicht.' Tharin hielp haar uit bad en wikkelde haar in een grote handdoek; hij begon haar haar met een punt droog te wrijven.

Tamír droogde zichzelf verder af en trok haar nachthemd aan, zijn blik ontwijkend toen ze de handdoek liet vallen.

Tharin spoorde haar aan om onder de dekens te kruipen, stopte haar in en ging op het bed zitten. 'Zo, dat is beter.'

Zijn vriendelijke, wijze blik opende haar hart. Ze sloeg haar armen om zijn nek en drukte haar gezicht tegen zijn borst, al stonk hij nog zo naar bloed en rook. 'Ik ben zo blij dat je nog bij me bent.'

Hij wreef over haar rug. 'Dat blijf ik ook, zolang ik leef.'

'Ik benoem je tot prins van het hele rijk als ik koningin ben.'

Tharin grinnikte. 'Alsof het niet erg genoeg is dat je me heer hebt gemaakt.'

Hij veegde een natte haarlok van haar wang en trok speels aan een vlechtje. 'Je maakt je zorgen over Ki.'

Tamír knikte. Het was tenslotte de halve waarheid.

'Hij keek net zo ongelukkig als jij toen hij naar buiten kwam.' Ze voelde hoe hij zuchtte. 'Je bent vastbesloten hem bij je te houden, niet?'

'Vind je dat verkeerd?'

'Nee, maar je zou je wel een beetje in zijn gevoelens moeten inleven.'

'Dat zou ik graag doen, als ik maar wist wat hij voelde! Hij behandelt me als een volkomen vreemde.'

'Tja, of je het nu wilt of niet, dat ben je ook.'

'Niet waar!'

Tharin klopte haar op de schouder. 'Misschien ben je wie je was, met een beetje extra.'

'Tieten, bedoel je?

'Noem je die vlooienbeten tieten?' Hij lachte om haar woedende blik. 'Ja, je lichaam is veranderd, en dat is iets dat je niet zomaar kunt vergeten, zeker niet bij zo'n warmbloedig kereltje als Ki.'

Tamír keek beschaamd de andere kant op. 'Ik wil dat hij me als meisje ziet, dat hij gewoon op me gesteld is, maar tegelijkertijd wil ik dat ook weer helemaal niet. O, Tharin, het is allemaal zo verwarrend!'

'Jullie hebben allebei tijd nodig om je hart weer te leren kennen.'

'Maar jíj behandelt me altijd hetzelfde.'

'Nou ja, voor mij ligt het ook een beetje anders, niet? Jongen of meisje, je bent het kind van Rhius. Maar je bent geen kleuter meer, die ik op mijn schouders kan nemen en voor wie ik speeltjes maak. Je bent mijn leenvrouwe en ik je vazal. Maar Ki?' Hij raapte de afgeworpen handdoek op en begon haar druipende haar weer droog te wrijven. 'Ik weet waarin jouw gevoelens voor hem de laatste jaren veranderd zijn. Hij weet het ook.'

'Maar dat maakt het toch makkelijker?'

Hij stopte met wrijven. 'Hoe zou jij je voelen als je morgen bij het ontwaken zou merken dat Ki een meisje geworden was?'

Tamír keek hem door haar nog steeds natte haren aan. 'Dat is niet hetzelfde! Dat zou het weer moeilijker maken, zoals toen ik nog een jongen was. Op deze manier kunnen we... wat met elkaar beginnen. Als hij wil natuurlijk.'

'Eerst zal hij tijd nodig hebben om niet de hele tijd Tobin te zien als hij naar je kijkt. Wat knap lastig is, want hij wil hem nog steeds zo graag in je zien.'

'Dat weet ik. Wat zie jij dan, Tharin?'

Hij klopte op haar knie. 'Dat heb ik al gezegd. Het kind van mijn beste vriend.'

'Je hield echt van mijn vader, hè?'

Hij knikte. 'En hij hield van mij.'

'Maar hij heeft je voor mijn moeder verlaten. Hoe komt het dat jij van hem bleef houden?'

'Soms kan liefde van vorm veranderen, in plaats van te eindigen. Dat is bij jouw vader gebeurd.'

'Dus jouw gevoelens zijn nooit veranderd?'

'Nee.'

Ze was nu oud genoeg om te raden wat er onuitgesproken bleef.

'Deed dat geen pijn?'

Ze had de droefheid nog nooit zo duidelijk van zijn gezicht af kunnen lezen, noch het harde randje van woede dat erbij kwam toen hij knikte en zacht antwoordde: 'Een helse pijn, en dat duurde nog heel lang. Maar niet lang genoeg om mijn biezen te pakken, en daar ben ik blij om. Er is een tijd geweest dat ik dat niet erkend zou hebben. Ik was een volwassen man natuurlijk, ik had mijn trots.'

'Waarom ben je dan gebleven?'

'Hij vroeg het.'

Ze had hem nog nooit zoveel horen zeggen. 'Ik heb me altijd afgevraagd...'

'Wat?'

'Nadat mamma ziek werd en zich tegen hem keerde, zijn jullie... zijn jullie toen ooit weer minnaars geworden?'

'Beslist niet!'

'Het spijt me. Dat gaat me niet aan.' En toch intrigeerde iets in dat antwoord haar – die overduidelijke trots van hem. Ze vroeg zich af wat dat betekende, maar ze kon die vraag beter niet stellen. 'Dus wat moet ik nu met Ki?'

'Geef hem wat tijd. Ki had nooit op die manier van je kunnen houden toen je nog Tobin was. Dat zit gewoon niet in hem. Maar hij heeft het er wel moeilijk mee gehad, en nu heeft hij het moeilijk met het verlies van Tobin als zijn gelijkwaardige maatje.'

Hij hing de handdoek over haar schouder. 'Hij moet er zoals wij allemaal aan wennen. Dat kun je je toch wel indenken?' Ze knikte. Natuurlijk kon ze dat. Maar daar had ze vanavond niet zoveel aan. 'Staat hij op de gang?'

'Hij ging in zijn eentje op pad, maar hij komt wel terug.'

'Dan kunnen we nog wel wat heet water gebruiken,' mijmerde Tamír. 'Moet ik weggaan als hij een bad neemt?'

Tharin haalde zijn schouders op. 'Het is wel zo beleefd als je het hem vraagt.'

4

De binnenplaats stond vol soldaten en bedienden. Ki bleef in de schaduw en liep naar de nieuwe stenen stal, waar nu ook de gewonden
verpleegd werden. Illardi fokte schitterende paarden van Aurënfaier
ras; zijn stal was veel mooier dan het huis waarin Ki was opgegroeid, en aanzienlijk groter. Binnen kon Ki bij het licht van de lantaarns maar net de dakspanten en de versierde stenen pilaren onderscheiden. Het rook er naar vers
stro en nieuw hout, maar ook naar bloed en wonden, en kruiden die op vuurpotjes tot smeersels gemengd of verbrand werden. Een stuk of vijf drysianen
waren aan het werk; onder hun met bloed besmeurde schorten droegen ze
bruine pijen.

Overal lagen de gewonden op inderhaast volgestopte strozakken, ze zagen
eruit als hopen vuile was die klaarlagen voor de wasvrouwen. Ki stapte behoedzaam over hen heen, op zoek naar Nikides en Tanil. Een van de helers
merkte hem op en kwam op hem af.

'Heer Kirothius, zoekt u de Gezellen?' vroeg ze. 'We hebben ze bij elkaar
gelegd, daar, aan het eind in de hoek.'

Hij vond Nikides op een dik bed van vers stro. In het verste hoekje zat nog
een persoon, helemaal in elkaar gedoken en tot zijn kruin in dekens gewikkeld.

'Tanil?' Toen Ki dichterbij kwam, kreunde de schildknaap zacht en dook
nog verder in elkaar. Ki ging op zijn hurken zitten. 'Het is goed. Je bent hier
veilig.'

Tanil zei niets, maar maakte zich zo klein mogelijk.

'Ki, ben jij dat?' fluisterde een stem, zacht als een ademtocht.

Ki draaide zich om en zag dat Nikides wakker geworden was en met knip-
perende ogen naar hem keek. 'Ja. Hoe is het met je?'

'Beter, denk ik. Waar zijn we?'

'Op hertog Illardi's landgoed.'

'Illardi?' Nikides keek verward rond. 'Maar ik dacht... Ik droomde dat ik in het Oude Paleis was. Om me heen lagen stervende mensen. Ik dacht dat ik jou zag... en Tobin.'

'Het was geen droom. We hebben je hierheen gebracht. Lynx is ook nog steeds bij ons – en die heeft geen schrammetje opgelopen! Ik denk dat hij en ik de enige zijn, wat dat betreft. En Una ook. Die ken je nog wel.'

Daar klaarde Nikides van op. 'Dus zij leeft nog?'

'Ja. Ze is weggelopen en heeft zich aangesloten bij de ruiters van mijn zus Ahra. Ze heeft daar veel bijgeleerd. Ze is met bloed getekend, dus een echte strijder geworden!'

'Dus er zijn er nog een paar van de oude club over.'

'Ja. Wat is er allemaal met jou gebeurd, Nik?'

Nikides probeerde kreunend overeind te komen. 'Ik heb altijd al gezegd dat ik niet voor strijder in de wieg gelegd was.'

Ki hielp hem wat omhoog en liet hem tegen de muur leunen. 'Ik was bij Korin. We probeerden hem daar weg te halen...' Hij sloot zijn ogen bij de pijnlijke herinnering. 'Ik zag die boogschutter pas toen het te laat was.'

'Je heb geluk gehad. De pijl heeft op een haar na je long gemist.'

Nikides schoof iets naar voren en zijn blik viel op de ineengedoken gedaante in de hoek. 'Wie is dat?'

'Tanil.'

'De Vier zij gedankt, ik dacht dat hij dood was! Hé, Tanil? Ki, wat is er met hem?'

'Hij was gevangengenomen.' Ki leunde voorover en liet zijn stem dalen. 'Gemarteld, ontmand en... nou ja, verkracht, zoals ze altijd doen. We hebben hem ten noorden van de stad gevonden. Hij was in een schuur aan de muur vastgespijkerd.'

Nikides sperde zijn ogen wijd open. 'Scheppersgenade!'

'Hij is er erg slecht aan toe. Tamír wilde dat jij bij hem zou blijven.'

'Tamír?'

Ki zuchtte. 'Tobin, weet je wel. Je hebt haar toch ook gezien in het Paleis? Je hebt nog met haar gesproken.'

'O ja. Ik dacht dat ik dat ook gedroomd had.'

'Niks droom. Een profetie is in vervulling gegaan. Zeggen ze.'

'Dan heeft Skala dus weer een koningin!' fluisterde Nikides. 'Had grootvader dit maar mee mogen maken...' Hij zweeg even. 'En, hoe is het met Tobin? Prinses Tamír, bedoel ik?'

'Ze is helemaal in orde.'

'Ze...' mompelde Nikides. 'Zal wel even duren tot we daaraan gewend zijn, niet? Zeg eens, hoe ging dat nu precies?'

Ki vatte het hele gebeuren kort samen. 'Het was magie, magie zoals ik nog nooit heb meegemaakt. Maar goed, ik heb haar zelf gezien, poedelnaakt, en het was zeker geen truc. Ze is nu Tamír; Tamír Ariani Ghërilain.'

'Een goede naam.'

Nikides vatte het verbazend makkelijk op, constateerde Ki een beetje knorrig.

'Idioot hè, dat de koningin over wie de Illioranen al die jaren gefluisterd hebben zich allang onder ons bevond?'

'Ja, idioot hè.' De bittere toon in zijn stem deed Nikides even zwijgen.

'En Ero?' vroeg hij toen.

'We hebben de vijand verdreven, maar van de stad is niet veel meer over.' Ki greep hem bij zijn schouder. 'Wat erg voor je, van je grootvader. Ze zeggen dat hij bij de verdediging van het Paleis gesneuveld is.'

'Ja. Ik zal hem vreselijk missen, maar hij stierf een eervolle dood.'

'Weet jij nog iets over Korin? Weet je waar hij gebleven is?'

'Zijn ze dan nog niet terug?'

'Nee. Wat is er gebeurd?'

'De vijand forceerde een doorbraak. Ze waren opeens overal, moordend en plunderend. Meester Porion en kapitein Melnoth riepen de Gezellen die nog op eigen benen konden staan op om terug te trekken. Soldaten dekten de aftocht. Ik had gewoon pech, en werd afgezonderd van de rest.'

'En ze lieten je gewoon gewond achter?'

'Daar mag je Lutha niet de schuld van geven, als je dat soms denkt.' Hij zweeg even en Ki zag de pijn in zijn ogen. 'Ik zag dat hij naar me keek, en me iets toeriep. Hij wilde me wel ophalen, maar dat kon op dat moment niet. Korin was nu eenmaal belangrijker.'

'Ik zou wel teruggegaan zijn, Nik. En Tamír ook.'

Nikides schudde het hoofd. 'Dat zou ik niet gewild hebben. De plicht gaat voor alles. Dat zou meester Porion je ook verteld hebben.'

Ki besloot er nu niet verder op in te gaan. Nikides was veel te zwak om de situatie te overzien. 'Weet jij waar Korin heen gegaan is?'

'Nee. Niryn zei alleen dat we hem buiten de stad moesten brengen. We probeerden via de westerpoort te gaan. Toen ben ik hen uit het oog verloren.'

'Gaf de tovenaar de bevelen?'

'Korin luisterde naar niemand anders, niet eens naar Cal.'

De drysiaan die eerder Ki aangesproken had was hun kant op gekomen en luisterde geknield aan Niks borst. Ze leek tevreden met wat ze hoorde. 'U bent een geluksvogel, heer. Nog een paar dagen rust en dan kunt u weer uw eigen gang gaan, al duurt het nog wel even voor de wond helemaal genezen zal zijn. Er komt zo iemand met bouillon bij u langs. Ziet u erop toe dat hij wat eet, heer Kirothius?'

'Reken maar.' Ki grijnsde naar zijn vriend. 'Niet dat we ooit problemen gehad hebben om jou aan het eten te krijgen.'

Nik maakte een wegwerpend gebaar, en wendde zich naar Tanil. Hij was blijkbaar wakker geworden toen de drysiaan bij hen gekomen was. 'Hallo, Tanil. Ik ben blij je weer te zien. Heb je trek?'

Tanil schudde het hoofd en de deken viel van zijn hoofd.

'Bij de ballen van Bilairy!' fluisterde Nikides.

Het gezicht van de jonge schildknaap was nog steeds opgezwollen en verkleurd door de stompen en slagen, en zijn donkere haar hing in slappe slierten langs zijn gezicht. Zijn vlechten waren afgesneden. Maar het ergst van al was zijn lege, doodsbange blik. Hij zat ineengedoken met zijn armen om zijn benen. Bontgekleurde bloeduitstortingen bedekten zijn naakte schouders en zijn polsen waren gewikkeld in repen linnen waar het bloed nog steeds doorheen lekte. Hij keek hen verward aan en drukte toen zijn gezicht weer tegen zijn knieën.

'Arme donder,' zuchtte Nikides.

'En ondanks alles heeft hij nog geluk gehad,' antwoordde Ki zachtjes, verzwijgend dat zijn beulen op het punt stonden om hem de buik open te rijten, toen Tamír met haar troepen binnenstormde. 'Die wonden aan zijn polsen vallen wel mee. De helers waren het erover eens dat hij zijn handen waarschijnlijk wel weer gewoon zal kunnen gebruiken als ze genezen zijn.'

Hij sprak er luchtig over, maar hij en Nikides wisselden een betekenisvolle blik. Wonden waren geen probleem voor een strijder, maar door hem zo te onteren, en kreupel te slaan, was het beter geweest als die klootzakken hem ook gedood hadden.

Een andere drysiaanse vrouw kwam aangelopen met twee kommen vol sterk ruikende bouillon. Nikides nipte eraan en trok zijn neus op. 'Paardenvlees!'

'Ja, daar hebben ze meer dan genoeg van,' zei Ki, die langzaam en voorzichtig bij Tanil ging zitten. Hij stak hem de kom toe. 'Het stinkt, maar het zal je goed doen. Je moet weer aansterken. Kom op, neem nou maar een slokje. Ik ben het, zie je? Niemand raakt je hier aan. Nik is ook hier.'

Tanil keek hem met wazige ogen aan, tot er iets van herkenning in te lezen viel. Hij liet Ki de kom tegen zijn lippen houden en het lukte hem eraan te nippen voor hij kokhalzend zijn gezicht afwendde.

Nikides slokte zijn kom geheel leeg, waarna hij hem met een vies gezicht opzij zette. 'Je hebt nog niet verteld wat er met jou is gebeurd, sinds je uit Ero bent vertrokken.'

Ki schetste snel de chaos van de afgelopen dagen. 'Tharin heeft de schamele resten van de oude garde van Alestun, samen met Lynx en een paar soldaten uit Atyion tot een nieuwe garde voor Tamír gevormd,' vertelde Ki, ondertussen Tanil aansporend om nog wat versterkende bouillon te drinken. 'Heer Jorvai, en Kyman van Ilear staan al aan onze kant, en Illardi natuurlijk, en nog een paar die haar trouw zwoeren na de veldslag. Maar niet iedereen steunt Tamír.'

'Dat was ook niet te verwachten,' zei Nikides met een bedenkelijk gezicht. 'Nou ja, je kunt mij ook als een van de getrouwen optekenen, voor wat het waard is.'

'Maar je Gezelleneed dan? Ze laat je zo naar Korin gaan, hoor, als je dat zou willen.'

'Nee. Ik zeg niet dat het me gemakkelijk valt, maar in mijn hart weet ik dat dit de juiste keuze is. Erius nam de profetie niet serieus en waar heeft het allemaal toe geleid? Als Illior Tobin in een koningin heeft veranderd, wie ben ik dan om ertegen in te gaan? Dus zeg het maar: hoe kan ik helpen?'

Ki nam de hand van zijn vriend in de soldatengreep en glimlachte. 'Door snel weer op de been te zijn, je kracht terug te krijgen en een oogje op Tanil te houden. Nou, ik moet maar weer eens gaan. Pas goed op jezelf en doe wat de helers zeggen.'

Ki voelde zich na het gesprek met zijn vriend een beetje beter, maar wist niet zeker of hij al welkom was toen hij naar het woonhuis terugkeerde. Het was allemaal zo verkeerd gelopen en hij wilde alles dolgraag rechtzetten.

Tamír zat rechtop in bed een brief te lezen. Ze had haar nachthemd onder haar kamerjas aan en het bijna opgedroogde haar hing los over haar schouders. Baldus lag opgekruld te slapen op zijn strozak bij de deur.

Ze keek op toen hij binnenkwam, en hij zag dat ze zijn stemming probeerde te peilen, net als hij bij haar.

'Ik heb Nik en Tanil opgezocht.'

'Hoe is met hen?'

'Nik komt er wel bovenop. Met Tanil gaat het minder goed. Hij is geestelijk kapot.'

'Dat verwondert me niets. Ik zal hem morgen opzoeken.' Ze gebaarde luchtig naar de tobbe. 'Ik heb nog wat heet water laten halen.' Ze stopte en keek weer ongemakkelijk. 'Ik kan wel even in de zitkamer...'

'Wat je wilt,' antwoordde Ki iets te snel. Wilde ze blijven of juist weggaan? Hij was een boon als hij het wist. Hij had het gevoel dat wat hij ook zei, het altijd verkeerd was. Ze had hem al zo vaak naakt gezien dat het hem geen moer uitmaakte. Alles wat hij wilde was een warm bad en een schoon bed. 'Mij is het om het even.'

Na dat onbehaaglijke gevoel van eerder op de avond, verwachtte hij dat ze hem alleen zou laten. Maar ze haalde haar schouders op en ging verder met haar brief.

Je ziet maar, dacht hij en vroeg zich af of de wind lang uit die hoek zou blijven waaien, terwijl hij zich uitkleedde en zich in bad liet zakken. Erg warm was het niet meer, maar het was het schoonste water dat hij in dagen had gezien. Hij leunde tegen de rand en ging aan het werk met spons en zeep.

Terwijl hij zich inzeepte keek hij heimelijk naar Tamír. Ze was nog steeds verdiept in de brief. Hij stak zijn hoofd onder water, en spoelde het sop uit zijn haar. Toen hij weer opkeek zat ze nog steeds op het vel perkament te turen. Het was maar een enkel velletje. Zo lang had ze daar toch niet voor nodig?

'Wat heb je daar toch?' vroeg hij.

Ze keek met een schuldige blik op en werd een beetje rood, alsof hij haar betrapt had op haar gestaar. Verdomme, wat deed ze vreemd!

'Een brief van vrouwe Myna uit Tynvoorde. Ze wil haar trouw betuigen,' zei ze.

'Nu al? Het nieuws gaat blijkbaar als een lopend vuurtje.'

Ze legde de brief naast zich neer en ging op haar buik liggen, met haar kin op een vuist. 'Ik blijf maar piekeren over Korin. Terugtrekken is één ding, maar het is niks voor hem om zonder de poorten voor de vijand te sluiten zomaar op de vlucht te slaan. Volgens mij klopt er iets niet.'

'Daar had hij vast wel een reden voor.' *Lafheid waarschijnlijk*, dacht hij en boende een bloedvlek op zijn knie weg.

Tamír staarde even met gefronste wenkbrauwen in het niets. 'Die ellendeling van een Niryn ook! Korins geest moet wel door hem aangetast zijn.'

'Daar twijfel ik niet aan. Maar misschien was het ook niet zo moeilijk om Korin te overtuigen.'

Het kon tactvoller, en Tamír keek hem met wrange blik aan. 'Ik weet het, Ki. Je hebt al die tijd gelijk gehad, maar ik blijf erbij dat er toch ook iets goeds in hem schuilt. Als we eenmaal weten waar hij is, wil ik zo snel mogelijk met hem praten. Er moet toch een andere manier zijn om hieruit te komen dan een burgeroorlog!'

'Ik heb ook weinig zin om oog in oog met mijn vrienden op het slagveld te staan. Niet eens Alben of Mago. Nou ja, Mago misschien wel.'

Een snelle grijns was zijn loon. Ki stond op en reikte naar de droge handdoek naast de tobbe, en zag nog net dat zij haar ogen afwendde. Hij wikkelde de doek snel om zijn middel en keek rond of er iets anders dan zijn eigen vuile kleren in de buurt lag om aan te trekken.

Iemand had ook voor hem schone kleding klaargelegd. Het lange linnen hemd had een geborduurde kraag en was fraai geplooid bij de pols. Hij trok het aan en bleef weifelend staan met de broek in zijn hand.

Hij keek weer naar Tamír en voelde dat ook zij niet wist hoe ze moest kijken. Beiden wilden dat ze hier niet zo over na hoefden te denken, gewoon doen alsof er niets veranderd was.

Ze haalde haar schouders op en sloeg haar blik neer. 'Blijf je hier?'

'Oké.' Maar hij trok toch zijn broek aan voor hij de enige lamp uitblies. Aarzelend liep hij naar het bed, en vroeg zich af op hij met Baldus op de vloer zou slapen. Tamír lag al onder de dekens, met het dek tot haar neus opgetrokken. Hij zag haar donkere ogen vol verwachting naar hem kijken.

Nog steeds onzeker wikkelde hij zich in een losse deken en ging aan de andere kant van het bed liggen. Ze keken elkaar zwijgend aan, met hun gezichten half verlicht door de nachtkaars. Twee armlengtes was de afstand tussen hen, maar het voelde aan als een mijl.

Even later stak Tamír haar arm naar hem uit. Hij liet zijn vingers in de hare glijden, blij dat ze elkaar aanraakten. Haar vingers waren warm en zongebruind door de lange dagen te paard, niet zacht en bleek zoals van die andere meisjes met wie hij had geslapen. Die handen hadden gebeefd, of hadden hem gestreeld. Tamírs hand voelde vastberaden en stevig aan, net als vroeger. Terwijl haar gezicht ontspande zag hij haar ogen langzaam dichtvallen, maar ondanks dat vredige beeld voelde Ki toch weer een onbehaaglijk gevoel opkomen. Met haar gezicht zo in het kussen gedrukt en haar haar losjes over haar wangen, was ze weer precies Tobin.

Hij wachtte tot hij er zeker van was dat ze sliep, liet toen haar hand los en rolde op zijn rug, woelend op de rand van de matras, terugdenkend aan de nachten dat ze onschuldig en warm in elkaars armen geslapen hadden.

5

*Z*e droomde over de tijd dat ze nog Tobin was en in de burcht woonde, waar de deur naar de torenkamer nooit op slot was.

Hij liep de trap op naar de verwoeste kamer van zijn moeder en zag Broer die op hem wachtte. Hand in hand liep de tweeling naar het raam dat op de westelijke bergen uitkeek. Ze klommen op de vensterbank en Tobin zag tussen hun bungelende benen door de rivier die eronder liep. Het kolkende zwarte water onder het ijs worstelde als een reuzenslang die zich wilde bevrijden.

De greep om zijn hand werd sterker; het was moeders hand geworden, niet meer die van zijn broer. Ariani was bleek en zat onder het bloed, maar ze glimlachte toen ze van de vensterbank afstapte en Tobin met zich meetrok, de diepte in.

Maar Tobin viel niet. Hij vloog de hemel in, ver over de bergen naar een klif aan de donkere Osiaanse Zee. Hij keek achterom naar de nu bekende heuvels en de besneeuwde bergtoppen ver weg. Zoals altijd in deze droom stond de man in het gewaad ergens in de verte naar hem te wuiven. Zou hij ooit het gezicht van deze man te zien krijgen?

Opeens stond Ki naast hem. Hij pakte Tobins hand vast en nam hem mee naar de rand van het klif om hem de prachtige haven die in de diepte lag te laten zien. Tobin kon hun gezichten naast elkaar zien, weerspiegeld in het zeewater, als miniatuurtjes op zilverfolie geschilderd.

Tamír had deze droom al zo vaak gehad dat ze wist dat ze droomde, en ze wendde zich opgewekt naar Ki. Misschien deze keer...

Maar zoals al de andere keren werd ze met een schok wakker voor hun lippen elkaar hadden kunnen raken.

Ki lag met opgetrokken knieën aan de andere kant van het bed en sloeg zijn ogen open zodra ze bewoog. 'Wat lag je te woelen. Heb je wel geslapen?'

'Ja. En nu barst ik van de honger.' Ze bleef echter liggen met in haar ogen een zoet verlangen naar Ki, die gaapte en zich uitrekte. Hij had de voorkant van zijn hemd niet dichtgestrikt en ze zag het kleine paardenamuletje dat ze uit hout gesneden had, en hem geschonken had toen hij bij hen kwam wonen. Het hing nog steeds aan het kettinkje rond zijn hals. Zelfs in bad deed hij het niet af. Heel even leek het wel een ochtend te zijn zoals vroeger, wanneer ze allebei tegelijk wakker werden en vol enthousiasme de nieuwe dag tegemoet gingen.

De illusie verdween net zo snel als haar droom toen hij bliksemsnel opstond en op blote voeten naar de deur liep.

'Ik haal wel iets te eten,' zei hij zonder om te kijken. 'Ik zal kloppen als ik terug ben.'

Tamír zuchtte, want ze begreep dat hij haar alle tijd wilde geven om zich aan te kleden.

Even later werd er geklopt en vrouwe Una stapte zonder op een antwoord te wachten naar binnen. Ze droeg nog steeds haar met modder besmeurde broek en laarzen, maar over haar tuniek droeg ze een bandelier met de kleuren van Tamírs garde.

Ook Baldus werd nu wakker en wreef in zijn oogjes.

'Ga maar gauw wat te eten zoeken,' zei Tamír tegen het kind.

'Ja, hoogheid.' Hij stond op en gaapte. Nieuwsgierig keek hij naar Una en wierp een bewonderende blik op haar zwaard. Toen herkende hij haar pas en maakte haastig een buiging. 'Vrouwe Una!' Una keek op het jongetje neer en gaf een kreetje van verrassing. Ze knielde neer en pakte zijn hand. 'Je bent de zoon van vrouwe Erylin, hè? Jij kent vast mijn broertje Atmir wel. Hij is de page van hertogin Malia!'

'O ja, vrouwe! We hebben samen les, en we spelen soms...' Baldus' stem stierf weg en zijn gezicht betrok. 'Nou ja, voordat...'

'Heb je hem al gezien, na de aanval?'

Hij schudde droevig zijn hoofd. 'Ik heb nog geen enkele vriend gezien sinds de vijand binnenviel.'

Una's vriendelijke glimlach kon haar teleurstelling niet verbergen. 'Wel, ik ben blij dat jij veilig bent. Als ik Atmir zie zal ik zeggen dat je hem zoekt.'

'Dank u wel, vrouwe.' Baldus maakte een buiging voor Tamír en liep de gang op.

Una ging weer in de houding staan. 'Vergeef me, hoogheid. Ik wilde niet onbeleefd zijn. Ik heb alleen nog niets van mijn familie gehoord.'

'Je hoeft je niet te verontschuldigen, hoor. Arme Baldus. Hij begrijpt er helemaal niets van. Ik hoop dat jullie je familie en vrienden terugvinden. En zeg alsjeblieft je.' Ze zweeg even.

'Waarom ben je eigenlijk hier?'

Una keek een beetje ongemakkelijk. 'Heer Tharin dacht dat u... je wel wat hulp kon gebruiken.'

Toen ze besefte dat ze in niets anders dan een damesnachtpon zat, trok Tamír snel haar kamerjas aan en deed hem stevig dicht. 'Beter?'

Una boog haastig. 'Het spijt me. Ik weet eigenlijk niet zo goed wat ik moet zeggen, of hoe ik moet reageren.'

'Dan ben je niet de enige!' Tamír spreidde haar armen. 'Nou, hier ben ik. Kijk maar eens goed.'

Una bloosde. 'Daar gaat het niet om. Weet je nog dat ik me op je wierp en je kuste? Als ik dit had geweten, had ik dat natuurlijk nooit gedaan.'

Tamír bloosde bij die herinnering. 'Dat was jouw schuld toch niet. Ik wist het toen zelf ook nog niet. Heus, ik zal het nooit tegen je gebruiken. Laten we het alsjeblieft vergeten.' Ze haalde een hand door haar verwarde haar. 'Moet je jezelf trouwens zien! Net een echte soldaat! Het lijkt wel of die zwaardlessen op het dak toch nog hun vruchten afgeworpen hebben.'

'Het was een begin,' zei Una, opgelucht dat er een ander onderwerp was aangesneden. 'Al denk ik dat ik het enige meisje was dat er niet op uit was om met de jongens te flirten.'

Daar had Ki helemaal geen moeite mee gehad, herinnerde Tamír zich. Ze praatte snel verder. 'Dus kapitein Ahra heeft je verder opgeleid?'

'Ja. Ik herinnerde me het verhaal over de zuster van Ki, dus reed ik die nacht dat ik vluchtte meteen naar heer Jorvais woning, en daar trof ik kapitein Ahra aan. Ik gaf haar al mijn vertrouwen en ze beloofde een soldaat van me te maken. Haar methoden waren echter wat minder verfijnd dan die van jullie.' Una lachte. 'Heus, ik stond versteld toen ik haar ontmoette. Ze was een echte... houwdegen, in tegenstelling tot Ki.'

Tamír moest daar erg om lachen. 'Ik heb zijn familie ontmoet, en dat is nog zacht uitgedrukt. Maar zeg eens, waarom ben je er zomaar vandoorgegaan? Het gerucht ging dat de koning of je vader je vermoord had.'

'Dat is niet eens zover bezijden de waarheid. Vader was als de dood dat hij uit de gratie zou raken bij je oom. Tijdens een pak slaag zei hij dat hij mij naar een of andere stokoude tante op een eilandje zou sturen, tot hij me kon uithuwelijken. Dus liep ik weg. Ik heb alleen dit meegenomen.' Ze raakte haar zwaardgevest aan. 'Hij was van mijn grootmoeder. Moeder gaf hem mij met haar zegen; ze hielp me ontsnappen. Maar de tijden zijn veranderd, niet? Vrouwen mogen weer strijders zijn, zelfs edelvrouwen.'

'Ja, zelfs de adel.'

Ze vergat haar mannenkleding en haar zwaard en maakte een sierlijke knicks. 'Ik zweer je trouw tot in de dood, hoogheid.'

Tamír maakte een buiging. 'Dat neem ik graag aan. Zeg eens eerlijk, zie ik er nu echt uit als een meisje?'

'Nou... Als je je haar nu eens kamde? En niet zo chagrijnig keek?'

Tamír snoof weinig damesachtig, en merkte dat ze een beetje jaloers was op Una omdat zij, met haar steile, donkere haar en haar ovale gezichtje, werkelijk een knap meisje was.

Baldus keek om de hoek van de deur. 'Meesteres Iya voor u, hoogheid. Ze vraagt of ze binnen mag komen.'

Tamír fronste omdat ze alweer gestoord werd, maar knikte.

Iya was gekleed in een lange jurk van fijne bruine wol en droeg een mooie leren gordel. Haar lange grijze haar hing los over haar schouders waardoor ze er jonger en minder streng uitzag dan gewoonlijk. Ze had een aantal jurken over haar arm.

'Hallo, Una. Goedemorgen, hoogheid. Ki zei dat je wakker was. Heb je een beetje kunnen slapen?'

Tamír haalde haar schouders op en keek argwanend naar de jurken.

Iya lachte en hield ze op. 'Ik kom je helpen met aankleden.'

'Maar... die trek ik níét aan!'

'Dat zal jammer genoeg toch moeten. Er doen al genoeg geruchten de ronde dat je een jongen bent die alleen maar speelt dat ie een meisje is. Daar hoef je echt geen schepje bovenop te doen. Alsjeblieft, Tamír, wat dit betreft moet je me echt vertrouwen. En het dragen van een jurk is niet bepaald iets waarvoor je je zou moeten schamen, of wel vrouwe Una? Je hebt ze altijd gedragen en bent toch een goed strijder geworden.'

'Dat klopt, meesteres.' Una keek Tamír verontschuldigend aan.

Maar er zat nog te veel van Tobin in Tamír om het zonder slag of stoot op te geven. 'Ki en Tharin lachen zich dood – en de rest van mijn garde ook! Echt, Iya, ik heb mijn hele leven alleen een broek gedragen. Ik struikel vast over zo'n jurk. En met die schoentjes eronder zal ik helemaal voor paal staan!'

'Des te meer reden om er nu alvast aan te wennen, voor je een hele rij edelen en generaals onder ogen moet komen. Kom op nu, doe niet zo dwars.'

'Maar ik ga niet rijden in een jurk,' waarschuwde Tamír. 'En al helemaal niet in een dameszadel! Kan me verdomme niet schelen wat ze ervan zeggen.'

'Mag een prinses zulke ruwe taal bezigen?' vroeg Una en probeerde zenuwachtig te glimlachen.

'Dat komt later wel,' zei Iya. 'Trouwens, haar grootmoeders vloekten als doodsvogels. Koningin Marnil kon generaals laten blozen. Laten we ons vandaag maar alleen met haar uiterlijk bezighouden. Hertogin Kallia zal een kleermaker naar je toe sturen. Maar ze was nu zo goed om je een paar jurken van haar oudste dochter te lenen. Qua lengte en postuur komen jullie aardig overeen.'

Tamír bloosde toen ze haar nachthemd uittrok, en voelde zich machteloos en ellendig toen Iya en Una haar in een onderhemd hielpen en een zware groensatijnen jurk over haar hoofd trokken.

'Wat vind je hiervan?' vroeg Iya haar en keek haar in de spiegel aan.

'Afschuwelijk!' snauwde Tamír, die haar spiegelbeeld nauwelijks een blik waardig had gekeurd.

'Mm, inderdaad, die kleur staat je niet. Maakt je wat vaal. Maar je moet toch wat aan en dit is alles wat we momenteel hebben.'

Tamír keurde de ene na de andere jurk af, maar wees ten slotte met tegenzin een hooggesloten jachtkleed van donkerblauwe wol aan, vooral omdat hij eenvoudiger was dan de andere, van voren wat korter was en wijd gesneden, zodat je er wat makkelijker in kon bewegen. De mouwen waren ingeregen en sloten met een strik op de schouders waardoor ook haar armen bewegingsvrijheid hadden. En tot slot hoefde ze bij deze jurk geen zachte schoentjes te dragen, maar pasten haar laarzen er prima bij. Toen Una hem had ingeregen liet het lijfje haar nog genoeg speling en het zat minder onaangenaam dan ze verwacht had.

'Dit hoort er geloof ik bij,' sprak Iya en overhandigde haar een leren gordel waarop bladeren en bloemen blindgestempeld waren. Hij sloot met een gouden gesp en hing laag om haar slanke heupen, met een lange slip met een gouden punt die tot aan haar knieën reikte. Tamír bewonderde de gordel voor ze hem omdeed. 'Lijkt wel door de Ylanti's gemaakt.'

'Je hebt altijd een goed oog voor mooie spullen gehad.' Una haalde het zwaardhangertje tevoorschijn dat Tamír een paar jaar geleden voor haar gemaakt had. 'Maak je nog steeds sieraden?'

Tamír keek op, kwaad dat iemand had gemerkt dat ze heimelijk een onderdeel van dit belachelijke kostuum bewonderde. 'Al mijn gereedschap is in Ero verloren gegaan.'

'Er bestaat wel meer gereedschap op deze wereld,' zei Iya. 'Je hebt talent. Daar moet je wat mee doen. Zo Una, laat maar eens zien wat jij kunt met dit haar. De staart van mijn paard ziet er beter uit.'

Tamír zat ongedurig te draaien terwijl Una haar haar borstelde. 'Geen ingewikkeld kapsel. Ik wil er niet de hele tijd aan moeten prutsen – als een meid!'

Una en Iya moesten erom giechelen.

'Er is niet zoveel reden om je haar anders te dragen dan vroeger,' zei Una, die met lenige vingers de twee strijdersvlechtjes opnieuw invlocht. 'Alle vrouwelijke soldaten die ik ken dragen hun haar los, of in een dikke vlecht op hun rug om het uit hun gezicht te houden. Laten we eens zien hoe zo'n dikke vlecht jou staat.' Ze vlocht Tamírs haar en nam een roodleren vetertje uit het buideltje aan haar riem. 'Kijk, geen linten. En ik beloof je dat ik er ook geen strik in zal maken. Zo. Kijk maar eens.'

Tamír keek weer in de spiegel en was nogal verbaasd over wat ze zag. 'Geef mijn zwaardkoppel eens.' Ze keek nog eens naar haar spiegelbeeld. De stoere jurk flatteerde haar, en deed haar eerder slank dan mager en hoekig lijken. De korte zijvlechtjes en het zwaard gaven duidelijk aan dat ze nog steeds een strijder was, maar zonder er al te jongensachtig uit te zien. Ze deed haar best niet al te nors te kijken. Een schoonheid kon je haar niet noemen, dat was duidelijk, maar haar ogen leken blauwer nu ze geaccentueerd werden door de jurk.

'Ik heb iets voor je in bewaring gehouden. Je vader heeft hem me jaren geleden gegeven.' Iya haalde een dunne gouden diadeem uit de plooien van haar gewaad en bood hem Tamír aan. Hij was prachtig, en heel eenvoudig, gewoon een gouden bandje waarin een gestileerd golfpatroon gegraveerd was. 'Werk van de Aurënfaiers. Hij is van je moeder geweest.'

Tamír wilde hem opzetten, maar Una hield haar tegen. 'Nee, dat staat niet met je haar naar achteren. Ogenblikje.'

Ze maakte snel de vlecht los en kamde het haar met haar vingers uit. Toen tilde ze de bovenste laag haar op en haalde die door de diadeem voordat ze die over Tamírs voorhoofd liet glijden. Het achterste haar viel erover heen, zodat alleen het deel boven Tamírs wenkbrauwen te zien was. Ook de zijvlechtjes legde ze op hun plaats. 'Zo! Als de mensen nu nog niet weten dat je een prinses bent...'

Tamír haalde het gouden kettinkje dat om haar hals hing tevoorschijn en trok het stuk. De twee ringen liet ze in haar hand glijden. Haar vaders zware zwarte zegelring deed ze om haar rechterwijsvinger, en de ring met het portretje van haar moeder in de amethist aan haar linkerringvinger, waar hij precies om paste. Toen ze nogmaals haar spiegelbeeld bekeek, lag er een zachte, haast verwonderde uitdrukking op haar gezicht. Nu keek een echt meisje haar aan, al voelde ze zich nog steeds als een jongen in een jurk.

Iya stond vlak achter haar, met één hand voor haar mond en met verdacht stralende ogen. 'O, mijn lieve meid, kijk nou toch eens – de ware strijderskoningin is eindelijk teruggekeerd. Una, roep Ki en Tharin, en Arkoniël ook, als hij in de buurt is.'

Tamír stond met klamme handen voor de spiegel toen de mannen binnenstapten met Baldus op hun hielen.

'Wat ziet u er mooi uit!' riep het jongetje uit.

'Dank je.' Tamír keek ietwat dreigend naar Ki en Tharin, ze moesten niet durven te lachen.

'Dat jong heeft gelijk,' zei Tharin die op haar afliep en haar van alle kanten bekeek. 'Bij de Vlam! Wat zeg je me daarvan, Ki? Ons meisje is zomaar een knap elegant dingetje geworden, hè?

Ki had haar al die tijd, zonder een woord te zeggen, aangestaard. Ten slotte gaf hij haar een weifelend knikje. 'Beter zo.'

'Béter zo?' De twijfel sloeg toe bij Tamír en ze haatte dat gevoel. Nog geen uur in een jurk en nu was ze al net zo onzeker als die meiden aan het hof!

'Nee, echt,' zei Ki snel. 'Je bent veel mooier met je haar gekamd en zo. En die jurk staat je ook. Daar kan je best in vechten, denk ik.'

Tamír trok haar zwaard en maakte een razendsnelle serie stoten en schijnbewegingen. De rok wervelde om haar benen en ze stapte een paar keer op de zoom. 'Er moet een stuk af.'

'Dan wordt dat de nieuwe mode,' zei Tharin met een grijns.

Una lachte. 'Of het nieuwste schandaal!'

'Ja, misschien kan je toch beter een broek dragen als je het tot een gevecht wilt laten komen,' mijmerde Iya. 'Maar stel dat je die niet aanhebt, en je wordt onverwacht aangevallen, probeer dan dit eens.' Ze trok de rechterkant van haar jurk omhoog en stopte de zoom onder haar gordel. 'Ook handig als je moet rennen.'

Tamír kreunde bij het idee dat haar leven vanaf nu dwarsgezeten zou worden door jurken en rokken.

'Kom nu maar mee, hoogheid. Het hof wacht op u. Laat hen hun koningin zien zodat ze het de hele wereld kunnen vertellen.'

6

Tamírs eerste officiële audiëntie werd op de binnenplaats van het landhuis gehouden. Geflankeerd door haar vrienden en haar nieuw gevormde garde liep ze langs de verdorde beplanting naar een rusteloze menigte van soldaten, tovenaars en angstige gildemeesters.

Ze keek aandachtig rond op zoek naar bekende gezichten en haar oog viel daarbij op Nikides, die in een leunstoel bij de fontein zat. Hij was in gesprek met Lynx en Iya.

'Ik had niet gedacht jou al zo snel op de been te zien,' riep ze uit, en zich onbewust van al die starende ogen liep ze snel op hem af om hem te omhelzen.

'Orders van de helers,' zei hij schor. Zijn bolle, ongeschoren gezicht was zo bleek als perkament, maar zijn ogen straalden toen hij haar bekeek.

Ze nam zijn hand in de hare. 'Het spijt me van je grootvader. We zouden zijn raad nu heel goed kunnen gebruiken.'

Hij knikte bedroefd. 'Hij zou je trouw gediend hebben, net als ik zal doen.' Hij bekeek haar nauwkeurig. 'Je bent echt een meisje. Bij het Licht, ik wilde het best geloven, maar het leek me onmogelijk. Ik hoop dat je me tot hofgeschiedschrijver wilt benoemen. Volgens mij moeten er wonderbaarlijke dingen genoteerd worden.'

'Die betrekking heb je. Maar ik heb natuurlijk ook Gezellen nodig. Ik zou jou en Lynx daar graag bij hebben, en Ki natuurlijk.'

Nikides lachte rasperig. 'Weet je zeker dat je me als Gezel wilt hebben? Je weet toch nog wel wat een onmogelijke zwaardvechter ik ben.'

'Je hebt andere talenten.' Ze wendde zich tot Lynx. In zijn donkere ogen weerspiegelden zich nog steeds de spookachtige dingen die ze gezien hadden, maar hij glimlachte wel. 'En jij, Lynx?'

'Heer Nikides' schildknaap worden, bedoel je? Heer Tharin heeft dat al voorgesteld.'

'Nee. Je bent mijn vriend, en je bent me trouw gebleven. Ik benoem je tot echte Gezel. Jullie zullen allebei naar schildknapen moeten zoeken.'

Lynx keek haar met grote ogen aan. 'Ik ben heel vereerd, hoogheid! En ik blijf je altijd trouw! Maar weet je wel dat mijn vader slechts een arme ridder was? Ik ben zijn tweede zoon, en erf dus helemaal niets.'

Tamír legde haar hand op haar zwaardgevest en keek uit over de menigte voor haar. 'Ik neem aan dat jullie alles gehoord hebben? Welnu. Luister goed. Loyale mannen en vrouwen die me dienen zullen op hun verdiensten beoordeeld worden, niet op hun komaf. Er is geen edele in Skala wiens voorouders met een kroontje op het hoofd geboren zijn. Als het Illiors wil is dat ik Skala regeer, dan wil ik dat iedereen weet dat ik naar de harten en de daden van mijn volk kijk, en niet van wie zij afstammen. Nikides, je kunt dit als een van mijn eerste decreten optekenen.'

Ze wist niet of hij hoestte of lachte terwijl hij vanuit zijn stoel voor haar boog. 'Ik zal het optekenen, hoogheid.'

'Maak bekend dat aan iedereen die door mij bevorderd wordt evenveel respect betoond moet worden als een edele van de zesde generatie. Maar ik neem net zo makkelijk iemands titel en bezittingen af als iemand die niet waard is.'

Ze ving waarschuwende blikken van Tharin en Iya op, maar het grootste deel van haar gehoor juichte.

Ze wendde zich vervolgens tot Una. 'Wat zeg je ervan, vrouwe Una? Wil jij ook als een van mijn Gezellen worden aangenomen?'

Una knielde en bood haar zwaard aan. 'Met heel mijn hart, hoogheid!'

'Dat is dan geregeld.'

Lynx knielde naast Tamír die haar zwaard getrokken had. Ze tikte daarmee als eerste Lynx op de schouder. 'Ik benoem je tot heer... wacht even, hoe heet je werkelijk?'

Nikides wilde net de gegevens aandragen, maar Lynx hield hem met een scherpe blik tegen. 'Ik word nu al zo lang Lynx genoemd, dat die als mijn echte naam aanvoelt. Als het mag zou ik de naam Lynx graag houden.'

'Zoals je wilt,' zei Tamír. 'Ik benoem je tot heer Lynx, met land en bezit waarover later beslist zal worden. Vrouwe Una, ook jouw trouw accepteer ik graag. Jullie eerste opdracht als Gezel is de zorg voor mijn koninklijke kroniekschrijver op jullie te nemen. En de zorg voor jezelf natuurlijk,' zei ze met een waarschuwende blik naar Lynx.

Lynx knikte schuldbewust. 'Bilairy wil me blijkbaar nog niet ontvangen, hoogheid.'

'Mooi, want ik heb je nodig.'

Nu dit afgerond was, nam ze plaats op de stoel die voor haar was neergezet en richtte zich tot de verzamelde vazallen. 'Mijn vrienden, ik dank jullie allen voor alles wat jullie hebben gedaan. Ik zal eerlijk tegen jullie zijn. Ik heb geen idee hoe het verder gaat. Het ziet ernaar uit dat ik het zwaard tegen mijn eigen neef zal moeten opnemen, en tegen ieder ander die aanspraak maakt op de troon. Ik wil niet aansturen op een burgeroorlog, maar het zou er wel van kunnen komen. Als jullie er bij nader inzien toch van afzien om trouw aan mij te zweren, dan kunnen jullie gaan. Maar ga dan wel onmiddellijk.'

Stilte daalde neer over de binnenplaats nadat ze deze woorden gesproken had, maar niemand verroerde zich. Als eerste stapte heer Jorvai naar voren en bood haar zijn zwaard aan. 'Ik heb u trouw gezworen op het slagveld, hoogheid, maar ik wil het graag in aanwezigheid van al deze getuigen herhalen. Neem alstublieft Colath als gezworen bondgenoot aan.'

'Dat geldt ook voor mij,' zei Kyman.

Een voor een bevestigden ook de anderen hun eed van trouw. Niemand verliet de binnenplaats.

Tamír stond op en hief haar hand naar hen. 'Het Zwaard van Ghërilain heb ik nog niet in mijn bezit, en evenmin draag ik de kroon, maar uit naam van Illior en voor al deze getuigen, aanvaard ik jullie trouw, bestendig jullie bezit en reken ik jullie tot mijn beste vrienden. Ik zal het beeld van de strijders met jullie banieren die mij te hulp kwamen toen ik jullie zo nodig had, nooit vergeten.'

Toen ze klaar was met het afnemen van ieders eed, wendde Tamír zich tot de gildemeesters en -meesteressen die nerveus op haar aandacht stonden te wachten. Een voor een knielden de mannen en vrouwen met het insigne van hun specialisme op de borst voor haar neer en beloofden haar plechtig de trouw van hun gilde. Slachters, smeden, karrenvoerders, bakkers, metselaars – een eindeloze stroom kwam aan haar voorbij. Ze was blij dat ze nu de kans kreeg de leiders van de plaatselijke middenstand eens van dichtbij te bekijken. Nadat de laatste haar gepasseerd was bevestigde ze haar bescherming en gaf hen verlof te vertrekken.

Tot slot, met de zon al bijna pal boven zich, kwam ze bij Iya en de tovenaars.

'Jullie hulp tijdens de veldslag zal niet vergeten worden. Mijn getrouwen... mijn goede getrouwen, ik vraag jullie eer te bewijzen aan deze dappere tovenaars.'

Kyman en de anderen knielden of juichten mee in diverse graden van enthousiasme. Ondanks alles wat de tovenaars klaargespeeld hadden, was er bij veel mensen, vanwege de daden van Niryn en zijn Haviken, een bittere nasmaak blijven hangen. Daardoor keken ze ook nu enigszins argwanend naar alle andere tovenaars. Bovendien hadden de vrije tovenaars van Skala altijd al een twijfelachtige reputatie gehad. Voor elke wijze, serieuze tovenaar als Iya, of elke vriendelijke als Arkoniël, liepen er honderd bedriegers en goochelaars rond die geen knip voor de neus waard waren. En er waren er ook bij die zich, net als Niryn, bonden aan de rijken en machtigen om er zelf beter van te worden. Hoewel Tamír haar eigen redenen voor wantrouwen had, had ze nu al veel te danken aan de negentien tovenaars die Iya bijeengebracht had.

Sommigen droegen een gewaad, maar de meesten waren als lage adel of handelslieden gekleed. Anderen zagen eruit als nederige reizigers, en bijna de helft had verwondingen, opgelopen in de slag om Ero. Ze was opgetogen dat ze de jonge, blonde geestbenevelaar Eyoli tussen hen zag. Hij had haar geholpen Atyion gedurende de strijd te bereiken en had daarbij bijna zelf het loodje gelegd.

Dylias en Zagur, twee van de tovenaars die aan haar voorgesteld werden, leken ongeveer net zo oud als Iya. Kiriar en een zeer knappe vrouw die Elisera van Almak heette bleken van Arkoniëls leeftijd te zijn, al wist Tamír inmiddels genoeg van tovenaars om te weten dat hun ware leeftijd net zo moeilijk te schatten was als die van een Aurënfaier.

De laatste vrouw die ze begroette was zonder meer de interessantste. Saruel van Khatme, met haar grijze ogen, was een tovenares uit Aurënen, die de rood-zwarte sen'gai en het zwarte gewaad van haar volk droeg. De sierlijk zwarte gezichtstatoeages en de sieraden die haar clan onderscheidden van de andere, maakten het nog moeilijker om haar leeftijd te schatten, en aangezien de Aurënfaiers ook nog langzamer oud werden dan Skalaanse tovenaars, zou elke gok een slag in de lucht zijn.

Tamírs vriend Arengil van Gedre had haar iets van de gebruiken van zijn volk geleerd. 'Moge Aura bij u in het licht zijn, Saruel van Khatme,' zei ze, terwijl ze de hand op haar hart legde en een buiging maakte.

Saruel begroette haar plechtig op dezelfde wijze, met haar hoofd iets naar links gebogen, alsof ze aan één kant een beetje doof was. 'En bij u in de duisternis, Tamír ä Ariani Ghërilain van Skala.'

'Ik dacht dat alle 'faiers de stad verlaten hadden toen de Havikentovenaars en priesters begonnen met alle vrije tovenaars op te pakken en te laten branden?'

'Ik was een van degenen die het visioen van meesteres Iya hadden meegekregen. Aura Illustri, bij u beter bekend als Illior Lichtdrager, glimlacht u toe. Uw oom heeft ernstige misdrijven gepleegd ten nadele van uw land en heeft onze god recht in het gezicht gespuwd. U bent het licht dat gezonden is om de duisternis die door de usurpator en de duistere tovenaars is verspreid te verdrijven. Het is mijn plicht, en een grote eer, om u op welke manier dan ook te steunen.' Zulke beloftes werden nooit lichtvaardig aan Tirfaiers – zoals de mensen van Skala genoemd werden – gedaan.

'Ik ontvang uw steun en wijsheid met groot genoegen. Meesteres Iya, hoe kan ik jou en je mensen bedanken voor hun diensten?' sprak Tamír.

'We zijn geen handelaars of kooplieden die hun rekening overhandigen, hoogheid. Je weet van het visioen dat ik over je gehad heb, maar je weet ook wat ik heb moeten uitrichten om dat visioen te verwezenlijken.

Terwijl je opgroeide, reisden Arkoniël en ik door het land, om anderen, die ook maar een deel van dat visioen aanschouwd hadden, te zoeken. Enkelen van hen staan nu voor je. Anderen wachten nog op ons teken om je ook bij te staan. Niet iedereen is even machtig, maar de Lichtdrager heeft hen niettemin opgeroepen om jou, de toekomstige koningin, te steunen.

Ik deel je mede, in aanwezigheid van al deze getuigen, dat de Lichtdrager ons niet alleen opgedragen heeft je tot hier te leiden, om dan weer ons weegs te gaan...'

'Dit zijn dezelfde hoogdravende praatjes die we van die verrader Niryn gehoord hebben, die op een soortgelijke manier zijn bende opzette,' viel Kyman haar in de rede. 'Ook hij beweerde dat ze de kroon dienden. Ik wil niet oneerbiedig overkomen, meesteres, en ik zie heus de waarde wel in van wat jullie gedaan hebben. Maar ik zal niet de enige Skalaan zijn die een beetje huiverig tegenover een groep van iets te veel lieden van jullie soort staat.' Hij wendde zich met een buiging tot Tamír. 'Vergeef me mijn directe taal, hoogheid, maar zo denk ik erover.'

'Ik weet heel goed wat Niryn gedaan heeft, heer. Meesteres Iya, wat doen we daaraan?'

'Ik begrijp heel goed welke angsten Niryn en zijn volgelingen de mensen hebben ingeboezemd,' sprak Iya kalm. 'Mijn "soort" en ik kennen hun gruwelijke praktijken waarschijnlijk zelfs beter dan wie ook, hoogheid.'

Ze stak haar hand in de plooi van haar gewaad en hield even later een grote zilveren mantelspeld omhoog, waarin de koperen vlam van Sakor brandde. 'De Haviken dwongen ons deze dingen te dragen.' De anderen hielden hun eigen broche omhoog, op Arkoniël en Eyoli na. Op de achterkanten waren nummers ingeslagen; Iya was nummer 222.

'We werden als vee gebrandmerkt en opgeschreven in het grootboek.' Iya gooide de speld op de grond. De anderen deden hetzelfde, zodat er een kleine glinsterende stapel aan haar voeten ontstond. 'Elke vrije tovenaar van Ero moest zo een dragen,' zei ze bitter. 'Zij die weigerden werden verbrand. Tovenaars die gezworen hadden jou te helpen, belandden ook op de brandstapel. Ik voelde hun vuur als ze stierven. Niryn wilde ons op onze plaats zetten, ons leren wat angst is, maar in plaats daarvan riep hij een herinnering bij me op.

De meeste tovenaars leven alleen, dat is waar, maar in de tijd van jouw voorouders en de Grote Oorlog, kwamen velen van ons bij elkaar om koningin Ghërilain te steunen. Ze vochten gezamenlijk tegen de Plenimaranen en hun zwarte tovenaars. De grote geschiedschrijvers van die tijd geven onze tovenaars de eer het tij van de oorlog gekeerd te hebben.

Niryn en zijn troep in het wit geklede moordenaars herinnerden me aan wat tovenaars, als ze hun krachten bundelen, tot stand kunnen brengen. De Haviken konden zulk krachtig Kwaad oproepen, zou zo'n veel krachtiger Goed dan ook niet mogelijk zijn? Ik zweer op alles wat me heilig is, hoogheid – bij het Licht van Illior, en bij mijn handen, hart en ogen – dat de tovenaars die hier vandaag voor jou staan, een hechte vereniging willen vormen voor het geluk en welzijn van Skala, zoals in de dagen van de oude koningin, en om jou te steunen, omdat u de uitverkorene van Illior bent. Dat is onze grote wens. Met jouw verlof zouden we willen bewijzen dat we te vertrouwen zijn en iedereen laten zien hoe groot de kracht van verenigde tovenaars wel kan zijn.'

'Ga je gang.'

Iya en de anderen vormden een kring rond de stapel broches. Iya hief haar beide armen en hield haar handen boven de broches. Het metaal smolt, en al wat er overbleef was een dampende plas gesmolten zilver. Dylias bewoog zijn hand erboven en het metaal vervormde tot een perfecte bol. Op Kiars bevel zweefde hij naar ooghoogte. Zagur maakte met zijn glimmende houten toverstaf een teken in de lucht waarop de bol de vorm van een schijf aannam, die zich op zijn beurt weer langzaam tot een zilveren spiegel transformeerde. Nu stapte Saruel voorwaarts en ze weefde een vorm in de lucht waardoor er een sierlijke lijst, van het fijnste Aurënfaier metaalwerk in de vorm van kronkelende takken en bladeren met daarin bloemen gevlochten, om de spiegel ontstond. Ten slotte sprak Arkoniël een toverspreuk uit waardoor een klein zwart raam in de lucht ontstond. De spiegel verdween erin en daalde vanuit het niets neer in Tamírs handen. Het metaal was nog warm.

Ze hield hem omhoog, terwijl ze de perfecte vormen bewonderde. De vervlochten bladeren en stelen die de spiegel omlijstten waren bijzonder fraai. Zo'n perfect kunststuk had ze nog nooit bij een zilversmid gezien.

'Het is werkelijk schitterend!' Ze gaf hem aan Ki zodat hij hem ook kon bewonderen. Daarna ging de prachtige spiegel over de gehele binnenplaats van hand tot hand, totdat hij uiteindelijk weer bij Tamír belandde.

'Ik ben blij dat hij je bevalt, hoogheid. Je kunt het beschouwen als een geschenk van het Derde Orëska,' zei Iya.

'Het wat?' zei Illardi.

'Orëska is een Aurënfaier woord, het betekent zoveel als magiër geboren,' legde Iya uit. 'De magie van die tovenaars kwam het bloed van ons volk binnen, de vrije tovenaars of het Tweede Orëska. Onze krachten zijn anders dan die van de 'faiers, en meestal niet zo krachtig. Maar nu zijn we van plan een derde soort magie te vormen en een nieuwe manier om het in praktijk te brengen, zoals jullie net hebben kunnen zien. Door onze krachten te bundelen vormen wij de nieuwe, derde soort tovenaars, het Derde Orëska.'

'En dat Derde Orëska zal Skala dienen?' vroeg Kyman.

'Ja, heer. Dat is Illiors wil.'

'Vragen jullie geen beloning?' vroeg Kyman, die nog steeds niet overtuigd was.

'Wij vragen alleen het vertrouwen van de koningin, heer, en een veilige plek om de jongens en meisjes die als tovenaar geboren zijn groot te brengen en te onderwijzen.'

Tamír hoorde wat gemompel en gesnuif achter zich maar ze negeerde dat, want ze dacht aan de weesjes die Arkoniël verzameld en beschermd had – net als hij en Iya haar beschermd hadden. 'Zolang jullie me trouw blijven zal er een veilige plek voor jullie en al jullie novicen zijn. Maar eerst moeten we onze gedachten eens over Ero laten gaan. Hertog Illardi, wat kunt u over Ero melden?'

'De winteroogst is gespaard gebleven, en dus niet ten prooi gevallen aan de Plenimaranen, maar de meeste voorraadschuren zijn wel verloren gegaan. Als de lentegewassen niet gezaaid en geplant worden, zullen we de eerstkomende winter verhongeren. Maar momenteel maak ik me meer zorgen over de daklozen en het gevaar van het uitbreken van epidemieën. Als de mensen naar andere steden trekken, zouden ze de ziekten ook kunnen overbrengen.

'Maar ze kunnen ook weer niet eeuwig in tentjes op de hei blijven wonen,' zei Jorvai. 'Voordat je zelfs maar aan wederopbouw kan denken, moet er hulp geboden worden. Anders krijg je rebellie.'

'Uiteraard moeten we iets voor hen doen.'

'En het moet voor iedereen duidelijk zijn dat die hulp van u komt, hoogheid,' zei Tharin. 'Atyion heeft ruime voorraden waaruit we kunnen putten. Laat voedsel, kleding en bouwmateriaal aanrukken. Laat de drysianen gezonde lieden selecteren die dat transport op zich kunnen nemen, of die naar familie in andere steden kunnen gaan. De overige mensen moeten hier verzorgd worden.'

Tamír knikte. 'Stuur onmiddellijk bericht naar de hofmeesteres. Vrouwe Lytia is daar geknipt voor. Ik heb bovendien besloten om Atyion als nieuwe hoofdstad uit te roepen. Het is goed te verdedigen, en er kan een groot leger ingekwartierd en gevoed worden. Nu de schatkist uit Ero is verdwenen, heb ik hier niets meer te zoeken.

Wat Korin betreft: allereerst moet ik weten waar hij zich ophoudt, en of een redelijk gesprek met hem mogelijk is. Ik moet weten hoeveel tovenaars Niryn aan zich heeft weten te binden. Zolang die Ouwe Vossenbaard zich in de buurt van mijn neef ophoudt, zal hij zijn oor vergiftigen. Jorvai, Kyman, laat jullie beste ruiters aantreden en als verkenners uitrukken. En laat hen zo snel mogelijk rapport uitbrengen. Ik dank jullie allemaal voor jullie steun.'

Het publiek had al die tijd geduldig staan luisteren, maar het lange spreken had Tamír zelf zo vermoeid dat ze er haast van begon te duizelen. Als jonge prins had ze geleerd wat leiderschap inhield, maar dat nam niet weg dat het haar met een zwaard in haar hand op het slagveld veel beter afging. Maar deze mensen wilden haar niet zien vechten, ze wilden dat ze besluiten nam over het lot van het land.

En dan moet ik er ook nog aan wennen om in een rok te lopen, bedacht ze chagrijnig terwijl de mensen huns weegs gingen. Het hele gebeuren leek haar op zich wel genoeg voor één ochtend.

Ze trok Ki aan zijn mouw. 'Kom op, ik wil een eindje lopen.'

'Het ging prima,' zei hij zacht terwijl hij zijn passen aan die van haar aanpaste.

'Ik hoop het maar.' Ze klom de ringmuur op om de haven en de citadel te zien. De lage zoom van haar jurk bleek geen succes op een ladder. Haar voet bleef haken en ze viel bijna boven op Ki.

'Verdomme! Momentje graag,' sputterde ze. Ze zette haar voeten schrap tegen de zijkanten en stopte de zoom van haar rok onder haar leren gordel, zoals Iya het haar getoond had. Het was inderdaad een stuk praktischer. Tegen de tijd dat ze op de muur stond, had ze al een idee voor een soort speld speciaal voor dit doel. Haar vingers jeukten om met een schrijfstift en wastafeltje aan de gang te gaan.

De schildwachten bogen eerbiedig toen ze hen passeerde. Ze liepen een poos over de muur heen en weer, en stopten bij een leeg schietgat waar ze tegen de borstwering leunden en naar de meeuwen boven de golven keken. Het was een heldere dag en het water leek groen en zilver in het middaglicht. Als ze naar het oosten keek, leek de wereld vrij en blij. Maar achter zich smeulden de zwarte ruïnes van de stad nog na en was het strand bezaaid met aangespoelde delen van schepen die vergaan waren.

'Dat wat je zei over "je titel verdienen naar wat je waard bent", en het belonen van trouw? Ze zagen dat je dat meende,' zei Ki de stilte verbrekend. 'Elke soldaat op die binnenplaats hing aan je lippen! Ik zag Iya met Arkoniël fluisteren. Ik wed dat zij ook best onder de indruk was. Je neemt haar aanbod om tovenaars te gebruiken voor zoektochten toch aan?'

Tamír keek fronsend naar de zee.

Ki legde een hand op haar schouder. 'Ik weet best dat je nog kwaad op haar bent omdat ze tegen je gelogen hebben over alles wat er gebeurd is. Maar ik heb erover nagedacht, over wat ze deden en waarom ze het deden, en het gekke is dat ik het, nu ik je zo gezien heb, een beetje begrijp.

Ik ben natuurlijk ook kwaad op ze,' ging hij snel verder. 'Vooral op Arkoniël, want die kennen we natuurlijk het best. Alleen... Nou ja, ik heb dus eens nagedacht. Denk je ook niet dat het voor hem heel moeilijk moet zijn geweest? Ik zie hoe hij nog steeds naar je kijkt, en hoe trots hij soms lijkt, en hoe bedroefd. Zou je hem niet nog één kansje willen geven?'

Tamír haalde nors haar schouders op. Ze wilde dolgraag van onderwerp veranderen en trok aan de rok van haar jurk. 'En je vindt nog steeds dat ik er niet als een halvegare uitzie in dit kloffie?'

'Nou, ik moet er nog wel een beetje aan wennen,' gaf Ki toe. 'Maar toen ik naar je keek terwijl je aan het praten was, zag ik nog steeds.... Jou, al had je dan een jurk aan.'

'En ik moet nog op mijn hurken pissen ook,' mompelde ze.

'Hoe voelt het daar eigenlijk? Waar je lul en je ballen zaten, bedoel ik? Ik viel haast flauw toen ik ze zag verschrompelen.'

Tamír huiverde bij de herinnering. 'Pijn doet het niet, en ik denk er maar niet te veel over na. Het voelt voornamelijk erg leeg aan daar. Dat is dubbel zo erg als die tieten. Ik lijk wel een van die arme drommels die de Plenimaranen gecastreerd hebben!'

Ki trok een gezicht en leunde half tegen haar schouder. Ze was dankbaar dat hij dat deed. Even stonden ze weer alleen maar naar de meeuwen te kijken.

Na een tijdje schraapte hij zijn keel en zei, nog steeds naar de golven starend: 'Illior heeft dat dan wel van je afgenomen, maar ik neem aan dat je er meisjes... dingen voor in de plaats hebt gekregen, niet? Dan ben je dus geen eunuch of zo.'

'Ik neem aan van wel.'

'Je neemt dat aan?'

'Ik heb dat nog niet zo onderzocht,' biechtte ze ongemakkelijk op. 'Elke keer als ik daaraan denk, word ik onpasselijk.'

Ki zei niets meer en toen ze hem uiteindelijk aan keek, zag ze dat hij tot over zijn oren rood was. 'Wat heb je?'

Hij schudde zijn hoofd en leunde ver over de borstwering om haar maar niet te hoeven aankijken.

'Kom op, Ki! Ik weet dat je me wat te zeggen hebt.'

'Ik mag het niet zeggen.'

'Dat is de eerste keer dat ik dat van je hoor. Wij hebben toch nooit geheimen voor elkaar? Wat is het?'

'Nou... Als je dáár een echt meisje bent, dan...' Hij zweeg weer en werd nu echt zo rood als een kreeft.

'Bij de ballen van Bilairy, Ki, voor de dag ermee!'

Hij kreunde. 'Nou, als je een echt meisje bent, dan heb je eigenlijk niets verloren. Wat neu... leuke dingen betreft, bedoel ik. Meisjes zeggen vaak genoeg dat ze het net zo lekker vinden als... nou ja, als mannen.'

Tamír kon hem nu ook niet meer aankijken, want ze wist dat hij het had over de meisjes met wie hij naar bed was geweest.

'Dat zeiden mijn oudere zussen en de vrouwen van mijn vader tenminste. Dat vrouwen nog geiler zijn dan mannen,' voegde hij er snel aan toe. 'Misschien niet de eerste paar keer, maar daarna? Veel meisjes die ik ken vinden het heerlijk.'

Ki zweeg even en zuchtte toen. 'Je hebt het nog nooit gedaan, hè?'

'Nee. Ik viel niet zo op meisjes.'

Ki knikte en staarde weer over de golven. Ze wisten allebei op wie ze wel gevallen was.

7

Lutha zat in zijn eentje aan het eind van de lange tafel, ver verwijderd van Korin en de anderen, tussen soldaten en de lagere adel van wie hij niemand kende, mensen die naar Cirna gekomen waren op zoek naar een koning om hun diensten aan te bieden. Zij wisten echter wel wie Lutha was, en gluurden over hun kroezen wijn naar hem, want waarom zat hij nu zo ver van zijn rechtmatige plaats aan tafel? Ze vermoedden dat hij uit de gratie geraakt was en ze zaten er niet eens zo ver naast.

Plaatsvervangende schaamte en wrok smeulden in Lutha's hart toen hij Korin en de oudere Gezellen zag lachen met Niryn, terwijl Caliël somber in zijn in zilver gevatte bokaal staarde. Lutha was op zijn achtste bij de Gezellen gekomen, en had Korin sindsdien, net als Cal, onafgebroken trouw gediend. Nu sprak Korin nauwelijks meer met hem en Cal. En dat kwam alleen maar omdat Cal op hun eerste ochtend in Cirna voorgesteld had om een Gezel naar Ero terug te laten keren om te zien wat er waar was van de verhalen over Tobin. Lutha was het daar helemaal mee eens geweest.

Er waren altijd al geruchten over Tobin geweest – de waanzin in zijn familie, de demon, en natuurlijk al die roddels over hem en Ki. Noch Lutha, noch Caliël wist wat hij van dat laatste verhaal moest denken. Tijdens het zwemmen hadden ze Tobin te vaak naakt gezien om te geloven dat hij al die tijd een meisje in jongenskleren was geweest. Nu werd Lutha heen en weer geslingerd tussen twee gedachten: of Tobin moest van de ene op de ander dag stapelgek geworden zijn, of hij moest een bedrieger en verrader zijn. Lutha kon zich beide mogelijkheden niet voorstellen bij Tobin, laat staan dat Ki na dergelijke onzin bij hem gebleven zou zijn. Nee, er moest iets heel vreemds aan de hand zijn.

Lutha was de argwanende blikken van zijn tafelgenoten beu en wilde niets liever dan naar zijn kamer gaan met Barieus of Caliël en een zak wijn, maar

Cal wilde, hoezeer hij ook genegeerd werd, Korin terzijde blijven staan. Barieus had zijn handen vol aan het bedienen van alle Gezellen omdat veel medeschildknapen gevallen waren in Ero.

Zo weinig zijn er maar over, dacht hij en nam nog een slok wijn om dat verstikkende gevoel in zijn keel kwijt te raken. En Nikides miste hij nog het meest van allemaal. Hij was Lutha's beste vriend aan het hof geweest, en nu was hij dood. Barieus was daar ook kapot van, maar stilletjes treurde hij nog veel meer om Lynx, op wie hij stiekem gek geweest was.

Korin miste hen ook wel, maar hij uitte dat door elke avond meer te drinken en Niryn leek dat gedrag alleen maar aan te moedigen. Er was niemand die hem een beetje in het gareel kon houden, nu Caliël uit de gratie was en zijn schildknaap Tanil al vroeg in de strijd om Ero verdwenen was. Meester Porion keek met de dag misprijzender, maar hij kon er weinig van zeggen, gezien zijn positie. Korin was niet langer zijn leerling zwaardvechten, maar zijn leenheer.

Het was een vreemd, vreugdeloos hof waar ze nu vertoefden. Korin beweerde dat hij de rechtmatige koning van Skala was, en hij had zichzelf door een bevende priester laten kronen, maar ze leefden als bannelingen in deze eenzame, door de wind geteisterde uithoek van de istmus, het smalste deel van het schiereiland.

De binnenplaatsen van het fort stonken nog steeds naar bloed en vuur. Het garnizoen dat loyaal aan Tamír was had wel geprobeerd tegenstand te bieden, maar Erius had Niryn hier regent gemaakt en die had zijn grijze garde met de rode haviken op de borst al klaar staan. Ze vermoordden alle verdedigende soldaten en openden de poorten voor Korin. Het beeld van Skalanen die door andere Skalanen gedood waren had Lutha maagkrampen bezorgd. Er waren zelfs vrouwen en kinderen gedood, onder wie een kleine page die niet ouder dan zes jaar geweest kon zijn. Er was iemand over hen heen gereden. Welke strijder doodt nu een page?

Cirna was strategisch gelegen, en een van de essentiële forten in het land. Het zware ommuurde vestingwerk lag midden op de landengte die het Skalaanse schiereiland met het rijke boerenland in de Noordelijke Gewesten verbond. Vanaf de westelijke muur kon een man met een sterke werparm een steen in de Osiaanse Zee gooien; vanaf de oostermuur kon een boogschutter op een vis in de Binnenzee richten.

Dat hield echter ook in dat, hoe de wind ook waaide, er altijd vocht en zout meegevoerd werd. Het beddengoed was klam en elke deur in het fort was kromgetrokken, terwijl de scharnieren stroef en vanwege de roest zeer luidruchtig waren. En hoe vaak Lutha zijn lippen ook likte, hij proefde altijd het zout. Zelfs de grote hal was, ondanks de haardvuren en de toortsen die er dag en nacht brandden, altijd muf en koud.

Korin was nu dronken en plaagde Alben, door achter Niryn om aan een lok van het veelgeprezen haar van de jonge heer te trekken. Alben lachte en duwde hem weg. Korin zat wankelend op zijn bank, en stootte Caliëls elleboog aan waardoor de wijn uit zijn bewerkte beker gutste. Alben gaf Urmanis die naast hem zat een por. Urmanis vloekte en gaf hem een flinke zet terug. Alben verloor zijn evenwicht en tuimelde, onder luid gelach, ruggelings van de bank. Zelfs Ouwe Vossenbaard deed mee. De tovenaar was bijzonder dikke maatjes met die drie, en had geprobeerd Cal binnen te lokken, maar die bewaarde wijselijk afstand tot de man. Lutha had Alben en Urmanis nooit echt gemogen. Ze waren arrogant en konden vaak erg gemeen uit de hoek komen. Ze waren altijd in Korins grillen meegegaan, hoe diep ze ook door de knieën moesten, en dat betaalde zich nu terug. Zelf heer Niryn leek hen te mogen. Hun schildknapen, Garol en Mago, waren geen haar beter.

De arme Caliël was een andere zaak. Hij had zijn plekje aan tafel behouden, maar er zat iets helemaal fout tussen hem en Korin. Caliël was met zijn donkere ogen en goudblonde lokken altijd de zon geweest die door de donkere stemmingswolken van Korin heen had kunnen kijken. Samen met Tanil had hij hem ervan kunnen weerhouden gemene daden te plegen of hadden zij hem in bed kunnen krijgen voor hij zichzelf een delirium op de hals haalde.

Korin was overdag aangenamer gezelschap, misschien omdat hij dan nuchter was. In zijn rouwkledij begroette hij, vergezeld door zijn Gezellen en zijn oude zwaardleraar Porion, de verontruste edelen die door zijn hof dwaalden. Hij droeg zijn verdriet met een waardigheid die niet bij zijn leeftijd paste. In minder dan een jaar had hij vrouw, kind, vader en hoofdstad verloren. Mensen die zijn aarzelingen tijdens de strijd niet hadden opgemerkt, roemden zijn vurige ogen en eeuwige glimlach. Ze zagen zijn vader in hem: sterk, enthousiast en charmant. Edelen die Korins grootvader hadden kunnen zijn, knielden met tranen in hun ogen voor hem neer en kusten zijn ring en het gevest van het grote zwaard aan zijn zwaardkoppel. Alleen op zulke momenten kon Lutha zijn twijfels even vergeten.

Maar 's nachts, in de beslotenheid van zijn eigen zaal, dronk Korin meer dan ooit en die griezelige, opgejaagde blik in zijn ogen kwam terug. Het was dezelfde blik die hij na hun eerste verrassingsaanval op rovers had gehad. Wanneer Korin dronken was, kon hij zijn angsten niet langer verbergen. En zat Niryn altijd naast de jonge koning, fluisterend, glimlachend. 'Hem van advies dienen,' noemde Ouwe Vossenbaard de gal die hij Korin voorschotelde.

Niryn verbleef overdag meestal elders, maar Lutha bleef zo ver hij kon uit 's mans buurt, hoe laat het ook was. Hij voelde de giftige blikken van de tovenaar de laatste tijd steeds vaker op hem rusten. Iedereen kon zo zien dat Niryn Korin als degene zag die verder ging waar zijn vader opgehouden was, maar Lutha was slim genoeg om zulke gedachten voor zichzelf te houden.

Er waren al enkele heren en officiers opgehangen op de gerechtsplaats omdat ze hun mening gegeven hadden; onder hen was de knappe en populaire kapitein Faren, uit heer Weeterinks regiment. Zijn opgezwollen lijk bungelde daar nog steeds, langzaam draaiend in de nimmer aflatende zeebries. Het lijk had een bord om zijn nek. In grote letters was daar slechts één woord op gekalkt: *Verrader*.

Alleen heer Caliël was niet bang voor de tovenaar, en Lutha maakte zich daar, samen met veel anderen, ernstig zorgen over. Lutha wist wel wie die anderen waren, maar Caliël was te hooghartig en loyaal om zijn mond te houden. Waarschuwingen en aanwijzingen liet hij aan zich voorbijgaan, net als Korins dronken scheldbuien – hij bleef bij zijn vriend, zelfs als het leek alsof hij niet langer gewenst was.

'Jij komt nog eens in de kerkers terecht, of erger,' waarschuwde Lutha hem op een avond toen ze samen in een beschut hoekje van de door de wind geteisterde kantelen zaten.

Caliël boog zich opzij en bracht zijn mond vlak bij Lutha's oor. 'Ik kan niet meer aanzien hoe dat monster Korins ziel opzuigt. Ik moet iets doen.'

Lutha huiverde, want zelfs hier, ver van iedereen, durfde Caliël Niryns naam niet uit te spreken.

Naast zijn grijsruggen en de paar overgebleven Havikentovenaars, had Niryn Moriël. Moriël de Pad. Moriël leek eigenlijk meer op een albinorat met zijn vlassige haar en zijn lange scherpe neus, maar hij had het koude, hongerige hart van een pad. Hij had overal aan het hof op de loer gelegen, sinds zijn patroon, heer Orun, hem tevergeefs Ki's plaats als schildknaap van Tobin had willen laten innemen.

Noch Tobin, noch Korin wilde iets met hem te maken hebben, maar hij was er op de een of andere manier, na de dood van Orun, in geslaagd zich aan Niryn te binden, en het zag er nu niet direct naar uit dat ze gemakkelijk van hem afkwamen, of ze moesten rattengif in zijn soep druppelen. Hij werd de secretaris van de tovenaar genoemd en hoewel hij altijd en eeuwig, als een ge-bleekte, kleffe schaduw, aan de zijde van de tovenaar liep, was hij zijn oude trucjes niet verleerd. Hij had scherpe ogen en lange oren en had de vervelende gewoonte om onverwacht op te duiken op plaatsen waar je hem het minst verwachtte. Onder de gewone soldaten ging het gerucht dat kapitein Faren gehangen was door de getuigenis van Moriël.

Lutha zag hem als eerste. Hij kuierde kalm over de muur. Caliël snoof zacht en leunde tegen de borstwering alsof hij en Lutha gewoon van het uitzicht ge-noten.

Moriël kwam naast hen staan alsof hij een groet verwachtte. Caliël draaide hem koeltjes zijn rug toe, net als Lutha.

'O pardon,' murmelde Moriël op dat kleverige, insinuerende toontje dat hij tijdens zijn jaren in heer Oruns huis had opgedaan. 'Ik wist niet dat ik een afspraakje tussen geliefden zou storen.'

Caliël keek hoe hij in de verte verdween en mompelde: 'Vuil hielenlikker-tje. Een dezer dagen vind ik wel een aanleiding om zijn keel door te snijden.'

Lutha gaf hem een por met zijn elleboog, en wees op de spookachtige ge-stalte in het witte gewaad die dwars de mistige binnenplaats beneden over-stak. Het was niet te zien of het Niryn of een van zijn resterende tovenaars was, maar het was het veiligste om aan te nemen dat het in elk geval een spion was.

Caliël bleef doodstil zitten tot de tovenaar uit het zicht verdwenen was. Lutha zag hoe hij afwezig aan de ring om zijn rechterwijsvinger draaide. Het was de haviksring die Tobin voor hem gemaakt had. Caliël droeg hem nog steeds, zelfs nu, net als Lutha nooit het door Tobin gemaakte paardenamulet had afgedaan.

'Dit is niet het Skala waarvoor ik heb leren vechten,' mompelde hij.

Lutha verwachtte dat hij daar 'Dit is niet de Korin die ik ken' aan zou toe-voegen, maar Caliël knikte hem toe en ging naar beneden.

Lutha had nog geen zin om in zijn vochtige bed te stappen, en bleef nog wat rondhangen. De maan had moeten worstelen om vanachter het wolken-dek vandaan te komen en legde nu een zilveren glans over de Osiaanse Zee. Ergens veel verder, achter de verspreid liggende eilandjes, lag Aurënen, en Gedre. Hij vroeg zich af of hun vriend Arengil wakker was, en nu toevallig naar het noorden keek en aan hen stond te denken.

Lutha balde zijn vuisten bij de herinnering aan de dag dat Erius hen be-trapt had bij het geven van zwaardlessen aan meisjes op het dak van het Oude Paleis. Arengil was uit de gratie geraakt en naar huis gestuurd. Lutha vroeg zich af of hij hem ooit weer zou zien. Hij was de beste valkenier aan het hof geweest.

Toen ook hij de trap afliep, zag hij uit zijn ooghoek een beweging op het balkon van de toren. De lampen in de kamer erachter brandden nog en daardoor zag hij een eenzame gedaante die van bovenaf naar hem keek. Nalia, gemalin van de vorst van Skala. Zonder na te denken, wuifde hij. Hij meende dat ook zij haar hand naar hem opstak waarop ze weer in de toren verdween.

'Goedenacht, hoogheid,' fluisterde hij. Ze was dan wel prinses geworden, maar ze was niet veel beter af dan een gevangene in een kerker.

Lutha had maar eenmaal met de jonge vrouw gesproken, op de dag van haar overhaaste huwelijk met Korin. Vrouwe Nalia was niet knap: haar onopvallende gezichtje werd ontsierd door een grote wijnvlek die een hele wang bedekte. Maar ze kon goed converseren en bewoog sierlijk en galant, en er sprak een droef soort trots uit haar houding die Lutha's hart geraakt had. Niemand wist waar Niryn dit meisje met vorstenbloed vandaan gehaald had – al die meisjes waren immers gedood – maar Korin en de priesters waren tevreden en keurden haar geboortepapieren goed.

Toch klopte er iets niet. Ze was duidelijk gedwongen tot dit huwelijk en sinds die dag had ze de toren niet meer verlaten op een paar korte avondwandelingetjes, onder escorte, op de borstwering na. Ook bij de maaltijden en ritjes of jachtpartijen zag je haar nooit. Dat was niet echt zoals het een edelvrouw betaamde. Niryn beweerde dat het te gevaarlijk voor haar was om in deze onzekere tijden de toren te verlaten, en dat ze veel te kostbaar was als toekomstig draagster van de enige ware erfgenaam met koninklijk bloed.

'Is het niet raar dat ze niet eens naar de eetzaal komt om met ons te eten?' had Lutha Caliël gevraagd. 'Als ze tijdens de maaltijd bij ons nog niet veilig is, dan ziet het er voor ons ook niet best uit!'

'Daar gaat het niet om,' mompelde Caliël. 'Hij verdraagt haar aanblik niet, het arme schaap.'

Lutha had medelijden met haar. Als ze nu een dom wicht was geweest, of een flirt zoals Korins tweede vrouw, dan had hij niet aan haar, in die toren, hoeven denken. Maar nu maakte hij zich wel zorgen over haar, zeker ook omdat hij haar af en toe voor het raam zag, of haar op haar balkon vol verlangen naar de zee zag staren.

Hij zuchtte nogmaals en liep naar zijn kamer, hopend dat Barieus het bed voor hem had opgewarmd.

8

Nalia week terug van de lage kantelen; ze keek tersluiks naar Tomara, die voor de open deur zat te breien. Ze zag de man op de ringmuur pas toen hij zwaaide.

Ze had daar ook niet gestaan om iemand te zien. Ze had naar de geplaveide binnenplaats gestaard en zich voor de zoveelste maal afgevraagd of ze in één klap dood zou zijn als ze naar beneden sprong. Zo moeilijk was het niet. De kantelen waren laag, ze kwamen nauwelijks tot haar middel. Daar kon ze gemakkelijk op gaan staan, er zelfs overheen stappen. Tomara was vast niet sterk genoeg om haar tegen te houden.

Een flintertje moed en ze zou verlost zijn van deze oneervolle gevangenschap.

Als heer Lutha haar niet had opgeschrikt, had ze het misschien vanavond wel gedaan. Maar in plaats daarvan had zijn korte, vriendelijke gebaar haar terug doen deinzen. Ze keek benauwd of Tomara haar plotselinge reactie bemerkt had.

Maar ze keek toen pas op van haar breiwerk en glimlachte. 'Het is een frisse avond, vrouwe. Doe de deur maar dicht, dan zet ik een lekker kopje thee.'

Nalia ging aan haar kleine schrijftafeltje zitten en keek toe hoe Tomara in de weer ging met de ketel, maar ze bleef aan Lutha's vriendelijke groet denken. Ze drukte een hand tegen haar borst, en knipperde met haar ogen om haar tranen te verdringen. *Hoe kan zoiets eenvoudigs als een hand die wordt opgestoken door een vreemde in de nacht mijn hart zo aan het bonzen maken?* Misschien omdat dit gebaar het aardigste was dat ze sinds het begin van deze nachtmerrie meegemaakt had.

Als ik de moed had om terug te gaan en te doen wat ik me had voorgenomen, zou hij er dan nog staan om het te kunnen zien? Zou hij treuren om mijn dood? Zou er überhaupt iemand treuren?

Dat betwijfelde ze. Korin, en de enkele bediende of wachter die ze mocht zien – zelfs Niryn – ze noemden haar allen 'de gemalin', maar ze was niet meer dan een gevangene, een pion in hun spel.

Hoe had het allemaal zover kunnen komen?

Ze had zo'n heerlijke jeugd gehad in Ilear. Maar Niryn – de man die eerst haar voogd en vervolgens haar minnaar was geweest – had haar, met een onwaarschijnlijke wreedheid,verraden en nog verwacht dat zij hem daarvoor bedankte ook.

'Het is veiliger hier, liefje,' zei hij, toen hij haar naar deze afschuwelijke, eenzame, door de wind geteisterde burcht bracht. Zodra ze het gebouw zag haatte ze het al, maar ze had geprobeerd moedig te zijn. Want had Niryn niet beloofd dat hij hier veel vaker bij haar zou kunnen zijn?

Maar van die belofte kwam niets terecht, en een paar maanden later was de waanzin pas echt begonnen. Een groep soldaten, die met de rode haviken op hun grijze tunieken, vielen de garde van Cirna aan. De geluiden die die nacht klonken op de binnenplaats waren gruwelijk geweest. Zij had hier, samen met haar bediende en de kleine page, ineengedoken gezeten, en gedacht dat de wereld zou vergaan.

Laat die nacht was Niryn dan eindelijk gekomen, maar niet om haar te redden. Zonder enige voorbereiding had hij haar voorgesteld aan een onverzorgde man met holle ogen die naar bloed, zweet en wijn stonk.

Natuurlijk herkende ze in hem de prins van processies en portretjes wel, maar van een dergelijke introductie had ze nooit gedroomd.

Niryn, die met haar als kind gespeeld had en haar later de geneugten van het liefdesspel had geleerd, zodat ze haar eigen uiterlijk even kon vergeten, had geglimlacht en zei: 'Nalia, mag ik je voorstellen aan je echtgenoot.'

Ze was prompt flauwgevallen.

Toen ze bijkwam lag ze op haar bed en prins Korin zat naast haar. Hij nam haar van top tot teen in zich op en had waarschijnlijk niet gemerkt dat ze wakker geworden was, want op zijn gezicht had een uitdrukking van walging gestaan die in één klap verdween toen hij zag dat zij haar ogen geopend had. Hij, zelf met bloed besmeurd en stinkende kleren, hij waagde het zo naar haar te kijken!

Ze waren alleen gelaten en ze barstte in huilen uit, draaide zich om en kroop in elkaar, uit angst dat hij haar zou verkrachten.

Maar het sierde hem dat hij vriendelijk was. 'Ik heb nog nooit een vrouw gedwongen,' zei hij tegen haar. Hij was eigenlijk best knap onder al dat vuil, zag ze, en eerlijk bovendien. 'Er stroomt koninklijk bloed door je aderen, we zijn verwant. Hoe zou ik je kunnen onteren?'

'Maar wat wil je dan van me?' had ze zwakjes gevraagd, en ze trok het dek op tot aan haar kin.

Daar had hij zo gauw geen antwoord op gehad. Misschien dacht hij dat Niryns kille verklaring voldoende was geweest. 'Mijn vader, de koning, is dood. Nu ben ik de koning.' Hij nam haar hand in de zijne, vies en wel, en probeerde een glimlach te produceren. Het was een hopeloze poging. Zijn blik bleef afdwalen naar dat gloeiende merkteken dat als gemorste wijn van haar wang tot aan haar schouder doorliep. 'Ik heb een gemalin nodig. Je zult de erfgenamen van Skala dragen.'

Nalia had hem in zijn gezicht uitgelachen. Het enige wat ze daarop wist te zeggen was: 'O, en Niryn heeft daar geen bezwaar tegen?' Een deel van haar arme, verwarde geest was nog niet in staat geweest te bevatten dat haar minnaar, haar beschermer, haar verraden had.

Korin had bedenkelijk gekeken. 'Heer Niryn werd geleid door een profetie waarin hem bevolen werd jou te beschermen en verborgen te houden, zodat jij deze opdracht zou kunnen volbrengen.'

Maar hij was mijn geliefde! We sliepen jarenlang samen! Ze wilde het recht in zijn gezicht roepen, want misschien zou ze zichzelf daardoor kunnen redden van deze schande. Maar er kwam alleen wat hees gepiep uit haar mond. Een ijskoude verlamming maakte zich meester van haar lippen, ging over naar haar keel, stroomde verder naar haar hart en buik, en hield uiteindelijk stil tussen haar benen, waar het gevoel veranderde in een kort, heet gekriebel, als de afscheidskus van een geliefde. Ze snakte naar adem en ook haar andere wang kleurde vuurrood, maar de stilte kon ze niet meer doorbreken. Er was magie over haar heen gekomen. Maar hoe? En door wie?

Korin begreep haar bedoeling verkeerd en bracht haar hand naar zijn lippen. Zijn zijdezachte zwarte snorretje streelde haar huid zo anders dan Niryns stugge koperkleurige baard. 'We zullen eerst in het huwelijk treden, vrouwe, zoals het hoort. Morgen kom ik met een priester naar u toe.'

'Morgen?' zei Nalia. Ze had haar stem weer terug, al was hij zwak. 'Zo snel al?'

'Het zijn onzekere tijden. Later, als alles geregeld is met de troon, kunnen we een echt huwelijksfeest houden. Maar het gaat er nu alleen maar om dat ons kind een wettig erfgenaam wordt.'

Ons kind. Dus ze werd alleen maar gezien als een koninklijke fokzeug. Voor de eerste keer in haar jonge leven voelde Nalia zuivere woede in zich opstijgen.

73

Jouw vriendje Niryn heeft ontelbare keren in mijn bed gelegen! Hoe graag ze het ook uit wilde schreeuwen, de ijzige verdoving van lippen en keel hield haar weer tegen. Ze drukte een hand tegen haar onbruikbare mond terwijl tranen van angst en frustratie over haar wangen rolden.

Korin zag dat ze van streek was en ze moest toegeven dat hij echt bezorgd uit zijn donkere ogen keek. 'Huil toch niet, vrouwe. Ik begrijp dat het allemaal een beetje onverwacht komt.' Toen deed hij het weer teniet door er bij het opstaan aan toe te voegen: 'Mijn idee was het ook niet. Maar we moeten aan Skala denken.'

Toen ze weer alleen was, trok ze snikkend de dekens over haar hoofd. Ze had geen familie, geen beschermers, niemand die haar kon helpen.

Ze huilde zichzelf in slaap. Haar kussen was nog steeds doorweekt toen ze voor zonsopgang ontwaakte. Ze was nog steeds alleen en tranen had ze niet meer over.

Ze liep naar het oostelijke venster en zag de hemel langzaam oplichten boven de Binnenzee. Over de muren onder haar toren liepen mannen met rode haviken op hun borst heen en weer, terwijl de echte vogels vrij en blij op de ochtendbries de vrijheid tegemoet zweefden.

Ik ben nooit echt vrij geweest, besefte ze nu. Het was allemaal een illusie en ze was zo gelukkig geweest terwijl ze gewoon voor de gek gehouden werd. De woede die ze gister had gevoeld kwam sterker terug. Als er niemand was van wie ze hulp kon verwachten, moest ze maar voor zichzelf zorgen. Ze was tenslotte geen kind meer. En niemand kon haar nu nog bedriegen.

Vena en Alin mochten nog steeds niet terugkomen, dus kleedde ze zichzelf aan en ging aan haar schrijftafeltje zitten. Als ze de waarheid niet kon zeggen, zou ze de prins maar een brief schrijven.

Maar wie haar ook betoverd had, dom was hij of zij zeker niet. Haar hand bevroor boven het vel papier en de inkt verdroogde zodra ze de pen erin wilde dopen. Met een angstige kreet wierp Nalia de pen van zich af en duwde zich weg van de tafel. Niryn had haar wel allerlei verhalen verteld over grote toverkunsten, maar ze had zelf nog nooit iets anders meegemaakt dan de trucjes van een goochelaar op de jaarmarkt. Dit was een soort vloek. Ze probeerde de woorden weer uit te spreken, alleen in haar kamer. *Koning Korin, ik ben geen maagd meer.* Maar de woorden kreeg ze niet uit haar keel. Ze herinnerde zich dat vreemde gevoel weer dat zich van haar meester had gemaakt toen ze het hem probeerde te zeggen. Het was door haar hele lichaam gegleden tot...

'O, Dalna!' fluisterde ze en zonk op haar knieën. Met bevende vingers, reikte ze onder haar rok en hield haar adem in. 'O Schepper, wees me genadig!'

Ze was inderdaad vervloekt, want haar maagdelijkheid was hersteld. Dat was de eerste keer geweest dat haar gedachten naar het balkon waren gegaan, en naar de lange val naar beneden.

Haar bediende en page had ze nooit meer teruggezien. In hun plaats was de gerimpelde, oude Tomara naar boven gestuurd om haar te bedienen en gezelschap te houden.

'Waar zijn mijn eigen bedienden?' had Nalia boos gevraagd.

'Ik weet niets over andere bedienden, Majesteit,' antwoordde de oude vrouw. 'Ik werd uit het dorp gehaald en mij is verteld dat ik kamenier van een edele dame zou worden. Ik heb het niet meer gedaan sinds mijn meesteres een paar jaar geleden stierf, maar ik kan nog steeds verstellen en vlechten. Kom, laat me eerst uw mooie haar eens uitborstelen, vindt u niet?'

Tomara was zachtaardig en had snelle handen, en ze gedroeg zich altijd vriendelijk, maar Nalia miste haar eigen bedienden. Ze liet haar toilet maken en nam toen haar plaats bij het raam weer in, om te zien wat er buiten gebeurde. Ze zag een stel ruiters rondjes lopen op de binnenplaats en hoorde geroep op de weg buiten de muren.

'Weet jij wat er gebeurd is?' vroeg ze ten slotte.

'Ero is gevallen, en een of andere verrader eist de troon op, Majesteit,' vertelde Tomara en keek op van haar borduurwerk. Het was een bruidssluier.

'Weet jij wie heer Niryn is?'

'Wel, dat is de tovenaar van de koning, vrouwe!'

'*Tovenaar?* De adem stokte Nalia in de keel. Een tovenaar. Die machtig genoeg was om de koning te dienen.

'O, ja! Hij redde het leven van koning Korin in Ero, en wist hem de stad uit te krijgen voor de Plenimaranen hem gevangen hadden kunnen nemen!'

Nalia dacht erover na, en probeerde het verband met de morsige, stinkende man die gisteravond op haar bed had gezeten te vinden. *Hij was gevlucht! Dit nieuwe koninkje van me, hij verloor de hoofdstad en ging ervandoor. En ik ben de beste vrouw die hij nog krijgen kan!*

De bittere gedachte was als balsem op haar gewonde hart. Het gaf haar de kracht zichzelf te beheersen en zich niet gillend en krijsend op Niryn te storten die haar later die ochtend kwam halen om haar naar de priester te begeleiden.

Ze had geen echte trouwjurk. Ze had haar beste jurk aangetrokken en droeg de sluier die Tomara nog snel even voor haar gemaakt had. Ze had niet eens de bijbehorende bloemenkrans, dus bracht Tomara haar op het laatste nippertje een krans van madeliefjes.

Er waren ook geen vrolijk uitgedoste bedienden of muzikanten. Mannen met zwaarden escorteerden haar naar de grote zaal. Het middaglicht dat door de schaarse smalle raampjes naar binnen viel, maakte de schaduwen alleen maar zwaarder. Toen haar ogen aan het halfduister in de zaal gewend waren zag ze dat er behalve soldaten en bedienden geen andere huwelijksgasten waren. De Dalnapriester stond bij de haard met naast zich een handvol jonge edelen, de Gezellen.

Aangezien ze geen vader had die haar kon weggeven, werd Nalia door Niryn overgedragen aan Korin en ze kon niet anders dan gehoorzamen. Toen het huwelijk was voltrokken en ingezegend, nam Korin een ring met een steen van zijn eigen hand en liet die om haar smalle ringvinger glijden. Ze begreep dat ze nu zijn gemalin was, en prinses van Skala.

Na de plechtigheid werd ze tijdens het sobere feestmaal aan de Gezellen voorgesteld. Heer Caliël was lang en blond, met een aardig, zij het droef gezicht. Heer Lutha was eigenlijk nog maar een jongen, slungelig en met een doodgewoon gezicht, maar hij had zo'n aanstekelijke lach dat ze zijn hand nam en terug glimlachte. Zijn schildknaap, Barieus, had eenzelfde vriendelijke blik in zijn bruine ogen. De twee anderen, heer Alben en heer Urmanis, waren meer van het slag dat ze had verwacht: trots en knap, en verhulden niet wat ze van haar uiterlijk vonden. Zelfs hun schildknapen waren onbeschoft.

Ten slotte stelde hij haar voor aan zijn oude zwaardmeester, een grommerige oude vechtersbaas die Porion heette. De man was aardig en uitermate beleefd, maar hij was niet veel meer dan een gewoon soldaat. Korin benaderde hem echter met het meeste respect. Al met al was het maar een bij elkaar geraapt zooitje dat haar jonge gemaal omringde, zeker met die tovenaars onder leiding van Niryn erbij, bedacht Nalia terwijl ze zonder veel eetlust aan haar koude plak lamsvlees pulkte.

Toen het maal voorbij was werd ze tot middernacht aan haar lot overgelaten in haar torenkamer. Tomara had ergens in dit afschuwelijke oord toch nog wat oliën en geurwatertjes opgediept. Ze hielp Nalia zich voor te bereiden op de huwelijksnacht, en glipte weg.

Nalia lag stijf als een lijk op bed. Ze had geen verwachtingen en wist was ze moest doen. Toen de deur uiteindelijk openging, kwam echter niet Korin, maar Niryn bij haar bed staan.

'Jij!' siste ze. 'Jij slang! Jij verrader!'

Niryn glimlachte en ging op de rand van haar bed zitten. 'Tuttut. Is dat nu een manier om tegen je weldoener te spreken, kindje?'

'Weldoener? Hoe durf je dat te zeggen? Als ik een dolk had, had ik hem nu al in je hart gestoken, zodat je een fractie van de pijn zou voelen die je mij nu al bezorgd hebt!'

Zijn rode baard ving de gloed van de kaarsvlam op terwijl hij zijn hoofd schudde. Er was een tijd geweest waarin ze die kleur prachtig gevonden had. 'Ik heb je leven gered, Naliaatje, want eigenlijk had je door de razzia's van de koning moeten sterven, zoals je moeder en haar hele familie. Ik beschermde je, ik voedde je op, en nu heb je het toch maar tot prinses geschopt. Je kinderen zullen over Skala heersen. Hoe kun je dat nu verraad noemen?'

'Ik hield van je! Ik vertrouwde je! Hoe kon je me laten denken dat ik je minnares was, wanneer je nooit de bedoeling had om me bij je te houden?' Ze huilde nu en haatte zichzelf om haar gebrek aan zelfbeheersing.

Niryn stak zijn hand uit en ving een van de tranen op zijn vingertop op. Hij hield hem tegen het kaarslicht en bewonderde hem als een zeldzaam juweel. 'Ik geef toe dat mijn vlees wel wat zwak was. Je was zo'n lief, aanhankelijk dingetje.... Als Korin nu een passende bruid gevonden had, ja wie weet wat ik dan had gedaan. Ik had je misschien wel zelf gehouden.'

Nogmaals deed woede de tranen verdampen. 'Je praat over me alsof ik een jachthond of een paard ben! Betekende ik niet meer voor je?'

'Jawel, Nalia.' Zijn stem was warm terwijl hij voorover leunde en haar gezicht in zijn handen nam, en ondanks alles ontspande ze in die al te bekende liefkozing. 'Je bent de toekomst, mijn kuikentje. Die van mij. Die van Skala. Via jou, met wat zaad van Korin, zal ik vrede en orde in de wereld brengen.'

Nalia staarde hem ongelovig aan terwijl hij opstond. 'En dat wist je allemaal al toen je me als wees in huis nam? Hoe dan?'

Niryn glimlachte, en iets in die lach verkilde haar hart. 'Ik ben een machtig tovenaar, kindje, en aangeraakt door de goden. In visioenen is me dat vele malen verteld. Het is je lot – het is allemaal voorbestemd.'

'Een tovenaar!' riep ze hem achterna toen hij naar de deur liep. 'Zeg op, heb jij me betoverd en me weer maagd gemaakt?'

Deze keer was zijn grijns een duidelijk antwoord.

Even later kwam Korin bij haar, gehuld in een walm van wijn zoals die eerste nacht, maar godenzijdank nu wel schoon. Hij kleedde zich uit zonder ook maar een blik op haar te werpen, en onthulde een sterk jong lichaam met een lid dat een weinig enthousiaste erectie liet zien. Hij aarzelde bij het bed, blies de kaars uit en ging direct op haar liggen met het dek over zich heen. Hij deed niet eens de moeite haar te kussen voor hij haar nachthemd optilde en met zijn halfharde lid hard tussen haar dijen begon te wrijven. Hij tastte naar haar borsten en streelde ze, frutselde wat tussen haar benen in een vergeefse poging haar nat en toegankelijk te maken.

77

Nalia was blij dat het zo donker was, zodat haar kersverse echtgenoot die beschamende tranen van woede niet zou zien die over haar wangen stroomden. Ze beet op haar lip en hield haar adem in, want ze wilde zichzelf niet verraden door aan die nu besmeurde tedere, plezierige vrijpartijtjes van vroeger te denken.

Nalia gaf een kreet toen haar valse maagdenvlies scheurde, maar ze betwijfelde of hij het gehoord had, en of het hem iets kon schelen. Haar man maakte haast om er een punt achter te zetten, en toen hij in haar klaarkwam lag er een naam van een andere vrouw op zijn lippen: Aliya. Ze meende dat hij huilde toen het voorbij was, maar nadat hij van haar afgerold was, was hij verdwenen voordat ze dat vast had kunnen stellen.

En zo eindigde de huwelijksnacht van de prinses van Skala.

Die herinnering vulde haar hart nog steeds met woede en schaamte, maar Nalia putte troost uit het feit dat het tot nu toe gelukt was haar 'beschermers' niet te geven wat ze verlangden. Haar maanbloed was altijd weer gekomen. Haar schoot bleef leeg.

9

Al haar goede bedoelingen ten spijt, was Tamír er nog steeds niet toe gekomen om naar Atyion te rijden. Ze had inmiddels de hoop opgegeven dat dat op korte termijn zou gaan lukken. In Ero was zoveel te doen, en dat was nu belangrijker.

De lentebuitjes bleven maar aanhouden. De voetpaden tussen de tenten en de haastig gebouwde hutten hadden meestal meer weg van beekjes. Er was geen tijd geweest om de opvang naar rang en stand in te delen. Minder fortuinlijke edelen die geen landgoed te bezaten, hadden nu te midden van families van marktkooplui en half verhongerde bedelaars een onderkomen gevonden; iedereen had zijn hoop gevestigd op de nieuwe koningin. Wanneer ze geen hof hield, zat Tamír van zonsopkomst tot zonsondergang in het zadel. De maaltijden bestonden meestal uit een homp brood of wat vlees, dat in het voorbijgaan in haar hand gedrukt werd.

Deze barre omstandigheden hadden één voordeel: niemand had haar tot nu toe gedwongen een jurk aan trekken, buiten het huis van Illardi kon ze tenminste gewoon in laarzen en broek rondstruinen.

Eindelijk was er een karavaan met hulpgoederen uit Atyion aangekomen.

De karavaan werd geleid door vrouwe Syra, die door Lytia als assistent-hofmeesteres was benoemd.

Tamír was haar tegemoet gereden om haar te begroeten en de karavaan verder naar de nederzetting te begeleiden.

'Hoogheid!' Syra maakte een knicks en gaf haar de vrachtbrief. 'Ik heb canvas, dekens, bier, meel, gezouten vlees, stokvis, kaas, bonen, brandhout en kruiden voor de helers geladen. Meer goederen zijn onderweg. Vrouwe Lytia heeft in de stad en in het kasteel tijdelijke huisvesting geregeld voor als u daar personen onder wilt brengen.'

'Dank je. Ik wist dat ze alles goed zou verzorgen.' Tamír nam een verzegeld document uit de mouw van haar tuniek en overhandigde dat aan Syra. 'Hiermee draag ik de honderd morgen braakliggend land tussen de noordmuur en de zee over aan het volk, zodat de stad kan groeien. Daar mag gebouwd worden en men kan daar gaan wonen. Wel moet er pacht betaald worden aan het kasteel. Zorg ervoor dat Lytia dit krijgt.'

'Komt in orde, hoogheid. Maar betekent dit dat u besloten hebt Ero niet meer op te bouwen?'

'De drysianen zeggen dat de putten en grond door en door vergiftigd zijn. Het zal meer dan een jaar duren eer dat gif verdwenen is. En volgens de priesters is het ook nog vervloekte grond. Ik heb het advies gekregen om het land te reinigen door alles te verbranden wat nog overeind staat. Skala moet een nieuwe hoofdstad krijgen, een sterke stad. Voorlopig zal dat Atyion zijn.'

'Als we jou daar nu eindelijk eens naartoe konden krijgen, zou het helemaal mooi zijn,' mompelde Ki en de andere Gezellen grinnikten.

Het bericht dat er voorraden waren aangekomen had een grote toeloop teweeggebracht. Tamír zag dankbaarheid op veel gezichten, maar net zoveel hebzucht, woede, ongeduld en wanhoop. Er waren, nog afgezien van de soldaten, zo'n tachtigduizend vluchtelingen op de vlakte, en gewelddadige incidenten waren aan de orde van de dag. De baljuw rapporteerde dagelijks wat er nu weer aan diefstallen, verkrachtingen en andere misdrijven gepleegd waren. De oude wetten waren nog van kracht en er werden meer mensen ophangen dan ze eigenlijk wilde, maar de situatie werd langzamerhand onhoudbaar.

En ze besefte maar al te goed dat het allemaal nog veel erger kon worden. Als er niet werd geoogst, zouden de wintergewassen die de plantenziekten hadden overleefd spoedig op het veld staan te rotten, en het grootste deel van het lentegoed was nog niet ingezaaid. Voor het intreden van de winter moesten ze, om een massale volkssterfte te voorkomen, voldoende graan en een echt dak boven hun hoofd hebben.

Tamír was blij dat ze het de hele dag zo druk had, hoe vermoeiend het ook was. Het bood haar een excuus om de tovenaars te ontwijken en ze hoefde niet te denken aan wat de nachten voor haar in petto hadden.

Overdag had Broer haar steeds met rust gelaten, maar als de duisternis viel drong de kwade geest haar kamer of haar dromen binnen, en eiste gerechtigheid.

Alsof dat nog niet genoeg was, had Ki na een paar ongemakkelijke nachten voor hen allebei besloten op een veldbed in de inloopkast van haar slaapkamer te gaan liggen. Hij had niets gezegd, hij had het zomaar gedaan. Nu en dan vroeg hij ook of hij na het avondeten alleen mocht gaan rijden. Vroeger had hij er nooit behoefte aan gehad van haar gescheiden te zijn. Ze vroeg zich af of hij een meisje opzocht – een écht meisje, dacht ze bitter – om mee te rollebollen.

Ki deed zijn uiterste best om haar te behandelen zoals hij altijd gedaan had, maar er was iets veranderd tussen hen, en daar hielp geen moedertjelief aan. Hij sloot de deur tussen hen niet als hij in de grote inloopkast verdween om te gaan slapen, maar voor haar gevoel had hij net zo goed in Atyion kunnen zitten.

Die avond was het niet anders geweest. Hij had met haar en de andere Gezellen vrolijk een spelletje bakshi gespeeld, maar toen ze daar na een paar uur mee stopten, was hij opgestaan en weggegaan. Lynx glipte soms met hem naar buiten. Ze wilde hem al een tijdje vragen waar Ki naartoe ging, maar haar trots weerhield haar.

'Hij doet of ik zijn vrouw ben,' gromde ze terwijl ze terugliep naar haar kamer.

'Wat zei je, hoogheid?' vroeg Una die dichterbij geweest was dan ze had gedacht.

'Niks,' snauwde Tamír, een beetje beschaamd.

Baldus had haar slaapkamer al voor de nacht in gereedheid gebracht. Toen zij al binnen was, bleven Baldus' ogen op de deur gericht. *Hij kijkt waar Ki blijft*, dacht ze.

Una deed Tamírs diadeem af en hielp haar uit haar laarzen en Baldus hing haar zwaard en koppel aan het rek met wapenrusting.

'Dank je. Ik red me verder wel.'

Maar Una bleef nog even staan, en keek alsof ze iets wilde zeggen.

Tamír trok een wenkbrauw op. 'Nou? Wat is er?'

Una aarzelde en keek snel naar de jongen. Ze kwam dichterbij en met gedempte stem zei ze: 'Ki... Hij gaat niet naar een vriendinnetje, hoor.'

Tamír draaide zich snel om opdat Una haar knalrode hoofd niet zou zien. 'Hoe weet je dat?'

'Ik ving het toevallig op toen Tharin het uit hem zat te trekken. Ki was nogal pissig dat Tharin zoiets van hem dacht.'

'Valt het dan zo op? Wordt er achter mijn rug door de Gezellen over gepraat?'

'Nee. Maar ik dacht dat het je een beetje gerust zou stellen, dat is alles.'

Tamír ging kreunend op bed zitten en liet haar hoofd op haar handen rusten. 'Ik ben er niet zo goed in, om meisje te zijn.'

'Natuurlijk wel. Je bent er alleen nog niet aan gewend. Op een dag trouw je en krijg je kinderen...'

'Kínderen! Bij de ballen van Bilairy!' Tamír probeerde zichzelf met een dikke buik voor te stellen en kromp ineen.

Una lachte. 'Een koningin moet niet alleen oorlogen winnen en toespraken houden. Een erfgenaam of twee hoort er ook bij.' Ze zweeg. 'Je weet toch hoe...'

'Welterusten, Una!' zei Tamír hardop en weer kreeg ze een rood hoofd.

Una lachte zachtjes. 'Welterusten.'

Tamír wenste haast dat Broer tevoorschijn zou komen. Liever dat dan hier zo alleen met die gedachten te zitten. Ze stuurde Baldus naar zijn bedje, deed haar nachtpon en kamerjas aan en ging met een beker wijn bij het vuur zitten.

Natuurlijk moest een koningin kinderen hebben. Als ze zonder opvolgers stierf, zou het land door anarchie worden verscheurd als de rivaliserende groepen een nieuwe lijn van opvolging zouden proberen te vestigen. Hoe logisch ook, het idee met Ki – of wie dan ook – naar bed te moeten gaan, gaf haar een naar gevoel in haar buik.

Natuurlijk wist ze hoe seks werkte. Het was Ki geweest die het haar had uitgelegd, die dag in de wei voor de burcht met zijn gevorkte stokje en duidelijke boerentaal. De ironie van het verhaal deed haar lachen.

Ze dronk haar beker leeg en voelde hoe de wijn haar lichaam verwarmde. Dat, en het geluid van de golven onder haar raam, maakte haar soezerig en ze liet haar gedachten gaan. Toen ze begon te dommelen herinnerde ze zich iets wat Lhel haar ooit had verteld. Ze had gesproken over die speciale kracht in een vrouwenlichaam, in de eb en vloed van het bloed dat gehoorzaamde aan de maan.

Tamír was gisteren weer begonnen met bloeden en had heel wat tijd verspild aan het vervloeken van de onontkoombare tirannie van bebloede lappen en kramp in haar buik die zomaar op kwam zetten. Het was nog zo'n wrede speling van het lot, net als het moeten neerhurken om te plassen. Maar Una's achteloze woorden waren wel waar. Er was een reden voor dit alles.

Maar hoe dan ook, de gedachte aan een enorme bolle buik die met tuniek en al vooruitstak was behoorlijk verontrustend.

Baldus woelde op zijn bed en mompelde zacht in zijn slaap. Ze ging naar hem toe en trok de dekens tot aan zijn schoudertjes op en staarde nog even naar zijn slapende gezichtje, zo zacht en onschuldig. Hoe zou het zijn, dacht

ze, om naar je eigen kind te kijken? Zou het haar blauwe ogen hebben?
Of bruine?
'Verdomme!' mompelde ze en ze schonk zichzelf nog een beker wijn in.

Ki's geleende paard sprong schichtig opzij toen een kille windvlaag een wolk zure rook opwierp uit een geblakerde fundering vlak bij de ruïne van de noorderpoort. Lynx, die naast hem reed, hield zijn paard in en keek zenuwachtig rond op het duistere plein waar ze nu surveilleerden.

'Rustig maar, sst.' Ki klopte op de hals van zijn paard om het te kalmeren en knoopte de in azijn gedoopte doek over zijn mond en neus. Iedereen die zich in de verwoeste gebouwen waagde, moest zo'n doek dragen om besmetting te voorkomen. Ki wist dat hij een nodeloos risico nam door hier te komen. Hij beweerde mee te helpen met het verjagen van plunderaars, en hij had er ook werkelijk een paar gedood, maar de werkelijke reden was dat hij de tijd terug probeerde te draaien en op zoek was naar bekende plekjes. Maar toen hij ze weer vond – de kroegen, theaters en taveernes die ze met Korin bezocht hadden – nam de pijn in zijn hart alleen maar toe.

De geur van de azijn stak, maar was altijd nog beter dan de stank die in de straten en steegjes hing. Weerzinwekkende geuren uit de goot mengden zich met de stank van rottend vlees en verbrande gebouwen en bleven zwaar hangen in de nachtelijke nevel.

Ze reden ongeveer een uur door zonder ook maar één levend wezen te bespeuren. Lynx hield zijn zwaard getrokken en boven zijn masker flitsen zijn ogen onophoudelijk nerveus heen en weer, zoekend naar gevaar.

Er lagen nog steeds te veel lijken op straat. De paar doodsvogels die nog leefden werkten dag en nacht en laadden de nu opgezwollen, lekkende lijken op hun kar om ze naar de verbrandingskuilen te brengen. Ze waren zwart verkleurd en vele waren aangetast of verscheurd door hongerige honden, varkens of raven. Ki's paard deed weer schichtig een stap opzij toen een enorme rat uit een naburig steegje schoot met tussen zijn tanden iets wat nog het meeste leek op het handje van een baby.

Het vuur had hier behoorlijk huisgehouden en al was het nu twee weken geleden, nog steeds smeulden er bergjes houtskool onder de ruïnes, dodelijke vallen voor plunderaars of ongelukkige bewoners die van hun huisraad wilden redden wat er te redden was. Op de Palatijnse Heuvel stak het kapot geschoten zwarte metselwerk donker af tegen de sterren, om aan te geven waar eens de grootse paleizen en chique huizen hadden gestaan. Het was een verlaten plaats, maar dat paste precies bij Ki's stemming van de afgelopen weken.

'We moeten maar eens teruggaan,' mompelde Lynx uiteindelijk, en hij trok aan de lap over zijn gezicht. 'Ik snap niet waarom je hier steeds weer heen wilt. Ik word er niet echt vrolijk van.'

'Ga dan terug. Ik heb je toch niet gevraagd mee te komen.' Ki spoorde zijn paard weer aan.

Lynx kwam mee. 'Je hebt in geen dagen een oog dichtgedaan, Ki.'

'Ik slaap heus wel.'

Hij keek om zich heen en besefte dat ze in het theaterkwartier waren aanbeland. De eens zo bekende buurt leek nu op een landschap uit een nachtmerrie. Ki voelde zich net zo'n geest als Broer in deze omgeving. *Maar liever hier dan liggen woelen op dat smalle matrasje in de kast.*

Overdag viel het allemaal wel mee. Tamír weigerde nog steeds vrouwenkleding te dragen als het niet strikt noodzakelijk was, en af en toe deed Ki net of ze nog Tobin was. Als hij zich toestond te slapen zag hij Tobins droevige ogen in het gezicht van een vreemde.

Dus deed hij het met hazenslaapjes en reed hij 's nachts door zijn dromen. Lynx had er op een moment een gewoonte van gemaakt om met hem mee te gaan. Hij wist niet of Tamír hem had gevraagd een oogje in het zeil te houden, of dat hij het uit zichzelf deed. Of was het om ervoor te zorgen dat hem niets overkwam. Misschien had Lynx dat overgehouden uit zijn dagen als schildknaap. Maar hoe dan ook, Ki had hem niet af kunnen schudden de afgelopen nachten. Niet dat Lynx geen fijne kameraad was. Hij sprak niet veel en liet Ki met rust als hij geplaagd werd door duistere gedachten, hoezeer hij ook probeerde deze op afstand te houden.

Hoe kan het toch dat ik niets heb gemerkt, al de jaren? Hoe is het Tamír gelukt dit voor me geheim te houden?

Die twee vragen brandden gaten in zijn ziel, al zou hij ze voor geen goud hebben uitgesproken. Het was Tobin die het meeste geleden had. Zij had de loodzware last van dat geheim helemaal alleen moeten dragen, om hen allemaal te beschermen. Dat had Arkoniël pijnlijk duidelijk gemaakt.

Alle anderen, zelfs Tharin, hadden het allemaal in een vloek en een zucht geaccepteerd. Alleen Lynx scheen te begrijpen hoe moeilijk Ki het ermee had. Ki zag dat als hij naar zijn zwijgzame vriend keek. Je zou kunnen zeggen dat ze allebei hun heer verloren waren.

Tamír was nog wakker toen Ki naar binnen sloop. Hij dacht dat ze sliep, want ze lag doodstil onder haar patchworkdekbed, terwijl ze zijn gezicht bekeek in het flauwe schijnsel van het nachtlampje toen hij naar de kleedkast liep. Hij zag er afgepeigerd uit, en triest op een manier die ze overdag nog nooit bij hem had gezien. Ze verlangde ernaar om hem te roepen, en om het dek voor hem omhoog te houden. Maar voor ze de moed bijeengeraapt had, of haar schaamte over die natte lap tussen haar dijen overwonnen had, was hij al verdwenen. Ze hoorde hoe hij zich uitkleedde, en op het krakende veldbed ging liggen.

Ze draaide zich om en keek naar de schaduwen die het nachtkaarsje op de openstaande deur van de kast liet dansen. Ze vroeg zich af of hij daar net zo slapeloos als zij lag, en ook naar die schaduwen keek...

De volgende ochtend zag ze dat Ki zat te gapen tijdens het ontbijt. Hij zag er nog steeds ongewoon bleek en vermoeid uit. Toen hij uitgegeten was, raapte ze al haar moed bijeen en nam hem apart.

'Zou je liever willen dat ik Una 's nachts in mijn kamer liet slapen?' vroeg ze.

Ki keek hoogst verbaasd. 'Nee, natuurlijk niet!'

'Maar je doet geen oog dicht! Ik heb niks aan je als je uitgeput bent. Wat is er toch?'

Hij haalde zijn schouders op en glimlachte. 'Nare dromen. Ik zal pas gerust zijn als je veilig en wel in Atyion zit, dat is alles.'

'Weet je het zeker?'

Ze wachtte en gaf hem de kans er nog iets aan toe te voegen. Ze wenste met heel haar hart dat hij dat zou doen, al wilde ze misschien helemaal niet horen wat hij dan zou zeggen, maar hij glimlachte alleen, sloeg haar op haar schouder en draaide zich om.

En zo bleven hun ware gedachten voor elkaar verborgen.

10

Niryn stond bij de kantelen op de borstwering en genoot van de vochtige avondlucht. Korin was weer bij Nalia in de toren. Toen hij die kant op keek, werd net het licht gedoofd.

'Doe je best, mijn koning,' mompelde Niryn.

Hij had de vloek over Korins zaad opgeheven: de koning zou bij Nalia geen monsters voortbrengen. Het was eindelijk tijd, de tijd die Niryn bepaald had. Nu zou er voor Skala een troonopvolger verwekt worden.

'Heer?' zei Moriël die bij zijn elleboog was opgedoken, onverwacht zoals altijd. 'U lijkt nogal in uw nopjes vanavond.'

'Dat ben ik ook, mijn jongen.' Deze knaap kwam hem goed van pas. Al had hij zijn fouten, Orun, die oude pedofiel, had hem goed gedresseerd: Moriël sloop rond en bespioneerde iedereen en was loyaal aan hem die het meest betaalde. Dat was voor Niryn geen probleem; bovendien vertrouwde hij hem nooit helemaal. Al was Moriël door hem bewerkt en zou hem niet eens kúnnen verraden.

'Heb je die nieuwe heer een beetje in het oog gehouden? Degene die gisteren aanklopte?'

'Hertog Orman. Zeker, heer. Hij is nogal in zijn sas met de jonge koning. Maar heer Sirus daarentegen zat weer te klagen over Korins gebrek aan durf om zijn leger op de usurpator af te sturen.'

Moriël sprak Tobin nooit met diens naam aan. Die twee konden elkaar niet luchten of zien, en Tobin was niet de enige Gezel tegen wie Moriël wrok koesterde. 'En hoe staat het met heer Lutha?'

'Hij moppert nogal, en hangt zoals gewoonlijk maar wat rond bij heer Caliël. Ik zag hen hier op de muur met elkaar fluisteren. Ze zijn het niet eens met de dingen zoals ze nu lopen. Ze vinden dat u Korin te veel beïnvloedt.'

'Dat dacht ik al. Wat ik nodig heb is bewijs van hun ontrouw. Onomstotelijk bewijs. Korin zal zonder dat geen actie durven te ondernemen.'

De jongen keek een beetje beteuterd. 'Iedereen slaapt al. Is er nog iets dat ik voor u kan doen, heer?' vroeg Moriël.

'Nee, je kunt naar je kamer gaan. O, en Moriël?'

De jongen keek met een onzekere blik op zijn bleke hazengezicht weer naar Niryn.

'Je bent zeer nuttig voor me. Ik reken op je, weet je.'

Moriëls gezicht klaarde gelijk op. 'Dank u heer. Goedenacht.'

Wel, wel, dacht Niryn die hem nakeek. *Blijkbaar heb je toch een hart wat te winnen valt. Ik dacht echt dat Orun dat er lang geleden uitgeslagen had. Dat kan nog goed van pas komen.*

Niryn snoof de zuiverende nachtlucht weer nadrukkelijk in zich op. De hemel was helder en de sterren fonkelden zo fel dat de pikdonkere hemel indigoblauw kleurde.

De mannen die wachtliepen op de vesting groetten hem eerbiedig. Veel van hen waren van zijn eigen garde, en de anderen waren zo verstandig hem veel respect te betuigen. Niryn had de geest van diverse kapiteins beroerd, wat hem talloze mogelijkheden bood. Hij kon ontelbare twijfels en angsten zaaien en hen naar believen manipuleren. Het was zelfs verbazingwekkend makkelijk geweest om de geest van meester Porion binnen te glippen, maar zijn eigen plichtsbesef tegenover Korin maakte Niryns bemoeienis eigenlijk overbodig. Over Porion behoefde Niryn zich geen zorgen te maken.

Niryns eigen meester, Kandin, had hem geleerd dat het grootste talent van tovenaars, het lezen van het hart van mensen in je omgeving was; de zwakheden die je daar aantrof kon je prima voor je eigen doelen inzetten. Ondanks de haat die de prins voor Niryn koesterde, waren de zwakke punten van Korin Niryn direct opgevallen. De tovenaar had gewoon afgewacht tot zijn kans zou komen. Hij deed zijn eerste voorzichtige pogingen in het laatste jaar van de oude koning, toen Korin, door zijn geweifel, drinkgelagen en omgang met sletjes al van het rechte pad af was geraakt.

Toen de prins na de dood van de koning ten onder dreigde te gaan, was het voor Niryn een koud kunstje geweest om het hart van Korin te betreden, zoals hij ook bij de vroegere koning had gedaan.

Indertijd bij Erius was het lastiger geweest. Dat was een sterk en eerbaar man. Pas toen de waanzin zich vaker bij hem begon te manifesteren kon Niryn een voet tussen de deur krijgen.

Daarentegen was Korin altijd al slap en vreesachtig geweest. Niryn had in het begin magie gebruikt, maar later bleken een paar welgekozen woorden en

subtiele vleierij net zo goed te werken. Het verraad van zijn geliefde neefje Tobin had niet op een beter moment kunnen komen.

Uitkijkend over het donkere fort voelde Niryn zich gloeien van trots. Hij
deed het toch maar, het was allemaal zijn werk, net als het verbranden van volgelingen van Illior en het verbannen van talloze koppige edelen. De gedachte
aan al die hooggeboren heren en dames die voor hem door het stof kropen,
verschafte hem eindeloos genoegen. Hij genoot ervan gevreesd te worden en
dat veel mensen hem haatten deerde hem niet. Die haat was wel het beste bewijs van zijn macht.

Niryn was niet als edelman geboren. Hij was het kind van twee paleisbedien-
den. Tijdens zijn eerste tijd als tovenaar aan het hof hadden zekere lieden het
nooit nagelaten hem duidelijk te maken dat zij zich boven hem verheven voelden, maar toen hij bij de koning in de gunst gekomen was, waakten ze er wel
voor om de tovenaar met die vriendelijke stem kwaad te maken. Hij zelf zou
dan wel geen actie ondernemen, maar Erius had er bekend om gestaan altijd
snel zijn misnoegen over deze en gene te uiten, en indien nodig korte metten
met zo iemand te maken. Een paar van die verwaande kwasten uit Niryns verleden waren op die wijze hun titel en land kwijtgeraakt. In veel gevallen was
dat land nadien op Niryns naam gezet.

Niryn had dus geen hinder van zijn lage komaf, integendeel. Zijn jeugd
had een onuitwisbaar stempel op hem gedrukt en hij had geleerd hoe het werkelijk toeging in de wereld.

Zijn vader was een eenvoudig, zwijgzaam man geweest die boven zijn stand
was getrouwd. Hij kwam uit een familie van leerlooiers en door zijn huwelijk
had hij zich kunnen onttrekken aan dat beroep waar zo'n penetrante stank
omheen hing; hij was een van koningin Agnalains tuinlieden geworden. Niryns moeder was kamermeisje in het Oude Paleis geweest, en had, voor Agnalain waanzinnig geworden was, vaak in de kamers van de koningin gewerkt.

Ze woonden in een schamel huisje met een rieten dak bij de noorderpoort.
Zijn moeder wekte hem elke dag als de sterren nog aan de hemel stonden en
dan gingen ze op pad, de steile Palatijnse Heuvel op. Als ze door de straatjes
omhoogklommen werd de hemel gaandeweg lichter. Hoe hoger je kwam, hoe
groter en statiger de huizen, en als je eenmaal op de Palatijn zelf was, leek je
wel in een grote magische tuin beland te zijn. Elegante villa's omringden de
muren en gaven een kleurige noot aan de donkere moloch, die het Oude Paleis immers was. In die tijd was er nog maar één paleis geweest. Binnen was
het altijd een plek vol leven en vertier geweest, met veel kleur en er hingen al-

tijd heerlijke geuren; het raakte pas in verval toen Erius het na de dood van de koningin verlaten had. De jonge prins hield het er ook niet uit, bang als hij was voor de waanzinnige, wraakzuchtige geest van zijn moeder. Jaren later, toen Niryn het vertrouwen van de prins had gewonnen, begreep hij de achtergrond van die angst. Erius had zijn eigen moeder vermoord; hij had haar met een kussen gesmoord nadat hem ter ore was gekomen dat zij zijn dood en die van haar babydochter verordonneerd had, want ze was ervan overtuigd dat de twee kinderen tegen haar samenzwoeren.

Maar toen was Niryn nog jong, en het Oude Paleis was een plaats vol wonderlijke, mooie dingen. De mooiste tapijten hingen aan de muren, en fraaie mozaïeken sierden de vloeren. In de gangen waren zelfs lange, smalle vijvers gemaakt, met bloeiende waterplanten en snelle oranje vissen. Een van de kamerheren mocht dat kleine roodharige ventje wel en gaf hem kruimels om de vissen te voeren. Niryn volgde de paleiswachters met grote interesse. Ze waren lang en droegen felrode mantels en fraaie zwaarden aan hun gordel. Heimelijk hoopte Niryn dat hij later ook paleiswacht mocht worden, zodat hij de hele dag, met zo'n zwaard op zijn zij, naar de vissen kon kijken.

Hij zag koningin Agnalain vrij regelmatig: een hoekige, bleke vrouw met kille blauwe ogen, die als een man door de gangen beende met in haar kielzog altijd een stoet van knappe jongemannen. Soms had ze de jonge prins Erius bij zich, die iets ouder was dan Niryn. Hij had zwart krullend haar en lachende donkere ogen. Hij had zijn eigen groep speelkameraadjes die de Koninklijke Gezellen genoemd werden, en Niryn benijdde hem. Niet om zijn titel of zijn mooie kleren, maar om al die vriendjes. Niryn had geen tijd om te spelen en al had hij de tijd gehad, in het paleis was verder niemand van zijn leeftijd.

Soms mocht hij heel vroeg met zijn moeder mee om de koningin haar ontbijt van donker bier en roggebrood te brengen. Soldatenvoer, noemde zijn moeder dat en ze vond het maar niks. Niryn snapte niet waarom dat geen goed ontbijt voor een koningin was. Moeder gaf hem soms de korstjes die de koningin overliet en hij vond ze heerlijk: het was rijk en vochtig brood, met zout en donkere stroop; heel wat smakelijker dan de haverkoekjes die de koks hem soms toestopten.

'Dat eten mocht dan goed genoeg zijn voor op het slagveld, maar daar komt ze toch nooit meer,' mopperde zijn moeder, alsof de grote koningin haar teleurstelde.

Dezelfde uitdrukking had ze op haar gezicht bij het zien van weer een andere jonkheer in bed bij de koningin. Niryn had er nooit eentje twee keer gezien. Ook dit gedrag keurde zijn moeder af, maar daar sprak ze met geen woord over, en ze had hem ooit een oorvijg gegeven toen hij gevraagd had of dat allemaal echtgenoten van de koningin waren.

Overdag drentelden mannen en vrouwen in prachtige kleding en glinsterende sieraden door de gangen. Zijn moeder en hij moesten als ze passeerden hun gezicht afwenden en het liefst zich helemaal naar de muur draaien. Ze mochten niets tegen hun meerderen zeggen, laat staan aandacht trekken. Het was de plicht van een bediende om onzichtbaar te zijn, zei zijn moeder tegen hem, en het kind leerde al vroeg op te gaan in de lucht. En zo behandelden de heren en vrouwen hem dan ook, zoals zijn moeder en alle andere bedienden die hen passeerden met het vuile wasgoed en de poepemmers in hun handen.

De koningin had hem echter een keer opgemerkt toen zijn moeder hem niet snel genoeg omgedraaid had om aan haar aandacht te ontsnappen. Agnalain boog zich over hem heen om hem eens beter te bekijken. Ze rook naar bloemen en leer.

'Je hebt een vossenvachtje. Ben jij echt een klein vosje?' kirde ze en ze liet haar vingers zacht door zijn rode krullen gaan. Ze had een hese stem, maar klonk aardig en die staalblauwe ogen kregen rimpeltjes in de hoeken toen ze lachte. Zijn eigen moeder had nog nooit zo lief tegen hem gelachen.

'En wat een ogen!' zei de koningin. 'Je zult heel wat gedaan krijgen, met zulke ogen. Wat wil je worden als je later groot bent?'

Aangemoedigd door haar vriendelijkheid, wees hij verlegen naar een paleiswachter. 'Ik wil zoals hij zijn, met een echt zwaard!'

Koningin Agnalain lachte. 'Is het waarachtig? En zou je dan de hoofden van alle verraders afhakken als ze 's nachts binnendringen om me te vermoorden?'

'Ja, Majesteit, van allemaal,' antwoordde hij zonder aarzelen. 'En ik zal ook de vissen voeren.'

Toen Niryn groot genoeg was om een gieter te dragen, was het gedaan met de bezoekjes aan het paleis. Hij moest met zijn vader mee naar de paleistuinen. De hoge dames en heren keken ook door de tuinlieden heen alsof ze lucht waren, maar zijn vader deed hetzelfde bij hen. Hij gaf geen cent om mensen, en wist zichzelf zelfs geen houding te geven als zijn moeder haar scherpe tong roerde. Niryn had nooit zo erg op zijn vader gelet, maar hij zag al snel dat zijn vader vol geheime kennis zat.

Hij was ongeduldig en niet erg spraakzaam, maar hij leerde de jongen wel hoe hij het zaaigoed van ontspruitend onkruid kon onderscheiden, hoe hij de uitlopers van een leiboom fraai tegen een latwerk aan de muur moest binden, hoe hij ziekte in de kiem kon smoren, en wanneer de bloembedden en struiken verzorging behoefden om tot maximale bloei te kunnen komen. Niryn miste de vissen, maar ontdekte dat hij talent had voor tuinieren, en de interesse had om steeds iets nieuws te leren. Hij hanteerde graag de grote bronzen snoeischaar om dode takken en onwillige scheuten weg te knippen.

Voor spelen en vrienden maken had hij nog steeds geen tijd. Maar hij genoot van het veranderende beeld van de tuin door de wisseling van de seizoenen. Sommige planten kwijnden weg als je hen niet onophoudelijk aandacht gaf, terwijl onkruid welig tierde als je het niet elke dag de kop indrukte.

Tot hij een jaar of tien was had niemand ooit gemerkt dat Niryn met toverkracht geboren was. Op een dag vermaakten een paar van Erius' Gezellen zich door het tuinmanszoontje met steentjes te bekogelen. Niryn was bezig met het snoeien van een klimroos en deed zijn uiterste best het te negeren. Onzichtbaar. Hij moest onzichtbaar blijven, al was het overduidelijk dat de jonge heertjes hem wel zagen en nog goed konden mikken bovendien. Al waren het jongens geweest zoals hij, dan nog had hij niets teruggedaan. Hij had geen idee hoe dat moest.

Hij had al eerder plagerijtjes en schimpscheuten van hen te verduren gekregen, maar dan dook hij altijd meteen weg en deed net of hij er niet was. Diep in zijn hart roerde zich echter iets duisters. Gelukkig was hij goed genoeg opgevoed om zijn woede tegenover zijn meerderen niet te laten blijken.

Maar dit was anders. Dit was geen plagerijtje meer. Hij bleef doorwerken, en tilde de knoppen voorzichtig op om de doorns te ontwijken. Zijn vader was net voorbij het prieel een bloembed aan het wieden. Niryn zag dat hij hem een blik toewierp, maar verder ging met zijn werk. Hij kon niets voor Niryn doen.

Stenen vielen rond de jongen, raakten zijn voeten en ketsten via het houten trellis terug naar zijn hoofd. Het boezemde hem angst in omdat ze trainden om strijders te worden en konden hem waarschijnlijk behoorlijk bezeren als ze wilden. Hij voelde zich steeds kleiner en machtelozer worden, maar tegelijkertijd ontwaakte er iets in zijn binnenste, diep in zijn ziel, iets dat sterker was dan woede.

'Hé, tuinmansjochie!' riep een van zijn kwelgeesten uit. 'Fijne schietschijf ben je!'

Een steen volgde op de schimpscheut en raakte hem vol tussen zijn schouderbladen. Niryn siste van pijn en zijn hand sloot zich om de rozenstengel die hij aan het snoeien was. Doorns drongen diep in zijn vingers en het bloed drupte eruit. Hij keek naar beneden en beet op zijn lip.

'Hij merkt het niet eens!' lachte een van de andere jongens. 'Hé, jij, wat ben je eigenlijk, een dikhuidige os of zo?'

Niryn beet nog harder op zijn lip. *Blijf onzichtbaar.*

'Eens zien of hij deze wel voelt.'

De volgende steen raakte hem op zijn dij, net onder zijn tuniek. Het was een scherp exemplaar en hij voelde een stekende pijn. Hij negeerde alles en zette de snoeischaar in de volgende scheut, maar zijn hart bonsde nu zoals nooit tevoren.

'Dat zei ik toch, net als een os, stom en gevoelloos.'

Nog een steen raakte zijn rug, en nog een.

Steen op steen trof zijn lijf.

'Draai je eens om, rooie. We willen even op je smoelwerk mikken!'

Zijn achterhoofd werd geraakt, zo hard dat hij de schaar uit zijn handen liet vallen. Hij kon het niet helpen, maar voelde aan de plaats waar de steen hem getroffen had. Zijn vingers kwamen vol bloed naar voren.

'Die was goed raak! Gooi er nog eens een, eens zien of hij zich dan wel om-draait!'

Niryn keek nogmaals naar zijn vader, die nog steeds deed alsof hij niet zag wat er met zijn zoon gebeurde. Toen drong het tot Niryn door wat de ware kloof tussen adel en de gewone man was. Niryn had geleerd zijn meerderen te respecteren, maar hij had nooit eerder zo duidelijk beseft dat dat omgekeerd niet het geval was. Deze jongens wisten dat ze macht hadden en genoten er-van die te misbruiken.

Een grote steen raakt zijn arm toen hij de schaar wilde oprapen.

'Draai je eens om, rooie os! We willen je horen loeien!'

'Gooi er nog een!'

Een flinke steen trof zijn hoofd, zo hard dat het hem duizelde. Niryn liet de schaar weer vallen en viel op zijn knieën maar hij wist niet precies wat er daar-na gebeurde, tot hij zijn ogen opende en zag dat hij onder het prieel lag dat hij zo zorgvuldig aan het snoeien was. De scheuten en goed verzorgde rozen-knoppen werden door onnatuurlijk blauwe vlammen verteerd.

Toen kwam zijn vader wel naar hem toe, en trok Niryn weg van het infer-no.

'Jongen, wat heb je gedaan?' fluisterde de man zo geschrokken als Niryn hem nog nooit had gezien.

'Wat in de naam van de Schepper heb je gedáán?'

Niryn ging langzaam rechtop zitten en keek om zich heen. Zowel bedienden als edelen kwamen aangehold; sommigen renden weg om water te halen. Zijn drie belagers waren spoorloos verdwenen.

Water had geen effect op het blauwe vuur. Het bleef branden tot het prieel geheel tot as verworden was.

Wachters kwamen desondanks met emmers vol water en hun kapitein vroeg wat er gebeurd was. Niryn moest hem het antwoord schuldig blijven, want hij had geen flauw idee. Zijn vader sprak, zoals gewoonlijk, ook geen stom woord. Plotseling stapte er een breedgeschouderde man uit de menigte naar voren. Hij sleepte een van Niryns aanvallers aan een oor met zich mee. De jonge heer jammerde en was nu een stuk minder flink. 'Ik heb begrepen dat deze schurk jou als schietschijf heeft gebruikt,' zei de soldaat tot Niryn, en hij hield de jongen nog steeds hoog aan het oor vast zodat die op zijn tenen moest staan.

Al bevond hij zich in zo'n beschamende positie, de jongen keek hem aan op een manier dat Niryn wel moest snappen wat er met hem zou gebeuren als hij de waarheid zou vertellen. 'Kom op, knul, tong verloren?' vroeg de soldaat. Hij was niet kwaad op Niryn, maar wilde zijn onplezierige taak het liefst zo snel mogelijk afronden. 'Ik ben Porion, zwaardmeester van de Koninklijke Gezellen. Ik ben verantwoordelijk voor het gedrag van de jongens. Is dit er een die je pijn gedaan heeft?'

Niryns vader ving zijn blik op, en waarschuwde hem met zijn ogen om niets te zeggen en onzichtbaar te blijven.

'Ik weet het niet. Ik stond met m'n rug naar ze toe,' mompelde Niryn en hij keek naar zijn smerige klompen.

'Weet je het echt niet, jong?' vroeg meester Porion streng. 'Een van zijn makkers heeft al opgebiecht dat hij er ook bij was.'

Hij voelde de priemende ogen van meester Porion in zijn rug branden, maar hij hield zijn hoofd naar beneden en zag zo hoe de fijne laarsjes van de jonge heer het gras weer raakten toen Porion hem losliet.

'Vooruit dan Nylus, als de bliksem terug naar het oefenterrein waar je thuishoort. En reken maar dat ik je voortaan nog beter in de gaten houd!' blafte Porion. De jongen wierp een laatste, triomfantelijke blik op Niryn en beende weg.

Porion bleef nog even staan en keek nadenkend naar de ruïne van het prieel. 'Ze zeggen dat jij dit op je geweten hebt, knul. Is dat waar of niet?'

Niryn haalde zijn schouders op. Hoe was dat mogelijk? Hij had niet eens een vuursteen.

Porion wendde zich tot zijn vader, die nog steeds in de buurt stond.

'Jouw zoon?'

'Ja, heer,' mompelde zijn vader, ongelukkig omdat hij nu niet meer onzichtbaar kon blijven.

'Tovenaarsbloed in de familie?'

'Niet dat ik weet, heer.'

'Nou, ik zou hem maar zo snel mogelijk naar een echte tovenaar sturen, voor hij wat gevaarlijkers uithaalt dan een fikkie in een rozenstruik.'

Porion kreeg een nog grimmiger uitdrukking toen hij weer naar Niryn keek. 'De wet van de koningin zegt dat je je niet binnen de Palatijnse Ring mag ophouden. Een ongetraind tovenaarskind is te gevaarlijk. Vooruit, breng hem weg en hou hem onder toezicht, voor hij nog meer onheil aanricht.'

Niryn keek ongelovig op. De jongen die hem pijn gedaan had kon gewoon doorgaan met zijn leven, maar híj werd gestraft! Hij liet al zijn voorzichtigheid varen en wierp zich aan Porions voeten. 'Alstublieft heer, stuur me niet weg! Ik zal hard werken en geen last meer veroorzaken, dat zweer ik op de Schepper!'

Porion wees naar het afgebrande prieel. 'Dat was zeker ook niet je bedoeling, hè?'

'Ik zei u toch al, dat kon ik helemaal...'

Plotseling voelde hij zijn vaders hand op zijn schouder die hem ruw overeind trok. 'Ik neem hem wel onder mij hoede, heer,' zei hij tegen Porion. Hij greep Niryns magere armpje en trok zijn zoon als een misdadiger de tuin uit en weg van het paleis.

Zijn moeder gaf hem een pak slaag omdat hij zijn baantje, met het bijbehorende schamele loontje, was kwijtgeraakt. ' Je hebt de familie te schande gemaakt!' ging ze tekeer, terwijl ze de riem met krachtige halen op zijn schouders liet neerdalen. 'We zullen honger lijden, zonder die extra zilverling die je verdiende.'

Zijn vader greep ten slotte in en droeg het snikkende jongetje naar zijn bedje.

Voor de eerste keer in Niryns leven zat zijn vader op de rand van zijn bed en keek naar hem met iets wat op interesse leek.

'Je herinnert je helemaal niets, jongen? Is dat de waarheid?'

'Nee, pa, niks, tot ik het prieel zag branden.'

Zijn vader zuchtte. 'Nou ja, je hebt er ontslag door gekregen. Aangeboren magie?' Hij schudde het hoofd en het hart zonk Niryn in de schoenen. Iedereen wist wat er gebeurde met kinderen van lage komaf die de pech hadden vreemde natuurkrachten te bezitten.

Niryn deed geen oog dicht die nacht, zo gierden de gedachten door zijn hoofd. Zijn familie zou verhongeren, en hij zou gebrandmerkt en gestenigd worden, alleen maar omdat die jonge heren zin in een geintje hadden gehad! Had hij nu maar gezegd dat ze op moesten houden. Het speet hem verschrikkelijk dat hij zo ongelooflijk gehoorzaam was geweest.

Die gedachte schoot wortel en werd van water voorzien door de tranen van schaamte. Hoe had hij zich het zwijgen kunnen laten opleggen door die ene blik van de schuldige! Als hij toen de waarheid had gesproken, was hij misschien niet weggestuurd! Als die drie jongens hem niet als schietschijf gebruikt hadden, als zijn vader tussenbeide was gekomen, of als hij eerder was opgestaan en geprobeerd had weg te komen...

Als, als, als. Het vrat aan hem en hij voelde het duistere gevoel uit zijn ziel weer naar boven komen. Hij voelde zijn vingers tintelen en toen hij ze spreidde, zag hij blauwe vonken als kleine bliksemschichten tussen zijn vingers flitsen. Hij werd er bang van en hij stak zijn hand snel in de waterkan naast zijn bed, uit angst dat zijn beddengoed vlam zou vatten.

De vonken doofden en er was niets vreselijks gebeurd. Zijn angst maakte plaats voor een ander, nieuw gevoel.

Het was hoop.

De dagen daarop liep hij de markten af om de aandacht van goochelaars te trekken die daar hun kunsten vertoonden, amuletten verkochten en bezweringen uitspraken. Niet één van hen was geïnteresseerd in een tuinmanszoontje met zelf geweven kleren. Ze lachten hem weg van hun kraampjes.

Dat alles voedde het idee dat hij dan inderdaad maar moest verhongeren of weg moest lopen, tot een vreemdeling aan de deur van hun huisje klopte op een moment dat zijn ouders naar hun werk waren.

Het was een stokoude, gekromde man met smerig wit haar, maar hij droeg een mooi gewaad. Het was wit, met zilver borduursel rond de nek en mouwen.

'Ben jij dat tuinmanszoontje dat vuur kan maken?' vroeg de oude man, Niryn daarbij strak aankijkend.

'Ja,' zei Niryn en had een idee wat die man was.

'Kun je me dat nu laten zien, jongen?' vroeg hij.

Niryn aarzelde. 'Nee, heer. Alleen als ik kwaad ben.'

De oude man glimlachte, duwde Niryn gewoon opzij, en liep ongevraagd de hut binnen. Hij keek rond in de lege, armoedige kamer, en schudde nog steeds glimlachend het hoofd. 'Juist ja. Je was het zat en schoot uit, is het niet! Zo begint het bij velen. Zo begon het bij mij ook. Was een goed gevoel, zeker?

Gelukkig zette je hen niet in brand, dan was je er nu zeker niet meer geweest. Er zijn zoveel kinderen die gestenigd of verbrand door dat soort slordigheden.'

Hij ging in de stoel van Niryns vader bij de haard zitten. 'Kom, jongen,' zei hij en hij gebood Niryn voor hem te komen staan. Hij legde een reumatische hand op Niryns hoofd en bewoog die geconcentreerd. Niryn voelde een vreemde tinteling door zijn lichaam gaan.

'O ja! Kracht, en ambitie ook nog...' mompelde de oude man. 'Van jou kan ik wel wat maken. Iets heel sterks. Zou je sterk en machtig willen worden, jongen, en ervoor willen zorgen dat jonge honden zoals zij nooit meer misbruik van je kunnen maken?'

Niryn knikte en de oude man boog zich voorover, met ogen die, in het schermerlicht van het huisje, glinsterden als die van een kat. 'Een snel antwoord. Ik zie je hart door die roodgouden ogen van je; je hebt een voorproefje van tovenarij mogen ervaren en dat vond je niet onplezierig, wel?'

Niryn wist dat zo net nog niet. Het had hem bang gemaakt, maar onder de blik van de vreemdeling voelde hij die vreemde tinteling weer door zijn lichaam gaan, al had de man zijn hand inmiddels weggehaald. 'Heeft iemand u verteld wat er gebeurd is?'

'Tovenaars vangen overal geruchten op, mijn jongen. Ik heb lang moeten wachten op een kind als jij, jarenlang.'

Niryns kleine, verdroogde hartje zwol op. Geprezen werd hij zelden, maar dit leek er toch wel verdomd veel op; net als die enige andere keer, toen koningin Agnalain naar hem geglimlacht had en gezegd had dat hij voor iets groots geboren was. Ze had iets in hem gezien, en nu zag deze tovenaar dat ook, terwijl alle anderen hem wilden verbannen als een hondsdol beest.

'O ja, ik zie het in die ogen,' mompelde de tovenaar. 'Je bent slim, je bent woedend. Je zult genieten van wat ik je leren kan.'

'Wat is dat dan?' flapte Niryn eruit.

De oude man kneep zijn ogen half toe maar bleef glimlachen. 'Macht, mijn jongen. Het gebruik ervan, en hoe je die macht kunt vergroten.'

Hij bleef tot Niryns ouders thuiskwamen en deed ze een aanbod. Ze droegen Niryn over aan de oude man, en namen de beurs met munten aan zonder zelfs maar naar zijn naam te vragen.

Niryn voelde niets. Geen pijn. Geen verdriet. Hij bekeek zijn ouders: wat waren ze sjofel in vergelijking met deze man in zijn mooie gewaad. Hij zag hoe bang ze waren voor de vreemdeling, al lieten ze het niet blijken. Ze wilden vast onzichtbaar zijn voor hem. Maar Niryn niet. Hij had zich nog nooit zo lekker zichtbaar gevoeld als op die avond dat hij, aan de zijde van zijn nieuwe meester, zijn huis voor altijd verliet.

Meester Kandin had gelijk gehad wat Niryn betrof. Het talent had als een smeulend vuurtje in hem liggen wachten. Je hoefde het maar een beetje op te poken en de vlammen laaiden op, zo hoog als zelfs zijn mentor niet voorzien had. Niryn was snel van begrip en meester Kandin had in hem een verwante geest gevonden. Beiden waren in de greep van ambitie, en Niryn merkte dat het hem niet aan energie ontbrak.

Tijdens zijn leerjaren vergat Niryn nooit zijn tijd aan het hof. Hij vergat nooit hoe het voelde om lucht te zijn voor anderen, noch de manier waarop de oude koningin tegen hem gesproken had. Die twee elementen vatte hij samen in zijn ambitie. Als de kling van een zwaard werd Niryn door Kandin geslepen en toen Kandin hem niets meer kon leren, was Niryn klaar om terug te keren naar het paleis om daar een aanstelling te bemachtigen. Hij kon zich nog altijd onzichtbaar maken voor hen die niets van zijn bedoelingen en kracht weten mochten.

Een tweede toevallige ontmoeting met koningin Agnalain zat er echter niet meer in. Erius had zijn moeder al uit de weg geruimd voor Niryn een plaats aan het hof verworven had, en had de troon ingenomen alhoewel zijn zusje de rechtmatige erfgename van de troon was.

Nu Niryn een respectabele jonge tovenaar was en een loyale Skalaan, was hij een keer een beleefdheidsbezoekje gaan afleggen aan het meisje dat in een lieflijk huisje op het paleisterrein woonde. Zij had officieel koningin moeten worden, en in de stad werd al gefluisterd over profetieën en de wil van Illior. Niryn had weinig op met priesters, maar hij had er geen moeite mee hun spelletje mee te spelen. Een koningin zou beter zijn.

De lessen die hij tussen de borders met rozen geleerd had waren hem bijgebleven. De koninklijke familie was als een tuin, waarin nodig eens gewied en gesnoeid moest worden.

Ariani, verwekt door een van haar moeders vele minnaars, was de wortelstok van de troon. Als enige dochter van de koningin was haar aanspraak op de troon geheel terecht, misschien wel zo terecht dat ze, als ze ouder was en haar huiswerk goed gedaan had, haar broer misschien wel van de troon kon stoten. Niryn twijfelde er niet aan dat hij een groepering zou kunnen oprichten die haar steunde. Maar helaas ontdekte hij dat de wortelstok een ziekte onder de leden had. Ariani was erg knap en intelligent, maar de fatale ziekte had zich al in haar genesteld. Ze zou net zo krankzinnig worden als haar moeder, en waarschijnlijk al op jongere leeftijd. Misschien had hij haar daardoor makkelijker onder controle kunnen houden, maar de mensen hadden nog steeds duistere herinneringen aan de tirannie van haar moeder. Nee, Ariani was niet goed genoeg.

Toen dat duidelijk voor hem was, nestelde hij zich aan Erius' hof. De jonge koning nodigde altijd tovenaars op zijn feesten en partijen uit.

De koning was sterk en gezond. Hij was knap en viriel, sterk van lichaam en geest en had de harten van velen al gewonnen door een reeks mooie overwinningen op de Plenimaranen. De mensen waren de koninklijke waanzin beu en luisterden steeds minder naar langdradige profetieën van de knorrige Illioranen. Erius was een geliefd vorst.

Tot genoegen van Niryn was hij niet helemaal vrij van zijn moeders ziekte. Precies voldoende aangetast om hem kneedbaar te maken. Zoals zijn vader de leibomen boog en vastzette tegen de warme muren, zo knipte en topte Niryn de buigzame geest van de koning, en boog hem zo dat die de meeste vrucht zou dragen voor zijn bedoelingen. Het was een lang proces waar veel geduld voor nodig was, maar Niryn had alle tijd, want hij dacht aan de toekomst. Niryn wachtte geduldig zijn tijd af, en verzamelde andere tovenaars om zich heen die hij de Haviken noemde. Hij kreeg ook een eigen garde, door de bevolking de grijsruggen genoemd, en beide waren zogenaamd in het leven geroepen om de koning te beschermen. Niryn selecteerde ze uiterst zorgvuldig zodat hij iedereen om zich heen volledig kon vertrouwen.

Rond Erius begon Niryn met wieden, door iedereen die in de weg stond in diskrediet te brengen, vooral Illioranen, en hij haalde de koning langzamerhand over om elke vrouw die koninklijk bloed in zich droeg, en dus zijn positie als koning in gevaar kon brengen, te doden.

Hoe ouder Erius werd, hoe vaker zijn geestesziekte zich openbaarde. Niryn deed daar zijn voordeel mee, maar moest hard werken om ook onvoorziene kwesties op te lossen. Erius had vijf kinderen, en de oudste was een veelbelovende dochter, tot een plotselinge pestepidemie alle kinderen op de jongste na van het leven beroofde. Alleen Korin bleef over.

Niryn kreeg in die tijd een visioen van een jonge koningin, een die hij zelf gekozen en gevormd had, en die de perfecte roos in zijn tuin zou zijn. Het visioen berustte op waarheid en ook daarover droomde hij. Zoals zoveel tovenaars bewees hij hun beschermgod, de Lichtdrager, nauwelijks meer dan een lippendienst. Offergaven en de heilige rook van de tempels had weinig met hun krachten te maken. Die zat al vanaf hun geboorte in hun bloed; het was een subtiel rood lijntje dat terugging op een dolende Aurënfaier tovenaar die met een van hun voorouders geslapen had, waarna de grillige magie zich ook onder Skalanen had verspreid. Maar af en toe kon hij het niet laten zomaar een dankgebed tot hun god te richten, zoals toen hij uit de droom ontwaakte. Hij had het gezicht van het meisje niet gezien, maar hij wist vast en zeker dat hij de toekomstige koningin in zijn dromen had ontmoet, die, aan de hand van zijn zorgvuldige instructies, het land zou verlossen en regeren.

Onder Erius' bewind werd het land steeds vaker geteisterd door hongersnood en epidemieën, en door hitte en droogte. De roep om de koningin uit de profetie stak de kop weer op, want volgens de profetie zou het land teloorgaan onder een koning. Alleen een koningin kon redding brengen. Er moest dus snel een vrouw voor Korin gevonden worden.

Rond die tijd vond hij Nalia. Hij was zoals altijd op pad geweest met zijn Haviken om een verre achternicht van de oude koningin te vermoorden. Die vrouw moest, evenals haar pasgeboren meisjestweeling die het koninklijk bloed in zich droeg, van de aardbodem verdwijnen. Een van de tweeling was knap geweest, net als haar vader. De ander had haar moeders wijnvlek geërfd. En toen Niryn wilde toeslaan om de zuigeling te doden, hield zijn visioen hem tegen: dit was de volgende zaailing voor zijn koninklijke tuin. Ze zou dochters voortbrengen, mits ze goed werd opgevoed. Hij nam haar heimelijk mee en bracht haar als haar voogd groot. Later werd zijn aanhankelijke pleegkind bovendien zijn minnares. Als tovenaar zorgde hij er wel voor dat er geen zaadje in die vruchtbare schoot ontsproot.

Korin was niet dom of eerloos, in het begin tenminste niet. Van jongs af aan had hij een hekel aan Niryn. Maar hij had een zwakke geest. De koning was meestal op het slagveld te vinden, dus had Korin met zijn Gezellen de vrije hand.

Niryn hoefde hem alleen maar af en toe onopvallend aan te moedigen. Sommige Gezellen hielpen hem daar onbewust bij, door Korin naar kroegen en bordelen in de stad mee te nemen. Niryn kreeg het drukker toen Korin zijn zaad in de stad begon rond te strooien. Door zijn tovenaars en spionnen moesten er heel wat bastaardjes uit de weg geruimd worden. Het was moeilijker voor hem geweest om de loot waaraan prinses Aliya groeide te snoeien. Het meisje was gezond en intelligent, maar het ontbrak haar aan een smet of zwakke plek die hij nodig had om haar te kunnen sturen. Nee, ze zou mettertijd wel eens een lastig soort onkruid kunnen blijken dat niet meer in de hand te houden zou zijn omdat Korin haar geen strobreed in de weg zou leggen.

Tegen de tijd dat Erius stierf, was Korin een hopeloze losbol die altijd dronken was. De dood van zijn knappe vrouw en de gruwel van de mismaakte, snel gestorven wezens die ze het leven had geschonken braken hem op. Niryn kon hem als een marionet laten doen wat hij wilde.

Niryn ontwaakte uit zijn mijmeringen en keek weer naar de duistere toren. Daar, hoog boven deze beschutte haven, groeide het zaad voor het volgende seizoen.

II

Na een leven als vrije tovenaar, waarin ze kon gaan en staan waar ze wilde, zat Iya nu niet alleen opgescheept met een onervaren, soms behoorlijk dwarse jonge koningin, maar ook met een horde lieden van haar eigen professie die dringend behoefte aan leiding hadden. Het Derde Orëska was een nobel idee; zij en Arkoniël stonden nu voor het probleem om te onderzoeken of hun tovenaars en tovenaressen eigenlijk wel samen konden werken.

Tamír had woord gehouden en had er van het begin af aan op gestaan dat Illardi de tovenaars van Iya's zou toelaten in zijn huis, ondanks de tegenwerpingen van enkele heren en generaals. Als dank maakten ze zich nuttig; ze beschermden het huis en vervaardigden amuletten en vuurspaanders. Iya, Saruel en Dylias kenden alle drie de beginselen van het helen en genezen, en hielpen de drysiancn waar ze konden.

Tegen het einde van Lithion was ook Arkoniëls eigen kleine groepje tovenaars en tovenaarskinderen aangekomen. Iya was ontroerd toen ze zag hoe blij hij was met hun hereniging. Hij had ze waarlijk gemist, met name de kleine groenogige Wythnir van een jaar of negen, die zijn eerste pupil was geweest. Het was een frêle jochie, en verlegen bovendien, maar Iya kon de krachtige gave van hem al voelen. Ze wisselde een goedkeurende blik met Arkoniël, die straalde van vreugde.

Ondanks haar volle programma liet Tamír een groots banket in haar kamer aanrichten voor de tovenaars en Gezellen, zodat Arkoniël zijn mensen kon voorstellen.

De oudjes – Lyan, Vornus, Iya's vriendin Cerana en een mopperkont die Kaulin bleek te heten – waren de eersten die die avond met de hand op het hart voor Tamír bogen.

'Jij bent waarlijk de koningin die werd voorspeld,' zei Lyan en zij sprak namens allen. 'Op ons aller hart, hart en ogen, wij beschouwen het als een grote eer, u en Skala te mogen dienen.'

Vervolgens kwamen de jongeren hun trouw betuigen, Melissandra en heer Malkanus, een nobel uitziend paar in wat ooit kostbare chique kleding was geweest, en een nogal gewoontjes uitziende man met een sikje die Haïn heette. Hij was van Arkoniëls leeftijd en zinderde net als hij van ingehouden toverkracht.

Ten slotte kwamen de allerjongsten naar voren, en Iya zag Tamírs ogen flonkeren toen ze voorgesteld werden. Ethni was ongeveer even oud als Tamír zelf, met maar een sprankje magie in zich. De tweeling Ylina en Rala waren niet veel krachtiger, en ook kleine Danil was wat magie betrof beslist niet overbedeeld. De diamant tussen al die kiezels was Wythnir. Wythnir was van het soort dat Iya zich al jaren geleden had voorgesteld toen ze het idee kreeg voor een hechte groep tovenaars, maar Arkoniël leek op ieder van hen even trots te zijn, of ze nu veel of weinig talent hadden.

'Wees welkom, allemaal,' sprak Tamír. 'Arkoniël heeft me zoveel goeds over jullie verteld en over wat jullie allemaal al kunnen. Ik ben vereerd jullie te mogen ontvangen.'

'Ik heb begrepen dat jullie een tijd in de burcht waar wij woonden hebben gelogeerd,' zei Ki. Hij grijnsde even naar Arkoniël. 'Ik hoop dat jullie het daar niet al te naargeestig vonden?'

'Helemaal niet!' riep Rala meteen. 'Kokkie maakt de lekkerste taarten en rozijnenpasteitjes!'

Ki trok een quasi-triest gezicht. 'Dat was ik bijna vergeten. O, jee, wat krijg ik nu een heimwee!'

De kinderen moesten lachen en dat zette de toon voor die hele avond. De meeste oudere tovenaars waren erg op de kinderen gesteld, en moedigden hun aan hun kunsten voor de anderen te vertonen. Het waren voornamelijk kunstjes met gekleurde lichtjes en vogelgekwinkeleer, en Wythnir liet de hazelnoten van de schaal als een zwerm bijen door de kamer vliegen.

Iya's tovenaars maakten ook kennis met de nieuwelingen, en zij en Arkoniël wisselden een blik van verstandhouding uit. Eenentwintig tovenaars en tovenaressen, zijzelf meegerekend, plus een handjevol nieuwkomers die achtergebleven waren. Geen slecht begin.

Nadat ze de kinderen over de nieuwe kamers hadden verdeeld, liep Iya met Arkoniël een rondje over de vestingmuur.

'Niet te geloven toch?' zei hij met stralende ogen. 'Wat zijn die kinderen vooruitgegaan, met slechts een paar gewone tovenaars als leraar. Denk je eens in wat ze kunnen leren van die krachtige lieden die jij bijeen hebt gebracht! O, sommigen zullen het niet verder schoppen dan amulettenmakers of dorpsgenezers, dat realiseer ik me heus wel, maar sommige zouden echt kunnen uitgroeien tot grote tovenaars!'

'Vooral dat jochie dat jij zelf onderwijst, hè?'

Arkoniëls gezicht gloeide van liefde en trots. 'Ja, Wythnir wordt een heel grote.'

Iya zei niets, en herinnerde zich haar leven met háár eerste leerlingen. Wythnir was beslist beter dan de anderen, maar ze wist uit ervaring dat jonge kinderen ook konden teleurstellen, hoe veelbelovend ze ook leken.

Belangrijker dan welke tovenaar of leerling ook was de herinnering aan het visioen dat ze zo lang geleden gehad had: Arkoniël als een wijze, oude man in een enorm gebouw vol tovenaars, met een ander kind aan zijn zij. Ze had hem over het visioen verteld en ze voelde dat hij er steeds vaster in begon te geloven, nu hij kleine succesjes had geboekt.

En Arkoniël was nu eenmaal dol op kinderen. Dat was wel de grootste verrassing geweest voor Iya, die zelf eigenlijk een hekel had aan gewone kinderen, en kinderen met aangeboren magie meestal nauwelijks de moeite waard vond. Ze had van haar eigen leerlingen gehouden, zoveel als voor haar maar mogelijk was. Maar de wetenschap dat ze haar allemaal uiteindelijk zouden verlaten en hun eigen weg zouden gaan, deed haar beseffen dat het niet goed was om je al te veel aan hen te hechten. Misschien zou Arkoniël daar mettertijd wel achter komen, maar voorlopig zag hij dat schitterende paleis, vol leven en wetenschap. Het sprak uit zijn ogen en Iya wilde Illior absoluut niet voor de voeten lopen. Arkoniël was voorbestemd om een andere weg in te slaan dan de hare, en die van haar voorgangers.

Hij droeg bovendien nog steeds die vervloekte kom, en paste er goed op. Misschien was het ook voorbestemd dat hij er een veilige plaats voor zou vinden. Dat lag allemaal in de handen der goden. Iya had nergens spijt van, en aangezien er nog vele uitdagingen zouden volgen, was dat maar goed ook.

Dylias en de tovenaars van Ero hadden al wat ervaring met samenwerking opgedaan, toen ze zich als ondergrondse groep verscholen hadden voor de Haviken. Het leek Iya een prima idee om Dylias het leiderschap te geven, maar iedereen gaf te kennen haar als leider te willen zien. 'Het Orakel heeft jou het visioen gegeven,' zei Arkoniël lachend terwijl ze mopperend rondliep. Steeds kwam er weer iemand met een vraag over magie op haar af, en die kinderen liepen haar ook danig in de weg. 'Je bent Tamírs beschermer. Nogal logisch dat ze tegen jou opkijken.'

'Beschermer, hè?' pruttelde Iya. 'Ze zegt geen boe of ba tegen me.'

'Ze ontloopt me inmiddels wat minder, maar ze is nog steeds erg wantrouwend. Zou ze de waarheid hebben geraden?'

'Nee, en we moeten haar daar ook niet mee lastigvallen, Arkoniël. Afleiding kan ze nu niet gebruiken en ze heeft ons nog steeds nodig. Misschien vraagt ze er nooit naar. Dat hoop ik eigenlijk maar.'

Met de hulp van Dylias deden ze hun best om zo goed mogelijk de wacht aan de zeekant te houden, om alarm te kunnen slaan bij een eventuele tweede aanval van de Plenimaranen. Anderen bleven in ploegendienst in Tamírs buurt, om haar tegen elke denkbare dreiging te beschermen. Dit moest zo onopvallend mogelijk gebeuren, omdat veel nieuwe bondgenoten zich tegen de komst van een grote verzameling tovenaars hadden uitgesproken.

Op haar beurt vertrouwde Iya velen van die edelen en strijders niet. De wonden van Eyoli waren genezen, zodat hij weer tot nut kon zijn. De jonge geestbenevelaar kon een vluchtelingenkampement of legerplaats binnenwandelen en daar vrijwel ongemerkt zijn oor te luisteren leggen. Dit, in combinatie met Arkoniëls vreemde nieuwe bloedmagie en Tharins fenomenale gehugen voor loyaliteit en verraad, bood volgens Iya op dit moment de best mogelijke bescherming voor Tamír.

Een andere bondgenoot in wie ze vertrouwen had was Imonus, de hogepriester van het Orakel. De man was hier sinds Tamírs gedaanteverandering geweest en leek maar geen aanstalten te willen maken om te vertrekken. Hij en de twee priesters die als dragers uit Afra met hem mee gekomen waren, Laïn en Porteon, waren onafgebroken bezig met de bouw van een tempel. De plaatselijke Tempel van de Plaquette, zoals hij nu genoemd werd. Elke dag kwamen er mensen kijken hoe de bouw vorderde, en om van de hogepriester uit Afra zelf te horen dat hun nieuwe koningin inderdaad door Illior uitverkoren was.

Imonus had de overlevende Illioraanse priesters uit Ero bijeengebracht en hen opgedragen tijdelijke tempeltjes in de legerplaatsen in te richten. Hij en zijn twee broeders uit Afra hadden de grootste gemaakt en de gouden plaquette en bronzen vuurpotjes voor offers onder een overhangende daklijst van Illardi's landhuis opgesteld. Niemand die Tamír kwam bezoeken kon er omheen en zou zo herinnerd worden aan de profetie, en aan haar recht om te heersen.

Imonus sprak met de autoriteit van de Lichtdrager en de gelovigen stroomden toe. Ze brachten kleine offers in de vorm van bloemen en munten en raakten de gouden plaquette aan, omdat dat geluk zou brengen. Berooid als ze waren, brachten de mensen toch elke dag voedsel voor de priesters, elke dag weer legden ze gerimpelde appeltjes en hompen brood in de mandjes. Vervolgens legden ze hun wasvotiefjes en veertjes op de bronzen vuurpotjes, die uit de tempel van Ero waren gered. Ze brandden dag en nacht, en de geur van de scherpe wierook van de Illioranen en het zurige accent van de verbrande veertjes hing altijd op de binnenplaats. De priester en broeders van het Orakel waren altijd aanwezig, zorgden voor het vuur, zegenden mensen, verklaarden dromen en gaven hoop aan iedereen.

Iya benaderde de meeste priesters nogal sceptisch. Ze was er te veel tegengekomen die valse beloften deden en verzonnen profetieën hadden verkondigd. Maar Imonus was een integer man en lag aan Tamírs voeten.

'Onze dochter van Thelátimos is sterk,' zei hij tegen Iya toen ze in de grote zaal aan het natafelen waren. 'Ze is vlot van de tongriem gesneden en ze weet met een paar woorden de neerslachtigheid van haast iedereen te verdrijven.'

'Ja, dat is mij ook opgevallen. Misschien dat Illior haar een sprankje inspiratie heeft gegeven?'

'Meer dan een sprankje,' zei Imonus. 'Ze gelooft meer in opbouw dan in macht. Dat kan een zegen, maar ook een last voor haar zijn.'

'Is dat een profetie?' vroeg Iya die met een opgetrokken wenkbrauw over haar beker wijn naar Imonus keek.

Hij glimlachte alleen maar.

12

Terwijl de dagen in Nythin lengden en het land en de wegen door de brandende zon verdroogden, ontdekte Tamír dat de verspreiding van het nieuws van de verwoesting van Ero en haar transformatie niet altijd hand in hand gingen. Elke dag weer arriveerden nieuwe afgezanten van verafgelegen landgoederen met verwarde boodschappen. Sommigen brachten het vertraagde antwoord op de hulpoproep van koning Erius, en wisten niet beter dan dat hij nog regeerde. Anderen kwamen kijken wat er waar was van dat gerucht over die betoverde prins. Een paar dappere bodes kwamen met brieven waarin zonder veel omhaal verklaard werd dat men vond dat ze een bedriegster was.

Een van deze bodes wist te vertellen dat Korin in Cirna zat en daar een leger aan het vormen was.

'Dat betekent dat we van de Noordelijke Gewesten zijn afgesneden. Over zee kunnen we er nog wel komen,' zei Tharin.

'We hebben te veel schepen verloren, onze vloot is momenteel te klein,' merkte Illardi op. Op alle scheepswerven, van Volchi tot Erind, was men druk met de bouw van nieuwe schepen, maar het kostte nu eenmaal veel tijd om grote oorlogsschepen te bouwen, en helaas hadden ook niet alle havens zich achter Tamír geschaard.

'Nou ja, we weten tenminste waar hij uithangt,' zei Ki.

Arkoniël en Iya probeerden te achterhalen of het verhaal echt waar was, door zichtvensters en bepaalde spreuken, maar kregen geen uitsluitsel.

'Kun je niet eens een kijkje in het fort nemen?' vroeg Tamír ongelovig.

'Als ik het probeer, lijkt het net of iemand met een mes in mijn ogen zit te porren,' legde Arkoniël uit. 'Niryn heeft door bezwering een verdedigingsschild rond het fort gelegd.'

'Heeft hij gezien dat je het probeerde?'

'We zijn heel voorzichtig geweest, maar je weet maar nooit,' zei Iya. 'Maar waarschijnlijk heeft hij van tevoren het fort al in magie gehuld.'

'Is Niryn sterker dan jullie?'

'Zo'n verdedigingsspreuk is niet zo moeilijk. Maar de Haviken, waarvan hij er nog minstens vier aan zijn zijde heeft, waren op hun manier best krachtig. We moeten ze zeker niet onderschatten. We hebben ze alleen maar aan het werk gezien bij het opruimen van vrije tovenaars. Maar misschien zijn ze wel tot veel meer in staat,' waarschuwde Iya. 'Je hebt gezien wat wij, na een paar maanden oefenen, kunnen als we onze krachten bundelen. Niryn heeft jaren gehad om de krachten van zijn mensen te onderzoeken en te verbeteren. Ik ga ervan uit dat het nog steeds een machtig mannetje is, en dus een geduchte tegenstander.'

'Wat kunnen we dan wel doen?'

'Meer verkenners op pad sturen,' stelde Arkoniël voor.

Dat leek de enige optie te zijn, dus volgde ze die raad op en wijdde zich weer aan haar lessen. Ook regeren moest je namelijk leren.

Elke morgen hield ze hof in de grote hal van Illardi's huis die als provisorische troonzaal was ingericht. Ze zat daar op de kleine verhoging met Illardi, Tharin, haar Gezellen en een paar tovenaars en tovenaressen aan haar zijde.

Het voelde nog steeds vreemd, zo op een ereplaats te zitten, maar iedereen trad haar tegemoet alsof ze al de gekroonde koningin was. De maatregelen die voor de afgezette en nieuwe vazallen genomen moesten worden, namen nog altijd veel tijd in beslag. Er waren eindeloos veel zaken die besproken moesten worden, geschillen die moesten worden opgelost, ruzies gesust. Hier en daar waren schermutselingen en het hele kampement werd onder militair gezag geplaatst. De burgers werden steeds ongeduldiger wat hun situatie betrof. Het wonder van de nieuwe koningin was voor hun allang geen nieuwtje meer; ze waren hongerig en vuil en wilden zo langzamerhand wel eens bewijzen zien. De priesters hadden immers beloofd dat alles beter zou worden.

Honderden van hen die door de drysianen genezen waren verklaard, hadden hun biezen al gepakt. Sommigen waren naar Atyion gegaan, anderen naar familie in verre steden. Maar in het vluchtelingenkamp vertoefden nog steeds duizenden mensen onder erbarmelijke omstandigheden. Ondanks de voedselhulp uit Atyion en andere steden was het nodig te rantsoeneren, wat de onvrede onder de bevolking alleen maar deed toenemen.

Sommige vluchtelingen waren te ziek om verplaatst te worden, velen hadden geen uitwijkmogelijkheid, en de meesten wilden gewoon terug naar de stad om weer op te bouwen wat ze hadden gehad, ondanks de gevaren van besmet water en vervloekte grond. Dag na dag kwamen ze bij Tamír op audiëntie, vleiend, smekend en klagend.

Wat erger was dat de heren die aan haar kant stonden ook rusteloos begonnen te worden. Tamír had iedereen duidelijk gemaakt dat ze geen enkele haast had om een aanval te plannen, bovenal omdat ze geen enkel bericht van Korin had ontvangen. Al de aanvoerders en adviseurs probeerden haar ervan te overtuigen dat die zwijgzaamheid van haar neef als een veeg teken moest worden opgevat. In haar hart wist ze dat ze gelijk hadden.

Verveelde krijgers waren een gevaar voor iedereen. Er ontstonden gevechten tussen verschillende groepen, er werd gemoord, verkracht en gestolen. Ze liet de bestraffing van deze personen over aan de edelen onder wie zij vielen, maar ze wist dat ze hen aan het werk moest zetten of naar huis moest sturen.

'Werkploegen,' adviseerde Tharin. 'De meeste soldaten zijn boer in hun normale doen. Zet ze aan het werk, dan hebben ze geen tijd om problemen te veroorzaken!'

De meeste edelen waren ontvankelijk voor dat idee, dus had ze spoedig een aanzienlijke hoeveelheid manschappen die de grond bewerkten en de stad ontdeden van puin en vuil.

Orde bewaren was uitputtend en ondankbaar werk, vond ze. Tamír was daar niet voor opgeleid, maar moest het desondanks als haar persoonlijke verantwoordelijkheid zien.

'Als ik die koningin ben die hen moet redden, waarom laat de Lichtdrager me dan niet zien hoe?' klaagde ze tegen Imonus.

'Nergens zijn nog ziekten uitgebroken, en de pest is bedwongen,' merkte de priester op.

Dat vult hun magen niet, vond ze.

Maar ze stond niet geheel alleen. Hertog Illardi had ervaring in dit soort situaties en onderzocht een hele hoop verzoekschriften voor haar. Hij was een gerespecteerd man en had meer ervaring in hofaangelegenheden dan haar generaals. Al spoedig ging hij door voor haar officieuze kanselier.

Ook Nikides toonde zich onmisbaar. Hij had alles over het hofprotocol uit de eerste hand van zijn illustere grootvader geleerd. Tactvol als hij was, geheel thuis in geschiedenis en hofprocedures, en wijzer dan de meeste mensen van hogere leeftijd, won hij al spoedig het respect van de oudere landheren.

Bij al haar audiënties weken deze twee nooit van Tamírs zijde en zij gaven haar waar nodig advies.

In die tijd ontdekte ze ook een andere kant van Tharin. Ze kende hem al als een standvastig, rechtvaardig en eerlijk man, een loyale strijder en goede vriend, maar nu merkte ze ook hoe scherpzinnig hij kon zijn, door alle jaren aan haar vaders zijde door de wol geverfd. Hij had nooit een leider willen zijn, maar hij had een goede mensenkennis en een uitstekend geheugen. Dankzij haar vaders invloed en positie waren er maar weinig edelen die Tharin als schildknaap nooit had ontmoet. Hij bleek nu ook op een heel andere manier van waarde te zijn.

Op een ochtend arriveerde er een jonge ridder met een boodschap van hertog Ursaris van Ravensteen.

De hertog was de dag ervoor aangekomen, met een leger van vijfhonderd ruiters en voetvolk, maar was nog niet bij Tamír langs geweest om zijn diensten aan te bieden en zijn trouw te betuigen.

Tharin kende Ursaris al uit hun tijd in Mycena en zonder dat iemand anders dan Tamír het kon horen sprak hij zijn wantrouwen jegens de hertog uit. 'Hij is een onwrikbare Sakoriaan, en heeft zowel zijn land als zijn titel aan je oom te danken. Erius nam ze af van een heer die loyaal bleef aan Ariani nadat hij de troon had ingenomen.'

De boodschapper van de hertog stond nerveus te schuifelen tot Tamír hem gebood naar voren te komen. Hij maakte een diepe buiging, als een man die een onprettige plicht te volbrengen had. 'Ik ben heer Tomas, en ik breng de groeten over van zijne excellentie, hertog Ursaris, zoon van Melandir, aan...' Hij slikte moeizaam. 'Aan prins Tobin van Ero.'

Tharin ving Tamírs blik op en trok een wenkbrauw op. Ze gaf met een knikje aan dat ze voorzichtig zou zijn. Ze keek de jongeman streng aan. 'Je kunt je heer vertellen dat ik Tobin niet meer ben. Als hij me iets wil vertellen, kan hij zelf komen en dient hij mij met mijn ware naam aan te spreken.'

'Bovendien kun je je heer melden dat als hij in de toekomst nog eens de situatie wil laten opnemen, hij het vuile werk niet moet laten opknappen door een ons bekende scharrelaar die het eervolle banier van een of andere gezant in handen gedrukt heeft gekregen!'

'Ik ben een ridder, heer Tharin!'

'Dan ben je flink vooruitgegaan. Ik herinner me een boodschappenjongen met talent voor zakkenrollen en het opdissen van leugens. Ik herinner me jou, *heer* Tomas, en je meester maar al te goed.'

'En ik ook,' gromde heer Jorvai achter in de zaal, waar hij had zitten dobbelen met een aantal andere heren. Hij kwam naar voren en legde zijn hand op zijn zwaardgevest. 'En net als heer Tharin onthoud ik alle gezichten met bijbehorende reputaties. Ursaris wilde altijd van twee walletjes eten.'

Tamír stak haar hand op om hem tot kalmte te manen. 'Als je meester me wil steunen, zeg hem dan dat hij welkom is in mijn kamp. Zo niet, dan moet hij morgenochtend vertrokken zijn, anders zal ik hem als mijn vijand beschouwen.' Het was geen loze dreiging en de man wist het.

'Ik zal uw antwoord overbrengen, hoogheid.'

Hij maakte een buiging en vluchtte de zaal uit.

Tamír reed met haar garde via de Bedelaarsbrug naar de rand van de stad om te kijken wat Ursaris zou doen. Tegen zonsondergang was zijn kampement opgebroken en marcheerde hij met zijn manschappen naar het westen.

'Opgeruimd staat netjes!' schreeuwde Ki naar hen, terwijl hij in de stijgbeugels ging staan en zijn middelvinger naar hen opstak. 'Lafaards!'

'Dat valt wel mee,' zei Tharin. 'Ursaris is een goed aanvoerder en zijn manschappen zijn dapper.'

'Maar ze geloofden niet dat het waar is wat mij betreft,' zei Tamír.

'Het kon hem waarschijnlijk geen bal schelen,' zei Tharin. 'Hij heeft nu besloten om Korin te steunen.' Hij boog zich voorover en legde een hand op haar schouder. 'Hij zal de enige niet zijn, denk daaraan.'

Tamír zuchtte en zag Ursaris' banieren steeds kleiner worden tegen de ondergaande zon. 'Weet ik. Denk je dat Korin ook mensen had die nu mijn kant kiezen?'

Tharin maakte een weids gebaar met zijn arm over de steeds grotere legerplaats met tenten en paardenkraal op de vlakte gaan. 'Daar staan ze, en er komen er elke dag weer een aantal bij.'

Tamír knikte, maar vroeg zich nog steeds af hoeveel strijders Korin aan zijn kant zou krijgen, aangezien hij het Zwaard van Ghërilain bezat en zijn vader koning was geweest.

Zulke gedachten maakten haar somber, maar ze was dankbaar dat er zoveel bekende gezichten om haar heen stonden.

Alleen waren sommigen wel erg veranderd.

Tanils wonden waren geheeld, maar geestelijk was hij nog behoorlijk ziek. Tamír en Ki zochten de schildknaap elke dag op in de kamer die hij deelde met Lynx. Hij sliep veel en als hij wakker was, stond hij meestal bij het raam over de zee uit te staren. De anderen moesten hem er zelfs aan herinneren te eten. Zijn eens zo levendige bruine ogen stonden mat, zijn haar hing slap en vuil langs zijn gezicht, op twee plukken ongelijkmatig kort haar bij zijn slapen na, waar de vijand zijn vlechten had afgeknipt. Het was een teken van vernedering voor een strijder. Quirion had de zijne eens af moeten knippen toen hij, wegens lafheid, als Gezel werd verstoten. Nu zou Tanil zichzelf weer een waardig Gezel moeten tonen, voor hem werd toegestaan zijn haar weer te vlechten.

Tamír dacht niet dat het hem veel kon schelen. De enige tegen wie hij wat zei was Lynx, en zelfs tegen hem sprak hij maar mondjesmaat. Lynx zat vaak rustig bij hem als er elders geen emplooi voor hem was, want hij was bezorgd dat Tanil zichzelf iets zou aandoen.

'Het is al erg genoeg wat die Plenimaraanse klootzakken met hem gedaan hebben, en hem in leven lieten met alle schaamte van dien, maar hij lijdt ook nog onder het feit dat hij Korin in de steek gelaten heeft,' vertrouwde hij de anderen toe. 'Hij kan niet helder denken en wil op zoek naar hem, hij denkt dat Korin in de strijd gevallen is. Soms hoort hij hoe Korin hem roept. Ik heb een wachter voor zijn deur gezet voor als ik er niet ben.'

'Hoe zou Korin het vinden dat hij hem kwijt is?' vroeg Ki aan Nikides.

'Ellendig. Je weet zelf hoe dik ze met elkaar waren.'

'Maar hij is niet teruggegaan om zijn vriend te vinden, om hem een eervolle begrafenis te geven...'

Nikides haalde zijn schouders op. 'Daar was geen tijd meer voor. De citadel werd plotseling ingenomen en Niryn kon Korin meteen overhalen om mee te komen.'

'Ik zou best een manier gevonden hebben,' mompelde Ki en hij wisselde een blik met Tamír. 'Ik zou hoe dan ook gezocht hebben.'

Een paar dagen later klopte op een regenachtige middag weer een bekende aan.

Tamír moest rechtspreken bij een twist tussen twee graanhandelaren over het eigendomsrecht van een kleine, onbeschadigde graanschuur buiten de stadsmuren. Ze had vaak achter haar oom gestaan bij geschillen als deze, maar vond het net zo saai om de beslissende partij te zijn als de ruzie gade te slaan. Ze deed haar best niet openlijk te gapen toen Ki over haar schouder leunde en haar op iemand wees.

'Kijk daar eens!' Hij wees naar de menigte die petities wilde aanbieden en ze ontdekte, op de aanwijzing van Ki, een bekend gezicht onder een bos goudblond haar. Ze liet de oplossing van het geschil over aan Nikides en rende de zaal door naar haar vaders vazal, heer Nyanis. Ze had hem niet meer gezien sinds hij de as van haar vader bij de laatste strijd naar huis gebracht had. Zijn warme glimlach deed haar denken aan gelukkiger tijden en ze vloog hem in de armen. Maar ze vergat toch niet dat hij en de verrader heer Solari vrienden waren geweest, al waren ze haar vaders generaals geweest.

'Dus hier ben je?' lachte hij en hij sloeg zijn armen om haar heen zoals toen ze een kind op de burcht was geweest. 'En Ki ook! Bij de Vier, moet je eens zien hoe jullie gegroeid zijn! En naar ik gehoord heb zijn jullie prima strijders geworden! Vergeef me dat ik niet eerder gekomen ben. Ik was nog in Mycena toen ik hoorde dat de Plenimaranen weer een verrassingsaanval hadden uitgevoerd, en door de voorjaarsstormen konden wij niet uitvaren.'

Tamír deed een stap naar achteren. 'Heb je het gehoord van Solari?'

Nyanis' gezicht betrok. 'Ja. Ik heb hem altijd al gezegd dat zijn ambitie nog eens zijn dood zou worden, maar ik had geen idee dat hij het op een akkoordje zou gooien met lui als Niryn. Sinds je vaders afscheid heb ik hem ook niet meer gezien. Als ik het geweten had, had ik wel met hem gesproken en had ik meer gedaan om je te beschermen. Maar ik kwam eigenlijk hier omdat ik nieuws voor je heb, helaas alleen geen goed nieuws. Ik heb een schrijven gehad van Solari's oudste zoon, Nevus, die me vroeg het zwaard tegen jou op te nemen en Atyion te bezetten.'

'Ik mag hopen dat je daar niet op ingegaan bent?'

Nyanis grinnikte. 'Je vader was mijn leenheer, en ik verpand mijn zwaard aan jou, als je me wilt hebben.'

'Dolgraag.'

Hij liet zijn ogen over haar heen gaan; ze was al gewend aan die blikken van degenen die haar sinds de transformatie niet meer hadden gezien, en herkende de mengeling van verwondering en ongeloof.

'Dus dit was het grote geheim van Rhius? Ik heb met Tharin gepraat toen ik binnenkwam. Hij zegt dat ik je Tamír moet noemen. Of is het majesteit?'

'Hoogheid is het voorlopig nog. Het is van belang dat ik de wetten en rituelen volg.'

'Dan moet je dus zien het zwaard van de koningin terug te krijgen.'

'Ja.'

'Dan zal ik helpen te zorgen dat we het in jouw handen zien, hoogheid.' Nyanis knielde neer en bood haar zijn zwaard aan, te midden van al die bedienden en het geschil tussen de twee graanhandelaren. 'Maar tot dan herhaal ik mijn eed van trouw aan de heerser van Atyion. Ik zal de kroon van Skala op jouw hoofd zien en het Zwaard van Ghërilain in jouw hand. Daar zal ik mijn leven voor geven, prinses Tamír.'

Hij stond op en deed zijn zwaard in de schede. 'Sta me toe nog wat bondgenoten aan je te presenteren.'

Arkoniël liep toevallig voorbij toen ze de ridders en heren aan het begroeten was. 'Heer Nyanis! Ik had niets over uw komst vernomen!'

'Tovenaar!' Ze grepen elkaars vuist. 'Nog steeds niet klaar met je taak, zie ik. Heb je ten minste een van hen netjes leren schrijven?'

'Een van mijn grootste triomfen,' antwoordde Arkoniël glimlachend.

Neem pietsie rood. Dat had Lhel Arkoniël destijds geleerd en weg van glurende ogen drukte hij een druppeltje bloed van Nyanis vanonder de nagels van zijn pink op zijn duim, en sprak de woorden uit die zij hem had geleerd. Zoals Tamír wilde hij de man kunnen vertrouwen, maar door Solari hadden zij hun lesje geleerd. Hij voelde de tinteling der magie werken en opgelucht zuchtte hij toen er geen spoortje van kwade wil aan het bloed ontsteeg.

Hij gebruikte deze bloedmagie vaak en had zo al een aantal heren gevonden die niet vertrouwd konden worden. Tevreden over de uitkomst bij Nyanis ging hij weer terug naar de audiëntiezaal, waar hij nog meer nieuwkomers kon begroeten.

13

ahti's eerste visioen voor de reis was een rivier geweest en dat klopte, al bleven zijn voeten droog op de paden erlangs. Die paden leidden hem naar het noordoosten gedurende twee gedaantewisselingen van de maan.

De eerste weken ging de tocht over bekend terrein. Hij trok over bergen en volgde de lentebeekjes die zich samenvoegden tot een rivier in het dal, waar de dorpjes lagen. Hij kwam degenen tegen die hij geheeld had en die hij gekust had, en hoorde voor het eerst hoe de kinderen heetten die uit zijn zaad voortgekomen waren. Sommigen smeekten hem te blijven, maar de oudjes die de tekens op zijn oe'loe begrepen gaven hem voedsel voor onderweg en zongen afscheidsliederen wanneer hij verder trok.

De valleien die hij kende had hij spoedig achter zich gelaten, maar eenzaam was Mahti niet, want de geest van Lhel vergezelde hem vaak. Ze zocht hem op in de dromen die hij 's nachts had, en vertelde hem over het meisje dat ze hem in haar eerste visioen had laten zien. Haar naam was Tamír en ze was tot voor kort een jongen geweest, door een lichaam met haar gestorven broertje te delen. Lhel had de magie toegepast waarop de zegen van de Moeder rustte, maar ze was gestorven voor ze het meisje helemaal als vrouw had kunnen aanschouwen. Dit, en de ongelukkige geest van het broertje, hielden haar eigen geest hier op aarde. Zoals veel andere heksen voelde Lhel zich als geest best op haar gemak. Dat ze hier rond bleef zweven vanwege liefde, en niet vanwege wraak, had haar in een *pagathi'shesj*, een beschermgeest veranderd, in plaats van een *noro'shesj*, een boze geest, zoals het tweelingbroertje van het meisje.

Lhel liet hem die geest ook zien, en hij was angstwekkend, gebonden door woede met zowel Lhel als zijn zuster. Terwijl hij het lied der visoenen speelde, zag Mahti de strengen die de geesten met elkaar verbonden. Ze waren ijzersterk.

'Ik waak over haar, maar ik wacht op hem,' vertrouwde Lhel Mahti in het duister toe, terwijl ze naast hem lag op zijn deken onder een eikenboom. 'Ik zal hem verder leiden als hij zover is om alles hier los te laten.'

'Hij haat je,' merkte Mahti op.

'Dat moet hij ook, maar ik hou van hem,' antwoordde ze terwijl ze haar koele hoofd tegen Mahti's schouder legde en haar koude armen om hem heen sloeg.

Lhel was een prachtige vrouw geweest, met haar dikke haar en rijpe lichaam. De tekens van de godin bedekten haar huid als de schaduwen van takjes op sneeuw en haar kracht hing nog om haar heen als parfum. Omdat ze een pagathi'shesj was, kon hij met haar slapen alsof ze een levende vrouw was, maar alleen bij volle maan. In het schijnsel dat het gezicht van de Moeder uitstraalde konden ze meer beschermgeesten maken, die veel later als grote heksen zouden wederkeren in nu nog onverwekte kinderen. In nachten zonder de Moeder aan de hemel, zouden er zielen van moordenaars en dieven uit hun liefdesspel voortkomen. Ze lagen ook vaak gewoon tegen elkaar aan. Hij wenste dat hij haar tijdens haar leven gekend had.

Behalve minnares was ze zijn gids, en in zijn dromen liet ze hem rotsen en bomen zien waar hij op moest letten als hij ging over het pad dat hij gekozen had. Ze vertelde hem over andere mensen rond het meisje dat een jongen was geweest, toonde hem gezichten: een jongen met bruine, lachende ogen; een blonde strijder uit het zuiden vol liefde en melancholie; de jonge oreskiri die hij in zijn eerste visioen gezien had en die zo'n pijn en verdriet had; en een oude vrouwelijke oreskiri met een gezicht hard als vuursteen. Volgens Lhel zou hij het meisje zien als hij deze mensen vond.

Hoe verder hij naar het noorden en oosten trok, hoe ruiger het pad werd waarover hij liep, hoe ruwer het volk dat hij ontmoette. Ze waren nog van zijn eigen soort, maar ze gedroegen zich meer als zuidlanders die niet vrijgevig zijn en onvriendelijk tegenover vreemdelingen. Ze zorgden ervoor net beleefd genoeg te zijn om de Moeder niet te beledigen, en lieten hem zwijgend en met wantrouwende blik weer gaan.

Verder en verder trok hij. De bergen veranderden in heuvels. De Retha'noi-dorpjes werden kleiner en lagen verder uiteen, en toen waren er zelfs geen dorpjes meer, alleen hier en daar een hut van een jager of een eenzame heks.

Na weer twee dagen lopen ging de tocht door dichte bossen waar de lente haar intrede had gedaan. Hij wist dat de mensen thuis het ijs op de emmers nog stuk moesten slaan wanneer ze opstonden. Hier was het gras groen en weelderiger dan hij ooit had gezien. De bloemen kwamen hem, net als sommige vogels, onbekend voor. Hij begreep met zijn kennis van oude verhalen dat hij nu het land van de zuidlanders was binnengegaan.

Hij ontmoette hen voor het eerst in de vorm van een familie marskramers die ook met Retha'nois handel dreef en die hem respectvol in zijn eigen taal aanspraken. De grootvader en leider van het stel heette Irman en hij nodigde Mahti in hun tent uit alsof hij familie was, waarop hij naast hem plaatsnam bij het vuur.

Toen ze hun handen gewassen hadden en gezamenlijk met zijn vrouw en zonen, schoondochters en kleinkinderen gegeten hadden, vroeg Irman Mahti naar heuvelmensen die hij wellicht kende en informeerde toen naar het doel van zijn tocht.

'Ik ben op zoek naar een meisje dat eens een jongen was,' vertelde Mahti hem.

Irman grinnikte. 'Daar heb je er niet zoveel van. Waar zit ze?'

'In het zuiden.'

'Het zuiden van Skala is nogal groot. Vanaf hier gezien is namelijk alles het zuiden. Want als je naar het noorden gaat, sta je gelijk met je voeten in de Binnenzee.'

'En daarom moet ik naar het zuiden gaan,' antwoordde Mahti vrolijk.

Irman schudde het hoofd. 'Het zuiden. Mij best. Jullie soort vindt meestal zijn weg wel. Je hebt een mooie oe'loe bij je, zie ik. Dus moet je wel een heks zijn.'

De man zei het met respect, maar Mahti hoorde er een ondertoon van angst in. 'Jullie wantrouwen alle soorten van magie, heb ik gehoord.'

'Ik heb toevallig wel eens wat van jullie kunsten gezien, zoals vergif en zwarte kunst, en dat was zeker niet slecht, maar de meeste Skalanen zullen jullie zonder pardon op de brandstapel zetten. Ik denk dus niet dat je je doel bereikt als de mensen je als heks kunnen herkennen.'

Mahti dacht daar even over na. Lhel had nooit over dergelijke gevaren gesproken.

'Spreek je Skalaans?' vroeg Irman.

'Ja, dat heb ik van een jongen geleerd,' antwoordde Mahti in het Skalaans. 'Ons volk leert het van de handelaars, zoals jij, dus we weten hoe we onszelf kunnen redden. Ze zeiden dat ik gewoon moest zeggen dat ik uit Zengat kwam, om ze op een dwaalspoor te brengen.'

Nou ja, hij dácht dat hij dat zei. Irman en de anderen staarden hem even met grote ogen aan en barstten toen in lachen uit.

'Spreek ik het niet goed uit?' probeerde hij weer.

'O ja, hier en daar heb je wel een woordje goed,' antwoordde Irman en hij veegde zijn tranen weg. 'Men zal eerder denken dat je een klap van de molen hebt gehad dan dat je een Zengati bent, als je zo brabbelt. En de Zengati's staan in Skala trouwens ook niet zo hoog aangeschreven.'

Het zou dus moeilijker worden dan hij had gedacht om te reizen in een gebied waar iedereen hem vijandig gezind zou zijn en niemand hem begreep. 'Als u mij uw taal leert spreken, zal ik al jullie kwalen genezen en voor iedereen een geluksamulet maken,' zei hij in zijn eigen taal. Hij wees naar een van de vrouwen met een bolle buik. 'Ik zal zegeningen voor het kindje spelen.'

De jonge vrouw keek schuins naar hem en mompelde wat in haar eigen taal.

Irman bromde iets tegen haar en keek Mahti met verontschuldigende blik aan. 'Let maar niet op Lia. Ze komt uit de stad en heeft minder vertrouwen in jullie soort dan wij mensen, uit de bergen. Als je wilt, mag je mijn vee genezen en voor nieuwe ziekten behoeden, als je maar op jullie maangodin zweert dat je bedoelingen zuiver en goed zijn.'

'Bij de Moeder, ik zweer dat ik alleen maar het goede zal doen,' beloofde Mahti met zijn hand op zijn hart, en hij pakte zijn oe'loe.

Drie dagen bleef hij in het bos met Irman en zijn familie, en oefende zijn Skalaans, lachend om zichzelf en zijn volk dat dacht dat zij de taal spraken. Als dank genas hij een kreupele os en speelde de wormen uit Irmans geiten. De mensen zagen angstig toe hoe de heksentekens over zijn huid kropen als hij zijn krachten aanriep, maar Irman liet hem desondanks een rotte kies genezen, en vroeg hem iets te spelen voor zijn vrouw, die een soort steen in haar buik droeg.

De oude vrouw lag in het maanlicht te rillen onder een deken. De rest van de aanwezigen keken met een mengeling van verwondering en bezorgdheid naar Mahti. Hij betastte voorzichtig de gezwollen plek en voelde dat die heet en kwaadaardig was.

Dit vroeg om een diepteheling, zoals hij ook voor Teolin had gedaan.

Hij nam Irman apart en probeerde uit te leggen hoe hij de ziel uit het lichaam moest spelen, zodat hij het lichaam kon genezen zonder dat de ziel werd aangetast.

De man wreef over zijn kaak waar Mahti de infectie uit de kies had weggehaald. Ten slotte knikte hij. 'Doe maar wat je kunt voor haar.'

Mahti ging rustig naast haar zitten en legde het eind van zijn oe'loe tegen haar heup. 'Jij slapen nu, vrouw,' zei hij in zijn nieuw aangeleerde Skalaans.

'Goed slapen. Ik maak jou niet ziek. Jij mij geeft...' Hij kende het juiste woord nog niet. Hij had haar toestemming nodig.

'Ik geef je verlof,' fluisterde de vrouw. 'Het doet toch geen pijn, hè?'

'Niet pijn,' verzekerde hij haar.

Hij zoemde haar in slaap en riep haar ziel op om te baden in het maanlicht, en toog zelf aan het werk in haar ingewanden. Tot zijn opluchting was het een ontstoken eileider. Een flink abces was het, maar hij wist het hete vocht af te koelen en weg te laten ebben. Met een paar dagen rust en wat helende kruiden zou het leed echt geleden zijn, maar toen hij haar ziel weer in haar lichaam liet glijden en haar wakker maakte, drukte ze een hand op haar zij en glimlachte.

'O ja, dat is veel beter! Irman, wat een goede heler. Waarom verspreiden de mensen toch steeds van die praatjes over hen?'

'We kunnen kwaad doen,' gaf Mahti toe. 'Slechte heksen, maar ook als zuidlanders ons kwaad doen.' Hij keek de omstanders verontschuldigend aan. 'Niet onze vrienden, maar zij die doden en ons land innemen.'

'Is het waar dat jullie volk helemaal tot aan de oostelijke zee leefde?' vroeg een van Irmans kleinzonen.

Mahti knikte droef. De ouden zongen nog steeds liederen over heilige plaatsen bij het zoute water: rotsschrijnen, heilige bronnen en baaien die al generaties lang door niemand meer bezocht werden. De Retha'nois hadden hun heuvels en valleien alleen omdat de Skalanen daarin tot nog toe geen interesse hadden gehad.

Op de vierde ochtend maakte hij zich op om te vertrekken. Hij had die nacht weer van Lhel gedroomd en ze werd een beetje ongeduldig, dus moest hij verder, naar het noorden trouwens, niet naar het zuiden.

Irman gaf hem leeftocht en nieuwe kleren om hem te helpen op zijn reis. Hun tunieken en broeken waren wat stugger en zaten strakker dan zijn wijde hemd en leggings, en er zaten natuurlijk geen amuletten op. Mahti naaide er snel een paar aan de binnenkant van zijn tuniek, en hield zijn ketting van elanden- en berentanden en armbanden om. Hij nam ook een Skalaans mes aan, en verborg zijn eigen mes tussen de kleren in de tas met proviand die ze hem gegeven hadden.

'En die toeter van je?' vroeg Irman toen Mahti hem in de draagtas deed. Mahti knipoogde, het was niet al te moeilijk voor hem om zijn oe'loe voor de mensen in nevels te hullen.

'Kan ik nu zeggen dat ik ben Zengati?' vroeg hij grijnzend.

'Altijd beter dan eerlijk te zeggen wie en wat je bent,' antwoordde Irman. 'Weet je zeker dat je die "reis" van je moet maken? Als ik jou was zou ik rechtsomkeert maken.'

'De godin zal me helpen.' Hij zei niets over Lhel. Zuidlanders begrepen niets van de doden.

Hij liep zuidwaarts tot hij uit hun gezicht verdwenen was, en ging toen met een grote westelijke boog verder naar het noorden, net als de volgende dag, totdat het bos minder dicht werd. Tussen de bomen door zag hij af en toe al een uitgestrekte groene vlakte liggen. De vlakte werd gesierd door kleine bosjes en onderbroken door talloze meertjes. Hij haastte zich, benieuwd hoe het zou zijn om te lopen met de blote hemel boven zijn hoofd.

Zo liep hij drie dagen voort, tot zijn voeten aan de oever van een brede rivier stilhielden. Hij zag een aantal dorpjes en wat boerderijtjes, waar koeien en schapen gehoed werden.

Hij kon niet zwemmen. Dus wachtte hij tot het donker was om een weg over het water te zoeken. De maan rees wit aan de heldere hemel, zo fel dat er scherpe zwarte schaduwen over het bedauwde gras geworpen werden.

Hij had het veilige bosje verlaten en liep over de maanverlichte weide vlak bij de rivier toen hij plotseling stemmen hoorde. Drie mannen renden het bos uit en kwamen recht op hem af. Mahti liet zijn schoudertas vallen, trok de oe'-loe uit zijn houder, en zette hem losjes op de grond.

De zuidlanders kwamen naderbij, woest schreeuwend met de bedoeling hem bang te maken. Mahti's vingers klemden zich vaster om het gladde hout van de oe'loe, maar hij bleef glimlachen.

De mannen trokken hun korte zwaarden toen ze voor hem stonden. Ze stonken en hun kleren waren gerafeld en gescheurd.

'Jij daar!' sprak de langste hem schor aan. 'Ik kan van hier af het eten in je tas al ruiken. Geef op.'

'Ik heb mijn eten nodig,' zei Mahti.

'Bij de ballen van Bilairy, waar kom jij in hemelsnaam vandaan, dat je praat alsof je je mond vol kiezels hebt?'

Het duurde even voor Mahti begreep wat de man bedoelde. 'Zengat.'

'Sodeju, een Zengati, helemaal in zijn eentje, ver van huis!' riep een van de anderen uit en kwam naderbij.

'Jullie niet vechten met mij,' waarschuwde Mahti. 'Ik wil niet iemand pijn doen.'

'Ach, is dat niet schattig?' hoonde de langste en hij deed een stap naar voren. 'En waar had je ons dan "pijn" mee willen doen? Die wandelstok? Ik zie geen zwaard aan je riem, vriend.'

Mahti hield zijn hoofd nieuwsgierig schuin. 'Je zegt "vriend" maar je stem en je zwaard zeggen "vijand". Ga weg, jij. Ik zal rustig verdergaan.'

Ze stonden nu zo dicht bij hem dat ze hem alle drie konden aanraken. Mahti zuchtte, hij had ze gewaarschuwd. Hij zette de oe'loe aan zijn lippen en blies het gebrul van de bergleeuw voor hen. Zoals hij gehoopt had, schrokken zijn aanvallers en deden een paar stappen naar achteren.

'Klote, wat was dat?' zei de derde, die een stuk jonger was dan de andere twee.

'Jullie beter gaan,' waarschuwde Mahti nogmaals. 'Ik maak dood als jullie blijven.'

'Dit is geen Zengati,' gromde de aanvoerder. 'We hebben hier zo'n vuil klein heuvelheksje, met zo'n mal toetertje, voor ons! Snij zijn strot door voor hij moeilijk doet!'

Voor ze konden aanvallen was Mahti begonnen het zoemen van bijen na te bootsen. Voor ze Mathi konden bereiken lieten de drie zuidlanders hun wapens vallen en sloegen kermend naar hun hoofd. De jongste rolde jankend van pijn over de grond.

Mahti speelde het gezoem steeds intensiever, tot ook de andere twee in de wei lagen te kronkelen. Het bloed dat uit hun neus en oren spoot leek zwart in het maanlicht. Als ze onschuldig waren geweest, had de magie hen nooit zo hard geraakt. Alleen op hen die schuldig waren aan moord en bloed aan hun handen hadden, had deze magie effect. Mahti speelde door, luider en krachtiger, tot ze alle drie ophielden met gillen en roerloos in het gras lagen. Hij veranderde nu van lied en gebruikte de tonen waarmee hij de ziel uit de lichamen van Teolin en de vrouw van Irman had doen opstijgen. Hij speelde ze boven het lichaam van de leider en deze keer eindigde hij met de scherpe kreet van een raaf. Daardoor brak de dunne draad waardoor de ziel met het lichaam verbonden was. Hij deed hetzelfde met de man met de hoed, maar de jongen liet hij leven. Hij was zo jong dat hij misschien wel was meegesleept in de misdaad.

De zielen van de twee fladderden als twee boze vleermuizen boven de levenloze lichamen. Zonder zich af te vragen welk hiernamaals de zuidlanders zouden bereiken, liet Mahti hen liggen en vervolgde zonder om te kijken zijn weg.

14

Het weer rond de smalste kant van het schiereiland was altijd onvoorspelbaar, maar eindelijk had ook hier de zomer haar intrede gedaan met warmere dagen en een zwoelere wind. Het ruige gras op de kliffen was tot leven gekomen, en leek een reep groen fluweel dat zich uitstrekte tussen de blauwzilveren zeeën aan beide kanten. Kleine bloemetjes bloeiden langs de wegen, in de scheuren van het metselwerk en zelfs tussen de keien op de binnenplaats.

Terwijl Lutha met Korin en de Gezellen langs de kliffen reed, probeerde hij hoop te putten uit het nieuwe jaargetij. Onophoudelijk bleven er geruchten uit het zuiden stromen, verspreid door de geschokte generaals en edelen uit die regio.

Op de vlakke grond voor het fort groeide het legerkampement langzaam naar alle richtingen; er stonden tenten voor zo'n vijfduizend man. En dat was niet alleen voor cavalerie en voetvolk, welnee. Vijftien kloeke schepen onder het bevel van hertog Morus van de haven Het Zwarte Hert lagen afgemeerd in de haven van Cirna. Volgens de berichten had Tobin slechts een paar schepen die de Plenimaraanse inval hadden overleefd.

Korin bezocht meteen de generaals en andere aanvoerders van de nieuwkomers, waaronder ook Morus, die hij meteen maar tot admiraal benoemde; Nevus, de oudste zoon van hertog Solari, en de dappere heer Ursaris van Ravensteen, die de grootste groep eersteklas ruiters van de Noordelijke Gewesten onder zich bleek te hebben. Ursaris was kortgeleden aangekomen, maar had al snel een ereplaats aan 's konings dis gekregen. Het viel Lutha op dat hij vaak in gesprek was met Niryn en vermoedde dan ook dat hij die plek aan de tovenaar te danken had. De generaals leken eveneens op goede voet met de man te staan.

En zo waren de eettafels in de grote hal bezet door grimmig kijkende heren die op Korins gezondheid toosten en zwoeren om Ero terug te geven aan de rechtmatige koning.

Maar wanneer Lutha dezelfde mannen in de wandelgangen of op de binnenplaats trof, ving hij verhitte discussies en gemompeld gevloek op. Het was een publiek geheim dat de schatkist van Ero verdwenen was. Er werd gefluisterd dat hun jonge koning niet bepaald had uitgeblonken in de slag om Ero. Velen dreven daar de spot mee, maar zelfs Korins trouwe achterban begon zich langzamerhand af te vragen waarom de opmars naar Ero, en de aanval op de troonpretendent, zo lang op zich lieten wachten.

Men zweeg vaak en keek schuldig weg wanneer ze Lutha's bandelier zagen opduiken, maar hij ving genoeg op om zich zorgen te maken. Een paar edelen waren er al in de nacht vandoor gegaan, maar de meesten bleven en wachtten, uit loyaliteit aan Korins vader.

Naast de rapporten die Niryns spionnen uitbrachten, waren er verhalen genoeg over Tobin, of Tamír zoals hij zichzelf tegenwoordig scheen te noemen, maar alle verhalen waren verward en klonken bijzonder ongeloofwaardig.

Eén gerucht werd echter zo vaak herhaald dat het wel waar moest zijn: het Orakel van Afra had haar eigen priesters gestuurd om deze, door geslachtsverandering ontstane koningin haar zegen te geven en bij te staan.

Niryn had dit snel gelogenstraft. Er was sprake van een enorme gouden plaquette met een bezwering erop. Eén spion die het ding met eigen ogen gezien had, meldde dat het de plaquette van Ghërilain moest zijn, die eens in het Oude Paleis had gestaan. Niryn verklaarde onmiddellijk dat het een vervalsing moest zijn. Iedereen wist immers dat deze plaquette al jaren geleden vernietigd was.

'Illioranen, verraderlijke priesters en vrije tovenaars. Daaruit bestaat het stelletje dat op slinkse wijze een schijnkoningin binnengesmokkeld heeft om jullie te belazeren!' vertelde Niryn aan iedereen die twijfelde. Elke avond vond hij wel weer een andere reden om uit te vallen naar die rebelse groepering. 'Verraders, stuk voor stuk. En verraad zal niet onbestraft blijven. Of ze nu van hoge of lage komaf zijn, ze zijn wat ze zijn: een bedreiging van de vrede in Skala. Ze liggen op de loer zoals slangen in hoog gras. Ze kronkelen onze kant uit om gif te spuiten in wat volgens hen onze achilleshiel is.'

'Wat vindt u daar nou eigenlijk van, heer Niryn?' vroeg de grijs bebaarde heer Tyman eens, toen ze zaten te drinken in de grote hal. 'Kan een tovenaar een jongen in een meisje veranderen?'

'Zonder hulp van een scherp mes en vier sterke mannen om de knaap vast te houden, bedoelt u?' antwoordde de tovenaar met een lepe grijns.

Er werd hartelijk om gelachen. Maar Lutha zat die avond naast Caliël en voelde zijn vriend rillen bij die grap. Ook hij vond het bijzonder onsmakelijk.

Plotseling voelde hij dat er naar hem gekeken werd en zag dat Moriël hem observeerde, ongetwijfeld om alles aan zijn meester over te brieven zodra men naar bed ging. Lutha had meer wijn gedronken dan normaal en met een minachtend gebaar wierp hij zijn beker naar het hoofd van die gluiperige etterbak. Moriël dook net op tijd weg achter een stoel en glibberde weg in de menigte.

'Maar als u bedoelt of dat op magische wijze mogelijk is, dan moet ik u helaas teleurstellen,' vervolgde Niryn. 'Er is in de Orëskamagie geen bezwering of spreuk die dat kan bewerkstelligen. Dit soort transformatie kan alleen door zwarte kunst worden opgewekt.'

'Zwarte kunst? In Skala?' vroeg Caliël droog. 'Ik dacht dat u en uw Haviken dat al jaren geleden met wortel en tak hadden uitgeroeid. Hebt u dan misschien een paar zwarte tovenaars gemist?'

Niryn glimlachte vanaf de andere kant van de tafel naar hem. 'Zwarte kunst zal altijd weer de kop opsteken, heer, en we moeten dus altijd waakzaam blijven.'

'Maar waarom zou de priester van het Orakel zich inlaten met zwarte tovenaars?' drong Caliël aan.

'Ten eerste is er geen enkel bewijs dat dit het geval is,' antwoordde Niryn scherp. 'Wanneer we naar Ero opmarcheren en de verraders gevangennemen, dan zult u beslist constateren dat alles één grote leugen is.'

'*Als* we opmarcheren,' mompelde iemand aan de tafel van Lutha.

'Een Illioraans complot,' mompelde Korin, met dikke tong, over de rand van zijn beker. 'Ze joegen mijn vader op en dreven hem zijn graf in. Ze hebben de stad aan de Plenimaranen verraden!'

'Wat?' riep Urmaris uit.

Lutha wisselde verbaasd een blik met Caliël uit. Het was de eerste keer dat ze iets over een dergelijk complot hoorden.

Korin knikte somber. 'Ik heb mijn spionnen, ik heb zo mijn bronnen.'

Lutha en Caliël wisselden nog een blik uit; heer Niryn was immers de baas over de spionnen van de koning, en alle informatie ging via hem naar Korin.

'Iedereen die in de stad was.... Jullie zagen hun maantekens overal in de stad verschijnen, al maanden voor de aanval,' vervolgde Korin en hij keek het hele gezelschap aan. 'Op elke straathoek hoorde je ze mijn vader verraden, ze zeiden dat hij de pest en de hongersnood in het land veroorzaakt had door de kroon te dragen. Mijn vader, met al zijn overwinningen! De man die na alle verwoestingen van zijn gestoorde moeder het land als een goed vader weer op de been hielp!' Korin zette de wijnbeker met zo'n harde klap voor zich op tafel, dat de droesem zijn tuniek bespatte. Zijn donkere ogen flitsten en zijn stem was onvast. 'Mijn vader was een goed man, de held van Skala! Ariani was nog maar een kind en de vijand stond voor de poort! Zouden jullie dan een kind op de troon hebben gezet? Dan waren we nu echt in de aap gelogeerd!' Hij ging staan en schreeuwde bijna. 'Want ze bleek net zo waanzinnig te wezen als haar moeder, of niet dan! En nu wil Tobin de troon?' Hij zweeg even, met zwoegende borst.

Lutha had de monoloog met stijgende angst aangehoord; Korin leek precies op zijn vader als die op het punt stond een aanval te krijgen.

'Vanaf de eerste dag dat hij in Ero verscheen, had ik al zo'n idee dat hij uit was op zijn eigen gewin,' zei Alben lijzig, zoals altijd meteen paraat om mee te doen met het zwartmaken van Tobin. 'Je was zo goed voor hem, Korin, beter dan een broer, en kijk nu eens hoe hij je bedankt.'

Korin plofte, met een wazige blik, weer in zijn stoel. 'Gek. Hij is gek geworden!'

'Maar dat weten we toch niet zeker,' zei Caliël. 'Met alle respect, heer Niryn, ik ken die spionnen van u niet. Ik weet niet hoe betrouwbaar ze zijn als observatoren. En ik weet zeker dat geen van hen Tobin kent zoals wij hem kenden.'

Een onheilspellende stilte viel over de tafel toen Niryn zich tot Caliël wendde. 'Je twijfelt aan het oordeel van de koning, heer Caliël?'

Caliël verstarde, voelde nu feilloos aan dat hij te ver was gegaan en Lutha zag dat hij hoopvol naar Korin keek. Korin sneed een appel in partjes alsof hij de conversatie niet had gehoord.

De andere heren en aanvoerders hadden zwijgend naar deze woordenwisseling geluisterd en monsterden nu de hoofdrolspelers om te zien wie de sterkeren waren en van wie ze later niets te duchten zouden hebben. Caliël stond er niet best voor. Zelfs Alben en Urmanis hielden hun mond, bang om iets verkeerds te zeggen.

Lutha schaamde zich dat ook hij zweeg. Voor hij iets kon verzinnen, keek Caliël hem aan en schudde het hoofd om hem te laten zwijgen. Lutha gaf daar met een zucht aan toe.

'Ik wilde alleen maar zeggen dat Ero niet naast de deur ligt,' vervolgde Caliël tegen Korin alsof er niemand anders in de hal aanwezig was. Korin leek echter niets te horen, sneed een plakje van zijn appel en doopte hem in de wijn.

'We komen snel genoeg achter de waarheid wanneer we prins Tobin en al zijn verraders gevangengenomen hebben,' zei de jonge Nevus. 'We staan klaar om onze enige ware koning te volgen, waar of niet?' riep hij, en dat werd met gejuich beantwoord.

'Zomerzonnewende vieren we op de Palatijnse Heuvel!' riep iemand anders.

'Ja, Majesteit, geef het teken! We kunnen er voor het einde van de week al zijn,' zei meester Porion.

Korin glimlachte en drukte zijn vuist tegen zijn hart als teken van waardering, maar hij ging niet staan om aan te kondigen dat ze zich op moesten maken voor de opmars naar Ero.

Lutha voelde dezelfde sfeer van ongeduld als eerder in de hal hangen, onuitgesproken achter al het geschreeuw en het klinken van wijnbekers.

Vrij snel daarna viel het gezelschap uiteen, de meesten trokken naar hun tochtige tenten, maar sommigen vielen stomdronken in slaap op banken en onder tafels. Lutha liep achter Caliël aan, want hij wilde nog wat praten, maar Caliël schudde weer zijn hoofd en trok zich in zijn eigen kamer terug.

Moedeloos liep Lutha met Barieus naar zijn eigen kamer, maar ze werden tegengehouden door de andere Gezellen en meegetrokken tot in Urmanis' kamer.

'Wat heeft Cal in hemelsnaam?' vroeg Alben. 'Waarom keert hij Korin de rug toe, juist nu hij hem zo hard nodig heeft?'

'Hem de rug toekeren?' Lutha keek ongelovig van Alben naar Urmanis. 'Hebben jullie dan helemaal niet geluisterd? Ik weet heus wel dat jullie altijd al een hekel aan Tobin hebben gehad, maar jullie vinden het dus wel best dat Niryn zowel de rol van kanselier als hogepriester als opperspion en Sakor weet wat nog meer op zich neemt? Jullie weten toch hoe Korin kan zijn, en met alles wat er gebeurd is, is het erger dan ooit...'

De Gezellen waren onderling altijd eerlijk en open tegen elkaar geweest, of ze nu heer of schildknaap waren, zelfs tegen Korin. Dus was Lutha noch Barieus voorbereid toen ze door de anderen met ontblote dolken zo ver mogelijk van de deur in een hoek gedreven werden.

'Jullie tweeën hebben een eed gezworen!' gromde Alben. 'Jullie zijn de Gezellen van de koning en jullie hebben hem trouw gezworen. Niet aan Cal, niet aan Tob of aan welke priester dan ook. Waar of niet?'

Barieus ging half voor Lutha staan.

'Jullie weten toch dat we pal achter Korin staan!' zie Lutha schor, minder geschokt door het dreigend glimmende metaal dan door de twijfel in de ogen van zijn mede-Gezellen. 'Verdomme, Cal net zo goed! We zijn alleen bezorgd om Korin. Dat is alles! Hij is al maanden zichzelf niet meer, en hij drinkt gewoon te veel, en...'

En Niryn bespeelt hem als een poppenspeler, dacht Lutha maar gezien de ogen van de anderen kon hij dit beter voor zich houden. Lutha was dan wel niet de intelligentste jongen van Skala, maar zijn instinct werkte prima en hij had nu het gevoel dat kwaadspreken over Niryn niet goed zou vallen.

'Steek die dolken in hun schede, tenzij jullie ze willen gebruiken,' zei hij daarom zo luchtig mogelijk. 'Bij de ballen van Bilairy, Alben, wilde je mij nu een verrader noemen?'

De anderen stopten hun messen langzaam terug en Lutha hoorde Barieus eindelijk uitademen. Urmanis lachte schaapachtig en woelde door Lutha's haar. 'Het zijn nu eenmaal onzekere tijden, broertje. Dus denk voortaan even na voordat je je mond opentrekt. Het zit mij ook niet lekker hoe de sfeer tussen Cal en Korin is, maar laat je hart niet voor je plicht gaan. Korin heeft Skala niet verraden, dat was Tobin.'

Lutha schudde de hand af en drong zich naast hem door de deur. 'Ik ben net zo loyaal als jij, en dat is Cal ook,' riep hij hem na over zijn schouder. 'Waar haal je het recht vandaan om ons te beschuldigen, alleen omdat we voor onze mening uitkwamen! Korin heeft geen slaven of hielenlikkers nodig, zoals een Plenimaraanse Opperheer. Hij heeft strijders nodig. Skalaanse strijders! Dus verloochen je afkomst nooit.'

Tegen de tijd dat hij zijn kamer bereikt had stond hij te trillen op zijn benen, en was hij blij dat Barieus vlak achter hem stond. Hij was zo kwaad dat hij driemaal op de grond moest spugen opdat het geen ongeluk zou brengen.

'Wat is er aan de hand?' vroeg Barieus zodra ze veilig in hun eigen kamer waren. 'Hoe kunnen ze zo passief blijven terwijl Vossenbaard Cal zo beledigt?'

'Geen idee. En dan hebben ze ook nog het gore lef om aan mijn loyaliteit te twijfelen, recht in mijn gezicht!' Lutha spuwde weer en begon te ijsberen in de smalle kamer. 'Misschien zijn ze net zo gestoord geworden als die ouwe Agnalain zelf! Ik zal je één ding vertellen. Als Korin niet heel snel de beslissing neemt om tot actie over te gaan, zal het snel over zijn met dat gejuich!'

Niryn zag het ongeduld van de strijders nog beter dan Lutha. Ook de jonge koning voelde het donders goed aan en zou hen morgen al bijeengeroepen hebben om het kamp op te breken, en op pad te gaan, als Niryn daar niet heel subtiel een stokje voor had gestoken.

De tovenaar zag wel in wat de risico's van het uitstellen van de aanval waren, maar hij was nog niet zover met Korin om hem de vrije teugel te laten.

Tomara, de kamenier van Nalia, was gesteld geraakt op haar nieuwe meesteres, maar ze bleef Niryns informant. Toen ze de vorige avond naar Niryns kamer gekomen was, had ze somber gekeken.

'Haar maanvloed is weer gekomen,' zei ze en ze hield een met bloed bevlekt laken op als bewijs.

Met een diepe frons op zijn voorhoofd liep Niryn naar een van de grote, afgesloten kasten die naast elkaar in zijn kamer stonden en nam er wat zakjes met kruiden uit. Hij mengde de inhoud van drie zakjes en deed het mengsel van blaadjes en bloesems in een linnen zak.

'Trek hiervan thee en laat haar vaak een kop nemen. Ze zal zwanger worden.'

'Natuurlijk gebeurt dat, zo'n jonge en sterke meid als ze is,' verzekerde de oude vrouw hem. 'En als die jonge koning net zo attent blijft!' Ze knipoogde naar de tovenaar. 'Daar kan ik ook lakens van laten zien!'

Niryn glimlachte en stopte haar een fooi toe.

Toen hij wat later bij het raam zat en naar Nalia's toren keek, mompelde hij: 'Je moet het zaad laten ontbranden, mijn kind.' Hij was niet bezorgd, maar wel ongeduldig. Hij had een visioen gehad van een erfgename van Erius' stam. En die zou er komen ook.

15

De verkenners van kapitein Ahra keerden tegen het einde van Gora-thin terug, op een ochtend dat de regen met bakken uit de hemel viel. De meeste edelen uit het noorden hadden zich achter Korin ge-schaard en de handel met de Noordelijke Gewesten was tot stilstand geko-men.

Ahra kwam direct naar de audiëntiezaal, in kletsnatte wapenrusting en be-modderde laarzen. Ze viel op één knie voor Tamír, legde haar linkerhand op haar zwaardgevest en drukte haar rechterhand tegen haar hart. 'Prins Korin heeft een aanzienlijke troepenmacht bijeen gekregen, wel vijfduizend man, en minstens twintig schepen. Ik heb een lijst met namen van edelen die hem vol-gen.'

'Is heer Niryn nog steeds bij hem?'

'Ja, en iedereen is als de dood voor die patjakker en het handjevol tovenaars dat voor hem werkt. De gardisten van Cirna die loyaal aan jou waren zijn af-geslacht; de grijsruggen hebben hun plaats ingenomen,' zei Ahra terwijl ze op-stond.

'Nog nieuws over Korins Gezellen?' vroeg Ki aan zijn zus.

'Heer Caliël en heer Alben zijn gespot maar er moeten er meer zijn, wie of hoeveel heb ik niet kunnen achterhalen. Meester Porion is wel bij hen. En tot slot kan ik melden dat Korin zelden buiten het fort komt.'

Tamír wisselde een bezorgde blik met Ki en Nikides en vroeg zich af of Lu-tha en Barieus het hadden overleefd.

'Ja, Alben zal het eens niet overleefd hebben,' mompelde Ki. 'Ik wed dat Garol netjes bij hem gebleven is.'

'Dat Caliël en meester Porion in zijn buurt zijn is geen slecht teken,' mij-merde Nikides. 'Ze zijn altijd wel in staat geweest hem enigszins in toom te houden.'

'Misschien, maar ze staan natuurlijk wel vierkant achter hem, wat er ook gebeurt,' zei Tharin.

Tamír knikte en wendde zich weer tot Ahra. 'Nog iets belangwekkends?'

'Nou, Korin heeft zijn vaders kroon op en draagt het Zwaard van Ghërilain. Hij beweert dé koning van Skala te zijn.'

'Dat is onrechtmatig. Hij is niet gezalfd zoals het hoort,' zei Imonus.

'Dat zal hem worst wezen,' antwoordde Ahra. 'Hij heeft gezanten uitgezonden, die alle edelen in Skala gevraagd hebben om zich onder zijn leiding tegen u te keren, hoogheid. Prins Korin zegt dat u niets meer bent dan een malloot in een jurk, de marionet van vrije tovenaars en valse priesters.'

Tamírs handen klemden zich om de leuningen van haar stoel; de woorden sneden door haar ziel. Ze verrasten haar niet, maar het deed haar toch ontzettend pijn dat haar ergste angsten bewaarheid werden.

'Dat heeft Niryn hem natuurlijk ingefluisterd,' Nikides probeerde haar gerust te stellen, maar erg overtuigend klonk hij niet.

'Dat zou me niets verbazen,' zei Ahra. 'Korin heeft trouwens weer een nieuwe vrouw. Zijn gemalin heet prinses Nalia, maar meestal wordt ze Nalia de Slome of Nalia de Gevlekte genoemd, vanwege een enorme moedervlek op haar gezicht of zo.'

Tamír wreef over het donkerroze vlekje op haar linker onderarm. Dat zou wijsheid betekenen. Ze vroeg zich af of de moedervlek van die andere vrouw ook wat betekende.

'Weet je het zeker?' vroeg Lynx. 'Korin is niet het type dat een lelijke meid in zijn bed duldt, laat staan met haar trouwt.'

'Ze zou van koninklijken bloede zijn, een nicht in de zoveelste graad. Ze is een dochter van vrouwe Ana en heer Sirin van Darië.'

'Ik herinner me vrouwe Ana wel,' zei Iya. 'Ze had een grote wijnvlek over één kant van haar gezicht en geen kin om over naar huis te schrijven, maar ze was intelligent en zo hooggeboren dat ze toch een goede man in de wacht gesleept heeft. De Haviken hebben haar tijdens de Zuiveringen vermoord. Maar over een kind heb ik nooit wat gehoord. Hoe oud is ze, denk je?'

'Net zo oud als Korin ongeveer,' antwoordde Ahra.

'Kan het geen bedriegster zijn?' vroeg Nikides.

'Alles kan, maar ze zouden wel gek zijn om dat aan te durven. De waarheid komt altijd aan het licht,' zei Imonus.

'Met de waarheid kan gesjoemeld zijn,' zei Arkoniël. 'Maar het zou inderdaad gewaagd zijn om te proberen een valse erfgenaam te produceren als Korin wél van koninklijken bloede is.'

'Ik vermoed dat Niryn ook van de vrouwelijke bloedlijn een erfgenaam wil zien,' zei Iya en dacht na. 'Bij de Vlam, daar is hij dan al jaren mee bezig geweest. Tamír, als zij Korin een dochter schenkt, kan die dochter jouw troon opeisen!'

'Niemand heeft een waarachtiger recht op de troon dan prinses Tamír!' wierp Kyman tegen. 'Ze is de dochter van de rechtmatige erfgename, met Ghërilain als voorouder. Hoe sneller we Korin en zijn omhooggevallen bruid buiten spel zetten, hoe beter. Weg met hen voor ze een kind maken!'

'Wil je nu al dat ik mijn oom achterna ga?' zuchtte Tamír.

Kyman boog, maar hij keek haar uitdagend aan. 'Ik wil niemand beledigen, maar je moet goed begrijpen dat zo'n kind een bedreiging vormt.'

Iya knikte somber. 'Dat is waar, Tamír.'

Toen Tamír in Iya's bleke, harde ogen keek, liep er ineens een koude rilling over haar rug, alsof Broer achter haar was opgedoken. De demon was nergens te bekennen, maar de ongemakkelijke sfeer bleef hangen. 'Ik ben de dochter van Ariani, van Ghërilains geslacht en de Uitverkorene van Illior. Ik ben niet bang voor verre neven en nichten, noch voor hun ongeboren kinderen.'

'Jullie moeten wel een beetje realistisch zijn,' zei Ki. 'Al die kinderen van Korin waren doodgeboren.'

'Ik heb eerder medelijden met Nalia dan dat ik bang voor haar ben,' zei Tamír zacht. Niemand anders hier, zelfs Ki niet, had gezien wat zij had gezien in die bevallingskamer: Aliya gillend op dat met bloed doorweekte bed, stervend terwijl ze beviel van een ding zonder armen of gezicht. 'Als Illior wil dat ik regeer, dan zal ik koningin zijn, maar ik heb jullie al eerder verteld: ik zal niet regeren met het bloed van familie aan mijn handen.'

En voor deze ene keer was Tamír blij dat ze lange rokken droeg. Ze verhulden haar knieën die knikten toen ze opstond. 'Wat ik geroepen heb op de muren van Ero verklaar ik nogmaals voor jullie allemaal: iemand die familie van mij ombrengt, zal voor altijd mijn vijand zijn!'

Iedereen boog nu voor haar. Uit haar ooghoek zag Tamír hoe Arkoniël en de andere tovenaars hun hand tegen hun hart drukten. Alleen Iya bleef stokstijf staan, en keek Tamír aan met die onbewogen blik die Tamír als kind al zo bang had gemaakt. Een spoortje van diezelfde angst irriteerde haar nu. Het herinnerde haar te veel aan hoe ze zich in de buurt van Niryn had gevoeld.

Na de audiëntie trok Tamír zich terug in haar kamer. Ze moest gewoon even alleen zijn. Ki en Tharin volgden haar, maar troffen de deur afgesloten aan.

Tharin trok Ki weg bij de schildwachten en schudde het hoofd. 'Ze heeft het niet slecht gedaan, tot nu toe, met dat lieve, eerlijke hart van haar, maar ik zag weifelachtige gezichten in de menigte vanavond. Kijk, deze mannen riskeren alles om haar te volgen, maar nu horen we dat Korin bijna twee keer zoveel manschappen heeft als wij. Ze kan het zich niet veroorloven om zo aardig te zijn dat ze verzwakt voor hun ogen. Kun jij niet eens met haar praten?'

'Ik zal het proberen. Maar ze heeft natuurlijk gelijk als ze zegt dat ze de daden van haar oom niet wil herhalen.' Ki zweeg en keek de oude schildknaap in de ogen. 'Daar ben jij het toch ook mee eens, hè?'

Tharin glimlachte en klopte hem op de schouder. Hij hoefde zich niet meer voorover te buigen om dat te doen; Ki was inmiddels net zo groot als hij geworden. 'Natuurlijk. Maar Iya heeft waarschijnlijk ook gelijk als ze zegt dat Niryn blijkbaar nog sluwer is dan we altijd gedacht hebben. Hij heeft dat meisje natuurlijk niet zomaar uit de lucht geplukt.'

'Daar kan ik ook niets aan doen,' zei Ki. 'Maar hoe kan ik Tamír dan wel helpen?' Hij keek treurig naar de gesloten deur.

Tharin kneep hem even in de schouder. 'Je hebt altijd zo goed voor haar gezorgd, als schildknaap en als vriend, en ik weet dat je ook nu achter haar zult staan. Let nou maar op dat ze zichzelf niet suf piekert over deze kwestie.'

'Dat is makkelijker gezegd dan gedaan,' bromde Ki. 'Ze is zo koppig als een ezel.'

'Net als haar vader.'

Ki bekeek Tharins gezicht. 'Heeft hertog Rhius of haar moeder hiervoor mensen laten doden?'

'Ariani heeft tijdens haar leven geen vlieg kwaad gedaan, behalve haarzelf en het kind. Rhius deed wat hij moest doen, maar nooit om er zelf beter van te worden. Hij diende Skala en deed wat gedaan moest worden. We hebben zeker een paar rebellerende heren omgebracht in die tijd, maar altijd discreet. En het was voor Skala. Wil je haar helpen dat te begrijpen?'

'Ik zal het proberen, als je maar weet dat ik achter haar sta, wat ze ook mocht besluiten.'

'En dat moet je ook, en dat doe ik ook. Ga nu maar. Je bent de enige die ze nu wil zien, dat weet ik zeker.'

Tamír zat bij het vuur toen Ki naar binnen sloop; haar kin rustte op een hand. Het was een bekende houding, net als die weemoedige blik die hij opving vlak voor ze naar hem opkeek. Ki voelde opeens de behoefte om haar vast te houden. Voor hij kon besluiten of hij daaraan toe zou geven, draaide Tamír zich om en keek hem nors aan.

'Wat stonden jullie tweeën daar buiten te smoezen?'

'Hij zei dat ik moest zorgen dat je je niet te veel zorgen zou maken.'

'O. En hoe had je gedacht dat voor elkaar te krijgen?'

Hij grijnsde. 'Je dronken voeren zodat je tenminste één keer goed slaapt? Want ik hoor je voornamelijk woelen en draaien 's nachts.'

Tamír trok wrevelig een wenkbrauw op. 'Dan ben ik niet de enige.'

Ki haalde zijn schouders op. 'Soms praat je met Broer in je slaap. Hij hangt hier nog steeds rond, hè?'

'Ja.'

'Maar waarom? Ik dacht dat de band verbroken was, en dat hij rust gevonden had. Wat houdt hem dan nog hier?'

Tamír schudde haar hoofd, maar Ki begreep dat ze veel wist wat ze niet kwijt wilde. 'Hij is nog niet klaar met me, denk ik,' antwoordde ze ten slotte. 'Maak je geen zorgen, ik kan hem wel aan.'

Ki liet het er maar bij. 'Het spijt me dat je dat alles over Korin moest horen. Dat deed je pijn.'

Ze haalde haar schouders op. 'Denk je maar in wat jij zou denken in zijn plaats? Kon ik maar met hem praten!'

'Ik denk dat die kans jammer genoeg nog wel een tijdje op zich zal laten wachten.'

Tamír ging slapen met haar gedachten bij Korin, maar het was Broer die haar in haar droom opwachtte, hologig en overdekt met bloed, zijn zwarte ogen vol haat. Hij had iets in zijn handen, iets vreselijks wat hij haar wilde laten zien.

'Dit deden ze met ons, zusje!' siste hij. Zijn handen waren bloederig, maar ze zag eerst niet waardoor. Het enige wat hij vasthield was een lappenpop die haar moeder had gemaakt – een jongetje, zonder mond, net zoals alle andere die ze tijdens Tamírs jeugd gemaakt had. Toen hij de pop naar haar toe gooide zag ze dat die met bloed bevlekt was. Het bloed droop uit een wond op Broer zijn borst. Het was een rauwe, open wond, net als in dat visioen dat ze die dag bij Lhels boom had gehad, tijdens de tweede huidbinding.

Door een schrijnende pijn in haar borst werd haar plotseling de adem benomen.

'Dit deden ze met mij!' hoonde Broer. 'Jij! Jou lieten ze leven! Nu zijn jouw handen met mijn bloed bevlekt!'

Ze keek naar beneden en zag dat hij gelijk had. Haar eigen handen zaten onder het bloed en ze hield het zilveren mes in haar ene, en de scherpe zilveren naald van Lhel in de andere hand.

Hijgend en badend in het zweet werd ze wakker. Het nachtlampje was ge-doofd. De kamer was pikdonker maar ze hoorde een geluid en kroop diep weg in de kussens, wild tastend naar haar zwaard en de riem die aan de hoek van het bed moest hangen. Haar handen voelde nog steeds kleverig aan. Bloed?

'Hoogheid?' Ergens in het duister klonk een doodsbange Baldus.

En daar was Broer, een stralende, snerende verschijning aan het voeteneinde van haar bed. Hij was niet naakt noch bebloed, maar hij hield weer die mondloze pop op, terwijl hij met zijn andere hand naar haar wees, zwijgend maar beschuldigend.

Haar vingers gleden tastend naar het riempje van de schede en ze schreeuw-de het uit toen een sterke, warme hand zich over de hare sloot. 'Nee! Blijf van me af!'

'Ik ben het, Tob!'

Ze probeerde zich los te rukken uit Ki's greep, maar hij hield haar stevig vast, en opeens voelde dat troostrijk aan, net zo troostrijk als haar oude naam die hij gebruikt had. Zonder op te kijken wist ze dat Broer verdwenen was.

De deur vloog open en het silhouet van een wachter met getrokken zwaard werd zichtbaar, tegen het lamplicht uit de gang. Baldus jankte even toen de deur tegen hem aan klapte.

'Hoogheid, wat is er?' vroeg kapitein Grannia ongerust.

Ki liet Tamírs hand los en deed een stap terug van het bed, gekleed in alleen zijn nachthemd. 'Het was een nachtmerrie. Hare hoogheid is veilig.'

Tamír kon zich goed voorstellen waar Grannia nu aan zou denken. 'Een nachtmerrie, precies wat hij zei,' zei ze bits. 'Terug naar je post en sluit de deur goed achter je.'

Grannia keek nog één keer verward de kamer rond, salueerde en gehoor-zaamde.

Tamír verwachtte dat Ki weer naar zijn veldbed in de kast zou gaan, maar in plaats daarvan ging hij op bed zitten en hield haar vast. Te zeer van streek om tegen te spartelen, liet ze zich tegen hem aanvallen, blij met de sterke arm om haar heen. Ze was blij dat het zo donker was, zodat hij niet zou merken dat ze bloosde.

'Ik denk dat we zojuist een roddel de wereld in hebben geholpen,' mom-pelde ze.

'Dat hadden we toch al,' grinnikte Ki.

'Hoogheid...' piepte Baldus. Hij klonk nog steeds bang.

'Het is allemaal in orde,' zei Ki. 'De prinses had een heel nare droom. Ga maar weer slapen.'

133

Tamírs ogen hadden zich net genoeg aangepast om Ki's omtrek te kunnen herkennen, maar ze had hem zo ook wel herkend. Ki nam een bad wanneer hij de kans kreeg, maar hij rook toch altijd heel zwak naar paarden en leer, frisse lucht en wijn en vers zweet. Het was een prettige geur, troostend en bekend. Zonder erbij na te denken, begroef ze haar vingers in het zachte haar achter in Ki's nek en voelde hoe hij verrast opschrok.

Hij omhelsde haar en fluisterende: 'Wat was er nou allemaal aan de hand?'

'Weet ik niet.' Ze wilde er niet over nadenken, niet nu in het donker. Baldus lag nog stilletjes te snikken bij de deur. Ze wist maar al te goed hoe het voelde, om bang in het donker te zijn.

'Kom maar hier,' zei ze tegen het kind.

Het kind klom bij haar in bed en kroop trillend tegen haar benen. Ze boog naar hem toe om te voelen of hij zijn dekentje had meegebracht, en aaide hem over zijn bol om hem te kalmeren. Zijn haar voelde koel en stug aan, het leek in niets op dat van Ki.

'Spijt me, hoogheid,' fluisterde het kind, nahikkend.

'Wat spijt je?'

'Dat ik niet dapper ben. Ik dacht dat ik een spook zag. Ik dacht dat u hem ook zag.'

Ze voelde Ki's greep om haar versterken. 'Dan droomden we hetzelfde. Het was alleen maar een heel nare droom.'

Baldus viel daarna gerustgesteld in slaap. Ki droeg hem terug naar zijn bedje bij de deur en ging weer op de rand van het hare zitten.

'Dit is niet de eerste keer dat ik je tegen hem hoor roepen in je slaap, Tamír, maar het was nog nooit zo alarmerend. Wil je me echt niet vertellen wat er aan de hand is? Ik weet dat hij hier loerend rondhangt. Soms voel ik hem ook, en ik zie het aan de manier waarop je soms opeens verstijft en naar iets staart dat kennelijk jij alleen kan zien. Als ik iets kan doen om je te helpen...'

Ze vond zijn hand en trok hem verder op het bed. 'Hij is nog altijd kwaad op me vanwege de manier waarop hij gestorven is, maar hij kan me niet vertellen hoe dat dan gegaan is, behalve dat ik hem moet wreken,' fluisterde ze.

Ki zweeg even en wreef met zijn duim over de knokkels van haar hand in een kalmerend ritme dat prettige rillingen over haar arm deed gaan. Ten slotte zei hij: 'Er is iets wat ik je nooit verteld heb.'

'Over Broer?'

'Ja. Ik was het helemaal vergeten. Het gebeurde die dag dat heer Orun stierf.'

'Dat is al jaren geleden.' Zij probeerde die dag ook te vergeten, omdat ze gezien had hoe Broer de voogd, die haar wilde misbruiken, met één simpele handbeweging vermoordde.

'Die dag dat je naar hem toe moest, bleef ik in het huis van je moeder, weet je nog? Ik heb je nooit verteld.... Ik heb er met niemand over gesproken, dat ik Broer echt zag. Dat was de eerste keer.

Ik liep te ijsberen in Tharins kamer, piekerend waarom Orun me weg wilde hebben en met jou alleen wilde zijn. Toen kwam Broer plotseling uit de lucht vallen en zei zoiets als: "Vraag het Arkoniël." Ik deed het in mijn broek van angst, maar ik kon nog net vragen wát ik dan moest vragen, maar dat wou hij niet zeggen. Hij bleef me een hele tijd met die dooie ogen van hem aanstaren, en was toen plotseling verdwenen.' Hij zweeg weer. 'Toen brachten ze jou meer dood dan levend terug en ze vertelden ons over heer Orun en ik vergat het voorval helemaal. Maar omdat hij hier nu nog altijd rondwaart, dacht ik eraan. Denk jij ook dat Arkoniël er meer van weet?'

Broers holle lach klonk in het duister en was een duidelijk antwoord.

'Als Arkoniël iets weet, dan weet Iya het ook,' antwoordde ze.

'Dus misschien moet je maar eens met ze praten. Ik weet dat je nog altijd kwaad op hen bent, maar ze zullen jou toch wel helpen?'

Tamír haalde onverschillig haar schouders op en Ki zuchtte terwijl hij zich wat dieper in de kussens liet zakken. Zijn adem deed een lok haar voor haar gezicht opwaaien. 'Ik geef het niet zo graag toe, maar volgens mij ben ik eigenlijk niet meer zo boos op Arkoniël. En waarom zou Broer nou zeggen dat ik met hem moet praten, als hij niet werkelijk wat weet?'

'Misschien is er wel iets anders wat ze hun hele leven voor me verzwegen hebben,' mompelde Tamír verbitterd.

'Ik weet het, maar ik geloof het wel als ze zeggen dat ze alles moesten doen om jou te beschermen. Vraag het hem gewoon, alsjeblieft.'

'Ik zal wel moeten. Maar steeds als ik het me voorneem, komt er natuurlijk weer wat tussen. Misschien.... Nou ja, misschien wil ik het ook niet eens weten.'

Ki drukte haar weer tegen zich aan. 'Ergens heb je nog altijd een zwak voor Arkoniël, hè?'

Tamír knikte. In de maanden na haar gedaanteverwisseling had ze nagedacht over hoe het daarvoor was geweest. Het bedrog van de tovenaars had haar behoorlijk gekwetst, maar de herinnering aan hoe aardig en geduldig Arkoniël als leraar was geweest, overheerste bij haar nog steeds. Ze had zich erg onhebbelijk gedragen, toen hij kwam. Hij was onhandig en wist niets van kinderen, maar desondanks had hij zijn best gedaan om haar uit haar isolement te halen. En het was Arkoniël geweest die haar vader en Iya ervan wist te over- tuigen dat er een ander kind, een speelkameraadje voor haar, op de burcht moest komen. En zo was Ki in haar leven gekomen!

Terwijl ze hier zo naast hem zat, en alleen al door zijn aanwezigheid de duisternis en angst verjoeg, besefte ze dat ze Arkoniël vanwege die dingen toch wel heel veel kon vergeven. Of die vergevensgezindheid ook Iya gold, viel nog te bezien.

'Misschien hoef je het hen niet te vragen,' zei Ki opeens. 'Misschien kun je ook naar de Orakelpriester gaan.'

'Imonus?'

'Waarom niet? Hij spreekt toch uit naam van het Orakel, of niet soms? Je kunt het altijd proberen.'

'Misschien.' Ze was nog steeds niet aan het idee gewend dat de Lichtdrager haar schutspatroon was. 'Ik zal hem morgen bezoeken.'

Ze ging met tegenzin liggen, want ze verwachtte dat Ki dan op zou staan en in zijn kast ging liggen.

Maar dat deed hij niet. In plaats daarvan ging hij op zijn gemak naast haar tegen de rolkussens zitten en bleef haar hand vasthouden. Even later hoorde ze hem bewegen, en toen voelde ze een snelle, lichte kus op haar haar.

'Niet meer zo naar dromen vannacht,' fluisterde hij.

Ze vertrouwde haar stem niet, dus kneep ze even in zijn hand en trok die tot onder haar wang.

Ki had haar niet willen kussen. Het was gewoon een impuls geweest en hij bloosde ervan. Haar stilte erna verwarde hem ook. Ze had zijn hand niet los- gelaten noch hem van het bed geduwd.

Wat doe ik? dacht hij. *Wat wil ze dat ik doe? Wat wil ik doen?*

Haar adem was warm en haar wang drukte zacht op zijn hand. Hij wist dat ze geen parfum gebruikte, maar hij zou zweren dat er iets zoets uit haar haar opsteeg, iets echt meisjesachtigs. Heel even voelde hij iets in zich opkomen wat hij wel bij al die andere meisjes had gehad.

Ze is niet een of ander meisje, herinnerde hij zichzelf eraan, maar dat maakte alles nog veel ingewikkelder. Sliep ze al, of wachtte ze tot hij, bij haar, onder het dek zou kruipen?

Als een vriend of als minnaar?

Minnaar. Hij kreeg het warm en koud tegelijk bij die gedachte en zijn hart begon nu echt te bonzen.

'Ki?' Een slaperig toontje. 'Ga toch liggen. Je krijgt nog kramp in je nek.'

'Ik... eh... Oké.' Ki schoof een stukje naar beneden.

Ki voelde haar adem op zijn wang, en een van haar vlechtjes kietelde tegen zijn hand. Hij pakte het vlechtje voorzichtig met zijn vrije hand en voelde hoe zijdezacht het was. Hij dacht aan haar vingers die over zijn nek gegleden waren en ervoer dezelfde tinteling, maar nu in het klein.

Een meisjesaanraking, al had ze eelt op haar vingers.

Hij draaide zijn hoofd een beetje en voelde haar adem tegen zijn lippen. Hoe zou het aanvoelen als hij haar zou kussen?

Zijn hart klopte zo hard dat het pijn deed. Hij draaide zich snel om, want het idee alleen al bracht hem in paniek. Want ondanks al zijn verwarde gedachten en besluiteloosheid voelde hij dat hij opgewonden raakte, iets wat hij nog nooit in haar buurt had gevoeld. Niet op deze manier.

'Tamír?' fluisterde hij zonder te weten wat hij wilde zeggen.

Maar alleen haar slapende ademtocht antwoordde hem.

O verdomme! schold hij zichzelf uit en hij staarde in de duisternis. *Wat moet ik nou beginnen?*

16

Die nacht werd Tamír verder niet meer geplaagd door boze dromen en ze werd vroeg in de morgen uitgerust wakker. Al voor ze haar ogen had geopend wist ze dat Ki de hele nacht bij haar gebleven was. Haar wang lag tegen zijn schouder en ze had bewogen in haar slaap, want ze had zijn hand losgelaten en een arm om zijn middel geslagen. Hij sliep nog, zijn hoofd in een knik tegen de rolkussens en een hand op haar elleboog.

Eén slaperig moment lang was het net als elke ochtend uit hun jonge jaren. Toen ontwaakte ook haar geest, en ze vroeg zich af of ze nu beter stil kon blijven liggen om hem niet te wekken, of haar arm terug kon trekken zodat hij niet zou weten wat ze gedaan had. Besluiteloos bleef ze liggen met haar ogen op zijn slapende gezicht gericht. Zijn lange haar lag over het kussen uitgespreid, hier en daar raakte een lok haar wang en hand. Zijn donkere wimpers leken met een fijn penseeltje op zijn gebruinde huid geschilderd en het morgenlicht viel zacht op de fijne stoppeltjes op zijn kin. Zijn licht geopende lippen leken erg zacht.

Zo dichtbij, dacht ze, net als die droom die ze al zo vaak had gehad, wanneer ze bijna kusten boven op die kliffen boven die droomhaven. Wat voor gevoel zou dat zijn? Het was verleidelijk om iets naar voren te buigen en het te weten.

Maar voor ze de moed bijeengeraapt had, knipperde hij met zijn ogen en deinsde ze terug. Zijn hand klemde zich instinctief om haar arm, zodat ze moest blijven liggen. Zo dichtbij.

Nu sperde Ki zijn ogen wijd open en liet geschrokken haar arm los. Hij liet zich onder haar arm vandaan glijden, waardoor hij met een grappige plof van het bed op de grond viel.

Net als in mijn droom, dacht ze. Ze wist niet of ze moest lachen of zich ergeren omdat hij zich zo haastig van haar verwijderd had. 'Eh, goeiemorgen,' stamelde hij en hij bloosde toen ze vanaf het bed op hem neerkeek.

'Je lag, eh, je lag volgens mij niet zo lekker...,' begon ze en zweeg met een rood gezicht toen ze zag hoe zijn nachthemd door de val tot zijn middel opgekropen was. Zijn ontblote lid was verre van slap.

Snel draaide ze haar hoofd weg, en wilde het liefst weer onder de dekens kruipen tot ze haar onhandelbare emoties weer onder controle had. *Dat betekent helemaal niets. Dat had ik ook altijd als ik wakker werd voor ik...*

Ki trok snel het hemd naar beneden en keek haar met een verlegen grijns aan. 'Welnee, ik lag prima. En jij sliep als een os. Nog gedroomd?'

'Nee, nee...'

'Nou, mooi zo.' Hij keek nog steeds een beetje betrapt. Ze begon zich steeds ongemakkelijker te voelen.

'Het spijt me. Ik had je naar je eigen bed moeten sturen.'

'Het maakte mij niet uit,' verzekerde hij haar. 'Ik dacht alleen... Heb je honger trouwens?'

Nee, ik wil je kussen en tegen me aan drukken, dacht ze geërgerd.

Ze zuchtte opgelucht toen hij in zijn kleren schoot en op zoek ging naar een ontbijt. Ze greep een willekeurige jurk uit haar kast en trok hem over haar nachthemd aan. Toen hij terugkwam had ze haar gevoelens weer op een rijtje, dat vond ze zelf tenminste.

Ze aten hun brood en kaas en dronken wat van het lichte bier voor ze samen naar de kleine tempel op de binnenplaats liepen. Kleine banieren, met naast een maansikkel het oog van Illior, klapperden aan de touwen die aan de hoekpunten van de overkapping waren vastgeknoopt; de meeste waren deerlijk gerafeld en gescheurd.

Een van de Afraanse priesters zat, schier onherkenbaar door zijn rode gewaad en zilveren masker, op een laag stoeltje onder het afdak. Maar Tamír zag aan het lange grijze haar dat het Imonus moest zijn.

Het zonlicht werd weerkaatst in de gouden plaquette die blonk als een spiegel. Ontelbare vingerafdrukken stonden op het vlak rond de letters. Mensen raakten hem altijd aan: voor succes, in gebed, uit verwondering. Tamír drukte haar handpalm ertegenaan, en dacht eraan dat haar voorouders hetzelfde gedaan moesten hebben. Misschien was het een luchtspiegeling, maar heel even zag ze de reflectie van een andere vrouw, die vlak achter haar stond. Haar gezicht was vaag, maar Tamír herkende wel de kroon en het zwaard.

'Goedemorgen, grootmoeder,' fluisterde ze, en ze vroeg zich af of ze werkelijk haar oma in de schim herkende.

'Alleen een echte koningin ziet er soms een vorstin in,' sprak Imonus. 'Goed dat u haar met zoveel respect bejegent. Maar ik denk dat u wel vaker met geesten verkeert.'

Tamír nam haar hand van de plaquette. 'Het kon ook een schaduw zijn.'

'U weet wel beter, denk ik.' De man klonk geamuseerd.

Het was verwarrend, zo tegen een uitdrukkingsloos masker te moeten praten. 'Kunt u dat niet afnemen? Er is nu niemand in de buurt.'

'Niet als ik dienst heb, hoogheid. Zelfs niet voor u.'

'O.' Ze draalde even vanwege die passieve blik en hield toen de uilenveertjes op die ze had meegebracht. 'Ik ben hier om een offer te brengen, en een vraag te stellen. Maar ik weet de juiste gebeden niet, vrees ik.'

'Breng uw offer en stel uw vraag. Illiors oor is overal.'

Terwijl Tamír de veertjes op het vuurpotje legde, vloog er iets over haar schouder en viel door het rooster, waardoor een paar kooltjes verschoven en een vonkenregen aan het vuur ontsteeg. Een verwrongen wortel lag te blakeren tussen de vlammetjes. Hij vatte vlam en verspreidde de geur van hars en aarde.

Dus jij bent er ook, dacht ze.

Broer bracht altijd van dit soort offers bij de schrijn op de burcht: wortels, eikels, dode bladeren, dode mollen. Ze keek om zich heen maar er was op de wortel na geen spoor van hem te bekennen.

'Schimmen en geesten zwermen om u heen,' zei Imonus zacht.

Er ging een rilling over Tamírs rug ondanks de zon in haar nek. 'Ziet u mijn broer?'

Imonus knikte. 'Hij heeft u groot leed berokkend, en u hem. Hij valt u nog altijd lastig.'

'Ja,' fluisterde Tamír. Ze glimlachte flauwtjes naar Ki en knielde neer voor de priester zodat ze zacht kon spreken. 'Dat is de reden dat ik gekomen ben. Hij wil wat van me, maar hij spreekt in raadsels en hij liegt ook. Is er geen bezwering die u kunt gebruiken?'

'Weet u helemaal niet wat hij van u wil?'

'Ja, ik ken zijn vragen, maar ik weet niet waar ik de antwoorden kan vinden. U dient het Orakel. Kunt u niet meer te weten komen?'

'Ik ben een dienaar, zoals u zegt. Het is tijd dat u in de voetsporen van uw voorouders treedt, Tamír Ariani Ghërilain, en Afra zelf bezoekt. Het Orakel is alziend, wij priesters niet.'

'Maar dat is dagen rijden. Ik kan nu hier niet weg, en als ik zover ben moet ik mijn volk naar Atyion leiden.'

'Toch moet u gaan, dochter van Ariani. Tot nog toe heeft elke koningin een pelgrimage gemaakt om het geschenk van de Lichtdrager te eren en advies te krijgen voor het regeren.'

Tamír kon haar ongeduld niet langer bedwingen. 'Dus u kunt me niet helpen?'

'Dat heb ik niet gezegd, hoogheid, alleen dat ik uw vraag niet kan beantwoorden. U kunt nog een ander offer brengen. Werp een munt in de mand en ik zal u wat tonen.' Tamír viste een sestertie uit haar beurs en wierp hem in de mand bij de andere munten. Imonus boog zich voorover en haalde vanonder de deksel van de pot aan zijn voeten een klein linnen pakketje tevoorschijn. 'Kniel neer voor het vuurpotje. Leg nog een veer plus de inhoud hiervan op het rooster en houd uw gelaat in de rook.'

Tamír wierp haar offergaven op de kooltjes. De veer vatte direct vlam en slonk ineen tot as. Het pakje wierook brandde maar langzaam en deed een wolk van zoete geuren opstijgen. In plaats van recht omhoog te stijgen, wat als een goed voorteken gold, bleven de sliertjes rook als wriemelende, tastende vingers over de kooltjes strijken.

'Wat betekent dat?' vroeg Tamír benauwd toen de vingers zich rond haar gezicht begonnen te bewegen.

'Het is de adem van de Lichtdrager. Adem de rook in, hoogheid, en misschien krijgt u uw antwoord.'

Met enige schroom inhaleerde Tamír de rook tot diep in haar longen. Het was een zoete en sterke rook, maar niet onaangenaam. Wel werd ze er een beetje duizelig van.

Ze was nu geheel in rook gehuld. Er had meer wierook in het pakje gezeten dan ze had gedacht; de wolk was zo dik geworden dat ze de tempel en de binnenplaats niet meer kon onderscheiden. Ze kuchte en wapperde de rook uit haar gezicht. De nevel kolkte voor haar ogen en loste toen plotseling op.

Verrast slaakte ze een kreetje, want in plaats van Imonus en de plaquette stond ze voor een enorme pas in de bergen. Een weg kronkelde met scherpe bochten weg van haar, tussen de kale rotspieken door. In de verte ontwaarde ze Broer, onder een met felle kleuren beschilderde poort; hij wenkte haar. Vlak achter hem stond een vrouw. Tamír was te ver weg om te zien wie het was, maar haar woorden klonken helder, ze waren zo goed te verstaan alsof ze naast haar stond.

'Je zult de antwoorden in Afra vinden, koningin van Skala. Bereid je voor; je zult je sterk moeten tonen eer de antwoorden prijsgegeven worden.'

'Kom dan naar Afra, als je durft!' zei Broer pesterig.

'Waarom zeg je het me nu dan niet!' riep ze terug, maar hij lachte slechts schril.

Toen leek het of ze door een enorme hand werd opgetild en een tel later werd neergezet bij een kleine, vaag bekende baai. Het was nacht, de maan stond in het derde kwartier en trok een glinsterend wit spoor over het donkere water dat precies tot aan haar voeten kwam.

'Bereid u voor, koningin Tamír. En wees sterk,' fluisterde een stem in haar oor, maar er was niemand in de buurt. Kabbelende golfjes likten aan de zanderige kust en ze hoorde het lage ge-oehoe van een uil vlak achter haar.

'Waarop moet ik me voorbereiden?' fluisterde ze onduidelijk, onzeker of ze nu sprak of niet. 'Waarom ben ik hier?'

Er klonk nu een ander zacht geluid, van ver op het water. Het was het ritmische geklets van roeispanen. Grote oorlogsschepen waren daar voor anker gegaan. Nu zag ze tientallen lange roeiboten snel in haar richting varen, de richting van het strand.

Ze keek hulpeloos toe hoe de eerste boten op het schelpenrif kwamen vast te liggen en gewapende mannen het strand op stapten – Plenimaraanse boogschutters en zwaardvechters, en schildknapen met grote schilden. Ze liepen rakelings langs haar heen, maar leken haar niet op te merken.

Ze draaide zich om om hulp te roepen, maar het hele strand achter haar was verlaten. Ze herkende echter wel het landschap en wist nu waar ze was. Dit was de kuststrook waar de vijand al eerder aan land gegaan was. Achter dat duin lag de boerderij waar ze Tanil en de andere gevangenen gevonden hadden.

Nog een invasie! Ze komen terug!

De Plenimaranen negeerden haar nog steeds maar toen ze weg wilde rennen, hield de rook die haar de adem benam haar tegen. Ze sloot haar ogen, half stikkend en proestend. Toen ze haar ogen weer opende, zat ze kuchend voor het vuurpotje, met Ki die gehurkt naast haar zat, en een arm om haar schouders sloeg.

'Gaat het een beetje?' vroeg hij bezorgd. 'Je ziet er beroerd uit.'

'De Plenimaranen,' fluisterde ze hees. 'Ik zag... Ik zag ze aan land gaan, in de nacht...'

Ki ondersteunde haar toen ze opstond en veegde het stof van het voorpand van haar rok. 'Ik zag... ik zag een tweede Plenimaraanse invasie. Het was nacht en ze landden op de kust, net als de eerste keer.' Ze keek weer naar de priester. 'Maar daarvoor was ik ergens anders... Mijn broer, en een soort poort in de bergen, zomaar ergens in de wildernis.'

'Dat was vast de weg naar Afra, hoogheid.'

Tamír wreef met haar hand over haar ogen alsof ze weer door een duizeling overvallen werd. 'Er was ook een vrouw. Ze bleef me koningin Tamír noemen.'

Imonus raakte met twee vingers zijn voorhoofd aan. 'Dan bént u koningin, Majesteit, met of zonder het zwaard.'

'Luister naar hem,' drong Ki aan.

'Maar...'

'Heil en voorspoed aan Tamír, de ware koningin, door de mond van de Lichtdrager aangekondigd!' riep Imonus uit.

'Heil aan koningin Tamír!'

Tamír keek nog steeds een beetje versuft om zich heen. Er was een kleine menigte ontstaan die vol verwachting toekeek.

'Maar dat was helemaal niet wat ik wilde weten.'

'Onthoud goed wat u gezien hebt,' zei Imonus met een warme blik. 'Je moet naar Afra reizen. Maar alles op zijn tijd. Eerst moet u met uw generaals en tovenaars overleggen.'

'En ze vertellen... Dat ik een droom heb gehad?'

'U hebt een visioen gehad.'

'Maar ik weet niet eens wanneer ze komen!'

'U hebt de maan gezien. In welke fase was die?'

Tamír dacht even na. 'Derde kwartier. Wassend.'

'Dat zou dan vannacht al kunnen zijn,' zei Imonus.

'Vannacht!'

'Of over een maand,' merkte Ki snugger op.

'Het kan net zo goed over een jaar zijn,' merkte Tamír op. 'Ik wil niet onbeleefd zijn, Imonus, maar met dit soort dingen weet ik niet goed raad!'

De priester lachte achter zijn masker. 'Hoe voelde het in het visioen?'

'Hoe het voelde? Of ik bij hen op het strand stond!'

'Dank dan uw schutspatroon, Majesteit, en raadpleeg meteen uw aanvoerders.'

'Je hebt niet veel tijd meer,' mompelde Ki, die haar zag twijfelen.

'Visioenen!' mompelde ze, net luid genoeg voor hem. Toen riep ze naar een trompetter op de muur: 'Blaas alarm en laat iedereen verzamelen. Zorg ook dat dat de bivakken bereikt.'

'Een visioen. Koningin Tamír heeft een visioen gehad!'

Arkoniël kwam het huis uit gerend, met Wythnir op zijn hielen. Terwijl ze naar de muur renden vertelde ze zo nauwkeurig mogelijk wat ze gezien had, en hoopte maar dat hij niet zou denken dat ze een klap van de molen had gehad.

Arkoniël twijfelde geen moment aan haar woorden. 'We hebben het zichtvenster gebruikt om de oostelijke wateren in de gaten te houden, maar het is nu eenmaal een grote zee. Bovendien gebruiken ze misschien wel hun eigen magie om zo ongemerkt mogelijk te kunnen naderen.'

'Dan zie ik het nut van jullie magie niet,' mompelde ze.

In de opwinding was hij Wythnir vergeten, die met grote ernstige ogen zijn meester in de gaten hield, en hem met een handje aan de tuniek vasthield om hem bij te benen.

Arkoniël legde een kalmerende hand op het hoofd van het kind. 'Ik weet dat je het allemaal nog niet erg vertrouwt, Tamír, maar we hebben een paar nieuwe trucjes ontwikkeld die zelfs jij vast handig vindt.'

'En wat doen we met Broer?' vroeg Ki. 'Zou je hem niet vooruit kunnen sturen om de situatie in ogenschouw te nemen?'

'Dat lijkt mij geen goed plan,' zei Tamír. 'Als hij dat al wil doen, hoe weten we dan zeker dat hij de waarheid spreekt? Skala kan hem de bout hachelen. Roep al mijn generaals en aanvoerders op, en laat ze zo snel mogelijk naar de audiëntiezaal komen! We doen het zoals Sakor het graag ziet.'

Tot haar stomme verbazing hadden de meeste generaals veel minder moeite met het visioen dan zij.

'Je grootmoeder, en al degenen die voor haar waren, vertrouwden op zulke visioenen,' legde Kyman uit. 'En het is toch geweldig dat de Lichtdrager op deze manier tot je gesproken heeft. Het is een geluksteken, zou ik zeggen.'

'Je bent Illiors koningin,' mompelde Arkoniël, die met Ki en de andere Gezellen naast haar stond. 'Zij accepteren het, en dat doen je vrienden ook. Tijd dat jij er ook een beetje geloof aan hecht, vind je niet?'

'Wat vinden jullie?' vroeg ze haar vrienden. 'Het ziet ernaar uit dat Illior wil dat ik jullie koningin ben, zelfs zonder de bijbehorende regalia.'

'Een zwaard maakt nog geen koningin,' antwoordde Nyanis. 'Je bent je hele leven al door Illior bewaakt. Dat is goed genoeg voor mij.'

'En voor mij!' riepen de anderen in koor.

'Dan ben ik jullie koningin,' zei ze en ze was verbaasd dat dat zo makkelijk over haar lippen rolde. Het voelde alsof er een last van haar schouders gevallen was. 'Over hoeveel strijders kunnen we beschikken?'

'Op zijn hoogst tweeduizend, je reservisten in Atyion en de mensen uit de kampen niet meegerekend.'

'Ik heb daar een paar kapiteins, die alle fitte soldaten en ander voetvolk aan het groeperen zijn,' voegde Illardi eraan toe.

'Ik zag minstens twintig schepen in het visioen. Hoeveel man zouden ze daarmee meevoeren?'

'Hangt ervan af wat voor schepen het zijn. Kon je dat zien?'

'Driemasters, dacht ik. Zo lang als onze eigen oorlogsbodems.'

'Het zou een tweede aanval kunnen zijn, maar ook een bevoorradingskonvooi. We weten niet zeker of ze het bericht van hun nederlaag al doorgekregen hebben.'

'Misschien zijn er een paar schepen ontkomen,' herinnerde ze hem.

'Ja, maar we weten niet of die hun haven wel bereikt hebben,' bracht Arkoniël in. 'Dit kan ook een nieuwe aanval zijn, zonder dat ze over het lot van de eerste vloot gehoord hebben. Maar hoe dan ook, we kunnen ons maar het beste op het ergste voorbereiden.'

'Illardi, heb je staf- en zeekaarten van dat gebied?' vroeg Tharin.

'Natuurlijk. Ik laat ze meteen brengen.'

In de tijd dat ze op de kaarten wachtten, richtte Tamír zich ongeduldig tot Arkoniël. 'Je zei dat je magie had die ons kan helpen. Kun je niet aan boord van de schepen komen op eenzelfde manier als toen je uit de lucht kwam vallen toen we op weg waren naar Atyion?'

Arkoniël dacht diep na. 'Misschien, als ik heel precies de coördinaten zou weten. Maar zelfs als het me zou lukken zonder ergens in zee te belanden, dan nog zou het veel te veel kabaal maken. Je weet zelf hoe heftig die overgang tussen de ene en andere plaats is. Iedereen zou me door de lucht zien fladderen, en op het dek horen ploffen. En ik kan die magie niet elke dag op mezelf toepassen. Het kost enorm veel kracht en beheersing. Ik zou dus niet terug kunnen keren, als het al lukte.'

'Ik dacht dat je zei dat dat Derde Orëska van jullie bedoeld was om Tamír te helpen?' gromde Kyman.

Arkoniël glimlachte enigszins gekweld. 'Ik heb niet gezegd dat ik haar niet zou dienen. Ik wees haar alleen op de zwakke plek van juist deze bezwering.'

En op dat moment kwam Kiriar de zaal in gerend. 'Vrouwe Iya heeft de vijand kunnen lokaliseren!'

Ki volgde Tamír die naar Iya's kamer holde, terwijl Tharin bij de anderen in de audiëntiezaal bleef. Toen Tamír en Ki haar kamer binnenstormden, zat Iya met haar ellebogen op de vensterbank bij het raam, en hield een kristallen toverstafje losjes in haar hand. Haar ogen waren gesloten, maar het leek wel of ze nog steeds over zee staarde. Tamír kon zich niet inhouden en deed hetzelfde, half verwachtend zeilen op weg naar de kleine baai te zien. 'Kun je ze zien?' vroeg ze zacht.

Iya knikte en opende haar ogen. 'Heel even maar. Ik telde dertig schepen, afgeladen met gewapende krijgers. Ik gok dat het er minimaal tweeduizend waren. Ze liggen nog ten oosten van de eilanden. Als ze op weg zijn naar Ero, kunnen ze vanavond hier zijn. Maar zeker weten doe ik het niet.'

'Ik denk dat ik weet wat hun doel is....' Het leek zo dwaas het te zeggen. 'Uit mijn visioen. Ze zullen op dezelfde plek aan land komen als de vorige keer.'

'Tamír heeft me op een goed idee gebracht,' zei Arkoniël tegen haar. 'Hoe staat het met je Plenimaraans tegenwoordig?'

'Dat spreek ik altijd nog heel redelijk,' antwoordde Iya.

'Mooi, want ik heb het zelf nooit onder de knie gekregen.' Arkoniël knipoogde naar Tamír. 'Ik geloof dat je deze bezwering al eens gezien hebt. Jullie moeten wel muisstil zijn. Elk geluidje draagt ver bij deze magie. Iya, waar zijn ze?'

'Ze liggen nog ten oosten van de eilanden, maar ten zuidwesten van Klein Kraaieneiland. Herinner je je dat groepje eiken op de uiterste punt?'

'O natuurlijk.' Hij sloot zijn ogen en drukte zijn handpalmen voor zijn borst stevig tegen elkaar. Heel even bewogen geluidloos zijn lippen, vervolgens opende hij de palmen. Tussen zijn handen ontstond een klein lichtcirkeltje, wat, tussen zijn handen, bleef zweven in de lucht. Tamír, Ki en Iya keken over zijn schouders.

'Kijk erdoor, Tamír,' zei hij heel zacht. 'Kun je wat zien?'

Het was alsof je door een kwast in een houten schutting keek. Ze kwam nog dichterbij en ving een glimp op van schitterend blauw. Ze hoorde diverse geluiden, zoals het klotsen van water en de kreten van meeuwen. Zonder erbij na te denken schoof ze tot vlak naast Arkoniël om alles beter te kunnen zien.

'Niet aanraken,' waarschuwde hij.

Hij bewoog zijn handen en de cirkel in de lucht werd nu zo breed als een hand. Het was een raam, en erdoor zagen ze vanuit vogelvlucht het beeld van de zee, en de donkere streep van een dicht bebost eiland verderop. Arkoniël mompelde zacht en het beeld verschoof hortend en stotend. Toen het weer stilstond zag Tamír een heleboel schepen als speelgoed in de diepte.

'Daar zijn ze!' riep Arkoniël zacht uit, alsof hij verbaasd was over zijn eigen kunstje. 'Bij de eerste poging geslaagd. We zitten trouwens hoog genoeg, hier kunnen ze ons niet horen.'

'Ze kunnen toch ook door dit raam naar ons kijken, en ons horen als we dichterbij komen?'

'Ja, daarom moeten we zo stil en voorzichtig zijn. We mogen onszelf niet verraden.'

Door spreuken wist Arkoniël het 'venster' zodanig te verplaatsten dat hij uiteindelijk zicht had op het vlaggenschip. Matrozen met blote voeten liepen over het dek en voor- en achterplecht, maar er waren ook veel andere mannen die met de armen op de reling leunden en soldatenlaarzen droegen. Arkoniël zag een groepje dat wel uit officieren moest bestaan, en bracht het sterk verkleinde raampje behoedzaam achter hen. Ze praatten zachtjes. Door het slaan van de golven tegen de romp was het haast ondoenlijk hen te verstaan. Bovendien spraken ze een taal die Tamír niet machtig was.

Iya luisterde echter aandachtig, schudde toen haar hoofd en gebaarde naar Arkoniël dat hij het raam moest sluiten.

'Die lange was voornamelijk aan het opscheppen over een paard dat hij heeft gekocht,' zei ze. 'Maar het is een goede spreuk, en een prima idee. We proberen het straks gewoon nog eens.'

'Misschien zou je dit eens voor een paar edelen moeten doen,' zei Ki. 'Vooral aan degenen die zo sceptisch zijn over het nut van tovenaars bij de strijd.'

'Ja, misschien veranderen ze zo wel van gedachten,' viel Tamír in.

'Ik zou het niet doen,' zei Iya. 'Het is een nuttige spreuk, maar niet alleen voor vijanden vanbuiten. Ten eerste dienen we jou, Tamír. Het lijkt me beter als de anderen niet weten dat we hen zo kunnen bespioneren.'

'En er is bovendien het gevaar dat iemand die iets van magie weet, ziet dat dit geen Orëskamagie is,' voegde Arkoniël eraan toe. 'Jullie kennen Lhel, en weten wat ze kan. Je weet ook dat ze geen kwaad in de zin heeft. Maar je weet ook hoe de meeste mensen tegenover haar volk en hun toverkunsten staan.'

'Ze denken dat het zwarte kunst is, met geesten en zo,' antwoordde Ki.

'Juist ja, en daar mag Tamír nooit mee geassocieerd worden.'

'Heb je deze spreuk ook aan andere tovenaars hier geleerd?' vroeg Tamír.

'Nee, deze nog niet.'

'Houd je hen dan ook in de gaten?'

'Nee, want daar heeft niemand me nog een reden toe gegeven,' zei Arkoniël. 'Zonder onderling vertrouwen kunnen we nooit die eenheid vormen die Iya heeft gezien. Maar ik zou niet aarzelen als ik het idee had dat iemand van hen ontrouw zou zijn. Zoals Iya zegt, we zijn alleen trouw aan jou, en alleen aan jou, nog vóór Skala.'

'Dus alleen jullie kennen deze spreuk?'

'Die tovenaars uit Ero weten nog steeds niets van Lhel en dat lijkt me voorlopig het beste,' zei Iya.

'Maar die ik op de burcht bij me had kennen haar wel,' zei Arkoniël. 'Lhel was toen een tijdje bij ons.'

Tamír knikte en dacht even na. 'Ik wil het ook niet hebben dat jullie deze raambezwering op mij toepassen. Ik wil dat jullie dat zweren.'

Beide tovenaars beloofden het plechtig, met hun hand op hun hart.

'En ook als vriend geef ik je mijn woord,' voegde Arkoniël eraan toe. 'We hebben altijd wel andere manieren om te zorgen dat je niets overkomt.'

'Mijn geheime wachters, niet?'

Iya glimlachte. 'Die houden jou in de gaten, voor je eigen bestwil.'

'Vooruit dan maar. Wel Arkoniël, welke magie wilde je mc zo graag laten zien?'

'Kom maar mee naar de binnenplaats. Ik heb veel tijd gespendeerd om uit te vogelen hoe ik spreuken zo kon combineren dat het offensief zo krachtig mogelijk wordt,' zei hij. 'Ik denk dat ik er een paar gevonden heb die veel effect zullen hebben. We hebben daarvoor maar een paar tovenaars nodig, en zo kunnen de anderen hun krachten sparen voor later.'

Op de binnenplaats zagen ze Dylias en Saruel bij een brandende vuurpot staan. Dylias verwelkomde hen en liet hen een boog en wat pijlen zien. Iets verderop was een schietschijf neergezet op enige afstand van een hoge houten wand.

'Ga je mijn groep boogschutters versterken?' vroeg Tamír. De man zag er in de verste verte niet uit als strijder.

'Nee, Majesteit,' antwoordde hij en hij overhandigde haar de boog plus een pijl met een oude, in olie gedoopte lap aan de punt. 'Zou u zo vriendelijk willen zijn ons bij de demonstratie te assisteren?'

'Vuur, dat is de clou,' zei Arkoniël. 'Kom maar hier.'

Hij leidde haar weg van de schijf en draaide haar met haar gezicht op de houten wand.

Ki keek verbaasd. 'Nu staat ze met haar rug naar de schietschijf.'

Arkoniëls grijns werd breder terwijl hij de lap aan de pijlspits met een vingerknip deed ontvlammen. 'Dat denk je maar. Maak je klaar en schiet recht vooruit als ik het zeg, Tamír.'

Hij deed een paar stappen achteruit en weefde met zijn staf een patroon in de lucht.

Een zwart cirkeltje rees op bij de punt van het stafje. Door zijn wil rekte het zich tot een cirkel met een doorsnede van wel twee voet. Hij deed nog een stap achteruit en liet de cirkel voor Tamír in de lucht zweven. 'Zo dichtbij, dat moet een beetje boogschutter toch makkelijk kunnen raken. Laat maar eens zien of jou dat ook lukt!' zei Arkoniël geamuseerd.

Tamír spande de boog en schoot. De gloeiende pijl trof de zwarte cirkel precies in het midden en verdween erin. De cirkel verdween zelf ook, en de pijl leek opgelost, terwijl die normaal gesproken trillend in de hoge houten wand erachter had moeten steken.

'Zo, en draai je nu maar om naar de schietschijf,' zei Arkoniël.

De brandende pijl stak midden in de roos. De schacht en de veer kleurden al aardig zwart. Terwijl ze ernaar keken begon het dikke hout te roken en even later stond de schietschijf in vuur en vlam.

'Saruel heeft een beetje magie aan de olie toegevoegd,' verklaarde Arkoniël.

'Ja, alles waarmee de brandende olie in aanraking komt, zal meteen fel ont-vlammen,' zei de vrouw uit Khatme. 'Het is erg gevaarlijk spul, je moet er voorzichtig mee omspringen.'

'Bij de ballen van Bilairy!' lachte Ki. 'Je kunt dus een pijl schieten waarheen je maar wilt, en wat hij raakt vergaat meteen tot as? Dat is een handige truc.'

Tamír peinsde nog over de onmogelijk route van haar pijl. 'Hoe doen jullie dat?'

'Met translocatiemagie. Ik visualiseer de plaats waar ik een voorwerp, in dit geval de pijl, heen wil laten gaan, en daar komt het dan ook. Een normale vlam dooft meteen door die snelle verplaatsing, maar Saruels bezwering maakt de vlam zo intens, dat hij niet kan doven. Nou ja, bijna niet, tenmin-ste.'

'En je weet zeker dat dit bij de schepen ook zal werken?'

Arkoniël streek over zijn sik en keek naar de brandende schietschijf. 'Als je uitgaat van de tests die we hier gedaan, zou het theoretisch moeten kunnen.'

'Fantastisch,' zei Tamír, diep onder de indruk.

'Dat is zijn gave,' zei Iya trots. 'Hij is al met zoveel ideeën op de proppen gekomen, allemaal dingen waar ik nooit aan gedacht zou hebben. En iemand anders ook niet, denk ik.'

'Zelfs in Aurënen heeft niemand ooit een combinatiespreuk als deze be-dacht,' zei Saruel. 'De Lichtdrager heeft hem met een speciaal soort licht be-roerd.'

'Waar haalde mijn oom toch ooit het lef vandaan om die onsterfelijke god de rug toe te keren?'

'Nou ja, we hebben gezien wat ervan komt,' zei Iya. 'Maar jij bent nu al be-zig om het land er weer bovenop te helpen, en je bent zelf het beste bewijs van de kracht van Illior. Sakor heeft jou trouwens niet vergeten. Zij samen zijn de patroonheiligen van Skala, en zij beiden komen in jou samen. Dat kan haast geen toeval zijn!'

17

Er was geen tijd om de hele troepenmacht te verzamelen. En al was er tijd geweest, dan nog had Tamír Ero niet totaal zonder verdediging achter willen laten, want wat zei nu één enkel visioen? Ze stuurde bereden ordonnansen langs de kust, die alarm moesten slaan en versterking uit Atyion moesten halen. Er waren drie landheren en troepen die binnen een halve dagrit woonden. Een van hen was met zijn vijftig mannen al bij hen en de andere twee hadden niet de moeite genomen hun diensten aan Tamír aan te bieden.

Ze riep haar generaals bijeen in Illardi's bibliotheek en samen bestudeerden zij de kaarten.

'Daar waar je vermoedt dat ze aan land zullen gaan, is het water behoorlijk diep, en er is een breed, zacht glooiend strand waar de boten kunnen liggen,' zei Illardi en wees naar het betreffende gebied. 'Een goede plaats om de roeiboten op het strand te duwen of paarden van boord te laten gaan. Het zou mij niets verbazen als ze vooral op hun bewapende ruiters en boogschutters zullen vertrouwen, en dat hun aanval al begint bij het binnenvaren. Daar zijn ze tenslotte meesters in.'

'Als ze al zover komen,' zei Ki. 'Als ik onverwacht tegenover een enorm leger zou komen te staan, zou ik maken dat ik wegkwam.'

'Maar niet als je Plenimaraan was,' merkte Tharin op. 'Hun Opperheer zal het hen nooit vergeven als zij zijn bevelen niet koste wat het kost, tot de laatste letter stipt uitvoeren.'

Jorvai knikte. 'Zonder meer waar. Ondanks dat werkt dat open strand toch in ons voordeel.'

'We kunnen onze boogschutters vooraan plaatsen, en de cavalerie erachter,' zei Tamír. 'Hun boogschutters moeten schieten vanaf die schommelende boten. Al zijn ze nóg zo goed, dat levert veel missers op. In al die geschiedenisboeken van de oude Raaf staat geen strijd beschreven waarbij de vijand de aanval kon doorzetten, als ze op die manier aanvielen.'

'Onderschat ze nu niet,' waarschuwde Tharin. 'Ik prijs niet graag een vijand, maar ik vecht al mijn hele leven tegen ze en hun reputatie hebben ze echt verdiend. Ze zijn nergens bang voor en meedogenloos bovendien.'

'Dan zorgen we ervoor dat de vloed rood kleurt van hun bloed.' Tamír wendde zich tot de anderen. 'Hoe kan ik nou verliezen met Illior aan mijn kant en strijders zoals jullie aan mijn zijde?'

Uiteindelijk besloot ze tweehonderd bereden boogschutters en vijfhonderd bewapende ruiters in te zetten om de aanval af te slaan. Jorvai en Kyman zouden de beide flanken aanvoeren. Zij zelf zou de centrale positie innemen, met Tharin en haar Gezellen, plus Nyanis en haar compagnie uit Atyion. Illardi zou in Ero blijven om de verdediging van de stad te leiden.

Toen het plan kant-en-klaar op tafel lag, mochten de generaals inrukken, terug naar hun kampementen. Zelf bleef ze met Tharin en de Gezellen in de bibliotheek, zich koelte toewuivend met de oude kaart. Het was vrij warm geworden die dag.

'Zo, en hebben jullie allemaal al een eigen schildknaap uitgezocht?' vroeg ze. 'Je zult er een nodig hebben.'

'Zeker, Majesteit,' zei Nikides. 'Ik zal ze hierheen sturen en hun familie ontbieden voor de beëdiging.'

Iya had in een gesprek onder vier ogen al voorgesteld ook de familieleden van Tamírs bondgenoten aan de Gezellen voor te stellen. Tamír had daarin toegestemd en zag tot haar vreugde dat Illardi, Kyman en Jorvai al ernstig stonden te wachten in de snikhete zaal. Naast hen stonden twee jongens en een meisje, ondanks de hitte in volle wapenrusting.

De eerste die werd voorgesteld was de oudste zoon van Illardi: de lange, donkerogige Lorin. Hij was een goede keuze: ze had de jongen zien sparren in het oefenweitje en hij was snel en vaardig. De andere twee kende ze niet, maar ze zagen er sterk fier en vastberaden uit. Ze leken erg jong en geen van hen had al strijdersvlechtjes, maar zij was zelf ook maar net twaalf geweest toen ze toetrad tot Korins Gezellen.

'Arkoniël heeft eerder al met hen gesproken,' fluisterde Tharin tot haar. 'Hij was heel tevreden over hen.'

Van ceremonieel vertoon hield ze niet, dus liep ze naar de haard en ging voor hen staan.

Nikides was de oudste en begon. 'Majesteit, ik stel u voor aan Lorin, zoon van hertog Illardi en vraag u nederig hem in dienst te nemen als schildknaap bij de Gezellen.'

'Is het jouw wens mij op die wijze te dienen?' vroeg ze de jongen. Lorin viel meteen op één knie en bood zijn ontblote zwaard aan. 'Met heel mijn hart!'

'Hertog Illardi, geef je toestemming tot deze verbintenis?'

'Ik geef toestemming, Majesteit,' antwoordde Illardi trots.

'Dan neem ik jouw zoon in mijn dienst. Sta op Lorin, en grijp de hand van je nieuwe heer om de verbintenis te bekrachtigen.'

Lorin sloeg de handen ineen met Nikides. Hertog Illardi maakte zijn zwaardriem los en wikkelde het langste eind rond hun ineengeslagen handen. 'Dien hen wel, mijn zoon, je heer en je koningin.'

'Dat zweer ik bij de Vier,' beloofde Lorin plechtig.

'Heer Nikides, ik verzoek u om voor mijn zoon te zorgen als uw trouwe dienaar.'

'Bij de Vier, ik zal als een broer voor hem zijn.'

Una was de volgende en zij stelde een zongebruind meisje voor dat haar wilde bos blond haar in een slordige vlecht bijeen gebonden had. 'Mijn koningin, ik stel u voor aan Hylia, dochter van heer Moren van Colath. Ze is een van Ahra's ruiters, en na mijn toetreden aldaar hebben we al tezamen de vijanden bevochten. Ik vraag je nederig haar in dienst te nemen als schildknaap bij de Gezellen.'

Ki grijnsde. 'Ik durf ook voor haar in te staan. We groeiden in elkaars buurt op en worstelden elke keer dat we elkaar tegenkwamen.'

De eed werd gezworen en Moren gaf zijn dochter een kus op het voorhoofd.

Nu stelde Lynx zijn kandidaat voor, een jongen van veertien die Tyriën heette, en een neef van heer Kyman was. 'Zijn vader is gestorven en zijn moeder zit nog thuis, maar ik zal voor hem spreken,' zei Kyman met zijn hand op de schouder van de knaap.

Tyriën was een hoofd kleiner dan Lynx, maar hij zag er taai en sterk uit, en er school vast wat Aurënfaier bloed in hem, aan zijn grote grijze ogen en blanke huid te zien.

Het ritueel werd herhaald en Tyriën nam zijn plaats naast Lynx in.

'Welkom, vrienden,' zei Tamír tot de nieuwe schildknapen. 'Ik weet dat jullie Skala goed zullen dienen, en de titel van Koninklijke Gezel waardig zult zijn. Het zijn onzekere tijden en jullie zullen je dan ook al zeer snel in de strijd moeten bewijzen. Vecht moedig, dan zal ik persoonlijk het strijderskenmerk in jullie haar vlechten.'

Bij die laatste woorden gingen haar ogen naar Ki. Op zijn eigen aandringen was hij nog steeds schildknaap, maar ze was vastbesloten daar verandering in te brengen. Hij betekende meer voor haar dan dat en iedereen wist het.

Maar het fijne weten ze er niet van, dacht ze en even voelde ze weer de verwarring die ze die ochtend bij het ontwaken had ervaren. *Jammer eigenlijk dat ik het ook niet helemaal snap.*

'Majesteit?' Imonus kwam naderbij en droeg iets waar een doek over lag. 'Ik heb hier iets voor u.'

Hij haalde de doek weg en onthulde een schitterende helm. De stalen helm met wangbeschermers en de nekbescherming van maliën waren versierd met goud en de voorkant was getooid met een simpele gouden kroon.

'Waar hebt u dit vandaan?' vroeg ze.

'Van de wagens met de inhoud van de koninklijke catacomben, vrouwe. Ik weet niet aan welke koningin hij toebehoorde, maar ik weet zeker dat geen van hen bezwaar zou maken als een rechthebbende erfgenaam erdoor in de strijd zal worden beschermd, en de vijand moet weten dat ze tegenover de ware koningin staan.'

Tamír bekeek hem van alle kanten en bewonderde de fijne decoraties van edelmetaal. Op de wangbeschermers was Illiors draak in een strijdvaardige houding afgebeeld. 'Hij is werkelijk prachtig. Ik dank u hartelijk.'

Imonus maakte een buiging. 'Hij kan ermee door tot de echte kroon uw hoofd siert.'

Baldus stond bijna te dansen van opwinding toen zij en Ki hun kamer in kwamen. 'Hoogheid, kijk, kijk wat er bezorgd is, net op tijd voor de strijd begint!'

'Je moet haar nu met majesteit aanspreken,' zei Ki tegen hem terwijl zij met een verrast kreetje naar het bed snelde.

De naaisters van Illardi's huis hadden hard gewerkt. Haar nieuwe zijden wapenkleed was rijk geborduurd met haar wapen, bovendien lag een nieuwe banier boven het kleed uitgespreid.

Tamír stuurde Baldus naar de keuken om nog een laatste moment met Ki alleen te zijn.

Hij had een kleur en zijn ogen glansden op een manier die ze in weken niet meer had gezien. 'Je hebt er zin in, hè?'

'Jij dan niet?'

Ze lachte breeduit. 'Weer eens wat anders dan klagende graanhandelaren.'

'Het kan best een pittige knokpartij worden, als de tovenaars het allemaal goed berekend hebben.'

'Maar wij zijn goed uitgerust en vangen hen op de juiste plaats op.'

'Die oude Raaf zou trots op je zijn. Je was altijd al zo goed in geschiedenis en oorlogsverslagen.' Hij zweeg even en keek haar recht in de ogen. 'Ik geloof niet dat je alleen maar aan de strijd denkt.'

Tamír aarzelde, en vroeg zich af hoe ze het onderwerp van Ki's promotie moest aansnijden. 'Tijdens de inhuldiging bedacht ik wat. Ik kan je gewoon niet meer als schildknaap behandelen. Ik geef net zoveel om je als...' Ze beet op haar lip en begon te blozen. 'Als Caliël om Korin,' zei ze maar snel. 'Het klopt niet, nu we samen zoveel hebben doorgemaakt.'

Ki's kneep zijn bruine ogen halfdicht. 'Nee.'

'Maar je zou nog steeds mijn...'

'Nee, Tamír!' Hij sloeg zijn armen over elkaar en kneep zijn lippen opeen. 'We hebben genoeg veranderingen meegemaakt de laatste tijd. Dit is niet het moment om een schildknaapje af te gaan richten tot heer.'

'Je bent al net zo erg als Tharin.'

'Hij bleef je vader toch gewoon dienen? Daar hoef je je toch niet voor te schamen.'

'Natuurlijk niet, maar je verdient veel meer respect. En hij trouwens ook.'

'Ik sta aan jouw kant, Tamír. Als mensen daar geen respect voor hebben, dan kunnen ze wat mij betreft de boom in. Het is me altijd worst geweest wat mensen van me denken, en dat weet je maar al te goed.'

Dat was natuurlijk niet helemaal waar. De benamingen 'grasridder' en 'jong van een paardendief' hadden hem wel degelijk door de ziel gesneden. Al was hij altijd te trots geweest om dat toe te geven.

Kan een koningin haar schildknaap tot gemaal nemen? Ze bloosde weer bij die gedachte en om dat te verbergen boog ze zich weer over haar nieuwe wapenkleed. Dit was niet het moment voor dit soort gedachten. Ze zou Ki zijn zin nu maar geven, maar vroeg of laat zou het er toch van moeten komen. En iedereen die hem dan nog grasridder durfde te noemen zou ervan lusten.

Iya en een aantal andere tovenaars hadden de schepen intussen gevolgd, en ze stuurden een berichtje dat de Plenimaranen koers zetten, precies naar de plek die Tamír aangegeven had.

De zon stond op het hoogste punt en het huis was als een oven toen Ki haar in haar gevoerde tuniek en Aurënfaier maliënkolder hielp. Zwetend in zijn eigen wapenrusting trok hij de riempjes van haar gepolijste borstkuras aan, en verzekerde zich ervan dat er niet het smalste spleetje tussen de twee delen overbleef. Het verfijnde goudwerk op het borstschild ving het licht. Deze wapenrusting was net als de helm voor een vrouwelijke strijder gemaakt, en accentueerde de lichte welving van de boezem met glinsterende stalen belijningen. Daarmee voelde ze zich niet helmaal op haar gemak, maar toen ze dacht dat niemand keek, blikte ze toch even snel naar haar zijaanzicht in de spiegel.

Ki lachte toen hij het zijden wapenkleed over haar hoofd liet glijden. 'Nogal in je schik met jezelf, hè?'

Tamír keek betrapt naar haar spiegelbeeld. 'Zie ik eruit als een koningin?'

Ki zette haar de nieuwe helm op. 'Nu wel, op het zwaard na dan.'

'Dat van mij is nog best.' Ze trok het uit de schede en stak het in de lucht. Het was van haar vader geweest.

Ki sloeg haar op de schouder. 'Hij zou trots op je zijn geweest, en je moeder ook natuurlijk, als ze je nu kon zien.'

Tamír wilde dat ze dat kon geloven. 'Laten we gaan,' zei ze. 'Ik wil wel gezien worden als de gasten arriveren.'

De Gezellen en vaandeldrager stonden al klaar op de binnenplaats. Arkoniël, Saruel en Kiriar stonden naast hen. De tovenaars droegen geen harnas maar waren gekleed als snelle ruiters. De vrouw uit Khatme droeg nog wel haar lange zwarte gewaad, maar zat in dameszit met opgetrokken rokken waardoor haar hoge rijlaarzen zichtbaar waren.

'Hoe is het met Iya?' vroeg ze aan Arkoniël.

'Uitgeteld. Zij is helemaal leeg.'

'Jij hebt ook magie gebruikt. Ben jij niet moe?'

Arkoniël glimlachte. 'Ik heb verschillende kleinere taakjes verricht, daar word je niet zo moe van. Ik ben helemaal klaar voor de strijd. Dat zijn we allemaal.'

'Mijn Orëskastrijders,' zei ze met een glimlach. 'Moge Sakor met Illior samenwerken en jullie vanavond bijstaan bij het werk.'

Lynx hield haar strijdros vast. Ze miste haar oude paard, Gosi, die in de strijd om Ero verdwenen was, maar het kleine paardje zou nu minder geschikt geweest zijn. Ze bereed een grote zwarte Aurënfaier hengst met de naam Nachtjager. Hij kwam uit haar stallen in Atyion en was getraind voor de strijd: snel, gehoorzaam en absoluut niet schichtig. Ze had bevolen dat Ki eenzelfde soort paard zou krijgen. Hij bereed een prachtvos, die naar de naam Flits luisterde.

Ze bracht haar laatste offer bij de schrijn van de Vier en was blij dat de rook uit Sakors vuurpotje recht omhoog kringelde: een goed voorteken voor de strijd. Ze stond ook even stil bij de plaquette en offerde daar wat uilenveertjes en stak wierook aan.

Ze reed door de poort naar buiten om haar plaats vooraan de colonnes in te nemen en een luid gejuich steeg op vanuit de troepen. De banieren van haar bondgenoten wapperden boven de gelederen, strijdvaardig tegen de heldere middaglucht.

'Ta-mír! Ta-mír! Tamír!' Haar naam werd gescandeerd, wat een rilling over haar rug deed gaan.

Ze ging in de stijgbeugels staan en bracht hen allen een saluut. Het gejoel zwol aan toen ze haar ros de sporen gaf en naar de kop van de colonne vloog.

De kalmte kwam langzaam over haar, zoals altijd op dit soort belangrijke momenten. *Hiervoor ben ik in de wieg gelegd.*

18

Net voor de duisternis inviel, bereikten ze de beschutte baai. Tamír zond enkele verkenners uit om naar eventuele vooruitgeschoven posten van de vijand te speuren. Aan de einder, op zee, waren enkele donkere vormen waar te nemen.

Arkoniël bevestigde dat het vijandelijke schepen betrof. 'Ze zijn hoogstwaarschijnlijk van plan om vannacht aan land te gaan, precies zoals je voorspelde.'

De maan in het derde kwartier stond boven de schepen aan de hemel, alleen had hij in haar visioen wat hoger gestaan. 'Ik wil de ruiters een kwart mijl landinwaarts opstellen. De boogschutters kunnen zich hier achter het lage duin verschansen. Arkoniël, weet je of ze tovenaars aan boord hebben?'

'Ik heb er nog geen teken van opgevangen,' antwoordde hij.

'Mooi zo.'

Tamír bezocht de aanvoerders van de twee vleugels, en gaf de kapiteins de laatste instructies. Alle strijders, hoog en laag, hadden nu tijd om een koude maaltijd te gebruiken. Ze hadden geen vuur willen maken dat de vijand op hun aanwezigheid zou attenderen. Het was een heldere nacht en zelfs het kleinste vlammetje zou mijlenver in de omtrek zichtbaar zijn. Alle schutterscompagnieën langs de duinrand hadden hout verzameld om met een handvol vuursplinters aan te steken als de tijd daar was.

Alle aanvoerders maanden hun manschappen tot absolute stilte, want ook geluid droeg ver over het water. Tamír en haar garde stonden paraat, scherp speurend en luisterend.

'Daar,' fluisterde Saruel na lange tijd. 'Zie je die zeilen blinken? Ze varen zonder lantaarns.'

Tovenaars konden in het donker beter zien dan gewone stervelingen, maar ook Tamír zag al snel de zeilen die in het maanlicht oplichtten. Ook het zacht schuren van touwen en het geklapper van canvas was nu te horen.

De eerste vijandelijke schepen hadden de monding van de baai bereikt, onwetend welk onthaal hen te wachten stond. De eerste roeiboten werden gestreken. Ferme roeiers stuurden de boten als schichten door de golven.

Midden op het strand stonden Tamír en haar Gezellen hen met hun bogen op te wachten. Nyanis en een van de schutterskapiteins waren bij hen. Op haar teken wierp Nyanis een paar vuursplinters in een brandstapel en vlammen schoten direct omhoog. In een oogwenk werden ook de andere vuren op het strand ontstoken. Tamír grinnikte toen ze de eerste alarmkreten van de vijand op de boten hoorde.

Ki gaf haar een pijl met een brandende lap op de spits. Ze legde aan, en schoot hem hoog in de lucht. De roeiboten hadden te veel vaart om te keren. Tweehonderd Skalaanse boogschutters hadden op Tamírs teken een dodelijke, vlammende pijlenregen op hen afgestuurd.

Honderden pijlen verlichtten de hemel en heel even wierpen de vijandelijke boten schaduwen op het water. Toen troffen de schachten hun doel, geschreeuw weerklonk en roeiboten brandden. Er werd een tweede reeks pijlen afgevuurd, toen nog een, en een vierde. Meer geschreeuw en gegil echode over het water.

Maar zoals Tharin voorspeld had waren de Plenimaranen niet zo snel uit het veld te slaan. Hun schutters schoten gedreven terug. Ki en de andere Gezellen hieven onmiddellijk hun schilden ter bescherming van Tamír en vingen zo meer dan vijf pijlen op. Andere pijlen drongen in het zand.

'Arkoniël, nu!' beval ze.

De tovenaar wierp een draaiende zwarte cirkel een paar meter voor zich in de lucht, Lynx en Ki gaven Tamír dekking met hun schilden en zij schoot er een vlammende pijl doorheen. De pijl verdween en de cirkel implodeerde.

Even later vatten de zeilen van een van de verder gelegen vijandelijke oorlogsschepen vlam. De vlammen verspreidden zich bovennatuurlijk snel, opgezweept door Saruels betovering.

'Het werkt!' juichte Arkoniël.

Het vuur vond razendsnel zijn weg langs de mast omhoog en vallende brandende delen zetten ook het dek in vuur en vlam. In de rode gloed konden ze matrozen het water in zien springen.

Arkoniël en andere tovenaars herhaalden dit kunstje tot er tien schepen in lichterlaaie stonden. De doelen waren tactisch verdeeld over de vloot gekozen; de wind bracht stukken brandend zeil naar de andere schepen, en door al die brandende schepen werd de baai fel verlicht. Een enkele Plenimaraan zag nog maar kans om zijn boog te richten, maar de overmacht van de Skalanen bleek toch te groot.

'Ze druipen af!' riep een man die op de uitkijk stond en zijn kreet werd langs het hele strand herhaald.

Alle Skalaanse strijders riepen overwinningskreten en roffelden op hun schild, wat uit minachting voor de tegenstander aanzwol tot een oorverdovend kabaal. Toen het ergste lawaai voorbij was, hoorde Tamír echter het hoorngeschal van de noordelijke flank, die aangaf dat daar de vijand was.

'Verderop zijn ze wel aan land gekomen!' schreeuwde Tharin. 'Gezellen, bescherm je koningin!'

'Jorvai, houd de laatste roeiboten tegen met de boogschutters,' beval Tamír. 'Gezellen, te paard!'

Tamír galoppeerde met de gehergroepeerde ruiters naar het noorden om de vijand daar op te vangen. Door de duisternis was het onmogelijk te schatten hoeveel vijanden er daadwerkelijk aan land gekomen waren, maar de maan wierp net genoeg licht op de omgeving om een heel eskader snel naderbij te zien marcheren. Een halve mijl ten noorden van de baai klonken de strijdkreten van beide zijden en paarden stoven op het voetvolk af.

'Voor Skala en de Vier!' riep Tamír luid, blij dat zij te paard in het voordeel waren en viel de Plenimaranen aan.

Links en rechts hakkend met haar zwaard, baande ze haar weg door geheven zwaarden en gerichte lansen. Op haar bevel steigerde Nachtjager, en trapte met zijn met staal beslagen hoeven van zich af. Het geschreeuw van de Plenimaranen veranderden in doodskreten door haar slachting; heet bloed spoot op haar arm en zelfs tot in haar gezicht. De krijgslust had haar in zijn greep gekregen en verdreef elke gedachte aan angst of pijn. Ze was zich vaag bewust van Ki die haar vanuit de verte toeschreeuwde.

Terwijl Ki en de anderen zich als razenden een weg naar haar toe probeerden te banen, keek ze om zich heen en ontwaarde haar banier wapperend boven een grote groep soldaten.

Plotseling werd ze door een aantal armen vastgepakt, aan beide zijden werd aan haar getrokken. Ze hieuw met haar zwaard om zich heen om degenen die haar bereikten terug te drijven. Nachtjager schopte en bokte om de mannen die in zijn benen sneden af te weren. Tamír klemde zich met haar dijen stevig vast en wikkelde haar teugelhand in zijn manen. De hoge rug van haar zadel bood steun toen Nachtjager weer steigerde. Ze dwong hem met vier benen op de grond, bang dat zijn buik door te veel scherpe klingen en lansen geraakt werd. Iemand greep haar enkel en trok haar een heel stuk uit het zadel.

Net toen ze dacht dat ze het moest opgeven, liet de man haar voet plots los en viel rochelend op de grond. Ze hees zichzelf snel weer omhoog en haar oog viel op Broers bleke gelaat te midden van het gewoel. Mannen op zijn weg vielen zonder slag of stoot dood neer, en lijken markeerden zijn pad, bij haar vandaan. Toen was hij weer verdwenen.

Ki kon haar gelukkig bereiken. Schreeuwend van woede sloegen hij en Tharin de Plenimaranen rond haar en de benen van het paard weg. Haar andere Gezellen bereikten haar kort daarop en maakten een kring rondom haar vrij.

Lynx werd door een lans in de schouder geraakt en werd daardoor haast uit zijn zadel gewipt, maar Tyriën schoot hem te hulp en de piekenier werd vertrapt door zijn paard. Naast haar vochten Una en Hylia zij aan zij om de open plek rond Tamír te vergroten. Heer Nyanis en zijn ruiters bevochten de vijand aan haar rechterkant, en in de verte zag ze Jorvais banier boven het woelige tafereel uitsteken.

'Val aan, vecht je erdoor!' riep Tamír en ze wees met haar zwaard naar de smalle rij vijandelijke soldaten die hen van het strand scheidde. Ze hakten zich een weg door de groep Plenimaranen en hoewel ze in de minderheid waren, gaven de paarden hen al het voordeel en reeds bij hun eerste poging braken ze door de vijandelijke linie. Ze reden door een massa in het wilde weg rennende mannen, en maaiden als met een zeis door een graanveld. Diegenen die aan het zwaard ontkwamen probeerden te vluchten of werden vertrapt door paardenhoeven.

'Ze geven het op!' schreeuwde Tharin.

Tamír hoorde een enthousiaste triomfkreet die van de bebloede Nikides kwam, die zwaaiend met zijn donkere kling joelend op haar afkwam, met naast zich de jonge Lorin met eveneens een bebloed gezicht.

'Hierheen!' riep Tamír weer en ze hergroepeerde hen voor een nieuwe aanval.

De vijand verspreidde zich en probeerde naar hun boten te vluchten. Hun schepen die hen bescherming moesten bieden lagen verderop voor anker, maar Tamír had nu geen tovenaars om ze in brand te zetten.

Tamír en haar Gezellen dreven de overige strijders de zee in, trokken zich terug en lieten Kymans boogschutters het klusje afmaken. Een paar wisten in de duisternis te ontkomen en roeiden weg, maar achter hen lag het strand bezaaid met de lijken van hun gevallen kameraden, die al spoedig ten prooi vielen aan de zuigende zee.

Ze reden over het strand terug naar Jorvai en zijn boogschutters die klaarstonden om verder te vechten. Tamír steeg af bij een van de kampvuren.

'Zo te zien zijn die honden met de staart tussen de benen naar hun hok ge-vlucht,' sprak de oude strijder, terwijl hij Tamír van top tot teen opnam. Ze zat helemaal onder het bloed en haar zijden tuniek was totaal aan flarden ge-scheurd. 'Je hebt je vermaakt, zie ik.'

'Het was wel een beetje te veel van het goede,' zei Tharin zacht en hij keek haar met een frons op zijn voorhoofd aan. 'Je bent niet bij je garde gebleven en je was Ki bijna kwijtgeraakt.'

'Dan moeten jullie maar een beetje doorrijden,' beet ze terug. Ze wist dat hij gelijk had, maar zou dat nooit toegeven.

Hij keek haar nog even aan, maar hield zijn kaken op elkaar en draaide zich om, want hij zou haar nooit openlijk bekritiseren waar anderen bij waren.

De tovenaars kwamen bij hen staan en ze warmden zich even aan het vuur, vol vreugde over hun succes.

'Wat zouden ze nu doen?' dacht Arkoniël hardop. 'Ze beschikken nog steeds over veel manschappen, maar hun versterkingen kunnen hier nog niet zijn.'

Tamír haalde haar schouders op. 'Als ze terugkomen, vangen we ze hier wel weer op. Hun overrompelingstactiek werkt niet meer en dat weten ze maar al te goed. Het zou me niets verbazen als ze willen onderhandelen over een wa-penstilstand.'

Toen het eerste licht zich een weg door de ochtendnevel probeerde te banen, bleek dat ze gelijk had gehad. Het Plenimaraanse vlaggenschip, wat onge-schonden uit de strijd was gekomen, hees een lange witte banier. Ze gaf haar banierdrager opdracht hetzelfde te doen en verzamelde haar gehele troepen-macht op het strand.

Een lange boot met een veel kleiner wit vaandel werd neergelaten en tot bijna op het strand geroeid. De Plenimaraanse aanvoerder was een zwartbe-baarde reus gekleed in zwart leer en maliën, en op zijn overjas prijkte het wa-pen van een edelman. Zes ongewapende, maar wel woest uitziende, mannen vergezelden hem.

Ze stapten de boot uit, het lage water in, maar alleen de aanvoerder beende door het water naar het strand. Toen hij Tamír zag met haar gekroonde helm aarzelde hij, alsof hij een beer van een kerel had verwacht.

'Ik ben hertog Odonis, generaal van Plenimar en admiraal van de vloot van de Opperheer,' verklaarde hij bars, met een vet accent. 'Tot wie moet ik me richten?'

'Ik ben Tamír Ariani Ghërilain, koningin van Skala,' antwoordde ze en ze deed haar helm af zodat hij haar gezicht kon zien. 'U palavert met mij.'

Zijn borstelige wenkbrauwen schoten verbaasd de hoogte in. 'Koningin?' zei hij spottend. 'Skala heeft geen koningin meer. Wie ben je, kleine meid?'

Kleine meid! Ze voelde zich nog steeds genoeg Tobin om dubbel beledigd te worden door die honende uitlating. Ze ging streng rechtop staan. 'Ik ben Tamír, dochter van prinses Ariani, dochter van Agnalain. Mijn oom, de usurpator, vervloekt door Illior, stierf tijdens uw eerste aanval op onze hoofdstad. Ik neem zijn plaats in, uitverkoren als ik ben door Illior, de Lichtdrager. De priesters van Afra zijn mijn getuigen.'

Odonis keek haar nog steeds sceptisch aan. 'Heb jij... hebt ú deze...' Hij wierp een blik op het kleine leger achter haar en trok wederom een wenkbrauw op. 'Hebt u onze aanval afgeslagen?'

'Jazeker, en als u plannen voor een nieuwe aanval hebt... Mijn leger en mijn tovenaars staan klaar om u te vernietigen.'

'Tovenaars? Ah, Orëska. Tandeloze zwervers.'

'Ze bijten anders nog heel aardig van zich af,' antwoordde Tamír kalm en ze gebaarde naar de plaatsen waar de brandende schepen in de golven verdwenen waren. 'Dat was hun werk. Ik zal het met genoegen bewijzen.'

Arkoniël sprak de spreuk nogmaals uit en ze schoot een brandende pijl recht door het midden. In de verte vatte het grootzeil van Odonis' schip vlam.

Odonis keek nu niet meer zo zelfgenoegzaam. 'Wat is dát?'

'Dit is een van de dingen die mijn Orëska kunnen, en ze zullen uw gehele vloot tot zinken brengen als u niet onmiddellijk onze kustwateren verlaat.'

'Dat is geen eervolle strijd!'

'Maar was het dan wel eervol om met een grote troepenmacht een nietsvermoedende, slapende stad binnen te vallen? Het was een laffe aanval en de vorige aanvoerder werd, door Skalaanse strijders en tovenaars en de hulp van Illior, nog verslagen ook. Hun schepen liggen op de bodem van de haven van Ero. Dat zal ook het lot van uw schepen zijn als u niet snel huiswaarts keert. Ga terug naar uw Opperheer en laat hem weten dat er weer een dochter van Thelátimos regeert, en dat Skala wederom de bescherming van Illior geniet.'

Odonis dacht even na en maakte toen een stijf buiginkje. 'Ik zal uw boodschap overbrengen.'

'Ik ben nog niet klaar,' zei Tamír scherp. 'Ik eis genoegdoening voor de verwoesting van Ero. Ik houd tien van uw schepen hier. U draagt ze aan mij over en laat ze in deze baai voor anker liggen.'

'Tien?!'

'De bemanning wordt gespaard en mag samen met u en uw laatste schepen vertrekken. Stemt u hiermee niet in, dan brandt spoedig uw gehele vloot en verkolen we elke Plenimaraan die onze kust bereikt.'

Ze had geen idee of de oververmoeide tovenaars haar beweringen zouden kunnen waarmaken, maar dat wist Odonis natuurlijk ook niet. Hij had echter na de eerdere demonstratie weinig reden om aan haar woorden te twijfelen.

De man was gefrustreerd, ze kon zien hoe zijn kaak zich spande onder zijn baard. Na even nagedacht te hebben maakte hij weer een buiging. 'Zoals u wenst. Tien schepen mét lading, zonder bemanning.'

'U houdt uw witte vlag in top als erkenning van uw nederlaag,' gebood Tamír hem. 'Voor al deze getuigen sta ik garant voor uw vrijgeleide mits u mijn kustwateren direct verlaat. Bij een volgende landing zal geen enkele Plenimaraan het overleven. Ik zou maar direct vertrekken voor ik van gedachten verander.'

Odonis boog nors zijn hoofd en liep snel terug naar de klaarliggende boot. Tamírs manschappen joelden toen hij aan boord stapte.

Met haar blik volgde Tamír het bootje totdat het halverwege tussen kust en het moederschip was, voor ze zich uitgeteld in het zand vallen. De nacht eiste nu pas zijn tol. 'Tharin, laat doorgeven dat iedereen even rust moet nemen voor we naar huis terugkeren. Iedereen,' zei ze met een veelbetekenende blik gericht op de Gezellen. Met een grijns spreidden ze hun mantels en gingen in een kring om haar heen liggen.

Ki strekte zich, leunend op zijn ellebogen, naast haar uit. Het bloed kleefde nog op zijn gezicht. Hij kauwde op een lange grasstengel en had een zeer tevreden blik.

'U hebt een aardig knokpartijtje laten zien, Majesteit,' zei hij. 'Alleen jammer dat u d'r weer eens in uw eentje vandoor ging.'

'Ik dacht dat jullie me wel bij zouden kunnen houden.'

De stengel sloeg tegen Ki's lip terwijl hij het merg eruit zoog. 'Je bent nu wel mijn koningin, maar mag ik nog steeds zeggen dat ik je een schop onder je kont zal geven als je dat nog één keer flikt?'

Het laatste restje strijdstress verdween toen ze in de lach schoot en hem een por tegen zijn schouder gaf. 'Ja, daar valt wel een mouw aan te passen, denk ik.'

Ki keek grijnzend op haar neer. 'Nou ja, aangezien je het overleefd hebt, zal ik je maar verklappen wat ik een stel van je mannen heb horen zeggen. Ze zeiden dat je zowel door Sakor als door de Lichtdrager tegelijk moet zijn aangeraakt.'

'Daar kunnen ze best eens gelijk in hebben.' Maar ze was dat korte beeld van Broer in het gewoel niet vergeten. Het was de tweede maal dat hij haar leven gered had tijdens een veldslag en ze bedankte hem in stilte.

Arkoniël was dankbaar voor die paar uur rust. Hij had nog nooit zoveel bezweringen uitgesproken in zo'n korte tijd. Zelfs Saruel zag bleek door haar gezichtstekens. Ze zaten rustig op adem te komen.

Arkoniël draaide zich om en zag Tamír en Ki lachend en pratend naast elkaar op het strand liggen. Ze leken net weer die twee jongens die ze ooit geweest waren.

Nog geen zestien jaar, maar gerijpt door tragedies en strijd, en niet de eerste koningin die zo jong de troon bestegen had. De anderen waren op die leeftijd zelfs al getrouwd en ontmaagd geweest.

En dan had je Ki. Bijna zeventien. De tovenaar zag hoe hij zich over Tamír boog en iets zei waardoor ze beiden in lachen uitbarstten.

Arkoniël voelde een bitterzoet rukje aan zijn hart toen hij zich toestond om even een kijkje in Ki's geest te nemen. Hij wist nu dat Ki met heel zijn hart van Tamír hield, maar door zijn gevoelens werd verward.

Met zijn belofte nog vers in het geheugen wendde de tovenaar zich af zonder de geest van Tamír te lezen. Hij liep naar Saruel en Kiriar die op het duin in het ruwe helmgras lagen en hij sloot zijn ogen. Elke spreuk eiste zo zijn tol, maar hij had zich nog nooit zo leeg gevoeld. Wat zouden ze Tamír te bieden hebben in een echte oorlog, als slechts één korte strijd al hun krachten vergde?

De zon stond al wat hoger toen hoorngeschal hem uit zijn gedoezel rukte. De tovenaars stonden allen kreunend op. Arkoniël gaf Saruel een hand en hielp haar op de been.

Tot zijn grote verrassing werden ze omringd door aanvoerders en strijders en werden door hen op de schouders geklopt. Anderen hielden paarden voor hen bij de teugel. Toen de tovenaars opstegen salueerden de kapiteins en begeleidden hen naar Tamír.

'Bij het Licht, dat was een fraai staaltje tovenarij vannacht!' riep Jorvai uit.

Tamír keek Arkoniël glimlachend aan. 'Het Derde Orëska heeft zijn waarde wel bewezen, denk ik. We hebben nog geen veertig man verloren. Ik vraag me af hoe het zou zijn als we alle zaken zo makkelijk zouden kunnen afhandelen,' mijmerde ze.

Jorvai snoof. 'Nou, dan zouden wij thuis bij de haard mogen blijven zitten – dank je feestelijk!'

Arkoniël kon zich niet voorstellen dat magie ooit een oorlog zou kunnen vervangen, en betwijfelde of dat wel zo'n goed plan was. Zonder oorlog hadden mensen als Jorvai inderdaad geen enkel doel meer in hun leven.

19

Herauten werden vooruitgestuurd om hun succes in Ero te melden en Tamír werd door duizenden mensen langs de weg toegejuicht. Iedereen wuifde met bloemen of zakdoeken en scandeerde haar naam.

Bij de poort van Illardi's landhuis stak ze haar zwaard de lucht in en verkondigde: 'De eer van de overwinning komt geheel toe aan Illior, de beschermer van Skala!'

Ze reden langs alle kampementen en Ero's verwoeste oosterpoort. Ze deed een plengoffer voor allen die in de strijd gevallen waren en dankte Illior.

Nadat ze op de binnenplaats van Illardi aangekomen waren, gingen de soldaten terug naar hun kazerne. De aanvoerders stegen af en volgden Tamír naar de tempel met de plaquette, waar de drie gemaskerde priesters van Afra haar al op stonden te wachten.

'Vertel eens, mijn koningin, hecht u nu meer geloof aan de visioenen van de Lichtdrager?' vroeg Imonus.

'Veel meer,' zei ze en ze overhandigde de buitgemaakte Plenimaraanse vlag. 'Ik bied Illior deze trofee aan als dankoffer. Het visioen klopte helemaal en heeft velen van ons het leven gered. We werden deze keer niet onverwacht overvallen.'

'Het is een teken, mijn koningin. Het verbond dat door Erius geschonden was is weer hersteld.'

'Zolang ik heers zal het niet meer verbroken worden.'

De volgende avond richtte Tamír een overwinningsfeest aan en in de kampen werd bier en lekkernijen bezorgd. Overal op de vlakte brandden tot diep in de nacht de vreugdevuren.

Arkoniël was blij dat hij en Iya weer aan de hoofddis aan mochten schuiven, en wel op een ereplaats, tussen de edelen.

Toen iedereen al zat kwam Tamír pas de zaal binnen. Ze droeg een donkerblauwe fluwelen jurk met borduurwerk van zilverdraad, en haar zwaard op haar zijde. De diadeem glinsterde op haar voorhoofd, en contrasteerde fraai met haar zwarte lokken.

'Ziet er knap uit zo, vind je niet?' zei Iya.

Arkoniël kon niet anders dan daarmee instemmen, al liep ze nog steeds als een kerel. Ki liep naast haar, hij zag er in zijn donkere fluwelen wambuis als een echte edelman uit en hij leek veel ouder. Zijn lange haar droeg hij in een vlecht, met de twee smalle strijdersvlechtjes langs de zijkanten van zijn gezicht. Arkoniël keek snel naar de andere Gezellen en zag dat zij dezelfde haardracht hadden, op Nikides na die zijn donkere krullen los bijeengebonden had in de nek.

'Tamírs idee, neem ik aan,' mompelde Iya. 'Ik mag dat wel. Geeft een keerpunt aan.'

Tussen de vis- en de vleesgang stond Tamír op en deed een plengoffer voor de goden en bracht een toost uit op haar aanvoerders. Toen het gejuich enigszins verstomd was, wendde ze zich tot haar tovenaars en bracht hen een saluut met haar bokaal.

'Mijn vrienden,' begon ze en Arkoniëls hart sloeg een slag over toen haar donkere ogen een seconde langer op hem gericht bleven dan op de anderen. 'Mijn vrienden, ook deze keer weer hebben jullie je grote waarde en vaardigheid bewezen. Skala dankt jullie! Het zal geen enkele tovenaar die het Derde Orëska dient aan een dak boven het hoofd en aan voldoende eten en drinken ontbreken.'

Toen ze hun maal voortzetten, boog Arkoniël zich naar Iya en fluisterde: 'Zou ze ons nu eindelijk vergeven hebben?'

'Ik hoop het maar. Om haar te beschermen moeten we nu eenmaal in haar buurt blijven.'

Het feest werd pas laat in de avond beëindigd, maar Arkoniël bleef nog wat hangen, want hij hoopte Tamír nog even apart te kunnen nemen. Ze stond op het punt zich terug te trekken en excuseerde zichzelf bij de anderen, maar trok Arkoniël mee naar een stil hoekje.

'Ja?'

Arkoniël glimlachte maar begon zich wat ongemakkelijk te voelen. 'Ik waardeer die vriendelijke woorden van je natuurlijk ontzettend, en je weet dat ik mijn leven voor jou gegeven zou hebben, maar ik... Nou ja, ik hoopte eigenlijk dat je me weer als een vriend zou willen beschouwen...'

Tamír zweeg even, keek hem recht in de ogen en stak hem een hand toe.

'Het spijt me dat ik de afgelopen tijd wat koeltjes tegen je deed. Het was allemaal ook niet makkelijk, maar nu weet ik wat we samen kunnen bereiken. Dit was voorbestemd. Jij en Iya zijn de trouwe hoeders van mijn lot geweest.'

Hij knipperde met zijn ogen omdat hij tranen op voelde komen en viel snel op zijn knieën om haar hand te kussen. 'Ik zal je nooit in de steek laten, mijn koningin.'

'Nou, ik hoop dat je me wel alleen naar bed wil laten gaan,' grinnikte ze.

'Ja, ja, natuurlijk.' Snel kwam Arkoniël overeind en maakte een buiging.

Ze draaide zich al om om te gaan, maar er was nog een vreemde blik in haar ogen – ze had een vraag, of misschien iets van twijfel. Ten slotte zei ze: 'Zeg, als ik naar Afra ga, gaan jij en Iya toch wel mee, hè? Omdat Illior ook tegen jullie gesproken heeft en zo.'

'Alleen tot Iya,' wierp Arkoniël tegen.

'Jij hebt de last ook moeten dragen. Ik wil jullie allebei mee hebben.'

'Zoals je wenst.'

'Mooi. Ik regel eerst de zaken in Atyion, dan gaan we op reis.' Ze boog zich voorover en vertrouwde hem toe: 'Ik heb er eigenlijk best zin in. Vechten en feesten vind ik wel leuk, maar dat hof houden is zo vreselijk saai! Nou, welterusten.'

Arkoniël kon een lachje niet onderdrukken toen hij haar naar haar Gezellen zag lopen en haar vervolgens naar haar kamer zag gaan.

Tamír wenste haar vrienden goedenacht en ging met Ki op weg naar hun kamer.

'Dat was een goed feestmaal,' zei Ki en hij klopte voldaan op zijn buik. 'Een goed feestmaal voor een prachtige overwinning.'

'Dat was het zeker,' zei Tamír, maar ze was in gedachten bij de vragen die haar de hele dag al bezighielden. 'Kun jij je voorstellen dat je eens tegenover Korin zult staan?'

'Je maakt je nog steeds zorgen over een oorlog met hem.'

'Jij niet dan?'

'Tuurlijk, maar wat kun je eraan doen? Hij heeft geen moeite gedaan om met je te praten, hij zit daar maar in Cirna zijn leger uit te breiden. Je denkt toch niet dat hij dat voor zijn lol doet?'

'Maar ik heb toch ook niet echt moeite gedaan om met hem in contact te komen, of wel soms?'

'Jij bent de wettige koningin. Hij moet naar jou toe komen.'

Tamír slaakte een diepe zucht en plofte in haar stoel. 'Dat zeggen Illardi en

167

de anderen nou ook steeds. Maar hij doet het niet, en het is toch een zaak van de koningin om de vrede te bewaren? Of niet soms?'

'Nou, ja, maar...'

'Ik heb dus een besluit genomen. Ik ga hem schrijven. Privé, als familie, niet als de vijand of koningin.'

'Een briefje kan vast geen kwaad,' zei Ki weifelend. 'Maar doet misschien ook geen goed.'

'Wil je een boodschapper voor me zoeken, alsjeblieft? Ik ben zo klaar.' Ze zweeg en vroeg zich af wat Iya en de generaals van haar plan zouden vinden. 'En wees een beetje discreet, hè?'

Ki gaf haar een moeizame knipoog toen hij de gang op liep. 'Moeten we nu echt zo praten, nu we volwassen zijn?'

Tamír ging naar de zitkamer naast haar slaapkamer en ging aan haar schrijftafel zitten. Met een veer in haar hand staarde ze naar het blanke vel perkament voor haar, terwijl ze naar de juiste woorden zocht. Nikides en Illardi hielpen haar met de hofcorrespondentie, maar in de brief aan Korin wilde ze haar hart laten spreken en formele hoftaal vermijden. De woorden stroomden opeens haar pen uit.

Aan prins Korin, geliefde neef en broeder, ik weet dat je over me gehoord hebt, Kor, en vernomen hebt wat er is gebeurd. Ik snap best hoe moeilijk het is om dat allemaal te geloven, maar het is toch waar...'

Toen ze eindelijk klaar was stonden de woorden onscherp op papier. Haastig veegde ze haar ogen af aan haar mouw, want ze wilde niet dat tranen de inkt zou laten vlekken. Ze tekende met: *Je liefhebbende nicht en zuster, prinses Tamír, die ooit Tobin was.* Ze had niet gemerkt dat Ki weer binnengekomen was, en achter haar was komen staan, tot hij een hand op haar schouder legde.

'Ik heb Baldus naar beneden gestuurd – Hé, wat is er met jou?'

Ze draaide zich om en sloeg haar armen om zijn middel; haar gezicht drukte ze tegen het zachte fluweel van zijn wambuis. Hij hield haar vast en even later voelde ze hoe een sterke hand haar streelde.

'Hij is het niet waard, weet je!' fluisterde hij. 'Hij is geen knip voor de neus waard!'

Ze liet hem met tegenzin los en verzegelde de brief met de dure blauwe was van haar tafel, en drukte het zegel van Atyion erin. 'Zo, dat is dan geregeld,' zei ze met een waterig glimlachje.

'Ik hoop dat je weet wat je doet,' mompelde Ki en hij klopte haar op de schouder.

Baldus kwam terug met de gezant, een jonge man met een lange blonde vlecht die bijna tot zijn middel reikte en de officiële staf met zilveren dop achter de riem van zijn blauwe tuniek gestoken.

'Rijd naar Cirna en geef dit aan prins Korin persoonlijk,' zei ze en overhandigde hem de verzegelde missive. 'Niemand anders mag hem zien, begrijp je? Vernietig hem als dat nodig is.'

De gezant drukte een kus op het zegel. 'Ik zweer het op Astellus de Gezant der goden. Als de tocht voorspoedig verloopt kan ik uw boodschap binnen een week bezorgen.'

'Goed. Wacht op prins Korins antwoord. Ik vertrek binnenkort naar Atyion, dus ik verwacht zijn antwoord daar. Ik wens je een behouden reis.'

De gezant boog en beende naar buiten.

'Eindelijk naar Atyion!' zei Ki blij.

'En dan naar Afra,' antwoordde Tamír en ze pulkte een verdwaald druppeltje was van haar schrijftafel.

'Je hebt Arkoniël nog steeds niet gevraagd wat Broer bedoeld kan hebben, hè?'

'Heb ik daar de tijd dan al voor gehad?' vroeg ze hoewel ze wist dat dat een slap excuus was. Diep in haar hart was er iets dat haar tegenhield, al zou Broer dan nog langer kwaad blijven.

'Nou, dan moesten we maar eens gaan pitten.'

Ze keek op en zag Ki nerveus staan schuifelen bij het bed.

Wil hij weer bij me slapen, of is hij bang dat ik hem dat vraag? vroeg ze zich af. Ze wist eigenlijk zelf niet wat ze wilde. Die nacht was het zo als vanzelf gegaan, toen ze zo van streek was in het donker. Nu wist ze echt niet wat ze ermee aan moest.

'Nou, eh... welterusten dan maar,' mompelde Ki en hij hakte de knoop door door snel in haar kleedkamer te verdwijnen.

'Welterusten,' zuchtte Tamír, maar ze bleef nog even aan haar schrijftafel zitten, een vel perkament vullend met kleine tekeningetjes en ontwerpen omdat ze totaal geen zin had om alleen in bed te kruipen.

20

De eerste oogst was binnen en het zaaien en planten was achter de rug. Steeds meer edelen kwamen naar Cirna om hun trouw aan de nieuwe koning te betuigen. Lutha zocht in elke nieuwe groep naar bekende gezichten. Veel waren het er niet.

Bodes reden af en aan met berichten, maar veel boodschappen waren zakelijk en ontweken onderwerpen als steun en loyaliteit. Andere heren wilden de koning alleen maar polsen, om te kunnen bepalen wie sterker stond, hij of Tobin. Allen stelden dezelfde vragen: waarom was hij niet naar Ero gemarcheerd om de hoofdstad op te eisen? Waarom bleef hij op dit afgelegen fort zitten nu het land hem zo nodig had? Waarom waren er geen ontwikkelingen in het koningshuis? Sommige heren boden de hand van hun dochter aan, onwetend van Nalia in haar toren.

Korin en de anderen kwamen terug van een vroege ochtendrit over de zuidelijke wegen toen Lutha een ruiter in volle galop zag naderen.

'Kijk eens,' zei hij en hij wees.

'Een bode,' zei heer Niryn, en hij hield zijn hand boven zijn ogen tegen de zon.

De hele stoet hield zijn paard in, en kapitein Melnoth reed met enige soldaten op hem af.

De man hield zijn paard, dat het schuim rond de mond had, pas in toen hij vlakbij was. 'Ik heb een bericht voor koning Korin!' riep hij.

'Kom verder,' zei Korin.

Het was een van Niryns mannen. 'Ik was op verkenning in Ero, Majesteit. De Plenimaranen hebben alweer een aanval uitgevoerd. Ergens ten noorden van de stad, maar prins Tobin heeft hen verslagen.'

'Ben je getuige geweest van dat gevecht, Lenis?' vroeg Niryn.

'Ja heer. Ze hebben machtige tovenaars aan dat hof, die een soort vuur-spreuken gebruikten.'

'En mijn neef?' vroeg Korin en hij wriemelde met de teugels. 'Geeft hij zich nog steeds uit voor een meid?'

'Ja, Majesteit. Ik heb een glimp van haar... eh, hem opgevangen, toen hij aanviel.'

'En?' vroeg Korin streng.

De man grijnslachte. 'Een meisje van dertien in een dozijn, Majesteit.'

De meesten uit het gezelschap moesten daarom lachen, maar Caliël en Lutha wisselden een bezorgde blik. Dit was weer een punt voor Tobin. Zijn Illio-raanse medestanders zouden dit zeker als een teken van de Lichtdrager opvat-ten. Misschien dachten Korins aanhangers dat ook wel. Ze werden steeds rus-telozer, zwaar teleurgesteld door Korins weigering om in beweging te komen en aan te vallen.

'Zal ik dit nieuws in het fort verspreiden, Majesteit?' vroeg de spion zenuw-achtig.

Korin keek Niryn aan voor hij antwoordde. De tovenaar haalde zijn schou-ders op. 'Dit soort berichten hou je toch niet tegen.'

Korin gebaarde naar de man dat hij verder kon rijden.

'Verdomme!' riep Alben uit. 'Heer Niryn, hoort u dat? Alweer een over-winning voor Tobin terwijl wij hier uit onze neus zitten te vreten!'

'Ach, het was ongetwijfeld maar een kleine inval,' antwoordde Niryn kalm-pjes. 'Dat soort verhalen wordt altijd overdreven.'

'Maakt niet uit,' zei Alben nors.

'Hij heeft wel gelijk, vind ik,' zei Lutha. 'Wíj hadden de vijand tegen moe-ten houden!'

'Hou je mond,' zei Korin. 'Ik bepaal waar we gaan of staan. Knoop dat goed in je oren, allemaal!'

Desondanks kookte Korin inwendig van woede toen ze terugreden naar het fort. Waarom Korin ook weigerde om uit te rijden, hij was al net zo gefrus-treerd als de rest.

Het bericht van Tamírs overwinning werd met net zoveel verbolgenheid en ja-loezie ontvangen als Lutha zelf had ervaren. In de grote hal werd die avond, en vele avonden erna, nog somberder gekeken en gemompeld dan voorheen. Strijders die met Korin de stad waren ontvlucht schaamden zich voor de twee-de keer. Zou er soms een kern van waarheid in de profetie zitten? hoorde Lu-tha overal fluisteren. Maar niemand durfde dat voor te leggen aan de koning.

Lutha streepte de dagen van de kalenderstok af en had aan de verjaardag van Ki gedacht. Hij en Caliël hadden die avond een beker wijn op zijn gezondheid gedronken, en vroegen zich af of hij het zelf gevierd had dit jaar. Korins verjaardag was een geforceerd, saai avondje geweest.

Tussen Korin en Caliël waren de verhoudingen nog steeds niet genormaliseerd. Cal zat nog steeds aan Korins rechterhand, maar terwijl eens alle Gezellen Korin naar zijn vertrekken hadden begeleid, leken nu alleen Alben en Urmanis nog maar welkom. Moriël de Pad lag altijd op een onverwachte plek op de loer, maar Korin scheen geen hekel meer aan hem te hebben en nodigde hem vaak uit op zijn privédrinkgelagen, tenminste op avonden dat hij niet direct doorging naar Nalia in haar toren.

Ze zagen de jonge koningin wel wat vaker de laatste tijd. Zo nu en dan schoof ze aan aan de koninklijke dis, zeker wanneer Korin alleen met zijn Gezellen at.

Zij en Korin schenen zich nog steeds niet op hun gemak te voelen in elkaars bijzijn. Korin was een liefhebbende en attente echtgenoot voor Alyia geweest, maar het was zo langzamerhand duidelijk dat hij niet zoveel genegenheid voelde voor deze vrouw. Nalia was stil, maar probeerde altijd een beleefd gesprekje aan te knopen met wie er toevallig naast haar zat. Ze had een paar keer gezien dat Lutha naar haar keek en had toen verlegen geglimlacht.

Op de lange zomeravonden wandelde ze vaak op de binnenplaats van het fort of over de vestingmuren, nooit zonder begeleiding natuurlijk. Lutha en de andere Gezellen waren daarvoor uitverkoren, maar Niryn was er ook altijd bij, wat het moeilijk maakte met haar te spreken. Bij deze uitjes was Korin altijd de grote afwezige.

Zelfs zonder haar te spreken, raakte Lutha steeds meer op de jonge vrouw gesteld. Hij was zelf niet bepaald knap, maar hij vond niet dat dat uitmaakte, niet voor een strijder, noch voor een koningin. Nalia was geen schoonheid, dat was waar, maar haar stem was warm en aangenaam en hij vroeg zich af hoe hij zou klinken als er ooit een gelegenheid zou komen dat ze vrijuit kon lachen. Ze had een vrouwelijke waardigheid waarvoor hij een diepe bewondering koesterde, maar haar ogen stonden altijd zo droevig dat hij vaak diep in zijn hart moest wenen. Het kon ook niet makkelijk zijn, dacht hij, als je wist dat het hele fort zich druk maakte of je nu zwanger was of niet. Korin ging nog steeds elke nacht naar haar toren, maar Lutha had regelmatig zijn gezicht gezien wanneer hij de trap beklom: erg gelukkig keek hij dan niet. Hij bleef hoogstens een uurtje boven en hij sliep altijd in zijn eigen bed.

Hoe dan ook, het was een vreemde manier om met je vrouw om te gaan, of ze nu mooi was of niet. Korin was aardiger geweest tegen zijn hoertjes in Ero.

'Misschien is het de herinnering aan Aliya waardoor hij zich zo gevoelloos tegenover Nalia opstelt,' opperde Barieus op een avond toen ze met een beker wijn in een van de kille wachtersruimten zaten.

'Aliya was bloedmooi, en het was een huwelijk uit liefde,' bracht Alben hem in herinnering. 'Dit mens? Als ze van mij was, zou ik haar ook ver weg in een torenkamer opsluiten met een zak over haar hoofd.'

'Dat is een monsterlijk grove opmerking, zelfs voor jou,' gromde Caliël. De spanning die in het fort hing had hun vriendschap snel doen tanen.

'Nou ja, je denkt toch niet dat hij haar in zijn eentje gekozen heeft, uit liefde of zo?' beet Alben terug. 'Ze is een meid met koninklijk bloed, en zo'n beetje de laatste in de verre omtrek, zover we weten. Dat vertelde Niryn me tenminste.'

'Jullie zijn dikke maatjes aan het worden, geloof ik,' mompelde Lutha met de beker aan zijn mond.

'Je hebt het over de koningin alsof het een rasteef uit een kennel is,' antwoordde Caliël.

Alben haalde zijn schouders op. 'Wat zou Korin dan elke avond boven op haar liggen te doen... gedichtjes in haar oor fluisteren?'

'Hou nou die smerige bek eens, zak die je d'r bent,' riep Lutha uit. 'Het is wel de gemalin van de koning over wie je het hebt. Een jonkvrouw met koninklijk bloed!'

'En jij bent haar voorvechter zeker?' Alben smeet zijn beker in de hoek en sprong op, klaar om iemand in elkaar te rammen.

Caliël sprong snel tussen hen in. 'Nou ophouden, allebei. De straf voor vechtpartijen staat nog steeds, en ik wil niet degene zijn die hem uit moet voeren!'

Alben rukte boos zijn arm los uit Caliëls greep.

'Heeft dat mens geen familie?' vroeg Urmanis zich met dikke tong af. 'Waar komt ze vandaan en hoe weten we dat het waar is wat ze over haar vertellen?'

Iedereen was er even stil van. Toen zonk Alben weer in zijn stoel, griste de beker van zijn schildknaap van tafel en dronk hem leeg. Hij veegde zijn mond af en mompelde: 'Ik heb weinig zin om dat te vragen. Korin zal me zien aankomen. Vraag jij het maar, Lutha, want het lijkt soms wel of het jouw vrouw is, zoals je haar verdedigt! Laat Korin het maar niet merken dat je een oogje op haar hebt.'

'Vuile flikker!' Lutha sprong weer overeind met een rood hoofd vanwege de beschuldiging. Caliël en Barieus hielden hem in bedwang. Alben lachte terwijl ze hem uit de kamer sleurden voor hij zijn eer kon verdedigen.

Nalia zat in haar lange hemd op de drempel van het balkon om de ochtendbries op te vangen. Ze keek naar de rode vlek in haar schoot en glimlachte. Al die buikpijn en rommel van haar maanvloed kon haar niet schelen; ze was weer een week van de gereserveerde attenties van haar echtgenoot af.

Korin kwam nog steeds bijna elke nacht bij haar, en ze weigerde hem nooit, al kon ze soms haar tranen niet in bedwang houden als hij weer vertrokken was. Hij was niet gemeen, hij was niet ruw, maar gepassioneerd kon je hem ook niet noemen. Het was plicht, hun gemeenschap, een taak die zo snel en efficiënt mogelijk moest worden uitgevoerd. Zij had er nog geen moment van genoten, en ze vroeg zich af of hij er wel plezier in had, op de fysieke ontspanning na dan. Als hij nu wreed geweest was, had ze die sprong van het balkon allang gemaakt. Maar dat was hij niet, dus berustte ze maar in haar lot.

Echte genegenheid had ze voor Niryn gevoeld, en passie, en ze was zo dom geweest te geloven dat het wederzijds was.

Maar dat was beter geweest dan haar huidige leven met Korin. Als hij niet dronken was wilde hij nog wel eens de tijd nemen om een wijntje te drinken en wat over zijn dag te vertellen voor ze de daad verrichtten. Die verhalen bleken echter voornamelijk te gaan over zijn voorstelling van hoe ze zouden opmarcheren, welke wapens ze zouden gebruiken en dat verveelde haar na een tijdje ook mateloos.

Heel soms vroeg hij haar naar haar dag en ze durfde best iets over al die lege uren te vertellen. Tot haar verrassing had hij haar vaker naar beneden meegenomen om met hem de maaltijd te gebruiken. Hij weigerde helaas haar buiten het fort te laten rijden of wandelen, want dat vond hij te gevaarlijk, maar hij werd stilaan iets attenter.

Ze had inmiddels stapels boeken, manden vol borduurspullen en schildermateriaal, zelfs een kooi vol vrolijke gele vogeltjes van hem gekregen. Af en toe werd er een cadeautje in de vorm van parfum of cosmetica gebracht, maar dat had meer weg van plagerij. Haar spiegel had nooit tegen haar gelogen en ze had al lang geleden berust in wat hij haar vertelde. Dacht die jongen nu echt dat een beetje verf haar uiterlijk zou veranderen? Het zat haar een beetje dwars dat het hem niet uitmaakte haar zulke presentjes te sturen, maar het deed haar veel pijn dat hij alleen met haar naar bed ging bij gedoofde lampen. Niryn had haar nooit het gevoel gegeven dat ze lelijk was.

Niryn. Nog steeds brak haar hart als ze aan hem moest denken. Ze kreeg de kans niet hem te vergeten: bij elke maaltijd zag zij hem, en hij wandelde met haar waarbij hij alleen maar over koetjes en kalfjes praatte, alsof ze elkaar amper kenden. Ze besefte maar al te goed dat dit spelletje hem genoegen verschafte, omdat hij wist dat ze nooit de waarheid aan Korin kon vertellen, stel dat ze daar ooit de moed toe had.

O, wat verlangde ze daarnaar! Ze droomde ervan de waarheid uit te schreeuwen, zodat Korin zich zou kunnen wreken op haar verleider. De Korin uit haar dromen was een warmere, lievere man dan die uit de nuchtere realiteit. Ze wenste zo vaak dat hij niet zo verdomd knap was en zo koel en beleefd. Ze kon zichzelf er niet toe brengen hem te haten zoals ze Niryn haatte, maar hem liefhebben was ook weer te veel gevraagd.

Nu ze hier zat, met de koele zeebries rond haar gezicht, beschouwde ze de felrode vlek op het linnen als een gunstig teken. 'Tomara, zeg mijn echtgenoot dat mijn bloed weer gekomen is.'

De oude vrouw bekeek de stof en Nalia zag dat ze in stilte op haar vingers telde. 'Tja, vrouwe. Wat jammer toch!'

'Waarom zeg je dat?'

'Nou, u bent weer niet zwanger en hij doet toch zo zijn best!'

Nalia stond versteld van die afkeurende opmerking. 'Nou lijkt het net of het mijn schuld is. Heb ik al die pogingen niet zonder klagen doorstaan?'

'Natuurlijk hebt u dat, vrouwe. Maar hij heeft al verscheidene kinderen verwekt bij andere dames.'

'Andere dames?' zei ze zacht, want daar had ze nooit bij stilgestaan.

Tomara klopte haar op de hand met een bezorgd lachje. 'Er bestaan nu eenmaal vrouwen wier baarmoeder versteend is, vrouwe, en hoe vaak de man ook een zaadje plant, een kind komt er niet. Als uw schoot leeg blijft, wat moet onze jonge koning dan doen om een erfgenaam te krijgen?' Ze schudde haar hoofd en begon de kamer op te ruimen.

Een versteende baarmoeder? Nalia drukte haar vingers tegen haar lippen, want ze wilde de stille hoop die ze voelde niet verraden. Van Niryn was ze immers ook nooit zwanger geworden! Als haar schoot leeg bleef was ze nutteloos voor Korin. Misschien zou hij haar dan wegsturen en een ander in haar plaats kiezen zodat ze weer vrij was!

Ze bracht zichzelf snel tot bedaren en nam haar borduurring. 'Heeft mijn echtgenoot echt kinderen bij andere vrouwen? Dan kan hij daar toch een erfgenaam uit kiezen. En zijn eerste vrouw dan?'

'Och, dat is zo'n triest verhaal. Ze droeg twee keer een kind onder het hart, maar het eerste verloor ze te vroeg en ze stierf bij de bevalling van het tweede.'

'En dat kind?'

'Stierf vrijwel tegelijkertijd, de arme kleine. Als hij nog bastaardkinderen heeft, dan zou ik niet weten bij wie. Maar hoe dan ook, alleen een raszuivere erfgenaam is goed genoeg, zegt heer Niryn. En dat maakt u tot parel in de kroon, vrouwe. U hebt het bloed en heer Niryn zegt dat uw familie voornamelijk meisjes voortbrengt. Als u de koning een dochter schenkt, wie kan dan haar aanspraak op de troon betwisten? Zeker die travestietenprins in Ero niet!'

Ze maakte het teken om ongeluk af te weren. 'Zwarte kunst of pure leugens, zo is het, niet anders! Net zo knettergek als zijn moeder, dat is ie, zeggen ze.'

'Prins Tobin bedoel je?' Korin sprak maar zelden over zijn neef, behalve om hem 'usurpator' en 'de waanzinnige' te noemen.

'Je arme echtgenoot is altijd als een broer voor hem geweest. Maar bij de Slag om Ero ging prins Tobin ervandoor en nu is hij teruggekeerd met een bende overlopers die zeggen dat hij eigenlijk een meisje is en dat hij hun koningin is!'

Nalia staarde haar aan en barstte toen in lachen uit. 'Je gaat me toch niet vertellen dat er mensen zijn die daar ingetrapt zijn?'

'Waarom denk je anders dat we hier zitten, mijlenver van de hoofdstad?' vroeg Tomara. 'Verraders en dwazen dat zijn het, maar het zijn er genoeg die zeggen dat die knul recht op de troon heeft. Dat wordt nog oorlog, let op mijn woorden, als ze het tenminste tegen koning Korin op durven te nemen! Wat een malligheid! Die Illioranen, een stelletje zwarte tovenaars en een bende mesjokke priesters, die zitten erachter, zeggen ze.' Haar ogen stonden koud en kwaad. 'De oude koning, die wist hoe hij ze aan moest pakken. Op de brandstapel en weg ermee. Zo niet, dan zie je wat ervan komt. Nee, vrouwe, je moet een dochter voor je echtgenoot baren; dat heeft hij, en binnenkort je land, echt nodig.'

Zoals Nalia gehoopt had hield het nieuws van haar ongesteldheid Korin een paar dagen uit haar buurt. Ze borduurde en speelde kaart met Tomara en las haar boeken over ridders die stierven uit liefde voor een vrouwe. Tomara bracht haar speciale aftreksels, gemaakt van veenbesblaadjes, honing en eenhoornwortel, om haar schoot vruchtbaarder te maken.

De gedachten aan zijn eerste vrouw en de kinderen van wie hij de vader was, lieten haar niet los, hoe vreemd ze dat ook vond. Ze was niet jaloers, maar ze verveelde zich dood en elke roddel gaf weer stof tot nadenken.

'Kun je dat niet uitzoeken, Tomara? Hij is tenslotte mijn echtgenoot.

Zoiets mag ik toch weten? Misschien helpt dat,' fleemde ze, want ze voelde dat ze Tomara's aandacht had. 'Ik wil hem zo veel mogelijk behagen,' loog ze. 'Er moeten toch een paar vrienden zijn die zijn... smaak kennen?'

Gelukkig was Tomara ook verzot op roddels en was het niet moeilijk haar over te halen dit uit te zoeken. Toen ze die avond het dienblad met het avondeten binnenbracht, glimlachte ze veelbelovend.

Nalia sloeg haar handen ineen. 'Je hebt iets opgevangen, ja toch?'

'Tja, misschien,' plaagde de oude vrouw haar toen ze naast de haard ging zitten om te eten.

Nalia kuste haar, want zo had ze als kind haar kindermeid verleid om geheimpjes te verklappen. 'Kom op, met wie heb je gepraat?'

'De kamerheer van je man. Hij vertelde me dat de koning geen enkel levend kind meer heeft! Niet eens een bastaard ergens. Er zijn veel bolle buiken geweest, maar geen kind heeft het overleefd.'

'Niet één? Wat zielig!' zei Nalia en ze vergat even waarop ze gehoopt had. 'Geen wonder dat Korin soms zo terneergeslagen is als hij bij me komt.'

'Tja, pech is het wel,' mompelde Tomara en beet, met een schalkse blik, op een korst brood.

'Er is nog wat, ja hè?'

'Nou, dat mag ik je eigenlijk niet vertellen...'

'Tomara... Ik beveel het!'

'Nou ja het zijn maar roddels, hè. Soldaten zijn nog erger dan oude wijven wat dat betreft, en bijgelovig bovendien.'

'Vertel op!' riep Nalia en ze moest zich inhouden het mensje niet te knijpen.

'Nou, het moet wel onder ons blijven, vrouwe. Ik heb een paar soldaten horen smoezen. Ze fluisterden dat Korins zaad vervloekt is, omdat zijn vader de troon van zijn zuster heeft weggekaapt. Maar prinses Ariani was zo gek als een prei, en ze had geen dochter. Het meisje van de tweeling werd doodgeboren, of misschien heeft ze het kind zelf vermoord. Het fijne weet niemand ervan. Niet zo raar dat haar zoon ook een beetje geschuffeld is.'

'O, je maakt mij nog gek, met dat gebabbel. Wat kan mij die Tobin nou schelen! Vertel nou over Korin!'

'Het heeft te maken met de profetie. Daar heb je toch zeker wel van gehoord?'

'De Profetie van Afra, bedoel je? Zijn de oude koning en mijn man daardoor vervloekt?'

'Dat willen de Illioranen ons doen geloven,' snoof Tomara. 'Al die droogte, plantenziekten en de pest? Allemaal omdat er geen dochter van Thelátimos op de troon zit? Nou, de regen is toevallig deze lente wel mooi gevallen!'

Nalia dacht erover na. 'Maar koning Erius is dood. Misschien is de vloek daardoor opgeheven.'

'Wat niets zegt over de rechtmatigheid van de Illioraanse aanspraak op de troon. Dus kan die andere prins beter ruim baan maken voor de nieuwe koning. Korin heeft er veel meer recht op, omdat hij het kind is van Agnalains eerstgeborene.'

'Maar hoe zit dat nou met die vloek op Korins kinderen?' vroeg Nalia nieuwsgierig.

Tomara boog zich voorover en fluisterde: 'Ze zeggen dat hij alleen maar mismaakte monstertjes kon voortbrengen, al gestorven in hun moeders schoot.'

Nalia huiverde ondanks de hitte die ook 's avonds bleef hangen. 'Zijn eerste vrouw, die is toch bij de bevalling gestorven?'

Tomara begreep meteen dat ze te ver was gegaan. 'O, diertje! Zij had geen koninklijk bloed! Dus helemaal niet zoals jij. De oude koning is dood, en nam de vloek mee in zijn graf. De zon schijnt op jou en de nieuwe koning. Je bent de laatste, zie je! Want met die twee prinsen die restten, ben jíj de dochter van Thelátimos, en je kinderen hebben weer alle recht op de troon. Je wordt de moeder van een hele nieuwe lijn koninginnen!'

Nalia knikte dapper, maar ze kon die avond geen hap meer door haar keel krijgen.

Na zes dagen was het bloeden gestopt en de zevende nacht al hervatte Korin zijn vreugdeloze bezoekjes, soms zo dronken dat hij nauwelijks de boel omhoog kreeg.

Tomara bracht haar steeds meer bekers met het aftreksel, en Nalia deed net of ze dronk, maar goot ze leeg in het privaat als de oude vrouw even niet keek.

21

Ze bleven lang genoeg in Ero om Ki's naamdag daar te vieren. Het was maar een klein feestje dit jaar, alleen met de Gezellen en een paar goede vrienden maar met veel wijn en honingtaart. Tamír dronk gezellig mee, hoewel ze wel merkte dat ze Ki nu met andere ogen bekeek. Ki plaagde de nieuwe schildknapen omdat ze aan hun strijdersvlechtjes zaten te friemelen. Het waren eigenlijk nog maar kinderen, maar hij was nu een volwassen man.

Een leeftijd om aan trouwen te denken.

Sinds die avond van het overwinningsmaal sliep hij weer op zijn veldbed in de inloopkast, alsof er niets tussen hen was gebeurd. *Misschien is er ook niets gebeurd,* dacht ze bedroefd.

Ze dronk meer wijn dan gewoonlijk en werd de volgende ochtend met een kater wakker. Terwijl de colonne op weg ging naar Atyion, zag ze ook de anderen knipperen tegen de felle zon.

Ki was het fitst van hun allen. 'Voel je je niet lekker?' plaagde hij en hij grijnsde toen ze hem boos aankeek.

Tamír reed voorop met haar Gezellen en de tovenaars, opgedirkt om indruk te maken in haar wijde jachtkledij onder haar borstkuras en zwaardgordel.

De grote stoet gebruikte de hele weg, met wapperende banieren en wapenrustingen blinkend in het zonlicht. Bagagewagens en voetvolk bevonden zich achteraan. Maar vandaag bestond de colonne niet alleen uit soldaten. Illardi, Iya en Nikides waren wekenlang druk doende geweest met het vinden van de overlevende klerken en hofdignitarissen die eerder voor Erius hadden gewerkt. Ze werden getest op hun loyaliteit en de meesten zwoeren trouw aan de nieuwe koningin, sommigen uit toewijding aan wie ze was en representeerde, anderen omdat ze hoopten hun positie aan het hof te kunnen behouden.

Nu reden er bijna veertig man mee op de bagagewagens: klerken, hofmaar-schalken, archivarissen, bodes, baljuws en rentmeesters.

Het aantal mensen dat langs de weg stond om de stoet uit te zwaaien was kleiner en klonk minder opgetogen dan een paar dagen eerder, na hun over-winning op de Plenimaranen. Ze stonden er nogal gelaten bij.

'Laat ons niet te lang alleen, Majesteit!' riepen ze. 'Blijf bij ons in Ero!'

Omdat hij vlak achter Tamír en de andere tovenaars reed, voelde Arkoniël wel dat die woorden haar raakten. Ze was jong en verlangde niets dan liefde van haar volk.

Zodra ze goed op weg waren, keerde Arkoniël zijn paard om te zien hoe zijn jongere garde het maakte, die de lange reis in een grote boerenwagen maakten.

Het was een comfortabele huifkar, met op de bodem een berg zacht stro waarop de kinderen konden liggen. Ethni was teleurgesteld geweest dat ze bij de kleintjes moest blijven, en had erop gestaan de wagen te mennen. Wythnir zat naast haar op de bok en zwaaide toen hij Arkoniël in de gaten kreeg. Rond hen liep een boel voetvolk mee, dat versteld stond van de kleine trucs die de kinderen deden. Ze knikten eerbiedig naar Arkoniël en maakten plaats zodat hij naast de wagen voort kon rijden. Sinds de slag op het strand waren de tove-naars bij de gewone soldaten heel wat in achting gestegen. De kinderen ston-den op en klemden zich vast aan de rand van de wagen toen ze hem zagen.

'Zijn we d'r al?' vroegen ze.

'Ik moet plassen!' verklaarde Danil.

'Hij is al twee keer geweest sinds we op weg zijn,' zei Rala en ze rolde met haar ogen.

'Dat moet je zelf maar regelen,' antwoordde Arkoniël. 'Hoe is het met jou?' vroeg hij Wythnir.

Het kind haalde zijn schoudertjes op.

'Kom op nou, wat scheelt eraan?' zei Arkoniël afkeurend, want hij kon het antwoord al raden.

'Niks,' mompelde het kind.

'Dan hoef je niet zo'n lang gezicht te trekken.'

Wythnir trok zijn hoofd tussen zijn schouders en mompelde: 'Dacht dat je weer weg was gegaan. Zoals eerst.'

'Toen ik je in de bergen alleen liet, bedoel je?'

De jongen knikte. 'En toen je ging vechten.'

Ethni had hem verteld hoe van streek de jongen geweest was, maar er was niets aan te doen geweest. Hij moest nu maar eens leren dat voor Arkoniël Tamír op de eerste plaats kwam.

Hoe dan ook, hij deed zijn best het weer goed te maken. Arkoniël kon alleen maar raden naar het leventje dat het kind geleid had voor hij als afbetaling van een schuld bij de norse tovenaar Kaulin terechtkwam. Zover Arkoniël wist had hij het kind niet echt wreed behandeld, maar schonk hij er net zo veel aandacht aan als een hond, voor hij het jongetje achteloos aan Arkoniël overdeed.

Arkoniël verschoof de tas die aan zijn zadelknop hing en stak zijn hand uit om hem voor zich in het zadel te tillen.

'Maar kijk nou eens, ik neem je deze keer helemaal mee, naar die grote stad waarover ik verteld heb,' zei hij en hij sloeg een arm om Wythnirs middel. 'Daar mogen we allemaal in een echt kasteel wonen.'

'Heer Nyanis zei dat er een heleboel poezen met jonkies zijn,' zei Rala vanaf de wagen. 'Denk je dat koningin Tamír ons daarmee laat spelen?'

Arkoniël grinnikte. 'De katten van Atyion zijn eigen baas en spelen met wie ze willen.'

'Blijft u daar bij ons, meester?' vroeg Wythnir.

'Natuurlijk. Behalve als de koningin wil dat ik haar even help, zoals bij het gevecht op het strand. Maar toen kwam ik toch ook meteen weer terug?'

Wythnir knikte. 'Ja. Toen wel.'

Toen Atyion een paar dagen later in zicht kwam scheen de zon en de enorme torens van het kasteel staken fel wit af tegen de blauwe hemel.

'Deze keer hebben ze jouw vlaggen tenminste gehesen,' merkte Ki op.

Banieren stonden op de kantelen en vlaggen wapperden aan honderden huizen alsof het festivalweek was.

Lytia en een hele groep bedienden kwamen hen buiten de stad al tegemoet gereden. De grijze hofmeesteres hield haar telganger in en kwam naast Tamír rijden. 'Welkom thuis, Majesteit! Je kasteel is helemaal klaar voor je verblijf en dat van al je gasten. Voor vanavond is er een feestmaaltijd voorbereid. Ik heb op tweehonderd man gerekend. Klopt dat ongeveer?'

'Ja, dat lijkt me prima,' antwoordde Tamír, zoals altijd verbaasd over het organisatietalent van de vroegere sleuteldraagster. 'Je hebt goed op mijn landgoed gepast, zoals altijd, en die hulpzendingen voor Ero waren fantastisch. Ik hoop dat ze het volk hier niet te veel hinder bezorgd hebben?'

'Atyion is rijk op elk gebied,' verzekerde Lytia haar. 'De mensen hebben allemaal meer dan genoeg en delen graag met hun minder bedeelde broeders en zusters in Ero. Klopt het dat je de rest van de stad helemaal in de as legt?'

'Het moet gebeuren.'

Lytia knikte, maar Tamír zag hoe haar blik over haar eigen fraaie stad gleed, alsof ze zich probeerde voor te stellen wat zo'n ramp hier teweeg zou brengen. De hofmeesteres was de vertegenwoordiger van de kasteelvrouwe tijdens haar afwezigheid. Ze was Tharins tante en hij had verteld dat zijn familie al sinds mensenheugenis in dienst was geweest bij Tamírs familie. Ze nam haar taken hoogst serieus op en hield van het kasteel en de stad alsof ze van haar waren.

De burgers stroomden toe om Tamír toe te juichen. Achter de wijngaarden, op het golvende grasland tussen stad en zee, werd een nieuwe wijk met houten en stenen huizen gebouwd, bedoeld voor de vluchtelingen uit Ero.

'Je bent weer druk geweest, zie ik.'

'We rekenen voorlopig op duizend man, Majesteit. Ze noemen het dorp nu al Koninginnestad, ter ere van jou.'

Tamír moest erom lachen maar toen ze de kasteelpoort naderde trof haar een gruwelijk beeld. De trieste resten van hertog Solari's lijk hingen nog steeds aan de borstwering erboven. Het was onherkenbaar geworden: zwart rottend vlees en wat botten staken uit het fletse groen van zijn verschoten zijden kleren. 'Waarom is hij nog niet losgesneden?' vroeg Tamír.

'Hij was een verrader, dus wordt hij behandeld als een verrader,' antwoordde Lytia. 'Het is de gewoonte het lijk voor de vogels te laten hangen, als waarschuwing voor de anderen.'

Tamír knikte, maar de aanblik zat haar niet lekker. Heer Nyanis, die naast haar reed, trok wit weg door de aanblik van zijn vroegere vriend.

Misschien was hij dan uiteindelijk verrader geweest, maar zij hadden hem hun leven lang gekend. 'Wat is van vrouwe Savia en de kinderen geworden?'

'Die zijn naar hun landgoed teruggekeerd. Maar hun oudste zoon, Nevus, heeft de overlevenden van zijn vaders troepen om zich heen verzameld en trouw gezworen aan Korin. Ik hoorde van Savia dat hij zich heeft voorgenomen zijn vaders dood op jou te wreken.'

'Wat ben je van plan daartegen te doen?' vroeg Nyanis.

Tamír zuchtte. 'Als vrouwe Savia haar loyaliteit aan mij betoont, mag ze van mij blijven zitten waar ze zit.'

'Wees niet te goed van vertrouwen,' waarschuwde Tharin. 'Haar man was wispelturig, en maakte deel uit van vals geteisem, en zij heeft ook geen reden om veel genegenheid voor je te koesteren.'

'Nou, dat zoek ik dan later wel uit. Als haar zoon de troepen van het landgoed mee heeft genomen, vormt ze niet direct een bedreiging voor ons, wel?'

Op het graslandje tussen de gordijngevels van de vesting graasde vee en scharrelden kippen en eenden rond. De binnenplaatsen stonden vol soldaten, en alle tuinen stonden vol bontgekleurde bloemen. Een lange haag van bedienden in livrei stond Tamír op te wachten. Ze steeg af en gaf haar teugels aan de stalknecht. Ze sprak hem even toe en beende toen naar binnen.

Ze stond even stil in de ontvangstkamer bij de schrijn en offerde wat veertjes aan de Vier. Terwijl ze ze boven het vuurpotje liet dwarrelen, streek er iets langs haar been. Ze keek naar beneden en zag Meester Streepstaart die haar met lome groene ogen aankeek. Ze tilde de enorme rode kater op en vertrok haar gezicht toen hij een flink kopje tegen haar geschaafde kin gaf. Hij begon luid te spinnen en kneedde haar arm met zijn grote poten en al zijn teentjes. 'Zou hij blij zijn dat je terug bent?' grinnikte Ki.

Ze liet Streepstaart op de grond glijden en hij liep netjes met haar mee toen ze door de lange open gang naar de grote zaal ging. Van onder elke tafel kwamen andere katten haar begroetten, alsof ze al die tijd op dit moment gewacht hadden.

De namiddagzon viel door de hoge ramen naar binnen, en verlichtte de rijk geborduurde wandkleden en oorlogstrofeeën aan de muren, en de ontelbare zilveren en gouden bokalen op de oude, donker verkleurde eiken wandtafels. De eettafels stonden op de verhoging met het baldakijn en waren gedekt met het fijnste witte linnen en kleurige zijden tafellopers. Een heel regiment bedienden in blauw livrei was druk in de weer met bekers en borden.

Thuis, dacht ze, het woord tintelde op haar tong terwijl ze om zich heen keek. Ze was er nog steeds niet aan gewend; thuis was eigenlijk nog steeds Alestun, al woonde ze nu al jaren aan het hof.

Edelen en hofdames liepen overal, want velen hadden hun intrek genomen in wat nu het koninklijk paleis was. Er was plaats genoeg, wel honderd kamers telde het enorme gebouw met de twee ronde torens.

'Zo zag het eruit in de tijd dat je vader hier woonde,' zei Lytia toen ze haar naar de kamer met de zwanenwandkleden bracht. 'Je brengt dit kasteel weer tot leven. Al nagedacht over het protocollaire deel? En eigenlijk moet je een festival organiseren, want het volk heeft nog geen kans gehad om jou als staatshoofd te eren, en die arme lieden uit Ero kunnen ook wel een verzetje gebruiken.'

'Misschien.' Tamír liep naar het raam terwijl Baldus en Ki de bedienden met de bagage in het oog hielden. Streepstaart sprong op de vensterbank en ze aaide hem wat afwezig.

Vanaf hier kon ze de paarden en kudden koeien zien die naar de kraal werden gedreven. 'Het ziet er meer uit op de voorbereidingen voor een belegering dan op een festival.'

'Ik vond het het veiligst, in deze onzekere tijd. Al wat van prins Korin gehoord?'

Tamír schudde haar hoofd en ze vroeg zich af of de gezant wel veilig in Cirna was aangekomen.

Tamír maakte een ronde langs alle onderdelen van de uitgestrekte landerijen en werd blij verrast door de rapportages van de rentmeesters en pachters. De zomertarwe stond te rijpen en aan de wijnstokken hingen zware druiventrossen. Volgens de baas van de stoeterij – weer zo'n familielid van Tharin – waren er afgelopen lente driehonderd veulens geboren in de koninklijke stallen – zo'n aanwas had hij nog niet eerder meegemaakt.

Het kiezen van haar minder belangrijke hovelingen liet ze aan Nikides en Lytia over, en de twee bleken van onschatbare waarde wat betreft hun kennis over zulke details. Een koninklijk hof had een waar leger van functionarissen nodig. Haar voornaamste ministers koos Tamír met hulp van Tharin en de tovenaars. Jorvai en Kyman wilden niets te maken hebben met hofzaken en vroegen haar nederig om gewoon aanvoerders te mogen blijven. Nyanis – charismatisch, intelligent en erg slim – zou generaal blijven, maar zou tevens de leiding over de gezanten worden, die de edelen moesten bezoeken die nog niet voor haar gekozen hadden.

Hertog Illardi had zijn waarde al ruimschoots bewezen en ze benoemde hem tot hoofd van de kanselarij. Tharin werd onder druk gezet om nu eindelijk eens de titel van hertog te aanvaarden, en hij werd tot Beschermheer van Atyion benoemd, belast met de verdediging van het kasteel en de koningin. Ki was koppiger en weigerde elke vorm van status en bracht haar dat in niet mis te verstane bewoordingen aan het verstand, maar niet eerder dan dat ze weer alleen waren.

Nikides bleef voorlopig een Gezel en kroniekschrijver, maar nam ook de functie van Secretaris van de Koningin aan, waardoor hij werd belast met haar correspondentie en petities. Ook regelde hij de volledige administratie en nam hij klerken aan.

Op Tamírs voorstel was een van de eerste schrijvers die hij in dienst nam de jonge Bisir, die ze in heer Oruns huishouden had leren kennen. Ze was niet vergeten hoe hij haar geholpen had, noch zijn aangename gezelschap toen ze ingesneeuwd hadden gezeten in de burcht.

'U bent te goed voor me, Majesteit!' riep Bisir uit toen hij zijn opwachting mocht maken aan het hof. Hij was nog steeds een mooie en zachtaardige knaap. De vriendelijkheid die hij van haar, en van de vrouw uit Atyion die hem het schoonschrijven leerde, ontvangen had, hadden die uitdrukking als van een opgejaagde haas eindelijk van zijn gezicht verdreven.

'Dat waren nare tijden voor ons allebei,' herinnerde Tamír zich. 'Jij was een van de weinigen die aardig voor me was. Maar je zag ook veel van Oruns sluwste en plannetjes smedende vrienden. Ik zal veel baat van die kennis hebben. Laat het me alsjeblieft weten als je hier iemand ziet rondlopen die je herkent, en vertel me dan alles wat je je herinnert over hun zaken met mijn voogd en mijn oom.'

Bisir knikte ernstig. 'Ik had nooit gedacht dat ik dankbaar zou zijn voor de tijd dat ik daar in dienst was, Majesteit. Ik voel me zeer vereerd dat u denkt dat ik voor u van nut kan zijn.'

Over de tovenaars moest ook worden nagedacht. Veel van haar vazallen, die niet in Ero waren geweest, koesterden nog een diep wantrouwen jegens de tovenaars.

'Het is van het grootste belang dat men ons als bondgenoten beschouwt, net zoals je generaals,' adviseerde Iya. 'Niryn heeft een wrange nasmaak bij de mensen opgeroepen. Het Derde Orëska moet als loyaal gezien worden en boven elke aantijging verheven.'

'Ik vertrouw erop dat jullie hen dat zullen bewijzen,' antwoordde Tamír.

Lytia had aangename vertrekken voor hen gevonden in de westelijke toren, met uitzicht op de besloten tuinen.

Tamír vond het belangrijk om vaak de zaal waar de tovenaars oefenden te bezoeken en ze werd altijd hartelijk ontvangen, vooral door de kinderen. Ze genoten ervan haar hun nieuwste toverkunstjes te laten zien, en lieten vrolijk eikels en lepels rond haar hoofd vliegen of maakten vuur zonder splinters of hout.

Koeriers kwamen haast elke dag boodschappen uit steden aan de kust of de westelijke heuvels brengen. De oogsten waren geslaagd, ziekten waren overal uitgebannen, zelfs gedurende de hondsdagen in de zomer. Veel dorpen waren nog verlaten, en tegelijkertijd zwierven er nog veel weduwen en wezen door het land, die huis en haard hadden verloren, maar de hoop op een beter leven nam elke dag toe door de besluiten die in Atyion genomen werden.

Tamír deelde die hoop voor haar land, maar zelf was ze minder gelukkig.

Haar vriendschap met Ki was voor niemand meer een geheim. Hij was altijd bij haar in de buurt en had een kamer naast de hare. De andere Gezellen logeerden daar ook, maar geen van hen hielp zoveel roddels in het leven als hij. Jaloerse hovelingen fluisterden 'grasridder' en 'lievelingetje van de koningin' en dachten dat ze het niet zou horen. Maar ze hoorde het wel, net als Ki. Hij droeg de last stoïcijns en wilde er niet over praten, zelfs niet met haar. Hij werd alleen wel wat voorzichtiger door veel minder vaak alleen met haar in haar kamer te zijn. Hij sleepte Lynx en de anderen mee en vertrok samen met hen. Ze reden samen, deden zwaardgevechten en oefenden met pijl en boog zoals ze altijd hadden gedaan, maar de ragfijne draad van aantrekkingskracht die ze dacht die nacht gevoeld te hebben leek verbroken. Alleen, of met Baldus en de kat in het grote bed, verwerkte Tamír haar nachtmerries en droeg ze de bezoekjes van Broer. Ze werd verscheurd door pijn en bezorgdheid om de eer van haar vriend, maar ze was veel te trots om iemand raad te vragen. Dat had ze immers nooit gedaan; al in haar vroege jeugd had ze zulke lasten in haar eentje gedragen.

Dat mocht dan zo zijn, de pijn verdween er niet door. Soms, als de slaap niet wilde komen, ging ze schuchter met haar handen onder het dek op ontdekkingsreis, met trillende vingers glijdend over de rondingen en de plooitjes.

Haar spitse borstjes werden al iets ronder, maar klein bleven ze wel. Haar heupen en ribben waren zoals altijd nog vlak onder haar huid te zien, en gordeltjes voor de maandelijkse lappen moesten ingenomen worden om te voorkomen dat ze van haar smalle heupen gleden. *Het zijn Tobins heupen*, dacht ze somber. Het minst van al durfde ze het verborgen spleetje tussen haar dijen aan te raken. Na al die maanden miste ze nog steeds dat wat daar eerst had gehangen, dat troostende gewicht van het lid en de balzak tegen haar dij. Na dat donzige driehoekje was nu enkel nog die geheimzinnige kloof die ze nauwelijks durfde aan te raken. Uiteindelijk dwong ze zichzelf ertoe, en stond versteld van de fluwelen zachtheid en de gevoelens die een vlinderzachte aanraking opleverde. Het was er warm, en vochtig, helemaal niet zoals het vroeger had gevoeld, en het liet de geur van de oceaan op haar vingers na. Ze draaide zich op haar buik en begroef haar brandende gezicht in de koelte van haar kussen, niet in staat die krachtige mengeling van verwondering en walging te verdragen.

Wat ben ik nu eigenlijk?

En vlak daarna: *Wat ziet hij nu echt wanneer hij naar me kijkt? Blijft hij daarom soms weg?*

Nooit had ze Lhel zo ontzettend gemist. Wie anders zou haar begrijpen? Liggend in het donker, haar tranen inslikkend, zwoer ze zo snel ze kon naar de burcht terug te gaan. Bijna opgelucht merkte ze dat Broer binnen was gekomen.

'Wat zie je als je naar me kijkt?' vroeg ze zacht.

Wat ik altijd zie, Zusje, antwoordde hij. *Ik zie degene die mijn leven heeft. Wanneer zul je me nu eens rust schenken?*

'Ik wil zo graag dat je vrij bent om te gaan,' zei ze. 'Ik wil dat we allebei vrij zijn. Kun je me niet wat meer vertellen?'

Maar zoals elke keer had ze niks aan hem.

Overdag moest ze zulke gedachten wel uit haar hoofd bannen, maar er waren genoeg zorgen die het daglicht wel verdroegen. Weken gingen voorbij, maar ze keek elke ochtend weer tevergeefs de audiëntiezaal door of haar gezant inmiddels uit Cirna was teruggekeerd.

Arkoniël merkte haar afwezigheid en op een dag nam hij haar na de ochtendzitting even apart in de galerij. Zoals gewoonlijk liep Ki met hen mee. Overdag was hij haar trouwe schaduw.

'Je hebt mijn gedachten toch niet gelezen hè?' vroeg ze argwanend.

'Natuurlijk niet. Ik merkte alleen dat je telkens zo teleurgesteld lijkt als er een gezant wordt aangekondigd.'

'O. Nou ja, je mag het ook wel weten, ik heb Korin een brief geschreven.'

'Dat is het dus. Je denkt nog steeds dat er met Korin te praten valt?'

'Misschien wel, als ik hem los kan weken van die Niryn.'

'Wat denk jij daarvan, Ki?' vroeg Arkoniël.

'Tamír weet wat ik ervan denk,' zei Ki en fronste zijn wenkbrauwen. 'Zodra ik hem zag wist ik al dat hij een watje was. Korin mag dan het hart op de goede plaats hebben, maar als het erop aankomt heeft ie de ruggengraat van een mossel. We zagen het al in dat eerste gevecht dat we voerden, tegen die bandieten, en later weer in Ero. En hij laat zich altijd het verkeerde pad op sleuren door Alben en de anderen. Nu loopt ie weer achter Niryn aan.'

'Hm. Maar je moet het feit dat Korin denkt dat hij echt de rechtmatige koning is toch serieus nemen.'

'Maar wat moet ik dan?' vroeg Tamír wanhopig.

'Eyoli heeft aangeboden naar het noorden te gaan. Ik neem aan dat hij het hof binnen kan komen om daar jouw ogen en oren te zijn. Zijn magie is te zwak om de argwaan van de Haviken te wekken, maar met die geestbeneveling van hem is hij daar wel een perfecte spion.'

'Om voor de tweede keer zijn leven voor me in de waagschaal te leggen?' vroeg Tamír. 'Hij is volgens mij de dapperste tovenaar van jullie hele groep.'

'Hij ligt aan je voeten en dweept met alles waar je voor staat. Zal ik zeggen dat hij mag gaan?'

'Ja. Al komt hij maar te weten of Barieus en Lutha nog leven.'

Toen Arkoniël weg was, zuchtte Ki en schudde het hoofd. 'Als ze nog bij hem zijn, dan hebben ze daarvoor gekozen.'

Over de rest zweeg hij, maar ze wist waaraan hij dacht. Als hun vrienden die keuze hadden gemaakt, dan waren er nog twee mensen die ze liever niet tegen zou komen als het tot een veldslag kwam.

Ze wilde zich al omdraaien, maar Ki pakte haar bij de arm en kwam vlak bij haar staan, waarbij hij haar indringend aankeek.

'Je ziet een beetje bleek, de laatste dagen, en je wordt magerder, en...' Zijn andere hand omvatte haar schouder alsof hij verwachtte dat ze ervandoor wilde gaan. 'Nou ja, je ziet er uitgeput uit. Je houdt dit niet lang meer vol, zo.'

'Hoe bedoel je?' vroeg ze, en ze was bang dat hij haar angsten om hem toch van haar gezicht kon lezen.

Hij glimlachte en ze voelde een rilling langs haar rug gaan. Ze voelde de warmte van zijn handen door de mouwen van haar jurk. Ze kon de warmte van zijn adem op haar wang voelen en rook de rijpe peer die hij gegeten had. Ze was zo opgegaan in haar gevoelens dat ze zich afvroeg of zijn lippen nog naar de vrucht zouden smaken...

'Je hebt jezelf geen moment rust gegund sinds Ero viel, Tamír. Er is nu geen gevecht aan de gang en die verdomde hovelingen hebben het recht niet je zo af te matten. We zouden er even tussenuit moeten knijpen en jagen en vissen – gewoon even helemaal weg zijn.' Hij gebaarde naar de troonzaal. 'Verdomme, ik maak me zorgen om je en ik ben de enige niet.'

Hij klonk weer precies als de oude Ki, en tranen sprongen in haar de ogen. 'Zie je nou wel?' mompelde hij en hij sloeg zijn armen om haar heen.

En voor de zoveelste keer voelde Tamír zich een verscheurd wezen – de helft van haar was nog steeds Tobin, blij om dit gebaar van een vriend, de andere helft – Tamír – werd gevangen in een windhoos van gevoelens die ze niet helemaal kon bevatten, behalve dat ze er nog steeds verlangde Ki's lippen op de hare te voelen.

Ze duwde hem een beetje van zich af, zonder aandacht te schenken aan de traan die langzaam over haar wang naar beneden biggelde en keek hem diep in de ogen. Hun lippen waren maar een duimbreedte van elkaar verwijderd, zo dichtbij...

Zoals in mijn dromen, dacht ze. Het zou zo makkelijk zijn om naar voren te nijgen en hem te kussen. Voor ze dat kon doen naderden er voetstappen en ze ging weer rechtop staan. Enkele jonge edelen kwamen voorbij, en maakten haastig een buiging toen ze hen achter de pilaar ontdekten.

Ze knikte met alle waardigheid die ze nog in zich had en toen ze weg waren, zag ze dat Ki een knalrood hoofd gekregen had.

'Sorry. Ik had niet... Niet hier. Weet je, ik zal onze paarden laten zadelen en dan gaan we lekker een eindje rijden. Laat de boel de boel nou maar, na het avondmaal zien we wel weer verder. Alleen wij en de Gezellen, oké?'

Ze knikte en ze zochten samen naar de anderen. Ze kon alleen maar denken aan haar droom en hoe weinig de werkelijkheid daar van afweek.

22

Lutha probeerde gapend het zoveelste suffe avondje door te komen. Hij stond op het punt Caliël en een stel jonge officiertjes te vragen om een spelletje bakshi op zijn kamer te komen spelen, toen er wat rumoer bij de wachtposten aan de poort ontstond. Porion stond op en ging kijken wat er aan de hand was. Even later kwam hij terug met een gezant, die net aangekomen was.

De man was nog jong, en hij viel zowel op door zijn lange blonde vlecht als door het bloederige verband om zijn linkerarm.

'Ik heb nog nooit een gewonde gezant gezien,' zei Barieus. Gezanten en bodes stonden hoog in aanzien.

De jongeman kwam naar voren en maakte een sierlijke buiging voor Korin. 'Majesteit, vergeeft u mij alstublieft de late bezorging van mijn boodschap. Maar ik werd onderweg opgehouden.'

'Ik zie dat je gewond bent. Werd je overvallen?' vroeg Korin.

'Ja, Majesteit. Er doken wat struikrovers op, maar de boodschap die ik bij me heb is nog in goede orde.' Hij drukte de hand tegen de borst en boog nogmaals. 'Het is een hoogst persoonlijk bericht, en degene die het stuurt eiste dat ik het u in afzondering overhandig. Als het uwe Majesteit belieft, kunnen we ons dan even terugtrekken?'

Lutha keek tersluiks naar Niryn om te zien hoe hij dit zou opvatten, maar de tovenaar leek er geen aandacht aan te schenken.

Korin trok echter verbaasd een wenkbrauw op. 'Van wie komt de boodschap dan wel?'

'Ook dat mag ik u alleen persoonlijk vertellen.'

Zelfs een koning kon hem zijn eed niet doen verbreken die hij aan de afzender gezworen had.

Korin stond op. 'Mijne heren, dan wens ik u maar meteen goedenacht. Morgen zullen we verder spreken over de strategie.'

Alben geeuwde en streek met een hand door zijn prachtige lange haar, dat hij op de vlechtjes na los droeg. 'Eindelijk. Mago, ga eens op zoek naar die lekkere melkmeiden die ik vanochtend tegenkwam en vraag of ze onze kamer eens willen zien. Welterusten, jongens.' Hij knipoogde ondeugend naar de anderen; de knappe Alben kreeg altijd wat en wie hij wilde. 'Blijven jullie niet nog een beker bij ons drinken?' vroeg Niryn die heus wel wist dat dat aanbod afgeslagen zou worden.

'Dat is erg vriendelijk van u, maar dank u, heer, we hadden al andere plannen voor vanavond,' antwoordde Caliël koeltjes, en hij keek Lutha daarbij even aan. 'Je wou toch nog revanche nemen voor dat spelletje bakshi, is het niet, Ratje? Misschien laat ik je wel winnen zodat je je geld terugkrijgt.'

Ratje? dacht Lutha. Het was zijn koosnaampje geweest uit de eerste jaren bij de Gezellen; als kind vertoonde Lutha een opmerkelijke gelijkenis met het genoemde knaagdier en was hij net zo klein en snel geweest. Maar niemand had hem in jaren zo genoemd. Hij haalde zijn schouders op en antwoordde: 'Je kunt maar beter proberen jezelf op de been te houden. Ik voel dat ik ga winnen vanavond.'

'Kom op dan. De stenen liggen op mijn kamer.'

Niryn wachtte tot de andere Gezellen uit het zicht verdwenen waren en mompelde toen: 'Hou die twee in de gaten, Moriël.'

Niryn liep alleen naar Korins kamer, waarvoor hij met bijbehorende gebaren snel een paar bezweringen uitsprak die hun uitwerking niet misten.

Korin opende de deur van zijn kamer toen hij aanklopte en zei ongeduldig: 'Kom snel binnen. Ik popel om alles te horen.'

Ook de geest van de gezant was perfect kneedbaar geweest. Hij toonde geen enkele verbazing en geen tegenwerping kwam over zijn lippen toen Niryn binnenkwam en de deur zachtjes achter zich sloot.

Caliëls kamer zag er net zo uit als die van Lutha; smal, vochtig en spaarzaam gemeubileerd. Caliël had geen nieuwe schildknaap gekozen, zelfs niet toen Barieus aangeboden had er een voor hem te zoeken. Lutha begreep de aarzeling van zijn vriend wel. Wie kon je hier vertrouwen? Zover Lutha wist had hij nog geen meid mee naar bed genomen sinds ze hier waren, hoewel hij net als Lutha en Barieus genoeg willige meisjes van de staf gekregen zou hebben.

Barieus liep naar het kleine wijntafeltje in de hoek en zette de bekers klaar. Voor hij de wijn in kon schenken, keek Caliël hem verontschuldigend aan en vroeg: 'Barieus, mag ik je heer even alleen spreken?'

'Tuurlijk, Cal.' Barieus keek Lutha even met opgetrokken wenkbrauwen aan en ging naar buiten.

'Gaan we nou nog spelen?' vroeg Lutha.

In plaats daarvan hield Caliël een vinger tegen zijn lippen en liep naar het kleine spiegat in de dikke buitenmuur.

'Ratje?' fluisterde Lutha, die niet begreep waar Caliël heen wilde. 'Zo heb je me in geen...'

'Ik wilde je aandacht trekken. En ik heb een slim ratje nodig om dit raampje uit te klimmen.'

Lutha zette grote ogen op. Dit raam zat in een steile wand hoog in het fort.

'Niet helemaal,' stelde Caliël hem gerust. 'Kom hier. Als ik je aan je enkels vasthoud, denk ik dat je een heel eind komt.'

Caliël schoof een houten stoel onder het raam waar Lutha op kon staan. Hij stapte erop en bekeek het schuttersgat. Onder aan de sleuf zat een ronde holte waar de boogschutter door kon schieten, groot genoeg voor een klein en soepel persoon om door te kruipen.

'Maar waarom?' vroeg hij, en hij wierp een blik op de grond ver beneden zich.

Caliël keek hem ongeduldig aan. 'Ik wil horen wat die gezant te zeggen heeft, natuurlijk!'

'Wát? Hoe dronken ben je eigenlijk!' siste Lutha. 'Het is een gezant! Het is Korin! Het is...'

Caliël sloeg een hand tegen Lutha's mond en deed het luik voor het gat dicht. 'Moet hij je horen?'

Lutha duwde Caliëls hand weg en kneep zijn lippen op elkaar.

'Ik weet ook wel dat het Korin is!' fluisterde Caliël. 'Daarom wil ik juist weten wat er gaande is. Dit bericht móét wel van Tobin zijn. Dat hoop ik tenminste!' Hij trok het luik weer open en keek Lutha vol verwachting aan.

'Als je me laat vallen, zweer ik bij Bilairy dat ik kom spoken zodat je geen oog meer dichtdoet.'

'Afgesproken. Schiet nou maar op, voor we alles gemist hebben.'

Caliël snoot de lamp. Lutha stapte op de stoel en wrong zich door het ronde gat. Zelfs voor hem was het krap aan, maar toen zijn schouders er eenmaal door waren volgde de rest vanzelf. Met Caliëls armen stevig om zijn dijen gewikkeld, zette hij zich af tegen de muur en boog zich vanuit de taille naar Korins raam. *Ik moet eruitzien als een rups aan een takje*, dacht hij somber, terwijl hij elke spier spande.

Korins slaapkamerraam was maar een paar voet van dat van Caliël verwijderd. Hij kon net bij het metselwerk dat het schuttersgat omgaf en zo kon hij horen wat er binnen gebeurde, hoewel hij niets anders kon zien dan een stuk van de met een wandtapijt bedekte muur.

'... bericht van uw nicht, de koninklijke prinses Tamír van Ero en Atyion.'

'Dan bent u niet goed op de hoogte, gezant. Er bestaat niemand die zich de prinses van Ero en Atyion kan en mag noemen, en daarbij, de koning heeft helemaal geen nicht.'

Lutha smoorde een verraste klank. Dat was Niryns stem, niet die van Korin.

'Vergeef me, Majesteit,' ging de gezant haastig voort met een bang stemmetje.

'Mij is opgedragen te zeggen dat uw nicht u hartelijk laat groeten. Mag ik de missive nu voorlezen?'

'Ga je gang.' Dat was Korin.

Lutha hoorde het gekraak van perkament en vervolgens de heldere, vérdragende stem van de gezant die zijn beroep vol verve uitoefende.

Aan prins Korin, geliefde neef en broeder. Ik weet dat je over me gehoord hebt, en wat er gebeurd is. Ik begrijp hoe moeilijk het moet zijn om het te geloven, maar het is waar. Ik ben een meisje, maar ook nog steeds het familielid dat je kent. Je hoeft alleen maar langs te komen om het bewijs met eigen ogen te aanschouwen. De hogepriester van Afra en vrijwel alle inwoners van Atyion waren getuige van mijn gedaantewisseling en kunnen voor me instaan. Ik schrijf je nu in mijn ware gedaante, als Tamír, dochter van Ariani en Rhius van Atyion. Mijn zegel is het bewijs.

Lutha hield zijn adem in. Dat klonk precies zoals Tobin zou spreken, en hij scheen machtige getuigen te hebben. De bode vervolgde zijn verhaal.

Het spijt me zeer dat ik tegen jou en de anderen moest liegen. Ik weet het zelf pas sinds een paar jaar, maar dat ik het geheim moest houden voor mijn vrienden was een van mijn zwaarste taken. Ik heb je nooit willen verraden toen ik bij de Gezellen kwam. Ik wist er niks van, bij de Vlam. Ik heb jou noch je vader ooit kwaad gedaan, hoewel hij mijn moeder en haar familie wel kwaad berokkend heeft. Mijn moeder had koningin moeten zijn, en ik na haar. Het breekt mijn hart dat ik je dit moet schrijven, Korin, maar je vader heeft een vloek over ons land gelegd, en ik heb het op me genomen deze weg te nemen en alle wonden weer te helen.

Ik wil je geen kwaad doen, neef. Ik zou het niet eens kunnen. Je was altijd vriendelijk tegen me. Ik heb altijd als een broer van je gehouden en dat zal ik blijven doen. Maakt het werkelijk zoveel uit wie van ons de kroon draagt? Je bent volgens de wet, zonder meer, een prins van Skala. Ik zou jou willen als mijn rechterhand, zowel aan het hof als op het strijdveld. Jouw kinderen kunnen rekenen op hun wettig erfdeel.

Alsjeblieft, laten we onderhandelen. Ik wil zo graag dat alles weer goed komt tussen ons.

De gezant zweeg even. 'Vergeeft u mij, Majesteit, maar de brief is ondertekend met: *Uw liefhebbende nicht en zuster, prinses Tamír, die ooit Tobin was.*

'Juist ja.' Iets in Korins stem raakte Lutha's hart. Hij klonk bedroefd, niet kwaad.

'Belachelijke verzinsels! Het is een list!' bracht Niryn naar voren. 'Majesteit, u kunt onmogelijk...'

Korin zei iets terug, maar zo zacht dat Lutha het niet kon verstaan.

'Majesteit?'

'Ik zei: Laat me met rust! Jullie allebei!' schreeuwde Korin met zo'n schrille overslaande stem dat Lutha waarschijnlijk gevallen zou zijn als Caliël niet zo'n stevige greep op hem had gehad. Caliël trok hem voorzichtig weer naar binnen.

Lutha bleef trillend als een rietje op de vloer zitten; het hart bonsde in zijn keel. Caliël sloot de luiken en vergrendelde ze.

'Wat is er? Wat heb je gehoord?' vroeg hij zacht.

'Hij was van Tobin. Dat zegt die gezant tenminste, en zij mogen niet liegen, toch? Tobin beweert dat hij eigenlijk een meisje is en...'

'Je raaskalt. Kalm aan. Begin weer even bij het begin.'

Dat deed Lutha en hij herhaalde zo veel mogelijk wat hij zich kon herinneren.

'Was Niryn erbij?'

'Ik durf te wedden dat hij die bode betoverd heeft opdat hij zijn eed zou breken.'

'En Korin ook. Je hebt gelijk, het lijkt mij ook een bericht van Tobin. En hij biedt aan het bewijs te komen bekijken? Maar dat kan ook een valstrik zijn.'

'Dat zei Niryn ook al.'

'Ik ben het niet gauw eens met die gluiperd, maar het lijkt me logischer dan de beweringen van Tobin.'

'Kom op, Cal! Tobin zou ons nóóit op zo'n lage manier verraden, en Ki al helemaal niet. Niet uit eigen vrije wil, in elk geval. Ik heb zitten denken... Aan Tobins hof zitten ook tovenaars. Het zou dus kunnen dat een van hen de jongens betoverd heeft, zoals Niryn met Korin doet. Je had bijvoorbeeld die enge oude vrouw die steeds zomaar binnenkwam. Tobin zei dat ze ergens een band met zijn familie had of zo.'

'Meesteres Iya? Ik dacht dat ze een vriendin van Tobs vader was.'

'Stel dat iemand ze betovert, dan kun je ze toch geen verraders noemen?' zei Lutha die nog enige hoop koesterde.

'Ik denk niet dat dat de opvatting van de vazallen verandert.'

Cal stak de lamp aan en ging op het bed zitten. 'Verdomme, Lutha, we moeten dit voor eens en altijd rechtzetten, zeker met die recente overwinning in Ero die iedereen nog vers in het geheugen ligt. Ik heb geen idee hoe lang Korin zijn bondgenoten nog aan zich kan binden als hij niet vecht.'

Hij wreef afwezig over de ring die Tobin voor hem had gemaakt. 'De enige spionnen die we gehoord hebben zijn dienaren van Niryn. Als we nu eens zelf een kijkje gingen nemen... Zijn we nou Gezellen of niet! We hebben gezworen Korin te beschermen. Wíj zouden hem bewijs van het een of ander moeten brengen. Niryn doet dat niet, zeker niet als hij als een luis aan Korin blijft plakken.'

'Maar wat kunnen we doen?' vroeg Lutha.

'Ik denk dat je dat net zo goed weet als ik, maar ik wil nog één keer een gesprek met Korin onder vier ogen voeren. Hij stuurde Niryn net zijn kamer uit? Mooi. Dan ga ik eens proberen of ik een praatje met hem kan maken, en deze keer zonder pottenkijkers.'

'Moet ik meegaan?'

Cal glimlachte en sloeg hem op de schouder. 'Laat me eerst maar even alleen proberen om met hem praten.'

Lutha knikte en stond op om te vertrekken, maar Cal pakte zijn hand. 'Ik ben blij dat je hier was, Lutha. Tegen jou kan ik tenminste eerlijk zijn.'

'Dat kun je altijd,' verzekerde Lutha hem. 'En tegen Barieus ook. We vinden het maar niks zoals de dingen hier lopen, maar ik weet dat het voor jou nog erger is. Jij was tenslotte zijn beste vriend.'

Caliël knikte langzaam en keek opeens zo bedroefd dat Lutha zich in moest houden hem niet te omhelzen. Als ze nou een paar jaar jonger geweest waren had hij het zeker gedaan.

Ze liepen de gang op en Lutha draalde even terwijl Caliël op Korin deur klopte. Tot zijn opluchting werd Caliël binnengelaten.

Misschien is het allemaal niet zo erg als het lijkt, zei hij tegen zichzelf en hij liep naar zijn eigen kamer. Had Korin zelf Niryn niet weggestuurd, en Caliël binnengelaten? Dat was vast een goed teken. *Als iemand nou nog een mes in die rooie etterbak zou steken, dan zou alles weer kunnen normaliseren.*

Toen hij de hoek omsloeg stond Lutha opeens oog in oog met de Pad en de rooie etterbak in kwestie. Hij was dwars tussen hen doorgelopen als Niryn hem niet bij de arm gegrepen had. Hij deed dat langer en harder dan nodig was. Lutha voelde een huivering door zijn leden gaan, alsof hij koorts begon te krijgen. Zijn maag trok vreemd samen en hij moest hard slikken om de wijn binnen te houden.

'Wees toch voorzichtig, heer,' fleemde Niryn. Hij klopte op Lutha's arm en trok zijn handen terug in zijn wijde, zilver met witte mouwen. 'Door zo onbesuisd rond te lopen bezeert u zich straks nog.'

'Verontschuldig me, heer,' zei Lutha haastig. 'Ik... ik verwachtte u hier niet.'

Niryn keek hem met een vreemde blik aan en weer trok Lutha's maag zich samen. 'Zoals ik zei, iets voorzichtiger graag. Kom, Moriël.'

Lutha keek hen na tot hij zeker wist dat ze weg waren, zijn hand vastgeklemd op het gevest en met het gebons van zijn hart in zijn oren. Hij had het ijskoud ondanks de zwoele zomeravond. Toen Lutha de kamer binnenkwam, keek Barieus op van de laars die hij aan het poetsen was. 'Wat is er met jou aan de hand?'

'Niks. Hoezo?'

Barieus kwam naar hem toe en legde een hand op zijn voorhoofd. 'Je bent zo wit als een doek en je zweet als een otter. Ik wist wel dat je te veel gedronken had! Echt, het vergaat je nog eens net zo als Korin.'

'Dat is het niet. Zie ik bleek?'

'Vreselijk. Kom op, naar bed met jou.'

Lutha onderging het gedoe van zijn vriend gelaten en zweeg over zijn jongste angsten. Niryn had iets met hem gedaan, iets dat je kon zien. Was hij vervloekt? Zou hij voor de dageraad sterven? Hij had de engste verhalen gehoord van dingen die tovenaars met je konden uitvoeren als ze maar sterk genoeg waren.

In tegenstelling tot sommige andere Gezellen waren hij en Barieus nooit meer dan vrienden geweest, maar hij was erg blij dat hij dicht tegen hem aan kon liggen die nacht.

Niryn had de jonge Gezel niet hoeven aanraken om te weten wat hij samen met Caliël had uitgespookt. Moriël was weer hoogst informatief geweest, zoals gewoonlijk. Die knaap kon waarlijk zijn oor tegen dikke deuren leggen alsof ze van papier waren.

De jonge heertjes werden de laatste tijd wel een beetje brutaal, en Niryn vermaakte zich uitstekend met hun ideetjes om hen uit te schakelen. De schuldige blik op het gezicht van Lutha lag er zo dik bovenop dat Niryn zich niet kon inhouden een heel klein vloekje over hem te leggen, net genoeg om hem een paar nachten fikse nachtmerries te bezorgen.

Tegen heer Caliël had hij nog geen directe actie ondernomen. Dat was niet nodig. De toenemende angst van Korin en de houding van een aantal andere Gezellen tegenover Caliël deden het werk al. Caliëls koppigheid over de ligging van hun standplaats, zijn uitgesproken mening die hij in gezelschap niet onder stoelen of banken stak, en zijn misplaatste vriendschap met prins Tobin hadden hem Korins vertrouwen gekost, en daar had Niryn weinig tot niets voor hoeven doen. De tijd was rijp voor wraak, en hij kon kiezen wanneer die in zou gaan.

Moriël liep de kamer op te ruimen, vouwde Niryns gewaad op en schonk een beker cider uit een kan op het zijtafeltje in. Niryn dronk het gulzig op.

'Dank je. Het was dorstig werk vanavond.' Niryn had nooit graag wijn gedronken. Wijn verzwakte de geest en hij wist als geen ander hoe zwakheid tegen je gebruikt kon worden. Aan tafel hing hij vaak rustig boven zijn beker en nipte hooguit een beetje.

Moriël knielde neer om de schoenen van zijn meester uit te trekken. Heer Orun had erg zijn best gedaan om deze knaap in alle taken van een schildknaap te bekwamen. Tobins weigering om Moriël in plaats van Ki aan te nemen had de jongen verbitterd en wraakzuchtig gemaakt. Orun had Moriël ook op andere gebieden wegwijs gemaakt, maar Niryn nam nooit jongens mee naar bed, zelfs geen gewillige zoals Moriël.

'Is alles gelukt, heer?' vroeg hij terwijl hij de schoenen netjes in de klerenkast zette.

'Natuurlijk. Je weet hoe ik iemand ergens van weet te overtuigen.'

Moriël glimlachte. 'En de gezant?'

'Dat was een fluitje van een cent.'

'Was de brief van prins Tobin?'

'Ja, een knap staaltje werk was het. Hij pleitte bij Korin door hem zijn verraad te vergeven, en dacht dat de koning zijn kroon op een presenteerblaadje aan hem zou komen brengen.'

'Net iets voor hem,' zei Moriël. 'Wat voor antwoord gaf Korin hem daarop, als ik vragen mag?'

'Hij zei dat hij morgen een antwoord zou geven. Wees een brave jongen en zorg dat die gezant ons deel van het schiereiland nooit verlaat, wil je? Neem maar een paar flinke soldaten mee, en breng die brief van de koning naar me toe. Ik ben zeer geïnteresseerd in wat hij Tobin te melden heeft.'

'Natuurlijk, heer. Maar zou prins Tobin niet zenuwachtig worden als zijn gezant niet terugkeert?'

Niryn glimlachte. 'Jawel, ik ben er vrij zeker van dat de stilte van zijn neef hem behoorlijk van zijn stuk zal brengen.'

23

Korin beantwoordde Caliëls klop met een bits: 'Wie is daar?'

'Ik ben het, Kor. Laat me eens binnen.'

Even gebeurde er niets en Cal dacht dat Korin zou weigeren.

'De deur is open.'

Cal glipte naar binnen en sloot de deur.

De koninklijke slaapkamer was wat comfortabeler dan de andere kamers van het fort, naar de maatstaven van Cirna dan. Het grote, met houtsnijwerk versierde hemelbed was voorzien van zware, stoffige fluwelen draperieën. Aan de muren hingen een paar verschoten wandtapijten.

Korin zat in zijn hemdsmouwen aan een schrijftafeltje; hij zag er moe en ongelukkig uit. Zijn gezicht had een blos van de wijn en een volle beker stond naast zijn elleboog. Hij scheen halverwege een antwoord aan Tobin te zijn, wiens brief open voor hem lag. Cal liep naar Korin en pakte de beker op, en liet meteen zijn ogen over het perkament voor hem glijden. Korin was nog niet verder gekomen dan: *Aan de troonpretendent, prins Tobin...*

Hij nipte van de wijn en keek hoe Korin reageerde. Hij was blij dat hij niet meer zag dan de gebruikelijke irritatie die dit familiaire gebaar opleverde. Hij trok een stoel bij en ging zitten. 'Hoe is het met je?'

'Kwam je daarvoor?'

Cal leunde achterover en strekte zijn lange benen, net alsof hij zich volkomen op zijn gemak voelde. 'O, ik was benieuwd naar wat die gezant te vertellen had, dat is alles. Ik kwam even kijken waarom die zo gewichtig deed.'

Korin haalde zijn schouders op en wierp hem Tobins brief toe. Cal las hem snel door en voelde zijn hart een slag overslaan. Lutha had het meeste precies zo verteld, maar het was nog schokkender om de woorden in die onmiskenbare hanenpoten van Tobin te kunnen lezen.

Korin had zijn wijn terug gepakt en keek somber in de donkerrode diepte. 'Geloof jij hem?'

'Weet ik niet. Misschien een deel – *"Het spijt me zeer dat ik tegen jou moest liegen... Ik wil je geen kwaad doen, neef... Ik heb altijd als een broer van je gehouden en dat zal ik blijven doen... Ik wil zo graag dat alles weer goed komt tussen ons..."* Ik vind dat je met hem moet praten, oog in oog.'

'Nee! Een waanzinnige of een monster uit de koker van tovenaars, hij is en blijft een verrader, en ik zal nooit tegemoetkomen aan zijn aanspraken op de troon.'

'Heeft Niryn je dat aangeraden?'

'En hij heeft groot gelijk!' Korins bloeddoorlopen ogen waren wijd opengesperd; er woedde een plotselinge razernij in. 'Tobin komt bij me als ik droom, Cal. Met een bleek gezicht loert hij naar me, en hij noemt mij usurpator, en zoon van een moordenaar.' Hij wreef in zijn ogen en huiverde.

'Des te meer reden om uit te zoeken wat hij van je wil.'

'Ik zei nee!' Korin griste de brief terug en smeet hem op het bureau. In één teug leegde hij de beker en zette hem met een klap op tafel.

'Verdorie, Kor, ik snap niet dat je zomaar alles aanneemt wat een ander je voorkauwt.'

'Dus jij vindt dat ik in moet gaan op dit... *verzoek?*'

'Korin, kijk nou eens naar jezelf!' riep Caliël uit. 'Dit is allemaal door Niryn gekomen. Hij zit als een bloedzuiger op je! Hij heeft je gedwongen Ero te ontvluchten. Hij heeft dat mislukte meisje voor je geregeld dat je nu in de toren opsluit. Is dat de manier waarop jij je vrouw behandelt? Je gemalin? Hoort een koning van Skala zo te leven? Volgens mij moeten we morgen al je leger mobiliseren en oprukken naar Ero. Onderhandel met Tobin of vecht met hem. Hoe dan ook, je moet met eigen ogen zien wat waar is en wat niet!'

'Ik weet wat waar is!'

'Van wie? Van die hyena's van Niryn?' Wanhopig leunde Cal voorover en nam Korins hand in de zijne. 'Luister nou eens naar me. Ik ben toch altijd eerlijk tegen je geweest?'

Het deed pijn, die aarzeling die hij zag voor Korin knikte. Cal ging door. 'Wat Niryn je ook verteld heeft, je hebt mijn loyaliteit, mijn liefde, nu en voor altijd! Laat me als je afgezant gaan. Ik ken de stad. Ik ga stiekem naar binnen en ben terug voor je het weet. Misschien kan ik zelfs even met hem praten. Zeg het maar, Kor. Ik kan vannacht nog gaan!'

Korin trok zijn hand terug. 'Nee! Ik kan je hier niet missen.'

'Voor wat dan? Om te zien hoe je jezelf doodzuipt?'

'Pas op je woorden, Cal,' gromde Korin.

'Laat Lutha dan gaan...'

'Nee! Alle Gezellen blijven hier.' Heel even flitste er angst door Korins rood doorlopen ogen. 'Verdomme, Cal, waarom ga je altijd tegen me in? Je was altijd zo'n goede vriend!'

'En jij wist toen wie je vrienden waren!' Cal stond op en deed een stap terug, zijn vuisten gebald langs zijn zij. 'Bij de ballen van Bilairy, Korin. Ik kan gewoon niet aanzien hoe jij bang en...'

'D'r uit!' schreeuwde Korin en hij kwam wankelend uit zijn stoel.

'Pas als ik het jou aan je verstand heb gepeuterd!'

'Ik zei: d'r uit!' Korin greep de beker en smeet hem in Caliëls richting. Hij kwam in zijn gezicht terecht en maakte een snee in zijn wang. De droesem beet in de open wond.

De twee jonge mannen keken elkaar geschokt en zwijgend aan en Cal zag dat Korin zijn hand al op zijn gevest had gelegd.

Langzaam veegde hij zijn wang af met de rug van zijn hand. Er bleek bloed op te zitten en hij hield hem op naar Korin. 'Is het al zover gekomen? Kun je niet eens meer normaal naar me gooien?'

Heel even dacht Cal dat Korin die beschaamde grijns zou opzetten waar hij altijd zo gek op was geweest, en waarna hij Korin altijd alles vergaf, hoe stom hij ook was geweest. Dat was alles wat er nodig was en Cal wilde nu niets liever dan zijn vriend vergeven.

Maar Korin draaide zich om. 'De tijden zijn veranderd. Ik ben je koning, en je hebt me maar te gehoorzamen. Welterusten.'

Het botte afscheid strooide zout in de wonde. 'We hebben een harde tijd achter de rug,' zei Cal rustig. 'De wereld ligt op zijn gat. Als je maar nooit vergeet dat ik je vriend ben, en ik in mijn hart nog steeds dezelfde liefde voel als ik altijd heb gevoeld. Als je dat niet ziet, dan spijt me dat. Ik zal altijd je vriend blijven, welke stommiteiten je ook begaat!' Hij moest hoesten om de gal die in hem naar boven kwam in te slikken. 'Slaap op je buik vannacht, Korin. Je weet niet half hoe bezopen je werkelijk bent.'

Hij beende de kamer uit en ging terug naar zijn kamer. Hij wierp zijn met wijn bevlekte goed op een stoel en begon te ijsberen.

Ik ben je vriend, verdorie! Hoe kan ik je helpen? Wat kan ik voor je doen?

Veel te opgewonden om te kunnen slapen kreeg hij behoefte aan gezelschap en hij overwoog om Lutha op te zoeken. Wat betekende het, vroeg hij zich somber af, als de jongste Gezel Caliëls enige vertrouweling geworden was? Dat hij de enige was die eerlijk was?

'Nee, niet de enige,' mompelde hij.

Porions kamer lag op een lager niveau in het fort, in de buurt van de ruimte waar de gardisten sliepen. Terwijl Caliël de met toortsen verlichte wenteltrap afdaalde schitterde de gouden havik aan zijn wijsvinger opvallend, en hij dacht met enige droefheid terug aan die dag dat Tobin die verlegen aan hem gegeven had. Het was een geschenk, als dank voor alle tijd die Caliël en hun vriend Arengil in zijn valkenierslessen gestoken hadden. Tobin kon goed met vogels omgaan, geduldig en vriendelijk als hij was. Zo ging hij met alles en iedereen om. Nou ja, zo was hij geweest. Caliël kon er niet toe komen de ring af te doen.

Porion opende de deur slechts gekleed in hemdsmouwen en keek verbaasd naar Caliëls bebloede wang. Hij gebaarde hem binnen te komen en te gaan zitten in de enige stoel die er was.

'Wat heb jij nou weer uitgespookt?' zei hij terwijl hij zelf op het smalle bed plaatsnam.

Caliël depte de snee met zijn mouw. 'Dat is niks. Ik wilde even met u praten.'

'Over koning Korin.'

'Ja.'

Porion zuchtte. 'Ik wist wel dat je vroeg of laat bij me zou komen. Lucht je hart, knul.'

Caliël glimlachte ondanks alles. De Gezellen zouden altijd jongen of knul voor hun oude zwaardleraar blijven. 'Ik was net bij hem. De brief die hij vandaag heeft gekregen kwam van Tobin. Hij heeft hem me laten lezen.'

'En wat had Tobin te zeggen?'

'Hij beweert keihard dat hij in een meisje veranderd is. Hij heeft het niet uitgelegd, maar zei wel dat hij getuigen had, heel Atyion en een stel Afraanse priesters.'

'En geloof je dat?'

'Ik weet het niet,' zei Caliël draaiend aan zijn ring. 'Hoe idioot het ook klinkt, ik vind het geloofwaardiger dan dat Tobin ineens in een verrader is veranderd, u niet?'

Porion streek met een hand over zijn korte grijze baard en zuchtte. 'Je bent jong, en hebt het hart op de goede plaats. En dankzij Erius hebben jullie jongens lang een beschermd leventje geleid. Ik heb twee koninginnen en een koning meegemaakt en heb gezien waar mensen toe in staat zijn als er grote belangen op het spel staan. Ik heb ook over Tobin nagedacht. Ik vond hem altijd al een beetje vreemd, misschien omdat hij alleen in die burcht van hem geleefd heeft.'

'Zijn vader was een man van eer, die Erius zijn leven lang trouw gediend heeft.'

Porion knikte. 'Ik kende Rhius als jongen en ik zou nooit gedacht hebben dat hij in staat was om zulke snode plannen te smeden. Maar hij kwam niet veel meer aan het hof na zijn huwelijk en helemaal niet meer toen het kind geboren was. We weten alleen dat hij en die tovenares van hem dit al jaren van plan waren, als wraak dat Erius Ariani van de troon had gestoten.'

Caliël schoof onrustig in zijn stoel. 'Ik ben niet gekomen om over Tobin te praten. Vindt u dat Korin zichzelf nog is de laatste tijd?'

Porion pakte de schede van tafel en nam een flesje nertsolie uit een doos onder zijn bed. De muskusachtige geur steeg tussen hen op toen hij het gehavende leer begon in te wrijven. 'Je bent langer dan wie ook Korins vriend geweest, maar hij is nu eenmaal niet alleen je vriend, dat was hij nooit. Hij is de koning. Ik was niet altijd even blij met wat zijn vader deed, om nog maar te zwijgen over zijn grootmoeder, maar de kroon is de kroon, en plicht is plicht. Korin is jong, en groen, dat is waar, en je weet hoe hij kan zijn.'

'U kent hem net zo goed als ik, meester Porion. We kennen allebei zijn zwakheden maar al te goed: drank en...' Caliël drukte zijn vuist op zijn bovenbeen, zo erg vond hij het wat hij moest zeggen. 'Hij is hopeloos op het slagveld. Dat was niet de eerste keer, toen tegen die bandieten. In Ero waren we er bijna allemaal aan onderdoor gegaan, en toen liet hij zich nog door die tovenaar overhalen te vluchten ook!'

Porion poetste rustig door. 'Sommigen hebben wat meer tijd nodig.'

'Tobin...'

Porion keek met een ruk op en Caliël zweeg meteen toen hij de boosheid in de ogen van zijn oude mentor zag. 'Zo is het wel genoeg, Caliël. Als jij die twee zo nodig moet vergelijken, wil ik het niet horen. Korin is koning, punt uit. Ik diende zijn vader en nu dien ik hem. Als je denkt dat jij dat niet kunt, dan hoor ik dat liever meteen.'

'Dat zeg ik helemaal niet!' zei Caliël schor. 'Ik hou van Korin. Ik zou mijn leven voor hem geven. Maar ik kan gewoon niet aanzien hoe die slang kapotmaakt wat er nog van hem over is! Bij de ballen van Bilairy, Porion, u gaat me toch zeker niet vertellen dat die grote vriendschap tussen hen natuurlijk is? Hoe kunt u dag in dag uit in de hal zitten en aanzien hoe dat stuk chagrijn op de plaats van Tobin...'

'Alweer Tobin, hè?' Porion keek hem onderzoekend aan. 'Ik hoor die naam wel erg vaak vallen vanavond.'

Caliël bevroor. Porion was zijn leraar geweest sinds hij jongen was, hij was een vriend en kon vechten als de beste. Hij keek hem nu aan met hetzelfde wantrouwen dat hij eerder die avond bij Korin had opgemerkt.

'Er klopt gewoon iets niet, Porion, dat is alles wat ik wil zeggen.'

'De tijden zijn veranderd, knul. Mensen veranderen ook. Maar nogmaals: de kroon is de kroon, en plicht is plicht. Je bent toch oud en wijs genoeg om dat in te zien.'

'U zegt dat ik beter mijn mond kan houden en heer Niryn zijn gang moet laten gaan?'

'Wie de koning kiest als raadsman zijn zijn eigen zaken; het beste wat je kunt doen is achter hem blijven staan. Kun je me recht in de ogen kijken en zweren dat je hem trouw bent en dat altijd zult zijn?'

Caliël keek de oude man zonder met de ogen te knipperen aan. 'Dat zweer ik bij de Vlam en bij de Vier. Ik dien Korin als mijn vriend en mijn koning.'

Porion wreef meer olie op de schede. 'Ik geloof je wel, maar er zijn er hier die er veel minder van overtuigd zijn.'

'Niryn, bedoel je? Dat weet ik. Moriël loopt me overal voor de voeten. Hij kan loeren wat hij wil. Ik heb niets gedaan waarvoor ik me hoef te schamen.'

Porion haalde zijn schouders op. 'Dat mag zo zijn, pas toch maar op je tellen, jongen. En nou hou ik erover op.'

Het gesprek, dat ietwat dreigend was overgekomen, maakte Caliël nog meer van streek dan zijn ruzie met Korin, en niet alleen omdat zijn gevechtsleraar aan zijn loyaliteit getwijfeld had. Zijn slaapkamer leek opeens akelig veel op een graftombe. Hij liep dus maar naar de borstwering, om zijn innerlijke strijd uit te vechten.

Porions vermaningen hadden hem diep geraakt; in zijn hart voelde Caliël zich ook wel ontrouw. Maar zijn bezorgdheid om Korin was net zo echt. Het leek er veel op dat Niryn ook Porion in zijn macht had weten te krijgen. Hij en Lutha waren werkelijke de enigen die konden of wilden zien dat Korin zwakker en zwakker werd onder de invloed van Niryn.

Hij liep naar de binnenplaats om iets te drinken, piekerend over wat hem te doen stond. Hoe aanlokkelijk het ook was om Niryn nu direct in zijn slaap te vermoorden leek hem nu niet het beste plan.

Tobbend liep hij verder tot hij een deur hoorde opengaan. Hij keek die kant op en kroop snel weg achter een hoge trog. Het was Moriël met een Havikenkapitein, een lange man die Senius heette. De twee hielden halt in de schaduw van de hoefsmederij. De Pad keek spiedend om zich heen, nam toen een beurs van zijn riem en gaf hem aan de Havik.

'Zet mannen uit op alle wegen, en laat iemand hem volgen wanneer hij vertrekt.'

'Je hoeft mij niet te vertellen hoe het moet!' snoof Senius. 'Ik heb op tovenaars gejaagd, dus zo'n mannetje zal me zeker niet ontgaan.' Hij woog de beurs op zijn hand en opende hem. 'Ik hoop maar dat dit alleen goud is. Astellus' vloek kan me treffen door dit zaakje.'

'Het is goud, en meer dan genoeg voor het risicootje dat je loopt,' antwoordde Moriël. 'Sinds wanneer is een volgeling van Sakor trouwens zo benauwd voor die huilebalk van de Reizigersgod? Mijn meester zal je een bonus geven als je hem de brief met het antwoord van de koning terugbezorgt. Ga maar vast op weg, en doe je plicht.'

Caliëls adem stokte hem in de keel toen het belang van het gesprek tot hem doordrong. De enige Astelliaan in het fort was de gezant van Tobin.

Hij wachtte tot de twee mannen verdwenen waren en sloop snel terug naar zijn kamer. Hij trok zijn maliënkolder aan, toen een gewone tuniek en een mantel erover en gespte zijn zwaard om. Hij minderde geen vaart toen hij langs Korins kamer liep, of de gang waaraan Lutha sliep. Hem en Barieus mocht geen blaam treffen.

Over de duistere binnenplaats sloop hij naar de achteringang via de bijkeuken, waar ook de kamers voor bodes en gezanten lagen. Er waren er meerdere, maar bij slechts één stond een paar laarzen naast de deur.

Hij klopte zacht aan, en bleef om zich heen kijken of de wachters hem niet bemerkten. De gezant keek gapend om een hoek van de deur, met zijn lange blonde haar loshangend over zijn schouder. 'Is het nu al tijd om op te staan?' vroeg hij, en hij keek verrast op toen Caliël hem terugduwde, zijn kamertje in. 'Heer Caliël, wat doet u hier?'

'Heeft koning Korin je een boodschap gegeven die je naar prins Tobin moet brengen?'

'U weet best dat ik dat niet mag vertellen, heer.'

'Ik kom als vriend. Men wil je vermoorden om te voorkomen dat die brief naar Tobin gaat. Ik ben van plan direct naar Atyion te rijden. Als ik die brief nu breng, kun jij een andere route nemen. Ik zweer bij je Reiziger en al de Vier, dat dit de waarheid is.'

'Dat kan ik niet doen, heer, al verlies ik mijn leven.'

Caliël streek gefrustreerd met een hand door zijn haar. 'Die brief gaat verloren! Je bént al gewond. Je bent geen partij voor de mannen die achter je aan worden gestuurd.'

De man glimlachte en hield zijn verbonden arm omhoog. 'Zoals je ziet zijn gezanten geen makkelijke prooi. Er waren twintig struikrovers en ik ben, mét de boodschap, levend uit de strijd gekomen. Dankzij uw bericht kan ik natuurlijk wel een ander pad kiezen.'

'Zodra je het fort verlaat zul je geschaduwd worden. Waarschijnlijk zit er een tovenaar bij.'

'Ik begrijp het, heer, en ik dank u hartelijk, maar mijn taak is mij heilig. Ik kan uw raad niet opvolgen.'

Caliël schudde het hoofd, popelend om de man, voor zijn eigen bestwil, neer te slaan, al bewonderde hij hem om zijn moed. 'Morgenochtend, deze tijd, ben je dood.'

'Het ligt allemaal in Astellus' hand, heer.'

'Nou, ik hoop dat je god je een warm hart toedraagt. Je hebt dit gesprek nooit gevoerd, begrepen?'

De gezant maakte een buiging. 'U bent hier nooit geweest, heer.'

De man aan zijn lot overlatend liep Caliël over de binnenplaats en verliet het fort via een smal uitvalspoortje aan de zeezijde. Moriëls trawanten waren vast nog niet zover met hun hinderlaag en trouwens, ze zouden uitkijken naar een gezant met een lange blonde vlecht. Als hij niet aarzelde zou hij een kans hebben.

De wachters zaten te dutten, want van deze kant was nauwelijks een aanval te verwachten. Caliël volgde een smal paadje langs de kliffen, en stal een paard uit een omheining. Grimmig lachte hij toen hij weggaloppeerde, en hij verheugde zich nu al op het slechte rapport dat hij van de Haviken zou kunnen geven als hij terug was.

De brede weg lag als een bleek lint voor hem, alleen door de sterren beschenen. Hoe verder hij het vervloekte fort achter zich liet, hoe opgeluchter hij zich voelde. Bij het eerst ochtendgloren was hij al mijlenver en zag hij de zon opkomen boven de Binnenzee. Over een paar dagen zou hij met eigen ogen kunnen zien of Tobin een vriend of een vijand was. Er was al een korstje ontstaan op de plek waar de beker hem getroffen had, en wat Korin hem aangedaan had was alweer vergeven. Of Korin hem nu vertrouwde of niet, Caliël zou zijn koning dienen zo goed als hij kon.

Hij keek weer naar zijn ring. *Als je nog steeds onze vriend bent, heeft Korin je nodig. Ben je dat niet, dan reken ik zelf wel met je af, uit zijn naam, en om hem te beschermen.*

24

Lutha bracht de nacht dwalend in angstaanjagende, onontkoombare dromen door en werd pas wakker toen de zon in zijn ogen scheen en iemand als een idioot op zijn deur stond te bonzen.

'Lutha, ben je daar? Doe open, in naam van de koning!'

Lutha kwam met een ruk overeind en zag Barieus gebogen over de waskom staan. Terwijl het water uit zijn tot een kommetje gevormde handen droop, keek hij Lutha met grote ogen aan. 'Dat lijkt Alben wel.'

Lutha liep naar de deur, met het bezwete hemd onaangenaam tussen zijn schouderbladen klevend, en opende die op een kier.

Alben zuchtte opgelucht. 'Je bent hier! Waarom was je niet bij het ontbijt?'

'Ik heb me verslapen. Wat heeft al dat geschreeuw te betekenen?' Hij deed de deur verder open en zag een stuk of vijf grijsruggen in carré achter Alben staan. Hij merkte dat Barieus ook naar de deur was gekomen. 'Wat is er aan de hand, Alben?'

'Cal is vannacht gedeserteerd.'

Lutha staarde hem ongelovig aan, tot hij besefte wat dit betekende. 'En jullie dachten dat we met hem mee waren gegaan.'

Alben was zo beleefd om te doen alsof hij behoorlijk met de zaak in zijn maag zat. 'Meester Porion heeft me gestuurd. Korin is helemaal over de rooie. Hij heeft Cal nu al een verrader genoemd en heeft een prijs op zijn hoofd gezet.'

'Maar dat is belachelijk! Er moet een andere reden voor zijn!'

'Hij is ervandoor, Lutha. Wist jij dat hij dit van plan was?'

'Ben je gek? Natuurlijk wist hij dat niet!' riep Barieus.

'Misschien kan heer Lutha de vraag zelf beantwoorden?' Niryn kwam van achter zijn mannen tevoorschijn. 'Heer Lutha, getuigen hebben u in het geniep met heer Caliël horen spreken over een samenzwering tegen de koning.

Het spijt me bijzonder dat ik niet in actie ben gekomen vóór heer Caliël het hazenpad koos.'

'Samenzwering?' sputterde Lutha. 'We hebben nooit... Denkt Korin dat? Laat me met hem praten!' Hij draaide zich om en begon snel zijn kleren bijeen te graaien. Barieus probeerde hem zijn broek aan te reiken, maar de grijsruggen drongen naar binnen en grepen hen beiden stevig vast.

'Alben, jij gelooft dit toch ook niet?' schreeuwde Lutha terwijl ze werden weggevoerd. 'Laat me met Korin praten, alsjeblieft! Dit heeft Niryn allemaal opgezet. Alben!'

Half aangekleed en tegenstribbelend werden ze naar beneden afgevoerd, nagestaard door alle strijders en edelen in de gangen. Via de achterdeur kwamen ze bij de kazerne met aan de achterkant een kleine, vochtige cel.

De wachters duwden hen naar binnen en sloegen de zware deur met een klap dicht. Het was meteen aardedonker. Ze hoorden hoe een zware grendel op zijn plaats geschoven werd.

'Lutha, wat is er allemaal aan de hand?' fluisterde Barieus.

'Geen idee. Misschien is Korin nu pas echt gek geworden.' Lutha vond op de tast een vochtige stenen muur en leunde ertegenaan, met zijn blote benen onder zijn hemd. 'Je zag wie ons kwam halen. Ik hoop dat de kraaien zijn ogen uitpikken!'

Er zaten spleten in de muur waar de dakspanten tussen de stenen bevestigd waren. Toen zijn ogen aan de duisternis waren gewend zag hij dat Barieus, in de benauwende ruimte, gehurkt naast hem zat. Hun gevangenis was amper vier armlengten breed en diep.

Een tijdje zaten ze zwijgend naast elkaar en probeerden deze plotselinge wending van hun lot te bevatten.

'Je denkt toch niet dat Cal werkelijk een verrader is?' vroeg Barieus ten slotte.

'Nee.'

'Maar waarom is hij dan weggegaan, zonder iets tegen jou te zeggen?'

'Alleen Niryn heeft dat gezegd. Niryn kan hem ook gewoon vermoord hebben. Die kloothommel! Ik wou dat ik Cal gewaarschuwd had.'

'Gewaarschuwd voor wat?'

Lutha vertelde hoe ze Korin bespioneerd hadden en hoe hij de tovenaar later tegen het lijf was gelopen. 'Niryn wist volgens mij allang wat we uitgespookt hadden. Ik had het kunnen weten. Als je de blik van die man zag! Verdomme, ik had terug moeten gaan naar Caliël!'

Weer verzonken ze in stilte, terwijl ze mistroostig naar het ene minieme zonnestraaltje staarden dat zich op de muur aftekende.

Na een tijd hoorden ze hoe de grendel verschoven werd. Het daglicht dat de cel in viel verblindde hen. Een bewaker wierp hun wat kleren toe. 'Aankleden. Koning Korin heeft jullie ontboden.'

Haastig kleedden ze zich aan, waarna ze naar de grote hal gevoerd werden. Korin zat op zijn troon, met de twee overgebleven Gezellen en Niryns tovenaars aan zijn zijde. Vandaag stond meester Porion rechts van hem, met een lange zweep in zijn hand van hetzelfde soort dat Tobin eens had gebruikt om Ki te straffen.

Lutha rechtte zijn rug en verbeet zijn angst en woede. Hij had dan wel stro in zijn haar, en stond hier blootsvoets, maar hij was nog steeds een Koninklijk Gezel en de zoon van een edelman.

'Er is een grootscheepse zoekactie naar Caliël op gang gekomen. Hij is nog steeds spoorloos,' sprak Korin. 'Wat weten jullie hiervan?'

'Niets, Majesteit.'

'Lieg niet tegen me, Lutha. Je maakt het voor jezelf alleen maar erger.'

'O, dus nu ben ik behalve een verrader, ook nog een leugenaar?' zei Lutha honend. 'Dus zo denk je tegenwoordig over me, *Majesteit?*'

'Lutha!' mompelde Barieus geschrokken.

'Gezel, men dient zijn leenheer met respect te bejegenen!' blafte Porion.

Trillend van woede klemde Lutha zijn lippen op elkaar en keek naar de grond.

'Houd uw tong in bedwang of u raakt hem kwijt,' zei Niryn. 'Spreek de waarheid of ik dwing hem af.'

'Ik spreek altijd de waarheid!' kaatste Lutha terug, en hij deed geen moeite zijn minachting voor Niryn te verbergen.

'Ik heb mijn beste spoorzoekers achter hem aan gestuurd,' zei Niryn. 'Heer Caliël zal gevonden worden en spoedig worden opgebracht. Je brengt jezelf alleen maar in de problemen door hem te dekken. Hij is overgelopen naar prins Tobin.'

Lutha deed alsof hij hem niet hoorde. 'Op mijn eer als je Gezel, Korin, Cal heeft me niets verteld over zijn plannen, en over deserteren hebben we het al helemaal nooit gehad. Dat zweer ik op de Vlam.'

'En ik ook, Majesteit,' zei Barieus.

'En toch geven jullie toe positief te oordelen over die valse koningin?' zei Niryn.

'Positief te oordelen? Ik weet niet waarover u het heeft,' zei Lutha. Korin zat nog steeds onbewogen op zijn troon, en het wantrouwen in zijn ogen deed

Lutha de rillingen over zijn rug lopen. 'We vonden het alleen wat vreemd dat je ons niet op pad wilde sturen om uit te zoeken hoe dat met Tobin zat. Maar Cal heeft nooit gezegd dat hij je wilde verraden! Hij is net zo loyaal aan jou als ik.'

'Aan zijn woorden alleen heeft u niets, Majesteit,' zei Niryn smalend. 'Wacht maar even, ik zal de waarheid meteen boven tafel halen.'

De moed zonk Lutha in de schoenen toen Korin knikte. Niryn stapte van de verhoging af en gebaarde naar de mannen die naast Lutha stonden. Ze grepen zijn armen stevig vast.

Niryn ging met een gemene glimlach voor hem staan. 'Het kan een tikkeltje pijn doen, heer, maar het is de wil van uw koning.'

Zijn koude hand greep Lutha onder zijn kin en hij legde de andere hand op zijn hoofd, met de handpalm op Lutha's voorhoofd. Die aanraking deed Lutha huiveren. Hij richtte zijn blik op de borst van de tovenaar. Het witte gewaad was smetteloos als altijd: Niryn rook naar kaarsen, rook en nog iets zoets.

Lutha had niets te verbergen. Hij concentreerde zich op zijn trouw aan Korin tot een flits van verschroeiende pijn alle bewuste gedachten verdreef. Het voelde alsof zijn hoofd tegelijkertijd verpletterd en boven een laaiend vuur gehangen werd. Hij wist niet eens of hij nog op zijn benen stond, want hij leek in een eindeloze zwarte put te vallen. Wanhoop deed alle trots uit zijn innerlijk vervagen; hij wilde schreeuwen, gillen, en Korin smeken die marteling van de tovenaar te laten stoppen. Maar hij was verblind en verdwaald en zijn tong lag onbeweeglijk in zijn mond.

Het ging maar door, en net toen hij dacht te zullen sterven van pijn, merkte hij dat hij op handen en knieën op de muffe biezen aan Niryns voeten zat, snakkend naar adem. Zijn hoofd bonsde oorverdovend en hij proefde alleen maar gal.

Niryn had ondertussen Barieus in zijn greep genomen. Lutha keek machteloos toe toen zijn vriend akelig bleek werd en verstijfde van pijn.

'Korin, alsjeblieft! Laat hem ophouden!' smeekte Lutha schor.

Maar hij zag niets dan bitterheid in de blik van de jonge koning.

Barieus stootte een verstikt gejank uit. Zijn ogen waren wijd opengesperd maar hij zag niets en hij had zijn vuisten zo krachtig gebald dat de knokkels wit door zijn zongebruinde huid staken. Niryn keek sereen in de verte alsof hij de jongen heelde in plaats van zijn ziel kapot te scheuren.

Lutha kwam moeizaam overeind. 'Laat hem los! Hij weet helemaal niets.' Hij trok aan de arm van de tovenaar in een poging hem op te laten houden.

'Wachters, grijp hem,' beval Korin.

Lutha was te zwak om te vechten, maar hij deed het toch en probeerde zich los te werken uit de greep van de twee wachters.

'Heer Lutha, werk nou mee! Er is niets wat u kunt doen,' sprak een van hen uit mededogen.

Niryn liet Barieus eindelijk los en de jongen viel bewusteloos op de vloer. De wachters lieten Lutha los waarop hij bezorgd naast Barieus neer knielde. De ogen van de schildknaap waren gesloten, maar zijn gezicht was nog tot een grimas vertrokken door de gruwelen die hij had moeten doorstaan.

'Wat betreft heer Caliël spreken ze de waarheid, Majesteit,' zei Niryn. 'Ze weten niets over zijn verdwijning.'

Keek Korin nu heel even opgelucht? Lutha was het in elk geval wel, maar dat was van korte duur.

Niryn wierp hem een vernietigende blik toe. 'Echter, in allebei heb ik wel een sterke sympathie voor prins Tobin opgemerkt. Ik ben bang dat hun loyaliteit aan hem zelfs iets sterker is dan die aan u, Majesteit.'

'Niet, dat is gelogen!' schreeuwde Lutha, maar terwijl hij die woorden uitsprak, voelde hij dat hij niet geheel de waarheid sprak. 'Alsjeblieft, Korin, begrijp het nou. Hij was onze vriend! We wilden alleen met hem praten, omdat hij dat vroeg...'

De blik in Korins ogen verhardde zich weer. 'Hoe weet je dat?'

'Ik... Ik bedoel Cal en ik...' Hij kon de woorden niet over zijn lippen krijgen.

'Hij geeft toe dat hij u afgeluisterd heeft, Majesteit,' zei Niryn zelfvoldaan. 'En nu is Caliël op weg naar Tobin, ongetwijfeld om door te brieven hoe sterk uw leger wel niet is...'

'Nee, dat zou Caliël nooit doen,' zei Lutha zwakjes, en kromp ineen onder de vijandige blik van Korin en de andere Gezellen. Toen besefte hij dat alles verloren was. Hij zou nooit meer op die verhoging mogen staan.

Barieus bewoog en deed zijn ogen open, en begon te trillen toen hij Niryn vlak bij hem zag staan.

Korin stond op en liep naar voren. 'Lutha, zoon van Asandeus, en Barieus, zoon van Malel, jullie zijn verstoten uit de groep van Gezellen en veroordeeld als verraders.'

'Korin, ik smeek je!'

Korin trok zijn dolk, zijn ogen zo koud als ijs. De wachters hielden de jongens stevig vast terwijl Korin van de verhoging stapte. Hij sneed hun strijdersvlechten af en smeet ze aan hun voeten, en spuugde hen allebei in het gelaat.

'Jullie betekenen niets meer voor me, en niets voor Skala. Wachters, breng ze terug naar hun cel tot ik besloten heb wat hun straf zal zijn.'

'Nee, Niryn liegt dat hij barst!' huilde Lutha nog en hij worstelde wanhopig terwijl hij en Barieus werden weggesleept. 'Korin, alsjeblieft, luister nou toch naar me. Niryn is een kwade tovenaar. Hij liegt tegen je. Geloof hem toch niet!'

Verder kwam hij niet want een plotselinge pijnflits benam hem de adem en alles werd zwart voor zijn ogen.

Zijn hoofd deed nog pijn toen hij bijkwam, en heel even dacht hij dat hij blind geworden was. Hij voelde dat hij met zijn hoofd in iemands schoot lag en hoorde Barieus zachtjes snikken, maar hij zag geen hand voor ogen. Toen hij weer enigszins bij zijn positieven was, herkende hij de geur van schimmelig hooi en begreep dat ze weer in de pikdonkere cel waren. Hij keek omhoog naar de gaten voor de dakspanten, maar het licht dat erdoor viel was veel minder fel.

'Hoe lang heb ik zo gelegen?' vroeg hij, terwijl hij overeind probeerde te komen. Hij betastte voorzichtig zijn achterhoofd en voelde een flinke buil, maar geen bloed.

Barieus veegde haastig zijn tranen weg en hoopte dat Lutha hem niet had horen huilen. 'Een paar uur. Het is al noen geweest. Ik hoorde het getrommel voor het wisselen van de wacht. '

'Nou, het ziet ernaar uit dat we ons aardig in de nesten gewerkt hebben, hè? Cal had al die tijd dus gelijk. Niryn heeft gewoon zijn tijd afgewacht om toe te slaan.' Lutha balde zijn vuisten in machteloze woede.

'Waarom...' Barieus stopte even en schoof ongemakkelijk heen en weer. 'Waarom zou Cal ons niet meegenomen hebben?'

'Hij wilde ons niet in de steek laten, tenzij hij echt Tobins kant wilde kiezen. Ik denk eigenlijk dat hij dood is.'

Hij kon dat beter accepteren dan het idee dat Caliël gedeserteerd was.

Nalia bleef staan op haar balkon en wachtte bezorgd wat er ging komen.

Tomara had tijdens de ochtendthee verteld welke opschudding er beneden was ontstaan. Kort nadat ze ingeschonken hadden hoorden ze het kletteren van hoeven op de binnenplaats, en even later stoven er gewapende ruiters naar het noorden en zuiden.

'Ze gaan op zoek naar heer Caliël,' zei Tomara hoofdschuddend. 'Voor het eind van deze week staat zijn hoofd daar op een piek!'

'Wat afschuwelijk!' Caliël had haar namelijk altijd opvallend aardig bejegend. Knap was hij ook, met dat goudblonde haar en zijn donkere ogen. Korin had het altijd over Caliël gehad als zijn beste vriend. Hoe kon hij dan zo'n bevel uit doen gaan?

Nalia had weinig trek die ochtend. De afgelopen dagen was ze af en toe duizelig geweest en zo misselijk dat ze naar de waskom had willen rennen. Tegen Tomara en Korin had ze er niets over gezegd. Uit het gebabbel van haar kamenier had ze snel kunnen opmaken waarop deze symptomen wel moesten duiden. Haar volgende maanvloed moest over een paar dagen komen en ze telde de dagen in spanning af. Als ze een kind onder het hart had, zou Korin haar nooit meer laten gaan.

Het late namiddaglicht viel door het hoge bladerdak van het woud, en schilderde bewegende vlekkenpatronen op de vochtige aarde van het wildpad dat Mahti volgde.

Lhel en de Moeder hadden hem de afgelopen week, in plaats van naar het zuiden, naar het noorden en westen geleid, naar de grote brug.

's Nachts goed verborgen voor spiedende ogen in bossen en diepe valleien, had hij zachtjes op Trekker gespeeld waarbij de melodieën visioenen van bakens en landschappen opriepen waarlangs zijn weg leidde. Overdag liet hij zijn voeten gaan waar ze hem brachten en de bakens passeerde hij als vanzelf.

Moeder Shek'mets stem was duidelijker nu, zo duidelijk dat hij stopte onder de zacht wiegende, uitgespreide armen van een grootmoedereik. De heksentekens kriebelden en jeukten zacht onder zijn huid en hij sloot zijn ogen. De geluiden van briesjes en vogels werden geleidelijk vervangen door zijn langzame, donkere hartslag. Hij zette de oe'loe aan zijn lippen en liet het lied zijn eigen klanken kiezen. Hij hoorde het niet, maar de beelden die het lied opriep zag hij wel.

Hij zag een grote zee, de zee die aan de andere kant van de grote brug lag. Hij had erover horen vertellen en herkende het lichte blauw van het water uit de verhalen. Meeuwen vlogen er in grote zwermen overheen en in de verte was dat grote stenen huis met hoge, zware muren.

Het lied vertelde hem over het diepe leed in dat huis, van zielen die gebroken werden, en een koud hart dat niet verwarmd kon worden. Zijn weg leidde in die richting en hij moest voortmaken.

Snel! fluisterde de Moeder in de pauzes van het lied van de oe'loe.

Mahti liet het instrument zakken, opende zijn ogen en zag dat de zon bijna van het uitspansel was weggedraaid. Met zijn knapzak en instrument over zijn schouder haastte hij zich verder. De lichtvoetige herten die zijn pad maakten, markeerden het met hun gekliefde hoeven. De tweepuntige tekens leidden zijn blote voeten nog lang nadat de zon had plaatsgemaakt voor de sterren.

Door de baan van smalle lichtstraaltjes op de muur, konden Lutha en Barieus het vorderen van de dag volgen. Het werd donker, maar niemand bracht hen wat te eten of te drinken. Buiten hoorden ze de bewakers rusteloos ijsberen en mompelen.

Langzaam, om zijn pijnlijke hoofd te sparen, kroop Lutha naar de deur in de hoop iets van Caliël op te vangen, maar de mannen buiten kletsten alleen over gokspelletjes en vrouwen.

Hij onderzocht de wanden van de gevangenis, en klom zelfs op de schouders van zijn schildknaap om de dakspanten en het rieten dak te betasten. Ze vonden een emmer om in te pissen, en nog een met water, maar geen ontsnappingsmogelijkheid, zelfs niet voor zo'n slim ratje als hij.

Zonder enige hoop vatten ze de slaap met hun rug tegen de muur. De volgende ochtend werden ze gewekt door het schrapen van de grendel. Ze knipperden tegen het licht toen een andere man naar binnen werd geduwd en op het stro werd neer gesmeten. Hij kwam met zijn gezicht naar beneden neer, zijn handen waren op zijn rug gebonden, maar ze herkenden Caliël aan zijn haar, dat bedekt was met een dikke korst bloed. Zo te zien was hij geslagen en voortgesleept, maar had hij eerst flink gevochten. Twee rafelige plukken haar naast zijn slapen lieten zien waar gisteren zijn vlechten nog hadden gezeten.

De deur werd weer dichtgesmeten en heel even zag Lutha helemaal niets, nog steeds verblind door het plotselinge helle licht, maar hij kroop in de richting van Caliël en liet zijn handen over hem glijden om te zien of hij gewond was. Er zat een grote bult op zijn hoofd en bloedig ontvelde plekken op armen en benen. Hij lag roerloos, maar kreunde toen Lutha zijn borst en zijkant aanraakte. Hij haalde maar moeizaam adem.

'Die klootzakken hebben een stel ribben gebroken,' mompelde Lutha. Hij maakte de touwen om Caliëls polsen los en wreef zijn koude handen om de bloedsomloop weer op gang te laten komen. Omdat hij niets anders kon doen dan af te wachten, bleef hij naast zijn vriend zitten. Aan het licht op de muur te zien was het noen toen Caliël eindelijk weer een teken van leven gaf.

'Cal? We zijn hier bij je. Wat is er gebeurd?' vroeg Lutha.

'Ze hebben me gepakt,' fluisterde hij schor. 'Grijsruggen... en een van die vervloekte Haviken.' Hij probeerde te gaan zitten en knipperde in het vage licht. De rechterkant van zijn gezicht zat onder het geronnen bloed en zijn bovenlip was gescheurd en opgezwollen. 'Ze wilden niet met me vechten, maar kwamen met knuppels op me af. Ik denk dat die tovenaar een spreuk over me heeft uitgesproken. Want daarna wist ik niets meer.' Hij verschoof met een van pijn vertrokken gezicht, om op zijn andere zij te gaan liggen. 'En wat doen jullie hier?'

Lutha vertelde snel wat er gebeurd was.

Caliël kreunde weer. 'Maar daarom vertrok ik juist zonder afscheid te nemen, zodat jullie er niet bij betrokken zouden raken!'

'De Pad heeft alles aan zijn meester verteld. We zijn beschuldigd van verraad en zouden met jou een samenzwering tegen Korin hebben opgezet.'

Caliël zuchtte. 'Tanil en Zusthra zijn gevallen in de strijd, maar zo'n serpent als Moriël overleeft alles. Bij het vuur van Sakor, waarom is de wereld toch zo onrechtvaardig?'

'Het is Korins onrechtvaardigheid, en ik denk niet meer dat hij snel nog zal veranderen,' zei Lutha treurig. 'Niryn heeft de band tussen hem en ons doorgeknipt, als een kleermaker zo nauwkeurig.'

'Ik had het kunnen weten. Verdomme, als ik maar sneller was geweest en een verstandig gesprek met Tobin had kunnen hebben!'

'Het spijt mij ook dat je gepakt bent, al is het een schrale troost dat ik nu weet dat je niet zonder meer wegrende voor de situatie,' zei Barieus zacht. 'Dan heb ik tenminste iets om aan te denken als we gehangen worden.'

'Zouden ze dat doen, Cal?' vroeg Lutha.

Caliël haalde zijn schouders op. 'Ik kan me voorstellen dat ze mij zouden willen ophangen, maar jullie hebben niets misdaan! Dus zou dat van geen kanten kloppen.'

'Wat klopt er nu wel sinds we Ero verlaten hebben?' zei Lutha bedroefd.

Niryn stond bij Korin in de raadszaal. Hij zei niets en staarde afwezig om zich heen terwijl het handjevol edelen het lot van de verraders bespraken, maar hij was wel degelijk ergens mee bezig.

De gangen van de geest van de jonge koning kende hij als zijn broekzak, maar hij vond nog steeds vreemde bochten en kronkels, muurtjes van tegenwerking die zelfs zijn insinuaties niet konden slechten. Heer Caliël was de katalysator voor veel van die muurtjes geweest, om over dat kleine rattenbekkie maar te zwijgen. Diep in zijn hart hield Korin nog steeds van hen.

'Majesteit. Ze hebben u verraden,' mompelde Niryn die de strijd die in Korins hart gevoerd werd aanvoelde. 'U mag nu geen zwakte tonen! Ze moeten gestraft worden, en wel zo dat iedereen het kan zien. Alle drie.'

Korin omklemde nog steeds drie smalle vlechtjes en beet nadenkend op zijn lip: een blond, een rossig en een donker vlechtje.

Hij blijft zo trouw, al hebben zijn vrienden hem hun rug toegekeerd, dacht de tovenaar. *Wat zonde, want die trouw is zo misplaatst.* Niryn concentreerde zich op de beelden die hij zag van de jongere prins Korin, verloren in de schaduwen van zijn familie. Zusjes die koningin zouden worden. Broers met sterkere armen en snellere voeten. Een vader die dan weer de een, dan weer de ander voortrok, of tenminste, zo zag dat jongste broertje dat, totdat de pest elke verdere competitie overbodig maakte. En toen het schuldgevoel. Al waren de anderen dan gestorven, nog steeds was hij niet goed genoeg. Niryn had al sinds lang die herinneringen aan gesprekken gehad: zwaardmeester Porion die de anderen instrueerde Korin te laten winnen. Een diepe wonde was dat, en het werd hem nog steeds ingewreven. Caliël wist dat.

Niryn poetste die diep weggeborgen herinnering nog eens op. Korin had niets door, maar het idee dat iedereen wist dat hij eigenlijk mislukt was, staalde zijn hart en hij wierp de vlechtjes op de grond. 'Ja, je hebt gelijk, zoals altijd.'

Niryn glimlachte tevreden.

Het was alweer bijna avond toen de deur nogmaals openzwaaide. Niryn stond handenwrijvend in de deuropening. 'Jullie worden voor Korin geleid zodat hij het vonnis kan vellen. Kom op, of willen jullie aan jullie haren gesleept worden, zoals jullie verdienen?'

'Houd moed,' mompelde Caliël die moeizaam overeind krabbelde. Lutha en Barieus stonden al klaar. Wat er ook gebeurde, ze waren ooit Koninklijke Gezellen geweest, ze vreesden niemand, zelfs hun eigen koning niet.

Buiten hun cel troffen ze een tribunaal aan. Midden in het fort was een rechthoekige binnenplaats. Voor de twee muren stond het hele bewapende garnizoen en Korin bevond zich, geflankeerd door Porion en zijn generaals, aan de verste zijde tegenover hen.

De bewakers leidden hen naar het midden van de binnenplaats. Niryn ging, tussen generaals en vazallen, aan Korins rechterhand staan.

Lutha keek in de rondte en speurde naar bekende gezichten. Velen keken neutraal naar hem terug, maar sommigen konden hem niet recht in de ogen zien.

Korin was in volle wapenrusting en hield het ontblote Zwaard van Ghërilain voor zich.

Porion sprak de aanklacht uit. 'Heer Caliël, u wordt beschuldigd van desertie en verraad. U kreeg het uitdrukkelijke verbod om naar prins Tobin te gaan, die zich de troon onrechtmatig heeft toegeëigend. Maar als een dief in de nacht ging u ervandoor om zich aan te sluiten bij zijn kamp. Wat hebt u als verweer aan te voeren?'

'Wat kan ik zeggen, Korin, als je zelf te blind bent om de waarheid te zien?' antwoordde Caliël en hij stak zijn kin trots omhoog. 'Als jij denkt dat ik jou in de steek gelaten heb, dan heb ik me vergist en heb je mijn hart nooit gekend zoals ik dacht dat je het kende. Niets wat ik zeg kan daar nu nog wat aan veranderen.'

'Dus u geeft toe dat u op weg was naar prins Tobins kamp?' vroeg Niryn.

'Ja,' antwoordde Caliël, met nog steeds zijn blik strak gericht op Korin. 'En je weet heel goed waarom.'

Lutha zag hoe Korins hand zijn greep om het zwaardgevest verstevigde. Zijn ogen stonden leeg en doods toen hij verklaarde: 'Gebrek aan loyaliteit jegens je heer is de ergste misdaad die een Gezel en strijder kan plegen, maar in deze rampspoedige tijden verwacht ik van degenen die mij na staan dat ze een goed voorbeeld geven. De daden zoals genoemd in de aanklacht zijn onvergeeflijk. Caliël en Lutha, jullie hebben allebei getwijfeld aan mijn wilskracht sinds we Ero verlaten hebben. Ik ben tolerant geweest omdat ik hoopte dat jullie tot inkeer zouden komen en weer de loyale Gezellen zouden worden die ik altijd gekend heb. Maar jullie hebben juist onrust gebracht en tweespalt gezaaid bij anderen...'

'Welke anderen?' vroeg Lutha. 'We waren bezorgd om je, omdat je...'

Een wurgende kracht omsloot zijn hart en keel, en zijn protest werd gesmoord. Niemand scheen te merken dat hij haast stikte, maar wederom zag hij hoe Niryn hem geamuseerd aankeek. Dit was magie! Waarom zag niemand toch wat die ellendeling deed? Hij slikte en wilde laten zien dat hij hem kon verslaan, maar hoe krachtiger hij probeerde de woorden uit zijn mond te krijgen, hoe minder lucht hij kreeg. Hij viel op zijn knieën en greep met tranen in zijn ogen naar zijn keel.

Korin begreep zijn wanhoop verkeerd. 'Sta op! Schaam je je niet, zoals je nu als een meid op de grond ligt te janken!'

Het was hopeloos. Niryn wist wat Lutha wilde zeggen en blokkeerde de woorden in zijn keel. Hij krabbelde weer op en zei schor: 'Barieus wist hier helemaal niets van. Hij is totaal onschuldig.'

Naast hem rechtte Barieus echter zijn schouders en sprak luid: 'Ik ben heer Lutha's schildknaap en zal hem in alles volgen. Als hij schuldig wordt bevonden, ben ik dat ook. Ik ben bereid de straf te delen.'

'En dat zal gebeuren ook,' sprak Korin. 'Voor het misdrijf van afvalligheid, zullen jullie eerst voor het aanzien van dit gezelschap gegeseld worden. Twintig slagen met de kat-met-negen-staarten voor Lutha en zijn schildknaap, en vijftig voor Caliël, omdat hij een zwaardere misdaad heeft begaan. Vervolgens zullen jullie bij zonsopgang gehangen worden, als straf voor verraad en valse vriendschap.'

Lutha hield zijn hoofd hoog, maar hij had het gevoel alsof een paard hem vol in zijn buik had getrapt. Ondanks zijn harde woorden in de cel had hij niet gedacht dat Korin zover zou gaan. Zelfs Alben keek geschokt en Urmanis was bleek weggetrokken.

'Allemaal de strop?' vroeg meester Porion op behoedzame toon. 'Lutha en Barieus dus ook?'

'Zwijg! De koning heeft gesproken,' beet Niryn hem toe en hij keek de oude zwaardvechter aan met een scherpe blik. 'Trek jij de wijsheid van de koning nu ook al in twijfel?'

Porion kreeg een kleur, maar boog voor Korin en hield verder zijn mond.

'Als meester Porion dan niet meer spreekt, zal ik het wel doen!' riep Caliël boos. 'Voor al deze getuigen zeg ik dat je onrechtvaardig bezig bent! Hang mij maar op, als je zo nodig moet, hoewel je in je hart best beseft dat ik alles voor jouw bestwil deed. Jij zegt dat je verraad straft, maar volgens mij moedig je het juist aan.' Hij wierp een verachtelijke blik op de tovenaar. 'Als je deze twee jongens op laat hangen, jongens die je alleen maar trouw gediend hebben, laat dan dit gezelschap getuige zijn van die rechtvaardiging, een rechtvaardiging die laag en slecht is. Je bent kennelijk vergeten wie je ware vrienden zijn,' eindigde hij boos. 'Zelfs al laat je mij doden, ik zal jouw vriend blijven tot mijn laatste snik.'

Heel even dacht Lutha dat Korin overstag zou gaan. Er trok een gepijnigde trek over zijn gezicht, maar die was meteen weer voorbij.

'Begin met de bestraffing, breng de lichtste straffen als eerste ten uitvoer,' beval hij. 'Gezellen, doe je plicht.'

Alben en Urmanis vermeden Lutha's blik toen ze naar voren stapten en zijn hemd ruw van het lijf trokken. Garol en Mago namen Barieus op dezelfde manier onder handen.

Een onwerkelijk gevoel overviel hen toen ze terug werden geleid naar het stenen gebouwtje waarin de cellen zich bevonden. Hoog aan de muur waren ijzeren ringen bevestigd. Soldaten waren bezig om er dikke touwen aan vast te knopen.

Lutha hield zijn hoofd recht en keek strak voor zich uit, en weigerde zijn trots te laten varen. Vanuit zijn ooghoeken zag hij, als een donker, onheilspellend waas, de massa soldaten langs de muren staan.

Hij had vaak genoeg een afranseling bijgewoond om te weten dat twintig slagen een zware straf was, maar die dreiging verbleekte bij het bewijs dat al die jaren van trouw en vriendschap voor Korin lucht waren geweest. Anders konden ze niet zomaar gewist worden, met één vingerknip van een tovenaar.

De andere Gezellen bonden hen elk met hun polsen aan een ring, terwijl hun gezicht tegen de ruwe muur werd gedrukt. De ringen hingen zo hoog dat Lutha's voeten nauwelijks de grond raakten. Het voelde aan alsof zijn armen elk moment uit de kom konden schieten.

Hij draaide zijn hoofd opzij naar Barieus. Die had zijn lippen grimmig op elkaar geklemd, maar zijn ogen stond wijd open van angst.

'Houd moed,' fluisterde Lutha. 'Geef geen kik. Gun ze dat genoegen niet.'

Hij hoorde iets achter zich in beweging komen en het leek wel of bij iedereen tegelijk de adem stokte. Een gedrongen man met ontbloot bovenlijf en met stoffen kap over zijn hoofd waarin alleen ogen waren uitgesneden kwam naderbij en toonde het publiek de kat waarmee ze gegeseld zouden worden. Meer dan negen touwen met knopen erin waren aan een lange houten steel bevestigd.

Lutha knikte en keek naar de muur. Hij greep de ijzeren ring en bereidde zich voor op de eerste slag.

Het was erger dan hij zich had kunnen voorstellen. Niets dat hij op het slagveld of tijdens een gevecht had meegemaakt, kon zich meten met deze ervaring. De lucht werd uit zijn longen geperst en het brandde als de hel. Hij voelde een straaltje bloed via zijn schouderblad langs zijn zij afdalen als een traan.

Barieus kreeg de volgende slag en Lutha hoorde hem kreunen van de pijn.

De beul die de kat hanteerde was zeer bedreven in zijn vak. Hij verdeelde de zweepslagen netjes over hun hele rug, en toen kruislings om oude, open striemen opnieuw te raken, wat de pijn nog verhevigde.

De eerste striemen verdroeg Lutha nog redelijk, maar toen hij tien slagen had geteld, beet hij zijn onderlip stuk om het niet uit te schreeuwen. Barieus gilde bij iedere nieuwe slag, maar het sierde hem dat hij huilde noch smeekte. Lutha proefde de metaalachtige smaak van bloed toen hij in zichzelf ook de laatste slagen mee telde.

Eindelijk was het voorbij. Iemand sneed het touw door waarmee zijn polsen aan de ring waren vastgemaakt, maar zijn handen bleven bij elkaar gebonden. Lutha's knieën hielden het niet meer en hij viel trillend op de grond. Barieus zakte ook ineen, maar was meteen weer op de been. Hij boog zich met gebonden polsen naar Lutha. Zijn gezicht was nat van de tranen en het bloed droop langs zijn beide zijden, maar zijn stem klonk vast toen hij zei: 'Laat me je overeind helpen, heer.'

Dat gaf Lutha de kracht die hij nodig had. Ze draaiden zich om en zij aan zij keken ze Korin aan, en Lutha wist dat de liefde die hij eens voor hem had gevoeld nu voorgoed verdwenen was.

Bewakers trokken hen ruw opzij en lieten hen van vlakbij toekijken hoe Caliël nu aan een ring werd vastgemaakt. Iedereen hoorde zijn scherpe gesis van pijn toen zijn armen met een ruk omhoog werden getrokken, en de gebroken ribben gestrekt werden.

Hoe kan hij dit volhouden? Twintig slagen hadden hem doen wankelen, met een rug die aanvoelde als een kloppende massa. Vijftig slagen zouden het vlees van zijn botten scheuren, zouden hem zelfs kunnen doden, want Caliël was tenslotte al behoorlijk gewond.

Caliël was langer, zeker zijn armen. Hij kon de ijzeren ring zonder moeite vastpakken en met gebogen hoofd zette hij zijn voeten uiteen. En het geselen begon opnieuw.

Caliël huiverde tijdens de eerste paar slagen. Na tien slagen begon hij te bloeden. Na twintig stond hij zichtbaar te trillen. Elke striem van de kat opende bloedige lijnen op zijn huid, en waar de touwen al blootgelegde stukken raakten ging de huid compleet aan flarden. Het bloed stroomde steeds heftiger.

Misschien had Niryn de beul opgedragen om Caliël niet te doden voor hij gehangen werd, want hij sloeg hem niet tot op het bot, maar na de negenendertigste slag raakte Caliël wel buiten westen. Mannen kwamen aangelopen met emmers vol zeewater. De kou en het bijtende vocht brachten Caliël weer bij. Hij drukte zich tegen de muur, zette zijn tanden op elkaar om het niet uit te gillen en de bestraffing werd voortgezet tot het eind. Caliël onderging de rest zonder één kik te geven. Toen ze hem lossneden zeeg hij als een bloederige homp vlees in het stof ineen.

'Het vonnis van de koning is volbracht,' verklaarde Porion met moeite. 'Breng de veroordeelden terug naar hun cel. Morgenochtend zullen ze gehangen worden. Het recht des konings zal zegevieren.'

Iedere strijder op de binnenplaats raakte met het gevest van zijn zwaard of met zijn boog de borst aan. Het kletterende geluid van gehoorzaamheid trof Lutha als een dolksteek.

Hij en Barieus konden de cel te voet bereiken, maar Caliël werd ruw voortgesleept en achteloos in het stro geworpen. Lutha viel op zijn knieën naast hem neer, en verdrong met moeite de tranen van verraad en pijn.

'Bij de Vlam van Sakor, hij bloedt nog dood!' hijgde hij en hij keek hulpeloos neer op de bloederige massa die de beul van Caliëls rug gemaakt had. 'Laat de koning weten dat hij een heler nodig heeft!'

''t Is de moeite niet,' mompelde een van de bewakers.

'Kop dicht, jij,' beet de ander hem toe. 'Ik zal het hem zeggen, heer Lutha, maar ik weet niet wat hij beslist. De Schepper zij met u allen, wat er ook gebeurt.'

Lutha keek vreemd op toen hij die vriendelijke woorden hoorde. De man droeg het rode Havikeninsigne, maar uit zijn ogen sprak medelijden en afschuw. Hij stuurde de ander weg om een heler te halen, en bleef zelf nog even staan.

'Ik mag er wel niets over zeggen, heer,' fluisterde hij, 'maar u heeft zich alle drie kranig gehouden. En...' Hij zweeg en keek nerveus om naar de deur. 'En als de koning dit rechtvaardigheid noemt, dan is er iets mis, goed mis. Moge de Schepper u bijstaan.' Hij stond op en liep de cel uit. Lutha hoorde hoe de zware grendel op zijn plaats geschoven werd.

Er kwam geen heler. Moeizaam met hun gebonden handen werkend, kregen Lutha en Barieus het voor elkaar repen van hun broeken te scheuren en ze over de ergste wonden op Caliëls rug te leggen, zodat het bloeden gestelpt werd. Lutha's eigen rug brandde elke keer dat hij zich vooroverboog, maar hij stopte niet tot ze alles gedaan hadden wat ze voor hem konden doen, hoe weinig het ook was.

Het was te pijnlijk om met hun rug tegen de muur te zitten, dus strekten ze zich elk aan een kant van Cal uit, en probeerden wat te slapen.

Lutha zakte net weg in een onrustige slaap toen hij een voet tegen de zijne voelde.

'Je was heel moedig,' zei Cal schor.

'Niet half zo moedig als jij,' antwoordde Lutha. 'Bij de Vier, Cal, je zei wat je moest zeggen en je gaf geen kik!'

'Echt? Ik weet het niet zo goed meer.' Hij grinnikte hees. 'Nou ja, ik hoef me gelukkig geen zorgen te maken over de littekens, hè?'

'Niet echt.' Lutha ging met zijn hoofd op zijn arm liggen. 'Ben je bang?

'Nee, en dat hoef jij ook niet te zijn. We kunnen alle drie, met geheven hoofd, naar Bilairy's poort lopen. Ik vind het alleen zo rot dat ik jullie hierin meegesleurd heb. Kunnen jullie me dat vergeven?'

'Er valt niks te vergeven,' fluisterde Barieus. 'We probeerden alleen onze plicht te doen. Korin kan de pot op als hij liever naar Ouwe Vossenbaard luistert.'

Het lachen deed zeer, maar het luchtte ook op. 'Ja, hij kan de pot op!' zei Lutha hees. Hij hief zijn hoofd en joelde schor: 'Hoor je dat, Korin? Je kunt de pot op. Als je niet eens meer weet hoe je je vrienden moet behandelen! Je kan de...'

'Genoeg nu, ' zei Caliël krassend. 'Zo wil je toch niet herinnerd worden. Het is niet... Ik denk niet dat we dit alleen aan Korin te danken hebben.'

'Hoe kun je dat nu zeggen?' siste Barieus verbitterd. 'Hij laat ons morgen ophangen! Je gelooft toch zelf niet dat je nog steeds om hem geeft?'

'Ik loog niet toen ik dat zei,' antwoordde Caliël zacht. 'Ik had Niryn moeten vermoorden toen ik de kans had. Ik zou liever daarvoor opgehangen worden dan voor dit. Dan had iemand er nog wat aan gehad. Dit is zo'n verdomd zinloze dood.'

Nalia had met afschuw aangezien hoe heer Lutha en zijn schildknaap aan de ring werden vastgebonden, en na de eerste slagen rende ze dan ook naar binnen en gaf over in de wasbak. Tomara hield haar vast tot ze klaar was en hielp haar het bed in.

'Doe die balkondeuren dicht!' smeekte Nalia en ze stopte haar hoofd onder de kussens. Ze kon de slagen van de zweep en de kreten van pijn nog steeds horen.

Tomara sloot de deuren en alle luiken en depte Nalia's slapen met rozenwater. 'Arme vrouwe, u zou deze dingen niet moeten zien. U bent veel te gevoelig voor dit soort spektakels.'

'Maar het waren de Gezellen van de koning!' riep Nalia uit. 'Waarom doet hij zoiets?'

'Tuttut, je hoeft niet te huilen om een stelletje verraders, duifje,' suste Tomara. 'Als dat het ergste is dat hen overkomt, dan is koning Korin nog een stuk milder dan zijn grootmoeder en vader ooit zijn geweest. Koningin Agnalain had hen laten vierendelen nadat ze eerst gevild waren.'

'Dus is het waar?' Korins vrienden hadden zich tegen hem gekeerd. Ze had haast medelijden met hem, want ze wist maar al te goed hoe dat soort verraad aanvoelde, maar het maakte haar ook bang te zien waartoe hij in staat was. 'Tomara, ga naar de bewakers en luister wat er gebeurd is.'

Maar al te blij dat ze er weer op roddels uitgestuurd werd, haastte Tomara zich naar beneden.

Nalia strekte zich uit tussen de kussens, ongeduldig wachtte ze het nieuws af. Toen Tomara niet snel genoeg terugkwam, stond ze op en keek door het raam naar de binnenplaats, met de luiken op een kier.

Nu hing heer Caliël er ook. Zijn rug was één bloederig geheel en de man die de zweep hanteerde leek nog niet van zins te stoppen. Met afgrijzen en fascinatie begon Nalia de slagen te tellen. Ze telde er eenendertig voordat het geselen werd gestopt.

Terwijl ze keek, drong er iets tot haar door. Als Korin zo zijn beste vrienden behandelde, wat zou hij dan wel niet met haar kunnen doen, als hij er ooit achter zou komen hoezeer ze van hem walgde?

Mahti had de hele nacht en de daaropvolgende dag gelopen zonder één pauze. Hij kauwde gedroogde slangenwortelbessen en neuriede zachtjes een eentonig melodietje dat honger en slaap verdreef. Toen hij eindelijk stopte, zag hij het eindeloze water uit zijn visioen glinsteren in de verte. De Zonsopgangzee. Hij staarde er verwonderd naar. Voor de bleekhuidige zuidlanders hier gekomen waren, voor de Retha'nois verdreven werden om bergbewoners te worden, had zijn volk tussen de twee zeeën rondgezworven en de Moeder aanbeden. Er waren heilige plaatsen aan deze verloren kust. Hij vroeg zich af of iemand zich er nog om bekommerde.

Hij at een beetje van de proviand die hij had meegekregen bij een huis dat hij gepasseerd was, sliep een tijdje in een verlaten schuur, en liep weer verder, aangetrokken door de schittering van de zee.

Hier waren geen bossen die bescherming boden, slechts open velden en hier en daar een zuidlanderhuis. In de schemering zag hij heel in de verte een groep lichtjes dat aangaf dat er een stadje was, en hij bleef bij zulke plaatsen uit de buurt.

De stem van de Moeder leidde hem voort tot hij een weg van zuidlanders bereikte. De weg strekte zich bleek uit in het maanlicht. Mahti ging aan de rand staan alsof het een snelstromende rivier was die hem mee zou voeren als hij erin zou vallen. Zijn heksentekens jeukten weer toen hij zijn ogen sloot, maar zijn voeten gingen voort. Hij liet ze maar en vertrouwde op Moeder Shek'met, wier lichte, troostende gelaat vanuit de lichte nachthemel op hem neerkeek. Haar licht was als tintelend bronwater, en verzachtte de pijn in zijn benen en zijn gesprongen lippen.

Hij liep een hele tijd over de weg; de stoffige, aangestampte aarde voelde vreemd aan onder zijn blote voeten. Hier liepen geen herten, alleen paarden, en hun sporen wezen hem niets. Hij liep door tot iets hards in de zool van zijn voet drukte en hij maakte een sprongetje van de schrik.

Hij bukte zich, en zocht tot hij in de hoefafdruk waarin hij gestapt was iets van goud zag glinsteren. Het was een ring. Hij had dit soort versierselen wel vaker aan de handen van zuidlanders gezien. Deze was beschadigd, verbogen en platgetrapt.

Misschien heeft een paard erop gestaan, dacht hij. Toen hij het stukje metaal omdraaide zag hij dat een deel ervan op een vogel leek.

Lhel verscheen verderop op de weg en gebaarde hem haar te volgen. *Haast je*, fluisterde ze op de avondbries. *Haast je, of je komt te laat.*

In de verte, bij een rotsblok, splitste de weg zich. Eén deel liep naar de kliffen in het oosten. De andere weg was smaller, en liep naar de duistere contouren van een woud. Lhel gebaarde in die richting en daar was hij blij om. Het zou prettig zijn om weer de bescherming van de bomen te voelen.

25

Caliël en Barieus werden stiller naarmate de nacht verstreek. Lutha wist niet of ze sliepen, maar had niet de moed om hen te storen.

Pijn was een goede afleiding, of misschien was hij werkelijk zo moedig, want hij voelde nauwelijks angst. Misschien zou dat later komen, wanneer hij het schavot onder de stroppen beklom. Hij probeerde zijn eigen hoofd op een piek voor te stellen, naast degene die al aan het rotten waren op de kantelen, maar het kon hem niet echt boeien. Toen hij de hoofden van de anderen op zo'n piek voorstelde, vooral dat van Barieus, brak zijn hart.

Hij had geen idee of de dageraad al in aantocht was toen hij gegrinnik en gemompel hoorde, en een zachte plof tegen de deur. Hij lag doodstil, als een kikker voor een kat.

Even later hoorde hij het verschuiven van de verroeste grendel. Gespannen zag hij hoe met een licht gepiep van de scharnieren de deur geopend werd.

Het was nog pikdonker buiten en de wachters hadden geen toortsen. Lutha zag niet veel meer dan de vage omtrek van een slank persoon.

'Wie is daar?' vroeg Lutha met een keel zo droog dat hij de woorden er nauwelijks uit kreeg.

'Een vriend.' Lutha herkende de fluisterende stem niet, maar hij moest van een jonge man zijn. 'Sta op, allemaal. Wegwezen!'

Lutha krabbelde moeizaam op. Er werd iets verschoven en toen waren daar plotseling de stralen van een afgeschermde kaars in een lantaarn. Een blonde jonge man hield hem vast, en in zijn andere hand een bundeltje kleren.

'Snel, trek dit aan,' drong hij aan en wierp ze ieder een hemd en een lange mantel toe. Hij keek naar Caliël en hield de adem in. Caliël had niet bewogen. Zijn rug was zwart van het opgedroogde bloed en rood op de plaatsen van de open wonden.

'Wie ben je? Waarom doe je dit?' vroeg Lutha die snel in het hemd schoot.

'Een vriend van de koningin,' antwoordde de man ongeduldig. 'Ze zou heel verdrietig zijn als jullie stierven. Schiet nou maar op, voor we betrapt worden.'

Lutha en Barieus trokken een pijnlijk gezicht toen de ruwe wol over hun rug en schouders gleed. Caliël had nog steeds niet bewogen.

'Caliël, word wakker,' zei Lutha en schudde aan zijn voet.

Caliël kreunde en bewoog amper. Hij was nauwelijks bij bewustzijn en kon onmogelijk zelfstandig staan. Met hulp van de vreemdeling kregen Lutha en Barieus hem overeind. Zijn huid was heet en droog en hij stiet een rauwe kreet uit toen de vreemdeling hem de mantel omlegde. Vol ongeloof staarde hij hen aan. 'Wat...Wat gebeurt er?'

'Ik probeer jullie hier weg te krijgen voor Korin de kans heeft nog drie goede mannen te laten hangen,' zei de onbekende. Hij doofde de kaars en opende de deur op een kier. 'Alles veilig. Ga nu. De wacht wordt zo gewisseld.'

'Nee, kan niet!' zei Caliël, verward en van streek. 'Mag niet deserteren...'

Lutha verstevigde zijn greep om hem. 'Alsjeblieft Caliël, werk nou mee. We helpen je alleen maar.'

Met zijn drieën kregen ze hem de deur uit. De binnenplaats lag in duister gehuld, de toorts bij de celdeur was gedoofd, maar Lutha zag toch twee gedrongen gestalten op de grond liggen. Hij vroeg zich af hoe deze tengere jongeman ze had kunnen overmeesteren, en of een van hen die man was die zo meevoelend tegen hem gesproken had. Hij hoopte van niet.

De lichtere plaatsen vermijdend en door de wachters die bij de hoofdpoort stonden te omzeilen, kwamen ze bij de kleine zij-ingang aan de westkant van de muur. Daar lag ook een wachter, dood of bewusteloos.

'Ik zag zo snel geen kans om paarden voor jullie te regelen, dus moeten jullie hem te voet mee zien te krijgen. Neem het pad langs de kliffen en blijf uit de buurt van de kampementen. Als je merkt dat jullie worden achtervolgd, moeten jullie je verstoppen – of springen.'

Lutha was minder geschokt door dit advies dan hij een paar dagen eerder zou zijn geweest. 'Zeg me op zijn minst hoe je heet.'

De man aarzelde, en fluisterde toen: 'Ik ben Eyoli. Zeg tegen koningin Tamír dat ik hier nog ben, en dat ik haar zo snel mogelijk een bericht zal sturen. Haast jullie nu. Steel paarden als jullie die tegenkomen, maar zorg dat jullie voor zonsopkomst al ver weg zijn.'

En Eyoli gaf hen nog een zetje door de poort, stapte terug en sloot de deur voor Lutha ook maar de kans had gehad om hem te kunnen bedanken.

De buitenmuren van de borstwering reikte bijna tot aan de kliffen. In het licht van de sterren vonden ze een uitgesleten geitenpaadje wat zich als een lint tussen de rotsen en heuveltjes doorslingerde. Niet ver van hen waren de buitenste kampvuren voor de wachters van het zuidelijke kampement. Lutha sloop vooruit in de duisternis, en bad uit alle macht dat ze niemand zouden tegenkomen op dit uur van de nacht. Ze waren niet in staat om weg te rennen, laat staan om te vechten.

Caliël moest bijna gedragen worden, wat een lastige klus was. Echt zwaar was hij niet, maar hij was de langste en voornamelijk dood gewicht. Lutha voelde de warmte van het bloed dat de mantel doorweekte onder zijn arm. Het liep langs zijn rug via de wonden die opensprongen door alle kracht die hij moest zetten. Omdat ze niet anders konden, lukte het hen, maar Lutha durfde haast geen adem meer te halen, omdat hij elk moment een alarmkreet van de vestingmuur of het suizen van pijlen verwachtte.

Maar vrouwe Fortuna was aan hun zijde, leek het wel. Ze raakten weg van het fort en kwamen ook niemand tegen. Zo geruisloos mogelijk omzeilden ze de tenten in de nabijheid van het pad dat ze ongeveer een mijl volgden, af en toe pauzerend als hun benen het dreigden te begeven. Caliël was slechts af en toe bij kennis. Toen ze de laatste wachtposten ongezien waren gepasseerd, staken ze de weg over, en sloegen een paadje in dat naar een donker bos leidde.

Lutha ging kapot van de pijn en had al bijna een dag geen water gehad. Hij voelde zich licht in het hoofd worden, maar bleef zich voortslepen. Barieus was er nauwelijks beter aan toe.

'Wat doen we nu?' fluisterde Barieus, met gekwelde stem. De bomen leken nog zo ver weg en aan de oostelijke horizon verkleurde de hemel al.

'Naar Tobin,' zei Caliël schor, slaapdronken tussen hen in. 'We moeten... we moeten uitzoeken...'

'Ja.' Dus nu waren ze echte verraders geworden, maar dat maakte nu niet meer uit, hun leven was voor Korin toch al geen stuiver meer waard. *Ach, hij kan ons maar één keer ophangen.*

Maar hij keek toch over Caliëls schouder naar Barieus. Ze kenden elkaar al sinds ze konden kruipen. Als er iets zou gebeuren met zijn vriend, en het zijn schuld zou zijn...

Barieus zag zijn blik en sprak hijgend: 'Zeg maar niks. Ik ga waar jij gaat.'

Lutha grijnsde om zijn opluchting te verbergen. Atyion was nog ontzettend ver weg. Hij was er niet eens zeker van of dat ze dat bosje verderop wel konden bereiken.

Op dit nauwe deel van het schiereiland bevonden zich geen hofsteden of dorpjes, dus was er ook weinig kans om een paard te stelen. Terwijl de dageraad langzaam meer kleur aan de hemel gaf, worstelden ze verder. Ze kregen Caliël gelukkig onder de dekking van de bomen voordat het eerste felle licht van de zon boven de zee uitsteeg. Een zandpad slingerde zich tussen de bomen door. Braamstruiken en andere stekelige struiken stonden aan weerszijden van het pad, te dicht om erdoorheen te komen. Ze moesten het pad wel blijven volgen.

De vogels ontwaakten en zongen hun welkomstlied voor de nieuwe dag, en hun zang werd vermengd met het geritsel van blaadjes boven hun hoofd, door de frisse zeebries in beweging gezet.

Ze hoorden de hoeven van de paarden niet tot de ruiters vlakbij waren.

'Ze zijn vlak achter ons!' kreunde Barieus al achteruit stappend, waarbij hij Caliël haast liet vallen.

De moed zonk Lutha nu echt in de schoenen. Ze konden nergens heen. Ze konden hoogstens proberen zich te verstoppen, maar als de ruiters van het fort kwamen, werden ze waarschijnlijk geleid door dezelfde bezwering waarmee ze Caliël bij zijn eerste vluchtpoging zo snel gevonden hadden.

'Laat mij maar liggen. Red jezelf,' mompelde Caliël en hij probeerde zich los te wurmen uit hun greep.

'Alsof we jou in de steek zouden laten.' Lutha keek tevergeefs rond naar iets wat dekking kon bieden.

'Doe niet zo stom!' kreunde Caliël en hij liet zich vallen.

Ze konden het gerinkel van de halsters en het staccatogeluid van de hoeven nu duidelijk horen. 'Bij de ballen van Bilairy, het zijn er minstens twintig!' fluisterde Barieus.

'Help even om hem van de weg te trekken,' beval Lutha en hij probeerde Caliëls verzwakte lijf half onder een braamstruik te schuiven.

'Te laat!' kreunde Barieus.

Het geluid van de ruiters werd luider en luider en het gefluit van de vogels werd al overstemd. Ze zagen het metaal van de tuigage door de struiken glinsteren.

Plotseling verstarden ze door het vreemdste geluid dat ze ooit hadden gehoord. Het klonk vlakbij maar leek van alle kanten tegelijk te komen. Het deed Lutha denken aan de mengeling van het gekwaak van een brulkikker en de roep van een reiger, maar wolliger en in een vreemd pulserend ritme.

Hij en Barieus bogen zich over Caliël om hem voor deze nieuwe dreiging te behoeden. Het geluid dreunde door, hoger en dan weer lager, tot ze er kippenvel van kregen.

De ruiters galoppeerden de bocht om als een hechte troep. Voorop reed een tovenaar, zijn witte gewaad was onmiskenbaar. Lutha en Barieus probeerden Caliël een struik in te trekken maar het had geen zin, de takken waren veel te dicht en sterk. Ineengedoken, met de doornen pijnlijk prikkend door hun mantels heen, bogen ze zich nog verder over Caliël heen.

De ruiters kwamen met donderend geweld langsgereden, sommige zo dicht langs Lutha dat hij hun laarzen had kunnen aanraken. Niet een van hen wierp een blik op de haveloze figuren waar ze haast overheen denderden.

Het vreemde geluid zoemde voort tot de laatste ruiter uit het zicht verdwenen was en het laatste getinkel van het paardentuig in de verte was verstomd; het stopte net zo plotseling als het begonnen was. Het schreeuwen van meeuwen en het gehamer van een eenzame specht was het enige wat ze hoorden.

Caliël was weer even bij kennis maar rilde van uitputting. Zijn wonden waren opengesprongen; donkere plekken van bloed en zweet drongen door de ruwe stof van de mantel.

'Wat gebeurde er allemaal, in naam van de Vier?' vroeg Barieus verbijsterd.

'Als jij het weet, ben ik een boon,' mompelde Lutha.

Even later hoorden ze voetstappen naderen vanuit het bos tegenover hun struik. Wie het ook was, hij deed geen moeite zich te verbergen. Takjes en twijgjes knapten onder zijn voeten, en de boswandelaar floot een vrolijk deuntje.

Even later dook er een klein, donker mannetje op uit de struiken en stapte vlak bij hen op het pad. Hij had een kleine knapzak over zijn schouder en was gekleed in een lange, rafelige tuniek met een riem eromheen en de versleten broek van een boerenknecht. Zo te zien had hij geen wapens, behalve de lange dolk in de schede aan zijn riem en de vreemd uitziende staf die hij over zijn andere schouder droeg. Die was ruim twee el lang en bedekt met allerhande tekens. Het zag er overdreven opzichtig uit voor een wapen en was te dik voor een schermstok.

Toen hij dichterbij kwam, drong het tot Lutha door dat het geen Skalaan was. Het wilde zwarte haar van de man hing in een dikke krullenbos over zijn schouders. Dat, in combinatie met zijn haast zwarte ogen, gaven aan dat het wel eens een Zengati zou kunnen zijn. Lutha keek hem ongerust aan, want hij wist niet of het een vriend dan wel een vijand was.

Het mannetje moest geraden hebben waarom Lutha zo benauwd keek. Hij hield stil op een paar passen van hen af, stopte de staf onder zijn arm en stak beide handen uit om te laten zien dat ze leeg waren.

Toen glimlachte hij en zei met een vet accent: 'Vrienden, jullie hulp nodig.'

Nu zag Lutha dat die staf een soort houten blaasinstrument was. De man

droeg een ketting van besneden dierentanden aan een leren veter, en armbanden van hetzelfde ontwerp.

'Wat wil je van ons?' vroeg hij.

De man keek hen niet-begrijpend aan. 'Vriend.' Hij wees in de richting
waarin Niryns manschappen verdwenen waren. 'Ik help, ja? Zij weg.'

'Dat geluid, bedoel je? Deed jij dat?' vroeg Barieus.

De man hief de hoorn zodat de anderen hem konden zien, blies zijn wangen bol en zette zijn lippen aan het mondstuk, dat uit een ring van was bestond. Hij maakte nog enkele vreemde geluiden, als een blazer die zijn instrument warm blies, toen veranderde de klank en ging over in het zoemende geluid dat ze eerder hadden gehoord. Lutha merkte dat zijn blik zich op de
voeten van de man richtte terwijl hij luisterde. Ze waren heel smerig en met
een dikke laag eelt bedekt, alsof hij nooit laarzen gedragen had. Zijn handen
waren ook groezelig, maar minder erg, en de nagels waren schoon en kort. In
zijn haar zaten wat twijgjes en blaadjes.

De muziek was net zo vreemd als de man, en het stond nu wel vast dat dit
de bron was van het geluid dat ze net ook hadden gehoord.

'Het is magie, dat is het!' riep Barieus. 'Je bent een tovenaar!'

De man stopte met spelen en knikte. 'Hoorden het niet, die ruiters. Zagen
ook niets.'

Lutha lachte hartelijk. 'Dat was dan goede magie. Dank je wel!'

Hij liep naar voren om de hand van hun redder te omklemmen, maar Caliël greep hem vast. 'Nee Lutha! Zie je het dan niet?' zei hij schor. 'Het is een
heksenmeester!'

Lutha versteende. Hij was minder geschrokken van de ontmoeting met een
centaurmagiër, die uit het Nimragebergte kwam aan gegaloppeerd. Die zag je
vaker dan een heuvelheks, en waren ook meer welkom dan zij. 'Is dat zo?'

'Heks, ja. Ik Mahti.' Hij raakte zijn borst aan, alsof Lutha het niet zou begrijpen. 'Maaa-tieie. Retha'noi. Wat jullie noemen "heufel-fok".'

'Heuvelvolk,' gromde Caliël. 'Niet te vertrouwen. Rovers van geld en
goed.'

Mahti snoof en ging in kleermakerszit op het stoffige pad zitten. 'Niks
roof.' Hij liep met twee vingers over de weg. 'Ik langs wegen gelopen.'

'Ben je op reis?' vroeg Lutha, ondanks Caliëls uitval.

'Lang lopen, dat "reis"?'

'Ja. Dagenlang.'

Mahti knikte vrolijk. 'Reis.'

'Waarom?' vroeg Caliël.

'Zoeken jullie.'

De drie Skalanen wisselden sceptische blikken uit.

Mahti wroette in een vuil, vettig beursje aan zijn riem, wierp iets donkers en verschrompelds in zijn mond en begon luidruchtig te kauwen. Hij stak de anderen het buideltje toe en grijnsde toen de inhoud daarvan snel werd afgeslagen. 'Zie jullie in mijn droomlied...' Hij stopte en stak twee vuile vingers op. 'Deze nachten.'

'Twee nachten geleden?'

Hij hield drie vingers op en wees naar ieder van hen. 'Zie jou, en jou en jou. En ik vind dit.'

Hij wriemelde in een ander zakje aan zijn riem en stak hen een verbogen gouden ring toe. Caliël staarde ernaar. 'Die... is van mij. Die heb ik verloren toen ze me te pakken kregen.'

Mahti boog zich naar voren en legde hem in het stof voor Caliël neer. 'Ik vind. Ik hard lopen hier komen.' Mahti hield één vuile voet op, en ze zagen sneden in het eelt, waarin de aarde zat aangekoekt. 'Jullie lopen ook hard weg van vriend die...' Hij zweeg weer en zocht naar het juiste woord, waarop hij Caliël treurig aankeek. 'Jouw vriend, die gezicht afkeert.'

Caliël sperde zijn ogen wijd open.

Mahti schudde het hoofd, en raakt met zijn hand zijn borst boven zijn hart aan. 'Jij pijn van die vriend.'

'Kop dicht, heks.'

'Cal, niet zo onbeleefd,' mompelde Lutha. 'Want het klopt toch, wat hij zegt.'

'Maar ik hoef het niet van zijn soort te horen,' beet Caliël terug. 'Het is gewoon een truc, dat snap je toch wel. Waarom vraag je hem niet wat hij wil?'

'Ik zeg jou,' zei Mahti. 'Jullie mijn gids.'

'Gids? Waarheen?' vroeg Lutha.

Mahti haalde zijn schouders op, knikte naar Caliël en fronste. 'Eerst ik maak beter. Vriend die gezicht afkeert jou pijn gedaan.'

Caliël boog naar achteren, te verzwakt om weg te kruipen. Maar Mahti deed geen poging naar hem toe te komen. Hij bewoog helemaal niet, behalve dat hij de toeter weer aan zijn lippen zette. Het open einde rustte op de grond en was op Caliël gericht. Hij blies zijn wangen bol en blies het instrument warm.

'Hou hem tegen!' Caliël probeerde weg te kruipen, met zijn ogen op de hoorn gericht alsof hij verwachtte dat het ding vuur zou spuwen.

Mahti trok zich niets aan van zijn protest. Hij schikte de hoorn wat beter aan zijn mond en zette een zoemende bezwering in. Tot Lutha's verbijstering verschenen er zwarte lijnen op de huid van de man terwijl hij speelde, die als duizendpoten rond kronkelden en ingewikkelde, primitieve patronen van spiralen en cirkels vormden.

'Je hebt het gehoord. Hij moet die magie van jou niet!' schreeuwde Barieus en sprong tussen de heks en Caliël in. Lutha deed mee, klaar om wat voor griezeligs dan ook te verjagen.

Mahti keek hen even snel aan, met een olijke blik in de ogen terwijl de hoorn een scherp, lachend geluid maakte. Toen veranderde de klank in een heel andere soort dan die van het begin.

Het begon met gezoem, maar ging over in een dieper, dromeriger geluid. De symbolen bedekten nu zijn hele gezicht, armen en handen, en de zichtbare delen van zijn borst ook. Het deed Lutha denken aan de figuren die hij op de huid van de Khatme-mensen had gezien, maar deze figuren waren anders – hoekiger, ruwer.

Ook de tekeningen die in de dierentanden aan de ketting en armbanden waren gegraveerd hadden deze vorm. Primitief: er was geen ander woord voor. De aanblik ervan riep de gruwelijke verhalen op die hij over het heuvelvolk had gehoord.

Maar ondanks die instinctieve angst waren de klanken die de hoorn voortbracht heel rustgevend. Lutha gaf zich langzaam over aan het hypnotiserende effect en hij voelde zijn oogleden zwaar worden. Ergens in zijn achterhoofd wist hij dat hij betoverd werd, maar hij kon het niet weerstaan. Barieus knipperde met zijn ogen en wiegde heen en weer. Caliël hijgde, maar zijn ogen waren al dichtgevallen.

Het diepe gezoem ging nog een paar minuten door en tot Lutha's verrassing zat hij plotseling naast Caliël waar hij hem probeerde over te halen te gaan liggen door zijn hoofd op zijn dij te vlijen. Caliël strekte zich uit op zijn zij, vertrok zijn gezicht toen de striemen zijn met bloed besmeurde mantel raakten.

Het geluid van het instrument was weer veranderd zonder dat Lutha het had gemerkt. Het was nu lichter en hoger. Korte snelle uitbarstinkjes, vervlochten met snelle trillers. Caliël zuchtte en liet zijn spieren verslappen. Lutha kon niet vertellen of hij in slaap was gevallen of flauwgevallen was, maar hij ademde tenminste heel rustig. Hij keek naar Barieus; de schildknaap was zittend in slaap gevallen, met een vredige glimlach op zijn lippen.

Lutha vocht tegen de slaap en waakte over de anderen, en keek met een mengeling van argwaan en verwondering naar de heks. Hij zag er vuil en armoedig uit, maar het was beslist een man met grote krachten. Hij had hen in zijn macht gekregen met alleen maar die vreemde muziek, als je dat zo mocht noemen.

Nog vreemder was het dat de klanken de pijn uit Lutha's rug schenen te verdrijven. Zijn huid jeukte en brandde, maar de ergste pijn van de diepe striemen was verdoofd, niet meer zo ondraaglijk.

Uiteindelijk stierf de muziek weg en Mahti kwam naderbij om een hand op Caliëls voorhoofd te leggen. Hij knikte. 'Goed. Hij slapen. Ik kom terug.'

De heks liet zijn bundeltje op de grond liggen, maar nam zijn instrument mee toen hij tussen de bomen aan de overkant van de weg verdween. De braamstruiken daar leken net zo dicht als die waaronder Lutha bescherming had gezocht, maar de heks liep er al fluitend dwars doorheen.

Nu de betovering verbroken was, zat het Lutha niet lekker dat ze zich zo makkelijk hadden laten strikken. Omdat hij Caliël niet wilde wekken, gooide hij een steentje naar Barieus.

De jongen schrok op en gaapte. 'Ik droomde volgens mij. Ik dacht...' Hij keek wazig om zich heen en zag de tas van de heks liggen. 'O. O!' Hij sprong op. 'Waar is ie? Wat heeft hij met Cal gedaan?'

'Stil joh. Hij slaapt,' fluisterde Lutha.

Barieus wilde protesteren, maar plotseling verscheen er een blik van opperste verbazing op zijn gezicht. 'Mijn rug!'

'Ik weet het. Die van mij ook.' Voorzichtig trok hij zijn been onder Caliëls hoofd vandaan en legde zijn opgevouwen mantel ervoor in de plaats. Hij stond op en tilde Barieus' mantel en hemd op om zijn rug te bekijken. Veel beter zag het er nog niet uit. Maar het bloeden was gestopt. 'Ik weet niet wat hij gedaan heeft, maar Caliël ligt er heel ontspannen bij. Mahti zei dat hij hem zou genezen. Misschien heeft hij dat al gedaan?'

'Misschien is hij een soort drysiaan.'

'Dat kan. In die verhalen die ik gehoord heb kwamen nooit heksen voor die konden helen. Wat hij eerst deed, die ruiters betoveren zodat ze ons niet zouden kunnen vinden, dat soort magie had ik wel van hem verwacht.'

'Wat zou hij bedoelen, met dat wij zijn gids moeten zijn?' vroeg Barieus angstig om zich heen kijkend of de heks weer op zou duiken.

'Geen idee. Het kan natuurlijk dat Cal gelijk had en dat het een soort truc was, maar als dat zo was, waarom zou hij ons dan helpen?'

'Denk je dat hij ons echt in een droom heeft gezien?'

Lutha haalde zijn schouders op. Als het een heks was, was alles mogelijk. 'Misschien is het een dorpsgek die weggelopen is. Een beetje raar is hij wel.'

Een snuivend lachje klonk achter hen en ze draaiden zich met een ruk om.

Mahti kwam door de braamstruiken heen met een handjevol kruiden en hurkte naast Caliël. Cal werd niet wakker toen Mahti hem zacht op zijn buik rolde en de smerige mantel van zijn rug trok. Er hadden zich korsten op de opengereten stukken huid gevormd, maar veel wonden waren rood en gezwollen.

Mahti maakte zijn tas open en haalde een verkreukeld boerenhemd tevoorschijn. Hij wierp hem naar Lutha met zijn mes. 'Maak kapot voor op te leggen,' zei hij; hij bedoelde natuurlijk verband.

Terwijl Lutha het hemd in repen sneed, haalde Mahti nog iets uit zijn tas en begon erop te kauwen terwijl hij de kruiden tussen zijn handpalmen fijnwreef. Na een tijdje spuwde hij donker sap op de gekneusde blaadjes en kneedde het met water uit zijn veldfles tot een brij, vervolgens drukte hij het kompres op Caliëls wonden.

'Ben je een drysiaan?' vroeg Barieus.

Mahti schudde zijn krullen. 'Heks.'

'Nou, hij windt er geen doekjes om,' mompelde Lutha.

Mahti ving de toon van de woorden op en trok een wenkbrauw op toen hij klaar was met het verbinden van Caliëls wonden. 'Mijn volk? Maken kindjes bang met verhalen over jullie.' Hij keek op Caliël neer en keek vol afschuw naar zijn wonden. 'Retha'nois doet zoiets niet.' Hij was klaar met Caliëls rug en keek naar de gezwollen en blauwe plekken op zijn ribben. 'Ik maak botten nu beter. Haal ziek water eruit.'

'Wat bedoelt ie?' vroeg Barieus.

'Ik denk dat hij pus bedoelt,' zei Lutha. 'En die heel je daarmee, toch?' Lutha wees naar de lange hoorn die naast hem op de grond lag.

'Ja. Oe'loe.'

'En daarmee maakte je ons eerder onzichtbaar?'

'Ja. Heksenmeesters van Retha'nois spelen allemaal oe'loe voor magie.'

'Ik hoorde alleen dat jullie ze tijdens gevechten gebruiken.'

Mahti reageerde niet en boog zich weer over Caliël. Lutha keek ongerust naar Barieus. Die had ook gemerkt dat Mahti geen antwoord gaf.

'We zijn erg dankbaar wat je voor onze vriend hebt gedaan. Wat moeten we je betalen?' vroeg Lutha.

'Betalen?' Mahti keek hun geamuseerd lachend aan.

'Jij helpt ons, wat kunnen wij jou geven?'

'Ik zeg toch. Jullie zijn gids wanneer vriend kan reis maken.'

'Nou, je weet wel van volhouden.' Lutha zuchtte. 'Waar wil je dan heen?'

'Waar jullie heen gaan.'

'Nee, ik wil weten waar jij heen wilt. Niet dat het uitmaakt. We hebben al plannen. We hebben geen tijd om met jou op stap te gaan.'

Het was niet duidelijk of de heuvelman hem nu wel of niet begreep, maar hij knikte blij. 'Jij gids.'

Barieus grinnikte.

'Ja hoor, best, wij gids,' bromde Lutha. 'Maar ik wil geen gezeur als we niet uitkomen op de plek die jij in je hoofd hebt!'

26

Nu ze in een situatie verkeerden waarin het leven wat meer regelmaat had, werd Tamírs omgang met Ki al snel weer aan kritische blikken en veronderstellingen blootgesteld. Ze had hem een kamer naast die van haar gegeven, maar Tharin en de Gezellen hoorden overal mensen fluisteren over 'het lievelingetje van de koningin' en haar 'boerenminnaar'.

Hun gevoelens voor elkaar bleven een zorgwekkend mysterie voor haar. Ki wilde er niet over praten, en deed of het hem niet kon schelen wat leeghoofden erover zeiden, maar ze verdacht hem ervan dat hij de waarheid verbloemde.

Ze had het grote hemelbed met de gordijnen vol zwanen voor zichzelf, en alleen Streepstaart sliep tussen haar benen.

Gelukkig waren er grotere problemen die om haar aandacht smeekten.

Dankzij de tovenaars en de spionnen was Tamír achter de intenties van zes edelen met havezaten op niet al te grote afstand van Atyion gekomen. Vier waren tegen haar, en ze woonden binnen een korte aanvalsradius als ze van plan waren herrie te schoppen.

Hier moest zorgvuldig over worden nagedacht. Tamírs leger bestond nog steeds uit maar een kleine tienduizend man, van wie velen ongetrainde boeren of dochters en zonen van middenstanders waren. Ontgoochelde edelen die Korins noordelijk hof gelaten hadden voor wat het was, meldden dat hij over minstens tweemaal zoveel mannen kon beschikken. Als Korin ten strijde trok, zou Tamír moeten vertrouwen op de stevige vesting- en buitenmuren en haar altijd op peil gehouden voorraden van haar nieuwe hoofdstad.

Er moest hoe dan ook snel wat gebeuren.

In de kaartenkamer vergaderde ze met haar aanvoerders en tovenaars aan de grote ronde tafel.

Deze kamer werd al sinds de bouw van het kasteel gebruikt om veldslagen uit te denken. Lange rekken met kaarten van allerlei soort bedekten de muren. In vrije uurtjes was Tamír vaak op zoek gegaan naar de mooiste exemplaren, waarvan er vele van haar vaders hand waren.

Lytia begon met het opsommen van de kasteelinventaris wat betreft de wapens en wapenrusting, en het aantal handwerkslieden hier aanwezig. Tamír probeerde zich echt te concentreren op de lijsten van hoefsmeden en harnassmeden, maar haar gedachten dwaalden af. Het was heet en windstil vandaag en het sonore gegons van de cicaden maakten haar oogleden zwaar. Ondanks haar zomerjapon liep het zweet over haar rug. Binnenkort was het weer tijd voor haar maanvloed, en dan had ze altijd meer last van de warmte. Hoewel die verdraaide lange rokken er ook aan meewerkten.

Ze liep naar het grote open raam, en probeerde zich koelte toe te wuiven met haar verfijnde sandelhouten, met ivoor ingelegde waaier. Ze had er een doos vol van gevonden in een van de garderobekasten in haar kamer en besloot ze meteen in gebruik te nemen. Eerst vond ze het wat belachelijk staan, zoals met al die typisch vrouwelijke parafernalia, maar de geurende bries die erdoor ontstond maakte elk gevoel van schaamte meer dan goed. En trouwens, niemand scheen het vreemd te vinden.

Nu er geen gevechten in het verschiet lagen, droeg ze meestal jurken. Lytia had de koninklijke naaisters opdracht gegeven haar moeders japonnen in een modernere stijl te laten vermaken. Deze die ze nu droeg, van koningsblauw linnen met zilveren sierstiksels, was een van prinses Ariani's favoriete rijkostuums geweest.

Toen ze vanmorgen in de spiegel keek, dacht Tamír terug aan die avond tijdens haar eerste bezoek aan Atyion, toen ze stiekem haar moeders mantel had omgedaan om te zien hoe ze er als meisje uit zou zien.

Het geluid van lachende kinderstemmetjes uit de tuin trok haar aandacht. Arkoniëls jongste tovenaartjes spetterden rond in de fontein met een stelletje kasteelkinderen. Een paar anderen zaten op het gras en speelden met jonge katjes. Ze benijdde hen wel. Eén zomer geleden zouden zij en haar vrienden naakt in zee rondgesparteld hebben op een dag als deze, of op zijn minst ergens in de schaduw met ontbloot bovenlijf hebben liggen niksen.

Illardi onderbrak haar dagdromen. 'Majesteit? Wat denkt u ervan?'

Ze zuchtte en liep terug naar de tafel. 'Ik was even elders met mijn gedachten. Waarover gaat het?'

Nyanis had een andere map opengelegd. Met blauwe inkt waren daarop Tamírs bekende bondgenoten aangegeven, met rode inkt die van Korin, en degenen die nog geen voorkeur gemeld hadden waren met groen gemerkt. Er waren meer rode en groene kruisjes dan blauwe en ze lagen vooral in het noorden, waar meteen ook de sterkste burchten lagen. De blauwe kruisjes in het zuiden stonden vooral voor steden en de hoeven van lagere edelen.

'U bent erg lankmoedig geweest, Majesteit,' zei Illardi. 'Het wordt tijd dat de ware koningin haar kracht laat zien, en toont dat haar geduld niet onuitputtelijk is.'

'Ik zou hier beginnen, met heer Erian,' adviseerde Nyanis, en hij wees op een noordelijke plaats, twee dagen rijden van Atyion. 'Hij heeft een sterke burcht, maar slechts een kleine tweehonderd strijders, en zijn boerenhoeven zijn getroffen door de hongersnood. Hij zou een belegering niet lang kunnen volhouden. Stuur een compagnie naar zijn burcht en stel een voorbeeld. Bij hertog Zygas en vrouwe Alna kan dezelfde tactiek worden toegepast. Dat zal als een lopend vuurtje rondgaan.'

'Dus uiteindelijk zijn we hier aanbeland. Skalanen tegen Skalanen. Maar als ik dan als strijderskoningin geaccepteerd wil worden, moet ik ernaar handelen ook.'

'Nee, Majesteit. Juist omdat u koningin bent, moet u dit soort kleine klusjes aan uw kapiteins en generaals overlaten,' legde Illardi uit.

'Wat dan? Moet ik hier blijven zitten niksen terwijl jullie vechten?'

'Hij heeft helaas gelijk,' zei Nikides. 'Deze kleine burchten zijn je aandacht niet waardig. Ik zal een ultimatum laten opstellen dat bij hun poorten zal worden voorgelezen. Dat geeft hen nog een kans om van gedachten te veranderen.'

'Waar heb ik dan al die jaren voor getraind?'

'Om veldslagen te leiden, geen schermutselingen,' zei Tharin. 'Je vader en ik regelden deze kleine gevechten in naam van de koning. Hij hoefde er niet bij te zijn. We vertegenwoordigden zijn armen en zijn wil.' Hij glimlachte om haar overduidelijke teleurstelling. 'Je hebt jezelf allang bewezen, Tamír, vanaf je eerste gevecht. En het hele land weet van je overwinning op de Plenimaranen. Trouwens, dit wordt Skalanen tegen Skalanen. Maak je handen daar niet vuil aan. Laat je strijders een voorbeeld stellen voor deze omhooggevallen edelmannetjes. Misschien draaien de anderen dan meteen bij, zeker de lui die nog geen kleur bekend hebben.'

Tamír merkte plotseling dat ze onophoudelijk met de waaier had zitten wapperen. Bij de ballen van Bilairy, nogal wiedes dat ze haar hier in het kasteel wilden houden, met zo'n jurk aan als een wuft hofdametje! 'Na het noenmaal zullen we het verder bespreken,' mompelde ze. Ze had honger, maar als ze niet snel uit die jurk kon stappen en een bad kon nemen, werd ze gek.

De anderen bogen en vertrokken op Ki en Tharin na.

'Kan ik even met je spreken?' zei Tharin zacht voor ze kon ontsnappen, en hij keek haar ernstig aan zodat ze begreep dat het belangrijk was. 'Onder vier ogen?'

'O, oké dan,' zuchtte ze. 'Maar dan wel in de tuin, dat is koeler. Ki, wil je Baldus even vragen een koud bad in mijn kamer te laten vullen, alsjeblieft? Ik eet zo wel met jou.'

Ki schudde zijn hoofd. 'Dat is al je derde bad in een week! Dadelijk denken de mensen nog dat je een Aurënfaier bent als je zo doorgaat.'

De zon was achter de esdoorns gedoken en er stond een flinterlicht briesje. De in verschillende patronen beplante bloembedden verspreidden hun geuren en het geklater van de fonteinen mengde zich met het zoemen van bijen die druk bezig waren in de bloesems.

Ook Tharin leek blij met de schaduw. Hij was als een keurige hoveling gekleed sinds hij hier woonde, met een tuniek en een korte cape in stemmige tinten, maar van goede snit en afgezet met wat borduursel. Nu hij eindelijk een heer geworden was droeg hij een gouden ketting met het symbool van zijn rang en hij droeg een zwartzijden lint om zijn paardenstaart in plaats van een vettig koordje. Hij gaf echter nog steeds net zomin om titels en luxe als vroeger. En hij bleef altijd aan haar zijde, door niets en niemand van haar te verwijderen als een mossel op een rots en hij bleef haar meest toegewijde raadsheer.

Ze zag wel dat hem iets dwarszat nu ze onder de bloeiende bomen in de tuin liepen. Overal liepen echter hovelingen en hofdames, dus wachtte hij tot ze een relatief rustig hoekje in een met druiven overgroeid prieel hadden bereikt.

Schaduwplekjes speelden over zijn gezicht toen hij zich op het houten bankje liet zakken. 'Misschien vind je het niet prettig wat ik te zeggen heb.'

'Je weet dat ik altijd naar je luister.' Ze ging zitten en trok de rok van haar jurk omhoog om haar benen wat koelte te geven. Streepstaart dook op tussen twee rozenstruiken en sprong op haar schoot. Ze krabbelde achter zijn oren en vertrok haar gezicht toen hij luid snorrend met zijn klauwen haar dij begon te kneden. 'Vooruit dan. Wat is er?'

'Het gaat om Ki. Hoe het er nu voorstaat... Dat is niet goed voor hem.'

Daar had ze niet op gerekend. Ze dacht dat het over de oorlog zou gaan. 'Heeft hij je iets verteld?'

'Nee, en hij zou ook niet blij zijn als hij wist dat ik er nu over praat. Maar ik ben al wat langer aan het hof dan jullie samen, en de praatjes over hem bevallen me niks. Hij wordt je lievelingetje genoemd, en erger. Dat leidt tot jaloezie en dan zitten jullie allebei met de gebakken peren.' Hij zweeg, plukte een paar rijpe druiven en gaf ze aan haar. 'Ik neem aan dat je gevoelens voor hem niet veranderd zijn?'

Ze boog haar hoofd en bloosde alleen maar. Die gevoelens waren alleen maar sterker geworden.

'Ik weet wel dat je het probeert te verbergen, maar alleen al het feit dat je hem steeds in je buurt houdt, geeft genoeg stof voor onophoudelijk geroddel, zeker in combinatie met de wetenschap dat hij niet van hoge komaf is.'

'Je weet dat ik daar geen bal om geef!'

'Nee, maar je leeft nu wel aan het hof en zo zijn de dingen nu eenmaal: te veel mensen met te veel tijd om te roddelen.' Hij at een druif en kauwde bedachtzaam. 'Maar er is nog wat. Je geeft hem opdrachten alsof hij je hofdame is. Dat is geen werk voor een strijder.'

'Dat doe ik helemaal niet!' Maar Tharins woorden deden haar zo'n pijn dat ze wist dat hij gelijk had. 'Hij is mijn schildknaap. Als ik nog een jongen was, zouden ze zulke praatjes niet verkopen.'

'Vroeger hadden ze het ook al over jullie. Maar daar gaat het nu niet om. Je bent een jonge koningin en hij is een schildknaap uit een familie waarover niemand iets weet, behalve dat het een stelletje rouwdouwers zijn. Toen je nog prins was, en maar een kind, maakte het allemaal niet zo uit. De dingen zijn veranderd en ze worden nooit meer zo als vroeger.'

'Maar wat wil je dan dat ik doe? Ik wil niet dat Ki zich om mij zo ellendig voelt, maar ik kan hem ook niet wegsturen.' Toen Tharin niets zei, reageerde ze gepikeerd. 'Nee, dat doe ik niet, voor niets en voor niemand!'

'Ik zeg ook niet dat je hem moet ontslaan, maar je moet wel met hem meevoelen. Ki is een prima strijder en een slimme kerel. Als hij onder de hoede van een andere heer was geplaatst – Jorvai bijvoorbeeld, zoals zijn zus – dan zou hij gewaardeerd worden om zijn kwaliteiten. Zoals het er nu voorstaat, zal iedereen denken dat jij hem naar voren hebt geschoven, hoe goed hij ook is, hoeveel hij ook op eigen houtje zou kunnen bereiken.'

'En Ki heeft hier niet met jou over gesproken?'

'Nee. Zolang jij hem constant naast je wil hebben, zal hij daar blijven, al maken ze hem honderd keer uit voor lievelingetje. Maar is dat wat hij verdient?'

'Nee, natuurlijk niet! Ik wou... O, Tharin waarom is alles ook zo gecompliceerd? Ki is veranderd, en ik ook, maar...'

Tharin keek haar begrijpend aan. 'Je wilt hem als gemaal, hè?'

Tamír kreeg een hoofd als een biet. 'Illardi en Nikides zeggen dat ik er niet al te lang mee moet wachten, én dat ik eraan moet denken dat ik het bewijs moet leveren dat ik een erfgenaam op de wereld kan zetten.' Haar maag draaide zich om als ze eraan dacht wat dat betekende. 'Het is al erg genoeg als ik eraan denk, maar bovendien gruw ik van de gedachte dat ik hét met een ander zou moeten moet doen! Ik hou van hem, Tharin! Dat is altijd al zo geweest. Maar hij houdt niet van mij! Niet op die manier...'

'Heeft hij dat gezegd?'

'Dat hoeft hij niet. Hij behandelt me vrijwel altijd als een jongen.'

'Soms zijn we zo intiem met iemand, dat we ze niet meer zien zoals ze zijn. Misschien hebben jullie allebei wel een beetje afstand nodig.'

'Dus je bedoelt toch dat ik hem weg moet sturen?'

'Nee, ik denk aan dat plan van Nyanis. Ki moet zichzelf bewijzen. Hij is getraind om te vechten en bevelen te geven, net als jij. Geef hem een legertje voor zichzelf en laat hem naar een van die recalcitrante heren rijden.'

'Maar zeggen de mensen dan niet meteen dat dat weer dankzij mij is?'

'Als een prinses koningin wordt, worden haar Gezellen automatisch aanvoerders of raadslieden. Zoals jouw vader bij Erius. Als Ki eenmaal aanvoerder is en overwinningen behaalt, versterkt dat zijn geloofwaardigheid en krijgt hij de eer.'

Tamír knabbelde aan een druif en dacht hierover na. De vrucht knapte tussen haar tanden en haar mond vulde zich met het zoete sap. 'Hij zal het niet leuk vinden.'

'Dat maakt niks uit. Hij is jouw vazal, en moet jouw bevelen opvolgen. Je vader zou je precies hetzelfde zeggen, als hij hier was.'

Tamír gooide nog een druif in haar mond. Hoe langer ze erover dacht, hoe beter het idee werd. 'Als ik hem aanvoerder maak, kan hij mijn schildknaap niet meer zijn. Hij weigert een titel te accepteren, maar dan moet hij wel. Hij is nog koppiger dan jij wat dat betreft. O, maar wacht even. Betekent dat dan dat ik een andere schildknaap moet benoemen?'

'Nee. Hier heb je er geen nodig, en als je ten strijde trekt rijdt hij naast jou, zoals ik bij je vader deed.'

Tamír grijnsde. 'Dat is dan geregeld! Laten we het hem zo snel mogelijk vertellen!'

Ki was in haar kamer, en hielp Baldus bij het toezicht op het vullen van de zilveren badkuip. Tamír zuchtte inwendig bij die aanblik. Tharin had gelijk: ze had hem taken gegeven die ver beneden zijn kunnen lagen.

'Dat is genoeg,' zei ze tegen de meisjes met de emmers, al was de kuip nog maar voor een kwart gevuld. 'Jullie kunnen gaan. Jij ook, Baldus. Ga maar met je vriendjes spelen. Na het avondeten mag je me weer helpen.'

De jongen boog en rende ervandoor. Ki maakte ook aanstalten, in de verwachting dat zij in bad ging.

'Nee, wacht eens. We moeten even praten.'

'O?' Ki keek verbaasd naar Tharin.

'Nou, ik denk... En Tharin is het daarmee eens...' Het was moeilijker dan ze had gedacht nu hij haar zo wantrouwend aankeek. 'Ik heb besloten dat je een opdracht krijgt.'

Ki sloeg zijn armen over elkaar en trok een wenkbrauw op. 'Wat voor opdracht precies?'

'Jij gaat een van die plaatselijke heren voor me opzoeken. Je kunt een compagnie uit het garnizoen samenstellen en misschien eerst met Jorvai oprijden, en vervolgens...'

Beledigd keek hij haar aan. 'Je stuurt me dus weg?'

'Nee, natuurlijk niet! Je gaat maar een paar weken op stap. Dat ligt aan je belegering. Kijk, Ki, ik kan jou vertrouwen. En aangezien ik niet mee kan op dit soort tochten, moet ik iemand hebben die ik helemaal kan vertrouwen. Trouwens, ik heb een paar aanvoerders nodig die nog niet zo oud zijn als mijn opa.'

Ki zweeg, maar zij zag een mengeling van interesse en koppigheid in zijn ogen.

'Laat Lynx met je meegaan, als je wilt, en die lui van Alestun. Die kennen je en zullen het voorbeeld geven aan de anderen.'

'Juist.' Hij keek Tharin snel aan en haalde zijn schouders op. 'Nou, eh... bedankt. Ik voel me vereerd.' Toen, net toen ze dat niet meer verwachtte, kneep hij zijn ogen half samen. 'Neem je dan een andere schildknaap om mij te vervangen?'

'Nooit van zijn leven. Als ik ten strijde trek, rijd jij naast me, en jij alleen. Tharin blijft hier terwijl jij ze op hun lazer geeft. Maar kom snel terug, want deze raadsheer hangt als een molensteen om mijn nek!'

'Als je dat maar weet,' lachte Tharin. 'Maak je geen zorgen, Ki. Je weet dat ik goed op haar zal passen. Het is tijd dat jij je ware karakter eens kan laten zien.'

Tamír gaf hem een stomp tegen zijn schouder. 'Jij hebt alle lol, en ik moet thuisblijven – in een júrk!'

27

De volgende drie dagen vlogen veel te snel voorbij wat Ki betrof, want hij werd nog steeds verscheurd door de opwinding van zijn eerste strijd waar hij aanvoerder zou zijn en schuldgevoel omdat hij Tamír moest verlaten. Hij bracht de dagen door met het nalopen van de uitrusting van zijn troepen en met het plannen maken met Jorvai voor de eerste confrontatie, waarbij hij alleen maar zou assisteren. 's Avonds bleef hij altijd in Tamírs nabijheid, en keek of hij spijt in haar ogen kon ontdekken, maar ze was alleen maar blij voor hem, en vond het spannend dat hij zich nu eindelijk eens mocht gaan bewijzen.

De avond voor hij zou vertrekken bleef hij in haar kamer hangen, nadat de anderen al afgetaaid waren. Terwijl ze met een restje wijn bij het open raam zaten, met alleen de geluiden die uit de tuin opstegen, kon hij zijn ogen niet van haar afhouden. In gedachten verzonken keek ze naar de sterren, terwijl ze met één slanke vinger langzaam over het zilverwerk op haar wijnbeker streek. Ze droeg een donkerrode jurk geborduurd met gouden druivenranken en de kleur stond haar prachtig. Het kaarslicht verzachtte haar trekken en legde een gouden glans over haar haar, dat los over haar borst en schouders viel.

Op dat moment zag Ki dat ze Tobin niet meer was, zo duidelijk als hij het nog nooit gezien had. Haar lippen zagen er net zo zacht uit als al die andere die hij had gekust, haar wangen waren donzig als van een maagd, niet van een baardloze knaap. In dit licht leek ze zelfs breekbaar. Het was alsof hij haar voor de eerste keer zag.

Toen draaide ze zich naar hem toe en trok een wenkbrauw op zoals ze al duizend keer eerder gedaan had, en daar was Tobin weer, die hem aankeek met dezelfde ogen die hij zo goed kende.

'Wat is er, heb je iets verkeerds gegeten?' lachte ze, geamuseerd door de vreemde uitdrukking die hij moest hebben gehad.

Hij lachte schaapachtig. 'Ik dacht alleen...' Hij zweeg met bonzend hart. 'Ik vind het nog steeds vervelend om bij je weg te gaan. Ik wou dat je met ons mee kon, morgen.'

'Ik ook,' zuchtte ze, en dat wrange glimlachje kende hij ook van Tobin. 'Beloof me dat je...' Nu zweeg zij en keek er een beetje verlegen bij. 'Nou ja, zorg dat je niet zoveel lol hebt dat je jezelf doodvecht.'

'Ik zal mijn best doen. Jorvai denkt dat de meesten het sowieso zonder gevecht op zullen geven, als ze zien dat het je menens is. Misschien hoef ik mijn zwaard niet eens uit de schede halen.'

'Ik weet niet wat ik voor je moet wensen: veiligheid of een eervol gevecht. Maar stel dat je wel moet vechten... Dan helpt dit je misschien.' Ze reikte in haar mouw en nam er een gouden plaatje uit van ongeveer een duim doorsnee dat ze aan hem gaf. In reliëf zag hij een gestileerd uiltje met gespreide vleugels, dat een maansikkel in zijn klauwen hield. 'Ik kreeg het idee een paar dagen geleden. Ik heb het van was gemaakt en het in het dorp laten gieten.'

'Het is schitterend! En wat geweldig dat je weer sieraden maakt!' Ki maakte het leren koord rond zijn nek los en liet de amulet tegen het gouden paardje aanglijden. 'Nu heb ik beide goden om mijn nek.'

'Dat was de bedoeling.'

Ze stond op en stak haar hand uit. Hij ging staan en greep haar vuist. 'Het Vuur van Sakor, Ki, en het Licht van Illior om je te leiden.'

Haar hand lag warm in de zijne, de handpalm ruw van het zwaardgevest, de vingers sterk en vereelt door de pees van de boog. Hij nam haar in zijn armen en omhelsde haar stevig, en wenste dat hij zijn eigen hart zou kennen. Ze drukte zich vast tegen hem aan, en toen ze weer achteruit stapten meende hij een tikkeltje verwarring in haar ogen te zien. Voor hij er zeker van kon zijn, draaide ze zich om en greep haar zilveren bokaal. 'Het is laat. Een beetje slaap zal je goed doen.'

'Waarschijnlijk wel ja.' Ze keek hem nog steeds niet aan. Had hij haar gekwetst of zo? 'Ik... Ik kan nog wel even blijven.'

Ze glimlachte en keek hem hoofdschuddend aan. 'Doe niet zo gek. Ga toch naar bed. Ik kom je wel uitzwaaien. Welterusten, Ki.'

Hij wist nu echt niets meer te zeggen, niets wat hij wilde zeggen tenminste. 'Bedankt voor deze opdracht,' zei hij ten slotte. 'Ik zal ervoor zorgen dat je trots op me bent. '

'Dat zal best lukken.'

'Nou eh, welterusten.'

Zijn eigen deur was maar een paar stappen van die van Tamír, maar het leek wel een mijl toen hij zijn kamer eindelijk bereikt had. Hij schrok zich rot toen hij Tharin bij het rek met Ki's wapenrusting zag staan.

'Daar ben je eindelijk. Aangezien je zelf geen schildknaap hebt, dacht ik: ik zal het maar even controleren.' Tharin zweeg en keek hem bevreemd aan. 'Wat is er met jou aan de hand?'

'Niks!' riep Ki snel uit.

Te snel, want Tharin trapte er niet in. 'Was je alleen met Tamír?'

'Ja. Ik wilde haar... bedanken en ze was bezorgd dat ik...' Hij kwam er niet meer uit.

Tharin keek hem even zwijgend aan en liep toen hoofdschuddend naar de deur.

Tamír kon die nacht de slaap niet vatten. Steeds als ze haar ogen sloot, zag ze de gekwelde blik van Ki die ze had opgevangen nadat hij haar omhelsd had. *Hij weet nog steeds niet wat hij van me moet denken, net als ik!*

Voor zonsopgang waste ze zich aan de wastafel, trok een donker gewaad aan en bond een ceremonieel borstschild voor. Er was nog één ding dat ze moest doen. Tharin en de Gezellen stonden buiten te wachten en pasten hun stappen aan aan die van haar. Voor de eerste keer voelde Tamír de afwezigheid van Ki aan haar zijde, en ze miste Lynx ook, die als een van Ki's kapiteins met hem mee zou gaan.

'Deze keer gaat het er echt van komen, hè?' vroeg Nikides.

'Hij kan het onmogelijk weigeren deze keer,' mompelde ze met een vastberaden lachje.

De bereden compagnie stond al opgesteld toen ze de binnenplaats op kwamen. Honderden hovelingen stonden langs de muren en op de trappen om hen uit te wuiven.

Jorvai en Ki stonden in volle wapenrusting klaar om haar te begroeten. Tamír wenste hen allebei veel succes en wisselde een paar woorden met de kapiteins. Toen wendde ze zich, haar lachen inhoudend, tot Ki. 'Nog één ding. Kniel neer en presenteer je zwaard.'

Ki zette grote ogen op, maar hij moest haar wel gehoorzamen.

Tamír trok haar eigen zwaard en raakte hem op wangen en schouders aan. 'Voor deze aanwezigen, voor al je jaren van eerlijke, trouwe vriendschap, en omdat je mijn leven meerdere malen gered hebt, ken ik je titel toe van heer Kirothius van Eikenbergstee en Koninginnestad, en schenk je de hofstede waar je geboren bent, met daarbij de pacht, hoeven en voornaamste rechten van Koninginnestad. Bovendien ontvang je een beginkapitaal van vijfduizend gouden sestertiën. Moge je het in wijsheid besteden, ter ere van je huis en Skala. Sta op, heer Kirothius, en aanvaard je nieuwe wapen.'

Een aantal jonkvrouwen liep op hen af. Een hield een nieuwe banier op een standaard omhoog. Twee anderen droegen een wapenkleed. Beide droegen zijn nieuwe devies, ontworpen door Nikides. Het wapenschild was links geschuind met de witte streep van wettige geboorte. Midden op de streep was een leeuwenhuid over een staf gedrapeerd, ter herinnering aan de eerste keer dat Ki zijn leven voor haar in de waagschaal had gesteld. Ze zag een glimlach op zijn gezicht. Het linkerveld was groen, met een witte boom, voor Eikenbergstee. Het rechter was zwart, met een witte toren, voor Koninginnestad. Een maansikkel waarin een zilveren vlam brandde, verwees naar de twee goden.

'Je bent er maar druk mee geweest,' mompelde Ki op een toon of het hem koud liet, maar zijn stralende ogen en rode wangen spraken een heel andere taal. Hij trok het wapenkleed over zijn wapenrusting en hield het zwaard voor zijn gezicht. 'Het huis van Eikenbergstee en Koninginnestad zullen altijd tot uw trouwste dienaren behoren, Majesteit.'

Tamír nam zijn hand en draaide Ki met zijn gezicht naar de menigte om hem aan hen te tonen. 'Mijn volk, aanschouw heer Kirothius, mijn vriend en mijn rechterhand en heet hem welkom. Betoon hem eer zoals u mij eer betoont.'

Er weerklonk gejuich en Ki bloosde nog heviger. Tamír sloeg hem op de schouder en fluisterde: 'Maar wel uitkijken, hè?'

Ki sprong op zijn paard met zijn eigen banier in de hand. Jorvai hief zijn zwaard en schreeuwde: 'Voor de eer van Skala en de koningin!'

Ki deed hetzelfde met 'Voor Tamír en Skala!' en duizend kelen herhaalden de strijdkreet.

'Ik hoop dat je ziet hoe jaloers ik ben,' zei Tamír toen het geschreeuw afnam.

'Eigen schuld,' lachte heer Jorvai, en hij deed de klep van zijn gebutste helm omhoog. 'Maak je geen zorgen, Ki en ik houden elkaar in het oog en doen er alles aan om in leven te blijven, en zullen elkanders as dragen als het anders loopt.'

'Goed. Nou, laat ze dan maar eens voelen dat er niet te spotten valt met die "malloot in een jurk"!'

Om te beginnen reden ze naar het grote landgoed van hertog Zygas, een halsstarrige oude ijzervreter. Hij had een grote stenen burcht met een sterke buitenmuur, maar zijn rijkdom zat hem vooral in zijn graanvelden, en die waren rijp voor de oogst. Hij had een paar bewapende wachters op de weg buiten het landgoed gezet, maar Jorvai en Ki waren 's nachts vooruitgegaan en overrompelden hen vlak na zonsopkomst. Ki voerde een verkennerstroep aan en met elk verzet werd korte metten gemaakt. De kapitein kreeg het bevel het voetvolk aan te voeren, terwijl Jorvai en zijn strijders naar de poort van de burcht galoppeerden. Een gezant met een witte banier werd vooruit gestuurd.

De burcht was omgeven door een slotgracht en op de muren krioelde het van boogschutters. Het licht weerkaatste op hun helmen en wapens, maar er mocht, aan beide kanten, geen pijl gelost worden tot de gezant gesproken en zich weer teruggetrokken had.

De wit met zwarte banier met drie paarden werd op de vestingtorens boven de poort gehesen. Een man boog zich over de rand en riep verstoord naar beneden: 'Wie maakt op deze manier misbruik van mijn rechten en gastvrijheid? Ik herken slechts één banier van jullie. Jorvai van Colath, we hebben nooit bloed laten vloeien tussen ons. Waarom omsingelen jullie mij alsof ik een Plenimaraan ben?'

'De gezant geeft het antwoord,' riep Jorvai terug.

'Excellentie, ik heb hier een schrijven van Tamír Ariani Ghërilain, koningin van Skala,' verklaarde de gezant.

'Van die koningin heb ik nog nooit gehoord, maar die witte vlag moet ik accepteren. Lees die brief maar voor.'

'De banieren van heer Jorvai van Colath en heer Kirothius van Eikenbergstee en Koninginnestad staan voor uw poorten, het zijn de vazallen van Tamír Ariani Ghërilain, de koningin van Skala.

Weet dan, Zygas, zoon van Morten, hertog van Elsvoorde en Vuurrivier, dat u door uw obstinate en oneerbiedige deloyaliteit het ongenoegen van de Kroon hebt opgewekt. Indien u niet direct vandaag afziet van dit gedrag, zult u als verrader te boek worden gesteld en ontdaan worden van alle titels, land, pacht, have en goed. U dient ten spoedigste onder veilige geleide naar Atyion te rijden om trouw aan uw wettige koningin te zweren, en loyaliteit aan andere leiders af te zweren. Indien u dit nalaat zullen u en uw erfgenamen gevangengenomen worden om in Atyion het vonnis bij monde van uw koningin te vernemen.

Koningin Tamír vraagt u in al haar wijsheid de hand der vergiffenis te grijpen en u af te keren van dwaalwegen naar verkeerde bondgenoten. Vandaag door mijn hand opgetekend.'

Er volgde een lange stilte. Ki deed alle moeite om de uitdrukking op het gezicht van zijn tegenstander te zien, maar Zygas was van de muur weg gestapt.

'Wat denk je?' vroeg hij Jorvai terwijl ze in het zadel zaten te wachten.

'Erius was hier vaak te gast, en Zygas vocht voor hem op zee. Maar ik denk dat hij net zoveel van Korin weet als Tamír, en dat is niet veel.'

Ze zaten er maar terwijl de zon hoger aan de hemel klom. Langzaam werd het warm. Zwetend in de wapenrusting luisterde Ki naar het geblaf van de honden en het geblaat van de schapen achter de buitenmuren van de burcht. De ophaalbrug was opgetrokken om de deuren van de poort te beschermen. Hij was van dikke balken gemaakt en beslagen met koperen knoppen zo groot als een klein rond schild. Als het tot een aanval moest komen zouden er waarschijnlijk katapults en vuur nodig zijn om een bres in deze burcht te slaan.

De schaduw van de benen van zijn paard gaf aan dat er meer dan een uur verstreken was, toen ze ruiters van de linkerkant van de burcht hoorden naderen. Zygas had natuurlijk ergens een achterdeurtje dat hij had gebruikt om uit te rijden.

Hij zat op een groot voskleurig ros, maar droeg geen wapenrusting. In plaats daarvan werd hij vergezeld door zijn eigen gezant met de onschendbare witte banier. Hij galoppeerde tot vlak bij hen en hield het paard in. Hij knikte naar Jorvai en keek Ki toen koel en misprijzend aan. 'Ik ken jou niet.'

'Sta me toe u heer Kirothius voor te stellen. Hij is een vazal van de koningin, net als ik,' vertelde Jorvai. 'Wel, wat ga je doen? Je bent niet naar het noorden uitgereden, dus misschien koester je ook twijfels wat die kant betreft?'

'Jij gelooft echt in die kolder van een jongen die in een meisje veranderd is, hè?'

'Ik heb het met eigen ogen gezien, en je weet toch dat ik nooit lieg? Het gebeurde op de trappen van het kasteel van Atyion. Heer Kirothius was haar vriend en schildknaap sinds ze jongens waren.'

'Op mijn erewoord, heer, het is echt waar,' zei Ki.

Zygas snoof bij die woorden. 'Op het erewoord van een blaag die door die zogenaamde koningin een titel gekregen heeft, zeker.'

'U hoeft alleen maar naar Atyion te rijden om het met eigen ogen te zien. Zou u een priester uit Afra van leugens willen betichten?' antwoordde Ki beheerst. Hij keek nog eens naar de vestingtorens. 'Ik zie Korins banier niet wapperen, alleen die van u. Wacht u misschien tot we elkaar in de haren gevlogen zijn om u daarna achter de winnaar te scharen?'

'Pas op je woorden, omhooggevallen boerenpummel!'

'Maar hij heeft wel gelijk, Zygas,' zei Jorvai die met een blik te kennen gaf dat ook hij beter op zijn woorden kon letten. 'Ik heb je altijd gezien als een eerbaar man met een weloverwogen mening, maar blijkbaar ben je met de jaren wat besluiteloos geworden.'

De hertog keek hen allebei even aan, en schudde het hoofd. 'Ik wacht nu al maanden tot Korin oprukt om zijn troon te verdedigen, maar ik hoor het ene smoesje na het andere. En nu staan jullie hier. Jij was altijd een beste vent, Jorvai. Kan ik dat aanbod van haar vertrouwen?'

'Je kunt erop vertrouwen dat ze je steun accepteert als je vandaag met ons mee terugrijdt. Je kunt er ook op vertrouwen dat we elk veld, elke stal en elk boerderijtje in de hens zetten als je dat niet doet.'

'Mm, en je hebt zeker een leger meegebracht om dat ook daadwerkelijk uit te voeren? Dacht ik al.' Zygas zuchtte. 'En als ik nu zeg dat ik ga kijken of jullie verhaal klopt?'

'Niet goed genoeg. Als je slim bent en trouw wilt zweren dan rijd je nu mee onder bescherming van mijn manschappen, en je neemt vrouw en kinderen mee. Je hebt een zoon met zijn eigen landerijen, en een stelletje jongere kinderen die nog thuis wonen, ja toch?'

'O, heeft ze soms gijzelaars nodig?'

'Dat bepaalt zij wel als je komt. Je had gewoon eerder kleur moeten bekennen. Dankzij haar goedheid heb je je landgoed nog, maar haar geduld is niet onuitputtelijk. Hak de knoop door, dan kunnen we opstappen.'

Zygas keek uit over zijn graanvelden en de hoeven die achter de rij bewapende ruiters te zien waren. In de verte zag hij de voetsoldaten, gehuld in een stofwolk, snel naderen. 'Dus ze is echt de dochter van de prinses die al die tijd verborgen is gehouden?'

'Dat is ze zeker. Je ziet Ariani's trekken in haar. Zo helder als glas. De heren van de zuidlanden zijn en masse op haar afgekomen. Nyanis is bij haar, en Kyman ook. Die zijn toch ook niet gek?'

Zygas streek nog eens over zijn grauwe baard en zuchtte. 'Nee, en jij ook niet. Als ik ga, neemt ze mij dan mijn land af?'

'Dat zal zij bepalen als ze je gesproken heeft,' antwoordde Jorvai. 'Maar ik kan je wel vertellen dat ze dat beslist doet als je niet gaat.'

Ki zag de tweestrijd die in de man gaande was. Ten slotte zei Zygas: 'Moet ik mijn kleine meisjes ook meenemen? Hoe kan ik ze onderweg beschermen, zonder het escorte van mijn mannen? Er mag hen geen haar gekrenkt worden.'

'Tamír zou iedereen laten doden die hen ook maar met één vinger aanraakt, en anders ik wel,' zei Ki. 'Ik heb vrouwen onder mijn strijders. Ik stuur ze naar je toe en zij kunnen jullie escorteren. Zij zullen jullie alle bescherming geven.'

Zygas keek nogmaals naar de bewapende soldaten die nu al voor zijn slotgracht stonden. 'Goed dan, maar ik vervloek jullie één voor één als die koningin van jullie een valstrik blijkt te zijn.'

'Tamír wil niets meer dan je loyaliteit,' verzekerde Ki hem.

Zygas neeg zijn hoofd. 'Als deze koningin zo barmhartig is als jullie haar afschilderen, dan is ze het misschien waard om te steunen.'

Hij reed de weg terug die hij gekomen was en Ki blies zijn ingehouden adem uit. 'Nou, dat ging van een leien dakje.'

Jorvai grinnikte kort en wees naar het opmarcherende leger. 'Dat was het sterkste argument. Zo, nu weet je hoe het moet. Ik hoop dat het je met vrouwe Alna net zo makkelijk afgaat.'

Maar dat was helaas niet het geval. Ki en zijn troepen marcheerden drie dagen door de drukkende hitte, en kwamen toen voor een verlaten dorp, gemaaide velden en een kordate edelvrouw te staan.

Ze was een weduwe van middelbare leeftijd, met lang vlasblond haar en een trots, ongenaakbaar gezicht. Net als Zygas reed ze naar hem toe, maar luisterde met nauwelijks onderdrukt ongeduld terwijl de gezant zijn missive voorlas.

'Leugens, of zwarte kunst – wat is het, heer?' zei ze smalend, niet in het minst onder de indruk van Ki. 'Er staan duizend man achter mijn muren en het graan ligt daar eveneens. Koning Korin heeft me ervan verzekerd dat mijn landerijen uitgebreid zullen worden en mijn titel onder zijn banier zal worden beschermd. Heeft die koningin van jullie me nog iets anders te bieden dan bedreigingen?'

'Meerdere malen bent u opgeroepen, u hebt alle kans gehad om u achter de ware koningin te scharen,' antwoordde Ki en hij deed nogmaals een poging zijn emoties in bedwang te houden.

Ze snoof. 'Ware koningin! Ariani had geen dochters!'

'Die had ze wel en u hebt vast van haar gedaantewisseling vernomen.'

'Dan is het zwarte kunst. Dus je vraagt me te buigen voor een heerser die gesteund wordt door zwarte magie, net als de Plenimaranen?'

'Het was geen zwarte kunst...' begon Ki maar ze kapte zijn woorden af.

'De helft van mijn familie bestond uit vrije tovenaars, jochie, en machtig waren ze ook. Maar die magie die jij beschrijft hadden ze onmogelijk kunnen uitvoeren...'

Ki wist dat hij het niet in zijn hoofd moest halen om te vertellen dat een heuvelheks de magie had uitgevoerd. 'U hebt de keus,' zei hij. 'Vertrek nu naar Atyion, met uw kinderen, onder een vrijgeleide en bescherming, of ik zal niet aarzelen mijn opdracht uit te voeren.'

'O nee?' Alna keek hem scherp aan. 'Nee, dat denk ik ook niet. Ga je gang dan maar. Ik was trouw aan koning Erius en ben aan hem verplicht zijn zoon te dienen.' Ze wendde haar paard en reed terug naar haar burcht. Door de regels die bij onderhandeling golden kon hij niet anders dan werkloos toezien hoe de poortdeuren zwaar achter haar dichtvielen.

Ki draaide zich om en zag Lynx en Grannia vol verwachting naar hem kijken. 'Grannia, brand het dorp plat. Lynx, breng de soldaten van de genie en de fakkeldragers in stelling. Geen genade voor iedereen die tegen ons is en naar een wapen grijpt. Dat is een bevel.'

28

Tamírs hart sprong op bij iedere gezant die binnenkwam.

Eindelijk kwam de eerste binnen, met groeten en verontschuldigingen van hertog Zygas, die nu op weg was om trouw aan haar te zweren. Hij was degene geweest die het het langst uit had kunnen houden en ze vatte het op als een goed teken. Hij en zijn gezin arriveerden een paar dagen later met een huifkar. Tamír ontving hem streng, maar hij was zo bezorgd om zijn kinderen en zijn eed klonk zo eerlijk, dat ze hem met genoegen zijn titel liet behouden.

Een paar dagen later kwam Jorvais gezant terug met het bericht dat er een tweede overwinning zonder bloedvergieten was behaald. Heer Erind was naar buiten gekomen om zich over te geven op het moment dat Jorvais troepen over de heuvel aan kwamen marcheren. Het bleek dat hij niet wist of hij zich aan Korin of aan Tamír overgaf. De begeleidende brief van Jorvai was minachtend van toon. 'Hou hem goed onder de duim, en blijf hem in de gaten houden. Het is de laffe hond die bijten het vaakst.'

Maar van Ki geen enkel levensteken. De nachten duurden eindeloos, in de wetenschap dat de kamer naast haar leeg was, bovendien werd ze tijdens haar dromen lastiggevallen door Broer die ook weer teruggekomen was.

Eindelijk, op de laatste dag van Shemin, kwam er een gezant in Atyion aan met het bericht dat Ki had gezegevierd, en met zijn leger niet ver achter hem zat.

Nadat de avond gevallen was, reed hij inderdaad met zijn cavalerie de binnenplaats op en rende meteen door naar de troonzaal, met Grannia en Lynx aan zijn zijde. Alle drie zagen er vermoeid en weinig opgewekt uit, en hun wapenkleden droegen de donkere sporen van een felle strijd.

'Welkom terug,' zei ze, in een poging haar waardigheid te behouden voor het hof, terwijl ze liever van de verhoging gesprongen was om Ki te omhelzen. 'Wat hebben jullie te melden?'

'Majesteit, heer Ynis heeft zich overgegeven en is op weg naar het hof. Vrouwe Alna weigerde.' Ki knikte naar Lynx.

Hij haalde een leren tas van onder zijn mantel en maakte hem open. Ki stak zijn hand erin en trok er het met bloed besmeurde blonde vrouwenhoofd uit.

Tamír vertrok geen spier bij de aanblik van de verslapte lippen en de doffe, melkachtige ogen, maar het raakte haar wel. 'Steek het op een spies boven op de kantelen. Recht boven de poort, bij de resten van Solaris, met een bord met haar naam en haar misdrijf. Ki? Heb jij haar gedood?'

'Nee, Majesteit, ze stierf door eigen hand op de vierde dag van het beleg. Ze vermoordde eerst haar twee dochters en haar zoon, of had dat laten doen. Ze lagen allemaal bij elkaar in haar slaapvertrek.'

Tamír wist zeker dat Ki het gedaan had als het nodig was geweest, maar ze was heimelijk opgelucht dat het niet zover was gekomen. In elk geval had Alna haar de ellende van een executie bespaard.

'Laat gezanten het nieuws naar elke stad en elk landgoed overbrengen,' gelastte ze. 'Laat de stadsomroepers het bericht verspreiden. Ik ben barmhartig geweest voor degenen die me hun eed van trouw gegeven hebben. De verraadster heeft haar verdiende loon gekregen. Heer Kirothius, neem mijn hartelijke dank en die van het land in ontvangst. Ik schenk je hierbij al het land van vrouwe Alna, ter ere van de eerste overwinning onder je eigen banier.'

Ze glimlachte toen Ki weer boog. Daar kon niet over geroddeld worden. Zo ging het nu eenmaal altijd met oorlogsbuit.

Maar in plaats daarvan klaagde Ki toen ze voor het eerst naast elkaar zaten, tijdens het feestmaal van die avond.

'Moest dat nou,' gromde hij. 'Je hebt me al met meer dan genoeg land en pacht opgezadeld, en nog een titel ook.'

'En nu heb je krijgslieden en ruiters die helemaal van jou zijn. Zo kan ik je de volgende keer dat ik je nodig heb gewoon, met leger en al, laten optrommelen,' zei Tamír vrolijk. 'Niks geen gegrasridder meer voor jou, heer Kirothius!'

Ki sloeg zijn armen over elkaar en gaf toe dat hij deze slag verloren had. 'Tot de volgende keer dat ik mag vechten, zal ik het wel uithouden.'

'Vertel over je eerste grote opdracht!' smeekte Una. 'En jij ook, Lynx. Hoe is het nou, om Ki's kapitein te zijn?'

'Ki deed alles. Hij moet het zelf maar vertellen,' protesteerde Lynx bescheiden, maar Tamír zag dat zijn schildknaap opgewonden bij de keukendeur stond te praten met Lorin en Hylia.

'Hij mag zijn deel van het verhaal vertellen, wees maar niet bang,' zei Ki lachend. 'Ik ben keitrots op hem en op kapitein Grannia natuurlijk.'

'Kan zijn, maar jij reed wel voorop, bij alles,' zei Lynx.

Tamír bekeek Ki's gezicht terwijl hij het verhaal, tot in de kleinste details, vertelde. De burcht werd goed verdedigd, en was voorbereid op een belegering. Ki zette het gevecht uiteen, en verduidelijkte het met behulp van broodkorstjes en bordjes. Ook hij was bescheiden en prees alle anderen. Maar toen hij bij het stuk kwam dat hij Alna en haar kinderen vond, stond zijn gezicht ernstig.

'Het was wel het beste,' mengde Grannia zich in het verslag. 'Jezelf doden is eervoller dan gehangen worden voor verraad.'

'Maar ik had haar kinderen natuurlijk gespaard,' zei Tamír enigszins aangedaan.

Toen Ki en haar Gezellen haar die avond naar haar kamer begeleidden, merkte ze de blikken van de hovelingen op. Ze keken op een respectvolle manier naar Ki, wat ze eerder nooit gedaan hadden. Ondanks dat waren er nog steeds spiedende ogen toen ze hem vroeg nog even mee te gaan.

Ze keken elkaar aan. De weken dat ze van elkaar gescheiden waren hadden alles alleen maar onduidelijker gemaakt tussen hen. Tamír zuchtte en omhelsde hem, maar dat was maar kort en ze liepen snel naar het speeltafeltje bij het raam.

'Zo, nu ben je een aanvoerder, getekend met bloed,' zei ze, spelend met een pion. 'Hoe voelt dat nou?'

Ki glimlachte terwijl hij met een vinger de lijnen op het speelbord volgde. 'Ik vond het minder leuk omdat jij niet naast me vocht, maar verder...' Hij grijnsde naar haar met een hartelijke blik in zijn ogen. 'Bedankt.'

'Jammer van Alna.'

Ki knikte bedroefd. 'Een fijn gezicht was het niet, nee. Ze had, denk ik, die kinderen zelf de keel doorgesneden. Ik vraag me af of het nu spookt in die burcht...'

'Waarschijnlijk wel, met al die doden.'

'Nou ja, ik wilde daar toch niet gaan wonen. Daar dwing je me toch niet toe, hoop ik?'

'Nee, ik wil je hier, bij mij,' zei ze en ze vervloekte zichzelf toen ze voelde dat ze bloosde. 'Maar nu je terug bent, en geen gevecht in het vooruitzicht hebt, zul je je hier wel stierlijk gaan vervelen.'

Ki nam een zakje bakshi-stenen uit zijn tas. Hij liet ze rammelen en zei: 'Gevechten genoeg die we kunnen uitvechten. En nu kan ik eindelijk mijn eigen goud inzetten!'

Ze speelden vijf spelletjes, en het kon ze niet schelen wie er won of verloor. Toen ze uitgespeeld waren stond hij op. Friemelend met het zakje stenen zei hij: 'Ik meende het echt hoor, wat ik zei... over dat ik het maar niks vond om zonder jou te vechten.' Hij boog zich voorover en gaf haar een kus op haar wang. Voor ze wist wat er gebeurde was hij al naar zijn kamer vertrokken.

Ze bleef een tijdje voor zich uit zitten staren, drukte haar vingers tegen de wang waar zijn lippen haar hadden geraakt, maar probeerde er geen valse hoop uit te putten.

29

Niryn had Nalia op de avond van de geselingen naar beneden zien gluren en het deed hem goed te zien hoe snel ze was teruggedeinsd voor het schouwspel. Sindsdien had ze zich nauwelijks meer laten zien. Zelfs Korin had zich daarover verbaasd.

Ze had nog een beetje pit gehad toen Korin haar voor het eerst zag. Haar haat en woede waren tastbaar geweest, net als haar wanhoop. Om te beletten dat ze van het balkon haar dood tegemoet zou springen, had Niryn over die plek een bezwering uitgesproken.

Mettertijd bleek Korin zo slecht nog niet te zijn en ze was gekalmeerd. Het resultaat van de strenge rechtspraak van haar man hadden haar laatste restje weerstand gebroken. Ze zat timide aan tafel en sprak geen woord tijdens haar avondwandelingetjes over de borstwering. Niryn zorgde er persoonlijk voor dat ze altijd de hoofden op de staken van verraders passeerde. Degene die Caliël en de anderen had helpen ontsnappen ontbrak helaas.

Korin werd echter steeds weerbarstiger en was niet langer in de hand te houden. De drank eiste zijn tol en Alben en Urmanis konden hem niet tegenhouden. Op zijn slechtst was Korin afwisselend rusteloos en zwaar chagrijnig. Het verraad van zijn Gezellen had hem diep geraakt.

Niryn had die pijn voor zijn eigen doeleinden gebruikt. Er waren buiten het fort nog een aantal galgen opgezet. De lichamen die aan die galgen hingen te rotten waren een goede waarschuwing voor de rest.

Wat Niryn echter niet in de hand had was de roep om oorlog onder Korins bondgenoten, die alleen maar toegenomen was toen spionnen wisten te vertellen dat Tobin zijn leger tegen een paar edelen had ingezet die geweigerd hadden zijn recht op de troon te accepteren. Zijn aanvoerders schenen het ene succes op het andere te boeken.

Korins generaals waren net zo succesvol, toen een paar lagere edelen ervandoor hadden willen gaan. Een aantal vocht ter ere van de koning, maar de meesten gingen voor hetgeen ze door plunderingen buitmaakten. Er werd echter veel gemord over de verdeling van land en goed dat ze van de afvalligen afgenomen hadden, maar Korin had nu eenmaal een leger te betalen en mannen te voeden. Belastinggelden uit het noorden stroomden binnen, maar zonder de koninklijke schatkist was Korin gedwongen ook het leeuwendeel van de oorlogsbuit in te nemen.

Toen Niryn op een avond de spionagerapporten van de afgelopen dag zat door te nemen, ontdekte hij een paar bekende namen. Heer Jorvai zat met Tobin in Atyion, en de troepen die hij ter verdediging op zijn landgoed had achtergelaten waren geen partij geweest voor hertog Weeterink en zijn leger. De burcht en stad waren met fakkels aangestoken en ook de velden waren platgebrand.

Bovendien had Nevus een kleiner pachtgoed onder beleg. Het was een armzalige oude burcht in de heuvels die Rilmar heette, maar Niryn glimlachte toen hij de naam las van de oude ridder die er woonde: heer Larenth, maarschalk van het wegverkeer.

'Kijk eens aan,' grijnsde hij, en liet de passage aan Moriël zien. 'Is dat geen familie van de jonge Ki?'

Moriëls kwaadaardige grijns en giftige blik spraken boekdelen. 'Ja, heer. Koning Erius schonk hem dat landgoed als gunst van prins Tobin.'

'Tja, dan is het alleen maar eerlijk dat de zoon van de koning het hem weer afneemt.'

Een tijdje geleden had Korin het er nog op melancholieke toon over gehad. 'Vader stuurde de Gezellen ernaartoe om ons met bloed te laten tekenen in gevecht met een stel struikrovers. Heer Larenth was een oude ijzervreter, en op zijn manier een goed gastheer.'

'Ziek en oud als hij is heeft hij in de kleurrijkste taal te kennen gegeven dat hij zich niet bij u aansluit, Majesteit,' zei meester Porion.

Korin luisterde nog altijd naar zijn oude zwaardmeester en Niryn hoefde maar zelden in te grijpen. 'U kunt zich niet veroorloven om sommigen genade te schenken, zoals u ook niet deed bij uw oude vrienden van de Gezellen. Valse vrienden worden verbitterde vijanden,' herinnerde Niryn hem eraan.

Desondanks zag Niryn schuldgevoel opflikkeren in Korins ogen. Daar moest hij vanaf en dus baande Niryn zich een weg in het geheugen van de prins. Er was iets schaamtevols gebeurd, een mislukking waarbij Rilmar betrokken was. Korin had het verdrongen, maar Niryn wist het met bezweringen weer naar boven te halen.

'U hebt gelijk, zoals altijd,' fluisterde Korin, hij wreef in zijn ogen en schudde het hoofd. 'Geen genade voor rebellen, hoe goed ze vroeger ook waren.' Hij riep een gezant bij zich. 'Ga naar heer Nevus. Laat hem Rilmar innemen. Zeg dat hij de kleine kinderen en de meisjes die nog geen gevechtstraining hebben gehad spaart. De rest kan opgehangen worden.'

'Kijk,' zei Korin toen ze later die avond op de vestingmuren wandelden, en wees naar een gesternte vlak boven de oostelijke horizon. 'Daar staat Orion de Jager. De zomer is bijna voorbij en ik blijf hier maar rondhangen, gebonden door eb en vloed van iemands schoot! Bij de Vlam, het lijkt wel of mijn enige nut ligt in het met jong schoppen van een vrouw!'

'Je doet het anders vaak genoeg, niet?' grinnikte Alben. 'Je zit haast elke avond boven. Ik hoop voor je dat ze niet onvruchtbaar is...'

'Heer toch!' Niryn sloeg een teken om ongeluk af te wenden. 'Het schijnt zo te zijn dat de vrouwen van haar familie niet meteen zwanger worden, maar dat ze gezonde baby's baren, meestal meisjes.'

Korin zuchtte. 'Maar voor er weer sneeuw valt moet ik het strijdperk betreden. Tobin moet voor eens en altijd uitgeschakeld worden!'

Hou het nog heel even vol, mijn koning, dacht Niryn. Tomara heeft net verteld dat Nalia haar ontbijt maar met moeite binnen kan houden.

30

Het nieuws over Tamírs represaillemaatregelen tegen de opstandige edelen ging als een lopend vuurtje door het land en gezanten met verzoenende brieven en geschenken van edelen uit de kustgebieden liepen af en aan. De machtige heren in het noorden en ook enige in het westen waren echter onvermurwbaar en bleven steun aan Korin geven. Jorvai was een van de weinigen uit dat gewest geweest die haar bondgenoot was geworden. Volgens Arkoniëls spionnen zat Korin nog steeds stevig op zijn troon in Cirna.

Tamír wist niet wat ze daarvan moest denken. Als ze in zijn schoenen had gestaan was ze allang met de hele troepenmacht opgerukt, maar nog steeds was er geen teken van een opmars naar het zuiden. Ki was van mening dat Korin gewoon te schijterig was om het gevecht aan te gaan, maar Tamír wist zeker dat er meer achter zat.

Maar hoe dan ook, ze bevonden zich in een periode van betrekkelijke vrede en Imonus greep die kans aan om Tamír te herinneren aan haar tocht naar Afra.

'Het is tijd, Majesteit. Wat u ook doet, u moet de Lichtdrager eer bewijzen zoals al uw voorouders hebben gedaan.'

'Hij heeft gelijk, weet je,' verklaarde Illardi. 'Iedere nieuwe koningin is daarheen geweest, en heeft een profetie voor het volk mee teruggebracht.'

Tamír had geen verdere overreding nodig. Het hofleven hing haar inmiddels wel de keel uit en als ze dan toch niet mocht vechten, dan moest ze maar op reis.

Op advies van Imonus bepaalde Tamír dat ze in de eerste week van Lenthin zouden vertrekken. Dan zouden ze tijdens het wassen van de maan in Afra aankomen – een zeer fortuinlijk tijdstip, volgens de priesters.

Een grote troepenmacht meenemen was nutteloos. De schrijn lag hoog in de bergen ten westen van Ylani, en er liep slechts één smal kronkelig pad heen, dat volgens Imonus en Iya op sommige plaatsen nauwelijks breed genoeg was voor één ruiter.

'Het hele gebied bestaat uit heilige grond. Zelfs Niryn zou het niet durven te ontwijden door jou daar aan te vallen,' verzekerde Imonus haar. 'En iedereen zou Korin afvallen, als hij een dergelijke heiligschennis zou plegen.'

'Ik hoop dat u gelijk hebt,' zei Tharin. 'Maar ze moet hoe dan ook genoeg gardisten meenemen om haar op weg naar het gebied te beschermen.'

'Mijn eigen garde moet genoeg zijn, zeker als Iya en Arkoniël met ons meerijden,' zei Tamír. 'Met een beetje geluk kan ik al terug zijn voor Korins spionnen hem überhaupt verteld hebben dat ik uitgereden ben.'

'Saruel heeft gevraagd om ons te begeleiden,' zei Iya. 'De Aurënfaiers hebben het Orakel hoog in het vaandel staan, en ze zou de plek zelf ook dolgraag eens bezoeken.'

'Met alle plezier,' antwoordde Tamír. 'Ze is toch een van de machtigste van de groep tovenaars? Ik zal me alleen maar veiliger voelen, met haar in mijn gezelschap.'

De nacht voor hun vertrek was Tamír te nerveus om te slapen. Ze bleef laat op voor een spelletje bakshi met Ki en Una. Het laatste spelletje speelden ze bij het open raam en ze zag, al prutsend aan haar vlechtjes, hoe de afnemende halvemaan aan de hemel stond. Uiteindelijk won Una en ze ging slapen, opgewonden over het nakende vertrek.

'Wat is er met je? Ik dacht dat je stond te popelen om te gaan,' zei Ki terwijl hij de bakshi-stenen in hun respectievelijke zakjes terugschoof en het houten bord opborg.

'Doe ik ook.'

'Nou, je bent altijd doodkalm voor een veldslag, maar nu lijk je wel zo bang als een wezel voor een tochtje door de bergen. Ben je bang voor de Illioranen? Ik in elk geval wel.'

Ze draaide zich om en keek in zijn grijnzende gezicht. 'Hou eens op. Jij bent niet door de goden aangeraakt. Het was behoorlijk griezelig, dat visioen, en dat was nog maar een kleintje! Daar zit het grootste Orakel van het land.'

'En wie kan er dan veiliger zijn dan jij?' kaatste Ki terug. 'Kom op, er moet nog wat anders zijn, heb ik gelijk?'

'Wat moet ik doen als ik iets te horen krijg wat ik afschuwelijk vind?' vroeg ze. 'Als ze me vertelt dat ik zal mislukken, dat ik gek word zoals de rest van mijn familie, of dat...'

Ki wachtte af. 'Nou?'

'Dat Broer zich zal wreken. Hij zanikt nog steeds dat ik alles moet uitzoeken over zijn dood. Ik wil de waarheid best achterhalen, maar ik ben er tegelijkertijd doodsbang voor. Ik kan het niet uitleggen, Ki. Maar ik krijg er maagpijn van als ik eraan denk.'

'Waar ben je nu banger voor? Dat hij niet weggaat als je hem tevreden hebt gesteld, of dat hij dan nooit meer terugkomt?'

'Ik wil dat hij weggaat. Maar ik weet niet of ik hem wel kan geven wat hij wil.'

Vroeg in de volgende morgen reden ze uit en gingen op een drafje door de slapende stad. Tamír voelde de opwinding in haar hart toen de zuidelijke weg zich voor hen uitstrekte.

Niet alleen het uitzicht op haar ontmoeting met het Orakel bepaalde haar stemming: hier buiten te rijden, in volle galop met gewapende ruiters achter zich was een van de heerlijkste dingen die ze kende.

Laïn, de jongste van de Afraanse priesters die met Imonus naar het noorden gekomen was, reed in de voorhoede mee als hun gids, al kenden Iya en Arkoniël de weg ook. Hij was van het zwijgzame soort en Tamír had nooit zo op hem gelet, maar hij straalde nu van genoegen.

'Het is een hele eer, Majesteit, om een nieuwe koningin naar Afra te begeleiden. Ik hoop van ganser harte dat u een helder antwoord krijgt, en vooral veel steun.'

'Dat hoop ik ook,' zei ze.

Arkoniël had Wythnir deze keer meegenomen, en het jochie reed trots op een eigen pony, gekleed in een nieuwe tuniek en laarsjes. Hij zag er wat ouder uit. De tovenaars reden meestal samen en hoewel het jongetje zoals altijd zweeg, zag Tamír wel dat hij elk woord dat zijn meester sprak in zich opzoog als een spons. Hij klaagde niet eenmaal, hoewel ze toch lange dagen in het zadel maakten. Bij Arkoniël was hij blijkbaar gelukkiger, dan alleen rustig thuis.

De tweede nacht sliepen ze in Ero en de dag daarop liet Illardi's hofmeester haar trots de nieuwe stad zien die aan de noordkant van de haven verrees. Veel mensen bivakkeerden nog steeds in tenten en hutjes van planken en afval, maar de mannen waren overal aan het werk. Ze sleepten stenen aan en timmerden her en der nieuwe geraamtes voor huizen. De lucht geurde naar kalk en ruwe balken. Hier en daar bleef ze staan om de handwerkslieden aan het werk te zien.

Arkoniël glimlachte toen ze wel erg lang bij een houtsnijder bleef staan die bezig was met een sierlijke latei. 'Had je niet stiekem in een familie van ambachtslieden geboren willen worden?'

'Af en toe. Ik ben al mijn gereedschap kwijtgeraakt en ik heb geen tijd gehad om nieuwe te zoeken.'

Arkoniël deed een greep in zijn zijtas en gaf haar een klompje verse bijenwas. 'Kun je hier voorlopig wat mee? Vroeger had je altijd een klompje bij je.'

Tamír grinnikte: Arkoniël was een van de eersten geweest die haar gave en handigheid hadden gesteund.

Maar niet de eerste.

Door de zoete geur van de was schoten haar die paar zeldzame en vredige momenten met haar moeder te binnen – die unieke glimlach toen haar moeder de was in haar handen warmde. *Het ruikt naar bloemen en zonneschijn, vind je niet? De bijen leggen een voorraadje zomer in hun wassen huisjes voor ons aan.*

Het branden van tranen achter haar oogleden verraste haar. Tamír had maar zo weinig goede herinneringen aan haar. Ze keek naar het serene gesneden portretje op haar ring en vroeg zich af wat Ariani wel niet zou denken, nu haar dochter zich in haar ware gedaante vertoonde. Zou ze nu eindelijk van haar kunnen houden, net zoveel als ze van Broer gehouden had? Zou ze van hen allebei gehouden hebben en niet gek zijn geworden als ze eerder was getransformeerd en Broer niet was gestorven?

Tamír schudde haar hoofd om de bitterzoete gedachte kwijt te raken en liep verder, in de hoop dat Arkoniël en de anderen haar moment van zwakte niet hadden opgemerkt.

Al snel verlieten ze het pad langs zee om verder door de bergen van het zuidwesten te trekken. Dit was dezelfde weg die ze in haar jonge jaren gegaan was om haar opwachting in Ero te maken. Zij en Ki deelden een verlangende blik toen ze de weg passeerden die hen naar de burcht van Alestun zou brengen. Wanneer konden ze weer eens tijd maken om daarheen te gaan? Haar oude kindermeid Nari schreef haar vaak, en Tamír schreef altijd terug, maar ze kon nooit met zekerheid zeggen wanneer ze weer eens langs zouden komen.

Na de splitsing met de weg naar Alestun, leidde Laïn hen over achterafweggetjes die niet door steden liepen, maar juist steeds verder landinwaarts. De eerste nachten sliepen ze in kleine herbergen, waar de eigenaars en klanten haar met respect bejegenden maar haar met grote ogen bekeken, vooral wanneer het voor hun nieuwe koningin geen enkel probleem bleek om met hen in dezelfde ruimte te eten. Als er 's avonds rond de haard gezongen werd, deden zij en de Gezellen vrolijk mee, en Iya en Arkoniël amuseerden het gezelschap met simpele, kleurige trucjes en toverden kapotte kleding en aardewerk weer heel voor degenen die het durfden te vragen.

De dorpelingen vertelden Tamír op hun beurt over de oogst en de struikrovers. Bendes in alle soorten en maten werden, na de val van Ero, steeds brutaler. Tamír stuurde een ruiter terug met een brief aan Illardi, waarin ze hem verzocht wat krijgers die toch maar werkeloos zaten af te wachten naar dit gebied te sturen om af te rekenen met de bandieten.

De hoge bergrug die de ruggengraat van het Skalaanse schiereiland vormde, kwam elke dag dichterbij; de puntige toppen waren nog steeds met sneeuw bedekt.

Op de zevende dag loodste Laïn hen 's middags naar een drukke weg die de bergen in leidde. Eiken en trilbladbomen maakten geleidelijk plaats voor dennen en sparren.

De weg werd steiler en begon te kronkelen en hun paarden konden niet sneller dan stapvoets gaan. Het werd steeds kouder en de lucht droeg geuren van onbekende planten. Onvolgroeide, door de wind vervormde bomen klauwden zich vast aan de rotsachtige hellingen, en weinig eisende mossoorten en kleine plantjes groeiden aan de rand van de weg. Het was nog altijd zomer in Atyion, maar hier rook je de eerste sporen van de herfst. En de enkele trilbladboom die hier nog op de helling stond, droeg al gouden randen aan zijn ronde blaadjes. Ver boven hen staken de ijzige pieken de diepblauwe lucht in. Het wit van de eeuwige sneeuw stak er zo fel tegen af dat het pijn deed aan hun ogen.

'Het doet me denken aan thuis. Al deze planten herken ik uit mijn jeugd,' zei Saruel, die naast Tamír was komen rijden.

'Kom je uit de bergen?'

'Ja. Toen ik klein was zag ik alleen vlakke bodem als we naar Sarikali gingen voor de stambijeenkomsten.' Ze ademde de lucht diep in, en het zwarte lijnenspel rond haar ogen trok samen en bewoog toen ze glimlachte. 'Ik merk nu dat ik die geuren en de koelte gemist heb. Ik vond het heel prettig in uw hoofdstad, maar het is wel anders dan ik gewend ben.'

'Stinkend Ero,' grinnikte Tharin. 'Die naam heeft de stad eerlijk verdiend.'

'Ik begrijp het wel. Ik ben ook in de bergen opgegroeid,' zei Tamír. 'Dit lijkt een beetje op onze oude jachtpartijtjes, vind je niet, Tharin?'

Op dat moment werd Ki's oog door iets getroffen en hij boog zich ver uit het zadel om een bloem uit een groepje klokjesbloemen te plukken die in een spleet in de rotswand groeiden. Met zijn knieën klemde hij zich stevig vast, hij kwam weer overeind en bood toen met een grijns het bloemetje aan Tamír aan. 'Kijk. Hartentroost, dat zorgt ervoor dat je je alles beter kunt herinneren.'

Tamír rook eraan, en glimlachte om de bekende bedwelmende geur voor ze het bloemetje achter haar oor stak. Ki had zoiets nog nooit gedaan en haar gedachten daarbij bezorgde haar een zweverig gevoel. Ze bracht haar paard in draf, opdat de anderen haar blozende wangen niet zouden zien.

Ze sloegen die avond hun kamp op aan een beekje in een hooggelegen, winderige vallei. De sterren leken tastbaar aan de fluwelige hemel, net zoals vroeger in Alestun, en ze schenen zo fel dat de sneeuw op de pieken wel van vloeibaar zilver leek.

Saruel en Laïn verzamelden handenvol blauwe besjes die hier in grote hoeveelheden stonden en brouwden er een zoete, harsachtige thee van.

'De meesten van ons zijn nog nooit zo hoog geweest. Hoe hoger je komt, hoe ijler de lucht wordt,' legde de priester uit. 'Je kunt er misselijk van worden, maar deze thee helpt.'

Tamír had er tot nog toe weinig last van gehad, maar Nikides, Una en de nieuwe schildknapen gaven toe dat ze zich tegen het eind van de dag een beetje duizelig hadden gevoeld.

De uilen, die hier in groten getale voorkwamen, waren groter dan die in het laagland, met veren als kattenoren op hun roodbruine koppen en schitterende witte punten aan het eind van hun staart. Ki vond een paar veren in het bosje naast hun kamp en schonk ze aan Tamír. Ze wierp er een paar in het kampvuur en mompelde een schietgebedje.

Ze sliepen, gewikkeld in hun mantels en dekens, op de grond. De volgende ochtend werden ze wakker in een dikke, kille wolk mist, die de hele vallei vulde en hun haar en de vacht van de paarden had bepareld met druppeltjes als juwelen. Geluiden klonken vreemd dof. Tamír kon de gesprekken van anderen naast het kampvuur nauwelijks verstaan, maar het kloppen van een specht verderop leek van heel nabij te komen.

Na een karig ontbijt en een paar mokken thee van Saruel, gingen ze weer op pad. Ze voerden hun paarden aan de teugel mee tot de mist optrok.

Het gebied dat ze doortrokken werd steeds onherbergzamer en bergtoppen keken van alle kanten op hen neer.

De lange stoet, met tovenaars en priester voorop, volgde het pad dat nog smaller was geworden, met aan hun linkerkant een diep ravijn. Rechts rees een loodrechte rotswand op die op sommige plaatsen echter zo ver over het pad hing, dat ze hun hoofden moesten intrekken of plat op hun paarden moesten gaan liggen. Tamír wierp een steentje naar links, de met nevel gevulde diepte in, maar hoorde het niet vallen.

Laat in de namiddag merkte Tamír de eerste halvemaantjes en krabbels op de rotswanden op, die daar door andere pelgrims waren ingekerfd.

'We komen in de buurt,' zei Iya terwijl ze hun paarden lieten rusten en hen lieten grazen in het spaarzame gras dat langs de rand van de weg groeide. 'Over een paar uur bereiken we de beschilderde poort die je in je visioen zag. Afra ligt daar vlak achter.'

Arkoniël bestudeerde de inscripties goed terwijl ze verder reden. Opeens hield hij zijn paard in en wees hij naar één teken in het bijzonder. 'Kijk Iya, hier is dat gebed dat ik schreef die eerste keer dat ik met je mee mocht.'

'Ja, dat weet ik nog,' zei Iya glimlachend. 'Ik heb hier ergens zelf ook een paar krabbels achtergelaten.'

'Waarom deden jullie dat?' vroeg Saruel.

'Gewoonte, denk ik. En het brengt geluk,' antwoordde Iya.

'Dan kun je dat wel bij elke krabbel zeggen,' mompelde Lynx, die ondanks alles wat hij had gezien nog steeds alleen in Sakor geloofde.

'Als ik u was zou ik niet spotten met de toewijding aan Illior, jonge heer,' zei Laïn die het toevallig hoorde. 'De getekende smeekbeden gaan veel langer mee dan een veertje dat in het vuur geworpen wordt. Elk teken is hier aangebracht met een goede reden, maar zeker niet omdat iedereen dat doet.'

Hij wendde zich tot Tamír. 'Het zou goed zijn als u ook iets zou schrijven, koningin Tamír. Al uw voorouders hebben het gedaan, ergens langs deze route.'

Die gedachte stimuleerde haar en gaf haar het gevoel dat ze echt tot de koninklijke heerseressen van Skala gerekend werd.

Iedereen was inmiddels afgestegen en de meesten waren op zoek naar een goede plek om hun boodschap en naam in te krassen.

Saruel bracht haar boodschap aan door simpelweg met haar hand over een rots te strijken. De woorden verschenen in een sierlijke schrift onder haar hand, en werden bekroond met een klein zilveren maansikkel. 'Het is heel heilzaam de Lichtdrager te eren op weg naar zijn heiligdom,' mompelde ze en keek goedkeurend naar Tyriën, Lynx' jonge schildknaap, die zijn boodschap op een rots kraste.

'Je hebt Aurënfaier bloed in je, Tyriën í Rothus,' zei ze. 'Ik zie het aan je ogen.'

'Volgens mijn grootmoeder ook, maar zelfs zij weet niet hoe dat bloed in onze familie komt, dus veel kan het niet zijn,' antwoordde de jongen met zijn grijze ogen, die het duidelijk prettig vond dat Saruel het had opgemerkt. 'Maar een tovenaar ben ik zeker niet.'

'De hoeveelheid maakt niet uit, maar het geslacht zelf wel, en zelfs dat heeft soms geen invloed,' zei Iya die het gesprek had opgevangen. 'En dat is maar goed ook. Als elke Skalaan met een druppeltje Aurënfaier bloed in de aderen tovenaar zou worden, zouden de soldaten op hun lauweren kunnen gaan rusten.'

'Waren je ouders magiërs?' vroeg Saruel aan Wythnir die iets verderop zijn tekens graveerde.

'Weet ik niet,' antwoordde de knaap zachtjes. 'Ik was nog maar klein toen ze me verkochten.'

Dat was meer dan Tamír hem ooit achter elkaar had horen zeggen, en dan nog zoiets vertrouwelijks ook. Tamír glimlachte toen ze Arkoniëls hand op de schouder van de jongen zag liggen, en zag hoezeer de jongen daarvan genoot. Tamír had gewild dat ze Arkoniël ook meer kans had gegeven toen zij nog kind was. Hij was altijd zo goed voor haar geweest. Hij was haar vriend.

Vraag het Arkoniël! Die uitroep deed haar nog steeds huiveren.

Tamír richtte haar aandacht snel weer op het kale stuk rotswand dat ze gekozen had. Ze piekerde zich suf over wat ze moest schrijven. Uiteindelijk kraste ze maar gewoon: 'Koningin Tamír II, dochter van Ariani, voor Skala, als Illior het wil.' Eronder plaatste ze een klein maansikkeltje en gaf de steen die ze als schrijfstift gebruikt had aan Ki.

Hij kwam tegen haar aan staan en kraste zijn naam en een maantje onder die van haar, en trok een cirkel om hun beider namen.

'Waarom doe je dat nou?' vroeg ze.

Nu was het Ki's beurt om te blozen toen hij zei: 'Om de Lichtdrager te vragen om ons niet te scheiden. Dat was mijn gebed.'

En hij draaide zich snel om en liep naar zijn paard, en begon geheel overbodig de stijgbeugelriemen bij te stellen. Eerst die bloem, en nu dit weer, maar hij bleef afstand houden. Vroeger had ze eens gedacht dat ze Ki van haver tot gort kende, maar nu was ze nergens meer zeker van.

De zon was al half achter de bergen verdwenen toen het Tamír na het nemen van een bocht begon te duizelen. Ze schrok omdat dit haar zo vreselijk bekend voorkwam.

Het beeld voor haar ogen was exact zoals in haar visioen. Het smalle pad dat kronkelend uit beeld verdween, en in de verte weer zichtbaar werd. Daar stond de onregelmatige poort majestueus over de weg, in felle kleuren beschilderd die in het schemerlicht leken op te lichten. Ze wist dat het deze keer echt was, maar het leek te veel op haar droom om dat werkelijk te geloven. Toen ze wat dichterbij gekomen waren, zag ze gestileerde draken in fantastische tinten, knalrood, blauw en goud, die zich om de pilaren van de stenen poort kronkelden. Ze leken te baden in hun eigen licht, alsof ze leefden en deze heilige toegang met vlijmscherpe tanden en vuur bewaakten.

'Dat is Illiors Sleutelgat.'

'Prachtig, niet?' zei Arkoniël. 'Herken je de stijl?'

'Ik heb zulk beeldhouwwerk in het Oude Paleis gezien. Het was eeuwenoud. Hoe lang staat deze poort hier al?'

'Zeker zo lang, maar dit is niet de orginele, want door de invloed van tijd zijn er al talloze vergaan. Er is zelfs een legende waarin gezegd wordt dat er al een drakenpoort stond toen de eerste Skalaanse priesters een visioen volgden naar het heiligdom. Niemand weet wie die eerste poort gemaakt heeft, of waarom.'

'Ons werd verteld dat een draak die eerste poort van stenen uit de berg gehouwen heeft om Illiors geheime grot te beschermen,' zei Laïn.

'Bij ons wordt hetzelfde verteld over onze heilige plaatsen,' zei Saruel. 'Niet zo gek, want bij ons in Aurënen doen draken dat nog steeds.'

'Soms worden er nog drakenbotten gevonden, hoger op de berg. Zo nu en dan duikt hier een vlamfladderaar op bij de schrijn.' Laïn draaide zich om naar de anderen. 'Ik moet u wel waarschuwen. Als een van u iets ziet wat lijkt op een hagedis met vleugels, toon dan voldoende respect en raak hem vooral niet aan. Zelfs heel jonge draakjes kunnen gemeen bijten.'

'Draakjes?' Wythnirs ogen begonnen van kinderlijk enthousiasme te schitteren.

'Hele kleintjes, maar je ziet ze maar sporadisch,' antwoordde Laïn.

Voor Afra zelf moesten ze nog over een nauwe pas die ongeveer een mijl lang was. Ze stegen af en leidden hun paarden aan de hand over een smal rotsachtig pad. Het smalle pad kwam uit op een, geheel door bergen omgeven, kleine droge vlakte. Alles lag al in de schaduw, maar een aantal in rode gewaden gehulde priesters en een handjevol jongens en meisjes met fakkels wachtten hen op. Achter hen was het pad inmiddels gehuld in duisternis. Ki keek snuivend om zich heen waar die heerlijke etenslucht vandaan kwam. 'Ik hoop dat ze een hapje voor ons bewaard hebben. Mijn buik denkt vast dat mijn keel is doorgesneden.'

'Welkom koningin Tamír de Tweede!' riep de hoofdpriester uit en boog diep met de fakkel in zijn hand. 'Ik ben Ralinus, hogepriester van Afra in Imonus' afwezigheid. Uit naam van het Orakel heet ik u welkom. Ze heeft lang naar uw komst uitgezien. Gezegend bent u, als uitverkorene van de Lichtdrager!'

'Heeft Imonus u dan al ingelicht?' vroeg Tamír.

'Dat hoefde hij niet, Majesteit, we wisten het al.' Vervolgens boog hij voor Iya. 'Het Orakel laat ook u groeten, meesteres Iya. U hebt de voorspelling laten uitkomen, en u hebt de zware taak die u zoveel jaren geleden is gegeven volbracht.'

De priester ontdekte Saruel en stak zijn getatoeëerde handen naar haar uit. 'En ook u heten wij welkom, dochter van Aura. Moge u uw hart ook naar ons richten, hier in het huis van de Lichtdrager.'

'In duisternis, en in Licht,' antwoordde Saruel met een respectvol knikje.

'Voor u allen zijn de slaapplaatsen al in gereedheid gebracht, maar we namen aan dat een maaltijd wellicht op de eerste plaats komt. Dit is een uiterst gelukkige samenloop van omstandigheden, Majesteit. Drie dagen geleden is hier een Aurënfaier delegatie aangekomen, en zij zitten in het gastenverblijf aan de overkant van het plein op uw komst te wachten.'

'Aurënfaiers?' Tamír keek argwanend naar Iya en Saruel. 'Hebben jullie dat bekokstoofd?'

'Nee, ik heb geen enkel contact met anderen gehad,' verzekerde Saruel haar.

'En ik evenmin,' zei Iya, al leek ze zeer in haar nopjes met het nieuws. 'Ik had er echter wel min of meer op gerekend dat we een stel Aurënfaiers zouden treffen.'

De toortsdragers namen de paarden van hen over en leidden hen de duistere bocht van het pad om. Geklemd tussen twee hoge pieken in een diepere kloof was Afra op het eerste gezicht niet veel meer dan een verzameling kleine raampjes en deuropeningen, uitgehouwen in de rotswanden die aan beide kanten van een klein, geplaveid plein oprezen. Overal langs de wanden waren fakkelhouders bevestigd. Steenhouwers hadden versieringen rond de ramen aangebracht en de deurposten waren van een zeer oud ontwerp. Het deed denken aan de figuren die in het Sleutelgat waren uitgehouwen, vond Tamír, die erg onder de indruk was.

Haar aandacht werd getrokken door een grote plaquette van donkerrode steen, die midden op het plein tussen twee fel brandende vuurpotten op staanders stond. In een stenen bassin aan de voet borrelde een kleine bron op.

Het water liep via een betegelde goot naar de beschaduwde linkerzijde. In het tanende daglicht wierpen de vlammetjes dansende schaduwen op de ingegraveerde tekst van de steen.

Eerbiedig betastte zij de letters. De woorden van het Orakel aan koning Thelátimos waren daar in het Skalaans, maar ook in drie andere talen ingegraveerd. Een van die talen was Aurënfees. Er stond:

*Zolang er een dochter uit het geslacht van Thelátimos
heerst en verdedigt,
zal Skala nimmer onderworpen worden.*

Alle priesters en acolieten maakten een diepe buiging voor haar. 'Drink van de bron van de Lichtdrager, Majesteit, en verfris uzelf na uw lange reis.'

Tamír voelde weer die nauwe band met haar voorouders en hoe welkom ze was. Plotseling zinderde de lucht om haar heen en uit haar ooghoek zag ze weer die vage, mistige gestalten van geesten. Wie het waren kon ze niet zien, maar hun aanwezigheid gaf haar steun en moed, en leek in niets op de kille woede die de geest van Broer altijd bracht. Wie het ook mochten zijn, ze was blij dat ze gekomen waren.

Er stond geen beker. Ze knielde neer en spoelde haar handen, waarna ze het ijskoude water uit het kommetje van haar handen dronk. Het was zoet, en zo koud dat haar handen en tanden er pijn van deden.

'Mogen de anderen er ook van drinken?' vroeg ze.

De priesters moesten lachen. 'Natuurlijk,' zei Ralinus. 'De gastvrijheid van de Lichtdrager kent geen grenzen.'

Tamír deed een stapje terug terwijl haar vrienden en gardisten allen een ritueel slokje namen.

'Lekker!' riep Hylia uit, die op haar knieën naast Lorin en Tyriën zat.

Iya dronk als laatste. Ze bewoog zich stijfjes na de lange rit en Arkoniël bood haar zijn arm aan om haar overeind te helpen. De oude tovenares drukte haar hand tegen de plaquette en toen tegen haar hart.

'Ghërilain werd de Orakelkoningin genoemd,' zei ze en tot Tamírs verbazing had ze tranen in de ogen. 'Jij bent de tweede koningin die hier voorspeld is – door een tweede Koninklijk Orakel.'

'Toch koos u als eerste voornaam niet die van haar, maar van een tamelijk onbekende koningin,' zei Ralinus. 'Dat verwondert me eerlijk gezegd, Majesteit.'

'Koningin Tamír I verscheen in Ero voor mij, en legde het grote Zwaard in mijn handen. Haar broer vermoordde haar, net zoals zovelen van mijn familie door mijn oom vermoord werden, en haar naam was vrijwel vergeten in de periode dat mijn oom regeerde. Ik nam het op me de herinnering aan haar levend te houden.' Ze zweeg even en keek naar de zilveren rimpelingen van de bron. 'En om mijzelf en anderen eraan te herinneren dat zulke meedogenloosheid in naam van Skala nooit meer mag voorkomen.'

'Een waardig idee, koningin Tamír,' sprak een man met een bijzonder accent uit de schaduwen van het plein.

Ze keek op en zag hoe vier mannen en een vrouw door een van de deuren naar buiten kwamen en in haar richting liepen. Tamír wist meteen dat het de Aurënfaiers waren vanwege de sen'gais die ze droegen, en de prachtige sieraden rond hun hals, in hun oren en om hun polsen. Allemaal hadden ze lang donker haar en heel lichte ogen. Drie mannen waren gekleed in zacht uitziende tunieken van witte wol, daaronder droegen ze hertenleren broeken en lage laarzen. De vrouw droeg ongeveer dezelfde kleding, alleen viel haar tuniek over de knie en waren de punten weggestopt achter haar riem. De vijfde, een oudere man, droeg een lang, zwart gewaad. Zijn rood met zwarte sengai, gezichtstatoeages en de zware zilveren oorringen die tegen zijn nek bungelden, gaven aan dat hij van de Khatme-clan was. De vrouw en een van de jongere mannen droegen felrood met gele sengais: de kleuren van Gedre, wist Tamír. De andere twee droegen het donkergroen van een haar onbekende clan.

Toen het licht van de vuurpotten hen bescheen, uitte Ki een kreet en rende naar de jonge Gedre-man toe.

'Arengil!' riep hij uit en tilde hun verloren vriend enthousiast op. 'Het is je dus toch gelukt om weer bij ons te komen!'

'Dat had ik toch beloofd? Nou dan!' Arengil lachte, terwijl hij op de grond werd gezet en Ki hem stevig omhelsde. Ki was nu een halve kop groter dan Arengil hoewel ze even lang waren toen Arengil door Erius naar huis was gestuurd. 'Je bent gegroeid en je hebt je baard laten staan.' Hij schudde het hoofd tot zijn oog op Una viel, die tussen de andere Gezellen stond. 'Bij het Licht! Ben jij, wie ik denk die je bent?'

Ze grijnsde. 'Ha, die Arengil. Sorry dat ik je zo in de problemen heb gebracht die dag. Ik hoop dat je vader niet al te kwaad was.'

Zijn tante trok een wenkbrauw op toen ze dat hoorde. 'Dat was hij wel, maar Arengil heeft het overleefd, zoals je ziet.'

Tamír stapte aarzelend naar Arengil, zich afvragend hoe hij zou reageren op haar nieuwe uiterlijk. Arengils glimlach werd alleen maar breder toen zij op hem af kwam. Hij deed de laatste stap en omhelsde haar.

'Bij Aura! Ik heb nooit aan de zieners getwijfeld, maar ik wist niet wat ik me erbij voor moest stellen.' Hij bekeek haar op een armlengte afstand en knikte. 'Maar ik moet zeggen: je ziet er als meisje helemaal niet slecht uit.'

De man uit Khatme leek geschokt door dat familiaire gedrag, maar de anderen moesten erom lachen.

'Mijn neef heeft het meest aangedrongen op deze reis, en moest dus ook per se mee,' vertelde zijn tante haar. Haar Skalaans was perfect, met slechts een miniem accent. 'Gegroet, Tamír, dochter van Ariani. Ik ben Sylmai ä Arlana Mayniri, zuster van de *khirnari* van Gedre.'

'Ik ben vereerd, vrouwe,' antwoordde Tamír, die niet zeker wist welk protocol hier gold, of hoe ze hen aan moest spreken. De Aurënfaiers gebruikten geen formele titels, afgezien van het clanhoofd, of khirnari.

'Fijn dat ik u zie, vriend en vriendin,' zei Sylmai tegen Arkoniël en Iya. 'Het is alweer een tijd geleden dat we jullie in ons land mochten begroeten.'

'Jullie kennen elkaar?' vroeg Tamír.

Iya greep de handen van Sylmai en kuste haar op de wang. 'Zoals ze zegt is het heel wat jaartjes geleden, en het was een eenmalig bezoek. Ik ben blij dat je je ons nog herinnert. Arkoniël was nog maar een kind.'

Sylmai lachte. 'Ja, je bent flink gegroeid, zeg. En dit?' Ze raakte haar kin aan alsof ze een baard streelde en keek hem plagerig aan. 'Hoe dan ook, ik herkende je aan je ogen. Het bloed van ons volk verraadt je altijd. En je hebt hier nog meer verre neefjes ook, zie ik,' voegde ze eraan toe, lachend naar Wythnir en Tyriën.

Tamír stak de stuggere Khatme-man haar hand toe. 'En u, heer? Welkom in mijn land.'

'Het is me een eer, Tamír van Skala. Ik ben Khai í Malin Sekiron Mygil, echtgenoot van onze khirnari.' Zijn stem was diep en zijn accent was vet. 'Een van mijn clan hoort bij uw gezelschap, zie ik.'

Saruel maakte een buiging. 'Ik ben dankbaar dat ik u mag ontmoeten, Khai í Malin. Het is jaren geleden dat ik van huis ging.'

Ten slotte kwamen de twee mannen met hun donkergroene sen'gais naar voren. De oudste leek niet ouder dan twintig, en de jongste was nauwelijks meer dan een jongen, maar dat zei niets bij de Aurënfaiers. Ze konden net zo goed tweehonderd jaar zijn, wist Tamír. Het waren ook twee van de aantrekkelijkste mannen die ze ooit had gezien, en haar hart sloeg even over toen de oudste glimlachte en een buiging maakte op de Skalaanse wijze.

'Ik ben Solun í Meringil Seregil Methari, tweede zoon van de khirnari van Bôkthersa. Dit is mijn derde broer, Corruth í Meringil.'

Corruth gaf haar een hand en boog. Hij leek jonger dan Tamír en hij zag er wat verlegen uit. 'Ik ben vereerd een koningin van Skala te mogen ontmoeten. Mijn clan hielp uw voorgangster met de strijd tegen de Plenimaranen in de Grote Oorlog.'

'Het is mij ook een eer,' zei Tamír die zich wat ongemakkelijk voelde. Zo knap waren deze mannen, zo warm hun stemmen, dat haar hart fel tekeerging en het leek of ze betoverd was. 'Ik... ik bedoel, jullie zijn hier vast niet toevallig?'

'Onze zieners en zieneressen beweerden dat er in Skala een nieuwe koningin was opgestaan, en wel eentje met het teken van Illior,' antwoordde Solun.

'Ik erken dat u een vrouw bent,' zei Khai van Khatme. 'Maar draagt u het teken nog?'

'Je moedervlek,' hielp Arengil. 'Het is een van de tekens waaraan we jou zouden kunnen herkennen. Dat, en het maanvormige litteken op je kin.'

Tamír stroopte haar linker mouw op en liet ze de roze moedervlek op haar onderarm zien.

'Aha, ja! Ziet die eruit zoals jij je hem herinnert, Arengil?'

'Ja. Maar ik zou haar ook zonder dat wel herkend hebben, al was het maar aan die blauwe ogen.'

'Maar u bent pas aangekomen, en u hebt meer te doen hier,' kwam Solun tussenbeide. 'Gaat u toch eerst wat eten voor we verder praten.'

'Wilt u ons niet het genoegen doen om de maaltijd met ons te gebruiken?' vroeg Tamír iets te snel, en de norse blik van Ki moest haar wel opgevallen zijn.

Soluns glimlach deed haar hart weer sneller slaan. 'Het zou ons een grote eer zijn.'

31

Ralinus leidde Tamír over het plein naar een gastenverblijf. Achter een zware, door ouderdom zwart geworden eiken deur was een ruime ontvangstkamer die in de rots was uitgehakt. Gangen leidden dieper de steile bergwand in naar andere vertrekken. Jonge acolieten brachten hen naar de kamertjes die aan een smalle gang lagen.

Deze waren klein, nauwelijks meer dan cellen, en eenvoudig ingericht: alleen een bed, een paar stoelen en een tafeltje met een waskom. De wanden waren witgekalkt en daarna beschilderd met vrolijke kleuren, net zoals het Sleutelgat. Tamírs kamer had een piepklein raampje met stenen spijlen. Ki nam de aangrenzende kamer en de anderen van hun groep werden verderop in dezelfde gang ondergebracht. Er bleek een waar doolhof van gangen en kamertjes te zijn dat tot diep in de berg doorliep.

Tamír trok haar door de reis vuil geworden tuniek uit en friste zich op. Una hielp haar in een vorstelijke jurk die ze voor haar had klaargelegd. Ki kwam binnen toen Una net het laatste koord strikte.

'Dat is me ook wat, dat die 'faiers nou net hier zijn,' zei Una terwijl ze Tamírs tuniek opvouwde en wegborg.

'Na al die verhalen die ik over ze gehoord heb, verbaast het me niet eens zo erg,' antwoordde Tamír, een kam door haar haar halend. 'Wat vind jij van ze, Ki?'

Hij leunde tegen de deurpost, en beet op een te lange vuile nagel. 'Zien er niet slecht uit, die lui.'

Una moest daar hard om lachen. 'Nou, dat is zacht uitgedrukt! Om flauw van te vallen, zo knap zijn ze! En wat schattig, hè, Tamír, hoe die jonge Bôkthersan bloosde toen je hem begroette.'

Tamír bloosde zelf weer bij die gedachte. 'Ik heb nog nooit een lelijke Aurënfaier ontmoet. Ik geloof ook niet dat die bestaan!' zei ze, worstelend met de klitten.

Ki liep naar haar toe en nam de kam over, kamde een klit los terwijl hij mompelde: 'Misschien sluiten ze de lelijke gewoon ergens op.'

Una zette grote ogen op en Tamír besefte dat niemand ooit gezien had dat Ki dit voor haar deed. Dus nam ze plotseling de kam weer zelf ter hand en zei luchtig: 'Misschien zijn degenen die zij lelijk noemen in onze ogen nog verbazend mooi.'

Ki bromde wat onverstaanbaars en beende naar de deur. 'Kom op, Majesteit, ik sterf van de honger.'

Toen Tamír opstond om hem te volgen, pakte Una haar bij de arm en fluisterde: 'Hij is jaloers! Flirt voor de lol nog eens met die knappe 'faier...'

Tamír keek haar ongelovig aan en schudde haar hoofd. Ze had nooit aan dat soort hofspelletjes meegedaan, en zou daar nu ook niet aan beginnen, dacht ze, terwijl ze Ki volgde naar de grote voorkamer, waar de rest van het gezelschap zich al bij de Aurënfaiers en het tempelpersoneel gevoegd had. Ze betwijfelde trouwens of Una wel gelijk had over Ki's chagrijnige gedrag, want ze waren nog nooit afgunstig tegenover elkaar geweest. Bovendien was hij toch niet op die manier in haar geïnteresseerd.

Hoe dan ook, ze voelde zich verlegen worden toen Solun haar vanuit een andere hoek van de kamer groette door diep voor haar te buigen. Ze keek snel even naar Ki en hoewel er niets van zijn gezicht te lezen viel, hield hij de knappe Aurënfaier wel nauwlettend in de gaten.

'Alstublieft, Majesteit,' zei Ralinus, en hij bood haar een stoel aan in het midden van een van de lange zijden. Tamír vond het niet onaangenaam om tegenover de knappe Bôkthersanen te zitten.

Ze bracht een plengoffer aan Illior en de Vier en de maaltijd werd opgediend. Ze wisselden ditjes en datjes uit onder het eten, en Tamír vroeg de Aurënfaiers honderduit over hun thuisland, en luisterde aandachtig als ze met anderen spraken. Una en Hylia flirtten allebei met Solun, en Lynx keek een beetje nerveus toen hij met Corruth over koetjes en kalfjes praatte.

Het was werkelijk een prachtig volk, maar Tamír wilde zich daar niet blind op staren. Ze zouden namelijk niet zo'n verre reis hebben gemaakt als ze niet iets van haar wilden. Naast haar hoorde ze hoe Ki alles over de laatste gevechten aan Arengil vertelde.

'Als de koning ons niet betrapt had, had ik erbij kunnen zijn,' gromde Arengil. 'In Gedre trainen we wel voor oorlogen, maar we hebben niet meer te doen dan een paar Zengati-piraten een kopje kleiner te maken.'

'Mijn neef was zeer ingenomen met het leven bij de Tírfaiers,' zei Sylmai en ze keek hem liefdevol aan. 'Misschien moet hij weer eens een echte veldslag meemaken, zodat hij de zaken weer eens wat realistischer kan bekijken.'

Na de hoofdmaaltijd werden warme fruittaartjes en kaas binnengebracht, samen met karaffen zoete wijn.

'Ralinus zei dat jullie me wilden spreken,' zei Tamír tegen Sylmai, die de hoogste in rang scheen te zijn. 'Was het alleen nieuwsgierigheid dat jullie zo'n verre reis maakten?'

De vrouw glimlachte veelbetekenend en knabbelde aan een stukje kaas, maar het was Khai die antwoord gaf. 'Er werd voorspeld dat u weer recht zou zetten wat de onrechtmatige koning de gelovigen heeft aangedaan. We hopen dan ook dat Skala de godenlastering...'

'Onze clan en de Bôkthersanen hebben nauwe banden met Skala, dus besloten de khirnari's om een afvaardiging te sturen om u te ontmoeten en te horen hoe u tegenover deze zaken staat,' viel Sylmai hem in de rede.

'Ik was geenszins beledigd,' verzekerde Tamír hen. 'Ik vind ook dat de daden van mijn oom tegen de volgelingen van Illior onvergeeflijk zijn. Zouden jullie de banden met mijn land weer willen aanhalen?'

'Misschien,' antwoordde de man uit Khatme. 'Onze eerste taak was te bekijken hoe rechtmatig uw aanspraak op de troon is, en om te weten te komen of u, net zoals uw voorouders, op de juiste wijze eer betoont aan de Lichtdrager.'

'Ik heb de daden van mijn oom zelf aan moeten zien. Nooit zal ik me aan dat soort praktijken schuldig maken. De Vier worden in heel Skala geëerd, en Illior is onze bijzondere beschermheilige.'

'Vergeeft u Khai zijn botheid, alstublieft,' zei Solun. 'Er zijn nog veel lieden onder ons die zich de Grote Oorlog herinneren, het zijn de kinderen van de tovenaars die de grote koningin Ghërilain hielpen om de zwarte magiërs van Plenimar te verslaan. We hebben schilderijen van haar te Bôkthersa. Arengil heeft gelijk. U heeft haar ogen, Tamír ä Ariani.'

'Dank u voor die woorden.' Ze voelde een blos op haar wangen komen, en vond het vreselijk dat deze man haar zoveel deed. 'Bent u van plan mijn bondgenoot te worden in het dreigende conflict met mijn neef, prins Korin?'

'Uw aanspraak op de troon is de enige rechtmatige,' zei Khai.

'Zou het werkelijk tot een gevecht komen?' vroeg Arengil. 'Korin is niet zoals zijn vader. Wij waren tenslotte allemaal vrienden.'

'Hij is veranderd sinds jij vertrokken bent, maar niet ten goede,' vertelde Ki. 'Hij is dikke maatjes met heer Niryn. Je herinnert je Ouwe Vossenbaard toch wel?'

'Die Niryn is toch de tovenaar die de Haviken op vrije tovenaars afstuurde?' vroeg Khai.

'Ja,' zei Tamír. 'Volgens alle rapportages is hij altijd in de buurt van Korin. Ik heb geprobeerd contact te krijgen met mijn neef, maar hij weigert te onderhandelen. Hij zegt dat ik of een leugenaar, of gewoon gek ben.'

'Het lijkt me duidelijk dat je geen van beide bent,' zei Solun. 'Dat zullen we aan de Iiasidra doorgeven.'

Op dat moment dook er plotseling iets op uit de duistere gewelven, en vloog voorbij de gloed van de grote openhaard.

'Meester, kijk!' riep Wythnir uit.

Una deinsde terug. 'Vleermuizen?'

'Dat denk ik niet.' Ralinus stak zijn hand omhoog alsof hij een valk terugriep. Een klein gevleugeld wezentje zweefde naar beneden en landde op zijn uitgestrekte vinger, waar hij zich met zijn fijne geklauwde pootjes en zijn lange slanke staart aan vastklemde. 'Kijk, Majesteit. Een van de draakjes van de Lichtdrager komt u uiteindelijk toch begroeten.'

Tamír boog zich langzaam naderbij, zich herinnerend dat ze hem niet mocht aanraken. Het draakje was prachtig, een perfecte miniatuuruitgave van de enorme beesten die ze in manuscripten had gezien, en die afgebeeld waren op wandtapijten en tempelmuren van Ero. Zijn vleugels leken qua vorm op die van een vleermuis, maar waren vrijwel doorzichtig en een beetje iriserend, als de binnenkant van een mosselschelp.

'Ik wist niet dat er nog draken leefden in Skala,' zei Arengil.

'Ze zijn erg zeldzaam, maar deze kleintjes nemen de laatste jaren weer in aantal toe, hier in Afra althans. De Lichtdrager moet ze gestuurd hebben om de nieuwe koningin welkom te heten.' Ralinus stak zijn hand met het dier in Tamírs richting. 'Wilt u hem ook even vasthouden? Ik weet zeker dat hij naar u toe komt als u kalm blijft.'

Tamír stak haar vinger uit. De draak liet zich zakken op de vinger van de priester, liet even zijn fijne tandjes zien en trok zijn kopje op de slangachtige nek terug alsof hij toe wilde slaan. Zijn oogjes waren als gouden kraaltjes, en harde zwarte snorharen staken uit zijn snuit en rest van zijn kopje, glimmend alsof een edelsmid ze gemaakt had. Ze merkte elk detail op, nu al bedenkend hoe ze het na kon maken in was en zilver.

Ze had genoeg met valken gewerkt om te weten dat je geen plotselinge bewegingen moest maken en geen angst moest tonen. In plaats daarvan zette ze langzaam de top van haar vinger tegen die van de priester. Nerveus sloeg het draakje met zijn vleugels, en begon toen behoedzaam over te stappen om op haar vinger te gaan zitten, met zijn staart om haar vingertop geslagen. De minieme klauwtjes waren fijn als de stekels van een distel. Ze had verwacht dat zijn lichaam glad en koud zou zijn, zoals van een hagedis, maar ze voelde juist een verbijsterende hitte op de huid van haar vinger waar zijn buikje op rustte.

Langzaam bewoog ze haar hand zodat Wythnir hem beter kon zien. Ze had hem nog nooit zo zien glunderen.

'Kan hij vuur spuwen?' vroeg hij.

'Nee, daar moet hij echt groter voor zijn, aangenomen dat hij het overleeft. De meeste van deze kleintjes halen het niet, ook in Aurënen niet,' zei Solun.

'Deze vlamfladderaartjes zijn nauwelijks meer dan hagedisjes,' voegde Corruth eraan toe. 'Ze veranderen als ze groeien, en zijn op een gegeven moment best gevaarlijk. Een van onze neven is vorig jaar door een *efier* gedood.'

'Wat is een efier?' vroeg Ki, al net zo in de ban van het wezentje.

'Een efier is jonge draak, ongeveer zo groot als een pony. Hun geest is nog ongevormd, maar ze zijn ontzettend fel.'

'Deze ziet er helemaal niet gevaarlijk uit,' grinnikte Ki en hij boog zich voorover om hem beter te kunnen zien. Blijkbaar deed hij dat iets te onbehouwen, want de vlamfladderaar schoot meteen naar voren en beet hem in zijn wang, vlak onder zijn linkeroog.

Ki deinsde met een kreet achteruit, en sloeg zijn hand tegen zijn wang. 'Sodemieters, dat steekt als een slangenbeet!'

Tamír zat doodstil, maar het draakje was gespannen en beet haar in haar vinger, voor hij wegfladderde naar de schaduwen vanwaar hij gekomen was. 'Au!' riep ze uit en ze schudde haar vinger. 'Je hebt gelijk, het doet verdomd pijn.'

'Stilzitten, allebei!' zei Corruth lachend. De jonge Bôkthersan nam een klein aardewerken flesje uit zijn buidel en druppelde vlug wat donkere vloeistof op beide beten.

De pijn trok meteen weg, maar toen hij het teveel wegveegde, zag Tamír dat het de piepkleine indrukken van de tandjes gekleurd had. Ze had nu vier donkerblauwe vlekjes aan de zijkant van haar wijsvinger, precies aan het begin van het tweede kootje. Ki had net zo'n teken op zijn wang, en bij hem begon het op te zwellen.

'We passen mooi bij elkaar,' merkte ze zuur op.

Arengil gaf Corruth in hun taal een standje en de andere jongen bloosde. 'Vergeef me, ik dacht er niet bij na,' zei hij beschaamd. 'Dat doen we altijd meteen.'

'Corruth bedoelde het goed, maar ik ben bang dat de littekens nu niet meer wegtrekken,' zei zijn broer. 'Dat goedje is bedoeld om de beten te kleuren zodat ze zichtbaar blijven.' Hij liet haar een veel grotere beet zien tussen duim en wijsvinger. 'Het zijn gelukstekens, een teken dat Illior je goedgezind

277

is. Maar ik begrijp dat jullie ze liever niet zichtbaar hadden gehad?'

'Welnee, maakt me niet uit,' zei Tamír.

'Dat is een fraai schoonheidsvlekje voor jou, Ki,' lachte Nikides.

Ki veegde zijn mes aan zijn broek af en hield het als spiegel op om de beet te zien. 'Niet eens zo slecht. In elke geval een goed verhaal als iemand ernaar vraagt.'

'Draken zijn zeldzaam hier, dus dat zijn de beten ook,' zei Ralinus en hij bekeek de beet op Ki's wang wat nauwkeuriger. 'Kunnen jullie me dat recept voor dat goedje geven, Solun?'

'De planten die we gebruiken groeien hier niet, maar ik kan u wel een paar flesjes sturen.'

Khai nam Tamírs hand voorzichtig tussen de zijne en bekeek het wondje goed. 'Ons volk gelooft bovendien dat nadat een draak zo groot is geworden dat hij intelligentie verwerft, hij zich de naam herinnert van wie hij gebeten heeft, en dat hij dan altijd met hem of haar verbonden blijft.'

'Hoe lang kan dat wel niet duren?' vroeg Ki.

'Een paar eeuwen.'

'Dan zullen wij er niet veel aan hebben.'

'Misschien niet, maar als hij blijft leven, krijgen jullie op een dag wel een plaatsje in de legenden van de draak.'

'Als jullie ooit naar Aurënen komen, dan winnen jullie alleen al via dat teken aan respect. Er zijn niet zoveel Tírfaiers die ze dragen,' vertelde Corruth, die zich nog steeds schaamde voor zijn ondoordachte daad.

'Dan is dat die beet wel waard. Je medicijn heeft de ergste pijn nu wel weggenomen. Bedankt.' Ki grijnsde en schudde zijn hand. 'Die kleine happertjes kunnen niet praten zeker?'

'Nee, dat kunnen ze pas leren als ze echt heel oud zijn.'

'Alleen de Aurënfaiers hebben draken die zo groot zijn,' zei de priester.

'Niemand weet waarom, maar in Skala zijn ze allang uitgestorven.'

'Misschien omdat wij zo diepgelovig zijn,' antwoordde Khai, die zijn gebruikelijke botheid weer terughad. 'Jullie aanbidden de Vier, terwijl wij alleen Aura erkennen, die jullie Illior noemen.'

Ralinus zei maar niets terug, maar Tamír merkte wel dat hij niet gelukkig was met die opmerking.

'Dat is een oud geschil, en dat moet een andere keer maar worden beslecht,' zei Iya snel. 'Maar zelfs de mensen uit Khatme zullen moeten toegeven dat de Lichtdrager Skala gunstig gezind is, alleen al doordat Tamír hier in ons midden zit.'

'Ze heeft al eens een echt visioen gehad, een waarschuwing voor de tweede Plenimaraanse aanval,' vertelde Saruel. 'Met alle respect, Khai í Malin, u hebt niet zo lang tussen de Tír geleefd als ik. Ze zijn vroom en Aura heeft hen gezegend.'

'Neem me dan niet kwalijk, Tamír ä Ariani,' zei Khai. 'Nu heb ik u alweer beledigd, terwijl dat helemaal mijn bedoeling niet was.'

'Ik ben opgegroeid tussen soldaten. Die zijn vaak wat directer. Ik heb liever dat u zegt wat u op het hart ligt, dan dat u zich druk maakt om hofetiquette en goede manieren. Dan kunt u hetzelfde van mij verwachten.'

Solun grinnikte – een warm, vriendelijk geluid – en Tamír bloosde alweer zonder aanwijsbare reden.

Solun wisselde een geamuseerde blik uit met zijn Gedre-vrienden, en haalde toen een zware gouden armband met een glimmende rode steen van zijn pols en stond op om hem aan Tamír aan te bieden. 'Bôkthersa zou graag de vriend van Skala zijn, Tamír ä Ariani.'

Tamír nam de armband aan en zag uit haar ooghoek dat Iya erop aandrong dat ze hem omdeed. Ze deed hem om haar linkerpols, en probeerde zijn lange naam te herinneren, maar dat was hopeloos. Het goud was nog warm van zijn huid, iets dat haar nog weker maakte dan ze al was. Bijna stamelend bedankte ze hem. 'Ik neem hem graag aan, en ik hoop dat jullie me altijd als een goede vriendin zullen beschouwen.'

Sylmai gaf haar een gouden halsketting van fijne gouden blaadjes met wat flonkerende witte steentjes ten geschenke. 'Dat de schepen van Gedre en Skala ooit weer hun havens zullen delen.'

De man uit Khatme was de laatste die naar voren kwam en zijn gift was anders dan de andere. Hij gaf haar een klein leren buideltje, en binnenin vond ze een hanger van een vreemde groene, wasachtige steen, die in een eenvoudige zilveren zetting was gevat. De steen was versierd met het wolkenoog van Illior met daar omheen kleine symbolen of letters.

'Een talisman van Sarikalisteen,' verklaarde hij. 'Dat is onze allerheiligste plaats, en deze talisman brengt dromen die uitkomen en visioenen aan hen die Aura eren. Ik hoop dat hij u van pas komt, Tamír ä Ariani.'

Tamír leidde uit de verraste blikken van de anderen af dat dit een ongewoon geschenk voor een buitenstaander was. 'Dank u zeer, Khai í Marnil. Ik zal hem koesteren, net als de herinnering aan uw eerlijkheid. Ik hoop dat al mijn bondgenoten zo rechtdoorzee zijn.'

'Een nobele wens, en listig bovendien,' zei hij met een glimlach. Toen stond hij op en wenste haar goedenacht. De anderen bleven nog even hangen.

Solun nam haar hand in de zijne en bekeek de drakenbeet nog eens. Die aanraking gaf haar een aangename rilling door haar hele lijf. 'Aan dit teken zullen we u voortaan herkennen, Uitverkorene van Aura. Ik denk dat mijn vader het geen probleem zal vinden om u te steunen. Stuur een bericht als u ons nodig mocht hebben.'

'Naar Gedre eveneens,' zei Sylmai. 'We hebben de handel met uw land gemist.' Ze wendde zich tot Iya en Arkoniël en bleef even zacht met hen praten.

'Als jullie gaan vechten kom ik meteen,' zei Arengil, op zekere toon.

'En ik ook!' zei Corruth.

'Jullie zijn altijd welkom, oorlog of niet. Als jullie khirnari's ermee instemmen, mogen jullie ook een eervolle plaats te midden van mijn Gezellen innemen,' antwoordde Tamír.

Een jonge acoliet kwam naar binnen en fluisterde iets in het oor van de priester.

Ralinus knikte en wendde zich tot Tamír. 'De maan staat nu hoog boven de bergtoppen. Dit is waarschijnlijk het beste tijdstip om het Orakel te bezoeken, Majesteit.'

Tamír onderdrukte het nerveuze gevoel in haar buik dat deze mededeling teweegbracht en deed snel de talisman uit Khatme in haar buidel. 'Goed dan. Ik ben er klaar voor.'

32

De hemel bestond uit een smalle baan schitterende sterren tussen de torenhoge pieken en de smalle witte maansikkel hing boven haar hoofd. Toen ze naar boven keek, huiverde Tamír even van de voorgevoelens.

'Is er niet een bepaalde ceremonie?' vroeg Nikides aan Ralinus terwijl de andere Gezellen en de tovenaars zich bij de bron verzamelden. Wythnir klemde zich weer vast aan Arkoniël alsof hij bang was achtergelaten te worden.

Ralinus glimlachte. 'Nee, heer. Dat is nergens voor nodig, zoals u zult zien als u besloten hebt om af te dalen.'

Een acoliet hief een lantaarn op en leidde hen van het plein naar een uitgesleten pad, dat verdween in de duisternis.

Meteen begon het paadje steil naar boven te lopen en het veranderde in een nauwelijks zichtbaar streepje zand tussen twee enorme rotsblokken. Voor hen uit wiegde de lantaarn heen en weer en op en neer, waardoor hun schaduwen een wilde dans uitvoerden.

De weg was verrassend vlak en hier en daar uitgesleten door de voeten van duizenden pelgrims die hier al sinds eeuwen kwamen.

De rotswanden sloten het pad steeds verder op tot het doodliep op de plek waar de schrijn lag. Terwijl ze naderde kon Tamír de rand van een lage stenen put ontdekken met daarnaast een hokje zonder voorkant, precies zoals Arkoniël het haar beschreven had.

'Kom Majesteit, dan zal ik u erheen leiden,' zei Ralinus zacht. 'U hebt niets te vrezen.'

'Ik ben niet bang,' zei Tamír en dat was waar. Ze liep naar de put, keek in de pikdonkere diepte en knikte naar de mannen die de touwen vasthielden. 'Ik ben er klaar voor.'

De mannen lieten twee touwen met grote lussen over haar hoofd en schouders glijden. De ene lus werd tot achter haar knieën geschoven en de andere tot onder haar billen. Ze omvatte beide touwen met haar handen en de mannen brachten de touwen nu zo op spanning dat ze zittend hing.

Ki keek met nauwelijks verholen angst toe hoe haar benen in het gat bungelden. 'Houd u vast!'

Ze gaf hem een knipoog, klemde zich vast en langzaam draaiend werd ze door de priesters neergelaten. Het laatste wat ze zag was Wythnirs ernstige gezichtje.

Totale duisternis golfde over haar heen als water. Op het steeds kleiner wordende putgat boven haar hoofd na kon ze helemaal niets zien. Iya had verteld dat de grot enorm was en Tamír begon te begrijpen wat ze bedoelde.

Het was ongewoon stil: geen geluid van stromend water of van wind, niet eens het gekwetter van vleermuizen – of draakjes, wat hier dus ook mogelijk was. Van muren of bodem was niets te bekennen, alleen die duizeligmakende ervaring van eindeloze leegte. Alsof ze in de nachtelijke hemel hing.

Naarmate ze lager kwam werd de lucht kouder. Weer keek ze even naar boven, de kleine kring sterretjes gaf visueel houvast. Pas na een hele tijd raakten haar voeten vaste grond. Met enige moeite vond ze haar evenwicht, schoof de touwen onder zich weg en stond op. Toen ze naar boven keek was de rand van de put niet meer te zien. Ze was in pure duisternis gehuld.

Langzaam draaide ze zich om, nog steeds wat wankel op de benen, maar tot haar vreugde zag ze aan haar linkerhand een flauw lichtje. Hoe langer ze keek, hoe helderder het werd, tot ze genoeg van de grotvloer kon zien om zich te durven bewegen.

Het licht was afkomstig van een kristallen bol op een driepoot. Eerst was dat alles wat Tamír kon onderscheiden, maar toen ze dichterbij was, kon ze een jonge vrouw met pikzwart haar op een laag stoeltje ernaast zien zitten. Haar huid was doodsbleek in het kille licht en haar haar viel zo ver over haar schouders dat het een kleed aan beide zijden op de grond vormde. Ondanks de kou droeg ze alleen een linnen hemd dat haar armen en benen bloot liet. Ze had haar handen op haar knieën gelegd en haar blik richtte ze op de grond voor haar. Alle orakels waren waanzinnig, dat had Tamír tenminste geleerd, maar deze vrouw leek alleen maar in gedachten verzonken – tot ze haar ogen opsloeg!

Tamír versteende. Zulke lege ogen had ze nog nooit gezien. Het was alsof ze naar een bewegend lijk keek. Ondanks het heldere licht uit de bol waren er geen schaduwen waar te nemen, en was de vrouw alles wat ze zag.

Ook haar stem ontbeerde elke emotie toen ze fluisterde: 'Welkom, Tweede Tamír. Je voorouders vertelden mij van je komst.'

Een zilveren stralenkrans verscheen rond het hoofd en schouders van de jonge vrouw en haar ogen vonden die van Tamír. Ze waren niet langer leeg, maar vol licht van een beangstigende felheid.

'Heil, koningin Tamír!' Nu was haar stem diep en resonerend. De duisternis werd erdoor gevuld. 'Zwart maakt wit. Vuil maakt zuiver. Kwaad vormt grootsheid. Je bent een zaadje, begoten met bloed, Tamír van Skala. Vergeet je belofte aan mijn uitverkorenen niet. Heb je gezorgd voor de geest van je broer?'

Het was veel te veel ineens. Tamír stond te wankelen op haar benen. Ze viel op haar knieën voor de vreesverwekkende verschijning van de Lichtdrager. 'Ik... ik heb het geprobeerd.'

'Hij staat nu achter je en schreit tranen van bloed. Bloed omgeeft je. Bloed en dood. Waar is je moeder, Tamír, koningin van Geesten en Schaduwrijk?'

De adem stokte haar in de keel. 'In... in de toren waarin ze stierf,' fluisterde ze. 'Ik wil haar helpen, net als mijn broer. In een visioen riep hij me hierheen. Vertel me alsjeblieft wat ik moet doen!'

De stilte was oorverdovend. Ze wist niet eens of het Orakel wel ademde. Ze wachtte met trillende en ijskoude knieën op de vloer van de grot. Dit kon toch niet alles zijn? Had ze hiervoor die hele tocht ondernomen?

'Bloed,' fluisterde het Orakel weer op trieste toon. 'Voor je en achter je, een rivier van bloed brengt je naar het westen.'

Tamír voelde opeens iets kriebelen op haar borst, waar het oude litteken zat. Ze trok de hals van haar jurk los en staarde ademloos naar wat zich daar onthulde.

De wond die ze zichzelf had moet toebrengen, op de dag van de transformatie in Atyion, waarbij ze de botsplinter en Lhels nauwkeurige stiksel had moeten verwijderen, was dichtgegroeid tijdens de gedaantewisseling, en er was alleen een bleek streepje van overgebleven. Maar nu was het litteken opengesprongen, zo diep dat ze het bot van haar borstbeen kon zien. Bloed stroomde tussen haar borsten naar beneden. Het liep over haar handen en stroomde over de voorkant van haar jurk, en kletterde op de vloer voor haar knieën. Gek genoeg voelde ze er niets van, maar ze voelde zich wel zweverig boven de plas bloed die zich voor haar vormde.

Toen de bloedplas zo groot was als een schild, begon het donkere vlak zich te rimpelen en vormen begonnen zich erin af te tekenen. Het bloedverlies moest haar te veel geworden zijn, want ze werd duizelig en de beelden in de bloedplas dansten in willekeurige kringen rond.

'Ik... Ik ga...' Ze stond op het punt flauw te vallen.

Een koele hand die haar aanraakte bracht haar weer tot zichzelf. Ze opende haar ogen, en bleek met Broer op een door wind geteisterde klif boven zee te staan. Het was de plek waar ze zo vaak in haar dromen was geweest, maar dan had Ki altijd bij haar gestaan, en de hemel was blauw geweest. Deze hemel voorspelde regen, en de zee had de kleur van lood.

Toen hoorde ze wapengekletter in de verte. In de verte zag ze twee legers vechten, maar ze kon er niet heen. Een rotsachtig ravijn lag tussen haar en het slagveld. In de verte zag ze de torens van een grote stad oprijzen.

Korins banier rees op vanuit de schaduwen aan haar voeten, en bleef, gedragen door onzichtbare handen, zweven in de lucht.

Jij moet vechten voor wat jou rechtens toekomt, Tamír, koningin van Skala, fluisterde een stem in haar oor. *Door bloed en beproeving zul je je troon verdedigen. Uit de hand van de usurpator zul je het Zwaard loswringen.*

Nog meer bloed! dacht ze wanhopig. *Waarom moet dat zo? Er moet een andere manier zijn, een vredige weg! Ik kan geen bloed van familie laten vloeien!*

Bij je geboorte is al bloed gevloeid.

'Waar heb je het over?' gilde ze uit. De wind greep de banier en blies hem, als een blinddoek, in haar gezicht. Het was maar een lap geborduurde zijde, maar hij wikkelde zich om haar hals als een levend wezen dat haar wilde wurgen.

'Broer, help me!' bracht ze hees uit, terwijl ze de stof probeerde te grijpen maar geen houvast kreeg op de gladde, door de wind gescheurde vlag.

Een kille lach was zijn antwoord. *Wreek me dan, Zusje. Wreek me, voor je nog meer gunsten vraagt van degene die onrecht is aangedaan!*

'Illior! Lichtdrager! Ik roep u aan!' schreeuwde ze, wanhopig worstelend. 'Hoe kan ik hem helpen? Ik smeek u, geef me een teken!'

De zijden banier loste op als mist in de ochtendschemering en duisternis was overal om haar heen.

Nee, niet helemaal, want in de verte zag ze een koele witte gloed en ze begreep dat ze weer onder in de grot van het Orakel was aanbeland. Bevangen door haar visioen was ze blijkbaar weggedreven van het licht. Haar handen voelden plakkerig aan. Ze hief ze op, kneep haar ogen samen naar het vage licht en zag dat ze tot de elleboog met bloed bedekt waren.

'Nee!' fluisterde ze en ze veegde ze snel aan haar rokken af.

Met knikkende knieën liep ze weer naar de zitplaats van het Orakel, maar toen ze het bereikte zag ze dat er iemand anders op haar plaats zat: een bekende gestalte met een gewaad aan en een lange grijze vlecht op de rug, die met gebogen hoofd voor een veel jonger Orakel knielde. Tamír herkende Iya al voor de tovenares het hoofd hief. Wanneer was ze hier gekomen, en waarom? De priester had gezegd dat maar één persoon per keer in de grot werd toegelaten.

Iya hield iets in haar armen. Van dichtbij zag Tamír dat het een baby'tje was. Het kind hing slap en was stil, de donkere ogen waren leeg.

'Broer?' fluisterde Tamír.

'Twee kinderen, één koningin,' zei het jonge Orakelmeisje zacht, met een stem te oud en te laag voor haar frêle gestalte. 'In deze generatie werd het kind geboren die de grondlegster is voor wat gaat gebeuren. Ze is je nalatenschap. Twee kinderen, één koningin, gemerkt met het bloed van overgang.'

Het meisje wendde zich tot Tamír en zij zag dat haar ogen twee felle lichten waren. Die ogen leken zich in Tamírs ziel te boren. 'Vraag Arkoniël. Alleen Arkoniël kan het je vertellen.'

Doodsbang, al had ze geen flauw idee waarom, viel ze op haar knieën en fluisterde: 'Wat moet ik hem vragen? Over mijn moeder? Over Broer?'

Koude handen sloten zich om haar hals, verstikkend zoals de banier had gedaan. *Vraag Arkoniël,* siste Broer in haar oor. *Vraag hem wat er gebeurd is.*

Tamírs handen vlogen naar haar keel; niet dat ze verwachtte Broer te kunnen stoppen of aan te raken, want dat had ze nooit gekund. Maar deze keer vonden haar handen koud vlees en harde, pezige polsen. Ze greep ze vast en een vreselijke stank sloeg over haar heen, die haar liet kokhalzen.

Geef me rust! jammerde een moeilijk verstaanbare stem bij haar gezicht. Het was niet Broers geest die achter haar stond – het was zijn lijk. *Geef me rust, Zusje!*

Hij liet haar los en ze viel voorover op haar handen, en draaide zich om om het monster achter zich te kunnen zien.

Maar in plaats daarvan keek ze weer in het gezicht van het Orakel, de vrouw met wie zij gesproken had. Ze zat nog steeds zoals Tamír haar de hele tijd gezien had, met haar handpalmen naar boven op haar knieën, en met lege en wijd open ogen.

Tamír hief haar handen en zag dat ze droog en schoon waren. Haar lijfje was nog dichtgeregen, en geen spoor van bloed of traan.

'Je hebt me niets verteld,' bracht ze uit.

De ogen keken als van een waanzinnige langs haar heen, alsof Tamír niet bestond.

Ze kreeg een woedeaanval zoals ze nog nooit had gehad. Ze greep het Orakel bij de schouders en schudde haar door elkaar, om te proberen de goddelijke aanwezigheid weer in die ogen terug te vinden, maar het was meer alsof ze een lappenpop in handen had.

Maar het wás ook een pop, levensgroot, gemaakt van mousseline dat met katoenpluksel was opgevuld, met een ruw geschilderd gezicht en ongelijke ledematen. Ze woog niets en lag slap voorover over haar arm.

Tamír liet het ding als door een wesp gestoken los en staarde er vol afschuw naar. Het zag eruit als haar eigen oude pop, die waar haar moeder de botjes van Broer in had verwerkt. Er zat zelfs een koord van zwart steil haar om de nek gedraaid. Het Orakel was spoorloos verdwenen. Ze zat alleen in die donkere grot en het licht van de bol begon langzaam te doven.

'Wat wilde je me nu eigenlijk duidelijk maken?' schreeuwde ze, haar handen tot vuisten gebald van de spanning. 'Ik begrijp het niet! Wat heeft dit in hemelsnaam met Skala te maken?'

'Jij bent Skala,' fluisterde de stem van de god. 'Dit is de waarheid waar het om draait in jouw leven, tweelingzuster van de doden. Jij bent Skala, en Skala is jou, net zoals jij je broer bent, en hij jou is.'

Het licht was bijna uit toen ze iets strak om haar borst heen voelde trekken. In paniek keek ze neer, of de vreselijke pop misschien tot leven was gekomen, of dat het Broers gruwelijke lijk weer was. Maar het bleken de touwen van de priesters te zijn, die op de een of andere manier weer om haar lichaam waren gekomen. Iemand had de losse einden opgepakt en ze had net genoeg tijd om in de lussen te gaan zitten voordat haar lichaam weer werd opgetild en draaiend door de duisternis naar boven werd getrokken. Ze keek verlangend naar boven om de sterren te zien en ze bleef ernaar staren terwijl ze groter en groter werden. Ook zag ze de contouren van een aantal hoofden, en toen voelde ze handen die haar voorzichtig over de rand van de put trokken. Het was Ki, en zijn armen waren sterk en zeker toen haar knieën het begaven.

'Ben je gewond?' vroeg hij zenuwachtig, en hij hielp haar overeind zodat ze op de rand van de put kon gaan zitten. 'We wachtten en wachtten maar, maar je gaf geen kik.'

'Broer,' hijgde ze en greep naar de hals van haar jurk.

'Wat? Waar?' riep Ki en bleef haar stevig vasthouden.

Tamír leunde dankbaar tegen hem aan. 'Nee... Het was alleen... alleen een visioen.' Maar het beven hield niet op.

'De god heeft met je gesproken,' zei Ralinus.

Tamír stiet een smalende lach uit. 'Als je dat zo kunt noemen. Raadsels en nachtmerries.'

Plotseling hoorde ze een krabbelend geluidje achter zich. Toen ze zich omdraaide zag ze Broer met zijn als een masker van haat vertrokken gezicht vanuit de diepte naar haar omhoog staren. Zijn bleke huid viel langzaam weg van zijn schedel en handen als klauwen kwamen tevoorschijn terwijl hij langzaam langs de wand omhoog klom.

Jij bent hem en hij is jou, fluisterde het Orakel van beneden.

Het werd Tamír zwart voor de ogen terwijl de woorden in haar hoofd bleven gonzen.

33

Tamír leek wel bevroren toen ze haar uit de grot van het Orakel hadden getrokken. Ki duwde de anderen weg en knielde bij haar neer, met haar hoofd tegen zijn borst.

'Meester, heeft het Orakel haar pijn gedaan?' fluisterde Wythnir.

'Stil jij! Ze is alleen maar flauwgevallen,' zei Iya, die de leiding nam en haar hand op het klamme voorhoofd van het meisje legde.

'Dat is een goed teken,' vertelde Ralinus de anderen, om te proberen hen te kalmeren. 'Ze zal wel zo'n belangrijk visioen gehad hebben, dat het haar te veel is geworden.'

Tamír deed haar ogen knipperend open en keek Iya aan. Er liep een koude rilling over de rug van de tovenares; die ogen zagen er in dit licht net zo zwart als die van de demon uit, en zeker zo beschuldigend. Tamír zei niets, maar duwde Iya's hand weg en deed haar best om overeind te komen.

'Wat...Wat is er... gebeurd?' vroeg ze trillend. Toen keek ze naar de put en begon onbeheerst te beven. 'Broer! Ik zag...'

'Gezellen, draag jullie koningin terug naar haar kamer,' beval Iya.

'Ik hoef niet gedragen te worden!' Tamír keek Iya nors aan terwijl ze wankelend op de been kwam. 'Ik moet weer terug naar beneden. Er is iets fout gegaan. Ik heb geen woord begrepen van wat de Lichtdrager me liet zien.'

'Heb geduld, Majesteit,' zei de priester. 'Hoewel het visioen nu misschien onbegrijpelijk is, kan ik u verzekeren dat het de waarheid is. U moet erover mediteren, en mettertijd zult u de betekenis inzien.'

'Mettertijd? Verdomme, Iya, wist jij dat dit zou gebeuren? Waarom heb je me niet gewaarschuwd?' Ze wendde zich met beschuldigende blik naar Arkoniël. 'Of jij?'

'Iedereen ervaart het Orakel op zijn of haar eigen wijze. We mochten jouw verwachtingen niet beïnvloeden.'

'Laat je vrienden je begeleiden,' zei Iya streng. 'We hebben er niets aan als je struikelt en je nek breekt in het donker.'

Tamír wilde al protesteren maar Ki kwam ertussen en sloeg een arm om haar schouder. 'Kalmeer even, wees nu eens één keer niet zo verdomd eigenwijs.'

Tamír haalde diep, sidderend adem en liet zich toen fronsend op weg helpen naar het gastenverblijf.

Hij is de enige die haar zo kan laten bijdraaien, dacht Iya. *De enige die ze door en door vertrouwt.*

Ki kon haar echter niet overtuigen te gaan slapen, want voor de grot bleef ze staan. 'Ralinus, ik moet echt met u praten, nu het visioen me nog helder voor de geest staat.'

'Uitstekend, Majesteit. De tempel is hiernaast...'

'Iya, jij en Arkoniël moeten hier op me wachten,' beval ze. 'Ik spreek later wel met jullie.'

De scherpe toon bracht Iya nogal van haar stuk, net als die duistere blik van daarnet. Ze drukte haar hand tegen haar borst en boog. 'Zoals u wilt, Majesteit.'

'Ki, jij komt met me mee.' Ze liep met Ralinus mee en Ki ging op een holletje achter hen aan.

Arkoniël keek Iya ongerust aan. 'Ze weet het, denk je niet?'

'Als Illior het wil.' Iya liep langzaam het gastenhuis binnen, terwijl ze de verwarde blikken van de jonge priesters en Gezellen negeerde, die de woordenwisseling hadden meegemaakt.

Ik heb woord gehouden, Lichtdrager. Ik zal mijn belofte niet breken.

De tempel van Illior was een kleine ruimte met een laag plafond, uitgehakt in de rotswand. Binnen was het vochtig en slecht verlicht door een kleine vuurpot op een standaard, die voor een beschilderd reliëf van het Oog van Illior stond. De muren, of wat Ki ervan zag, waren besmeurd met roet.

'Weet je zeker dat je me hierbij wilt hebben?' fluisterde hij, terwijl Ralinus zijn gladde zilveren masker opzette.

Tamír knikte langzaam met haar ogen op de priester gericht.

'Maar denk je niet dat de tovenaars er ook bij moeten zijn? Ik bedoel, die weten veel meer van dit soort zaken.'

Haar ogen verhardden zich toen hij ze noemde.

'Nee. Nu nog niet.'

Ralinus knielde voor de vuurpot en gebaarde dat Tamír naast hem moest komen zitten. 'Wat heb je gezien, Dochter van Thelátimos?'

Ki stond er een beetje schutterig bij terwijl Tamír hakkelend vertelde wat ze allemaal gehoord en gezien had bij het Orakel.

'Ze zei dat ik het zwaard uit de hand van de usurpator moest nemen,' zei Tamír met ogen vervuld van droefheid. 'Dat betekent oorlog met Korin, nietwaar? Ze liet me zien dat er geen vredige manier is om dit te regelen.'

'Dan ben ik bang dat het zo is,' antwoordde de priester.

'Dat zeggen wij haar nu al maanden,' zei Ki. 'Nu hoor je het eens van een ander.'

'Dan lijkt het erop dat ik geen keus heb,' mompelde Tamír.

'Maar dat is niet alles wat het Orakel je liet zien,' zei de priester. 'Je bent van streek door iets anders.'

Ze huiverde weer, zoals in de grot. Ki kwam dichterbij en nam haar hand in de zijne. Ze kneep erin terwijl ze verderging. 'Mijn broer – ik zag hem daar beneden ook, maar niet... niet zoals ik hem meestal zie. Hij leek altijd op me, nou ja, hoe ik eruitzag als jongen. Nu is hij een jongeman, zoals ik anders geworden zou zijn.' Ze stiet een treurig lachje uit. 'Hij heeft zelfs een paar baardharen. Maar deze keer...' Ze begon te beven en het hield niet op. Ki wilde zijn arm om haar heen slaan, maar hij durfde haar niet te onderbreken.

'Het was alsof – alsof dat volgroeide lichaam een lijk geworden was. Hij ... Ik kon hem voelen. Hij was tastbaar en echt.'

Ki voelde een koude rilling over zijn rug gaan en keek zenuwachtig rond, zich afvragend of die dode Broer ook in de tempel kon verschijnen.

'En ik zag hoe hij me uit de put volgde, vlak voor ik flauwviel,' fluisterde ze beschaamd. 'Alstublieft, eerwaarde, ik móét het begrijpen. Alles wat ze me liet zien had te maken met hem en hoe hij en ik Skala vormen, of wat ze ook bedoelde.'

'Ik weet het ook niet, Majesteit, behalve dat de band tussen jullie nog niet verbroken is. Schuif dat zo veel mogelijk terzijde en richt uw gedachten op de troon. De koningin is het land, zoals de Lichtdrager u verteld heeft. Uw leven is gewijd aan de bescherming en het voortbestaan van uw volk en u moet daarvoor alles willen geven, al is het uw leven.'

Tamír fronste haar voorhoofd en trok mijmerend aan een van haar vlechtjes. 'Het is de bedoeling dat ik met Korin vecht. Maar als die banier in mijn visioen voor hem stond, dan snap ik dat niet! Want die banier verstikte me... Ik was aan de verliezende hand.'

'Maar je zag zijn overwinning niet.'

'Ik zag helemaal niks. Het hield gewoon op.' Ze zweeg even. 'Nou ja, ik stikte haast en ik riep Illior aan om me te helpen. Broer wilde het niet doen; die bleef maar zeggen dat ik hem moest wreken.'

'Het visioen eindigde toen je de Lichtdrager aanriep?'

Ze knikte.

De priester dacht daar even over na. 'Dit moet u in uw hart bewaren, Majesteit. Illior wijst u de weg en houdt zijn hand boven u.'

'Het Orakel noemde me "een zaadje, begoten met bloed". Ze zei dat ze om me heen overal bloed zag, als een rivier. Moet ik dan zoals mijn oom worden, om Skala te redden? Hoe kan er nu goed uit kwaad ontstaan?'

'Dat moet u zelf uitvinden, als de tijd daar is.'

'Wat moet ik nu aan mijn volk zeggen, als ik terugkeer in Atyion? Ze staan daar te wachten op een koningin die terugkomt met een glorieuze verkondiging van Illior, zoals die aan koningin Ghërilain gegeven werd. Maar wat ik gehoord heb hoeft niet bepaald in goud gegraveerd te worden.' Ze schudde het hoofd. 'Een rivier van bloed.'

Ralinus zweeg een tijdje, en boog zich toen voorover. Hij legde een hand op haar schouder. 'Bloed wordt niet alleen verspild, het is ook wat er door uw aderen vloeit, Majesteit. Datzelfde bloed zal voortleven in uw kinderen, zodat verleden en toekomst verbonden worden. Is de tijd ook geen rivier?

Laat me u nu iets heel belangrijks uitleggen. Heer Kirothius, u bent haar beste vriend, dus u moet het ook horen, aangezien zij alle vertrouwen in u heeft. Wat ik u beiden nu vertel weet iedere priester van Illior. U, als koningin, ontvangt de onthullingen van de goden, omdat u sterk bent, en de uitverkorene. Maar wat u aan uw volk vertelt, mag niet meer, en niet minder zijn, dan waarvan zij het meest profijt hebben als zij het horen.'

Tamír keek Ki verschrikt aan. 'Bedoelt u dat ik tegen hen moet liegen?'

'Nee, Majesteit. U zult hen vertellen dat Illior uw recht op de troon "door bloed en beproeving" bevestigd heeft. U zult hen waarschuwen voor de strijd die nog voor hen ligt, maar u zult ook een beroep op hun kracht doen om de wil van de Lichtdrager te kunnen uit voeren.'

'En ze hoeven dus niet te weten dat ik gekweld word door mijn dode broer?'

'Dat is allang geen geheim meer, Majesteit. De laatste tijd wordt meer en meer gefluisterd dat u een beschermgeest heeft.'

'Een demon,' corrigeerde Ki hem.

De priester trok een wenkbrauw op en keek hem aan. 'Wat zouden de mensen eraan hebben als ze dachten dat hun koningin vervloekt is? Laat ze zelf hun verhalen over u verzinnen, Tamír.'

Tamír liet Ki's hand los en stond op. 'Dank u, eerwaarde. U hebt me geholpen het allemaal iets helderder te zien.'

'Het is gebruikelijk voor de hogepriester om een visioen uit te laten schrijven op een boekrol om mee te nemen voor later. U ontvangt hem morgenochtend.'

Toen Ki met haar het plein opwandelde zag hij dat Tamír zich nog grote zorgen maakte. Ze stond lang stil bij de bron, in gedachten verzonken. Ki wachtte stilletjes, met zijn armen over elkaar tegen de avondkoelte. De sterren waren zo fel dat ze schaduwen op de grond wierpen.

'Wat denk jij ervan?' vroeg ze ten slotte.

'Een echte strijder kent het verschil tussen goed en kwaad, eer en oneer.' Hij legde zijn handen weer op haar schouders. Ze keek niet op maar schudde ze ook niet af. 'Je bent de liefste, integerste mens dat ik ken. Als Korin zo blind is dat hij dat niet ziet, dan komt dat weer door zijn eigen zwakheid. Als jij Skala bent, dan is dat het beste voor iedereen.'

Ze zuchtte en legde een van haar handen op de zijne. Haar vingers waren steenkoud.

Ki maakte de mantelspeld los en legde zijn mantel over de hare.

Tamír keek hem een beetje smalend aan. 'Je bent al net zo erg als Nari.'

'Zij is er niet, dus moet ik maar voor je zorgen.' Hij wreef haar armen warm. 'Zo, dat is beter.'

Ze trok zich weg en stond daar maar, met haar ogen op de grond. 'Jij... nou ja... ik waardeer...' Ze hield op met dat gehakkel, en hij nam aan dat ze moest blozen.

Er waren de laatste maanden te veel momenten van plotselinge schaamte tussen hen geweest. Ze had hem nodig. Of iemand hen nu zag of niet, Ki trok haar naar zich toe en omhelsde haar stevig.

Haar wang was koud en glad tegen de zijne. Hij drukte haar tegen zich aan, hopend dat ze nog warmer zou worden. Het was in ieder geval erg prettig, om zijn vriendin, zijn vroegere vriend, weer tegen zich aan te houden. Haar haar was zachter dan hij zich herinnerde.

Tamír zuchtte en sloeg haar armen om zijn middel. Zijn hart zwol en tranen prikten in zijn ogen. Hij slikte en fluisterde: 'Ik zal er altijd voor je zijn, Tob!'

Hij besefte nauwelijks dat hij een fout gemaakt had voor ze zich met een ruk uit zijn armen wrong en naar het gastenhuis wegbeende.

'Tamír! Tamír, het spijt me. Ik was het even vergeten. Ik bedoel er niks mee. Kom nou terug!'

De deur viel met een klap achter haar dicht, zodat hij daar eenzaam onder de koude sterren bleef staan, verward door de gevoelens die hij zichzelf nog niet toestond en zichzelf negen keer voor zijn hoofd slaand dat hij zo stom was geweest.

Een onheilspellend gevoel drukte op Arkoniëls hart terwijl hij en Iya op Tamírs kleine kamertje zaten te wachten. Iya hield stijf haar mond dicht en hij stelde zich somber voor wat er straks zou gebeuren.

Toen ze eindelijk binnenkwam, zorgde de uitdrukking op haar gezicht ervoor dat de moed hem helemaal in de schoenen zonk. Tamír keek snel naar Iya, deed haar armen over elkaar en keek Arkoniël streng aan. 'Ik eis dat je me vertelt wat er werkelijk met mijn broer gebeurd is. Waardoor is hij geworden tot wat hij is?'

Daar was hij dan. De vraag die hij al zo lang had verwacht. Al voor hij zijn mond opendeed, voelde Arkoniël het recente vertrouwen scheuren als natte zijde. Hoe kon hij verantwoorden wat hij in naam van de Lichtdrager voor haar gedaan had, als zijn hart zichzelf niet eens vergeven had voor zijn aandeel in die ellende?

Voor hij de juiste woorden kon vinden, dreef er een bedompte kilte als mist boven een moeras de kamer in. Broer verscheen aan Tamírs zijde, en keek Iya vals aan. De demon zag er ongeveer uit als op de zeldzame andere keren dat Arkoniël hem gezien had: een magere, kwaadaardige, spookachtige namaak-Tobin, uitgegroeid tot jongeman. Ze leken minder dan ooit op elkaar, en dat bood Arkoniël enige troost, al was de woede die uit beider ogen sprak er een van een tweeling.

'Nou?' drong Tamír aan. 'Als ik waarlijk jullie koningin ben, en niet zomaar een marionet waar jullie mee spelen, laat me de waarheid dan maar horen.'

Nog steeds zei Iya niets.

Arkoniël voelde een deel van zichzelf sterven terwijl hij de woorden uit zijn keel perste. 'Je broertje werd opgeofferd om jou te beschermen.'

'Opgeofferd?' Tamír verbleekte. 'Vermoord, zul je bedoelen! En daarom is hij een demon geworden?'

'Ja,' zei Iya. 'Wat heeft hij je verteld?'

'Niets, behalve dat jij het me zou vertellen, Arkoniël. En het Orakel heeft me laten zien...' Ze wendde zich langzaam naar Iya. 'Heeft me jou laten zien. "Twee kinderen, één koningin", zei het Orakel tegen jou, en toen zag ik de dode baby in je armen. Jij hebt hem vermoord!'

'Ik heb zijn leven niet beëindigd, maar ik was zeer zeker de aanstichter van zijn dood. Wat jij zag was wat ik zag. Jij en je broer lagen toen nog veilig in je moeders schoot. Maar jij was toen al degene die voorbestemd was om Skala te redden. Je moest wel beschermd worden, vooral tegen de magie van Niryn. Ik kon maar één manier bedenken om dat te bereiken.'

Broer sloop naar Iya, en Arkoniël zag met stijgende afschuw hoe de duistere vreugde die van dat onnatuurlijke gezicht afstraalde groeide en groeide.

Tamír beval de demon met een blik te blijven waar hij was. 'Wat heb je dan gedaan, Iya?'

Iya keek haar onaangedaan aan. 'Ik heb Lhel erbij gehaald. Ik ken de soort magie die haar volk praktiseert. Alleen een heks kon voor elkaar brengen wat gedaan moest worden. Dus nam ik haar mee naar Ero, en naar je moeders huis, op de nacht dat je werd geboren. Jij was de eerstgeborene, Tamír, en je was prachtig. Perfect. Je zou tot een sterk, donkerharig meisje zijn opgegroeid dat te veel op haar moeder zou lijken om je te verstoppen voor spionnen van de koning. Terwijl jij in de armen van je kindermeisje lag, hielp Lhel je moeder bij de bevalling van je broertje. Het was de bedoeling hem te verstikken voor hij ademhaalde. Dat was het geheim, zie je, en zij wist hoe je dat moest doen. Als dat kleine lijfje zonder adem gestorven was, was er geen moord gepleegd en had deze demon die je Broer noemt nooit bestaan. Maar er was een... onderbreking, en nou ja, je weet de rest.' Bedroefd schudde ze het hoofd. 'Het was dus gewoon noodzakelijk.'

Tamír stond te trillen van woede. 'Bij de Vier! De kamer, boven aan de trap. Hij wilde me laten zien...'

Broer drukte zich tegen Tamír aan en fluisterde: 'Zusje, onze vader stond erbij en keek ernaar.'

Ze deinsde zo snel van hem terug dat ze tegen de muur achter zich op vloog. 'Nee! Dat zou vader nooit aangekund hebben. Leugenaar!'

'Ik wou dat dat waar was,' vertelde Arkoniël. Na al die jaren van geheimhouding, begonnen de woorden nu als uit een gebroken dam te stromen. 'Je vader wilde het natuurlijk helemaal niet, maar hij had geen keus. Het moest een snelle, pijnloze ingreep zijn. We beloofden het hem, maar het mislukte.'

Tamír bedekte haar gezicht met haar handen. 'Wat gebeurde er dan?'

'Je oom reed de poort door met Niryn en een stel gewapende ruiters, precies op het moment dat hij geboren werd,' zei Arkoniël zacht. De herinnering stond in zijn geheugen gegrift, elk detail van die gruwelijke nacht was messcherp. 'Het lawaai maakte Lhel aan het schrikken, het leidde haar af op het kritieke moment. Het kind haalde adem en zijn ziel werd daarmee het lichaam binnengehaald.'

Het gezicht van de demon vertrok in een grimmige sneer. Arkoniël maakte zich klaar voor de aanval, maar tot zijn verbazing fluisterde Tamír iets met een lage stem in zijn oor. De demon bleef naast haar staan, en zijn gezicht vertrok weer tot een uitdrukkingsloos masker, op de ogen na. Die brandden nog steeds van haat en zucht naar wraak.

'Het was de bedoeling dat je moeder nergens van wist,' vertelde Iya verder. 'Ik gaf haar een verdovend middel, om het haar te besparen, maar op de een of andere manier wist ze het toch. Het heeft haar kapotgemaakt.'

Tamír sloeg haar armen om haar magere borstkas, en keek alsof ze fysieke pijn leed. 'Mijn broer. Moeder. Het Orakel had gelijk. Ik ben het "zaadje, begoten met bloed".'

Iya knikte treurig. 'Ja, maar niet vanwege kwaadaardigheid of wrok. Je moest overleven, je moest regeren. Om dat te doen moest je leven als jongen, zodat je als het tijd was je ware gedaante weer aan kon nemen. En dat is gebeurd.'

Tamír veegde een traan weg van haar wang en ging rechtop staan. 'Dus het was door jullie wens dat mijn broertje stierf?'

'Ja.'

'Lhel doodde Broer en veranderde mij met magie, maar jullie hebben dat georganiseerd?'

'Ik alleen ben hier verantwoordelijk voor. Daarom heeft Broer altijd zo'n pesthekel aan mij gehad. Ik zie het nog steeds, hij wil me dood hebben. Maar iets houdt hem tegen. Jij, misschien?' Iya maakte een diepe buiging, met haar hand op haar hart. 'Mijn taak zal er pas op zitten als het Zwaard van Ghërilain in jouw hand rust. Daarna verwacht ik geen genade meer.'

'En jij, Arkoniël?' Tamír smeekte het haast. 'Jij zei dat je er ook bij was die nacht.'

'Hij was mijn leerling; hij had er niets...' begon Iya.

'Ik vraag niet om verzachtende omstandigheden,' viel Arkoniël haar in de rede. 'Ik kende de profetie en ik geloofde erin. Ik stond erbij toen Lhel haar magie bedreef.'

'En toch valt Broer jou niet aan. Hij haat je wel, maar niet meer dan anderen. Niet op de manier waarop hij Iya haat.'

'Hij schreide om mij,' lispelde Broer. 'Zijn tranen vielen op mijn graf; ik heb ze geproefd.'

'Hij kan niet liefhebben,' zei Iya treurig. 'Hij kan alleen haten. Hij haat jou niet, Tamír, of Arkoniël. Hij haatte noch je moeder, noch Nari.'

'Nari ook?' fluisterde Tamír terwijl het verdriet onpeilbaar werd.

'Haatte vader! Haatte oom! Moeder haatte hem, was bang voor hem! Ik kende haar angst in haar schoot en op de nacht van mijn geboorte. Ze haat hem en vreest hem nog steeds. Jij vergat te haten, Zusje, maar wij niet. Nooit.'

'Je huilde boven zijn graf?' Weer keek ze hem smekend aan. 'Hij werd dus begraven. Maar zijn botjes zaten in moeders pop...'

'Ik begroef hem die nacht,' antwoordde Arkoniël met bedroefde stem. 'Vrij snel daarna groeven Lhel en je moeder hem weer op en stopten de botjes in die pop. Ik neem aan dat dat was om de ziel onder controle te houden, of omdat hij dan dichtbij je moeder was. Ze zag hem als een levend kind.'

'Ja. Ze zag hem.' Tamír zuchtte bevend. 'Iya, Lhel en jij waren degenen die het bloed van mijn broertje vergoten hebben?'

'Ja.'

Tamír knikte langzaam en terwijl er weer tranen over haar wangen biggelden, zei ze: 'Jullie zijn verbannen.'

'Dat meen je niet!' riep Arkoniël.

'Jawel.' Meer tranen vielen, maar haar stem klonk hard en haar ogen waren zo vertoornd als hij ze zelden had gezien. 'Ik heb gezworen, ten overstaan van het volk, dat degene die bloed van een familielid van mij vergiet, mijn vijand zal zijn. Jullie wisten dat, en hielden je mond. Terwijl jullie mijn broer vermoord hebben! Mijn moeder kapotgemaakt hebben! Mijn leven vernietigd hebben!' Snikkend haalde ze adem. 'Mijn hele leven is één grote leugen! Een rivier van bloed. Al die meisjes die mijn oom liet vermoorden? Hun bloed kleeft ook aan mijn handen, omdat het hem alleen om mij ging. Ook Niryn was alleen op zoek naar mij!'

'Ja.' Iya verroerde geen vin.

'Verdwijn!' siste Tamír, zo razend dat ze op een demon leek. 'Jullie zijn voor het leven uit Skala verbannen. Ik wil jullie nooit meer zien!'

Maar Iya verzette geen stap. 'Ik zal gaan, Tamír, maar je moet Arkoniël bij je houden.'

'Jij hebt hier niks meer te vertellen, tovenares!'

Iya vertrok geen spier, maar de lucht verdichtte rond haar en het werd donker in de kamer. Het haar op Arkoniëls armen ging rechtovereind staan toen haar toverkracht het kleine hokje vulde.

'Ik heb mijn leven voor jou opgeofferd – dwaas, ondankbaar kind dat je bent!' snauwde Iya. 'Heb je dan helemaal niets geleerd? Niets gemerkt de afgelopen maanden? Misschien ben ik je dankbaarheid niet waard, maar ik weiger je alles te laten vernietigen wat ik voor jou geregeld heb, alleen omdat je het niet leuk vindt hoe de wereld in elkaar zit. Denk je soms dat ík het leuk vond wat ik moest doen? Nou, vergeet het maar. Ik vond het een rotklus, maar we kiezen ons lot nu eenmaal niet zelf, mensen zoals jij en ik, tenzij we laf zijn en ervoor weglopen. Ja, ik ben verantwoordelijk voor alles wat er met je gebeurd is, maar wat zou er van Skala terechtkomen als Erius' lijn van gedrochten verwekkende zonen aan de macht bleef? Dacht je dat Korin in Cirna jouw kroningsfeestje zit te organiseren? Denk je dat hij je met open armen verwelkomt als je bij hem op visite komt? Het wordt tijd dat je die rol van naïef kind aflegt, Tamír, en eindelijk eens een echte koningin wordt!

Ik zal vertrekken, zoals je bevolen hebt, maar ik sta je niet toe Arkoniël de laan uit te sturen. Hij is door Illior aangeraakt, net als jij. Maar belangrijker is dat hij je sinds je geboorte liefgehad heeft en je dienaar is geweest, en Lhels hand tegengehouden zou hebben als hij het had gekund. Hij moet jou terzijde staan zodat de wens van de Lichtdrager in vervulling gaat.'

'En wat is die wens dan wel?' zuchtte Tamír. 'Ik heb het overleefd. Jullie hebben me koningin gemaakt. Wat moet hij nu nog doen?'

Iya sloeg haar handen ineen en de spanning in de kamer week enigszins. 'Je hebt hem nodig, en je hebt de tovenaars nodig die hij en ik voor je verzameld hebben. Dat schitterende paleis vol tovenaars waarover we je verteld hebben is geen hersenschim of wensdroom. Het was een echt visioen en het is net zozeer een deel van de kracht van Skala als jij zelf bent. Dacht je dat de andere tovenaars bij je zullen blijven, als je ons allebei verbant? Ik kan je wel vertellen dat het grootste deel vertrekt. Alleen vanwege jou zijn ze samengekomen, maar het blijven vrije tovenaars, die aan niemand verantwoording hoeven af te leggen, zelfs niet aan jou, en ze zullen jou niet van dienst willen zijn als ze denken dat je je oom achterna gaat. Het waren Arkoniël en ik die hen overtuigd hebben om tegen al hun principes in het Derde Orëska te gaan vormen. Het is een vrij wankele constructie, al weet je dat niet, en het is Arkoniëls lot te zorgen dat het niet als een kaartenhuis ineenstort. Ik heb het zelf gezien, de dag dat jouw toekomst aan mij getoond werd. Jouw troon en het tovenaarspaleis, mét Arkoniël, zijn met elkaar verbonden.'

Tamír staarde een tijdje voor zich uit, met gebalde vuisten. Uiteindelijk knikte ze met tegenzin. 'Hij blijft. En ik ben je erkentelijk wat je voor dit land gedaan heb, Iya, jij en de jouwen. Dat is de reden dat ik je laat leven. Maar luister goed: als ik na zonsopgang ook maar een haar van je zie, zal ik je laten terechtstellen. En denk maar niet dat dat een loze dreiging is.'

'Zoals je wenst.' Iya maakte een buiging en liep met rechte rug het kamertje uit met niet meer dan een korte blik naar Arkoniël.

Verbluft zag hij hoe Broer gemeen glimlachte en langzaam in rook opging.

'Tamír, alsjeblieft, roep hem terug. Hij gaat haar vermoorden!'

'Ik heb hem al bevolen dat uit zijn hoofd te laten, en meer kan ik niet doen. Dat is jouw en Lhels eigen schuld.' Ze veegde haar gezicht aan haar mouw af, en keek hem niet aan. 'Broer heeft het voor jou opgenomen. Alleen daarom mag je aan mijn hof blijven. Maar nu wil ik...' Haar stem brak. 'Ach, donder toch op!'

Er was niets dat hij voor haar kon doen. Haastig maakte hij een buiging en ging ervandoor. Lynx en Nikides stonden op wacht aan de andere kant van de deur en hadden genoeg opgevangen om hem argwanend aan te kijken.

'Waar is Ki?' vroeg hij.

'Buiten, denk ik,' zei Lynx. 'Wat was daarbinnen in hemelsnaam aan de hand?'

Arkoniël had geen tijd om te antwoorden. Iya's kamer was al leeg, en alleen Wythnir zat in die van hem.

'Meester?'

'Ga maar slapen, jongen,' zei hij zo vriendelijk als hij kon. 'Ik ben zo terug.'

Hij haastte zich naar buiten en zag Ki tegen de plaquette leunen. 'Tamír heeft je nodig.'

Tot zijn verbazing, haalde Ki zijn schouders op. 'Ik ben wel de laatste die ze wil zien vanavond.'

Met een grauw van frustratie, greep Arkoniël hem in de kraag en duwde hem in de richting van het gastenhuis. 'Maar het is wáár. Ga!'

Zonder te zien of Ki gehoorzaamde rende hij naar de stallen.

Dit kan toch niet het einde zijn! Na alles wat ze gedaan heeft!

Iya stond daar haar paard te zadelen.

'Wacht!' riep hij, struikelend over het stro. 'Het was de schok. Ze is van streek. Ze komt er wel op terug.'

Iya sloeg op de flank van het paard en trok de zadelriem aan. 'Natuurlijk doet ze dat niet, en zo hoort het ook. Niet omdat ze ondankbaar is, maar omdat ze de koningin is, en dan moet ze woord houden.'

'Maar...'

'Ik heb altijd al geweten dat deze dag komen zou, alleen niet wanneer en in welke vorm. Om eerlijk te zijn ben ik opgelucht. Ik had aangenomen dat het mijn dood zou betekenen als ze ooit de waarheid zou horen. Maar in plaats daarvan ben ik eindelijk weer vrij.' Ze raakte met haar gehandschoende hand zijn wang aan. 'O, alsjeblieft, Arkoniël. Tranen? Hou oud ben je nou helemaal?'

Snel veegde hij zijn ogen droog maar het hielp niet echt. De tranen bleven stromen. Hij greep haar hand vast, want hij kon onmogelijk geloven dat dit de laatste keer was dat ze elkaar zouden zien. 'Hier klopt geen barst van, Iya! Wat moet ik nu zonder je?'

'De afgelopen jaren heb je je prima zonder mij gered. Trouwens, dit is zoals het moet gaan. Je bent mijn leerling niet meer, Arkoniël. Je bent een sterke en wijze tovenaar, Arkoniël, met een mandaat van de Lichtdrager en meer ideeën wat magie betreft dan ik ooit heb meegemaakt. Je bent te bescheiden, mijn jong, om in te zien wat je tot stand hebt gebracht, door Lhels magie met die van jezelf te verbinden. Er zijn er maar weinigen die dat zouden durven, maar jij bent ervoor gegaan. Ik ben vreselijk trots op je.'

Ze knipperde even met haar ogen en draaide zich weer naar de zadelriem. 'Zo, met het werk aan het nieuwe Orëska en de zorg voor ons koninginnetje zul je niet eens tijd hebben om me te missen. Trouwens, we zijn nog Hoeders ook, wat geen eenvoudige taak is.'

'Hoeders?' Als hij al aan de kom had gedacht, was het slechts als een stuk handbagage. Dat Iya de formele titel gebruikte deed hem huiveren, want het herinnerde hem aan de profetie die de stokoude Ranai hem gegeven had voor ze stierf, die droom van de Hoeder Hyradin: *En ten slotte zal daar de Hoeder weer zijn, wiens deel bitter is, bitter als gal wanneer ze elkander ontmoeten onder de Hemelse Pilaar.* Hij huiverde nogmaals, en voelde dat die volbracht was wat Iya betrof. 'Maar wat heeft dat hiermee te maken?'

'Misschien niets, misschien ook alles. Het is Illiors wil dat je zowel de last van de kom als van de koningin draagt. Je kunt die taak aan. Ik zou je nooit met een van de twee belast hebben als ik daar niet van overtuigd was geweest.'

'Zie ik je ooit weer?'

Ze klopte hem op de arm. 'Ik ben alleen maar verbannen, mijn jong, niet dood. Ik zal je schrijven.'

'Broer zal je achtervolgen. Ik geloof dat hij je nu al gevolgd is.' Arkoniël keek nerveus in de beschaduwde hoeken van de stal.

'Ik kan hem wel aan. Heb ik altijd gekund.'

Hij keek hulpeloos toe hoe ze haar paard langzaam naar de opstijgplaats leidde en in het zadel klom. 'Je tas! Wacht, dan haal ik hem even voor je. Tamír zei dat je tot zonsopgang had.'

'Niet nodig, Arkoniël. Ik heb niets onmisbaars meegenomen.' Ze stak haar hand weer naar hem uit. 'Beloof me dat je bij hen blijft. Het was hoog tijd dat ze de waarheid leerde kennen, maar nu moet ze hem nog leren aanvaarden, en doorgaan met leven. Help haar dat te doen, Arkoniël. Misschien geloof je het nu niet, maar ze vertrouwt je, heus. Jij, Tharin en Ki is alles wat ze nog overheeft van haar familie, of wat erop lijkt. Hou van haar zoals je altijd al gedaan hebt, en gebruik dit niet tegen haar.'

Hij klemde haar hand nog even vast, en hij voelde zich even als Wythnir. 'Laat me dan op zijn minst een mantel voor je halen. Het is ijskoud.'

'Goed dan, maar schiet een beetje op!'

Arkoniël rende terug naar het gastenverblijf en rukte Iya's oude reismantel van de haak bij de deur. Hij was maar heel even weg, maar toen hij terugkwam was het plein verlaten. Er was geen spoor van haar te bekennen, zelfs paarden-hoeven waren niet te horen. Hij liep het pad af naar het Sleutelgat, in de hoop haar nog in te halen. De hele vallei was een zee van sterrenlicht, maar de weg was in beide richtingen leeg.

Hij wist dat ze daar ergens moest zijn, maar ze was altijd al bedreven ge-weest in niet opgemerkt worden. Ze had dezelfde magie gebruikt als die nacht dat ze Lhel de burcht hadden binnengesmokkeld, maar ze had het nooit eer-der gebruikt om niet door hem ontdekt te worden.

'Het allerbeste!' schreeuwde hij over de verlaten weg, terwijl hij daar met de verfrommelde mantel in zijn handen stond. Zijn stem echode hol door de pas. 'Ik zal alles doen wat je hebt gezegd. Echt! Enne... dank je wel!' Zijn stem sloeg over toen nieuwe tranen de sterren boven hem aan het dansen brachten. 'Ik zal je nooit vergeten,' fluisterde hij.

Zijn enige antwoord was de jachtroep van een uil.

Het kon hem niet schelen hoeveel wachters er opgesteld stonden toen hij zijn gezicht in de mantel van zijn lerares duwde en met lange uithalen begon te huilen.

34

Aangespoord door de angst en woede in Arkoniëls stem vergat Ki zijn eigen verwarring en rende hij naar Tamírs kamer. Lynx en Nikides stonden ongerust met hun oor tegen de deur te luisteren.

'Wat is er gebeurd?' fluisterde hij.

'Ze heeft meesteres Iya verbannen, geloof ik, en misschien Arkoniël ook,' vertelde Lynx. 'Er was veel geschreeuw en volgens mij beefde de vloer onder onze voeten, en toen hoorden we haar gillen dat hij weg moest gaan...'

'Ja, hij kwam naar buiten gerend. Hij stuurde me hierheen.'

'Ze wil niemand zien. Dat was een bevel,' zei Nikides verontschuldigend.

'Mij wil ze wel zien.'

Lynx deed een stap terug, en gebaarde dat Nikides hetzelfde moest doen. Ki knikte om ze te bedanken en pakte de klink.

Tamír zat op een laag stoeltje bij het vuur, met de armen om haar knieën geslagen. Broer zat op zijn hurken naast haar, zijn gezicht van razernij vertrokken en hij siste kwaad naar haar, zo zacht dat Ki het niet horen kon. De dreiging hing zwaar in de lucht. Terwijl hij keek, stak Broer langzaam een hand naar haar uit. Ki trok zijn zwaard en sprong op de demon af. 'Raak haar niet aan!'

Broer draaide zich razendsnel om en wilde hem aanvliegen.

'Af!' riep Tamír.

Broer grijnsde vuil terwijl hij schijnuitvallen deed, en Ki voelde dat het ijskoud rondom hem werd. De demon verdween. Ki's zwaard viel uit zijn bevroren vingers en hij deed zijn best op de been te blijven toen hij een golf van duizelingen door zich heen voelde gaan.

Tamír stond meteen naast hem en greep zijn arm uit angst dat hij zou vallen. 'Heeft hij je pijn gedaan?'

'Nee, hij wilde me alleen maar bang maken.'

'Mooi.' Ze liet hem los en ging weer zitten, haar blik weer op het vuur gericht. 'Ga maar weg, Ki. Ik wil even helemaal niemand zien.'

Ki trok een stoel naast haar en ging zitten. 'Jammer dan, want ik blijf hier.'

'Ga weg. Ik beveel je.'

Ki sloeg koppig de armen over elkaar.

Ze keek vanuit haar ooghoek naar hem, en gaf het op. Ze sloeg haar handen tegen haar gezicht. 'Iya en Lhel hebben mijn broertje vermoord.'

Op de een of andere manier verbaasde het hem niet. Hij zweeg en wachtte geduldig tot ze verderging. Ze vertelde het in het kort.

'Het komt door mij dat hij nu een demon is.'

'Dat is jouw schuld niet. Bij de ballen van Bilairy, je was zelf een pasgeboren baby! Ik weet zeker dat ze het alleen maar deden omdat het wel moest.'

'Voor Skala,' zei ze, haar stem laag van verdriet.

'Ik zeg heus niet dat het oké is, om zoiets met een baby uit te spoken, maar als je oom jou nu gevonden had en jou vermoord had? Hoe zou Skala er dan nu voorstaan?'

'Je klinkt precies als zij! Ik had Iya dood moeten maken voor wat ze deed. Hij was een prins van koninklijken bloede. Maar... ik kon het niet!' Ze schokte met haar schouders. 'Ik heb haar alleen maar verbannen en nu is Broer kwader dan ooit en ik weet niet hoe ik Arkoniël ooit nog onder ogen moet komen – ik begon hem net weer een beetje te vertrouwen, en...' Ze kroop trillend als een hoopje ellende in elkaar.

Ki vergat de spanning van die avond meteen en nam haar in zijn armen. Ze huilde niet, maar haar lichaam was verstijfd en trilde helemaal. Hij streelde haar weer over haar haar en na een tijdje begon ze te ontspannen. En toen sloeg ze haar armen om hem heen en drukte haar gezicht tegen zijn schouder.

'Ben ik een monster, Ki? Een bovennatuurlijk wezen?'

Hij trok aan een lok haar. 'Doe niet zo stom.'

Ze lachte gesmoord en kwam overeind. 'Maar je ziet nog steeds Tobin, ja toch?'

Ze leek weer zo breekbaar, net als die avond dat hij afscheid nam om die landeigenaars over te halen voor haar te kiezen. 'Ik zie degene van wie ik hou, van wie ik gehouden heb sinds de dag dat we elkaar ontmoetten.'

'Gehouden heb. Als een broertje,' zei ze verbitterd. 'En wat ben ik dan nu? Je zusje?'

De pijn in haar ogen doorboorde zijn hart. 'Als ik je zusje niet ben, wat ben ik dan wel?' Angst en verwarring beletten hem te spreken, maar hij was de blik niet vergeten waarmee ze hem aankeek toen hij haar bij haar jongensnaam had aangesproken. En ook niet hoe ze naar die knappe Aurënfaier geglimlacht had tijdens het eten. *Kan ik het? Durf ik het?*

Die donkere ogen sperden zich open toen hij voorover boog en zijn lippen tegen die van haar legde, om te proberen haar te geven wat ze nodig had.

Heel even trilden haar lippen tegen de zijne, maar ze trok haar gezicht weg. 'Wat doe je nou weer? Ik heb je medelijden niet nodig, hoor Ki.'

'Dat is het niet.' *O, nee?* Hij liet zijn hoofd hangen. 'Sorry.'

Ze zuchtte en liet haar kin op haar handen rusten. 'Ik kan je niet vragen meer voor me te voelen dan je doet.'

Dat was het probleem. Hij kende zijn eigen gevoelens niet. *Ze is een meisje, verdomme! Je weet toch hoe je het meisjes naar de zin moet maken!* Hij trok haar omhoog, sloeg een arm om haar middel en kuste haar nog eens, iets minder huiverig dan vorige keer.

Ze duwde hem niet weg, maar haar armen liet ze hangen met gebalde vuisten. Het leek niet op een kus tussen jongens, maar een goede kus was het ook niet. Tranen en wantrouwen stonden in haar ogen te lezen toen Ki haar losliet.

'En wat was je nu van plan, me op het bed gooien?'

Verslagen schudde hij het hoofd. 'Sorry.'

'Hou daar eens mee op!'

'Verdomme, Tamír, ik probeer het toch!'

'O, nou het spijt me dat het een corvee is!'

Ze keken elkaar met half toegeknepen ogen aan, en toen draaide Ki zich om en stormde de kamer uit, als een strategische terugtocht.

Voor hij de gang in was greep Lynx hem bij de arm, draaide hem om en duwde hem de kamer weer in.

'Hup, naar binnen, lafaard wie je bent!'

Zijn wankelende terugtocht bracht haar uit haar evenwicht en ze tuimelden tegelijk op het bed. De touwen onder het matras kreunden terwijl ze hun best deden elkaar niet aan te raken. Hijgend en blozend zaten ze uiteindelijk elk aan een eind van het bed.

'Lynx gaf me een zet,' mompelde Ki.

'Dat zag ik.' Ze trok haar opgeschoven rokken over haar knieën.

Er daalde een ongemakkelijke stilte neer in het kamertje, dat alleen door het knapperen van het vuur onderbroken werd. Ki kon zich de anderen aan de andere kant van de deur levendig voorstellen, met hun oren tegen het hout gedrukt. Hij begon zich weer te verontschuldigen maar ze legde hem met een blik het zwijgen op.

Na een tweede folterende stilte, zuchtte ze en stak haar hand naar hem uit. 'Je zult altijd mijn beste vriend zijn, Ki.'

Ki greep haar handen en barstte uit: 'Ik hou echt van je! En dat zal ik altijd doen!'

'Maar niet als...?'

Hij keek naar hun ineengeslagen handen, en doorzocht zijn hart naar een sprankje lust. Maar hij kon zich nog steeds niet voorstellen dat hij met haar zou doen wat hij met al die dienstertjes en keukenmeiden gedaan had. Het leek wel of hij betoverd was door een heks, die al het sap uit zijn lendenen gezogen had. 'Ik zou er alles voor geven om op die manier naar je te verlangen.'

Haar stille gesnik en de aanblik van haar tranen die over haar wangen gleden, doorboorden nogmaals Ki's hart. Hij slikte moeizaam, schoof naar haar toe en trok haar tegen zich aan. Nu huilde ze echt.

'Ik ben vervloekt, Ki. Broer zegt het ook.'

'Ach joh, je moet niet alles geloven wat hij zegt. Je weet zelf wat een liegbeest hij is.'

'Jij vindt toch niet dat het fout van me was, hè, dat ik Iya weggestuurd heb?'

'Nee. Ik geloof wel dat het verkeerd geweest was als je haar had laten doden.'

Tamír ging rechtop zitten en veegde haar neus af aan haar mouw. Ze keek hem bevend, ietwat beschaamd aan. 'Ik ben wel echt een vrouw geworden, hè? Grienen om het minste of geringste.'

'Laat Una je maar niet horen.'

Ze lachte bibberig. 'Je vriendschap betekent meer voor me dan wat ook ter wereld. Als dat alles is wat we kunnen krijgen...'

'Dat moet je niet zeggen.' Hij keek haar in de ogen en hij zou er zelf van kunnen huilen, zo bedroefd keek ze. 'Mijn hart is van jou. Dat heb je altijd gehad en dat zul je altijd houden.'

Tamír slaakte een zucht. 'En jij hebt dat van mij.'

'Dat weet ik wel, dus dan moet je niet zo... Nou ja, niet opgeven, oké, want ik blijf het proberen.'

Ze wilde iets zeggen, maar besloot het niet te doen. Ze leunde achterover en veegde haar gezicht af. 'We moesten maar eens gaan slapen.'

'Wil je dat ik bij je blijf?'

Ze schudde haar hoofd en Ki zag aan de manier waarop ze hem aankeek dat hun relatie die avond onherstelbaar veranderd was.

Hij negeerde de vragende blikken van zijn vrienden toen hij de kamer verliet. Er was een kamer voor hem een eindje verderop de gang in, maar het idee daar alleen in het donker te moeten liggen dreef hem de andere kant op.

Tharin zat nog steeds in de grote eetkamer bakshi te spelen met Aladar en Maniës. Ki knikte naar hen en liep naar buiten. Halverwege het lege plein hoorde hij de deur piepend achter hem opengaan. Hij wachtte tot Tharin bij hem was.

Hij stopte niet, maar raakte Ki's arm even aan en zei: 'Laten we een eindje wandelen.' Ze liepen naar het pad dat naar de grot van het Orakel leidde.

Ze stapten tussen de grote rotsblokken door en over de uitgesleten plekken. Tharin leek iets te zoeken. Het bleek een soort afdak boven het pelgrimspad te zijn, gevormd uit een leistenen plaat. Hij ging er zitten met zijn rug tegen de rotswand en gebaarde dat Ki dat ook moest doen.

Ki trok zijn knieën op en sloeg zijn armen eromheen; met bonzend hart wachtte hij af wat Tharin zou zeggen. 'Hoeveel heb je opgevangen?'

'Een beetje van dit, een beetje van dat. Iya is weggestuurd, Arkoniël mag blijven. Ik heb hem niet meer gezien sinds hij jou naar binnen stuurde. Wat weet jij ervan?'

Ki was blij dat hij alles eruit kon gooien. Over Iya en Broer en zijn eigen onhandige pogingen om haar te troosten. 'Ik heb zelfs geprobeerd haar te kussen,' zei hij ongelukkig. 'Ze wil dat ik meer voor haar ben dan gewoon een vriend, Tharin.'

'Weet ik.'

Ki keek hem verbaasd aan. Tharin glimlachte. 'Dat heeft ze me al maanden geleden verteld.'

Ki voelde zijn wangen rood worden ondanks de nachtelijke koude. 'Waarom heb je dan niks gezegd?'

'Waarom zou ik dat doen? Ik heb ogen in mijn hoofd hoor, Ki.'

'Wil je me alsjeblieft slaan? Ik verdien het ten slotte.'

In plaats daarvan gaf Tharin hem een klap op de schouder.

'Wat moet ik beginnen?' Hij zette zijn handen in zijn haar en kreunde. 'Ik laat haar in de steek wanneer ze me het meest nodig heeft.'

'Je kunt je hart niet veranderen, Ki, of het bevelen geven, als een strijder op het slagveld.'

'Maar mensen zullen er toch over kletsen.'

'Ja, dat hou je toch. Mensen kletsen graag.'

'Ze hebben altijd al over ons geroddeld. Zelfs toen Tamír een jongen was, en ze dachten dat we het samen deden.'

'Als dat zo was geweest, was het nu misschien makkelijker gegaan. Maar ik wist al heel lang dat jullie het niet met jongens doen.'

'Dus waarom kan ik dan niks voor haar voelen nu ze een meisje is? Bij de ballen van Bilairy, Tharin, ik hou echt van haar, maar ik kan me niet voorstellen dat ik met haar naar bed zou gaan.'

'Je hebt genoeg meisjes gehad. Heb je hen slecht behandeld?'

'Wat? Natuurlijk niet.'

'Heb je van een van hen gehouden?'

'Nee, het was gewoon voor de lol.'

'Dus je kunt je ook niet indenken dat je het met Tamír voor de lol zou doen?'

Ki kromp ineen bij de gedachte. 'Natuurlijk niet!'

Hij wachtte tot Tharin hem een beter advies zou geven, maar die wees met zijn duim naar het Orakel. 'Heb je erover gedacht er zelf heen te gaan?'

'Nee, ik heb het niet zo op al die maanaanbidding en hocus pocus. Tamír mag dan nog leven, ze heeft wel erg veel ellende gehad. Sakor is heel wat simpeler te volgen. Je vecht, en dan ga je dood. Of niet. Geen gedoe met bloed en geesten.'

Tharin stond op, rekte zich uit en staarde naar de sterren. 'Nou ja, dingen veranderen,' zei hij zacht en hij keek Ki toen aan met een blik die hij niet kon duiden. 'Soms is het gewoon een kwestie van geduld. Laten we teruggaan. Het is koud.'

Ki moest langs Tamírs kamerdeur om bij zijn eigen kamer te komen en verdroeg Lynx' beschuldigende blikken. Later, toen hij in zijn eigen nauwe bed lag en wist dat de slaap niet of pas heel laat zou komen, dacht hij weer aan die rampzalige kus en hij wenste dat hij meer vertrouwen had in Tharins woorden. Sommige dingen kon je niet veranderen, al wilde je dat nog zo graag.

35

Arkoniël bleef de rest van de nacht op een steen langs de weg zitten. Gehuld in Iya's mantel zag hij de sterren voortglijden en verbleken.

Het eerste teken van de dageraad was een roze zweem achter de met sneeuw bedekte toppen in de verte, toen hij achter zich ruiters hoorde aankomen.

Het waren de Aurënfaiers, met dikke mantels om en met hun simpele witte sen'gais op die ze op reis gebruikten.

'Je bent er vroeg bij, tovenaar,' begroette Solun hem.

'Dat geldt ook voor jullie,' antwoordde Arkoniël, die stijf opstond om hen te begroeten. 'Gaan jullie nu al weg?'

'Ik wilde liever blijven,' zei Arengil met een gezicht als een oorwurm. 'Tamír heeft me een plaats bij de Gezellen beloofd.'

'Mij ook,' zei Corruth al niet veel vrolijker.

Sylmai keek hen misprijzend aan. 'Dat is een zaak van jullie ouders.'

'Jullie hebben haar maar even gezien,' merkte Arkoniël op.

'Maar dat was voldoende,' verzekerde Solun hem.

'Zullen de Aurënfaiers haar het recht op de troon gunnen?'

'Die beslissing neemt elke clan voor zich, maar ik zal er bij de Bôkthersanen op aandringen dat ze Tamír als koningin accepteren.'

'Ik doe hetzelfde bij de Gedre,' zei Sylmai.

'Ze is van plan Korin de oorlog te verklaren, hoor.'

'Dat moet nog in beraad worden genomen. Maar onze schepen zijn snel, mocht het noodzakelijk worden. Maar hoe willen jullie dat ons laten weten?' vroeg Sylmai.

Arkoniël liet haar het zichtvenster zien. 'Als ik je kan vinden, kan ik hierdoor tot jullie spreken. Maar je mag het nooit aanraken!'

'Zoek me dan op in Gedre. Vaarwel en veel succes.'

De anderen knikten naar hem en reden verder, snel vervagend in de ochtendnevel. Arkoniël had gemerkt dat de stugge man uit Khatme niets over steun had gezegd.

Onzeker liep hij langzaam terug naar het gastenverblijf.

Tamír en haar Gezellen zaten rond de haard te ontbijten in de grote zaal. Noch zij noch Ki zag er uitgerust uit, maar ze zaten tenminste weer naast elkaar. Ze keek op toen hij binnenkwam, maar zei niet dat hij erbij moest komen zitten. Hij vroeg zich vaag af of ze teruggekomen was op haar besluit ook hem te verbannen. Inwendig zuchtend hielp hij zichzelf aan wat brood en kaas en liep naar zijn kamer om het daar op te eten.

Het vuur was uitgegaan en de kleine kamer was koud als een grafkelder. Wythnir sliep nog, in elkaar gekropen onder de dekens. Arkoniël plaatste een paar houtblokken op de haard en zei een spreuk. Hij verspilde nooit magie aan zoiets eenvoudigs als een haardvuurtje, maar hij voelde zich te mistroostig om met een tondeldoos aan de slag te gaan. De houtbokken vatten vlam en een mooi vuurtje laaide op.

'Meester?' Wythnir zat rechtop in bed en keek verontrust. 'Heeft de koningin Iya echt weggestuurd?'

Arkoniël ging op de rand van het bed zitten en gaf de jongen wat brood en kaas. 'Ja, maar het is in orde.'

'Waarom heeft ze dat gedaan?'

'Dat vertel ik je later wel eens. Eet nu maar. We vertrekken zo dadelijk.'

Wythnir knabbelde plichtmatig aan de kaas.

Arkoniël had Iya's mantel nog steeds om. Haar geur hing in de dikke wol. Dat, en haar versleten tas, waren alles wat restte van een leven lang samen, zo leek het.

Een klein handje werd op de zijne gelegd. 'Het spijt me dat u zo verdrietig bent, meester.'

Arkoniël knuffelde hem even en drukte zijn gezicht tegen het haar van de jongen. 'Dank je. Ik zal haar missen.'

Echt honger had hij niet. Terwijl hij het brood in de haard wierp, kwam Tamír zonder te kloppen binnen.

'Goedemorgen.' Hij probeerde te glimlachen, maar het lukte niet helemaal, niet nu zijn hart nog zo'n pijn deed door haar behandeling van Iya. 'Wythnir, de koningin en ik moeten even praten. Eet maar verder in de grote kamer.' De jongen glipte het bed uit, met zijn lange hemd nog aan. Arkoniël wikkelde hem in Iya's mantel en liet hem gaan.

Tamír sloot de deur achter hem en bleef ertegenaan staan, armen over elkaar geslagen voor haar tuniek. 'Ik heb Una en een stel ruiters uitgezonden om de zuidelijke vazallen op te trommelen. Tegen de tijd dat we in Atyion zijn ben ik klaar voor de oorlog.'

'Goed zo.'

Ze stond daar en zuchtte uiteindelijk. 'Het spijt me niet, hoor, dat van Iya. Broer wilde dat ik haar doodmaakte. Haar verbannen was het beste dat ik kon doen.'

'Ik weet het wel. En zij begreep het.'

'Maar weet je... Ik ben blij dat je er bent, al kunnen we dan geen vrienden meer zijn.'

Hij wilde haar eigenlijk geruststellen, maar hij kreeg de woorden niet over zijn lippen. 'Was dat het wat je wilde zeggen?'

'Nee. Zij zei dat ik jou bij me moest houden, vanwege het visioen dat je hier had gehad. Daar wilde ik wat meer over horen.'

'Aha. Nou ja, Iya had dat visioen van dat witte tovenaarspaleis. Maar ze zag mij daar voor een raam staan. Ik was al heel erg oud, en had een leerlingetje naast me. Het hele gebouw zat vol tovenaars en kinderen met magie. Ze waren daar verzameld om te leren en hun kracht en kennis te delen, in alle veiligheid, om het land ervan te laten profiteren.'

'Jullie Derde Orëska.'

'Ja.'

'Waar moet dan dan komen? In Atyion?'

'Nee. Iya zei dat ze een prachtige, nieuwe stad op een klif boven zee zag, bij een diepe haven.'

Ze keek verbaasd op. 'En je denkt dat die stad nog niet bestaat?'

'Nee. Zoals ik zei, ik was al heel oud in dat visioen.'

Ze keek teleurgesteld.

'Wat is er, Tamír?'

Afwezig wreef ze over het littekentje op haar kin. 'Ik heb maar steeds die droom waarin ik op een klif sta, en naar een haven diep beneden me kijk. Het is ergens aan de westkust, maar er is geen stad. Ik heb het nu zo vaak gezien dat ik het gevoel heb dat ik er ben geweest, maar ik heb geen idee wat het betekent. Soms staat er een man in de verte, die naar me zwaait. Ik heb nooit tijd gehad om uit te zoeken wie het is, maar nu komt het ineens bij me op dat jij het kan zijn. Ki zit ook in die droom. Ik...' Ze hield op met vertellen en keek een andere kant op, de lippen tot een dun lijntje samengeperst. 'Zouden jij en Iya dezelfde plek gezien hebben?'

'Misschien. Heb je het Orakel geraadpleegd?'

'Heb ik geprobeerd, maar ik kreeg alleen het antwoord dat je al kent. Ze heeft me niet erg geholpen, vind ik.'

'Misschien meer dan je denkt. Iya had destijds ook geen flauw idee wat haar visioen betekende. Nu pas begint het ergens op te lijken. Maar het is bemoedigend dat jij en zij dezelfde plek zagen. Ik denk eigenlijk wel dat het klopt.'

'Haat je me niet, omdat ik haar verbannen heb?'

'Natuurlijk niet. Ik zal haar natuurlijk wel missen, maar ik begrijp het wel. Haat je mij?'

Ze lachte triest. 'Nee. Ik weet niet eens zeker of ik een hekel aan haar heb. Het is Lhel die Broer dus eigenlijk doodde, maar haar kan ik al helemaal niet haten! Ze was zo lief voor me, en heeft me altijd geholpen, ook toen ik zo vreselijk alleen was.'

'Ze geeft ontzettend veel om je.'

'Ik vraag me af wanneer ik haar weer eens zal zien. Misschien moeten we op de terugweg toch maar langs de burcht rijden en haar opzoeken. Denk je dat ze daar nog altijd woont?'

'Ik heb haar gezocht die nacht dat ik je kwam halen. Ik kon haar niet vinden. Maar je weet hoe ze is.'

'En nu jouw visioen – hoe zag dat eruit?'

'Ik zag mezelf, met een klein kindje met donker haar in mijn armen. Nu weet ik dat jij het was.'

Hij zag haar lippen trillen toen ze vroeg: 'En dat was alles?'

'Soms is de Lichtdrager bijzonder rechtdoorzee, Tamír.' Ze zag er zo verloren en kleintjes uit dat hij wilde dat ze het hoorde. Hij stak zijn hand uit. Ze aarzelde, fronste haar voorhoofd en kwam toen naast hem op de rand van het bed zitten.

'Ik voel me nog steeds een bedrieger in dit lichaam, al zit ik er al maanden in.'

'Maar zo lang is het nog niet, als je het vergelijkt met je leven ervoor. En je hebt ook al meteen zoveel voor je kiezen gekregen. Het spijt me dat het op deze manier moest gebeuren.'

Ze staarde knipperend in het vuur en probeerde de tranen terug te dringen. Ten slotte slikte ze en fluisterde: 'Ik kan gewoon niet geloven dat mijn vader erbij stond. Hoe kon hij dat zijn eigen kind laten aandoen?'

'Hij kende niet het volledige plan. Misschien doet het je goed te weten dat hij er totaal kapot van was toen hij die nacht ontdekte hoe het in elkaar zat. Ik denk niet dat hij er ooit bovenop gekomen is. Illior weet dat hij zijn straf gehad heeft, door aan te moeten zien hoe dit jou en je moeder werd aangedaan.'

'Jij en Iya kenden hem toch goed?'

'Gelukkig wel. Hij was een geweldig man, een vriendelijke gastheer en een strijder die met niemand te vergelijken was. Je lijkt ontzettend op hem. Je hebt zijn moed en zijn grote hart. En die wijsheid van hem, die zie ik soms ook in je, al ben je nog jong. Maar tegelijkertijd heb je ook je moeders kwaliteiten, zoals ze was voor jij geboren werd.' Hij raakte de ringen met de twee portretjes aan. 'Ik ben zo blij dat je die gevonden hebt. Je bezit alles wat goed in hem was en de Lichtdrager heeft niet zomaar zijn oog op jou laten vallen. Je bent echt de uitverkorene. Dat mag je nooit vergeten, wat er ook gebeurt. Je zult de beste koningin zijn die Skala sinds Ghërilain gehad heeft.'

'Dat hoop ik maar. Nou, tot zo.'

Wythnir kwam terug, maar kroop weer in bed omdat er verder niet veel voor hem te doen was. Arkoniël staarde in het vuur. Hij was opgelucht dat ze weer normaal met elkaar konden spreken, maar het was hem opgevallen hoe sterk en tegelijk breekbaar Tamír was. En er rustte wel een zware last op die frêle schouders. Hij besloot zo veel mogelijk te doen om haar te helpen die te dragen.

Hij liet zijn leerling doezelend achter en glipte de kamer uit. Snel liep hij in de ochtendschemering het pad naar de grot van het Orakel af. Voor de eerste keer kwam hij hier alleen, met zijn eigen vragen duidelijk voor ogen.

De gemaskerde priesters lieten hem naar beneden zakken en hij voelde zichzelf omspoeld door de bekende duisternis. Hij voelde geen angst deze keer, hij was een en al vastberadenheid.

Toen zijn voeten de grond raakten liep hij zonder aarzeling naar het zacht gloeiende licht verderop.

De vrouw die hij op het stoeltje van het Orakel zag zitten kon hetzelfde meisje zijn met wie hij eerder gesproken had. Je wist het nooit zeker, en behalve de hogepriester van Afra wist niemand hoe de Orakels werden gekozen en hoeveel er op een gegeven moment waren. Het was niet eens altijd een vrouw of meisje. Hij kende tovenaars die beweerden met een jongeman gesproken te hebben. De enige gemeenschappelijke factor was een zekere waanzin of achterlijkheid.

Ze schudde haar verklitte haardos naar achteren en keek hem aan terwijl hij op het krukje voor haar ging zitten. Haar ogen straalden de goddelijke kracht al uit, en haar stem had een vreemde klank die bovenmenselijk leek.

'Welkom terug, Arkoniël,' sprak ze, alsof ze zijn gedachten gelezen had. 'Je staat aan de kant van de koningin. Goed zo.'

'Mijn taak is toch pas begonnen, nietwaar?'

'Daarvoor had je hier niet hoeven komen; je weet het antwoord.'

'Nee, maar ik heb uw aanwijzingen nodig, grote Illior. Wat moet ik doen om haar te helpen?'

Ze bewoog haar hand en de duisternis naast hem week om hem een groot raam te laten zien. Er lag een stad op de kliffen, vol herenhuizen en parken met bomen en brede straten. Hij was veel groter dan Ero en zag er schoner en ordelijker uit. In het hart van de stad stonden twee paleizen. Een was laag en streng, een fort binnen een courtine. Het ander was een enorm, sierlijk omhoog rijzend gebouw, met vier koepeltorens op alle hoeken. Hieromheen stond maar één enkele muur, en daarbinnen lage weelderige tuinen. Er liepen mensen in rond, mannen, vrouwen en kinderen, Skalanen en Aurënfaiers, en centaurs bovendien.

'Dit moet je haar geven.'

'Is dit de nieuwe hoofdstad die ze bouwen moet?'

'Ja, en de tovenaars van het Derde Orëska zullen haar heimelijke hoeders zijn.'

'Hoeders? Die titel heb ik al.'

'Draag jij de kom?'

'Ja!'

'Begraaf hem diep in het hart van het hart. De kom heeft niets met jou of met haar te maken.'

'Maar waarom moet ik hem dan bij me dragen?' vroeg hij teleurgesteld.

'Omdat je nu eenmaal de Hoeder bent. Door hem te bewaken, bewaak je haar en heel Skala en de hele wereld.'

'Kunt u me er niets meer over vertellen?'

'Die kom betekent zelf niets, maar het maakt deel uit van een groot Kwaad.'

'En dit laat u me begraven in het hart van Tamírs stad? Iets Kwaads?'

'Bestaat er Goed zonder kennis van het Kwade, tovenaar? Gaat het niet om het evenwicht tussen de twee?'

Het visioen van de stad vervaagde, en er kwam een grote gouden weegschaal voor in de plaats. In de ene schaal lag de kroon en het zwaard van Skala. In de andere lag een naakte dode baby: Broer. Arkoniël huiverde en moest zijn best doen om zijn blik niet af te wenden. 'Dan is er altijd iets Kwaads in wat ze teweeg zal brengen, bedoelt u dat?'

'Het Kwaad is altijd onder ons. Het gaat om het evenwicht.'

'Ik neem aan dat ik dan veel goeds verrichten moet, om dat evenwicht te houden. Het bloed van dat kind kleeft aan mijn handen, wat ze ook zeggen.'

De grot van het Orakel werd verduisterd. Arkoniël voelde hoe de lucht rondom hem zwaarder werd en zijn nekhaartjes gingen rechtovereind staan. Maar het Orakel glimlachte en bewoog haar hoofd naar beneden. 'Je kunt niet eens anders, kind van Illior. Je handen en je hart zijn sterk, en je ogen zien de dingen helder. Je moet zien wat anderen niet kunnen accepteren en de waarheid spreken.'

Een stel naakte geliefden lag opeens tussen hen in, kronkelend van passie. Het was Arkoniël die diep tussen Lhels dijen stootte terwijl zij zich aan hem vastklemde. Haar hoofd hing naar achteren, haar zwarte haar stond wijduit rond haar extatische gezicht. Blozend zag hij hoe ze haar ogen opende en hem aankeek. 'Mijn liefde zul je nooit verliezen, Arkoniël. Treur maar niet om mij.'

Het visioen verdween razendsnel. 'Treur maar niet?' vroeg hij en de angst sloeg hem om het hart.

'Je hebt jezelf in haar lichaam begraven en jij bent bezwangerd door haar magie. Maak daar wijs en goed gebruik van.'

'Ze is dood, hè?' Het verdriet kneep zijn hart samen. 'Hoe? Kunt u het niet laten zien?'

Het Orakel keek hem met die stralende ogen aan terwijl ze zei: 'Het was uit vrije wil.'

Dat nam de pijn niet weg. Al die tijd had hij ernaar verlangd terug te gaan en haar te zien zitten, wachtend op zijn komst.

Hij drukte zijn gezicht in zijn handen, hete tranen welden achter zijn oogleden op. 'Eerst Iya, en nu zij ook?'

'Allebei uit vrije wil,' fluisterde het Orakel.

'Dat maakt niet uit! Hoe moet ik het Tamír vertellen?'

'Zeg maar niets. Dat dient nu geen enkel doel.'

'Nee, dat zal wel niet.' Arkoniël was er al zo lang aan gewend om geheimen en leed voor dit meisje met zich mee te dragen. Dit kon er ook nog wel bij.

36

Niryn kwam terug van zijn middagwandeling in het soldatenkamp en trof Moriël en Tomara wachtend aan in zijn privévertrek. De vrouw klemde een wit bundeltje tegen haar boezem en ze straalde gewoonweg.

'Ze is eindelijk in blijde verwachting, heer!' Ze maakte het bundeltje open en liet hem een verzameling onderbroekjes van Nalia zien.

Niryn bekeek ze nauwkeurig. 'Ben je er zeker van, meesteres?'

'De afgelopen volle manen was er geen spatje bloed te zien, heer, en ze kan sinds de dag van de geselingen haar ontbijt met geen mogelijkheid binnenhouden. Ik dacht eerst dat het haar weke inborst was, maar het ging maar door. Tot het middaguur ziet ze groen van misselijkheid en ze valt af en toe flauw van hitte. Ik ben behalve kamenierster ook vroedvrouw geweest, dus ik ken de signalen op mijn duimpje!'

'Wel, dat is zeer goed nieuws. Koning Korin zal wel dolgelukkig zijn. Kom morgenochtend maar naar zijn hofzitting en vertel het hem dan maar.'

'Maar wilt u het niet vertellen dan?'

'Nee, laten we het maar niet voor hem bederven. Laat hem maar denken dat hij de eerste is die het hoort.' Hij plukte twee gouden sestertiën uit de lucht met de sierlijke bewegingen van een tovenaar en bood ze haar aan. 'In het belang van de koning.'

Tomara nam de munten aan en knipoogde naar hem. 'Zoals u wilt, heer.'

Tomara hield woord en keek niet eenmaal in Niryns richting toen ze de volgende ochtend de troonzaal binnenkwam waar hij hof hield.

Hij luisterde net naar de rapportages van zijn aanvoerders, en keek verbaasd op toen hij haar op dit uur van de dag voor hem zag staan. 'Ja, wat wil je? Heb je een bericht van de vrouwe voor me?'

Tomara maakte een knicks. 'Inderdaad, Majesteit. Hare hoogheid vraagt me u te vertellen dat ze in blijde verwachting is.'

Korin staarde haar heel even aan, en sprong toen juichend op om Alben en Urmanis op de rug te slaan. 'Dat is ons teken! Meester Porion, meld dit heuglijke feit aan al mijn generaals. Eindelijk zullen we opmarcheren naar Atyion!'

De mannen in de volle zaal joelden en juichten. Niryn liep naar Korins troon.

'Bent u er zeker van dat het tijdstip juist is,' mompelde hij, zo zacht dat niemand anders het hoorde. 'Ze kan natuurlijk niet meer dan een maan of twee gevorderd zijn. Zou u niet beter nog even kunnen wachten, tot het helemaal zeker is?'

'Verdomme, Niryn! Wat een oud wijf ben je ook!' riep Korin en hij wendde zich van hem af. 'Horen jullie dat, mijne heren? Mijn tovenaar vindt het wijzer om nog een maand of twee te wachten. Waarom wachten we dan niet meteen tot volgende lente? Nee, de sneeuw komt voor je het weet en de zeeën worden dan veel te stormachtig. Als we deze week nog vertrekken staan ze waarschijnlijk net te oogsten, mooier kan het niet. En hebben we niet lang genoeg gewacht, mannen?'

Het gejuich werd oorverdovend terwijl Niryn met een chagrijnig gezicht haastig een buiging maakte. 'U weet het zelf het beste, Majesteit. Ik maak me alleen zorgen om uw veiligheid en uw troon.'

'Mijn troon staat in Ero!' riep Korin terwijl hij zijn zwaard trok en er dreigend mee zwaaide. 'En nog voor de herfstoogst binnen is, sta ik boven op de Palatijnse Heuvel en zal ik mijn recht daarop doen gelden. Op naar Ero!'

De rest van het gezelschap nam de strijdkreet over, waarop die zich alras verspreidde over alle kelen op de binnenplaatsen en het hele kampement.

Niryn knipoogde naar Moriël. Zijn kleine show had het verwachte effect gehad. Niemand kon er nu nog aan twijfelen dat de koning, en niet zijn tovenaar, opgeroepen had tot de strijd.

Nalia hoorde het geschreeuw en haastte zich naar het balkon om te zien of ze het nieuws over haar toestand aan het vieren waren.

Korins leger was nu aan beide zijden van het fort zichtbaar, het was een ware zee van tenten en kralen voor de paarden. Vanuit haar standplaats kon ze koeriers alle kanten uit zien vliegen, en mannen verlieten direct hun tenten. Ze luisterde aandachtig en probeerde de boodschap op te vangen. Toen dat lukte, voelde ze zich behoorlijk gepikeerd.

'Op naar Ero? Is dat alles waar het om draait?' Ze pakte wrokkig haar borduurwerk weer op.

Niet lang daarna hoorde ze echter Korins bekende tred op de torentrap.

Hij stormde naar binnen en voor de eerste keer zag ze zijn donkere ogen stralen van ware vreugde. Tomara kwam na hem binnen en gaf Nalia een olijke knipoog over zijn schouder.

'Is het waar?' vroeg hij en hij keek haar aan alsof hij haar nooit eerder had gezien. 'Verwacht je mijn kind?'

Ons kind! dacht Nalia, maar ze glimlachte bescheiden en drukte haar hand op haar nog altijd platte buik.

'Jawel, heer. Als de tekenen niet bedriegen, ben ik bijna twee maanden ver. Het kind zal deze lente geboren worden.'

'O, dat is geweldig nieuws!' Korin viel op zijn knieën aan haar voeten en legde zijn hand over de hare. 'De drysianen zullen over je gezondheid waken. Het zal je aan niets ontbreken. Je hoeft maar te kikken en je hebt het!'

Nalia keek hem verwonderd aan. Hij had nooit eerder zo tegen haar gesproken – alsof ze echt zijn vrouw was. 'Dank u, heer. Meer dan wat ook ter wereld zou ik wat meer vrijheid willen hebben. Ik voel me hier zo opgesloten. Zou ik niet een echte kamer beneden in het fort kunnen krijgen?'

Bijna had hij dat geweigerd, maar ze had het tijdstip goed gekozen. 'Natuurlijk. Je krijgt de lichtste, vrolijkste kamer van deze troosteloze plaats. Ik zal schilders laten komen die het naar jouw smaak zullen versieren, en nieuwe wandtapijten... O, en ik vergeet haast dat ik dit voor je heb meegenomen.'

Hij nam een zijden buideltje uit zijn mouw en legde het in haar schoot. Nalia trok het zijden touwsluitinkje los en een lange streng glanzende parels viel als een waterval op haar rok. 'Dank u, heer! Ze zijn erg mooi.'

'Ze zeggen dat ze geluk brengen aan zwangere vrouwen, en dat het kind veilig in de wateren van de schoot blijft drijven. Wil je ze alsjeblieft voor me dragen?'

Er viel een schaduw over Nalia's hart toen ze de ketting om deed. De parels waren echt prachtig, met een fraaie roze weerschijn. Maar de ketting was een talisman, geen sieraad. 'Ik zal ze dragen, natuurlijk, heer. Dank u.'

Korin glimlachte weer naar haar. 'Mijn eerste vrouw verlangde hevig naar pruimen en gezouten vis toen ze zwanger was. Moet jij niet iets speciaals hebben, dat ik kan bestellen voor je?'

'Alleen meer ruimte om in rond te kunnen lopen,' zei Nalia, want dit was haar kans.

'Dat krijg je, zodra de kamer klaar is.' Hij nam haar handen in de zijne. 'Je zult niet altijd op dit ellendige fort opgesloten blijven, dat beloof ik. Ik zal binnenkort naar prins Tobin opmarcheren, om mijn stad en land terug te vorderen. Onze kinderen zullen in de tuinen van het Palatijnse paleis spelen.'

Ero! Nalia had daar altijd al eens heen gewild, maar daar wilde Niryn niet van horen. Om in die grote stad te wonen, als gemalin... 'Daar zie ik naar uit, heer.'

'Hebben jullie de ring al laten draaien?'

'Nee, we dachten dat u daarbij wilde zijn, Majesteit,' loog Tomara en knipoogde nogmaals naar Nalia. Natuurlijk hadden ze dat al gedaan, zodra Tomara vermoedde dat ze in verwachting was.

Ze deed net of ze nergens van wist en gaf haar trouwring aan Tomara, terwijl ze achterover in haar stoel leunde. Tomara nam een lange rode draad uit haar schortzak en knoopte de ring eraan vast. Toen liet ze de ring boven Nalia's buik zweven. Na een tijdje begon de ring kleine rondjes te maken. Die eerste bewegingen betekenden niets. Als de vroedvrouw een echte wichelroedevoorspelster was, zou de ring heen en weer gaan bij een jongen, en grotere cirkels gaan maken bij een meisje.

De ring draaide in grote kringen boven haar buik, net als de eerste keer.

'Beslist een dochter, Majesteit,' verzekerde Tomara hem.

'Een meisje, een koninginnetje. Dat is mooi.' Zijn glimlach verflauwde een beetje toen hij de ring weer om Nalia's vinger deed.

Hij is natuurlijk bang dat ze op mij lijkt. Nalia verdrong die pijnlijke gedachte en kneep even in zijn hand. Ze kon het hem ook niet kwalijk nemen. Maar misschien zou het kind wel op hem lijken. Een meisje met zijn trekken zou best knap kunnen zijn.

Korin verraste haar nogmaals toen hij haar hand naar zijn lippen bracht en haar kuste. 'Zou je me misschien dat nare begin van ons huwelijk kunnen vergeven? Met een kind, en de troon die in onze familie blijft, zal ik beslist een betere echtgenoot voor je kunnen zijn, Nalia. Ik zweer het bij Dalna.'

Ze kon geen woorden vinden, zo aangedaan was ze door zijn vriendelijkheid, dus kuste ze zijn hand als antwoord. 'Ik zal altijd een goede moeder voor uw kinderen zijn, heer.'

Misschien, mijmerde ze, *zal het me uiteindelijk wel lukken toch van hem te houden.*

37

Het speet Ki niet dat ze Afra verlieten. In plaats van Tamír te helpen, had het Orakel haar meer in verwarring gebracht dan ooit. Ze was zo stil geweest toen ze vertrokken, en het verraderlijke pad eiste ook te veel aandacht op om lange gesprekken te houden. Maar Ki zag aan alles dat ze een groot verdriet met zich mee torste.

Hij wist wel dat hij niet alleen het Orakel de schuld moest geven. Op zijn eigen stuntelige wijze had hij haar laten zitten, wat hen beiden pijn deed. 's Nachts droomde hij, gewikkeld in zijn deken, over hun rampzalige kussen. Wanneer hij wakker werd voelde hij zich doodmoe en schuldig.

Bij de zeldzame gelegenheden dat hij in zijn droom van de kus genoot, werd hij pas echt van streek wakker. En als hij na zo'n droom naar haar keek wanneer ze haar gezicht in een stroompje waste en haar haar kamde, wenste hij meer dan ooit dat alles zo gebleven was als in de tijd dat ze nog kinderen waren. Ze hadden nooit aan elkaar getwijfeld. Hij kon naar Tobin kijken of hem aanraken zonder dat alles vanbinnen op zijn kop werd gezet. Niet dat hij nu twijfelde aan hun wederzijdse liefde, het was alleen niet het soort liefde dat Tamír wilde of verdiende.

Hij sprak daar met geen woord over, aangezien hij wist dat zij hem sterk en nuchter nodig had, niet rondschuifelend als een hoveling die zich boog over gedichten vol woelingen van het hart. Hoezeer hij zijn best ook deed, de anderen hadden die avond in het gastenverblijf genoeg opgevangen om zich zorgen te maken. Niet dat iemand hem lastige vragen stelde, maar hij zag hen wel vaak peinzend naar hem en Tamír kijken.

Arkoniël was haast net zo'n raadsel als Tamír. Uiteraard was hij nog steeds verdrietig over Iya's verbanning, maar hij en Tamír leken beter met elkaar op te schieten dan in de maanden daarvoor. Hij reed vrijwel iedere dag naast haar, pratend over tovenaars en magie en over de nieuwe hoofdstad die Tamír wilde stichten. Ze had hem ook wel eens over die stad aan de westkust verteld, maar de visioenen uit Afra schenen haar verbeelding opgezweept te hebben. Arkoniël leek die plannen te stimuleren, ondanks de voor de hand liggende hindernissen.

Die moeilijkheden konden Ki niet zoveel schelen. Hij wist alleen dat de droeve blik haar ogen verliet wanneer ze het over die stad had, wanneer ze dingen bedacht waardoor het een grootsere hoofdstad dan Ero kon worden. Het was diezelfde blik als vroeger, wanneer ze aan een nieuw ontwerp voor een ring of amulet werkte. Ze was nu eenmaal het gelukkigst wanneer ze aan iets nieuws werkte dat ze zelf verzonnen had.

Arkoniël had veel gereisd, en sprak net zo makkelijk met haar over rioleringen en drainage als over magie. Saruel vertelde haar over de Aurënfaier steden, en nieuwe technieken voor ventilatie en verwarming. De 'faiers waren vooral gebrand op goede badfaciliteiten. Ze hadden er speciale kamers voor waarin leidingen voor heet water zaten en speciale verhoogde tegelvloeren die van onderaf konden worden verwarmd. Sommige grote huizen hadden baden waarin een hele groep tegelijk plaats kon nemen. Daar schenen zelfs zaken besproken te worden.

'Het lijkt wel of uw volk meer tijd aan wassen besteedt dan aan wat dan ook,' merkte Una met een lachje op.

'Meer dan de Skalanen, dat is een ding wat zeker is,' antwoordde Saruel droog. 'Het is niet alleen hygiënisch, maar ook goed voor de geest. Wie een bad neemt waarin de juiste kruiden zijn toegevoegd, en erna gemasseerd wordt, zal veel sneller genezen. Wat mij betreft, ruiken Aurënfaiers niet alleen lekkerder, ze zijn nog gezonder ook.'

Nikides grinnikte. 'Dus u zegt dat we stinken?'

'Ik zeg alleen mijn mening. Als jullie beginnen met de bouw van die nieuwe stad van jullie, Tamír, zou het nuttig zijn als je meteen goede badfaciliteiten meeneemt in je plannen, voor iedereen natuurlijk, niet alleen voor de rijken. Stuur je architecten maar naar Bôkthersa om te leren hoe je badkamers maakt. Daar zijn ze daar het allerbest in.'

'Ik zou het best leuk vinden om mee te gaan, als iedereen er daar uitziet als Solun en zijn neefje,' mompelde Una en meerdere Gezellen knikten.

'Ach, ja,' lachte Saruel. 'Maar vergeet niet, ook onder de 'faiers worden zij als bijzonder knap beschouwd.'

'Ik zal er zeker aan denken eens langs te komen,' zei Tamír met een glimlachje. 'Om alles over die baden te weten te komen, uiteraard.'

Iedereen barstte tegelijk in lachen uit. Iedereen behalve Ki. Hij had geprobeerd te negeren hoe ze naar de knappe Aurënfaiers gekeken had, maar nu hij haar een grapje over hen hoorde maken, stak de jaloezie de kop weer op. Hij wist ook dat ze met iemand moest trouwen, en snel ook. Hij kon het zich niet voorstellen. Maar die blik waarmee ze naar Solun gekeken had, had Ki zo kwaad gemaakt dat hij die knaap met zijn lieve smoeltje graag heel wat minder knap had willen maken.

En ik ben niet eens in staat om haar behoorlijk te kussen, dacht hij met weerzin. *Welk recht heb ik dan om jaloers te zijn?*

Aan het onderwerp van architectuur en vloerverwarming had hij weinig toe te voegen, maar hij vond het wel prettig de stad voor zijn geestesoog te zien oprijzen, zeker een die ontworpen was dankzij Tamírs creatieve ideeën. Ze dacht nu al na over de tuinen en fonteinen, maar tegelijkertijd over de borstweringen. Een westelijke hoofdstad was van strategisch belang mits ze het probleem van de handelsroute konden oplossen.

'Er moet een manier zijn om een goede weg door de bergen aan te leggen,' dacht hij hardop toen ze op de derde dag een kamp opsloegen aan een riviertje. 'Dat heeft te maken met waar die stad precies moet komen, maar er zijn al wegen naar de kust. Ik hoorde Corruth praten over hun route naar Afra. De overtocht vanuit Gedre ging per zeilboot, maar ze reden de rest van de weg.'

'Er zijn inderdaad wegen genoeg, maar die zijn niet zo geschikt als handelswegen,' antwoordde Saruel. 'En de passen zijn trouwens maar enkele maanden per jaar geopend. De Retha'nois hebben sommige van de beste wegen onder hun beheer, en moeten niets van vreemdelingen hebben, niet van Aurënfaiers en zeker niet van Tírfaiers. Iedereen die goederen te koop heeft zal per boot moeten komen. Kooplieden moeten dan wel op beide zeeën met piraten rekening houden: Zengati's op de Osiaanse Zee en zeerovers van diverse pluimage op de eilandjes in de Binnenzee. En de clans op de zuidkust moeten natuurlijk de Straat van Riga door, een gevaarlijke weg, ook bij goed weer. Maar altijd veiliger dan een weg over land.'

'Dat geldt dus allemaal ook voor de Skalaanse handel,' zei Tamír. 'Het is nu eenmaal niet handig om een hoofdstad te hebben die geïsoleerd ligt van de rest van het land.'

Maar terwijl ze dat zei kon Ki aan de dromerige blik in haar ogen zien dat ze zoiets toch voor zich zag, van de diep gelegen rioleringsbuizen tot en met de hoogste torentjes van Arkoniëls tovenaarspaleis.

'Het zou tijd schelen als ze via het noorden konden reizen, maar dat laatste smalle stuk van het schiereiland zit wel in de weg,' merkte Ki op.

'Nou, tot er iemand iets bedenkt om dat weg te halen, ben ik bang dat we het met grote zeilen of slechte wegen moeten doen.' Lachend wendde Tamír zich tot Arkoniël. 'Wat denk je? Kan het Derde Orëska dat probleem voor me oplossen?'

Tot Ki's verbazing, en die van alle anderen, zag hij Arkoniël even nadenken voor hij antwoordde: 'Dat is zeker een mogelijkheid die we nader moeten on-derzoeken.'

Tamír wist ook wel hoe ellendig Ki zich voelde, maar ze kon niets voor hem doen. De dagen gingen voorbij en ze waren de hoge bergpassen heelhuids doorgekomen. Overdag kon ze aan voldoende andere dingen denken, maar haar nachten waren één grote nachtmerrie.

'Waar is je moeder, Tamír?'

Ze had gehuiverd toen het Orakel haar die vraag in die donkere grot had gesteld en de woorden bleven haar achtervolgen, des te nadrukkelijker na het-geen Iya die avond had verteld. Het Orakel had alleen maar raadselachtig ge-zwegen, maar Tamír had gevoeld dat er verwachting in die stilte hing.

Dus toen zij en haar kleine gezelschap de kruising naar Alestun naderden, nam ze een beslissing. Ze verzamelde al haar moed om aan te kondigen dat ze naar de burcht wilde gaan, en herinnerde zichzelf eraan dat alleen Arkoniël en Ki het beschamende geheim van Broers dood kenden, en van de boze geest in de toren.

'Ik wil vanavond op de burcht overnachten,' liet ze iedereen weten toen ze de weg langs de rivier zagen liggen.

Tharin trok een wenkbrauw op en Ki keek haar vragend aan, maar verder leek iedereen blij verrast. 'Het is niet zo'n grote omweg, en het is weer eens wat anders dan in een muffe herberg of onder de blote hemel te slapen,' zei ze zo luchtig mogelijk.

'Een dag of twee later aankomen moet kunnen,' zei Arkoniël. 'Het is bijna een jaar geleden dat je er voor het laatst was.'

'Ik popel om Nari's gezicht te zien als we de brug op komen rijden!' riep Ki vrolijk. 'En Kokkie zal natuurlijk mopperen dat ze niet genoeg eten heeft ge-kookt.'

De gedachte aan zoiets bekends als uitgefoeterd worden door haar oude kokkin gaf Tamír een warm gevoel, en verdreef haar zenuwen over de ware re-den waarom ze ernaartoe moest. Met een grijns viel ze hem bij: 'Zeker weten, maar haar verrassing is mij wel een koude avondmaaltijd waard! Kom op, la-ten we ze de schrik van hun leven bezorgen!'

Zij en Ki gaven hun paarden de sporen en schoten ervandoor, lachend over hun schouders naar de anderen die hopeloos achterbleven. Tharin haalde hen echter al spoedig in en de grijns op zijn gezicht kon maar één ding betekenen. Zij drieën leidden de groep Afragangers door een race te houden en met donderende hoeven langs beladen boerenwagens en geschrokken dorpelingen te galopperen, tot ze de weilanden rond Alestun bereikten.

Tamír keek over de velden naar het ommuurde dorp, mooi gelegen in een bocht van de rivier. De eerste keer dat haar vader haar meenam dacht ze dat het de grote stad was. Een gelukkige herinnering was het niet helemaal; ze was zo dom geweest een pop te kiezen als verjaarscadeau, in plaats van een echt jongensgeschenk, en haar vader had voor schut gestaan voor alle marktgangers uit de wijde omgeving. Ze begreep nu echter wel waarom hij zo kwaad gereageerd had, maar bij de gedachte aan die scène schaamde ze zich nog steeds.

Ze schudde haar hoofd en liet de wind de nare gevoelens wegblazen. Die dag had ze ook haar eerste paard gehad, kleine Gosi, en Tharin had haar haar eerste houten oefenzwaardje gegeven. Al haar eerste herinneringen waren zoals deze, een mengeling van donker en licht, maar dat donkere deel leek altijd veel groter. *Zwart maakt wit. Vuil maakt zuiver. Kwaad vormt grootsheid*, had het Orakel gezegd. Een samenvatting van haar leven.

Ze doorkruisten het bos en kwamen ten slotte uit in de brede, steile weide. Helemaal bovenaan stak de oude burcht af tegen de bergen erachter, de vierkante toren wees als een plompe vinger de lucht in. Haar koninklijke banier wapperde aan een vlaggenmast op het dak, maar dat was niet hetgeen haar oog trok.

Het torenraam dat uitzag op de weg was een van zijn rood en wit gestreepte luiken kwijt. De andere, verweerd en bladderend, hing schuin aan één scharnier. Het was wel heel makkelijk om er een bleek gezicht achter te ontwaren.

Tamír keek weg, en hield Nachtjager in om stapvoets alles rond haar oude huis in zich op te nemen.

De weide was gemaaid en hooibergen lagen als stippen op de helling. Kleine kudden schapen en geiten graasden eromheen, en hielden het opschietende gras laag. Op de rivier dreven wilde ganzen en zwanen en er zat een piepjong knechtje te vissen op de oever vlak bij de houten brug. Hij sprong op en keek naar hen terwijl ze naderden, om vervolgens naar de poort te rennen.

De barakken van de kazerne hadden nieuwe daken gekregen en de kruidentuin die zij Arkoniël nog hadden helpen planten was goed onderhouden en uitgebreid. Felgekleurde bloemen bloeiden aan de randen en er waren hele rijen groenten aangeplant. Twee kleine meisjes met manden tegen hun heupen slenterden vanachter de barakken vandaan en schoten als hazen uit het gezicht, net als het jongetje.

'Wie zijn dat allemaal?' vroeg Ki.

'Nieuwe bedienden uit het dorp,' hijgde Arkoniël die zich net op tijd bij hen had aangesloten om de vraag op te vangen. 'Toen ik hier met de kinderen logeerde, had Kokkie echt hulp nodig. Zo te zien heeft ze nog een stelletje in dienst genomen sinds mijn vertrek.'

'En Broer was hier niet om hen weg te jagen,' mompelde Tamír. Toen vroeg ze fluisterend aan de tovenaar: 'Heeft mijn moeder hen nog lastiggevallen?'

'Nee,' stelde Arkoniël haar gerust. 'Ik was de enige die haar even gezien heeft.'

'O.' Tamír keek weer omhoog en nu trok iets anders haar aandacht: een heel vlak stenen waar eens ramen hadden gezeten. 'Wat is daar gebeurd?'

'Dat?' zei Arkoniël. 'Ik heb een tijd geleden een paar veranderingen aangebracht, om mijn aanwezigheid daar te verbergen. Maak je geen zorgen, het is maar magie. Niets blijvends.'

Ze trokken de teugels aan bij de poort toen de deuren openzwaaiden. Daar stonden Nari en Kokkie, en staarden naar haar omhoog met de handen voor de mond geslagen. Nari kreeg als eerste haar tong terug.

Ze spreidde haar armen, barstte in tranen uit en riep: 'O diertjes van me, kom eens gauw een knuffel halen!'

Tamír en Ki lieten zich dat geen twee keer zeggen en sprongen van hun paarden. De oude meid drukte hem allebei tegen de borst. Tamír was stomverbaasd hoe klein Nari leek. Ze was nu een kop groter dan haar oude verzorgster.

Nari ging op haar tenen staan en gaf hen beiden een klapzoen. 'Wat zijn jullie me toch gegroeid, het afgelopen jaar. En Ki, die krijgt al een baardje. En jij, mijn kindje!' Ze gaf Ki over aan Kokkies wachtende armen en nam Tamírs gezichtje tussen haar handen, ongetwijfeld op zoek naar de jongen die ze had opgevoed. Tamír zag niets anders dan liefde en verbijstering in de ogen van de vrouw. 'Scheppertjelief, kijk nu toch er eens aan, mijn lieve meid! Slank als een rietstengel en het evenbeeld van je lieve moeder. Net als ik het me altijd had voorgesteld.'

'Hoe wist je dat dan?' liet Tamír zich ontglippen. 'Ik ben toch vreselijk veranderd!'

'O diertje!' Weer omhelsde ze Tamír. 'Meisje of jongen, je bent het kind dat ik de borst heb gegeven en in mijn armen heb gewiegd. Hoe zou ik je niet moeten kennen?'

Kokkie omhelsde haar vervolgens, en hield haar op een armlengte afstand om haar goed te bekijken. 'Geen grammetje vet te bekennen. Tharin, geeft die tante van jou die kinderen niet te eten? En die arme meester Arkoniël! Je ziet er alweer als een vogelverschrikker uit, nadat ik je toch zo lekker volgepropt heb vorig jaar. Kom binnen, allemaal. We hebben alles al tijden geleden voorbereid en de provisiekast zit vol. Niemand van jullie zal hongerig naar bed gaan, wat ik je brom!'

Tamír bekeek de uitgesleten stenen treden van de trap in de grote hal. Zo herinnerde ze het zich van het bezoek dat ze op haar verjaardag had gebracht: goed onderhouden, maar stoffig en muf. Al scheen de middagzon door de open deuren en ramen naar binnen, er lagen altijd schaduwen in de hoekjes op de loer. Maar het rook er heerlijk naar vers brood en appeltaart en kruiden.

'Je hebt gebakken! Wist je dan dat we kwamen?'

'Nee, Majesteit, al had je bast wel even iemand vooruit kunnen sturen,' mopperde Kokkie. 'Nee, ik heb een handeltje in de stad en verdien zo een zakcentje voor je. Ik heb wat goede wijnen ingekocht, en groenten en fruit ingemaakt, dus heb ik altijd genoeg. Tegen de tijd dat jullie een plekje gevonden hebben, heb ik de tafel gedekt. Miko, ga het vuur eens voor me opstoken, dan ben je een beste knul. Meiden, jullie pakken het beste linnen.'

De bedienden die ze op de brug even hadden gezien doken op uit de schaduwen bij de deur en gingen aan het werk.

Toen Tamír naar de trap liep hoorde ze Tyriën tegen Lynx fluisteren: 'Is de koningin híér opgegroeid?'

Ze glimlachte in zichzelf, en rende met twee treden tegelijk de trap op, met Ki op haar hielen. Ze vroeg zich af wanneer ze er even vandoor kon gaan om Lhel op te zoeken, en of de heks zichzelf zou laten zien. Ze had zo'n behoefte eens lekker met haar te kletsen!

Hun oude kamer was netjes opgeruimd en gelucht alsof ze hier nog woonden. Daar was de klerenkast waaronder Broer Iya had willen vermoorden, en de kist met houtsnijwerk waarin Tamír haar pop had verborgen. Ze voelde een bekende treurnis, toen ze naar het brede bed met de verschoten gordijnen en het dikke dekbed keek. Ki keek net zo triest toen hij naar de speelkamer liep.

'Het extra bed staat hier nog,' riep hij. 'De Gezellen en ik slapen hier wel.'

Tamír leunde tegen de deurpost en keek naar de speelgoedstad en de andere restanten van haar jeugd die er rondslingerden. Het enige wat ontbrak was de lappenpop, en Broers boze aanwezigheid natuurlijk. Voor Ki hier kwam wonen, was de demon haar enige speelkameraadje geweest. Sinds Afra had ze hem niet meer gezien.

Ze stak de gang over en bleef even voor haar vaders kamer staan, opende de deur en probeerde zijn aanwezigheid te voelen of tenminste zijn geur op te snuiven. Maar het was gewoon een kamer, sinds lang verlaten.

Arkoniël bleef even op de drempel staan met zijn reisbenodigdheden onder de arm. 'Ik neem mijn oude kamer boven, als je het goed vindt.'

'Natuurlijk,' antwoordde ze afwezig en ze dacht even aan een andere kamer, nog hoger. Die zou ze later wel bezoeken, alleen.

Ze bleef nog even rondkijken tot Tharin binnen stapte. Hij had zijn zadeltassen over een schouder en keek een beetje weifelend.

'De garde slaapt in de barakken. Ik heb mijn oude kamer hier nog, maar... Wil je niet liever dat ik een van de gastenkamers neem?'

'Het zou me een eer zijn als je in vaders kamer zou slapen, Tharin.' Voor hij tegen kon sputteren, voegde ze eraan toe: 'Ik vind het een prettig idee jou zo dicht bij me te hebben.'

'Zoals je wilt.' Hij zette de tas neer keek rond. 'Fijn om weer terug te zijn. Je zou hier vaker moeten komen, als alles geregeld is. Ik mis de jachtpartijtjes ook.'

Ze knikte, en hoorde wat hij tussen de regels bedoelde. 'Ik ook.'

38

Kokkie hield woord: de maaltijd was overvloedig en smakelijk dus ze deden hem alle eer aan. Iedereen schaarde zich om een lange tafel en de schildknapen hielpen de dienstertjes met het heen en weer dragen van de schalen van en naar de keuken.

Nari zat aan Tamírs linkerhand en vroeg honderduit over haar gevechten en Ero en hoe ze alles wilde regelen in Atyion ter voorbereiding van de strijd met Korin, maar ze vroeg niets over de gedaanteverandering. Ze vergat zelfs niet dat ze haar geen Tobin meer mocht noemen, niet één keer.

Na het eten gingen ze om de haard zitten om onder het genot van bekers wijn meer strijdverhalen te vertellen. Toen begonnen Tharin en de vrouwen herinneringen op te halen aan de tijd dat Tamír en Ki nog kinderen waren, tot grote hilariteit van de Gezellen. Arkoniël vertelde in geuren en kleuren wat een armzalig leerling Ki was geweest. Niemand zei iets over de dood en vreemde zaken die zich tussen deze muren hadden afgespeeld, maar Tamír zag dat de jongere schildknapen nerveus om zich heen keken toen de nacht viel.

'Het schijnt dat het spookt in deze burcht,' waagde Lorin ten slotte op te merken. Nikides keek hem waarschuwend aan en de knaap dook ineen op zijn bank en mompelde: 'Heb ik ooit ergens opgevangen.'

Toen de verhalen verteld waren en meer vermaak niet voorhanden was, hadden ze weinig meer om voor op te blijven. Tamír kuste Nari en Kokkie goedenacht en stuurde haar garde naar de kazerne.

'Tijd om te gaan slapen,' zei Nikides en hij verzamelde de anderen.

Op de gang voor hun kamer wensten ze elkaar ze welterusten, maar Ki bleef bij haar deur rondhangen. 'Ik blijf wel hier, als je wilt. Het maakt niemand uit.'

De verleiding om ja te zeggen was zo groot dat het haar de adem benam, maar ze schudde haar hoofd. 'Nee, laten we dat nou maar niet doen.'

'Welterusten dan.' Hij draaide zich om naar zijn deur, maar niet voor ze de gekwelde blik in zijn ogen had gezien.

Het is beter zo. Dit is mijn taak. Hij kan me niet helpen en ik zou hem alleen maar nodeloos in gevaar brengen. Het is echt beter zo.

Ze herhaalde dat een aantal malen voor zichzelf terwijl ze in kleermakerszit op bed zat, wachtend tot het stil was bij de anderen in de nabijgelegen kamer.

Er lachte iemand. Er volgde een zacht gebrom van stemmen, en de geluiden van wat gebakkelei toen de schildknapen hoorden dat ze het met een strozak op de grond moesten doen. Geschuifel van voeten, het piepen van beddentouwen, en een wegstervend geroezemoes.

Tamír wachtte nog even en liep naar het raam. De maan scheen over het weiland en de rivier. Ze liet haar kin op haar handen rusten, denkend aan al die keren dat ze daar met Ki had gespeeld: het gevecht met de sneeuwsoldaten, het vissen en zwemmen, het luieren, liggend in het gras om elkaar te vertellen wat ze in de wolken zagen. Het was Ki geweest die had verteld hoe mannen en vrouwen hét deden, en die het had geïllustreerd met takjes en gevorkte twijgjes. Ze glimlachte melancholiek.

Nu alles stil was geworden in de kamer ernaast, nam ze haar nachtlampje en sloop de kamer uit. Uit Tharins kamer kwam ook geen geluid en er scheen geen licht onder de deur door, dus liep ze de trap op.

In een nis naast Arkoniëls kamer brandde een enkel lantaarntje. Ze liep er op haar tenen langs, haar ogen gericht op de deur naar de torenkamer. Pas toen ze haar hand op de versleten klink legde, herinnerde ze zich dat de deur afgesloten was sinds haar moeder stierf. De sleutel was weggegooid en Broer had de keren dat ze er geweest was de deur voor haar opengemaakt.

'Broer?' fluisterde ze. 'Alsjeblieft?'

Ze drukte haar oor tegen de deur of ze hem kon horen. Het hout was koel, veel koeler dan het op een zomernacht had moeten zijn.

Weer herinnerde ze zich iets. Ze had hier een keer gestaan, terwijl ze zich voorstelde hoe de bloederige, kwade geest van haar moeder in een stijgende plas bloed achter die deur stond. Ze keek naar beneden, maar er kwam niets onder de deur door, op een grote grijze spin na. Ze huiverde niet toen de spin over haar blote voet heen liep.

'Tamír?'

Ze liet de lamp haast uit haar hand glippen toen ze zich razendsnel omdraaide. Arkoniël greep hem vast en zette hem veilig in een nis bij de deur.

'Bij de ballen van Bilairy! Ik schrik me dood!' zei ze naar adem snakkend.

'Sorry. Ik wist dat je zou komen en vermoedde dat je wat hulp met dat slot kon gebruiken. En dit heb je ook nodig.'

Hij opende zijn linkerhand en licht stroomde tussen zijn vingers door van de kiezelsteen die op zijn handpalm lag.

Ze pakte de lichtsteen vast. Hij was zo koel als maanlicht. 'Minder kans dat ik de toren in de fik steek, zeker.'

'Ik moet eigenlijk met je mee.'

'Nee. Het Orakel zei dat de last op mijn schouders rust. Blijf maar hier. Ik roep wel als ik je nodig heb.'

Hij legde zijn hand naast het slot en Tamír hoorde het mechanisme klikken en schuiven. Ze tilde de klink op en duwde de krakende deur aan zijn roestige scharnieren open. Koude lucht wervelde om haar heen, en de geur van muizen en het bos aan de overkant sloeg haar tegemoet.

Ze stapten op het kleine plekje tussen de deur en de onderste trede en Arkoniël zette de deur op een kiertje.

Langzaam ging ze de smalle steile wenteltrap op, met de lichtsteen voor zich en haar andere hand tegen de wand als houvast. Het rasperige gevoel van korstmossen en vogelmest bracht nog meer in haar boven. Ze voelde zich weer een klein kind, dat voor de eerste keer achter haar moeder aan de trap opging.

Dat zijn mijn vogels maar. Ze hebben hier hun nest gebouwd, net als ik, maar zij kunnen naar binnen en naar buiten vliegen wanneer ze maar willen.

De deur boven aan de uitgesleten treden stond wijd open, als een gapende mond vol duisternis. Ze hoorde de wind zuchten en de muizen ritselen. Met haar laatste restje moed beklom ze de resterende treden.

Ze bleef op de drempel staan, zich vastklemmend aan de deurpost terwijl ze haar ogen aan het diepe duister liet wennen. 'Moeder, ben je daar? Ik ben weer thuis.'

Ki had al toen ze afsloeg naar de burcht een vermoeden gehad wat ze van plan was. Tijdens het avondeten had hij haar blik opvallend vaak naar de trap zien dwalen. Toen ze zijn aanbod afwees om bij haar te blijven, wist hij helemaal zeker dat ze de toren wilde beklimmen.

Naast Lynx lag hij te wachten tot hij een ons woog, tot hij eindelijk haar deur zachtjes hoorde opengaan en blote voetjes langs hun deur hoorde komen.

Ze zou me toch wel gevraagd hebben als ze wilde dat ik meekwam. Tamír was nooit erg loslippig geweest wat de geesten in de burcht betrof, zelfs niet tegen hem. Dus worstelde hij met zijn gedachten en probeerde te slapen, terwijl zijn instinct riep dat hij haar moest volgen.

Hij was in zijn hemd en broek in bed gestapt. Hij liet zich stil uit bed glijden en sloop langs de schildknapen op hun kermisbedden naar de deur. Hij
zag nog net dat Lynx de enige was die ook niet sliep.

Ki legde een vinger tegen zijn lippen en sloot de deur zacht achter zich. Hij
hoefde niet te raden wat zijn vriend dacht dat hij ging doen.

Geen spoor van Tamír op de gang. Hij liep de trap op en stond stil. Toen hij
om het hoekje keek zag hij nog net hoe Arkoniël de torendeur door glipte.

Mooie boel! Ze liet hem stikken, maar ze nam de tovenaar mee naar boven?
Ki haalde pijnlijk getroffen zijn schouders op en sloop ook op de torendeur af.
Die stond op een kier en hij deed hem langzaam open.

Arkoniël zat op de onderste tree, en speelde met zijn toverstafje. Een lichtsteen gloeide hoog boven hen op de wenteltrap.

Geschrokken legde Arkoniël een vinger tegen zijn lippen toen hij Ki opeens zag staan. 'Ik had kunnen weten dat je hier op zou komen dagen,' fluisterde hij. 'Ze stond erop alleen te gaan, maar ik heb er geen goed gevoel over.
Blijf hier maar bij me. Ze zou roepen als ze me nodig had.'

Ki trok de deur dicht en leunde ertegen. 'Is haar moeder echt daarboven?'

'O ja. Maar of ze zichzelf vertoont, weet je nooit...'

Hij zweeg toen ze de zwakke klank van Tamírs stem hoorden. Ki kreeg kippenvel toen hij besefte wat ze deed. Tamír sprak met de doden.

'Moeder?'

Geen antwoord.

De kamer zag er nog net zo uit als in Tamírs herinnering. Kapot meubilair,
rottende poppen, rafelige lapjes stof, en de door muizen aangevreten bollen
wol voor de vulling van de poppen lagen nog steeds daar waar Broer ze had
neergesmeten. Onder het oostelijke raam stond een tafel en de laatste mondloze poppen van haar moeder zaten daar op een rijtje, rommelig tegen elkaar
leunend als een stelletje dronkenmannen. Arkoniël had haar pop tussen hen
in gevonden; ze kon de lege plek zien waar hij gezeten had.

Ze liep naar de tafel en pakte er eentje op. De pop zat onder de meeldauw
en was verschoten, maar haar moeders piepkleine, keurige steekjes in de na-
den waren nog zichtbaar. Ze hield hem op naar het licht en keek naar het
nietszeggende gezichtje. Dit exemplaar stond nog stijf van de wol, maar de
armpjes hingen er los bij. Verrast merkte ze hoe verleidelijk het was om hem
mee naar beneden te nemen. Soms miste ze de ongelukkige pop die ze zo lang
had moeten verstoppen, en destijds als een ware last beschouwd. Maar het was
tenminste een band met haar moeder geweest en met haar verleden. Ze druk-

te de pop spontaan tegen haar borst. Hoe had ze ernaar verlangd dat haar moeder er speciaal voor haar een zou maken! Tranen drupten langs haar wangen. Ze rouwde om haar jeugd, die haar eigenlijk ontzegd was.

De haartjes in haar nek stonden rechtovereind toen ze een zucht hoorde. Ze draaide zich en doorzocht de kamer weer, met de pop en de lichtsteen vast in haar handen.

Weer die zucht, maar nu iets luider. Tamír kneep haar ogen halfdicht toen ze naar het westelijke raam keek – het raam waaruit haar moeder gesprongen was, op die koude winterdag. Het raam waaruit ze Tamír had willen duwen.

Deze keer is Broer niet bij me om me te redden.

'Moeder?' fluisterde Tamír weer.

Ze hoorde het geruis van rokken en een derde zucht, vol smart. Toen, zachter dan het zachtste gefluister, mompelde een holle stem: *Mijn kind...*

Vervuld van hoop durfde Tamír nauwelijks adem te halen. Ze deed een stap vooruit. 'Ja, ik ben het!'

Waar is mijn kind? Waar? Waar?

De hoop vervaagde weer, net als altijd.

Waar is mijn zoon?

Het was als op haar moeders slechtste dagen. Ze merkte Tamír niet eens op, en verlangde alleen naar het kind dat ze verloren had.

Tamír wilde weer wat zeggen, maar ze schrok zo van een hard gekraak dat ze bijna de lichtsteen liet vallen. De luiken voor het westelijke raam trilden als alsof erop geslagen werd, en werden toen luid piepend opengeduwd door onzichtbare handen.

Tamír klemde de pop vast en stond als aan de grond genageld toen ze met stijgende afschuw zag hoe een duistere gestalte met slepende tred naar het raam liep.

De spookachtige vrouw droeg een donker gewaad en klemde iets aan haar borst. Ze was ongeveer even groot als Tamír en haar glanzende zwarte haar viel ietwat verward tot aan haar taille. Losse strengen warrelden om haar heen, loom kronkelend op de lucht. Tegen de nachtelijke achtergrond leek ze net een echt levend mens.

'Moe– moeder? Kijk naar me moeder. Hier ben ik. Ik kom je opzoeken.'

Waar is mijn kind? Het fluisteren klonk dreigend, sissend.

Waar is je moeder? De stem van het Orakel jutte haar op. 'Ik ben je dochter. Ik heet Tamír. Ik was Tobin, maar nu ben ik Tamír. Moeder, kijk naar me! Luister naar me!'

Dochter? De geest draaide zich langzaam om, nog steeds met die onnatuurlijke, schokkerige bewegingen, alsof ze was vergeten hoe een lichaam bewoog. Ze hield haar eigen mislukte pop in de hand, of de geest daarvan. Tamír hield haar adem in toen ze een bleke wang zag verschijnen, en vervolgens het bekende profiel. Toen keek haar moeder haar aan, en het leek wel of ze in een droomspiegel keek.

Ze hadden dus toch gelijk, dacht Tamír versuft, vrij van angst toen die ogen op haar bleven rusten met een hint van herkenning. In de maanden na haar gedaanteverandering was haar gezicht langzaamaan veranderd, het was inderdaad wat meer op dat van haar gestorven moeder gaan lijken. Tamír deed een stap naar haar toe, zich vaag bewust van het feit dat ze hun pop op dezelfde manier vasthielden, in de kromming van hun linkerarm.

'Moeder, ik ben het, je dochter,' probeerde ze nogmaals, en zocht naar een hint van begrip in haar moeders ogen.

Dochter?

'Ja! Ik ben gekomen om je te vertellen dat je verder moet, naar de Poort.'

De geest zag haar nu. *Dochter?*

Tamír verplaatste de lichtsteen naar haar linkerhand en stak haar lege hand uit. Haar moeder spiegelde de beweging. Hun vingertoppen raakten elkaar en Tamír kon ze voelen, tastbaar als die van haar, maar koud als die van Broer.

Onverschrokken greep ze die koude hand stevig vast. 'Moeder, je moet rusten. Je kunt hier niet meer blijven.'

De vrouw kwam dichterbij, haar ogen gericht op Tamír alsof ze probeerde te begrijpen wie dit was.

Een traan biggelde langs Tamírs wang. 'Ja, ik ben het.'

Plotseling werd de kamer fel verlicht. Zonlicht stroomde door alle ramen binnen en de kamer werd gezellig en vol kleuren en ze rook de heerlijke geur van hout en schoon linnengoed en kaarsen. De haard was gevuld met droogbloemen en de stoelen stonden er rechtop omheen, hun geborduurde kussens heel en niet aan stukken gerukt. Poppen, vol poppen was de tafel, schoon en gekleed in kleine fluwelen kleertjes.

Haar mamma leefde weer, ze keek warm uit haar blauwe ogen en glimlachte, wat ze zo zelden deed. 'Heb je je letters geleerd, Tobin?'

'Ja, mamma.' Tamír liet de tranen vrijelijk stromen. Ze liet de pop en de lichtsteen vallen en omhelsde haar moeder. Het was vreemd om zo lang te zijn dat ze haar gezicht in het zijdezachte haar kon begraven. Maar ze dacht er verder niet over na, overrompeld als ze was door de lichte bloemengeur die ze zich zo goed kon herinneren. 'O, moeder, ik ben naar huis gekomen om je te helpen! Het spijt me dat ik zo lang weg ben geweest. Ik probeerde Broer te helpen. Echt waar!'

331

Warme handen streelden haar haar en rug. 'St, st, mijn lieverdje. Rustig maar, lieve jongen...'

Tamír verstijfde. 'Nee moeder, ik ben geen jongen meer...' Ze probeerde zich terug te trekken, maar haar moeder hield haar stevig vast.

'Mijn kind, lieve jongen. Wat hou ik toch van je! Ik was zo bang toen ik je niet kon vinden.'

Tamír begon zich los te worstelen en toen versteenden ze bij het horen van ruiters op de weg beneden hen.

Ariani liet haar los en rende naar het oostelijke raam. 'Hij heeft ons gevonden!' 'Wie? Wie heeft ons gevonden?' fluisterde Tamír.

'Mijn broer!' Ariani's ogen stonden wijd opengesperd van angst en ze waren zwart geworden als die van Broer, terwijl ze terugrende naar Tamír en haar arm in een pijnlijke houdgreep nam. 'Hij komt eraan! Maar ons krijgt hij niet te pakken. Nee, ons krijgt hij niet te pakken!'

En ze sleurde Tamír naar het westelijke raam.

Ki en Arkoniël waren halverwege de wenteltrap, en probeerden te weten te komen wat Tamír zei. Plotseling hoorden ze haar roepen, het leek of ze haar moeder dringend om iets verzocht.

Toen viel de deur boven aan de trap dicht met zo'n harde klap, dat Ki misstapte en achterover viel, tegen Arkoniël aan.

Tamír wist meteen dat ze voor haar leven vocht, net als de vorige keer. Haar moeder was toen veel te sterk geweest, en nu kon ook haar geest haar makkelijk aan. Gevangen in die meedogenloze greep werd Tamír over de vloer naar het raam gesleurd alsof ze een klein kind was.

'Nee, moeder, nee!' smeekte ze en ze probeerde uit alle macht los te komen.

Het was zinloos. De schim gaf een laatste ruk en Tamír hing opeens half uit het raam, balancerend met haar buik op de vensterbank, en alleen haar gebogen knieën beletten haar te vallen. Het was weer nacht geworden. De rivier was pikzwart en de rotsen waar hij overheen stroomde glommen zilverachtig en ze werd verder geduwd en ze gilde en iets zwarts schoot langs haar, en trok haar verder, een bleke geestverschijning met wapperende rokken en wild zwart haar...

Ki en Arkoniël tuimelden holderdebolder de trap af. Ki stond meteen op en rende met twee treden tegelijk weer naar boven, zich niet bekommerend om de blauwe plekken en de metaalachtige smaak in zijn mond. Hij ramde de deur met zijn schouder en bewoog de klink wild op en neer, maar iets of iemand hield hem dicht aan de andere kant. Hij kon de geluiden van een worsteling horen, en Tamírs angstkreten.

'Arkoniël, help!' gilde Ki, totaal in paniek. 'Tamír, kun je me horen?'

'Weg daar!' schreeuwde Arkoniël.

Ki had ternauwernood tijd om te bukken voordat een krachtgolf over hem heen schoot en de deur uit zijn scharnieren duwde. Ki krabbelde overeind en stormde de kamer in. Het was er ijskoud en er hing een muffe stank van rotting in de lucht. Een lichtsteen lag te midden van de rotzooi op de vloer, die de ruimte genoeg verlichtte om de gruwelijke, bloederige gedaante bij het westelijke raam te zien, die bezig was met Tamír eruit te duwen. Het enige wat Ki nog van haar kon zien waren haar wild zwaaiende benen en blote voeten. Net toen Ki op haar af dook om haar te redden, duwde het monster haar over de vensterbank.

Het was een vrouw, dat was het enige wat hij nog zag in zijn snoekduik. Ze leek een flakkerend licht af te geven. Ki zag het dansende haar en de lege zwarte ogen in een lijkbleek gezicht. Handen klauwden naar Tamírs zwarte haar en tuniek terwijl het afzichtelijke wezen haar nog verder liet zakken.

'Nee!' Net voor haar zwaartepunt helemaal over de vensterbank heen was, kreeg Ki Tamír te pakken. Hij reikte door de schimmige verschijning heen en het leek wel of hij bevroor, maar zijn handen waren sterk en zeker toen hij Tamír met alle macht aan haar tuniek en één blote voet ruw omhoog trok, naar de relatieve veiligheid binnen.

Tamír zakte als verlamd ineen op de vloer. Ki boog zich over haar heen, klaar om haar moeders wraakzuchtige geest met zijn blote handen af te weren, als het moest, maar ze was opeens nergens meer te bekennen.

Hij trok Tamír verder de kamer in en draaide haar voorzichtig om. Haar ogen waren gesloten en ze was dodelijk bleek, maar ze ademde wel. Uit een diepe snee op haar kin bloedde ze flink.

Arkoniël strompelde over de troep in de kamer en liet zich naast haar op zijn knieën vallen.

'Hoe is het met haar?'

'Ik weet het niet.'

Handen grepen haar in haar rug en toen vloog ze weer terug. Iets sloeg zo hard tegen haar kin dat het haar duizelde. De wereld draaide wild in de rondte — sterren en rivier en ruwe stenen muren en duisternis.

Toen lag ze in de donkere, verwoeste kamer en iets drukte zwaar op haar, zo zwaar dat ze geen adem kon halen.

'Moeder, nee!' gilde ze en ze worstelde met het beetje kracht dat ze nog over had.

'Nee, Tamír, ik ben het! Doe je ogen open. Arkoniël, dóé iets, sodemieters!'

Ze hoorde een hard geknetter en toen werd ze door zacht, pastelkleurig licht beschenen. Het was Ki die haar vasthield, zijn gezicht getekend door bezorgdheid. Arkoniël stond vlak achter hem, met de toverstaf in de hand, terwijl bloed van zijn voorhoofd stroomde. Er hing een vreemde geur in de kamer, bitter als verbrand haar.

'Ki?' Ze probeerde vergeefs te bedenken wat er allemaal was gebeurd. Ze was koud tot op het bot en haar hart klopte zo hard dat het pijn deed.

'Ik heb je vast, Tamír. Ik haal je hier vandaan.' Hij duwde een haarlok zacht uit haar gezicht met één trillende vinger.

'Mijn moeder.'

'Ik heb haar gezien. Ze zal je nooit meer iets doen, dat zweer ik. Kom op.' Hij trok haar overeind met één arm rond haar taille.

Tamír kwam trillend op de been en liet zich naar de deur leiden. Ki's arm was sterk en zeker om haar heen, maar ze voelde nog steeds de ijzige greep van haar moeders handen.

'Neem haar mee naar mijn kamer. Ik ga de deur verzegelen,' zei Arkoniël tegen hem.

Op de een of andere manier kreeg Ki haar beneden zonder te struikelen, en bracht haar snel naar Arkoniëls spaarzaam gemeubileerde kamer. Kaarsen en lantaarns brandden er volop en verspreidden een vrolijke, troostende gloed.

Ki liet haar in een leunstoel bij de lege haard glijden, trok een deken van het bed en stopte haar in. Op zijn knieën begon hij haar handen en polsen warm te wrijven. 'Zeg alsjeblieft iets!'

Ze knipperde met haar ogen. 'Het gaat wel. Ze... Ze is hier niet. Ik voel haar niet meer.'

Ki keek rond en lachte beverig. 'Nou, dat is een hele opluchting. Ik hoef van mijn leven zoiets niet meer te zien krijgen!' Hij gebruikte een punt van de deken om haar kin te deppen. Het deed pijn en ze trok haar hoofd weg.

'Stilzitten,' zei Ki. 'Je bloedt.'

Ze raakte haar kin aan en voelde een warme, kleverige plek. 'De vensterbank. Ik klapte tegen de vensterbank net als de eerste keer.'

Ki haalde zacht haar vingers weg. 'Ja, net als vroeger, maar deze keer wordt het een groter litteken.'

Tamír greep haar hoofd vast, zo duizelde het haar. 'Hij... Broer? Heeft hij me teruggetrokken?'

'Nee, dat was ik. Ik hoorde je schreeuwen, ik kwam net...' Hij drukte zich tegen haar aan, buik tegen haar knieën. Hij beefde nog steeds.

'Bij de Vlam,' ging hij huiverend verder. 'Ze had je er bijna helemaal uit, dat vuile kreng. Het was erger dan Broer...' Hij stopte en sloeg zijn armen om haar heen, alsof ze weer zou vallen.

'Trok jij me terug?' fluisterde ze tegen zijn schouder.

'Ja, maar het was op het nippertje. Hoe haalde je het in je hoofd, daar alleen heen te gaan?'

Hij huilde nu. Ze sloeg haar armen om hem heen, begroef een hand in zijn dikke haar. 'Huil nou niet. Je was erbij, Ki. Je hebt mijn leven gered. Het is allemaal goed.'

Haar bezorgdheid verdreef het laatste restje angst. Ze had Ki nog nooit zo horen huilen, met lange uithalen. Zijn hele lichaam trilde van de zenuwen en hij kneep haar bijna fijn, maar het voelde goed aan.

Ten slotte ging hij weer op zijn hurken zitten, en veegde zijn gezicht aan zijn mouw af. 'Sorry! Ik moest... Ik dacht...' Tamír zag pure angst in zijn ogen. 'Ik dacht dat ik het niet op tijd zou halen, voor ze...'

Ki greep haar armen vast en de angst maakte plaats voor kwaadheid. 'Waarom, Tamír? Waarom ging je in vredesnaam alleen naar boven?'

'Het Orakel zei...'

Hij schudde haar boos door elkaar. 'Dat je jezelf moest laten vermoorden?'

'Wat zei het Orakel precies tegen je?' vroeg Arkoniël die binnen was gekomen. De bittere lucht om hem heen was sterker dan boven.

'Ze vertelde me dat ik voor mijn moeder – in deze vorm, bedoel ik moest zorgen. Ik dacht dat ik haar moest bevrijden. Ik dacht dat als ze me in mijn ware gedaante zag, het haar... Ja wat? Het haar rust zou geven, dat wilde Broer ook. Maar dat werkte niet zo,' eindigde ze mistroostig. 'Het was precies als op de dag dat mijn oom hier kwam.'

'Dan had Nari gelijk.' Arkoniël streelde Tamírs haar. 'Waarom heb je het me nooit verteld?'

'Ik weet het niet. Ik denk dat ik me schaamde.'

'Voor wat?' vroeg Ki.

Tamír liet haar hoofd hangen. Ze konden zich toch niet voorstellen hoe het geweest was, om nooit genoeg te zijn, om nooit gezien te worden door je eigen moeder.

'Vergeef me, Tamír. Ik had je nooit alleen mogen laten,' zuchtte Arkoniël. 'Je kunt niet redelijk praten met een geest van die orde, net zoals je nooit een normaal gesprek met Broer kon hebben.'

'Maar waarom droeg het Orakel haar dat dan op?' vroeg Ki.

'Ik heb geen idee. Misschien begreep Tamír het verkeerd.'

'Dat denk ik niet,' fluisterde Tamír.

'Verdomde Illioranen!'

'Geen godslastering hier, Ki,' berispte Arkoniël hem.

Ki stond op en sloeg zijn armen over elkaar. 'Ik blijf bij je, voor het geval ze terugkomt. En waag het eens me weg te sturen. Kun je lopen?'

Tamír was te moe om te zeggen dat ze dat niet wilde.

'Blijf maar hier,' zei Arkoniël. 'Deze kamer is goed beveiligd, en ik houd de wacht op de gang. Slaap lekker.' Hij ging de kamer uit en sloot de deur.

Tamír liet Ki zijn gang gaan toen hij haar in Arkoniëls bed instopte, en pakte zijn hand toen hij klaar was. 'Slaap je bij me? Ik... ik heb je nodig.'

Ki kroop bij haar onder de dekens en trok haar tegen zich aan. Ze legde een arm om zijn middel en legde haar hoofd op zijn schouder. Hij streelde haar haar tot ze ontspande en toen voelde ze een warme kus op haar voorhoofd. Ze bracht zijn hand naar haar lippen en kuste hem terug.

'Dank je. Ik weet dat dit niet...'

De lippen tegen de hare braken de verontschuldiging af. Ki kuste haar, kuste haar echt. Het duurde langer dan welk broederlijk zoentje ze ooit hadden gedeeld, en het was veel zachter en zelfverzekerder dan zijn onhandige poging in Afra.

Zelfs nu, met Tamír veilig in zijn armen en hun lippen op elkaar, bleef Ki maar denken aan het moment waarop hij zeker wist dat hij haar niet op tijd kon bereiken. Steeds maar weer stelde hij zich in zijn verbeelding voor hoe het gevoeld moest hebben als ze was gevallen en dood was gegaan. Hij schaamde zich voor zijn tranen van eerder die avond, maar niet voor deze kus. Hij wilde het doen en ze had erop gereageerd. Net als zijn lichaam.

Tamír. Dit is Tamír, niet Tobin, zei hij tegen zichzelf, maar hij kon nog steeds niet geloven wat hij deed.

Toen ze stopten staarden ze elkaar aan, met grote ogen en wat timide, maar ze glimlachte aarzelend.

Dat wekte iets in Ki dat hij niet kon verklaren, en hij kuste haar weer, deze keer nog iets langer dan de vorige. Hij liet zijn vingers niet meer zo onzeker door haar haar glijden, ze stond toe dat zijn handen naar beneden gleden, tot haar middel. Ze was nog steeds helemaal aangekleed, met de blauwe jurk die ze voor Nari tijdens het avondeten had gedragen. De rok was een beetje opgekropen. Hij kon haar blote been warm tegen zijn broek aan voelen. Nee, dit was bepaald geen jongen in zijn armen. Het was Tamír, net zo warm en anders dan zijn eigen lichaam als elk ander meisje met wie hij naar bed was geweest. Zijn hart klopte sneller toen hij haar steviger kuste en voelde hoe gretig ze reageerde.

Tamír voelde hoe anders Ki's aanrakingen waren, en bovendien zijn onmiskenbare opwinding tegen haar dij. Ze wist niet waar dit toe zou leiden, maar hoe dan ook, ze nam zijn hand en drukte hem tegen haar linkerborst. Hij legde hem er zacht omheen en begon toen het kant van het lijfje en het hemdje opzij te schuiven om zijn vingers tegen haar naakte huid te kunnen leggen. Zijn eeltige, warme vingers vonden het litteken tussen haar borstjes en hij liet zijn wijsvinger eroverheen glijden, die vervolgens naar een tepel gleed. Een warme stroom schoot wentelend door haar lichaam naar beneden en gaf haar een nieuw, erg prettig gevoel in haar buik en tussen haar benen.

Zo voelt dat dus.., dacht ze, toen hij haar hals begon te kussen en haar daar even zachtjes beet.

Haar adem stokte en haar ogen werden groot toen het gevoel tussen haar benen heviger werd. Net als eerst kon ze het fantoombeeld van haar mannelijke delen nog steeds voelen, maar in combinatie met iets diepers, iets wat alleen een vrouw kon voelen. Als ze beide lichamen tegelijk had gehad, mannelijk en vrouwelijk, dan werden ze allebei gewekt door Ki's handen en lippen tegen haar huid.

Het was te veel, en het verwarde haar, die dubbele sensaties. Ze rolde iets van hem af, met bonzend hart, haar verraderlijke lichaam zowel verlangend als huiverig. 'Ki, ik weet niet of ik...'

Hij haalde zijn hand naar boven en streelde haar wang. Hij was buiten adem, maar hij glimlachte ook. 'Hé, het is goed, joh. Dat wil ik nu ook helemaal niet.'

Dát? Bij de ballen van Bilairy, hij dacht dat ik het over neuken had! besefte ze ontzet. *Nogal logisch. Dat doet hij met alle meisjes.*

'Tamír?' Hij drukte haar hoofd tegen zijn borst en hield haar weer in zijn armen. 'Het is oké. Ik wil nergens aan denken, behalve dat je hier veilig bij me ligt, levend en wel. Als je – doodgegaan was, gevallen was...' Zijn stem werd schor. 'Dan was ik er kapot aan gegaan!' Hij zweeg een tijdje en drukte haar weer tegen zich aan. 'Op het slagveld ben ik nog nooit zo bezorgd geweest om jou. Wat zou dat nou betekenen?'

Ze vond zijn hand en klemde hem in de hare. 'Dat wat er ook gebeurt, we voor alles strijders zijn natuurlijk.' Dat voelde erg rustgevend. Ze wist tenminste nog wie ze werkelijk was.

Ze kon zijn stijve lid nog tegen haar been voelen, maar Ki leek volledig tevreden om zo tegen haar aan te liggen, zoals ze altijd gedaan hadden. Zonder erbij na de denken verschoof ze haar been zo dat ze zijn lichaam nog beter kon voelen.

Hij is groter dan die ik had, dacht ze en verstarde toen Ki tevreden zuchtte en zich ook wat meer tegen haar aandrukte.

Arkoniël zat op de drempel van zijn werkkamer, met de blik gericht op de deur naar de toren, en vroeg zich af of hij nu Tharin even zou kunnen roepen. Hij was bont en blauw door zijn val van de stenen wenteltrap en er zat een irritant gezoem in zijn hoofd van de bezwering die hij had gebruikt om de deur te verzegelen.

Nee, besloot hij. Hij bleef hier zitten tot de dageraad, en zou dan naar beneden gaan om te zorgen dat de anderen zich geen zorgen zouden maken over het feit dat Tamírs bed leeg was.

En wat moet ik eigenlijk doen als Ariani besluit haar kind te komen zoeken?

Het was Ki geweest die Tamír vannacht gered had, niet hij. Hij had alleen de geest verjaagd nadat Ki haar in veiligheid had gebracht.

Heilige Lichtdrager, waarom zadelde u haar dan ook met die gedachte op? U kon toch niet bedoeld hebben dat ze zou sterven, dus wat probeerde u haar te laten zien? Waarom hebt u die oude wonden weer opengereten?

Zijn beurse ledematen begonnen stijf te worden. Hij stond op en liep de gang op en neer, en bleef even bij de deur naar zijn slaapkamer staan. Alles was stil daarbinnen. Hij legde zijn hand op de klink, om even te controleren of alles in orde was, maar deed het toch maar niet. Hij bleef echter staan aarzelen en liet toen een zichtvenster naar binnen zweven.

Ki en Tamír waren diep in slaap, in elkaars armen, als minnaars.

Minnaars?

Arkoniël keek eens beter. Ze waren nog helemaal aangekleed, maar op beider gezicht lag een flauwe glimlach. Ki had een veeg opgedroogd bloed op zijn kin die duidelijk afkomstig was van de snee op Tamírs kin.

Arkoniël verbrak de betovering en liep glimlachend de gang weer in. *Nog niet, maar er is iets veranderd. Misschien is er toch iets goeds voortgekomen uit deze nacht.*

39

Ki was van plan geweest Tamír in haar eigen bed te leggen voor iemand erachter kwam dat ze weg waren, maar helaas was hij in slaap gevallen. Hij werd met Tamír in zijn armen wakker toen het al licht begon te worden. Ze bewoog niet toen hij zijn hoofd optilde om te zien of ze sliep.

Haar gezicht werd aan het oog onttrokken door een dikke bos zwart haar. De snee op haar kin was een korst geworden, het gebied eromheen was blauw en een beetje dik. Ze zou er een nieuw litteken aan overhouden, ter herinnering aan het avontuur van afgelopen nacht.

Zelfs in het daglicht kreeg Ki het koud bij de gedachte aan de geest die rondspookte in de toren. Hij had Ariani nooit meegemaakt, ze was al gestorven toen hij op de burcht kwam wonen. Gisternacht had hij de vrouw uit Arkoniëls beschrijving niet gezien, alleen die wraakzuchtige zombie. Onbewust drukte hij Tamír wat vaster in zijn armen.

'Ki?' Ze keek hem even slaperig aan, toen stokte haar adem en ze zat meteen rechtop, want ze moest even verwerken dat ze nog steeds samen in bed lagen. De koordjes van haar lijfje waren nog steeds los en zo was een deel van haar kleine borst nog te zien.

Ki keek haastig de andere kant op. 'Het spijt me. Ik had niet de hele nacht willen blijven.'

Hij begon zich van het beddengoed te bevrijden, maar de manier waarop ze een kleur kreeg en wegkeek deed hem even stilzitten. Hij veegde een haarlok weg van haar wang, boog zich voorover en gaf haar een zoen op de mond, net als hij gisternacht gedaan had. Daarmee wilde hij niet alleen haar, maar ook zichzelf geruststellen, en hij was blij dat het overdag net zo aanvoelde als in het donker. Ze legde een hand tegen zijn wang en hij voelde hoe ze zich tegen hem aan ontspande. Blauwe ogen keken in bruine en zeiden wat niet gezegd kon worden.

'Sorry van Afra,' zei hij.

Ze legde haar andere hand over de zijne op het kussen. 'Het spijt me van gisteravond. Ik hoopte alleen... Nou ja, ik moet het nog maar een keer proberen. Maar ik heb geen spijt van...' Ze gebaarde naar het omgewoelde bed.

'Nou, ik ook niet. Eerste keer in tijden dat ik behoorlijk geslapen heb.'

Ze grijnsde, gooide het dek opzij en stond op. Ki zag een glimp van die lange, naakte benen voor haar rokken weer op hun plaats vielen. Ze was nog steeds heel slank, met van die benen waar geen eind aan kwam, maar het waren echte meidenbenen, de spieren subtiel ronder op dijbeen en kuit. Waarom was hem dat niet eerder opgevallen?

Ze draaide zich om en zag hem staren. 'Heb je je tandenborstel ingeslikt?'

Ki klom uit bed en liep naar haar toe, bekeek haar nog eens, alsof hij haar nooit goed gezien had. Ze was een handbreedte kleiner dan hij.

Ze trok een wenkbrauw op. 'En?'

'Nari heeft gelijk. Je bent een stuk knapper geworden.'

'Maar jij ook,' lachte ze. Ze likte aan haar duim en wreef het opgedroogde bloed van zijn kin. Toen liet ze een vinger over zijn dunne snorretje gaan. 'Dit kriebelt aan mijn bovenlip als je me kust.'

'Jij bent koningin. Je kunt snorren en baarden verbieden als je wilt.'

Ze dacht er even over na en kuste hem toen nogmaals. 'Nee, ik denk dat ik er wel aan kan wennen. We willen toch niet dat ik bekend kom te staan als die koningin die haar hele hofhouding verplicht in meiden veranderde omdat háár dat toevallig overkomen is?'

Ki knikte, en vroeg toen wat hij al eerder had willen vragen. 'En wat nu?'

Ze haalde haar schouders op. 'Ik kan geen prins-gemaal nemen tot ik zestien ben, maar dat duurt nog maar twee maanden.' Ze zweeg plotseling toen ze zich realiseerde wat ze had gezegd. 'O, Ki! Ik bedoel niet dat... Het gaat niet om...'

Hij haalde zijn schouders op en krabde zenuwachtig in zijn nek. Trouwen was nu nog iets te hoog gegrepen.

Maar haar ogen vroegen iets. Hij antwoordde haar door haar gezicht in zijn handen te nemen en haar weer te kussen. Het was een kuise kus, want die vielen vaak het beste bij meisjes, maar zijn lichaam raakte er opgewonden van en toen hij zag dat haar oogleden dichtvielen, vermoedde hij dat het bij haar ook het geval was.

Voor hij iets bedacht had om te zeggen, kwam Arkoniël zijn kamer binnen. Met een beschaamde blik lieten ze elkaar haastig los.

Arkoniël scheen het niet te merken. 'O, mooi, jullie zijn wakker. Nari raakte nogal in paniek toen ze jullie bedden leeg aantrof...'

Nari duwde hem opzij en keek hen met half samengeknepen ogen aan. 'Wat hebben jullie uitgespookt?'

'Niets om je zo over op te winden,' verzekerde Arkoniël haar.

Maar Nari raakte haar frons niet kwijt. 'Dat kan echt niet, ze is veels te jong om met een dikke buik rond te lopen. Haar heupen zijn nog in de groei. Je zou toch beter moeten weten, Ki, als zij dat niet doet.'

'Daar kon je wel eens gelijk in hebben,' zei Arkoniël die zijn best deed niet te lachen.

'Dat heb ik helemaal niet gedaan!' protesteerde Ki.

'Wíj hebben het niet gedaan!' zei Tamír met een hoogrode kleur.

Nari snoof. 'Nou, hou dat dan maar zo, in elk geval tot je weet hoe je het kan voorkomen. Ik neem aan dat niemand je nog verteld heeft hoe je een pessarium maakt?'

'Dat is tot nu toe niet nodig geweest,' zei de tovenaar.

Nari schudde haar hoofd. 'Stelletje sufferds, allemaal. Elk meisje dat maanvloeden heeft zou zoiets moeten weten. Weg, mannen, want ik moet nodig eens een goed gesprek met mijn meisje hebben.'

Ze joeg Ki en Arkoniël de kamer uit en sloot de deur achter hen.

'Ik weet heus wel wat een pessarium is,' gromde Ki. Zijn zusters en dienstmeiden hadden altijd rond het vuur gezeten, waar ze strengetjes wol en lint oprolden en in zachte olie weekten. Met het hele huishouden dat op en onder elkaar sliep, werd er weinig aan de verbeelding overgelaten waarvoor ze gebruikt werden. Als een meisje geen kind wilde, deed ze er een in haar poesje voor ze met een man sliep. Het idee dat Tamír dat zou moeten doen kwam toch wel vreemd op hem over. 'Ik heb d'r alleen maar gezoend. Ik zou haar daar nog niet eens aan durven aanraken!'

Arkoniël grinnikte en zei niets.

Chagrijnig sloeg Ki zijn armen over elkaar en wachtte tot Tamír naar buiten kwam.

Toen de deur eindelijk openging, zag ze wat bleek om de neus. Nari schudde een boze vinger voor Ki's neus. 'En waag het eens je broek open te maken!'

'Was ik ook niet van plan, verdomme!' riep hij haar na terwijl ze naar beneden stommelde. 'Tamír, alles goed met je?'

Ze keek nog steeds wat overdonderd. 'Ja. Maar ik ga nog liever in mijn nakie naar het slagveld dan dat ik een baby moet krijgen, als alles wat Nari zegt waar is.' Ze huiverde, maar rechtte al snel haar rug met een blik op de deur van de torenkamer. 'Zit hij op slot?'

Arkoniël knikte. 'Als je wilt, maak ik hem open.'

'Ik moet het nog één keer proberen, jullie mogen wel meekomen.'

'Probeer ons maar eens tegen te houden,' zei Ki, en hij meende het.

Arkoniël raakte de deur aan en hij zwaaide open. 'Laat mij maar eerst gaan, dan haal ik het slot van de bovendeur.'

Ki volgde Tamír op de voet terwijl ze de treden op ging, en verbaasde zich erover hoe gewoontjes de trap er bij daglicht uitzag. Lichtbundels vol stofdeeltjes vielen door de schietgaten, en hij rook de zoete geur van balsemien op het briesje dat af en toe binnenzweefde.

Het licht dat hen begroette toen Arkoniël de deur naar Ariani's kamer opende was zelfs nog helderder, maar Ki bleef vlak bij Tamír en keek argwanend in alle hoeken en gaten. De luiken van het westelijke raam waren nog open en Ki hoorde het geruis van de rivier beneden hen, en de roep van de vogels in het bos.

Tamír stond midden in de kamer en keek in de rondte. 'Ze is er niet,' zei ze ten slotte, eerder verdrietig dan opgelucht.

'Klopt,' zei Arkoniël. 'Ik heb haar aanwezigheid 's avonds vaak gevoeld, maar overdag nooit.'

'Broer zie ik altijd, dag en nacht.'

'Dat is een andere type geest.'

Tamír liep naar het raam. Ki volgde, want hij had het niet zo op Arkoniëls waardering voor geesten in het algemeen. Je wist maar nooit, die bloedige nachtmerrie kon best zomaar opeens uit de lucht komen vallen. Geesten brachten ongeluk, had hij altijd geleerd, en die engerds die Tamír lastigvielen bewezen dat wel.

'Wat moet ik nu?' vroeg Tamír hardop.

'Niets,' zei Arkoniël.

'Waarom heeft het Orakel me dan teruggestuurd?'

'Sommige dingen kunnen niet verholpen worden, Tamír.'

'Wat denk je van Lhel?' vroeg Ki. 'We hebben haar nog niet opgezocht. Zij kon Broer altijd op zijn nummer zetten. Kom op, Tamír, laten we de weg af rijden naar het bos, zoals vroeger.'

Tamírs gezicht klaarde op en ze liep meteen naar de deur. 'Natuurlijk. Die zit vast op ons te wachten, zoals altijd.'

'Wacht!' riep Arkoniël hen na.

Ki draaide zich om en zag dat Arkoniël hen met een treurige frons aankeek. 'Ze is er niet meer.'

'Hoe weet je dat?' vroeg Tamír. 'Je kent haar toch. Als ze niet gevonden wil worden dan lukt het niet, en wil ze dat wel dan zit ze gewoon op je te wachten.'

'Dat dacht ik ook, tot...' Arkoniël kneep zijn lippen op elkaar en Ki las van zijn gezicht wat hij zeggen wilde. 'Ze is gestorven, Tamír. Het Orakel heeft het me verteld.'

'Gestorven?' Tamír zonk langzaam op haar knieën tussen draadjes vergeelde wol. 'Maar hoe dan?'

'Als we moesten raden, zou ik Broer de schuld moeten geven. Het spijt me. Ik had het jullie eerder moeten vertellen, maar je had al zoveel te verhapstukken.'

'Lhel dood.' Tamír huiverde en bedekt haar gezicht met haar handen. 'Nog een. Nog meer bloed...!'

Ki knielde neer en legde een arm om haar schouders, terwijl hij zijn eigen tranen inslikte. 'Ik dacht... Ik dacht dat ze altijd op ons zou zitten wachten in die holle boom van d'r.'

'Ik ook,' zei Arkoniël bedroefd.

Tamír legde een hand op het verborgen litteken op haar borst. 'Ik wil haar zoeken, ik wil haar begraven. Dat is het minste wat we kunnen doen.'

'Neem eerst een stuk brood en doe andere kleren aan,' raadde Arkoniël haar aan.

Tamír knikte en liep de trap af. 'Wacht eens,' zei Ki en hij haalde zijn vingers door haar verwarde haren. 'Dat is beter zo,' zei hij terwijl hij zijn gekreukte tuniek gladstreek. 'Ze hoeven niet meteen te gaan roddelen.'

Maar dat was natuurlijk niet te voorkomen. Terwijl Tamír naar haar kamer ging om zich te verkleden, zag ze Lynx en Nikides tegen de deurpost van hun kamer hangen. 'Zo, lekker geslapen?' Tamír dacht dat zij of Ki niets bijzonders lieten merken, maar de twee gingen met een veelbetekenende grijns hun kamer binnen.

'Verdomme!' mompelde Tamír beschaamd.

'Ik praat wel even met hen.' Ki keek haar meewarig aan en liep naar zijn vrienden om ze een en ander uit het hoofd te praten.

Tamír sloot hoofdschuddend haar kamerdeur, zich afvragend wat hij zou zeggen. Ze wist ook niet precies wat er tussen hen gebeurd was, maar ze voelde zich in elk geval wat lichter, en hoopvoller.

Wat Ki hen ook verteld had, haar vielen ze verder niet lastig met vragen.

Zodra ze weg konden glippen, reden zij, Ki en Arkoniël de oude bergweg op.

Het had zo'n aangenaam ritje kunnen wezen, als ze niet zo'n treurige taak hadden gehad. De zon scheen fel en het bos kleurde hier en daar al geel en rood.

Ki ontdekte een halve mijl van de burcht een flauw spoor. Ze kluisterden de paarden en volgden het te voet.

'Misschien is het gewoon een wildspoor, hoor,' merkte hij op.

'Nee, hier is haar teken,' zei Arkoniël en hij wees een vervaagde, roestkleurige markering tegen de witte schors van een berk aan. Toen Ki beter keek bleek het een handafdruk te zijn, veel kleiner dan die van hem.

'Die is van haar bezwering om haar plek te verbergen,' legde Arkoniël uit. 'De kracht ervan stierf met haar.'

De vage afdrukken van meer handjes leidden hen langs een soort pad dat zich tussen de bomen door slingerde, en een helling op naar een open plek.

Op het eerste gezicht leek er niets veranderd. De lap hertenvel bedekte nog steeds de lage ingang aan de voet van de reusachtige holle eik. Ernaast murmelde de bron zachtjes.

Toen hij de boom naderde viel Ki's oog echter op de oude as in de vuurkuil. Haar houten droogrekken voor huiden waren leeg en begonnen in verval te raken. Tamír schoof de voorhang opzij en verdween in de boom. Ki en Arkoniël volgden haar.

Er waren dieren aan het snuffelen geweest. Aan Lhels manden was geknaagd, het gedroogde fruit en de reepje vlees allang verdwenen. Haar weinige bezittingen lagen nog op de lage planken, en haar stromatras met bontvellen lag er nog bij als vroeger.

Wat er van Lhel over was lag erop, alsof ze was gaan slapen en nooit meer wakker was geworden. Aaseters en insecten hadden hun werk gedaan. De vormeloze jurk met de knopen van hertentanden was gescheurd en afgerukt, waardoor de botten eronder te zien waren. Een paar draden donker vlees waren hier en daar nog waar te nemen, en leek op het gedroogde voedsel dat ze haar lichaam te eten gegeven had. Alleen haar haar was nog hetzelfde: een warrige bos donkere krullen omlijstte de oogloze schedel.

Arkoniël zakte kreunend ineen en huilde geluidloos. Ki knielde naast hem maar Tamír stond doodstil, zonder een traan te laten. De lege blik toen ze zich omdraaide en de boom verliet maakte hem ongerust.

Hij vond haar bij de bron, de armen strak om zich heen geslagen.

'Hier liet ze me mijn ware gezicht zien,' fluisterde ze, en ze keek naar de bewegende weerspiegeling in het water. Ki wilde graag een arm om haar heen slaan, maar ze stapte opzij, behoorlijk aangedaan. 'De bodem is hard en we hebben niets meegebracht om te graven. We hadden een spade mee moeten nemen.'

Ook Lhel bezat niets dat voor dit doel gebruikt kon worden. Arkoniël vond haar zilveren mes en de naald en stak ze in zijn riem. De rest lieten ze zo liggen en ze maakten een stapel stenen voor de ingang die de boom afsloot, waardoor haar huis haar graf was geworden. Arkoniël legde een bezwering over de stenen, zodat de stapel niet ineen zou storten.

Bij het hele ritueel bleven Tamírs ogen droog. Toen ze klaar waren met de stenen drukte ze haar hand tegen de verwrongen schors van de eik, alsof ze communiceerde met de geest van de vrouw die daarbinnen ingemetseld lag.

'Er valt hier niets meer te doen,' zei ze ten slotte. 'Laten we maar weer naar Atyion gaan.'

Ki en de tovenaar wisselden een bedroefde blik en volgden haar. Ze lieten haar met haar stille verdriet alleen.

Ze heeft al veel te veel dood meegemaakt, dacht Ki. *En er ligt nog een oorlog in het verschiet ook.*

40

De pijn om de dood van Lhel, in combinatie met de kennis over de rol die ze bij de dood van Broer had gespeeld, was te erg om in woorden te vatten. Tamír liet die gevoelens achter bij de botten van de heks, en alleen het doffe gevoel dat de schok en het verlies hadden veroorzaakt nam ze met zich mee.

Er was geen reden meer om te blijven, en de burcht werd weer die plek met de vele nare herinneringen. Ze vertrokken diezelfde dag.

Nari en Kokkie bedolven haar en Ki onder de zoenen, en huilden met het schort tegen het gezicht gedrukt toen ze wegreden. Tijdens de rit langs de rivier draaide Tamír zich om in het zadel en keek voor de laatste maal naar het raam in de torenkamer. Het kapotte luik van het oostelijke raam hing nog steeds aan één verdraaid scharnier. Ze zag geen gezicht achter het venster, maar ze kon zweren dat ze ogen in haar rug voelde prikken tot ze in de beschutting van het bos terechtkwamen.

Het spijt me, moeder. Misschien een andere keer.

Ki boog zich naar haar toe en raakte haar aan. 'Laat het toch los. Je hebt gedaan wat je kon. Arkoniël heeft gelijk. Sommige dingen kun je niet oplossen.'

Misschien had hij gelijk, maar het gevoel dat ze had gefaald raakte ze er niet door kwijt.

Ze reden stevig door die dag en sliepen 's nachts in hun mantels gewikkeld. Terwijl ze tussen de anderen lag, betastte Tamír de zere plek op haar kin, en haar gedachten gleden weer terug naar Ki, en hoe hij haar gekust had en hoe ze in elkaars armen in slaap gevallen waren.

Nu lag hij op een armlengte afstand, maar het leek wel een mijl, want aanraken kon ze hem niet. Toen ze zich wilde omdraaien deed hij zijn ogen open en glimlachte.

346

Dat was bijna zo goed als een kus.

Ze vroeg zich af hoe ze zich moesten gedragen in het kasteel, onder al die spiedende blikken...

Toen ze nog maar een halve dag hoefden te rijden om de stad te bereiken, stuurde Tamír Lynx en Tyriën vooruit met het nieuws van hun terugkeer. Tegen de tijd dat ze Atyion konden zien, was de stad hel verlicht met fakkels en lantaarns, en een grote menigte had zich langs de hoofdstraat opgesteld, benieuwd wat het Orakel tegen de koningin had gezegd. Illardi begroette haar te paard bij de stadspoort, gekleed in de kleding en met de ketting van zijn ambt. Kaliya, hogepriesteres van de Illioraanse tempel, en Imonus vergezelden hem.

'Majesteit, heeft het Orakel tegen u gesproken?' vroeg Imonus.

'Ja, ze heeft gesproken,' zei ze, luid genoeg om door allen op het kleine plein te kunnen worden gehoord.

'Als het u belieft, Majesteit, zou u dan de boodschap hier, op het tempelplein, met ons willen delen?' vroeg Kalyia.

Tamír knikte en leidde haar metgezellen naar het plein van de Vier. Illardi boog zich in het zadel naar haar toe. 'Ik heb nieuws voor je, Majesteit. Die jonge knaap van Arkoniël, Eyoli, heeft enkele dagen geleden een postduif uit Cirna laten vertrekken. Korin staat gereed om tegen je op te trekken. Hij schijnt eindelijk een kind te hebben verwekt bij zijn vrouw.'

'Is het leger al vertrokken?' vroeg Tharin.

'Niet volgens het laatste rapport, maar via de zichtvensters van de tovenaars zagen we dat ze dat vandaag of morgen zullen doen.'

'Ik zal met Eyoli praten zodra we hier klaar zijn,' zei Arkoniël zacht.

De schrik sloeg Tamír om het hart, al kwam het bericht nauwelijks als een verrassing. 'Bedank hem hartelijk. En geef het bericht door aan Gedre en Bôkthersa. De afgezanten die we daar ontmoet hebben en ons zullen helpen zullen nu wel thuis zijn, kanselier, en ik zal straks overleggen met jou en mijn generaals wat we...'

'Morgen is vroeg genoeg. Je bent doodmoe, dat zie ik zo. Rust maar goed uit, vannacht. Ik ben al met de voorbereidingen begonnen.'

Allerlei mensen verdrongen zich op de trappen van de vier tempels en meer nog stonden er op de daken, zo graag wilden ze de eerste officiële profetie van haar regering horen.

Nog altijd te paard, haalde ze de rol perkament tevoorschijn die Ralinus haar gegeven had. 'Dit zijn de woorden van Illior, die door het Orakel van Afra aan mij doorgegeven zijn.'

Ze was verbijsterd geweest toen ze hem in Afra snel doorgelezen had. Ze had niet woord voor woord verteld wat het Orakel precies gezegd had. Toch was wat hij had opgeschreven vrijwel letterlijk wat ze gehoord had.

'Hoor de woorden van het Orakel, volk van Skala.' Haar stem klonk schril en hoog in de open lucht, en het kostte veel moeite zo luid te blijven spreken. 'Heil, koningin Tamír, dochter van Ariani, dochter van Agnalain, de ware erfgenaam van Ghërilain. Door bloed werd je beschermd en door bloed zul jij regeren. Je bent een zaadje, begoten met bloed, Tamír van Skala. Vergeet je belofte aan mijn uitverkorenen niet. Door bloed en beproeving zul je je troon verdedigen. Uit de hand van de usurpator zul je het Zwaard loswringen. Voor jou en achter jou ligt een rivier van bloed, die Skala naar het westen leidt. Daar zul jij een nieuwe stad bouwen, te mijner ere.'

Met een overweldigende stilte werden haar woorden in ontvangst genomen.

'Prins Korin noemt zichzelf koning van Cirna, en verzamelt een enorm leger tegen mij,' ging ze voort. 'Ik heb hem brieven gestuurd, waarin ik hem vroeg af te zien van de troon en gewoon mijn geëerde familielid te zijn. Zijn enige antwoord is stilte geweest. Zojuist kwam mij ter ore dat hij opmarcheert naar Atyion, met een leger achter zich. Hoezeer het mij ook spijt, ik zal acht slaan op de woorden van het Orakel, en de visioenen die mij geschonken zijn. Ik ben uw koningin en zal een einde maken aan deze rebellie tegen de troon. Volgt u mij?'

De mensen juichten en zwaaiden met zwaarden en banieren. De toejuiching deed haar goed en een deel van de schaduw die haar hart verkilde werd opgeheven. Korin had een beslissing genomen. Nu moest ze doen wat zij besloten had, wat de uitkomst ook mocht zijn.

Nu haar plicht gedaan was, gaf Tamír de rol perkament aan Kaliya om in de tempel uitgestald te worden, en om hem te laten kopiëren zodat hij overal in den lande door herauten voorgelezen kon worden.

'Dat ging niet slecht,' zei Ki toen ze naar het kasteel reden.

'Het volk houdt van je, en ze zullen ervoor vechten jou te behouden,' zei Tharin.

Tamír zei niets, en dacht aan al het bloed dat het Orakel haar had laten zien. Ze voelde het nu al aan haar handen kleven.

Ze reden door de poort binnen de dubbele vestingtoren en troffen Lytia en vrijwel de hele hofhouding aan op de binnenplaats van het kasteel. 'Welkom terug, Majesteit,' begroette Lytia haar toen ze was afgestegen en haar stijve benen strekte.

'Dank je wel. Ik hoop dat je nu eens geen feest hebt voorbereid. Ik wil momenteel alleen een bad en een bed.'

Ook de andere tovenaars en kinderen stonden op het plein.

'Waar is meesteres Iya?' vroeg Rala.

Tamír hoorde het en vroeg zich af wat Arkoniël hen zou vertellen. Maar hij ontweek die vraag en terwijl hij hen meenam, informeerde hij eerst naar die berichten over Korin.

Tamír liet dat aan hem over en liep snel de trappen naar haar kamer op, daar ze zich even in haar eentje wilde ontspannen voor de plichtplegingen van het hof weer op haar neerdaalden. Die zittingen had ze bepaald niet gemist.

Lytia liep met haar en de Gezellen mee. Toen Tamír voor haar deur stond, raakte Lytia even haar mouw aan en vroeg zacht: 'Mag ik je even spreken, Majesteit? Het is nogal belangrijk.'

Tamír knikte en terwijl Lytia naar binnen liep, bleven de anderen buiten.

Baldus zat in een leunstoel met Streepstaart op zijn schoot. Hij liet de kat eraf springen voor hij opstond en een buiging maakte. 'Welkom terug, Majesteit! Zal ik het vuur aanmaken?'

'Nee, ga de badmeisjes maar waarschuwen dat ik een warm bad wil. Nee, een heet bad!'

Baldus vloog de kamer uit, blij dat zijn meesteres terug was. Tamír besefte dat ze niet wist wat hij eigenlijk deed wanneer ze weg was. Ze maakte haar zwaardriem los en wierp hem op de nu lege stoel, en begon te worstelen met de riempjes van haar borstbeschermer. De kat draaide luid snorrend achtjes om haar enkels, en liet haar bijna struikelen.

Lytia joeg hem een eindje verder en nam het losgespen over. Tamír deed haar maliënkolder uit en drapeerde hem over de standaard voor ze zich achterover op bed liet vallen, zonder zich om haar vuile laarzen te bekommeren. Streepstaart nam zijn kans waar, sprong op het bed en nestelde zich op haar borst. 'Bij de ballen van Bilairy, dat is beter,' zuchtte ze en ze woelde door zijn dikke vacht. 'Nu, wat wilde je me vertellen?'

'Majesteit, er zijn een paar Gezellen van u aangekomen terwijl u op reis was. Ze hebben een vreselijke tocht achter de rug en...'

'Una? Is ze gewond?' Tamír ging geschrokken rechtop zitten. Beledigd sprong Streepstaart van het bed.

'Nee, Majesteit. Het zijn heer Caliël, heer Lutha en zijn schildknaap. Ik heb ze in de gastenkamers in de toren geplaatst.'

Tamír sprong op, dolblij met het nieuws. 'De Vier zij dank! Waarom waren ze niet op de binnenplaats om me te begroeten? De anderen zullen het geweldig vinden hen te zien.'

'Ik denk dat u en heer Ki ze het best even alleen kunnen begroeten. Er is nog iemand bij hen.'

'Wie dan?' zei ze en ze liep al naar de deur.

De andere Gezellen stonden buiten te wachten. Lytia keek haar kant op en zei zacht: 'Dat vertel ik liever onderweg op de trap.'

Bevreemd knikte Tamír en ze wenkte Ki. 'Ga je even mee? Blijven jullie maar even wachten.' Ze lichtte Ki in over de nieuwkomers.

Lytia ging hen voor naar een andere gang aan de andere kant van de toren. Ze bleef even staan en fluisterde: 'Die vreemdeling die bij hen is, schijnt iemand van het heuvelvolk te zijn. Heer Lutha zegt dat hij een heks is.'

'Hij? Een mannelijke heks?' Tamír keek Ki ontsteld aan.

'Daarom dacht ik dat u beter even alleen kon gaan, zonder te veel vreemde ogen,' legde Lytia uit. 'Vergeef me alstublieft als ik een fout heb gemaakt door hem binnen te laten, maar de anderen weigerden zonder hem binnen te gaan. Er staat een wachter voor de deur. Gelukkig belden ze 's nachts aan, en hebben alleen een paar gardisten en wachters hen gezien. Zij hebben gezworen hun mond te houden.'

'Geeft die vent toe dat hij een heks is?'

'O ja. Daar maakt hij geen geheim van. Hij was vreselijk smerig toen ze aankwamen – nou ja, dat waren ze allemaal, arme jongens – en op mij komt hij over als een simpele ziel, maar de anderen stonden voor hem in en zeggen dat ze het zonder hem nooit gered hadden. Ze zijn ontzettend mishandeld.'

'Door wie?'

'Dat wilden ze niet vertellen.'

Er stonden vier gewapende wachters voor het gastenverblijf, en de oude Vornus en Lyan zaten op een bankje tegenover de deur, toverstafjes op de knieën, alsof ze elk ogenblik een uitbarsting van zwarte kunst verwachtten. Ze stonden op en maakten een buiging toen ze naderde.

'Wat is er volgens jullie aan de hand?' vroeg Tamír hen.

'We houden de wacht over uw ongewone gast,' antwoordde Vornus. 'Tot nu toe heeft hij zich netjes gedragen.'

'We hebben eigenlijk helemaal geen magie van hem gevoeld,' voegde Lyan eraan toe, terwijl ze haar stafje in haar mouw deed. 'Gewone mensen zijn doodsbang voor zijn volk, maar volgens mij doet hij geen vlieg kwaad.'

'Dank jullie voor jullie oplettendheid. Blijf alsjeblieft nog even zitten.'

De wachters stapten opzij en Tamír klopte aan.

De deur werd opengegooid en daar stond Lutha, op blote voeten en in een lang hemd over een nauwe broek. Hij was mager en bleek, en zijn strijdersvlechtjes waren afgesneden, maar de blik waarmee hij Tamír aankeek toen hij haar herkende was hilarisch. Aan de andere kant van de kamer lag Caliël op zijn buik op een groot bed, met Barieus op een stoel naast hem. Beiden staarden haar aan alsof ze een geest zagen.

'Bij de Vier!' bracht Lutha uit. 'Tobin?'

'Het is Tamír geworden,' zei Ki.

Er volgde een gespannen stilte, tot Lutha in lachen uitbarstte en de tranen hem over de wangen rolden. 'Het is dus echt waar! Bij de ballen van Bilairy, we hebben zoveel verhalen gehoord sinds we uit Ero vertrokken zijn, maar Korin geloofde er geen barst van.' Hij veegde zijn gezicht af. 'Ik weet niet wat ik moet zeggen, behalve dat ik verdomd blij ben jullie springlevend voor me te zien!'

'Wat is er met jullie gebeurd?'

'Kom binnen zodat de anderen jullie kunnen bewonderen.'

Hij leidde hen naar het bed en Tamír zag hoe moeizaam hij liep, alsof hij pijn had.

Caliël drukte zichzelf met vertrokken gezicht op toen zij en Ki bij het bed kwamen. Barieus stond langzaam op en glimlachte onzeker naar haar met verwarde blik.

'Ja, dit is Tobin,' zei Ki glimlachend. 'Alleen is ze nu koningin Tamír.'

Barieus keek van Tamír naar Ki. 'Hebben jullie gevochten? Tamír – je kin? Ki, wat is er met je wang gebeurd?'

'Ik ben gevallen, en Ki is door een draak gebeten. Allebei eigenlijk.'

'Een dráák?'

'O, een kleintje maar, hoor,' zei Ki.

Lutha lachte. 'We hebben heel wat gemist, schijnt het.'

Het was fijn om hem weer te zien lachen, maar de manier waarop ze erbij liepen en lagen, plus dat ze alle drie hun vlechtjes misten, gaf haar een naar voorgevoel.

'Hoe...?' vroeg Caliël die haar in consternatie aanstaarde. Zijn knappe gelaat zat onder de blauwe plekken, die al geel werden, en de angst sprak uit zijn ogen.

Met een zucht gaf Tamír snel een samenvatting van de gedaanteverandering en zag hoe ze grote ogen opzetten.

'Ik weet dat het klinkt als iets uit een verhaal van een bard, maar ik heb haar met eigen ogen zien veranderen, hier in Atyion, samen met nog zo'n duizend anderen,' vertelde Ki.

'Nu wil ik wel eens weten wat jullie overkomen is,' zei Tamír.

Lutha en Barieus draaiden haar hun rug toe en tilden hun hemd op. Caliël aarzelde, en deed toen langzaam hetzelfde.

'Bij de ballen van Bilairy!' Ki's mond viel open van ontzetting.

Over de ruggen van Lutha en Barieus liepen half geheelde zweepslagen gekruist over elkaar, maar Caliël moest wel totaal ontveld zijn geweest, want zijn huid was overdekt met korsten en felrood littekenweefsel van de nek tot zijn middel.

Tamír kreeg een droge mond en slikte moeizaam. 'Korin?'

Lutha liet zijn hemd zakken en hielp Caliël zich weer bedekken. Alle drie keken beschaamd toen Lutha hortend en stotend vertelde over hun periode in Cirna, en hoe haar brief aan Korin ontvangen was.

'Alles wat we over je hoorden kwam van de spionnen van Niryn, dus daar hadden we niet zoveel vertrouwen in,' legde Caliël uit. 'Ik wilde gewoon zelf poolshoogte nemen, maar Korin weigerde dat.'

'En je ging toch,' zei Tamír.

Caliël knikte.

'Niryn liet ons in de gaten houden,' verklaarde Lutha bitter. 'Herinner je je Moriël nog, die Ki's plaats wilde innemen?'

'De Pad? Natuurlijk,' mompelde Ki. 'Is die dan nog steeds bij Korin?'

'Hij is Niryns lievelingetje, en hij hield elke stap die we zetten voor zijn meester in de gaten,' zei Caliël zacht.

'O jongens!' fluisterde Tamír diep aangedaan door hun vertrouwen in haar. 'En wat denken jullie nu, nu jullie me voor je zien?'

Caliël keek haar een tijdje aan, maar daarna keerde die angst weer in zijn ogen terug. 'Nou, waanzinnig lijk je me niet. Maar ik moet nog eens goed nadenken over de rest.' Hij keek Ki aan. 'Jij zou hier toch nooit in meegaan als het zwarte kunst was?'

'Niet zwarte kunst. Retha'noi-binding,' onderbrak een zachte stem hen op geamuseerde toon.

Tamír keek op en merkte nu pas de vierde persoon in de kamer op, die op een stromatras in een beschaduwde hoek zat. Ze was zo geschrokken van de toestand van haar vrienden dat ze die heuvelheks helemaal vergeten was. Toen hij opstond en naar haar toe kwam, zag ze dat hij gekleed was als een Skalaans keuterboertje, maar dat hij onmiskenbaar een heuvelheks moest zijn.

'Dit is Mahti,' zei Lutha. 'En voor je nu kwaad wordt, moet je weten dat we hier nooit zonder hem zouden zijn aangekomen.'

'Ik ben niet kwaad,' zei Tamír zacht en ze bekeek de man nieuwsgierig. Hij was klein en donker zoals Lhel geweest was, met dezelfde getaande huid en lange, wijd uitstaande warrige krullen die tot op zijn schouders vielen, en dezelfde vereelte, vuile voeten. Hij droeg een ketting en armbanden geregen van dierentanden, en hield een lange kunstzinnig versierde hoorn of iets dergelijks vast.

Hij kwam dichterbij en glimlachte breeduit. 'Lhel zegt, ik moet hier komen, meisje-dat-jongen-was. Jij kent Lhel, ja?'

'Lhel? Wanneer heb je haar dan het laatst gezien?'

'Nacht voor vandaag. Zij zegt, jij komt.'

Ki fronste zijn voorhoofd en kwam dichter bij Tamír staan. 'Dat kan dus niet.'

Mahti keek Tamír veelbetekenend aan. 'Jíj weet doden blijven komen als zij willen dat. Zij vertelt van jouw noro'shesj. Jij hebt ogen die zien.'

'Heeft hij het over geesten?' sputterde Barieus. 'Daar heeft ie het nooit met ons over gehad. Hij zei alleen steeds dat hij een visioen of zo gehad heeft en dat hij hier met ons moest komen.'

'Jij bang,' giechelde Mahti en wees op Tamír. 'Zij niet bang.'

'Hoe heb je haar dan ontmoet?'

'Zij komt in droom. Dood ik ken haar.'

'Hij heeft ons ook nooit iets over ene Lhel verteld. Wie is dat?' vroeg Lutha.

'Het is in orde. Ik denk dat ik het begrijp.'

De heks knikte treurig. 'Lhel jou heeft lief. Ze zegt hele tijd dat ik jou moet zoeken.'

'Haar geest vertelde dat, bedoel je?' vroeg Ki.

Mahti knikte. 'Haar *mari* komt naar mij wanneer ik droom met oe'loe maak.'

'Zo noemt hij die toeter van hem,' zei Barieus. 'Hij kan ermee toveren, als een tovenaar.'

'Korin stuurde soldaten en een tovenaar achter ons aan, maar Mahti speelde op die hoorn en geen een heeft ons gezien, hoewel we gewoon zichtbaar naast de weg lagen,' legde Lutha uit.

'Hij kan er ook mee genezen en met kruiden heelt hij ook. Zo goed als een drysiaan,' verklaarde Barieus. 'En hij wist gelukkig hoe we de weg konden afsnijden, door de bergen.'

'Ik zou allang dood zijn als hij er niet geweest was,' zei Caliël. 'Wat ze ook van hem zeggen, voor ons heeft hij goed gezorgd.'

'Ontzettend bedankt dat je mijn vrienden geholpen hebt, Mahti,' zei Tamír en stak haar hand uit. 'Ik weet hoe gevaarlijk het moet zijn geweest om ons land te doorkruisen.'

Mahti raakte haar hand zacht aan en giechelde weer. 'Niet gevaar voor mij. Moeder Shek'met beschermt, Lhel wijst weg.'

'Dat kan wel zijn, maar ik geef je toch een escorte terug naar de heuvels.'

'Ik kom naar jou, meisje-dat-jongen-was. Ik kom voor help.'

'Waarmee dan?'

'Ik help als Lhel helpt. Misschien met jouw noro'shesj? Die rust nog niet.'

'Nee, gek genoeg niet.'

'Waar heeft ie het over?' vroeg Lutha.

Tamír schudde vermoeid haar hoofd. 'Ik kan jullie maar beter alles vertellen.'

Ze trok een stoel bij het bed, waarop Ki en Lutha bij Caliël en Barieus waren gaan zitten. Mahti ging in kleermakerszit op de grond zitten en luisterde gespannen naar wat hij al wist, met gefronst voorhoofd om haar woorden te volgen.

'Jouw tweelingbroer werd vermoord opdat jij zijn gedaante zou kunnen overnemen?' zei Caliël toen ze klaar was. 'Maar is dat geen zwarte kunst?'

Mahti schudde wild zijn hoofd. 'Lhel vergist zich door maken baby dood. Had niet moeten...' Hij brak af om naar het juiste woord te zoeken, haalde vervolgens diep adem en wees op zijn borst. 'Lhel vertelt jou dit?'

'Lhel heeft me nooit verteld hoe hij stierf. Ik heb pas een paar dagen geleden de hele waarheid gehoord, van een paar tovenaars die erbij aanwezig waren.'

'Iya?' vroeg Caliël.

'Ja.'

'Niet moeten hebben adem. *Eerste* adem. Brengt *mari* in het...' Mahti aarzelde weer en kneep in de rug van zijn hand.

'In het lichaam?' hielp Ki hem, en hij raakte zijn borst aan.

'Lichaam? Ja. Niet adem in lichaam, niet leven. Niet mari die hem heel zou maken. Slecht. Nu wel eerste adem, nu wel mari. Niet adem voor lichaam, mari heeft niet huis.'

'Mari zal wel ziel betekenen,' mijmerde Ki.

'Ik neem het jou niet kwalijk, To... Tamír, maar misschien begrijpt hij niet wat zwarte kunst is,' waarschuwde Caliël. 'Wie gaat er anders zo met geesten en demonen om, behalve iemand die aan zwarte kunst doet?

'Niet zwarte kunst!' hield Mahti stug vol. 'Jij Skalaan, jij niet begrijpt Retha'noi!' Hij hield de hoorn omhoog. 'Níét zwarte kunst. Goede magie. Helpen jou, ja?'

'Ja,' moest Caliël toegeven.

'Waarom zou hij ons helpen als hij kwaad in de zin had, Cal?' drong Lutha aan, en Tamír begreep dat ze deze discussie al vaker hadden gevoerd. 'Tamír, kan die tovenares van je, meesteres Iya, hem niet uitleggen dat hij niet van de zwarte kant is?'

'Iya is niet meer bij me. Maar ik heb wel anderen die me raad kunnen geven. Ki, laat Arkoniël halen. Hij weet meer van Mahti's volk dan wie ook.'

Caliël wachtte tot Ki verdwenen was en zei toen: 'Ik moet je even vertellen, Tamír, dat ik hier niet uit vrije wil ben. Toen ik eerder probeerde jou te bereiken, was het om te onderhandelen uit naam van Korin. Hij is mijn vriend en leenheer. De eed die ik hem als Gezel gezworen heb zal ik nooit breken. Ik zal jou nooit kwaad doen, maar ik zal mezelf niet onteren door jouw gastvrijheid onder valse voorwendselen te accepteren. Ik ben geen spion, maar ik ben ook geen draaikont.'

'Nee, je bent hartstikke gek!' gromde Lutha. 'Korin is degene die waanzinnig is. Dat zag je net zo goed als ik, al voor hij besloot jou halfdood te laten slaan.' Hij wendde zich tot Tamír, met ogen die flitsten van woede. 'Hij wou ons op laten hangen! Je mag me een verrader noemen, maar ik ben hier omdat ik vind dat Korin de foute kant is opgegaan. Ik hield ook van hem, maar hij heeft zijn eed jegens ons en jegens Skala verbroken toen hij zonder protest een marionet van Niryn werd. Ik kan mijn vaders naam niet onteren door aan zo'n hof te dienen.'

'Hij is betoverd,' mompelde Caliël en hij liet zijn gezicht op zijn vuisten rusten.

Ki kwam terug en ging weer op bed zitten, met een meewarige blik op Caliël.

'Hij regelt het zo dat Korin in elke schaduw wel een verrader ziet,' ging Lutha voort. 'Je hoeft het maar even niet met hem eens te zijn en je doodvonnis is al getekend.'

'Hoe zijn jullie eigenlijk ontsnapt?' vroeg Ki.

'Dankzij jouw spion, Tamír. Hij heette Eyoli of zoiets. Ik weet ook niet hoe hij het voor elkaar kreeg, maar hij heeft ons uit het gevang en uit het fort gekregen.'

'Hij is een tovenaar,' zei Ki.

'Ik dacht al dat zoiets erachter zat.'

'Hoe is het nu verder in Cirna?' vroeg Tamír.

'Er is nogal wat gemor binnen de legers. Sommigen zijn ook niet zo weg van Niryns spelletjes. Anderen hebben geen geduld meer met Korin die maar rond blijft hangen op het fort. Hij heeft wat strijdkrachten op weg gestuurd om edelen te doden die zich bij jou wilden aansluiten, maar zijn generaals willen gewoon de oorlog beginnen.'

'Die is inmiddels begonnen,' verteld Tamír. 'Ik heb bericht gehad toen ik binnenreed.'

Caliël hief zijn hoofd. 'Met alle respect, dan wil ik verder niet bij dit gesprek aanwezig zijn. Sorry, Tamír. Ik kan niet meedoen als er over vijandelijkheden tegen Korin gesproken wordt. Ik... Ik moet maar teruggaan. Sakor weet dat ik niet tegen je wil vechten, maar mijn plaats is naast hem.'

'Maar hij hangt je op zodra je aankomt!' riep Lutha uit. 'Bij de Vier, we hebben je verdomme niet helemaal hierheen gesleept zodat je meteen terug zou gaan om je te laten vermoorden!' Hij wendde zich wanhopig tot Tamír en Ki. 'Nou zien jullie het zelf. Hij wíl gewoon niet luisteren!'

'Had me dan ook daar gelaten,' snauwde Caliël.

'Ja, hadden we dat maar gedaan, ja!'

'Alsjeblieft, hou op met dat geruzie!' Tamír nam Caliëls hand in de hare. Hij beefde van opwinding. 'Je bent nog niet sterk genoeg om waar dan ook heen te gaan. Blijf hier, rust uit tot je het aan kunt. Gedraag je als een waardige gast, dan blijf je hoe dan ook gewoon mijn vriend.'

'Oké. Dank je.'

Ze wendde zich tot de heks, die dit alles geïnteresseerd had gadeslagen. 'En jij. Zweer je bij je grote Moeder dat je geen schade aan mijn huis, noch aan mijn volk toebrengt?'

Mahti pakte de hoorn met beide handen vast. 'Bij de volle maan van Moeder Shek'met en bij de mari van Lhel, ik kom alleen jou helpen. Ik doe niet kwaad.'

'Ik neem je eed aan. Jullie staan onder mijn bescherming, allemaal.' Ze keek haar vrienden hoofdschuddend aan. 'Ik hou niemand hier tegen zijn wil. Ik verwacht ook niet dat jullie me dienen zoals jullie Korin gediend hebben. Zodra jullie sterk genoeg zijn om weer te rijden, geef ik jullie een vrijgeleide om te gaan waarheen je wilt.'

'Volgens mij ben je nog geen haar veranderd, hoe je je jezelf ook noemt,' zei Lutha met een glimlach. 'Als je mij wilt aannemen, koningin Tamír, dan zal ik jou dienen tot mijn dood.'

'En jij, Barieus?'

'Ik ook.' Zijn vingers wreven over het korte haar bij zijn slapen. 'Als je me wilt hebben tenminste.'

'Natuurlijk.'

'En jij, Cal?' vroeg Ki.

Caliël haalde zijn schouders op en keek de andere kant op.

Arkoniël kwam binnen en bleef als aan de grond genageld staan toen hij Mahti op de vloer zag zitten.

De heks keek hem net zo nieuwsgierig aan. 'Oreskiri?'

'Retha'noi?'

Mahti knikte en raakte zijn hart aan, en begon een gesprek in zijn eigen taal.

Dat duurde enkele minuten. Tamír herkende het woord voor 'kind' en Lhels naam, maar meer ook niet. Arkoniël knikte treurig toen de dode heks genoemd werd, en vroeg toen verder. Hij nam Mahti's hand, maar de heks trok zijn hand met een ruk terug en schudde beschuldigend een vinger.

'Wat bedoelt hij?' vroeg Tamír.

Arkoniël keek beschaamd. 'Mijn verontschuldigingen. Het was iets wat Lhel me geleerd had, maar het was in dit geval erg onbeleefd.'

Mahti knikte en gaf Arkoniël zijn oe'loe om hem te bestuderen.

Tevredengesteld wendde Arkoniël zich tot Tamír en de anderen. 'Hij beweert dat Lhels geest tijdens een visioen tot hem kwam, en dat ze hem vroeg jou te vinden en beschermen. Ze is zijn gids geweest en heeft hem bij je vrienden gebracht terwijl ze naar jou op weg waren.'

'Dat heeft hij mij ook verteld. Wat denk je ervan?'

'Ik geloof niet dat een heuvelheks die hele tocht zonder geldige reden gemaakt zou hebben. En ze sturen zeker geen moordenaars op pad. Maar ik moet je wel waarschuwen dat hij met zijn magie kan doden en dat heeft hij ook gedaan onderweg, maar alleen uit zelfverdediging, zegt hij. Dus of je gelooft hem op zijn woord, of je moet hem wegsturen. Tot je een besluit genomen hebt, wil ik hem wel meenemen naar mijn tovenaars, als je wilt.'

'Lijkt me een strak plan. Ik kom wel naar beneden als ik hier klaar ben.'

Arkoniël stak zijn hand naar Mahti uit. 'Kom, mijn vriend. Jij en ik hebben elkaar heel wat te vertellen.'

'Lutha, jij en Barieus kunnen zodra je wilt naar de andere Gezellen gaan,' zei Tamír toen ze vertrokken waren.

'Wie zijn er over?' vroeg Lutha.

'Nikides...'

'Leeft Nik nog?' riep Lutha uit. 'Sakor zij gedankt! Ik dacht dat ik hem meer dood dan levend verlaten had. Wie nog meer?'

'Alleen Lynx en Tanil. Maar we hebben alweer een paar nieuwe leden.'

'Tanil?' bracht Caliël met grote ogen uit.

'Kunnen we meteen naar ze toe?' vroeg Barieus die aanzienlijk opknapte toen hij hoorde dat Lynx nog leefde.

'Natuurlijk. Ki, ga hen maar even halen, als je wilt.'

'En Tanil?'

'Hij ook. Ik zal het hen wel vertellen terwijl je weg bent.'

Ki knikte en beende weg. 'Wat valt er te vertellen over Tanil?' vroeg Caliël meteen.

'De Plenimaranen hebben hem goed te pakken gehad.' Ze vertelde het hele verhaal, en wenste dat ze de details weg kon laten, maar zijn aanblik en gedrag zou hen anders rauw op hun dak vallen.

Caliël kreunde en sloot zijn ogen.

'O verdomme,' mompelde Lutha.

Ki kwam al snel met de andere Gezellen terug. Nikides bleef op de drempel staan en staarde ongelovig naar Lutha en Barieus.

'Ik... Kun je het me vergeven?' zei Lutha ten slotte, met een klein stemmetje.

Nikides barstte in tranen uit en omhelsde hen beiden.

Lynx had zijn arm om Tanils schouders en praatte zachtjes met hem, maar zodra de schildknaap Caliël ontdekte, rukte hij zich los en liep wankelend naar hem toe.

'Ik ben Korin kwijtgeraakt!' fluisterde hij en tranen biggelden over zijn wangen terwijl hij bij het bed neerknielde. 'Ik weet niet wat ik moet doen, Cal. Ik kan hem niet vinden!'

Caliël reikte naar zijn hand en raakte de gezwollen rode littekens op zijn pols aan. 'Je bent hem niet kwijtgeraakt. Wij raakten jou kwijt. Korin is vreselijk bedroefd, want hij denkt dat je dood bent.'

'Echt?' Hij ging meteen rechtop staan en keek rond. 'Waar is hij dan?'

'Hij is in Cirna.'

'Ik zal de paarden laten zadelen!'

'Nee, nog niet.'

Caliël trok hem terug.

'Het is goed, hoor. Ik weet zeker dat het Korin niet zal kunnen schelen,' zei Lynx. 'Hij zal willen dat je voor Cal zorgt, ja toch?'

'Maar... Mylirin?'

'Die is dood,' zei Caliël kortaf.

'Dood?' Tanil keek hem niet-begrijpend aan, maar verborg toen zijn hoofd in zijn handen en begon te snikken.

'Hij is als een strijder gevallen.' Caliël trok hem op bed en hield hem vast. 'Wil jij zijn plaats innemen, tot we weer bij Korin zijn?'

'Ik... Ik ben het niet waard nog langer een Gezel te zijn.'

'Natuurlijk wel. Kijk eens naar mij? Die vlechten verdienen we snel genoeg terug, zodra we weer sterk genoeg zijn om te reizen. Ja toch, Tamír?'

'Natuurlijk. De drysianen hebben hem goed verzorgd. Dus voorlopig mag je Caliël dienen.'

Tamír veegde zijn ogen af. 'Het is zo erg van Mylirin, maar ik ben blij dat ik jou weer zie, heer Caliël. Korin zal ook zo blij zijn dat je weer terecht bent!'

Caliël keek Tamír somber aan. Voorlopig lieten ze Tanil maar in die waan.

Ze praatten honderduit, want ze hadden elkaar veel te vertellen, en lieten Tanil bij Caliël voor ze naar Nikides' kamer gingen.

'Cal zal nooit van gedachte veranderen, hoor,' zei Lutha terwijl ze over de gang liepen. 'Als hij niet zo vreselijk gewond was, was hij allang terug geweest.'

'Hij doet wat hij moet doen. Ik hou hem niet tegen,' zei Tamír.

Tharin zat bij de jonge schildknapen en greep Lutha's en Barieus' handen vast als echte strijders. Tamír bleef nog even bij hen, maar herinnerde zich dat ze meer te doen had. Ki stond al op om haar te volgen, maar ze glimlachte en gebaarde dat hij best kon blijven.

Even bleef ze op de drempel staan, onuitsprekelijk blij dat haar vrienden weer bijeen waren. Al zou Cal zich niet bij hen voegen, hij was ten minste nog in leven.

41

Arkoniël nam de heuvelheks via bediendetrappen en smalle gangetjes mee naar zijn kamer. De paar hovelingen die ze tegenkwamen schonken de vreemdeling weinig aandacht, gewend als ze waren aan die lange tovenaar die altijd met de vreemdste types rondliep.

Zijn huidige kamer was veruit de meest luxueuze die hij ooit had gehad, met mooi antiek meubilair en fleurige wandtapijten. De andere tovenaars waren in soortgelijke kamers gehuisvest, met uitzicht op de binnenplaats. Tamír deed wat ze beloofd had en had hen een flinke toelage uit haar schatkist toegekend, en in het kasteel kregen ze alle ruimte om elkaar te onderwijzen en hun kunsten te oefenen.

Wythnir zat nog precies op de plek waar Arkoniël hem achtergelaten had, in de diepe vensterbank met uitzicht op de andere kinderen die speelden in de schemering. Hij sprong er meteen vanaf toen Arkoniël en Mahti binnenkwamen, en hij keek Mahti nieuwsgierig aan. Tot Arkoniëls verbazing was zijn normale verlegenheid op slag verdwenen.

'Je bent een heks, hè, net als meesteres Lhel? Zij vertelde dat ook mannen heks konden zijn.'

Mahti glimlachte vriendelijk naar het jongetje. 'Ja, *kiesa*.'

'Ze was heel lief voor ons. Ze liet ons zien hoe we voedsel in het bos konden vinden en ons konden verstoppen zodat niemand ons zag.'

'Jij ook oreskiri, ja, kleine man? Ik voel magie in jou.' Mahti kneep zijn ogen een beetje samen. 'Aha, ja. Pietsie Retha'noi-magie ook.'

'Lhel heeft de kleintjes en een paar ouderen wat kleine bezwerinkjes geleerd. Dankzij haar zullen de meesten het leuk vinden je hier te hebben.'

'Ik zal magie maken met dit.' Hij stak de oe'loe uit en spoorde Wythnir aan hem te pakken. Wythnir keek voor de zekerheid Arkoniël even aan, en nam hem aan, door zijn knietjes zakkend vanwege het gewicht.

'Deze kiesa is niet bang voor mij,' merkte Mahti op in zijn eigen taal, en hij zag hoe Wythnir zijn kleine hand op de ingebrande handafdruk op de hoorn legde. 'Misschien kunnen jij en hij anderen leren geen angst te hebben voor mijn volk, en magie te delen, zoals Lhel deed.'

'Daar zouden we allemaal wel bij varen. Vertel eens, waar kom je vandaan?'

'De westelijke bergen. Ik zou de weg nooit gevonden hebben als Lhel en mijn visioenen me niet geholpen hadden.'

'Heel vreemd allemaal.'

'Je spreekt mijn taal erg goed, oreskiri. Het is makkelijker voor mij, ik kan de dingen beter uitleggen.'

'Het maakt mij niet uit. Wythnir, ga even buiten spelen nu het nog licht is. Ze zullen je wel gemist hebben toen je in Afra was.'

Het kind aarzelde, liet het hoofd hangen en liep naar de deur.

'Hij is bang van jou gescheiden te worden,' merkte Mahti op. 'Waarom laat je hem niet blijven? Hij verstaat mijn taal toch niet? En al deed hij dat wel, ik heb alleen dingen te zeggen die een kind ook mag horen.'

'Wythnir, als je liever blijft, mag dat wel.'

Het gezichtje van het kind klaarde onmiddellijk op. Arkoniël ging bij de haard zitten en Wythnir nam meteen plaats op de grond vlak bij hem, handjes in de schoot.

'Hij is gehoorzaam en intelligent, dat kind,' zei Mahti goedkeurend. 'Hij zal een krachtige oreskiri worden, als je die angst uit hem kunt verdrijven. Hij is lang geleden diep gekwetst.'

'Dat is vaker het geval als kinderen met aangeboren krachten in een zeer arm of achterlijk gezin opgroeien. Hij praat nooit over vroeger, en de tovenaar die hem vóór mij had schijnt ook niet veel van hem te weten.'

'Jij bent goed voor hem. Hij houdt van je als van een vader.'

Arkoniël glimlachte. 'Dat is ook het beste, tussen meester en leerling. Hij is een best jochie.'

Mahti ging op de grond tegenover hem zitten, met de oe'loe op zijn knieën. 'Ik zag je in mijn visioen, Arkoniël. Lhel hield van je toen ze nog leefde, en ze houdt nog steeds van je. Ze heeft veel magie met je gedeeld, dus moet ze je ook vertrouwd hebben.'

'Dat is een prettige gedachte.'

'Is het niet verboden in Skala, om onze magie te gebruiken?'

'Ze zeggen van wel, maar ik en mijn lerares waren het er niet mee eens. Iya zocht haar speciaal op omdat ze die binding uit kon voeren die Tamír zou kunnen beschermen. Toen we haar vonden was ze ook niet verbaasd ons te zien. Zij had een visioen van ons gehad.'

'Ja. Maar haar manier om het meisje te verbergen was wel een radicale. Wisten jullie dat het jongetje ervoor gedood moest worden?'

'Het waren harde tijden, en Iya zag geen andere mogelijkheid. Lhel heeft Tamír altijd goed in de gaten gehouden, en lette op haar zonder dat wij ervan wisten.'

'Ze was erg eenzaam, tot jij haar bed met haar deelde. Maar jij kon haar schoot niet tot bloei brengen.'

'Als het mogelijk was geweest, had ik het met alle liefde gedaan. Maar het werkt anders bij jullie volk, niet?'

Mahti giechelde. 'Ik heb heel veel kinderen en ze zullen allemaal heksen worden. Zo houden we ons volk krachtig in de bergen. We moeten wel sterk zijn, anders hadden we het nooit overleefd. De zuidlanders verdreven ons waar we maar kwamen.'

'Ze zijn bang voor jullie, en jullie magie. Onze tovenaars noch onze priesters kunnen dat zo snel en effectief als jullie.'

'Maar we genezen ook snel,' wees Mahti erop.

'Waarom ben je nu eigenlijk hier? Om Lhels werk af te maken?'

'De Moeder heeft me opgedragen lange tochten te maken.' Hij liet zijn hand over de gladde oe'loe glijden tot op de ingebrande handpalm. 'Mijn eerste visioen over dat reizen was een beeld van Lhel, dat meisje en jou. Dat was in de periode van smeltende sneeuw, en sindsdien ben ik op zoek naar jullie geweest.'

'Juist. Maar waarom zou jullie godin willen dat jullie heksen ons komen helpen?'

Mahti glimlachte bitter. 'Heel wat jaren heeft jouw volk mijn volk als beesten behandeld, ons opgejaagd en verdreven van onze heilige plaatsen bij de zee. Ik heb de Moeder ook vaak gevraagd: waarom moet ik onze onderdrukkers helpen? Haar antwoord is dit meisje, en misschien jij ook. Jullie hadden eerbied voor Lhel en waren haar vrienden. Tamír-Die-Een-Jongen-Was begroette me met open armen en ik voelde me welkom bij haar, al zag ik anderen in dit grote huis een teken slaan en op de grond spugen. Deze koningin van jullie, zij zou het voor elkaar kunnen krijgen dat de mensen de Retha'nois beter gaan behandelen.'

'Als ze kan, zal ze dat zeker doen. Ze heeft een goed hart en verlangt vooral naar vrede.'

'En jij? Jij neemt onze magie over en noemt het geen zwarte kunst. Die jongen daarboven zag het niet. Ik weet wel wat zwarte kunst is: onreine magie. De Retha'nois zijn niet onrein.'

362

'Lhel heeft me dat geleerd.' Hij schaamde zich nog steeds voor de minachting waarmee ze haar eerst bejegend hadden. 'Maar het is voor de meeste Skalanen moeilijk om het verschil te zien, omdat jullie ook gebruikmaken van bloed en macht over de doden.'

'Jij kunt de anderen de waarheid onder ogen brengen. Ik wil je wel helpen, als jij me helpt en ervoor zorgt dat ze me niet meteen vermoorden.'

'Ik zal het proberen. Nu, wat je zei over Tamír: kun je haar demonische tweelingbroer laten vertrekken?'

Mahti haalde zijn schouders op. 'Het was niet mijn magie waardoor hij ontstaan is, en hij is meer dan een geest. Demonenzielen zoals hij laten magie maar beperkt toe. Soms kun je ze beter met rust laten.'

'Tamír wordt niet alleen door hem geplaagd. De ziel van haar moeder grijpt elke kans om haar te vermoorden. Ze is oersterk en razend. Zij kan levende mensen aanraken en ze kwaad berokkenen.'

'Geesten zoals zij kunnen alleen door vrouwenmagie bezworen worden. Daarom zocht jouw meesteres een vrouwelijke heks. Wij houden ons vooral met de levenden bezig. Zit die geest in dit kasteel?'

'Nee. Ze waart rond in de burcht waarin ze gestorven is.'

Mahti haalde zijn schouders op. 'Dat is haar keuze. Ik ben hier alleen voor het meisje.'

Er werd geklopt en Tamír kwam binnen. 'Neem me niet kwalijk dat ik stoor, Arkoniël, maar ik wilde Mahti wat vragen.'

'Kom verder, alsjeblieft.'

Ze ging naast Arkoniël zitten en keek de heks een tijdje aan. 'Lhel kwam naar je toe, als geest.'

'Ja.'

'Ze heeft jou opdracht gegeven mij te vinden?'

Arkoniël vertaalde dat en Mahti knikte.

'Hoezo?'

Mahti keek naar Arkoniël en haalde zijn schouders op. 'Om je te helpen, zodat je Retha'nois geen kwaad doet.'

'Ik wil geen enkel volk kwaad doen, tenzij het vijandig tegenover het mijne staat.' Ze zweeg en haar blik werd treurig. 'Weet jij hoe Lhel gestorven is?'

'Ze heeft het me niet verteld. Maar zij is niet boze geest. Vredig.'

Tamír glimlachte even. 'Daar ben ik blij om.'

'We zaten net te praten over waarom Mahti hier moest komen,' zei Arkoniël. 'Hij komt helemaal uit de westelijke bergen.'

'Uit het westen? Hoe ver uit het westen?'

'Bijna aan de Osiaanse Zee, naar het schijnt.'

Ze kwam uit haar stoel en knielde voor de heks neer. 'Ik heb visoenen, en ik droom van het westen. Kun je me daarmee helpen?'

'Ik probeer. Wat zie jij?'

'Arkoniël, heb je iets om mee te tekenen?'

De tovenaar liep naar zijn met magische voorwerpen overdekte tafel en doorzocht de chaos tot hij een stukje kalksteen vond. Hij vermoedde wat ze wilde maar hij dacht niet dat het iets zou opleveren.

Tamír schoof de biezen weg van een stukje vloer en begon op de plavuizen eronder te tekenen. 'Ik zie een plaats, en ik weet dat hij aan de westkust ligt. Er ligt een diepe haven die bewaakt wordt door twee eilandjes, zoals hier.' Ze tekende ze. 'Er ligt een hoge klif erboven. Daar sta ik in die droom. En als ik achter me kijk, zie ik open land en bergen in de verte.'

'Hoe ver weg bergen?' vroeg Mahti.

'Weet ik niet precies. Misschien een dag rijden.'

'En dit?' Hij wees naar de vloer ten westen van de eilandjes. 'Dit is West-zee?' Ze knikte. Mahti tuurde op de kaart, bijtend op een gespleten nagel. 'Ik ken deze plek.'

'Dat weet je zeker, alleen door deze kaart?' vroeg Arkoniël en wees op haar schetsje.

'Ik niet lieg. Ik hier geweest. Kijk.'

Hij bracht zijn vuist vlak voor zijn gezicht en begon in zichzelf te mompelen. Arkoniël voelde de prikkeling van magie opkomen al voor het ingewikkelde lijnennetwerk op Mahti's gezicht en handen voltooid was. Hij herkende de spreuk.

Mahti blies op zijn vuist en vormde een ring met zijn duim en wijsvinger. Een schijfje licht verscheen, dat groeide toen hij zijn andere hand eromheen legde en uitrekte tot het zo groot als een bord was. Ze hoorden de roep van zeemeeuwen en het ruisen van de branding.

'Meester, hij kent uw zichtvensterspreuk!' riep Wythnir zacht uit.

Door het venster was een uitzicht te zien alsof ze boven op een hoge klif stonden die uitzag over zee. Het was al donker in Atyion, maar hier wierp de zon nog een koperkleurige streep over de golven onder een bewolkte hemel. De grond aan het eind van de klif was afgebrokkeld; lang ruw gras groeide daar. Zwermen zeemeeuwen zweefden op de wind tegen een oranje achtergrond. Hun geschreeuw klonk luid door Arkoniëls kamer. Hij verwachtte haast de zeewind te kunnen ruiken en de zilte smaak te proeven.

Mahti bewoog licht en het beeld verschoof met duizelingwekkende snelheid, zodat ze over de rand naar beneden keken, naar de haven in de diepte.

'Dat is het!' riep Tamír zacht, en Arkoniël moest haar haast vastgrijpen om te zorgen dat ze niet te dicht bij de opening kwam. 'Misschien heeft Lhel je daarom bij me gebracht, meer dan om me te beschermen of zo.'

Arkoniël voelde een huivering en herkende het nu ook. Zelfs zonder de grote stad die hij in Afra had gezien, herkende hij de haven en de eilanden. Het was onmiskenbaar. Hij, Iya en Tamír hadden alle drie dezelfde plaats gezien.

'Remoni, noemen wij het,' vertelde Mahti. 'Betekent: "Goed water". Goed te drinken uit de grond.'

'Zijn er bronnen?'

Arkoniël vertaalde het en Mahti knikte. 'Veel bronnen. Veel goed water.'

'Zie je dat er beneden land genoeg is om een grote haven aan te leggen?' zei Tamír. 'En een citadel op de kliffen zou onneembaar zijn, niet te vergelijken met Ero. Waar is deze plek, Mahti? Dicht bij Cirna?'

'Ik ken niet jouw sir-na.'

Arkoniël maakte zelf een zichtvenster en liet hem het fort van Cirna zien, op zijn smalle strook grond.

'Dit ken ik wel! Ik kwam erlangs toen ik Caliël en zijn vrienden zocht,' zei hij in zijn eigen taal en Arkoniël vertaalde het. 'Maar ik zag dit grote huis ook in een visioen. Lutha en de anderen kwamen daarvandaan. Er huist groot kwaad in dat huis, en groot verdriet.'

'Hoe ver ligt Remoni daarvandaan?'

'Vijf, misschien zes dagen lopen. Jullie zuidlanders gaan daar nooit, naar Remoni. We hebben nog steeds heilige plaatsen bij de zee. Soms komen er bootjes in het veilige water bij de eilanden, maar er woont geen levende ziel. Waarom wil ze daarheen?'

'Wat zegt hij allemaal?' vroeg Tamír.

Arkoniël legde het uit.

'Dus het is maar drie dagen flink doorrijden,' mijmerde ze. 'Zeg maar dat ik daar een nieuwe stad wil bouwen. Kan hij me de weg wijzen?'

Arkoniël vertaalde, maar Mahti begon in zijn ogen te wrijven, alsof ze hem pijn deden. 'Moet slapen. Ik ga daar.' Hij wees door het raam naar de tuin. 'Te veel tijd in dit huis. Wil lucht, en aarde.'

'Maar er is nog zoveel dat ik wil weten!'

'Geef hem maar een paar uur rust,' zei Arkoniël, die voelde dat Mahti een reden had om haar niet te antwoorden. 'Jij moet ook maar even gaan liggen, want morgen moet je met de generaals om de tafel gaan zitten.'

Toen ze opstond om hen te verlaten, tikte Mahti zich op de borst. 'Jij hebt pijn. Daar.'

'Pijn? Ik? Nee, hoor.'

'Waar Lhel magiebinding maakt, daar jij pijn,' zei hij koppig en hij keek haar diep in de ogen terwijl zijn hand zich naar de lange hoorn bewoog. 'Ik maak droomlied voor jou. Neemt weg pietsie pijn.'

Tamír schudde haastig haar hoofd. 'Nee! Het is al geheeld. Het doet geen pijn meer.'

Mahti fronste zijn voorhoofd en sprak weer in zijn eigen taal. 'Oreskiri, zeg dat Lhels magie nog niet opgeheven is. Ze had geen heks om haar te helpen de bezwering te verbreken, er zijn nog draden die hen verbinden. Daarom blijft haar demonenbroer haar bezoeken.'

'Ik zal proberen het uit te leggen,' zei Arkoniël. 'Maar ze heeft niet erg veel vertrouwen in magie. De enige magie die ze als kind kende was angstwekkend of deed haar pijn. Ze vindt het niet prettig om zelf degene te zijn die betoverd wordt, al is het voor haar bestwil.'

Mahti keek bedachtzaam naar Tamír, die nu wat meer op haar hoede voor hem was. 'Ze kan niet echt zichzelf zijn tot ze ook van die laatste draden verlost is, maar ik zal het niet zonder haar toestemming doen.'

'Geef haar tijd.'

'Wat zegt hij?' vroeg Tamír bezorgd, van de een naar de ander kijkend.

Arkoniël nam haar mee naar de gang. 'Je bent nog steeds met Broer verbonden.'

'Ja, daar was ik zelf ook al achter gekomen.'

'Maar Mahti maakt zich daar zorgen om.'

Ze sloeg haar armen over elkaar. 'Vertrouw je hem dan al?'

'Ja, volgens mij is hij wel oké.'

Even keek ze onzeker om zich heen of ze iets wilde zeggen, maar ze schudde uiteindelijk haar hoofd. 'Ik ben al die magie zo zat. Ik ben een meisje, dat lijkt me voldoende. Van Broer heb ik niet zoveel last.'

Arkoniël slaakte inwendig een zucht. Hij had haar kunnen dwingen, maar dat wilde hij niet.

Toen hij terugkwam in zijn kamer, zat Wythnir met een uitgestrekte hand voor Mahti. Er lag een zilveren bol op.

'Kijk wat meester Mahti me geleerd heeft,' zei de jongen met zijn ogen op de bol gericht.

'Het is maar water,' verzekerde Mahti hem. 'Een van de eerste spreuken die kinderen leren, voor de lol.'

Wythnir verloor zijn greep op de magie en de bol viel uiteen op zijn hand en knieën. Mahti woelde door zijn haar. 'Goede magie, kiesa. Leer je vriendjes maar.'

'Mag ik dat, meester?'

'Morgen. Ga ze maar welterusten wensen en doe je natte broek uit. Ik moet een plekje voor onze gast vinden.'

Het was bijna volle maan. Mahti zat op het vochtige gras naast een rozenstruik, en genoot van de zoet geurende aarde en de lucht. Arkoniël had alle zuidlanders de tuin uit gestuurd zodat hij hier alleen onder het uitspansel kon zitten. Hij was blij dat hij weer even alleen was. Het was niet makkelijk geweest zoveel dagen in een kamer hoog boven de grond te wonen. De angst en het verdriet van de drie zuidlanders die hij hier had gebracht hingen als dichte mist in de kamer.

Lutha en Barieus waren een stuk opgeknapt nu ze met Tamír gesproken hadden. Hij was blij voor hen; ze hadden hem vanaf hun ontmoeting goed behandeld. De oudere, Caliël, was veel neerslachtiger, en dat kwam geenszins alleen door Mahti. Zijn ziel was diep gekwetst. Het verraad van een vriend was een zware klap voor hem, en had hem wonden toegebracht die moeilijk te helen waren. Mahti had Caliëls botten weer aaneengesloten en het gif en de pus weggespeeld met zijn oe'loe, maar het hart leek niet te genezen. Hetzelfde was het geval met die jongen Tanil. Mahti zag even wat hem was overkomen. Hij wist niet zeker of hij zoiets vreselijks zou kunnen helen.

En dan had je Tamír nog. Zij was ook erg verwond, maar ze voelde de pijn niet. Als hij uit een ooghoek naar haar keek, kon hij de zwarte draden nog zien uitsteken op de plek waar Lhel haar binding had gemaakt. Haar ziel was nog altijd verbonden met de noro'shesj, en die band belette dat ze volledig haar ware gedaante verkreeg. Ze was een jonge vrouw, zeker, maar er zat nog een restant van haar vroegere gedaante in haar bloed. Hij zag het aan haar holle wangen en de hoekige lijnen van haar lichaam.

Hij liet zijn hoofd schuin naar achteren hangen en de witte maan vulde zijn ogen. 'Ik heb haar nu gezien, Moeder Shek'met. Ben ik hier alleen naar toegekomen om de magie van Lhel af te maken en haar te helen? Ze wil het niet. Wat moet ik doen zodat ik weer naar huis kan gaan?'

Met deze vragen in zijn hoofd, zette hij de oe'loe aan zijn lippen en begon het zachte gebedslied te spelen. De zwangere maan vervulde hem en leende hem haar kracht.

Voor zijn ogen verschenen beelden en na enige tijd fronste hij zijn wenkbrauwen, zo verbaasd was hij. Hij speelde zijn lied tot het einde, en toen hij klaar was keek hij nogmaals naar het bleke maangezicht, en schudde het hoofd. 'Uw wil is eigenaardig, Moeder, maar ik zal mijn best doen.'

Wat vind je van hen, mijn meisje en mijn oreskiri? fluisterde Lhel hem vanuit de schaduwen toe.

'Ze missen je,' fluisterde hij terug en hij voelde hoe bedroefd het haar maakte. 'Houden zij je hier?'

Ik blijf hier voor hen. Als alles af is, kan ik pas rusten. Zul je doen wat de Moeder je verteld heeft?

'Als ik kan, maar het volk zal haar niet welkom heten.'

Je moet hen haar laten zien zoals ik.

'Zal ik je nog eens zien, nu ik haar gevonden heb?'

Hij voelde een onzichtbare streling en weg was ze.

Er bewoog een gestalte in de schaduwen bij de deur van de binnenplaats. Arkoniël was de tuin binnengekomen terwijl hij droomde. Zonder een woord te zeggen verdween de oreskiri weer naar binnen.

Ook hij had veel pijn.

Mahti legde zijn hoorn naast zich en ging op het gras liggen om te slapen. Hij zou doen wat de Moeder bevolen had, dan kon hij naar huis. Heel vermoeiend allemaal, die rare zuidlanders die niet om hulp vroegen als ze die wel nodig hadden.

Arkoniël zat bij zijn raam en keek naar de slapende Mahti in de tuin. Wat zag hij er vredig uit, op die kale grond, met zijn hoofd rustend op zijn gekromde arm.

Het woelde in Arkoniëls hart. Hij had Lhels stem gehoord en haar muskusachtige geur geroken. Hij begreep wel waarom ze ooit naar Mahti gegaan was, maar waarom was ze nooit meer bij hem verschenen?

'Meester?' vroeg Wythnir vanuit zijn bedje.

'Het is goed, kind, ga maar slapen.'

Maar in plaats daarvan klom hij op Arkoniëls schoot, en legde zijn hoofdje onder Arkoniëls kin tegen zijn borst.

'Wees niet verdrietig, meester,' mompelde hij slaperig. Toen Arkoniël bekomen was van zijn verbazing, was het jongetje diep in slaap.

Aangedaan door die onschuldige aanhankelijkheid, bleef Arkoniël zo nog even zitten, en het vertrouwen van het slapende kind herinnerde hem weer aan het werk dat nog voor hem lag.

Tamír trof de herenigde Gezellen nog steeds in Nikides' kamer aan. Lutha en Barieus lagen op hun buik op het brede bed. Ki en Tharin zaten op de rand en maakten plaats voor Tamír die tussen hen in ging zitten. De rest sleepte stoelen bij of zat op de vloer. Ki vertelde Lutha en Barieus net over het draakje dat ze in Afra hadden gezien. 'Laat jouw litteken ook eens zien,' vroeg hij Tamír.

Ze stak haar wijsvinger uit.

'Ik wou dat wij daarbij waren geweest,' zei Barieus jaloers.

'De volgende keer, echt,' beloofde ze. 'Vertel eens wat meer over Korin. Is er ook maar enige kans dat hij tot rede gebracht kan worden?'

Lutha schudde zijn hoofd. 'Ik geloof niet dat hij je ooit kan vergeven, Tamír.'

'En nu heeft hij nog een erfgenaam ook,' zei Ki. 'Des te meer reden voor hem om jou te bestrijden.'

'Is vrouwe Nalia eindelijk in verwachting? Nou, het zou tijd worden,' mompelde Lutha met een kleur. 'Korin deed zo hard zijn best, niet verwonderlijk dat hij toch nog raak geschoten heeft.'

'Wat weten jullie van haar?' vroeg Tamír.

'Bijna niets, behalve wat Korin vertelde. Hij sluit haar op in die toren, maar als we haar af en toe zagen, was ze altijd heel vriendelijk.'

'Is het waar dat ze zo lelijk is?' vroeg Ki.

'Nou, lelijk... Heel gewoontjes eigenlijk, met een grote roze wijnvlek over haar ene wang en hals.' Barieus trok de omtrek ervan na op zijn eigen gezicht. 'Net als dat vlekje op jouw arm, Tamír.'

'Wat kunnen jullie me nog meer vertellen, nu Cal niet bij ons is?'

Lutha zuchtte. 'Nu voel ik me echt een spion. Korin heeft een aanzienlijke strijdmacht – ruiters, krijgslieden, bendes voetvolk, een paar schepen, vooral van de noordelijke landgoederen en van gebieden op het vasteland. Hij heeft invallen gedaan op gebieden die loyaal aan jou waren.'

'Ik heb hetzelfde gedaan.'

'Weet ik,' antwoordde Lutha. 'En toen kreeg hij pas echt een pesthumeur, net als toen je de tweede aanval van de Plenimaranen had teruggeslagen. Ik weet niet of het de invloed van Niryn is, of dat het zijn eigen jaloezie is, maar nu hij eindelijk de wapens wil opnemen, zal hij niet met minder genoegen nemen dan een gevecht op leven en dood.'

'Dat kan hij krijgen. We hebben nog maar een paar maanden voor de winter invalt. Tharin, wil je Lytia vragen om een complete lijst van voorraden die ik morgen bij de audiëntie kan presenteren? Ik moet weten hoelang we een beleg kunnen uitzitten, mocht het daarvan komen. Stuur koeriers naar alle kampementen, en gezanten naar de heren die terug zijn gegaan naar hun noordelijke landgoederen. Ik wil eigenlijk zo snel mogelijk ten strijde trekken.'

'Met je Gezellen aan je zijde natuurlijk,' zei Ki. 'In elk geval degenen die fit genoeg zijn,' zei hij met een verontschuldigende blik op Lutha.

'We zijn fit genoeg!' riep Lutha.

Terwijl Tamír de trotse gezichten van haar vrienden in ogenschouw nam, vroeg ze zich af hoeveel van hen ze weer terug zou zien als alles voorbij was...

Toen zij en Ki naar hun kamers slenterden, waren hun gedachten niet meer bij de komende oorlog. Bij zijn eigen deur aangekomen, bleef Ki aarzelend staan. Tamír snapte dat hij wachtte tot zij zou zeggen waar hij moest slapen.

Maar ook zij aarzelde, met al die wachters die postten voor de deuren.

Ki zag hen ook en slaakte een zucht. 'Nou, welterusten dan maar.'

Later, toen Tamír alleen in haar grote bed lag met Streepstaart als een snorrende bal op haar borst, gleed ze met een vinger langs haar lippen, haar lippen die een paar nachten geleden zo innig gekust waren.

Ik ben koningin. Als ik met hem wil slapen, dan mag ik dat! zei ze tegen zichzelf, maar bloosde alleen al bij de gedachte. Toen was het makkelijk geweest, allebei bang, en ver van het hof in andermans kamer. Maar misschien had Ki er nu alweer spijt van.

Ze drong de gedachte naar de achtergrond, maar een spoortje van twijfel bleef hangen. Nu ze weer bij de anderen waren, deed hij weer net zo afstandelijk als hij steeds had gedaan.

En ik ook. Dit is trouwens niet de tijd om aan liefde te denken! Nari's strenge woorden hadden haar ook aan het denken gezet. Dat soort liefde, daar kwamen maar baby's van, als je niet oplette. Nari had haar daarom een pot vol pessaria meegeven, voor het geval dat.

Het geval dat...

Hoezeer ze ook naar Ki verlangde, de gedachte te moeten vrijen met Ki maakte haar angstiger dan ze kon toegeven. Als ze haar lichaam erin mee liet gaan, gaf ze pas echt toe dat ze een meisje was – nee, een vrouw – in alle opzichten.

Aan de andere kant was dit bed wel erg groot en eenzaam, zeker als je wist dat Ki zo vlakbij was. Ze betastte het korstje op haar kin. Als het een litteken werd, jammer dan. Elke keer dat ze in de spiegel keek, herinnerde het aan hem, en hoe het had gevoeld zo naast hem te liggen in dat oude bed in de burcht. Langzaam liet ze haar vingers langs haar hals naar haar borst glijden, dezelfde weg die zijn vingers genomen hadden.

Toen haar vingers het litteken raakten, dacht ze plotseling aan wat de heks had gezegd. Wat had hij bedoeld? De wond was geheeld. Het deed echt geen pijn meer.

Ze knuffelde de kat en wou dat het zachte bont Ki's haar of huid voorstelde. Was ze nu maar een gewoon meisje geweest, zonder duistere geheimen, zonder grootse toekomst, en zonder Ero te hebben gekend.

'Lieverkoekjes worden niet gebakken,' fluisterde ze in de duisternis. Ze was wat ze was, en daar viel niets meer aan te veranderen.

Toen ze uiteindelijk sliep, droomde ze niet van Ki maar van een gevecht. Ze zag die rotsige plek weer, en de rode banier van Korin die dichter- en dichterbij kwam.

42

Tamír stond de volgende ochtend vroeg op, beter uitgerust dan ze had verwacht. Nu ze eindelijk vrede had met de weg die ze moest gaan, wilde ze ook meteen beginnen. Als een oorlog de enige manier was om Korin te ontmoeten, dan moest dat maar.

Zonder Una gunde ze zichzelf de luxe zichzelf te mogen aankleden, met slechts af en toe wat hulp van Baldus. Ze deed de ketting en armband om die de Aurënfaiers haar geschonken hadden en stond net haar haar te kammen toen Ki aanklopte. Baldus liet hem binnen. Ze draaide zich om met de kam in haar hand en zag hoe hij haar aanstaarde. 'Is er wat?'

'Eh... nee, niks,' antwoordde hij en liep naar het wapenrek. 'Wil je je borstkuras om?'

'Ja,' antwoordde ze en ze trok haar wenkbrauwen op vanwege zijn vreemde gedrag.

Hij hielp haar in haar glanzende borstbeschermer en maakte de gespen aan beide zijden vast.

'Zo. Zie ik er zo uit als een strijderskoningin?' vroeg Tamír en ze deed haar zwaardriem om haar heupen.

'Dat zou ik wel zeggen.'

Weer had Ki die vreemde, onzekere blik.

'Baldus, roep de rest van de Gezellen en heer Tharin voor me. Zeg ze maar dat ik klaar ben voor de audiëntie.'

De kleine page ging ervandoor om zijn taak te volbrengen.

'Hebben Lutha en de anderen goed geslapen?' informeerde ze.

'Eh... ja, hoor.'

'Ik neem aan dat Caliël niet van gedachten veranderd is?'

'Nee. Maar met Tanil gaat het beter. Hij heeft bij Cal geslapen en verliest hem geen moment uit het oog. Caliël leek ook een beetje opgeknapt.'

'Misschien redden ze het allebei wel.'

'Ik neem Lutha en Barieus mee naar de zwaardenmaker. Ze zijn er niet van-af te brengen, ze willen per se met je mee.' Ki reikte naar een haarlok die achter het kuras gevangen zat en liet zijn duim zacht over de snee op haar kin gaan. 'Staat heel stoer, maar het gaat wel over.'

Ze stonden heel dicht bij elkaar en raakten elkaar bijna aan. Impulsief liet ze haar vinger over zijn drakenbeet gaan. 'Geldt ook voor jou.'

'Het doet al geen pijn meer.' Hij bleef naar haar kin staren, met zijn vingers op haar wang. Er ging een rillinkje door haar armen en met een schok besefte Tamír dat de gevoelens die die nacht op de burcht ontwaakt waren, weer in haar opstegen – genot, met de verwarde sensatie van het hebben van twee lichamen tegelijk.

Maar dat weerhield haar er niet van zich dichter tegen hem aan te drukken en hem licht op de mond te kussen. Heel teder kuste hij haar terug, met zijn hand op haar wang. Tamír liet haar vingers naar het warme, zachte haar in het kuiltje van zijn hals glijden en ze kreeg het warm en koud tegelijk. Aangemoedigd sloeg ze haar armen om hem heen maar haar kuras perste de lucht uit zijn longen en hij barstte in lachen uit.

'Voorzichtig, Majesteit! Uw nederige schildknaap heeft die ribben nog nodig.'

'U bent mijn vazal, heer Kirothius,' corrigeerde ze grinnikend, ze hield hem iets voorzichtiger vast, en zag zich weerspiegeld in de diepten van die donkerbruine ogen. Het verlangen tussen haar benen begon pijn te doen en de verwarring maakte plaats voor iets anders.

Ze wilde hem net weer kussen, maar toen ze de deur hoorden opengaan deden ze allebei snel een stap achteruit, met een beschaamde blos op de kaken.

Nikides stond op de drempel, met een geamuseerde blik. 'Tharin, meester Arkoniël en de heks zijn hier. Mag ik ze binnenlaten?'

'Natuurlijk.' Tamír kamde haar haar terug en voelde snel aan haar wangen of ze erg gloeiden.

Ki stelde zich op bij het wapenrek en begon omstandig haar maliënkolder na te kijken.

Nikides grijnsde nog breder toen hij de gang weer opliep. Arkoniël merkte hun toestand niet op toen hij met grote stappen binnenkwam met een grote boekrol onder zijn arm, en de anderen achter hem aan.

Mahti was gekleed als iemand van lage adel. Zijn haar was gekamd en in een wilde staart samengebonden; zijn barbaarse sieraden waren verdwenen. Hij had ook zijn hoorn achtergelaten. Tamír vermoedde dat Arkoniël dat met veel moeite voor elkaar gekregen had, want Mahti had haast niet ongelukkiger kunnen kijken.

'Mahti heeft je iets te vertellen,' zei Arkoniël, lichtelijk opgewonden.

'Ik heb visioen voor jou,' zei de heks. 'Ik laat jou weg naar westen zien.'

'Naar de haven, bedoel je? Remoni?'

'Jij zal west gaan. Mijn godin zegt dat.'

'En je zag de weg in je visioen?'

Hij schudde het hoofd. 'Ik ken weg. Maar Moeder zegt, ik breng jou daar.' Hij keek nog ongelukkiger nu. 'Is verborgen weg, alleen voor heuvelvolk, verboden voor anderen. Dit mijn hulp voor jou.'

Stomverbaasd keek Tamír Tharin en Arkoniël aan. 'Dat is erg boeiend allemaal, maar op het moment ben ik meer bezig met...'

'Ja, maar ik denk dat dit wel eens heel handig kan zijn,' zei Tharin en hij nam de boekrol van Arkoniël over. Het was een kaart van Noord-Skala en de istmus. 'Korin komt hoogstwaarschijnlijk via de kustroute deze kant op. Uit Lutha's verhaal begrijp ik dat hij niet zijn hele leger per schip kan transporteren. De route waar Mahti het over heeft loopt hierzo, door de bergen.' Hij liet een vinger ten zuiden en westen van Colath lopen. 'Dan kom je hier uit, bij die haven van je. Van daaruit kun je ofwel Korin de pas afsnijden als hij naar het zuiden gaat, ofwel achter hem aan gaan als hij eerder naar het oosten afbuigt.'

'Het is een pad dat de Retha'nois verborgen houden, op dezelfde manier als Lhel haar woonplaats verborg,' legde Arkoniël uit. 'Aan het pad liggen vele dorpjes en vreemdelingen zijn niet welkom, maar Mahti zegt dat hij jou er zonder veel problemen langs kan brengen.'

Tamír staarde naar de kaart en haar hart begon sneller te slaan. Was dit was het Orakel haar had willen zeggen? Was dit waartoe al haar dromen over de westelijke klif toe geleid hadden?

'Ja, ja, ik snap het,' zei ze slapjes, het leek opeens of de wierook van de Illioranen haar geest benevelde.

'Alles goed met je?' vroeg Ki.

'Ja.' Ze haalde diep adem en vroeg zich af wat er die ochtend toch mis was met haar. 'Ik val dus vanuit het westen aan, en kan hem misschien verrassen als hij denkt dat ik me druk maak om een beleg.'

Ze keek Mahti aan, die wel erg stilletjes was. 'Waarom doe je dit voor ons?'

'Jij moet beloven jij sluit vrede met Retha'nois. Jullie maken niet meer jacht, jullie maken ons niet meer dood. Wij mogen heuvels verlaten.'

'Ik zal het uit alle macht proberen, maar ik kan je niet beloven dat het van de ene dag op de andere lukt. Arkoniël, leg hem dat eens uit. Ik wil natuurlijk doen wat hij vraagt, maar het is geen sinecure om mensen op andere gedachten te brengen of hun gedrag te veranderen.'

'Dat heb ik hem al verteld, maar hij is ervan overtuigd dat alleen jij hem kan helpen. Een betere verstandhouding tussen onze volkeren kan jou ook ten goede komen.'

'Een probleem is wel de aanvoer van voorraden en wapens door de bergen,' zei Tharin. 'Een echte weg kun je het niet noemen.'

'De mensen uit Gedre zouden de aanvoer kunnen regelen,' merkte Arkoniël op. 'Ze hebben snelle schepen. Ze kunnen waarschijnlijk net zo snel in Remoni zijn als wij.'

'Stuur hen meteen bericht,' beval Tamír. 'En waarschuw ook de Bôkthersanen. Solun wilde dolgraag helpen.'

'Wat zouden we toch zonder hem moeten,' bromde Ki knorrig.

Haar plannen waren als een lopend vuurtje rondgegaan. De audiëntiezaal was stampvol toen Tamír binnenkwam. Haar generaals en hun kapiteins stonden het dichtst bij de verhoging, maar er waren nog veel meer mensen – hovelingen, hofdames, soldaten en burgers – die zich tussen de pilaren verdrongen en opgewonden door elkaar heen praatten.

Ze beklom de verhoging en de Gezellen stelden zich achter haar op. Vandaag waren Lutha en Barieus erbij, bleek maar trots in hun geleende kleren.

Tamír trok haar zwaard en werd doordrongen van het gigantische belang van de woorden die zij nu zou spreken. 'Heren, aanvoerders en goede mensen! Ik sta nu voor u om formeel te verklaren dat ik, zo Illior het wil, tegen prins Korin zal opmarcheren om mijn troon veilig te stellen en ons verdeelde land te herenigen.'

'Leve de koningin! Hoera, hoera, hoera!' schreeuwde heer Jorvai en hij stak zijn zwaard de lucht in.

De kreet werd overgenomen en het gejuich hield enkele minuten lang aan, tot kanselier Illardi met zijn staf op de vloer bonkte en hun aandacht weer op de koningin vestigde.

'Dank u wel. Laat de herauten dit bericht door heel Skala verspreiden. Allen die met mij vechten zijn mijn vrienden en waarachtige Skalanen.' Ze zweeg even en voegde er toen aan toe: 'En allen die tegen mij zijn, zullen als verraders terechtstaan en hun land verliezen. Moge Illior ons de kracht geven onze overwinning snel te behalen en de wijsheid om juist te handelen. Kanselier Illardi, ik belast u met het toezicht op de werving van strijders en de wapenvoorraad. Hofmeesteres Lytia, u bent verantwoordelijk voor de bagage- en leeftochtwagens. Ik wil binnen een week opmarcheren. Alle kapiteins gaan nu naar hun compagnieën en beginnen meteen met de voorbereidingen.'

Terwijl iedereen aan het werk ging, liep Tamír meteen door naar de kaartenkamer met haar generaals en Gezellen. Daar zat Arkoniël al met Mahti en zijn hoogste tovenaars – Saruel, Malkanus, Vornus en Lyan – op hen te wachten.

De Gezellen namen rond de tafel plaats, maar Jorvai en een aantal andere aanvoerders bleven mompelend staan, terwijl ze benauwde blikken op de heuvelheks wierpen.

'Wat heeft dit te betekenen, Majesteit?' vroeg Jorvai.

'Aan deze man is te danken dat een aantal vrienden van mij veilig terug zijn gekeerd, en hij staat onder mijn uitdrukkelijke bescherming. Ik ben al eerder door iemand van zijn volk geholpen, en heb het grootste respect voor hun magie. Ik beveel u allen hetzelfde te doen.'

'Met alle respect, Majesteit, hoe weet je dat hij geen gevaarlijke trucjes met je uithaalt?' vroeg Nyanis.

'Ik heb zijn hart gelezen,' antwoordde Arkoniël. 'Enkele andere tovenaars van de koningin eveneens. Hij spreekt de waarheid en werd door visioenen naar koningin Tamír geleid om haar te helpen, precies zoals wij.'

'Deze man is een vriend van deze regering,' sprak Tamír ferm. 'U dient mijn oordeel in dezen te volgen. Ik verklaar hierbij dat er voortaan vrede heerst tussen Skala en het heuvelvolk, de Retha'nois. Vanaf heden zal geen Skalaan hen meer met geweld tegemoet treden of verjagen, tenzij hij wordt aangevallen. Ik heb gezegd.'

Er klonk wat gemor hier en daar en men keek nogal sceptisch, maar iedereen boog gehoorzaam.

'Dat is dan geregeld.' Tamír vervolgde haar toespraak met het plan Korin in de flank aan te vallen, waarbij ze gebruikmaakte van Arkoniëls kaart en diverse andere die ze op de grote tafel uitspreidde.

'Ik heb met de khirnari van Gedre gesproken,' vertelde Arkoniël. 'Hij kent de haven en stuurt schepen met voorraden en boogschutters. Hij heeft het plan ook doorgegeven aan Bôkthersa. Als het allemaal lukt, ontmoeten we elkaar daar.'

'Dat is een leuk plan, tenzij Korin al bijna in Atyion zit tegen de tijd dat wij de bergen door zijn,' merkte Jorvai op. 'Als hem ter ore komt dat je vertrokken bent, maakt hij alleen maar meer haast om de stad binnen te vallen. De graanschuren en de schatkist zijn lekkere hapjes voor hem, om maar te zwijgen van het kasteel zelf. Ik heb zo'n vermoeden dat het daar in Cirna geen vetpot meer is, al die maanden met al die mensen in een fort.'

'Hij heeft inderdaad dringend goud nodig,' zei Lutha.

'Daarom wil ik niet riskeren om Atyion zonder verdediging achter te laten. Ik houd twee bataljons van het Atyionese garnizoen hier als verdedigingsleger. Als Korin hier al komt, zal hij nog een harde dobber aan ons hebben. Hij wordt dan voldoende vertraagd om hem ook van achter aan te vallen.' Tamír bewoog een vinger langs de oostkust. 'Het Atyionese leger kan hem vanuit het zuiden aanvallen, mits hij zover komt. Ik hoop hem vanuit het westen aan te vallen, maar hij kan zijn leger natuurlijk splitsen en ons vanaf beide kusten aanvallen.' Ze keek Tharin aan. 'Heer Tharin, ik benoem u tot maarschalk van de oostelijke verdedigingslinie. Arkoniël, kies de beste tovenaars uit die hem kunnen bijstaan.'

Tharin sperde zijn ogen wijd open en ze wist dat hij op het punt stond met haar in discussie te gaan. Maar met de anderen erbij durfde hij dat niet aan, en daarom had ze tot nu gewacht hem deze beslissing mee te delen. Ze gaf hem een klap op de schouder. 'Jij bent een man van Atyion. De strijders kennen je en respecteren je.'

'Na koningin Tamír zelf, geniet niemand meer respect bij de manschappen,' zei Jorvai.

'Bovendien ken jij de edelen met landgoederen tussen hier en Cirna beter dan welke generaal dan ook,' voegde Tamír eraan toe. 'Als je naar het noorden optrekt, lukt het je misschien om je leger te vergroten.'

'Zoals u wenst, Majesteit,' zei Tharin stijfjes, maar het was duidelijk dat hij er niet al te blij mee was.

'Je breekt je eed aan mijn vader toch niet,' zei ze vriendelijk. 'Hij wilde dat je me beschermde. Momenteel is dit de beste manier om dat te doen.'

'Wel een beetje link om je leger op te splitsen. De laatste rapporten zeggen nu eenmaal dat Korin ruim tweemaal zoveel manschappen heeft als jij,' bracht Nyanis haar in herinnering.

'Ik kom veel sneller vooruit met een klein leger. Mahti's route zal ons dagen schelen.' Ze wendde zich tot de heks. 'Kunnen er paarden over dat pad van jou?'

'Pad is erg smal op sommige stukken. En soms wel erg steil.'

'De Retha'nois gebruiken geen paarden. Ze dragen alles op hun rug,' legde Arkoniël uit.

'Dan moeten we dat zelf ook maar doen en hopen dat de Aurënfaiers op tijd zijn.' Tamír keek met gefronst voorhoofd naar de kaart op tafel en keek toen haar aanvoerders aan. 'Wat denken jullie?'

'Ik zou zeggen dat u het best voornamelijk gewapend voetvolk en boog-schutters mee kunt nemen, Majesteit,' antwoordde Kyman. 'Voor de verken-ners zult u wel paarden nodig hebben, maar hoe minder we er mee nemen, hoe minder foerage we hoeven sjouwen.'

'Vergeet trouwens de schepen niet die je in Ero hebt liggen,' merkte Illardi op.

'Die zouden niet op tijd komen om ons van nut te kunnen zijn. Houd ze maar hier en gebruik ze voor de verdediging van Atyion en Ero. Illardi, die schepen zijn jouw zorg. Jorvai, Nyanis, Kyman: jullie zijn mijn maarschal-ken,' sprak Tamír.

De rest van de dag werd besteed aan het opstellen van een grootscheeps plan de campagne. Lytia's inventarisatie van de provisiekelder was bemoedi-gend; al trok ze daar de leeftocht van Tamírs leger af, dan nog zou het Korin maanden kosten hen uit te hongeren. Twee compagnieën zouden in de kazer-ne blijven; tweeduizend voetsoldaten en vijfhonderd ruiters zouden met Tharin meegaan. De rest, bijna tienduizend voetsoldaten, boogschutters en honderd man van de cavalerie zouden met Tamír de bergen over trekken, met Mahti als haar gids.

Tamír en de Gezellen waren net de grote zaal voor het avondmaal binnenge-komen toen Baldus zich een weg door de menigte baande, waarbij hij bedien-den en hovelingen haast van de sokken liep.

'Majesteit!' schreeuwde hij, en hij zwaaide naar haar met een gevouwen vel perkament.

Buiten adem stopte hij vlak voor haar en maakte een snelle buiging. 'Ik vond dit... onder uw deur. Vrouwe Lytia zei dat ik het... meteen moest bren-gen. Hij had haar om een stel kleren gevraagd – heer Caliël...'

'Stil even.' Tamír nam het vel perkament en herkende meteen Caliëls sier-lijke handschrift.

'Hij is vertrokken, hè?' vroeg Ki.

Tamír las het korte briefje door en gaf het hem met een zucht. 'Hij brengt Tanil terug naar Korin. Hij wilde vertrekken voor hij onze plannen zou ho-ren.'

'Verdomme!' riep Lutha met gebalde vuisten van frustratie. 'Ik had hem ook nooit alleen moeten laten. We moeten meteen achter hem aan.'

'Nee.'

'Wat? Maar hij is geschift dat hij teruggaat!'

'Ik heb het hem beloofd, Lutha,' zei ze treurig. 'Het is zijn eigen keuze. Ik mag hem niet tegenhouden.'

Lutha bleef met samengeknepen lippen staan, en zijn ogen spraken een on-hoorbare smeekbede uit. Vervolgens liep hij met gebogen hoofd de zaal uit.

'Tamír?' zei Barieus, duidelijk verscheurd tussen plicht en vriend.

'Ga maar,' zei Tamír. 'Pas maar op dat hij geen stomme streken uithaalt.'

Toen het krijgsberaad voorbij was bracht Arkoniël Mahti terug naar de Orës-kazaal en verzamelde de andere tovenaars op de binnenplaats om hun plan te trekken.

'Haïn, Malkanus en Cerana, jullie rijden met mij mee. Melissandra, Saru-el, Vornus, Lyan en Kaulin – ik geef jullie de verantwoording over het kasteel en de rest van de tovenaars.' Hij keek naar de kinderen, die naast hem op het gras zaten. Wythnir keek hem diepbedroefd aan, en het ging Arkoniël aan het hart, maar er was niets aan te doen.

'Ik moet hier achterblijven, maar dát daar mag mee?' kankerde Kaulin en hij wees met zijn duim naar Mahti, die bij de kinderen op het gras was gaan zitten. 'Is hij een van ons geworden soms?'

Inwendig zuchtte Arkoniël. Kaulin was de minst geliefde onder de tove-naars. 'Hij is door visioenen naar koningin Tamír geleid, net zoals wij alle-maal. Of het nu door zijn goden of door de onze gebeurt, hij blijft een van ons zolang hij haar dient. Jullie waren bij ons in de bergen; zonder Lhel hadden we het daar niet overleefd. Eer haar door deze man te eren. We moeten ons niet door onwetendheid laten verdelen. Als je echter ook met mij mee wil gaan, ben je welkom, Kaulin.' Hij keek de anderen aan. 'Jullie zijn hier alle-maal uit vrije wil. Jullie kunnen te allen tijde je eigen weg kiezen. Ik ben geen meester van welke vrije tovenaar dan ook.'

Kaulin bond in. 'Ik ga graag mee. Ik kan een beetje helen.'

'Ik zou ook liever met jou meegaan,' zei Saruel.

'Dan blijf ik wel hier,' zei Cerana.

'Uitstekend. Nog iemand?'

'Ik denk dat je ons goed ingedeeld hebt, Arkoniël,' antwoordde Lyan. 'In beide groepen zijn er genoeg die de vijand kunnen schaden en de onschuldi-gen kunnen beschermen.'

'Helemaal mee eens,' sprak Malkanus. 'Ik denk niet dat we nu nog iets moeten veranderen.'

'Nu, ik ben blij dat jullie allemaal blijven om de koningin te steunen.'

'Ik neem aan dat meesteres Iya haar redenen had om ons te verlaten, maar haar kracht zullen we hier dan ook missen,' zuchtte Cerana.

'Dat zullen we zeker,' zei Arkoniël op droevige toon. Hij had hen verteld

379

dat Iya haar deel van haar taak erop had zitten en uit eigen beweging was op-
gestapt. Tamír had de loyaliteit van de tovenaars te zeer nodig, en hij kon niet
riskeren dat ze kwaad zouden worden als ze de hele waarheid zouden horen.

'Je bent je zwaard vergeten, Cal,' merkte Tanil op toen ze in de vallende schemering over de hoofdweg naar het noorden galoppeerden. Hij dook met een
schuldige blik ineen. 'En ik ben het mijne verloren.'

'Maakt niet uit. We hebben ze niet nodig,' verzekerde Caliël hem.

Tanil had Atyion uit vrije wil verlaten, hij verlangde er zo naar om Korin
weer te zien. Dankzij de gulheid aan Tamírs hof hadden ze beiden nette kleren
en wat goud gekregen, voldoende voor een stel paarden en leeftocht voor de
reis.

'Maar als we de Plenimaranen nu tegen het lijf lopen?'

'Die zijn weg. Tamír heeft ze verdreven.'

'Wie?'

'Tobin,' legde Caliël uit.

'O ja. Ik vergeet het de hele tijd.' Hij plukte weer aan het pluizige haar waar
de vlecht had gezeten. Caliël boog zich opzij en haalde zijn hand weg. 'Het is
oké, Tanil.'

Tanils lichaam was genezen, maar vanbinnen was hij beschadigd, waardoor
hij vaak afwezig was en snel in de war. Caliël had overwogen om gewoon weg
te rennen, naar een hutje op de hei of een ander landgoed, maar hij wist dat
Tanil altijd naar Korin zou blijven verlangen.

*En waar zou ik heen kunnen gaan, want ook ik zou hem nooit kunnen verge-
ten.*

Caliël stond zichzelf niet toe te piekeren over het welkom dat hij op Cirna
zou krijgen. Hij zou Tanil terugbrengen waar hij hoorde, en dat zou zijn laatste daad van vriendschap en plicht kunnen zijn.

Nee, verbeterde hij zichzelf. *Mijn laatste daad zal de moord op Niryn zijn,
zodat Korin eindelijk weer vrij is.*

Daarna mocht Bilairy hem komen halen, hij zou er geen traan om laten.

43

Nalia had Korin nog maar weinig gezien sinds hij van haar zwangerschap gehoord had. Hij kwam niet meer 's avonds naar haar bed en was de hele dag bezig met organisatie van de belegering en de strategie voor de komende strijd.

Nalia keek naar de bewegingen in de kampementen en het komen en gaan van militairen op de binnenplaats van het fort. De geluiden van hoefsmeden, wapensmeden en ratelende karren echoden tegen de muren.

Maar vergeten was ze niet. Elke dag stuurde Korin haar wel een klein geschenk, en Tomara bezocht hem elke ochtend om hem in te lichten over Nalia's gezondheid. En als hij af en toe even tijd had om langs te komen, was hij aardig en attent. Nalia begon zowaar uit te kijken naar het geluid van zijn voetstappen op de trap.

Korins gedachten waren niet bij Nalia toen hij en zijn mannen de zigzagweg naar de haven afreden. Voor hij zijn intrek in het fort had genomen, was hier niet meer dan een klein vissersplaatsje geweest. Maar gedurende de zomer had er een transformatie plaatsgevonden. Rijen snel in elkaar geflanste huizen, ruige kroegen, en lange barakken waren op de steile helling tussen de kliffen en de kuststrook neergezet.

Een stevige zeebries speelde door Korins zwarte krullen en het zweet op zijn voorhoofd verdampte. De zomer was tanende, maar de luchten waren nog steeds onbewolkt. De schepen van hertog Morus lagen voor anker in de diepe haven, geflankeerd door een tiental andere. Er waren er nu drieëndertig in getal. Sommige waren niet veel meer dan grote platbodemschepen of vissersboten, maar hij had in elk geval twintig galjoenen, die elk minimaal honderd man konden vervoeren.

Korin bereikte de stenen aanlegsteiger en snoof de lucht op, waarin teer, vis en zout de boventoon voerden. 'Ik wou dat we mee konden varen,' zei hij over zijn schouder tegen Alben en Urmanis. 'Die zijn binnen een paar dagen in Ero, terwijl wij dan nog voortploeteren over stoffige wegen.'

'Ja, maar jij voert het bevel over het grootste leger,' antwoordde Alben.

Hij en Urmanis waren de laatste van Korins oorspronkelijke Gezellen, en zijn allerlaatste vrienden. Hij had Moriël onlangs ook tot Gezel verheven. Niryn had hem uitgelegd dat de Pad zijn waarde de afgelopen maanden duidelijk had bewezen, en hoewel Niryn hem met tegenzin uit zijn dienst ontsloeg, wees hij Korin erop dat er verder wel erg weinig goedgetrainde jongemannen rondliepen die de Gezellen konden aanvullen. Alben was altijd goed over Moriël te spreken geweest, en uiteindelijk vroeg Korin zich af waarom hij hem al niet veel eerder tot zijn groep vrienden had toegelaten.

Morus begroette hem hartelijk. 'Goedemorgen, Majesteit. Hoe is het met de vrouwe?'

'Ze maakt het uitstekend, dank u, heer,' antwoordde Korin en hij omklemde de vuist van de ander ter begroeting. 'Hoe is het met mijn vloot?'

'We brengen de lading en de mannen aan boord en hijsen de zeilen zodra u het plengoffer gebracht heeft. Met de wind uit de juiste hoek liggen we over een dag of drie in de haven boven Ero, en hebben we Atyion in de tang zodra u arriveert.'

Moriël glimlachte toen hij dat hoorde. 'Zo kraken we prins Tobin als een noot tussen twee stenen.'

'Zoiets.' Korins hart bevroor altijd als de naam van zijn neef werd genoemd. Hij had nooit iemand zo gehaat als hij Tobin haatte. Hij bezorgde Korin nachtmerries, in de vorm van een bleke, honende gestalte, een verwrongen schim met holle ogen. Gisternacht had Korin nog gedroomd dat hij met hem in een worsteling verzeild raakte, waarbij ze allebei de kroon van de ander af rukten.

De helft van het land was al in zijn waanzinnige beweringen getrapt, ze hadden zich laten meesleuren door die paar overwinningen. Dit irriteerde Korin mateloos en jaloezie knaagde aan zijn hart. Nu had dat kleine opdondertje zelfs Caliël van hem ingepikt. Dat zou hij beiden nimmer vergeven.

Niryn sprak dreigend over de tovenaars die zich aan Tobins hof verzameld hadden. Er waren er maar enkele naar Cirna gekomen, en het handjevol Haviken dat naar het noorden getrokken was bleek een waardeloos zootje, volgens Korin dan, want ze schenen alleen hun eigen soort te kunnen verbranden en ze maakten de soldaten bang. Als je op de geruchten afging waren die van Tobin heel wat machtiger. Bij de Vlam, wat had hij een pesthekel aan dat joch!

'Korin, gaat het met je?' fluisterde Urmanis in zijn oor.

Korin knipperde met zijn ogen, en zag dat Morus en de anderen hem stonden aan te staren. Alben hield hem bij de elleboog vast en Urmanis stond aan zijn andere zijde.

'Wat kijken jullie nou? Heb ik wat van je aan?' beet Korin hun toe, zijn korte afwezigheid verbloemend met hoon. Maar in werkelijkheid voelde hij zich een beetje duizelig en hij balde zijn vuisten om niet op iemand los te timmeren zonder geldige reden. 'Kom, roep je mannen op, Morus.'

Morus gaf een van zijn kapiteins het teken. De man zette de bugel aan zijn lippen en blies 'verzamelen'. Binnen de kortste keren namen andere blazers de melodie over en de hele klif echode van de heldere klanken. Korin zat op een meerpaal te wachten om te zien hoe gelid na gelid uit de barakken kwam en de aanlegsteiger op marcheerde. Lange roeiboten kwamen hen over het gladde oppervlak tegemoet om hen naar de schepen te brengen.

'Voel je je beter?' mompelde Alben die vlak bij hem bleef en hem een beetje aan het gezicht onttrok.

'Ja natuurlijk!' snauwde Korin en zuchtte zacht: 'Was het een lange black-out, deze keer?'

'Heel even maar, maar je zag eruit alsof je iemand naar de keel wilde vliegen.'

Korin wreef in zijn ogen, en probeerde de opkomende hoofdpijn terug te dringen. 'Het gaat vast wel weer, als we maar eenmaal op weg zijn.'

Deze keer was hij vastbesloten geen zwakte te tonen, of missers te maken. Deze keer zou hij waarlijk de zoon van zijn vader zijn.

44

Korin was de nacht voor zijn vertrek naar Nalia gegaan, in zijn wapenrusting met een prachtig zijden wapenkleed, waarop het koninklijke wapen van Skala was geborduurd. Nalia had hem niet zo gekleed gezien sinds die eerst avond dat ze aan elkaar werden voorgesteld. Maar toen had hij er verwilderd en vervuild uitgezien, als een met bloed besmeurde, angstaanjagende vreemde. Nu zag hij er op en top als koning uit, met een glimmende, met goud beslagen helm onder zijn arm.

'Ik ben gekomen om afscheid te nemen,' zei hij en ging in zijn vaste stoel tegenover haar zitten. 'We vertrekken bij het eerste ochtendgloren en ik moet nog zoveel doen voor die tijd.'

Ze wilde dat hij dichter bij haar kwam zitten, en haar hand zou vastpakken, maar in plaats daarvan zat hij stijf rechtop in zijn stoel. Hij had haar niet eens gekust, nou ja, alleen een handkus gegeven. Nalia's gedachten dwaalden heel even af naar Niryn en de valse hartstocht waarmee hij haar bedrogen had. Ze verdreef die gedachten altijd zo snel mogelijk, alsof ze haar kind kwaad konden doen. Hoe bang ze ook was voor de bevalling, ze beschermde het kind in haar schoot als een tijgerin. Ze zou niet zoals die andere vrouw zijn. Ze zou de baby in haar schoot houden en het gezond en mooi op de wereld zetten. Haar lang geleden gestorven rivale had alleen jongetjes op de wereld gezet, dat zei Tomara tenminste. Maar Illior zou een meisje toch wel in leven laten?

'Misschien ben ik wel de hele winter weg, als we de stad belegeren,' zei Korin. 'Het spijt me dat je nieuwe kamer nog niet helemaal af is, maar dat duurt niet lang meer. En ik zal ervoor zorgen dat er nog een betere voor je wordt ingericht in Ero. Schrijf je me?'

'Natuurlijk, heer,' beloofde Nalia. 'Ik vertel u precies hoe het kind groeit.'

Korin stond op en nam haar hand. 'Ik zal offergaven aan Dalna en Astellus brengen voor jouw gezondheid en die van onze baby.'

Onze baby. Nalia glimlachte en raakte het paarlen halssnoer aan voor geluk. 'Ik doe hetzelfde, heer, en natuurlijk voor u.'

'Mooi. Dan ga ik maar. ' Hij zweeg even, boog zich voorover en gaf haar een onhandige kus op het voorhoofd. 'Tot ziens, vrouwe.'

'Vaarwel, heer.' Nalia staarde hem verbaasd na toen hij de kamer uitging. Ja, misschien was er hoop.

Toen hij weg was liep ze weer naar het balkon, want ze wist dat ze vannacht niet zou kunnen slapen. Ze hield haar eenzame wake hier, met een dikke omslagdoek tegen de vochtige nachtlucht. Tomara sliep in een leunstoel, kin op de borst en zachtjes snurkend.

Nalia stond tegen de borstwering geleund, met haar kin op haar handen. Op de vlakte in het zuiden vormden zich colonnes in donkere bewegende vierkanten en rechthoeken tegen het maanverlichte gras. Wachtvuren brandden overal en ze zag er mannen voorlangs lopen, zodat ze knipoogden in de verte, als gele sterren.

Toen het eerste licht van de mistige dageraad in het oosten verrees, stelde Korins garde zich op de binnenplaats op. Toen Korin zijn grote grijze strijdros besteeg, kon Nalia een zucht niet onderdrukken. Hij zag er zo knap, zo mannelijk uit.

Misschien komt het alleen doordat ik zijn kind draag dat hij wat aardiger doet, maar dat maakt me niet uit. Ik zal hem veel kinderen geven, dan krijg ik zijn hart wel. Hij hoeft me niet lief te hebben of me mooi te vinden, als hij maar aardig is. Zonder het te willen, nam haar hoop op een goed huwelijk met de dag toe.

Ze was dan ook verrast voetstappen op de trap te horen. Ze stond op en bleef tegen de deurpost van het balkon staan, en luisterde met groeiende angst. Ze kende die lichte tred.

Niryn kwam binnen en maakte een buiging. 'Goedemorgen, kindje. Ik dacht al dat ik je wakker zou vinden. Ik wilde afscheid van je nemen.'

Hij was in reiskleding en hij zag er bijna zo uit als toen hij haar opzocht in Ilear.

Hoe had ze destijds naar zijn bezoekjes gesmacht en hoe blij was ze altijd geweest hem te zien. Ze werd nu misselijk bij de gedachte. Wat zag hij er gewoontjes uit. En hoe had ze die gevorkte rode baard ooit aantrekkelijk kunnen vinden? Hij zag eruit als een slangentong.

Tomara stond op en maakte een knicks. 'Goedemorgen heer, zal ik een kopje thee maken?'

'Ga maar. Ik wil even alleen zijn met je meesteres.'

'Blijf hier,' commandeerde Nalia maar Tomara ging de gang op alsof ze het niet gehoord had.

Niryn sloot de deur achter haar en schoof de grendel ervoor. Toen hij zich omdraaide naar Nalia, keek hij haar goedkeurend aan met een zwak glimlachje om zijn dunne lippen.

'Nou, nou. Je zwangerschap doet je goed. Je straalt helemaal, er ligt een bepaalde glans over je, net als over die parels die je echtgenoot je gegeven heeft. Dat was mijn idee, overigens. Die arme Korin heeft een tragische geschiedenis wat betreft het zaaien van erfgenamen. Voorzichtigheid is dus geboden.'

'Is het waar dat al zijn andere vrouwen miskramen kregen of monstertjes baarden?'

'Ja, dat klopt.'

'Hoe zal het dan met mijn kind aflopen? Hoe kan ik haar beschermen? Tomara zei dat die andere vervloekt zijn door Illior.'

'De gebruikelijke volkswijsheid, en ik sta daar ook helemaal achter. Al ligt de waarheid helaas wat dichter bij huis.' Hij kwam naar haar toe en streelde haar wang met één gehandschoende vinger. Nalia verstijfde van walging. 'Jij hoeft niet bang te zijn om je kind, Nalia. Ze zal perfect zijn.' Hij zweeg en volgde de omtrek van de wijnvlek die haar wang en weke kin besmeurde. 'Nou ja, misschien niet helemaal perfect, maar zeker geen monster.'

Nalia deinsde terug. 'Dus jij hebt het gedaan! Jij hebt die andere baby's gedood of misvormd!'

'Als dat nodig was. Jonge meisjes verliezen de eerste zo vaak, ook zonder mijn hulp. En wat de anderen betrof: dat was een fluitje van een cent.'

'Jij bent zelf een monster! Korin zou je levend laten verbranden als hij het wist!'

'Heel goed mogelijk, maar hij komt het nooit te weten.' Het glimlachje ging over in een gemene grijns. 'Wie zou het hem vertellen? Jij? Ga je gang, probeer het maar.'

'Die betovering die je over me gelegd hebt...'

'... heb ik nog niet weggehaald. Je bent netjes omgeven door bezweringen, die er samen voor zorgen dat je niets overkomt, mijn kind. Je moet hem niet lastigvallen met wissewasjes, als hij zoveel belangrijke zaken aan zijn hoofd heeft. Zo'n held op sokken heeft het zwaar op het slagveld, weet je.'

'Dat lieg je!'

'Nee, ik verzeker je, het is waar. Dat is niet mijn schuld, het is de aard van het beestje. Maar wat wippen betreft kan niemand hem de baas.'

'Daarom heb je me meegenomen en me al die jaren weggeborgen,' mompelde Nalia.

'Uiteraard.' Hij stapte het balkon op en wenkte haar hem te volgen. 'Kijk eens hier,' zei hij, en maakte een breed gebaar over het verzamelde leger. 'Eveneens mijn werk. Een heel leger, klaar om jouw echtgenoot bij te staan in het opeisen van de troon. En dat zal gebeuren ook. Zijn waanzinnige neefje moet het met minder dan de helft aan manschappen doen.'

Nalia bleef tegen de deurpost geleund staan terwijl Niryn tussen de kantelen door keek.

'Gaat Korin echt winnen? Heb je dat gezien, in een visioen of zo?'

'Dat maakt toch eigenlijk niet uit. Nee toch?'

'Wat bedoel je? Hoezo maakt het niet uit?'

'Het is niet Korin die ik zie in mijn visioenen, liefje. Het is het kind in je schoot. Ik heb ze vrij lang verkeerd begrepen, maar nu is het me volkomen duidelijk. Het meisje dat ik in mijn dromen zag was jouw dochter. Momenteel heeft de bevolking slechts de keuze uit een door Illior vervloekte prins die zich onrechtmatig de troon toe-eigent en een gestoord meisje dat uit zwarte kunst geboren is.'

'Meisje... Prinses Tamír, bedoel je?'

'Ik weet niet precies wat Tamír nu is, maar dat boeit me ook helemaal niet. Niemand kan het opnemen tegen het ware bloed en de ware verschijning van jouw dochter wanneer ze geboren wordt. Zij wordt een zuivere koningin.'

'En mijn gemaal dan?' vroeg Nalia weer terwijl de koude rillingen haar over de rug gleden. 'Hoe kan uitgerekend jij het over hem hebben als een prins die zich onrechtmatig de troon toe-eigent?'

'Omdat hij dat doet. Je kent de profetie net zo goed als ik. Korin is net als zijn vader slechts een tijdelijke regent, meer niet. Skala moet haar koningin weer krijgen. Wij zullen haar die geven.'

'Wij?' fluisterde Nalia door haar plotseling kurkdroge lippen.

Niryn boog zich nog verder over de borstwering en nam de drukte onder zich geamuseerd in ogenschouw. 'Moet je toch eens zien, bezig als kleine bijtjes met een triomfantelijke overwinning voor ogen. Korin denkt dat hij Ero op zal bouwen. Hij ziet zichzelf al spelen met zijn kinderen!'

Nalia klemde zich vast aan de deurpost toen haar knieën het dreigden te begeven. 'Je... Je denkt dat hij niet terug zal komen.'

De hemel was al een stuk lichter geworden. Ze ving de sluwe, zijdelingse blik op die hij haar toewierp.

'Ik heb je zo gemist, Nalia. O, ik neem het je niet kwalijk dat je kwaad op me bent, maar ik moest de schijn nu eenmaal ophouden. Kom toch, je gaat me toch niet vertellen dat je van hem houdt? Ik ken dat hart van hem, liefje. Je betekent niets meer voor hem dan een stel benen om tussen te liggen, en een schoot die gevuld moet worden.'

'Niet waar!' Nalia bedekte haar oren.

'O, hij zegt altijd dat hij een warm hart heeft. Dat mocht hij willen. Hij heeft je een mooi nestje gegeven, zeker, maar dat is meer om zijn geweten te sussen dan om het jou zo gemakkelijk mogelijk te maken. We waren het eens, hij en ik, dat je net te veel pit had en weg zou kunnen lopen, dus zit je hier als in een kooitje, net als je eigen fraaie vogeltjes. Al vindt hij jou een stuk minder fraai.'

'Hou op!' riep Nalia. Haar ogen werden vochtig zodat Niryn werd vervormd tot een duistere, bedreigende gedaante. 'Waarom ben je zo gemeen? Hij geeft wel om me. Hij zorgt altijd goed voor me.'

'Jij zorgt altijd goed voor hem, bedoel je. Nou ja, het is ook niet zo vreemd. Je bent jong en romantisch, en Korin is de kwaadste niet, op zijn manier. Maar het spijt me dat je aan hem gehecht bent geraakt. Uiteindelijk maakt dat de zaak wel wat gecompliceerd.'

Nalia kreeg het nog kouder. 'Wat bedoel je precies?'

Ze kon horen hoe Korin zijn mannen begroette en bevelen riep. Hij klonk zo vrolijk.

'Kijk nog maar eens goed naar hem, liefje, nu het nog kan.'

'Hij komt dus niet terug.' Het werd haar even zwart voor de ogen.

'Hij heeft zijn rol gespeeld, al was het maar kort,' mijmerde Niryn. 'Denk je eens in hoe knus we het zullen hebben: jij, de moeder van de aankomende vorstin en ik, de regent.'

Nalia staarde hem vol ongeloof aan. Niryn zwaaide naar iemand beneden. Misschien had Korin naar boven gekeken.

Ze stelde zich voor hoe Korin Niryn vertrouwd had, net als zij.

Ze stelde zich haar leven voor, nu en in de toekomst, als pion in Niryns schaakspel, sprakeloos door zijn magie. En haar kind, haar kleine ongeboren dochtertje, dat opkeek naar dat valse gezicht. Zou hij haar op een dag ook verleiden?

Niryn leunde nog steeds over de borstwering, op één bil zittend tussen twee kantelen, terwijl hij zwaaide en zijn valse glimlach lachte.

De woede die ze al te lang verdrongen had, vlamde op in Nalia's gewonde hart, en door al haar pijn en zijn verraad laaide die op tot razernij. Witheet verteerde haar toorn de verdovende angst en stuwde haar voorwaarts. Haar handen leken uit eigen beweging vooruit te gaan. Ze stormde op Niryn af en zette haar hele gewicht achter die ene stoot.

Heel even stonden ze oog in oog, zo dicht bij elkaar dat een kus mogelijk was geweest. De huichelachtige glimlach was verdwenen, was vervangen door wijd opengesperde ogen vol ongeloof. Hij klauwde machteloos in de lucht, greep haar mouw terwijl hij zich tevergeefs probeerde omhoog te trekken. Maar zijn zwaartepunt lag al over de borstwering en in plaats daarvan trok hij haar omlaag.

Bijna althans. Eén eindeloos ogenblik hing ze over de rand van het balkon en zag ze Korin en zijn ruiters daar beneden, hun bleke gezichten met opengesperde monden. Ze zou precies aan Korins voeten landen, zij en haar kind zouden aan zijn voeten sterven.

Maar een vreemde macht zoog haar terug van de kantelen. Nog eenmaal zag ze Niryns gezicht vol onbegrip terwijl hij viel, toen viel ze naar achteren op de vloer van het balkon en bleef daar trillend liggen, met in haar oren Niryns korte, afgebroken gil en de kreten van hen die hem zagen vallen.

Je bent netjes omgeven door bezweringen, die er samen voor zorgen dat je niets overkomt, mijn kind.

Nalia stiet een ongelovig lachje uit. Bevend stond ze op en tuurde over de borstwering.

Als een weggeworpen lappenpop lag Niryn op de kinderhoofdjes. Hij was gedraaid in de lucht en lag met zijn gezicht naar de grond, dus kon ze niet zien of hij die wanhopige blik nog had.

Korin keek op, zag haar kijken, en stormde de trap op.

Nalia wankelde terug, haar kamer in, schoof de grendel weg en viel neer op het bed. Ze zou hem de waarheid vertellen, elk detail van het verraad van de tovenaar zou ze er eruit gooien. Hij zou het begrijpen. Hij zou haar die lieve glimlach schenken.

Even later stoof Korin binnen en vond haar uitgeput op bed. 'Bij de Vier, Nalia, wat heb je gedaan?'

Nalia wilde het hem vertellen, maar de woorden bleven in haar keel steken, net als die eerste keer. Ze greep naar haar keel terwijl de tranen begonnen te stromen. Tomara kwam binnen gerend en nam haar in haar armen. Heer Alben was er ook, maar hij hield Korin bij de arm. Meester Porion en andere militairen stommelden de trap al op. Op de binnenplaats jammerde iemand. Het moest een jonge man zijn.

Nalia probeerde nogmaals Korin de waarheid te vertellen, maar de afschuw in zijn ogen legde haar het zwijgen op, nog voor de magie haar tong kon stoppen. Ten slotte fluisterde ze: 'Hij viel.'

'Ik... Ik zag...' stamelde Korin en hij schudde langzaam zijn hoofd. 'Ik zag jóú!'

'Sluit die deur,' beval Porion, langs Nalia heen naar de balkondeur wijzend. 'Sluit hem en vergrendel hem. Ook de ramen!' Toen trok hij Korin weg van haar voor ze woorden kon vinden om hem te overtuigen.

Hij was puur slecht! Hij was van plan jou te laten sterven! Hij was van plan jouw plaats in te nemen!

Haar tong weigerde dienst.

'Ik zag jou,' zei Korin schor. Hij draaide zich om en beende de kamer uit. De anderen kwamen hem achterna en Nalia hoorde Korin woedend schreeuwen: 'Het is de waanzin weer! Het zit in haar bloed! Stel haar onder bewaking. En let op dat ze mijn kind geen kwaad doet!'

Nalia liet zich snikkend in Tomara's armen vallen en huilde nog lang nadat het geluid van hoeven, trommels en trompetten verdwenen was. Korin was ten strijde getrokken. Hij zou nooit meer naar haar glimlachen, als hij al terugkwam.

Eindelijk vrij van Niryn, dat wel, dacht ze en ze troostte zich met die wetenschap. *Mijn kind zal nooit aangetast worden door zijn aanraking of die valse grijns.*

45

De hoge nazomerhemel was blauw als lapis lazuli uit Zengati op de dag dat Tamír haar leger Atyion uit leidde. In de wijngaarden die langs de weg waren aangeplant sneden de vrouwen dikke trossen druiven en legden ze in diepe manden. In de verder gelegen weilanden sprongen honderden fraaie veulens rond te midden van de oudere paarden, en de graanvelden glansden als goud.

Tharin reed naast haar, nog niet in staat haar los te laten.

Achter hen liepen rijen voetsoldaten, boogschutters en strijders te paard onder haar banier en die van ruim tien huizen van adel, van Ilear tot Erind.

Anderen, die geronseld waren in de steden en boerderijen, droegen alleen messen, sikkels en knuppels, maar ze liepen er net zo fier bij als hun kapiteins.

De Gezellen droegen allen lange blauwe wapenkleden met haar wapen op hun borst en de bandelier van haar huis er schuin overheen.

Lutha en Barieus reden trots mee, zij het wat ongemakkelijk, en praatten gezellig met Una, die de dag ervoor met een aantal regimenten uit Ylani was teruggekeerd.

Mahti reed voorlopig met de tovenaars mee, met zijn oe'loe in plaats van een zwaard over zijn rug. Het bericht van hun vreemde gids was als een lopend vuurtje rondgegaan, net als het nieuws dat hun koningin wel erg dik scheen te zijn met het heuvelvolk. Sommige soldaten mopperden daarover, maar hun kapiteins hielden het binnen de perken.

Halverwege de middag wees Mahti naar de bergen in het binnenland. 'Wij gaan die weg.'

Tamír beschermde met haar hand haar ogen tegen de zon. Er was geen weg te bekennen, alleen golvende velden en weilanden, en bossen aan de voet van de bergen.

'Ik zie geen pas,' zei Ki.

'Ik weet weg,' hield Mahti vol.

'Goed dan. We gaan naar het westen.' Tamír hield de teugels in om afscheid te nemen van Tharin.

Terwijl ze hun vuisten schudden keek hij haar treurig aan. 'Deze keer rijd jij van me weg, in plaats van andersom.'

'Ik weet nog precies hoe dat voelde, toen jij en vader vertrokken. We zullen elkaar heel wat te vertellen hebben als we elkaar weerzien.'

'Ik hoop dat je het Zwaard van Ghërilain vasthoudt voor de sneeuwstormen beginnen.' Hij stak zijn zwaard de lucht in en riep luid: 'Voor Skala en Tamír!'

Het leger nam de strijdkreet over en de woorden golfden door de gelederen als een stormvloed.

Met een laatste groet keerden Tharin en zijn escorte de paarden en galoppeerden ze terug richting Atyion.

Tamír keek hen lang na en richtte vervolgens haar blik op de bergen.

De volgende dag bracht hen tot aan de voet, en de dag daarop in de bossen die de onderkant van het gebergte bedekten.

Later die middag wees Mahti op een wildspoor dat door een dicht struikgewas liep.

'Is dit het begin van je geheime weg?' vroeg Tamír.

'Komt bijna,' antwoordde Mahti. Hij besprak snel iets met Arkoniël.

'We volgen dit pad een dag lang; vervolgens gaan we langs een rivier naar een waterval,' vertaalde Arkoniël.

'Het verborgen pad begint daarna pas. Hij zegt dat de weg daarna wel gemakkelijker is. Binnen een dag of twee bereiken we ook het eerste heuvelvolkdorp.'

'Ik heb nooit geweten dat ze zo dichtbij woonden.'

'Ik ken deze Retha'nois niet, maar zij zien oe'loe, zij weten ik heks ben.' Hij sprak weer met Arkoniël omdat hij er blijkbaar zeker van wilde zijn dat Tamír hem begreep.

Arkoniël luisterde en zijn blik werd ernstig. 'Zodra we heuvelmensen zien moet je iedereen een halt toeroepen en stil blijven staan. Hij zal voorop gaan en een goed woordje voor ons doen. Anders zullen ze hoogstwaarschijnlijk tot de aanval overgaan.'

Mahti verdween even in de struiken. Toen hij terugkwam, droeg hij zijn eigen kleren en had hij de kettingen en armband van dierentanden weer om. Hij klom weer op zijn paard en knikte naar Tamír. 'Nu gaan wij.'

Het bos sloot hen geleidelijk in, hoge sparren die de lucht deden geuren stegen op uit de lagere begroeiing eronder. Ze kwamen die dag en ook de volgende niemand tegen. Het terrein werd steiler en tussen de bomen die tegen de helling op groeiden, lagen grote rotsblokken. Mahti leidde hen naar het riviertje waarover hij gesproken had en ze bereikten die middag de waterval. Het flauwe wildspoor dat ze gevolgd hadden eindigde in het meer waarin het water zich verzamelde.

'Goed water,' zei Mahti.

Tamír hield halt en steeg met de anderen af om haar waterzak te vullen en de paarden te drenken.

Mahti dronk ook, nam zijn oe'loe uit de draagband en begon te spelen. Het was een kort lied met het geluid van een uil, en toen hij stopte zag Tamír opeens een uitgesleten pad dat wegleidde van de rand van het meertje. De bomen aan de rand ervan waren gemarkeerd met vervaagde handafdrukken zoals ze rond Lhels verlaten kamp had gezien.

'Kom!' zei Mahti en hij liep in ferme pas met het paard aan de leidsels het pad op. 'Jullie zijn in Retha'noigebied. Denk aan belofte.'

Toen ze die avond kamp maakten, kwam Arkoniël bij Tamír en de anderen rond het vuur zitten. 'Ik heb net even met Lyan gesproken. Korins vloot probeerde bij Ero voor anker te gaan. Tharin kreeg een bericht van de tovenaars en de kustwachters dat ze koers zetten naar de haven, waar Illardi met de tovenaars klaarstond. Hij gebruikte de paar schepen die jij daar nog had liggen, stak ze in brand zodat Korin in de val zou lopen. Met hulp van de tovenaars verspreidden de vlammen zich al snel naar Korins schepen. Alle vijandelijke schepen zijn vernietigd of veroverd.'

'Maar dat is geweldig nieuws!' riep Tamír uit. 'Over een aanval op het vasteland heb je zeker nog geen bericht gehad?'

'Nevus marcheert nu met een aanzienlijk leger in zuidelijke richting. Tharin rukt op om hem tegen te houden.'

'Moge Sakor hem hoeden,' zei Ki en hij wierp een tak op het vuur.

Terwijl ze in hun dekens gerold lagen, en de gloeiende asdeeltjes op zagen stijgen naar de sterren, zond Tamír haar eigen gebed voor Tharin op, in de hoop dat hij haar niet afgenomen zou worden.

De volgende dag werd de weg nog steiler, en van een dorpje ontbrak nog elk spoor. Maar vlak voor het middaguur hief Mahti echter zijn hand en dwong de rest te stoppen.

'Daar.' Hij wees op een hoop omgevallen zwerfstenen aan de rechterkant.

Tamír stak haar hand op en de stoet stopte prompt. Het duurde even voor ze de man opmerkte die gehurkt op een steen zat. Hij staarde haar strak aan en had een oe'loe tegen zijn lippen gedrukt.

Mahti stak zijn eigen hoorn de lucht in en wachtte. Na enige tijd liet de ander zijn instrument zakken en riep iets in hun richting.

'Jij blijft,' zei hij tegen haar en hij klom vervolgens lenig over de rotsblokken naar de ander.

'We zijn niet alleen,' fluisterde Ki.

'Ik zie het.' Een stuk of tien andere Retha'nois werden nu zichtbaar aan beide zijden van het pad. Sommige hadden bogen, andere lange hoorns zoals Mahti.

Niemand maakte een beweging. Tamír kneep haar teugels haast fijn en luisterde naar het gemurmel van de twee pratende heksen. Nu en dan scheen de bewoner van het gebied kwaad te worden, maar uiteindelijk klommen hij en Mahti van de rotsen en stonden op het pad.

'Hij praat met jou en oreskiri,' zei Mahti. 'Anderen blijven staan.'

'Dat bevalt me niks,' zei Ki zacht.

'Kalm aan, ik ben toch bij haar,' zei Arkoniël.

Tamír steeg af en gaf de teugels aan Ki, maakte de gesp van haar zwaardriem los en legde ook die in zijn handen.

Met Arkoniël liep ze naar de twee heksen, met de handen naar voren om aan te tonen dat ze ongewapend waren.

De onbekende heks bleek ouder dan Mahti en miste de meeste van zijn tanden. Zijn heksentekens staken fel af tegen zijn huid, als waarschuwing dat hij een bezwering op de lippen had.

'Dit Sheksoe,' vertelde Mahti. 'Ik zeg jij gekomen om vrede te brengen. Hij vraagt hoe.'

'Arkoniël, zeg hem wie ik ben en dat ik mijn volk zal verbieden hen nog te vervolgen, zolang de Retha'nois zich vredig tegenover ons gedragen. Zeg dat we alleen maar veilig door zijn vallei willen trekken. We zijn niet gekomen om hen te overwinnen, noch om te spioneren.'

Arkoniël vertaalde dit en Sheksoe stelde bits een vraag.

'Hij vraagt waarom hij een zuidlandermeisje zou moeten geloven dat nog nooit van haar leven met een man geslapen heeft.'

'Hoe weet hij dat?' siste Tamír en ze probeerde haar verbazing te onderdrukken. 'Zeg nou maar dat ik het zweer voor al mijn goden.'

'Ik vrees dat hij daar niet zoveel ontzag voor heeft. Prik in je vinger en bied hem wat bloed aan. Dat is een bewijs dat je niets voor hem te verbergen hebt.

Gebruik dit maar.' Hij nam Lhels naald uit zijn buideltje.

Tamír prikte in haar wijsvinger en stak hem naar Sheksoe uit. De heks ving de druppel op en wreef hem uit tussen duim en wijsvinger. Hij keek Mahti verbaasd aan en vroeg hem iets.

'Hij zegt dat je twee schaduwen hebt,' murmelde Arkoniël.

'Broer?'

'Ja.'

Sheksoe en Mahti overlegden met elkaar.

'Hij vertelt hem van Lhel,' fluisterde Arkoniël.

'Hij wil teken zien,' zei Mahti ten slotte.

'Het litteken? Dan moet ik mijn wapenrusting uit doen. Zeg dat hij moet zweren dat dit geen truc is.'

'Hij zegt niet truc, bij Moeder.'

'Goed dan. Arkoniël, wil jij me even helpen?'

De tovenaar gespte met enige moeite één deel van het borstkuras los en hield hem vast terwijl ze haar wapenkleed aflegde.

'Wat ben jij verdomme van plan?' riep Ki en hij begon naar hen toe te komen.

Sheksoe stak zijn hand naar Ki uit met ijzige blik.

'Ki, stop! Blijf waar je bent,' beval Arkoniël.

'Doe wat hij zegt,' zei Tamír rustig.

Ki bleef morrend staan. Achter hem stonden de andere Gezellen gespannen te wachten.

Tamír deed haar maliënkolder uit en trok de hals van haar gevoerde hemd en onderhemd naar beneden om Sheksoe het litteken tussen haar borsten te laten zien. Hij liet een vinger over het littekenweefsel en de vervaagde witte steekjes glijden, en keek toen diep in haar ogen. Hij stonk naar reuzel en had last van slechte adem, maar zijn zwarte ogen waren even scherp als die van een havik en net zo op hun hoede.

'Zeg tegen hem dat Lhel me geholpen heeft zodat onze volkeren vrede kunnen sluiten,' zei Tamír.

Sheksoe deed een stap terug en hield haar nog steeds scherp in de gaten.

'Het zou helpen als Broer even voorbij kwam,' fluisterde Arkoniël.

'Je weet toch dat ik hem niet kan laten komen en gaan zoals het mij uitkomt...'

Maar plotseling verscheen Broer toch. Het duurde maar heel even, lang genoeg om een spottend gesis te laten horen waardoor het haar van haar nek en armen overeind ging staan en om haar het gevoel te geven dat er nog een ander wezen bij hem was. De geur van vers gekneusde kruiden hing in de lucht. Ze keek snel om zich heen om een glimp van Lhel op te vangen, maar het bleef bij een gevoel en haar geur.

Sheksoe leek echter tevredengesteld toen hij zich tot Mahti en Arkoniël wendde.

'Hij gelooft je, omdat een Orëska-tovenaar nooit zulke magie zou kunnen uitvoeren,' zei Arkoniël. 'Broer heeft je net een grote dienst bewezen.'

'Het kwam niet door Broer. Het was Lhel,' fluisterde ze. 'Ik vraag me af of hij haar gezien heeft.'

'Hij zag,' zei Mahti. 'Zij sprak goed over jou.'

Sheksoe sprak weer met Mahti, gebaarde naar zijn mensen die overal waren opgedoken en toen naar het pad in de richting die ze wilden nemen.

'Hij zegt jij kunnen gaan met mensen, maar moet wel snel,' legde Mahti uit. 'Hij stuurt lied naar volgende dorp, en dat naar volgend. Hij zegt hij niet...' Hij fronste en keek Arkoniël vragend aan.

'Hier heb je een veilige doorgang, en Sheksoe zal alles overbrengen, maar hij kan niet garanderen dat je overal welkom bent. Alleen dat hij een goed woordje voor je gedaan heeft.'

Sheksoe zei nog iets en Arkoniël maakte een buiging. 'Hij was onder de indruk van je bloedoffer en door wat hij eruit las. Hij zegt dat je de gunst van zijn godin geniet. Als je woord houdt, ben je veilig.'

'Ik ben vereerd door zijn vertrouwen.' Ze nam een gouden sestertie uit haar beurs en bood hem aan. In de munt was de maansikkel van Illior en de vlam van Sakor geslagen. 'Zeg hem dat dit de symbolen van mijn volk zijn. Zeg ook maar dat ik hem als mijn vriend beschouw.'

Sheksoe nam de munt aan en wreef hem tussen zijn vingers, en zei toen iets dat vriendelijk klonk.

'Hij is erg blij,' mompelde Arkoniël. 'Goud is bijzonder zeldzaam hier en hooggewaardeerd.'

Als dank gaf Sheksoe haar een van zijn armbanden, met daaraan de tanden en nagels van een beer.

'Die zal je kracht tegen je vijanden geven en bewijzen dat je een vriend van het heuvelvolk bent,' legde Arkoniël uit.

'Zeg maar dat ik het een eer vindt hem te dragen.'

Sheksoe knikte ten afscheid en verdween snel tussen de rotsblokken.

'Nu weg,' zei Mahti.

Tamír trok snel haar wapenrusting aan en ging terug naar de Gezellen.

'Dat ging vrij vlotjes,' mompelde Ki en hij gaf haar haar zwaard terug.

'We zijn nog niet over de bergen.'

46

Niryns dood en de wijze waarop die had plaatsgevonden wierpen een schaduw over Korins hart. Terwijl hij zijn leger naar het oosten leidde, kon hij een dreigend gevoel van onheil niet van zich afzetten.

Nalia had Niryn vermoord, daaraan twijfelde hij niet, ondanks haar gestamelde verzekering dat hij alleen gevallen was. 'Zijn al die wijven van koninklijken bloede dan totaal gestoord?' tierde hij tegen Alben toen Niryns lijk werd weggevoerd. Moriël was de draagbaar achterna gegaan, jammerend en snikkend om zijn vroegere meester.

'Gestoord of niet, ze draagt je kind. Wat wil je met haar beginnen?' vroeg Alben.

'Niet zomaar een kind. Wéér een meisje. Een nieuwe koningin. Ik heb voor het altaar van de Lichtdrager gezworen dat zij mijn erfgenaam zal zijn. Waarom ben ik dan nog altijd vervloekt?'

Hij raadpleegde de priesters erover voor hij vertrok, maar er waren geen Illioranen meer in Cirna, en de anderen waren zo bang voor hem dat ze slechts holle verzekeringen van de overwinning durfden geven. De priesters van Dalna vertelden hem dat sommige vrouwen alleen uitzinnige dingen deden als ze zwanger waren, maar na de geboorte weer hun rustige zelf werden, en ze gaven hem talismannen om haar geest weer te kalmeren. Korin gaf ze aan Tomara die ze naar boven bracht.

Beelden van Aliya en het gedrocht dat ze al stervend ter wereld had gebracht spookten weer door zijn dromen. Soms stond hij weer naast haar bed waarin ze bloedend beviel; andere keren lag Nalia in dat bed, het zoveelste mismaakte wicht uit haar schoot persend.

Tanil en Caliël waren de enigen geweest die hem na zo'n nachtmerrie konden kalmeren. Alben en Urmanis deden hun best en brachten hem wijn als ze hoorden dat hij huilend wakker werd.

En dan had je Moriël nog. Hoe verder hij van Cirna kwam, hoe onbegrijpelijker het hem voorkwam dat hij die slimmerige Pad een aanstelling in zijn nabijheid gegeven had. Hij was blijkbaar vergeten dat hij het schoothondje van de dode Orun was geweest, en door de eveneens gestorven Niryn als slaafje en verklikker werd gebruikt.

Ondanks al deze kopzorgen, voelde hij dag na dag de kracht in zich toenemen. Sinds Ero had hij eigenlijk alleen maar lamlendig in zijn stoel gehangen, besefte hij tot zijn ergernis. Zorgen en twijfel hadden hem verzwakt; hij was veel te afhankelijk van Niryn geweest. Zijn lichaam was nog stevig, zijn zwaardarm sterk, maar zijn geest was verweekt omdat hij hem nauwelijks gebruikt had. De afgelopen maanden kwamen hem nu opvallend somber voor, alsof de zon niet tot het fort had kunnen doordringen.

Hij draaide zich om in het zadel en keek uit over de duizenden soldaten achter zich.

'Een grandioos gezicht, is het niet?' zei hij tevreden tegen meester Porion, met een blik op de cavalerie en het voetvolk dat zo keurig in het gelid liep.

Dankzij heer Weeterink en heer Nevus had vrijwel iedere edelman tussen hier en Ilear zich bij hem aangesloten, of hij was dood of wachtte op zijn terechtstelling. De uitvoering daarvan zou wel volgen zodra hij Tobin onderworpen had en Atyion in zijn macht had.

Tobin. Korins handen knepen de teugels haast fijn. Het was de hoogste tijd met hem af te rekenen, voor eens en altijd.

Korin zag zichzelf als een eerbaar man, dus wist hij niet dat jaloezie de grondslag voor zijn woede vormde – een bittere, bijtende onderstroom die gevoed werd door zijn eigen mislukkingen, die in sterk contrast stonden bij de aangeboren heldhaftigheid van zijn kleine neefje. Nee, hij stond zichzelf niet toe daar ook nog maar één seconde aan te denken. Dàt lag allemaal ver achter hem, en hij deed ze af als jeugdzonden. Deze keer zou er van mislukken geen sprake zijn.

Ze verlieten de smalle strook die het schiereiland met het vasteland verbond. Naar het noordoosten ging het, op naar Colath. De regen viel gestaag, maar neerslachtigheid was ver te zoeken, noch de soldaten, noch Korins Gezellen lieten zich daardoor kisten. Binnen een paar dagen zou Atyion aan hun voeten liggen, met al haar rijkdommen – paarden en graanschuren en schatten waarvan je alleen maar dromen kon. Hij had zijn heren tot nu toe alleen maar kunnen beloven dat ze rijkelijk beloond zouden worden voor al hun inspanningen; nu lagen die beloningen bijna binnen handbereik. Hij zou Atyion helemaal kaalplukken en haar weelde gebruiken om Ero groter te maken dan de stad ooit geweest was.

Die middag echter kwam een van zijn verkenners op een schuimbekkend paard in galop op hem af gereden, met een ander op zijn hielen.

'Borcus, is het niet?' vroeg Korin die hem herkende als een van Niryns voornaamste spionnen.

'Majesteit, ik heb nieuws over prins Tobin. Hij is in opmars!'

'Met hoeveel man, schat je?'

'Vijf-, zesduizend misschien... Ik weet het niet zeker. Maar hij komt niet via de kust. Hij stuurt een ander leger dat u daar ontmoet, onder bevel van heer Tharin!'

'Tharin?' mompelde Porion met gefronste wenkbrauwen.

Alben grinnikte. 'Dus nu stuurt Tobin zijn kindermeid op ons af! Heeft hij eindelijk geleerd zelf zijn neus te snuiten zeker.'

'Tharin was een van uw vaders Gezellen, Majesteit,' herinnerde Porion hem eraan, en hij gaf Alben een waarschuwende blik. 'Hij was de dapperste kapitein van hertog Rhius. Ik zou hem niet onderschatten.'

'Het lijkt mij een schijnbeweging, Majesteit,' ging de spion voort. 'De prins zelf neemt een geheime route door de bergen, om u zodoende vanuit het westen in de flank aan te vallen.'

'Dat zullen we dan nog wel eens zien,' gromde Korin.

Hij liet iedereen op de plaats rust houden en riep zijn andere generaals bij zich, waarop hij de verkenner voor de tweede maal zijn bevindingen kenbaar liet maken.

'Dat is fantastisch nieuws! We denderen als een vloedgolf over dat schamele legertje van Tharin heen en nemen Atyion in, Majesteit!' riep Nevus die ernaar verlangde de dood van zijn vader te wreken.

Toen Korin om zich heen keek, zag hij diezelfde gretige blik in elk oog. Ze rekenden zich rijk met oorlogsbuit.

Korin zweeg terwijl hij luisterde naar al hun argumenten om aan te vallen, en zijn geest werd steeds helderder. 'Heer Nevus, u neemt vijf compagnieën cavalerie en rijdt in op dat oostelijke leger. Drijf ze naar het leger van heer Morus, die ligt ergens bij Ero, zet Tharin klem en hak ze in de pan. Breng me heer Tharin of zijn hoofd.'

'Pardon, Majesteit?'

'Atyion interesseert me nu even niet.' Korin trok het Zwaard van Ghërilain en stak het de lucht in. 'Er kan slechts één heerser van Skala zijn, en dat is degene die dit zwaard vasthoudt! Geef het bevel door: we marcheren naar het westen om prins Tobin en zijn leger te vermorzelen!'

'U splitst uw troepen?' vroeg Porion zacht. 'Dan zijn de soldaten van heer Morus tot ondergang gedoemd, vrees ik. We kunnen hem namelijk met geen mogelijkheid meer op tijd laten weten wat u van plan bent.'

Korin haalde zijn schouders op. 'Dat is dan zijn zaak. Als Tobin valt, valt Atyion. Dat is mijn bevel en dat zijn uw orders. Stuur onmiddellijk verkenners naar het zuiden en naar het noorden. Cirna mag niet onder onze neus weggekaapt worden. De gemalin van de koning moet koste wat kost verdedigd worden. Wij zijn degenen die dat prinsje zullen verrassen, heren, en dat doen we op een manier waarop er niets, maar dan ook niets van hem en zijn aanspraken op de troon heel blijft!'

De generaals bogen diep en galoppeerden weg om de orders over te brengen.

'Zeer goed gesproken, Majesteit,' zei Moriël en hij bood hem de wijnzak aan. 'Heer Niryn zou trots op u zijn geweest.'

Korin draaide zich om en zette de punt van zijn zwaard op Moriëls hals. De Pad verbleekte en verstarde en staarde hem met doodsbange ogen aan. De wijnzak viel en spatte uiteen op het vertrapte gras.

'Als jij Gezel wilt blijven, kun je die naam beter nooit of te nimmer meer in mijn bijzijn uitspreken. Begrepen?'

'J–jazeker, Majesteit. Zoals u wenst, Majesteit,' hakkelde Moriël.

Korin liet het zwaard in de schede glijden en beende weg, zich onbewust van de wrokkige blikken die hem van achteren werden na geworpen.

Porion zag ze echter wel en gaf Moriël een flinke oorvijg. 'Wees maar dankbaar voor het geduld van Zijne Majesteit,' waarschuwde hij. 'Je meester is dood, en ik had je al jaren geleden als een rat laten verzuipen als het aan mij lag.'

Caliël had gehoopt Korin op de oostelijke hoofdweg tegen te komen, maar er was geen leger te bekennen, noch was het voorbijgekomen. Ze reden zonder succes helemaal naar de istmus en hoorden daar van de dorpelingen dat Korin niet op weg was naar Atyion, maar al eerder naar het zuiden was gegaan om Tamír op de westelijke kust aan te kunnen vallen.

Ze reden dus terug en inderdaad ontdekte Caliël de tekenen van een enorm leger dat naar het zuiden was uitgeweken, gezien de vertrapte velden en de diepe voren van de zwaarbeladen wagens.

'Waarom zijn ze naar het westen gegaan?' vroeg Tanil. 'Er is daar toch niets te halen...'

'Ik heb geen idee.' Hij zweeg en bekeek Tanil nog eens. De jongen was nog steeds wat zweverig en afwezig, maar hoe dichter ze bij Korin kwamen, hoe gelukkiger hij leek.

Hij is absoluut niet in staat te vechten. Ik had hem naar Cirna moeten brengen en hem daar moeten laten, voor zijn eigen veiligheid. Maar het verlangen waarmee Tanil naar het westen tuurde, was een weerspiegeling van wat er in Caliëls hart groeide. Zij waren Korins mannen. Hun plaats was aan zijn zijde, wat er ook gebeurde.

Hij dwong zich te glimlachen en spoorde zijn paard tot een drafje aan. 'Kom op dan. We kunnen hem nog inhalen.'

'Wat zal hij blij zijn als hij ons ziet!' lachte Tanil.

Caliël knikte, al verwachtte hij eigenlijk een ander welkom.

47

Het laatste stuk door de bergen nam vier, vijf dagen in beslag. Het pad leidde hen langs de oevers van voortsnellende rivieren en door rots-achtige ravijnen die soms uitkwamen in kleine groene valleien, waar kudden geiten en schapen graasden. Ze vonden sporen van bergleeuwen en beren, 's nachts krijsten lynxen als vrouwen in barensnood.

Alleen in die valleien kon Tamír haar hele troepenmacht om zich heen ver-zamelen, want vrijwel altijd liepen ze als een onregelmatige ketting achter el-kaar. Nikides was een keer teruggereden en was te weten gekomen dat de ach-terhoede twee uur later dan Tamír een bepaald punt gepasseerd was.

Zoals Sheksoe beloofd had was haar komst al bekend voor ze een dorp van Retha'nois bereikte. Enkele malen per dag verdween Mahti voor hen uit om een paadje naar een verborgen nederzetting te volgen. De paar woningen die vanaf het hoofdpad zichtbaar waren, bestonden uit stenen hutjes met daken van opgespannen huiden. De bewoners verstopten zich of gingen ervandoor, maar er kwam rook uit de haard door het rookgat naar buiten en geiten en kippen liepen tussen de verlaten hutten in.

Op Mahti's advies liet Tamír bij elke nederzetting wat geschenken achter: munten, eten, touw, kleine messen enzovoort. Soms troffen ze ook manden met voedsel aan die voor hen waren neergezet – vettig gerookt geitenvlees, stinkende schimmelkaasjes, verschrompelde bessen en paddenstoelen, en ruw gemaakte sieraden.

'Hebben goed nieuws over jullie gehoord,' zei Mahti. 'Neem eten mee of beledig hen.'

'Dat is wel het laatste wat we willen,' zei Nikides, maar hij trok zijn neus op toen hij met Lorin de inhoud van een mand inspecteerde.

'Doe niet zo kieskeurig,' lachte Ki, kauwend op een hap gedroogd vlees. Tamír nam ook een stukje. Het deed hen denken aan wat ze bij Lhel te eten hadden gekregen.

Zo nu en dan kwam de lokale mannelijke of vrouwelijke heks hen bekijken, maar ze waren zelfs voor Mahti bang en bleven altijd op een veilig afstandje.

Het weer verslechterde toen ze een hoge pas over trokken en de richting naar de westkust insloegen. Grote wolken en mistbanken hingen tot diep in de kloof tussen de bergen. Kleine stroompjes gleden langs de stenen wanden omlaag waardoor het pad soms in een beek veranderde, wat gevaarlijk was met al die losse stenen. Er groeiden hier andere boomsoorten, de trilbladbomen waren nog groen en het struikgewas dikker.

Het regende urenlang pijpenstelen en al spoedig was iedereen klets- en kletsnat. Tamír sliep slecht onder de magere beschutting van een boom, enigszins warm gehouden door Ki en Una. Toen ze wakker werd, ontdekte ze twee hagedisjes die tikkertje over haar doorweekte laarzen speelden.

De dag daarop passeerden ze een groot dorp waar ze drie heksen op een grote platte steen naast het pad zagen zitten: een vrouw en twee mannen, die hun oe'loes in de aanslag hadden.

Tamír wendde haar paard naar de zijkant, gevolgd door Mahti, Arkoniël en Ki.

'Ik ken deze,' zei Mahti. 'Ik ga.'

'Ik zou ook graag met hen spreken.'

Mahti riep iets tegen hen, maar ze maakten alleen een gebaar.

'Nee, zij zeggen zij praten met mij.' Hij liep alleen op de heksen af.

'Om de koude rillingen van te krijgen,' bromde Ki. 'Ik heb het gevoel dat er een heleboel onzichtbare ogen op ons gericht zijn.'

'Ze hebben ons toch nog niet aangevallen.'

Mahti kwam even later terug. 'Zij niet van jou hebben gehoord. Bang voor zoveel, en kwaad dat ik met jullie ben. Ik zeg dat jij...' Hij zweeg en vroeg iets aan Arkoniël.

'Ze weten niet wat ze moeten denken van een leger dat wil passeren zonder hen aan te vallen,' legde Arkoniël uit.

Mahti knikte. 'Jullie gaan verder. Ik heb gezegd, is goed, Lhel ook. Gaan verder en zij spelen lied.'

Een van de heksen begon een laag eentonig lied te spelen terwijl ze langs hen heen trokken.

'Ik wist niet dat mensen die zo diep in het gebergte wonen ooit een Skalaan gezien hadden,' zei Lynx, die de Retha'nois met een schuin oog in de gaten hield.

'Niet zien, wel horen, zoals jij hoort over Retha'nois,' legde Mahti uit. 'Als kiesa is...' Hij stopte weer, schudde gefrustreerd zijn hoofd en moest Arkoniël weer om een vertaling vragen.

De tovenaar lachte. 'Als een kind stout is, zegt de moeder: "En nou lief zijn, anders komen de witmensen je vannacht halen." Ik zei dat de Skalanen soortgelijke verhaaltjes over hen vertellen.'

'Zij zien jullie met veel mensen, maar jullie doen geen pijn, stichten geen brand. Zij onthouden jullie.'

'Kunnen ze ons kwaad doen als ze willen?' zei Ki met een ongeruste blik op de heksen.

Mahti knikte heftig.

Het pad leidde nu gestaag naar beneden, vaak weer door bossen met sparren en eiken, waar een dichte nevel hing. Op de vijfde dag reden ze 's middags door een laaghangende wolk heen en zagen een helling met loofbomen en golvend grasland. In de verte zag Tamír de donkere streep van de Osiaanse Zee.

'We hebben het gehaald!' riep Nikides.

'Waar ligt Remoni?' vroeg Tamír.

Mahti wees recht vooruit en haar hart begon sneller te slaan. Nog maar een dag rijden en dan zou ze de haven zien. In haar dromen had ze daarboven met Ki gestaan, met de lippen vlak bij elkaar. Sinds Afra had ze die droom niet meer gehad.

Want we hebben gekust, dacht ze en ze glimlachte heimelijk, al was er de afgelopen dagen geen gelegenheid geweest om dat te herhalen. Ze vroeg zich af of de droom vanaf nu anders zou zijn.

'Jij aan fijne dingen denken?'

Mahti kwam grijnzend naast haar paard staan.

'Nou en of,' gaf ze toe.

'Kijk daar.' Hij wees achter hen, naar de weg die ze gekomen waren en Tamír zag hoe de bergkam bekroond werd door duizenden silhouetten; dat waren de voetsoldaten waarop ze hier bleven wachten.

'Jouw mensen veilig, als jij nooit meer deze weg neemt,' legde Mahti uit. 'Jij doet gevecht en gaat terug naar eigen land over ander pad. Zuidlandweg.'

'Ik begrijp het. Maar je laat ons toch nog niet in de steek? Ik weet niet hoe ik Remoni moet vinden.'

'Ik breng je, dan ga ik naar huis.'

'Dat is alles wat ik van je vraag.'

Arkoniëls hart juichte bij het zien van die verre kust. Als de visioenen klopten – en als de strijd gewonnen werd – zou hij spoedig de plek bereiken waar hij zijn dagen zou slijten. Het was een vreemd maar opwindend vooruitzicht.

Toen ze eenmaal de nauwe bergpaden verlaten hadden, werd de weg begaanbaarder. Het pad was behoorlijk uitgesleten en op sommige plaatsen konden er twee paarden naast elkaar lopen. Af en toe regende het nog, maar ze vonden genoeg hout om 's avonds een vuur te stoken, zodat de Skalanen zich eindelijk weer eens een beetje konden ontspannen. Terwijl de anderen zich met het kampvuur bezighielden en een avondmaal bereidden, nam Arkoniël Tamír even apart bij een eikenboom verderop. Ki kwam mee en ging vlak bij haar zitten.

Arkoniël probeerde niet te glimlachen. Ze probeerden het allebei te verhullen, maar sinds die nacht in zijn bed was er iets tussen hen veranderd. Ze keken elkaar niet meer alleen als vrienden aan, en ze dachten dat niemand dat zag.

'Arkoniël, ben je er al achter waar Korin zit?' vroeg ze.

'Daar wilde ik net naar op zoek gaan. Klaar voor een kijkje door het zichtvenster?'

'Reken maar,' zei Ki gretig.

Tamír was er niet zo happig op, zoals gewoonlijk. Arkoniël was er nog steeds rouwig om dat hij haar zo onhandig kennis had laten maken met zijn bezwering. Maar ze knikte kort.

Arkoniël zei de spreuk en richtte zijn geest op mogelijke plaatsen. 'Aha. Daar zijn ze.' Hij hield het raam, gevormd door zijn handen, voor hen beiden op.

Tamír bereidde zich voor op de duizelingwekkende ervaring. Ze kneep haar ogen dicht en voelde zich door de lucht gezogen worden.

Onder zich zag ze wijd en zijd golvend boerenland, en een leger dat zijn kamp in de schemering bij een baai had opgeslagen. Een onafzienbare lijn wachtvuren strekte zich over de vlakte uit. 'Zoveel!' fluisterde ze. 'En kijk eens naar al die paarden! Duizenden! Weet je hoe ver hij van ons vandaan is?'

'Het lijkt mij de Walvissenbaai. Een dag of twee dus van ons vandaan, zou ik zeggen. Minder misschien.'

'Maar hij had allang in Atyion kunnen zijn! Dan moet hij gehoord hebben wat wij van plan waren!'

'Dat zit er dik in. Laat maar even los. Ik krijg pijn in mijn hoofd.'

Tamír keek een grijnzende Ki aan.

'Dat was fantastisch!' fluisterde hij met glanzende ogen.

'Het kan van pas komen,' moest ze toegeven.

Arkoniël wreef over zijn oogleden. 'Het kost me wel moeite, die bezwering.'

'Korin heeft vast verkenners op ons af gestuurd,' zei Ki. 'Heb je die nog kunnen zien?'

De tovenaar keek hem nors aan. 'Ik ben al blij dat ik dat leger heb gevonden.'

'Daar hebben we trouwens geen magie voor nodig,' zei Tamír. 'We kunnen beter eten en opstappen, voor hij opeens in hoogsteigen persoon voor me staat.'

Verder naar het oosten zat Tharin op zijn paard en telde de banieren die aangaven hoe groot de troepenmacht voor hem was. Achter hem stonden tweeduizend man opgesteld, maar Nevus' leger was zeker tweemaal zo groot. Hij was na twee dagen rijden van Atyion tegen hem opgereden en was niet verbaasd dat Nevus geen andere oplossing wilde dan een gevecht.

Tharin trok zijn zwaard en stak het de lucht in, en hoorde duizend klingen flitsend uit de schede komen, en het geratel van honderden pijlen die vanuit de koker op de boog werden gezet. Aan de andere kant van het slagveld deed Nevus hetzelfde.

'Jouw lichaam bungelt binnenkort naast de restanten van je vader,' mompelde Tharin. Hij ging in de stijgbeugels staan en schreeuwde: 'Voor Tamír en Skala!'

Zijn leger nam de strijdkreet over en hun stemmen golfden als een vloedgolf over de vlakte, terwijl ze aanvielen.

Tamír nam de volgende dag de tijd voor haar manschappen en reed langs de gelederen. Sommige soldaten waren ziek geworden tijdens de lange koude en natte nachten, en een paar hadden een flinke smak gemaakt of waren zelfs naar beneden gestort op de gevaarlijke hoge passen. Er waren een paar gevallen van bloedwraak geweest en anderen waren gewoon spoorloos. Er werd gemompeld dat ze door het Heuvelvolk ontvoerd waren, al was desertie of pech waarschijnlijker. De wijnzakken waren allang leeg en het eten was bijzonder karig geworden.

Tamír sprak met de kapiteins en de soldaten zelf, luisterde naar hun zorgen, beloofde hen oorlogsbuit van het slagveld en prees hun uithoudingsvermogen. Sommigen waren een beetje te overmoedig en zwoeren haar Korins hoofd op een lans.

'Als je hem kunt vinden, wil ik hem graag levend hebben, dan betaal ik het terug in goud,' zei ze. 'Als jullie opzettelijk het bloed van een familielid laten vloeien, zit een beloning er niet in.'

'Ik wed dat het Korin weinig kan schelen in welke staat jij bij hem gebracht wordt,' zei Ki.

En Tamír kon alleen maar antwoorden: 'Maar ik ben Korin niet.'

Hoe verder ze van de bergen weg trokken, hoe warmer het werd. Er was wild in overvloed en boogschutters werden op pad gestuurd om de schaarse voorraden aan te vullen met hazen en patrijzen. Haar verkenners vonden geen tekenen van menselijke nederzettingen.

Laat in de middag bereikte ze de kust en Tamír snoof diep de heerlijke zilte zeelucht op na zoveel dagen in het binnenland doorgebracht te hebben. De rotsachtige kust werd overal doorbroken door baaien met steile wanden en smalle grotten. De donkere Osiaanse Zee strekte zich tot de mistige horizon uit, bezaaid met eilandjes.

Mahti liep van hier naar het noorden. Open grasland tussen bos en zee spreidde zich tot in het oneindige voort. Er graasden herten en konijntjes sprongen weg voor de voeten van de paarden.

Het land begon weer te stijgen, steeds hoger kwamen ze boven de branding uit tot ze uiteindelijk op een met stug gras begroeide hoogvlakte stonden. Tamír hield haar adem in en herkende de plek nog voor Mahti naar beneden wees en zei: 'Remoni.'

'Ja!' Daar lag de lange, diepe haven, beschut door twee eilandjes die ze meteen herkende.

Ze steeg af en liep naar het eind van het klif om naar beneden te kijken. Het water lag honderden voeten onder haar. In haar droom had ze steeds haar spiegelbeeld gezien, maar dat was nu natuurlijk onmogelijk. In werkelijkheid lag er een brede strook gelijkmatige grond aan de voet van het klif, met ruimte genoeg voor havengebouwen en aanlegsteigers. Het probleem was natuurlijk hoe ze een begaanbare weg van de haven naar de citadel moesten maken, die gebouwd moest worden op de plaats waar zij stond.

Ki kwam naast haar staan. 'Heb je dit echt in je dromen gezien?'

'Zo vaak dat ik de tel kwijt ben geraakt,' antwoordde ze. Als er niet zoveel ogen op hen gericht waren, zou ze hem gekust hebben, al was het maar om te zien of hij niet in het niets zou oplossen, en of ze niet wakker zou worden.

'Welkom in je nieuwe stad, Majesteit,' zei Arkoniël vrolijk. 'Er moet nog wel het een en ander aan gebeuren. Een nette taveerne heb ik nog niet kunnen ontdekken.'

Lynx stond met zijn hand boven zijn ogen tegen het schuin invallende licht naar de haven te kijken. 'Eh... Tamír?'

In haar opwinding dat ze de plek gevonden hadden, had ze één belangrijk puntje over het hoofd gezien. De haven beneden hen was leeg.

Ze sloegen hun kamp op en zetten wachters uit naar het noorden en oosten. Zoals Mahti gezegd had waren er meerdere mooie bronnetjes en voldoende hout voor kampvuren.

Het duurde een paar uur voor iedereen op het klif verzameld was en zelfs toen kwamen er nog achterblijvers aangestrompeld.

'Mijn mannen zijn uitgeput, Majesteit,' meldde Kyman.

Jorvai en Nyanis hadden hetzelfde bericht.

'Ze hebben hun rust wel verdiend,' antwoordde Tamír. 'We blijven voorlopig hier.'

Na haar sobere maal van oud brood, droge kaas en een handjevol verschrompelde bessen van het heuvelvolk begonnen zij en Ki aan een rondgang tussen de kampvuurtjes, en hoorden de soldaten pochen over hun rol in de komende strijd. Zij die vers vlees hadden deelden het met hen, en zij vroeg hun namen en waar ze vandaan kwamen. De stemming zat erin en het bericht over haar visioen van Remoni had hen al dagen beziggehouden tijdens de mars. Volgens de soldaten bracht het geluk dat die plek echt bestond en dat hun koningin hen erheen had gebracht.

De afnemende maan stond hoog aan de met wolken bezaaide hemel toen ze terugliep naar haar tent. Er brandde een vrolijk kampvuur voor, waar haar vrienden omheen zaten. Nog voor ze het licht instapte bleef ze even staan om hun lachende gezichten in haar geheugen op te slaan. Ze had de enorme troepenmacht van Korin gezien; over een paar dagen zou het lachen hun wel vergaan.

'Kom op,' fluisterde Ki. 'Ik denk dat Nik nog wel een slok wijn voor ons heeft.'

Dat was ook zo, en de drank verwarmde hun magen. Ze mochten dan hongerig zijn en blaren hebben, maar ze waren toch gekomen waar ze moesten zijn.

Ze wilde zich net voor de nacht terugtrekken toen ze de lage, zoemende toon van Mahti's hoorn ergens hoorde.

'Waar is hij nou mee bezig?' vroeg Lutha zich af.

Afgaand op het geluid vonden ze de heks op een rots die uitkeek over zee, terwijl hij met gesloten ogen zijn vreemde muziek maakte. Tamír kwam voorzichtig naderbij. Het lied ging op en neer, kraakte en vibreerde en deed haar meer dan eens aan dierengeluiden denken, allemaal aaneengeregen op één eindeloze ademtocht. De schreeuw van nachtvogels ging over in het keffen van de vos en de stemmen van haar leger – gelach, gezang en af en toe een boze kreet of vloek – maar ze voelde er geen magie in, het was gewoon muziek en ze ontspande voor de eerste keer in dagen. Ze legde haar hoofd op Ki's schouder en keek uit over de eindeloze zee. Het leek of ze een blaadje was, dobberend op de golven. Ze viel haast staand in slaap toen de muziek ophield.

'Wat was dat?' vroeg Ki zacht.

Mahti stond op. 'Afscheidslied. Ik breng jullie naar Remoni. Ik ga naar huis nu.' Hij zweeg en keek naar Tamír. 'Ik maak helerslied voor jou, voor ik ga.'

'Ik heb je al eens verteld dat ik niet geheeld hoef te worden. Maar ik zou wel willen dat je bij ons kon blijven. We zullen je vaardigheden binnenkort erg missen.'

'Ik niet vechten zoals jij.' Mahti keek haar diep in de ogen. 'Ik droom weer van Lhel vannacht. Ze zegt niet vergeten jouw noro'shesj.'

Tamír wist nu dat het woord Broer betekende. 'Dat doe ik ook niet. En haar zal ik ook nooit vergeten. Zeg je dat?'

'Zij weet.' Hij nam zijn bundeltje en zijn oe'loe op en liep naar het kampvuur om afscheid te nemen van Arkoniël en de anderen.

Lutha en Barieus omklemden zijn hand als echte strijders.

'We hebben ons leven aan je te danken,' zei Lutha. 'Ik hoop dat we elkaar nog eens terugzien.'

'Jullie zijn goede gidsen. Brengen mij naar meisje-dat-jongen-was, net als ik zei. Brengen haar naar mijn volk. Jullie nu vrienden van Retha'nois.' Hij wendde zich tot Arkoniël en sprak hem in zijn eigen taal aan. De tovenaar maakte een buiging en zei iets terug op vriendelijke toon.

Mahti hing zijn hoorn in de draagband om zijn schouder en snoof de wind op. 'Komt meer regen.' Toen hij wegliep maakten zijn blote voeten geen geluid op het droge gras en de schaduwen tussen de kampvuren namen hem snel op, zodat het was of hij nooit bestaan had.

48

Korin droomde tegenwoordig haast iedere nacht van Tobin, en al die dromen leken op elkaar. Hij liep bijvoorbeeld door de grote hal in Cirna, of de paleistuin van Ero, waar hij plotseling een bekende gestalte voor zich uit zag lopen. En alvorens hard weg te rennen, draaide Tobin zich dan om en lachte hem spottend uit. Dan trok Korin woedend zijn zwaard en achtervolgde hem, maar te pakken kreeg hij hem nooit. Soms leek die droom wel uren te duren en werd hij badend in het zweet wakker, met zijn hand verkrampt om een denkbeeldig gevest.

Maar deze keer was de droom anders. Hij reed langs de rand van een hoog klif; Tobin wachtte in de verte op hem. Hij ging er niet vandoor toen Korin zijn paard aanspoorde, hij bleef gewoon staan, met een lach op zijn gezicht.

Hij lachte hem toe.

'Korin?'

Korin schrok wakker en zag Urmanis over hem gebogen staan. Het was nog donker. De wachtvuren buiten wierpen lange schaduwen tegen de wanden van de tent. 'Wat is er?' zei hij schor.

'Een van de verkennersgroepjes in het zuiden heeft Tobin gevonden.'

Korin keek hem slaperig aan, zich afvragend of hij nog droomde.

'Hé, Kor, word eens wakker! Ik zei dat we Tobin gevonden hebben! Zijn kamp ligt ongeveer een dag rijden van hier.'

'Aan de kust?' mompelde Korin.

'Ja.' Zijn vriend keek hem bevreemd aan en gaf hem een beker aangelengde wijn.

Het was een visioen, dacht hij, en hij nam een flinke teug. Hij wierp de dekens opzij en reikte naar zijn laarzen.

'Hij is door de bergen gekomen, precies als voorspeld werd,' zei hij en hij gaf Korin zijn tuniek aan. 'Als hij probeert naar Cirna te marcheren, kunnen we hem makkelijk de pas afsnijden.'

Met een blik door de geopende tentflap zag Korin aan het grijze licht dat de dag op het punt stond aan te breken. Porion en de Gezellen waren ook al op.

Korin ging bij hen staan. 'We gaan niet op hem zitten wachten. Garol, laat het reveil blazen. Ingerukt.'

Garol sprintte ervandoor.

'Moriël, roep de edelen.'

'Tot uw orders, Majesteit!' De Pad haastte zich weg.

Korin dronk zijn wijn op en gaf de beker terug aan Urmanis. 'Waar zijn de verkenners die hem hebben gevonden?'

'Hier, Majesteit.' Porion schoof een blonde man met een baard naar voren. 'Kapitein Esmen, Majesteit, van Huis Weeterink.'

De man salueerde. 'Mijn ruiters en ik ontdekten gisteren een grote leger-eenheid aan de kust, net voor zonsondergang. Ik sloop zelf naderbij en be-spiedde hen zodra het donker was. Het is absoluut prins Tobin. Nou ja, ko-ningin Tamír noemden ze hem,' voegde hij er met een grijns aan toe.

Weeterink en de andere edelen voegden zich bij de Gezellen. Korin liet de verkenner het nieuws herhalen. 'Hoe groot is dat leger van hem?'

'Ik weet het niet zeker, Majesteit, maar ik zou zeggen dat het aanzienlijk minder manschappen zijn dan u heeft. En dan nog voornamelijk voetvolk, de cavalerie stelt niets voor. Ik denk een paard of honderd.'

'Heb je nog banieren gezien?'

'Alleen die van prins Tobin, Majesteit, al heb ik gehoord dat heer Jorvai er ook bij is. Het geklaag over het gebrek aan voedsel was overigens niet van de lucht. Voorraadwagens heb ik niet kunnen ontdekken.'

'Dat verklaart wel waarom hij zo verdomd snel door de bergen getrokken is,' zei Porion. 'Maar het is niet slim om dan met zo weinig manschappen te komen.'

'Wij zijn goed gevoed en uitgerust,' mijmerde Korin tevreden. 'We moeten ons voordeel uitbuiten. Roep de cavalerie bijeen en stel de mannen op.'

Kapitein Esmen boog nogmaals. 'Excuseer, Majesteit, maar er is meer. Er schijnen ook tovenaars te zijn.'

'Juist ja. Nog meer?'

'Nee, Majesteit, maar er zijn wat mannen van me achtergebleven om te melden of hij noordwaarts trekt.'

'Goed gedaan. Heer Alben, zie erop toe dat de kapitein een beloning krijgt.'

'Stuurt u geen heraut vooruit, Majesteit?' vroeg heer Weeterink.

Korin lachte grimmig. 'De aanblik van mijn banier is de enige waarschuwing die hij van me kan krijgen.'

Mahti had gelijk gehad met zijn weersvoorspelling. Gedurende de nacht golfde de mistige motregen van boven de zee over de kust heen, doofde de wachtvuurtjes en doorweekte de vermoeide en hongerige soldaten. Barieus had de hele avond al een nare hoest gehad, al deed hij vreselijk zijn best het kuchen te verbergen.

'Slaap maar in mijn tent vannacht,' zei Tamír tegen hem. 'Dat is een bevel. Ik heb je morgen gezond nodig.'

'Bedankt,' zei hij hees, en hij smoorde een volgende hoestbui achter zijn hand. Lutha keek hem bezorgd aan. 'Neem mijn dekens ook maar. Ik heb ze niet nodig tijdens de wacht.'

'Jij moet ook goed uitgerust zijn morgen, hoor,' zei Ki tegen Tamír.

'Dat lukt wel. Maar ik moet nog even wat met Arkoniël overleggen.'

'Ik weet wel waar hij is.'

Hij stak een toorts aan en bracht haar weer naar het klif. Daar zat Arkoniël samen met Saruel, geknield bij hun eigen kleine vuurtje. Ze hadden dikke wallen onder hun ogen gekregen van het onophoudelijk turen door zichtvensters en toen Tamír hen naderde, smoorde ook Arkoniël een hoestbui tegen zijn arm.

'Word jij nou ook al ziek?' vroeg ze bezorgd.

'Nee, het is die mist maar,' antwoordde hij, maar ze geloofde hem niet helemaal.

'Al iets van de Aurënfaiers opgevangen?' vroeg Ki.

'Ik ben bang van niet.'

'Het seizoen met de heftigste stormen op zee is net begonnen,' zei Saruel. 'Misschien zijn ze uit koers geraakt.'

'En hoe staat het met Tharin?' vroeg Tamír.

Arkoniël zuchtte en schudde het hoofd. 'Atyion is niet aangevallen. Dat is alles wat ik je kan vertellen. Lyan heeft geen bericht gestuurd.'

Omdat ze niets anders konden doen dan wachten, liepen Tamír en Ki maar weer terug naar de tent om te proberen een paar uurtjes slaap te pakken. Vanwege haar vochtige kleding en het onophoudelijk gekuch van Barieus sliep ze licht en onrustig. Ze doezelde maar een beetje weg en stond al voor zonsopgang op. De omgeving was in nevelen gehuld. De kille regen viel nog steeds gestaag uit de hemel. Lorin en Tyriën stonden voor haar tent op wacht, ineengedoken in hun natte mantels, terwijl ze hout op het rokende vuurtje legden.

Tamír liep naar achteren om haar blaas te legen. Gewoon haar broek opendoen en plassen was er niet meer bij en dat bleef een van haar grootse ergernissen. De mist zorgde er gelukkig voor dat ze niet zo ver van haar tent hoefde neer te hurken.

De wereld om haar heen was in grijstinten gestoken. Ze kon de rand van het klif zien, en de donkere vormen van mannen en paarden, maar het was allemaal wazig, als in een droom. Ze hoorde mannen en vrouwen grommen, praten en hoesten terwijl ze rond de vuurtjes rond stommelden. Drie ineengedoken gestalten stonden aan de rand van het klif.

'Pas op waar je je voeten neerzet,' waarschuwde een van hen haar, toen ze ernaar toe liep.

Arkoniël en heer Malkanus hadden beiden hun ogen gesloten, verloren in een zichtspreuk. Kaulin stond bij hen en hield ze allebei bij een elleboog vast.

'Is hij er de hele nacht mee bezig geweest?' vroeg Tamír zacht.

Kaulin knikte.

'Iets gezien?' Ze kon het antwoord al raden.

Malkanus deed zijn ogen open. 'Het spijt me zeer, Majesteit, maar ik zie geen enkel schip. Maar er hangt een dikke mist en de zee is groot.'

'Het betekent dus niet dat ze niet ergens rondhangen,' zei Arkoniël die zijn bezwering verbrak. Hij zuchtte. 'Niet dat het veel uitmaakt. Korin heeft zijn kamp opgebroken. Ik heb door het zichtvenster in zijn richting gekeken. Ik kreeg Korin niet te pakken, maar zijn generaals wel. Ze rukken op naar het zuiden, schijnt het. Ik vermoed dat hij weet dat je in de buurt bent, zo vroeg zou hij anders nooit opbreken.'

Tamír wreef met een hand over haar gezicht en vieze haar en weer terug, en probeerde het rommelen in haar maag te negeren. 'We hebben niet veel tijd meer.'

Ze liep terug naar de tent, waar haar aanvoerders en de anderen zaten te wachten. Ki duwde haar een geroosterde patrijs in handen, nog heet van de spies waarop hij gebraden was. 'Een geschenk van een van de mannen van Colath.'

Tamír trok er een stuk borstvlees af en gaf hem terug. 'Laat maar rondgaan. Mijne heren, Korin komt eraan en over een dag is hij hier. Ik vind dat we klaar moeten staan op een goede plek wanneer hij hier komt, in plaats van hem helemaal tegemoet te gaan. Nyanis, Arkoniël en de Gezellen rijden naast mij. De rest gaat naar zijn compagnie en zorgt dat ze gevechtsklaar zijn. En waarschuw ze vooral bij die kliffen vandaan te blijven tot die verdomde mist optrekt! Ik kan niemand missen, zeker niet door een ongelukje.'

De regen verminderde tot motregen terwijl ze noordwaarts reden. De wind stak op en scheurde de mist aan flarden.

'Korin heeft de meeste manschappen en een grote cavalerie. We moeten een manier bedenken om die voordelen op te heffen,' mijmerde Tamír en ze keek naar het landschap terwijl ze reden.

'Jouw grootste kracht ligt in je boogschutters,' merkte Nyanis op.

'Als meester Arkoniël nou eens een zichtvenster oproept en jij schiet er een pijl doorheen die op Korin gericht is, net als met de Plenimaranen?' vroeg Hylia.

Tamír fronste haar voorhoofd. 'Zo laag ben ik niet. Hij en ik zijn familie en strijders, en we vechten eerlijk, als strijders op het slagveld.'

'Vergeef me, Majesteit,' antwoordde Hylia met een kleur. 'Ik dacht er niet bij na.'

Hoe verder ze reden, hoe meer ze helling afwaarts gingen en hoe meer het bos naar het klif oprukte. Er was nog maar een onbegroeide ruimte van ongeveer een halve mijl breed tussen de bomen en de zee. Verderop, aan de andere kant van een riviertje, begon de grond weer te stijgen. Ze reden erheen.

Tamír steeg af en liet haar paard drinken. De grond was hier erg modderig. Ze sprong over het stroompje en liep stampend wat rond aan de overkant. 'Het is nogal drassig hier. Als Korins paarden hier naar beneden komen galopperen, zakken ze volgens mij zo weg.' Ze kwam weer terug, steeg op en draafde de heuvel op met Ki en Nyanis om het uitzicht vanaf de top te bekijken. Het bos was hier niet zo dichtbij. Vanuit deze richting komend werd het slagveld smaller en zompiger hoe verder je naar beneden reed.

'Als hij vanaf deze heuvel aanvalt, dan is het als erwten die door een trechter rollen,' bedacht ze. 'Een brede linie die naar beneden dendert loopt mekaar al snel voor de voeten en moet vertragen, tenzij Korin in een driehoek naar beneden rijdt.'

'Als je van het noorden komt, ziet dit er als uitvalsbasis goed uit,' zei Nyanis. 'Hoe hoger, hoe overzichtelijker.'

'We moeten hen dus naar beneden lokken.'

'Korin ziet er geen been in om onze voetsoldaten te paard aan te vallen,' zei Ki. 'Ik durf te wedden dat hij ook onze linies doorbreekt, als hij zoveel manschappen heeft als jij vertelt, Arkoniël.'

'Dat denkt hij dus ook,' zei Tamír. 'Wat wij nodig hebben is een gezant en een egel.'

49

Nadat hij een tijd westwaarts gereden was, recht op de Osiaanse Zee af, draaide Korin met zijn cavalerie naar het zuiden, en beval de voetsoldaten zo snel mogelijk te volgen.

Met de zee in zicht reden ze de hele dag in volle galop door het groene grasland en langs diepe wouden.

'Kan aardig wat opleveren, dit land,' merkte Porion op toen ze hun paarden uit de voorde van een riviertje lieten drinken.

Maar Korin interesseerde zich niet voor weidegrond of houtkap. Zijn blik bleef op de verte gevestigd en in zijn verbeelding zag hij zijn neef al uit het niets opdoemen. Na die lange maanden van onzekerheid en uitstel zou het er dan toch eindelijk van komen: hij zou tegenover Tobin staan om over het lot van Skala te beslissen, voor eens en voor altijd.

Pas halverwege de middag keerden de eerste verkenners terug met nieuws over Tobins leger.

'Ze zijn een paar mijl naar het noorden getrokken, Majesteit, en schijnen uw aanval af te wachten,' berichtte de ruiter.

'Daar zal die tovenaar wel achter zitten,' zei Alben smalend.

Korin knikte nors. Hoe kwam het toch dat Niryn en zijn maatjes hem nooit op dat vlak geholpen hadden?

Ze wilden net weer verder trekken toen Korin een ruiter uit de achterhoede hoorde galopperen alsof de duivel hem op de hielen zat. De man groette hem en trok de teugels aan.

'Majesteit, aan het eind van de colonne zijn twee ruiters gevangengenomen. Een van hen beweert dat hij uw vriend, heer Caliël, is.'

'Caliël!' De adem stokte Korin in de keel. *Caliël, hier?* Hij zag zijn eigen verbazing weerspiegeld in de gezichten van de andere Gezellen, op dat van Moriël na dan, die eerder ongerust leek.

'Hij vraagt permissie om met u te spreken, net als zijn metgezel,' zei de koerier.

'Breng hen onmiddellijk bij me!' beval Korin terwijl zij zich afvroeg waarom Cal in vredesnaam kon zijn teruggekeerd. Rusteloos ijsberend terwijl hij wachtte, kneep hij zijn vuisten samen achter zijn rug. Alben en de anderen keken in stilte toe. Was dit een truc van Tobin, had hij hem als spion teruggestuurd? Maar wat had hij daaraan, nu de veldslag op het punt stond te beginnen? Hij kon echter niet begrijpen waarom Caliël anders terug zou keren, terwijl hem bij Korin alleen een executie wachtte. Wraak, misschien? Mooie wraak, het was pure zelfmoord...

Er verscheen een gewapend escorte en Korin herkende Caliël in hun midden, met zijn handen voor hem gebonden. Korin slaakte een verbijsterde kreet toen hij zag wie er naast hem reed en zijn hart sloeg een slag over. 'Tanil?'

Het escorte hield halt en vier man hielpen de geboeiden uit het zadel. Ze marcheerden in het gelid naar Korin en de anderen. Caliël keek hem recht in de ogen en viel toen op één knie in het gras.

Tanil was bleek en mager, en leek ontzettend in de war, maar hij glimlachte ingelukkig toen hij Korin daar zag staan en als hij niet zo stevig vastgehouden werd, was hij hem pijlsnel tegemoet gerend.

'Heer, ik heb u eindelijk gevonden!' riep hij, enigszins tegensparteland. 'Prins Korin, ik ben het! Vergeef me – ik raakte u kwijt, maar Cal heeft me teruggebracht!'

'Laat hem vrij!' beval Korin met schorre stem. Tanil rende op hem af en viel op zijn knieën, en greep Korins laars met beide handen vast. Korin maakte het touw los en sloeg zijn armen verlegen om zijn trillende schildknaap heen. Tanil lachte en huilde tegelijkertijd, onophoudelijk zijn verontschuldigingen mompelend.

Korin keek over zijn schouder naar Caliël, die met een bedroefde glimlach toekeek. Hij was smerig en bleek, en leek zelf binnen de kortste tijd om te kunnen vallen, maar hij glimlachte.

'Wat doen jullie hier?' was alles wat Korin kon uitbrengen, want zijn stem was nog niet helemaal in orde.

'Ik kwam hem in Atyion tegen. Hij was ziek, maar wilde niet rusten tot hij weer bij je was, dus heb ik hem meegenomen.' Korin maakte zich voorzichtig los uit Tanils omhelzing en trok al lopend zijn zwaard.

Caliël leek niet onder de indruk en liet geen angst blijken, maar bleef Korin recht in de ogen kijken.

'Heeft Tobin je gestuurd?'

'Nee, maar ze liet ons heel eervol vertrekken, terwijl ze wist dat we naar jou gingen.'

Korin hield de kling vlak onder Caliëls kin. 'Ik wil niet hebben dat je zo over hem spreekt, heb je dat begrepen?'

'Zoals je wilt.'

Korin liet de punt van zijn zwaard een stukje zakken. 'Waarom ben je teruggekomen, Cal? Je staat nog steeds op de lijst om geëxecuteerd te worden.'

Caliël keek weer naar hem op met berusting in zijn ogen. 'Dood me dan. Ik heb gedaan wat ik moest doen. Alleen – wees alsjeblieft goed voor Tanil. Hij heeft uit liefde voor jou al genoeg geleden.' Zijn stem was schor toen hij dit gezegd had en hij wankelde op zijn ene knie. Korin dacht aan de geseling die hij doorstaan had en hoe onbegrijpelijk het was dat hij dat toch overleefd had. Toen had het hem allemaal niets gedaan. Nu voelde hij de schaamte in zich opwellen.

'Maak hem los,' beval hij.

'Maar Majesteit...'

'Ik zei maak hem los!' blafte Korin. 'Geef hen eten en wijn, en schone kleren.'

Caliël wreef over zijn polsen toen hij vrij was, maar bleef geknield zitten. 'Ik verwacht helemaal niets, Korin. Ik wilde hem alleen terugbrengen.'

'Hoewel je wist dat ik je op zou laten hangen?'

Caliël haalde zijn schouders op.

'Aan wie ben jij loyaal, Cal?'

'Twijfel je nog steeds aan me?'

'Waar zijn de anderen?'

'Ze zijn in Atyion gebleven.'

'Maar jij niet?'

Caliël keek hem weer net zo strak aan als in het begin. 'Hoe kon ik dat nou?'

Korin zweeg want in zijn hart streden twee gedachten. Niryns beschuldigingen tegen Cal leken volledig uit de lucht gegrepen. Hoe had hij zulke dingen over een vriend kunnen geloven?

'Zweer je mij trouw, voor altijd? Zul je me volgen en niet twijfelen aan mijn koers?'

'Dat heb ik altijd al gedaan, Majesteit. Ik zal dat altijd blijven doen.'

Hoe kun je me vergeven? vroeg Korin zich verbijsterd af. Hij stak zijn hand uit en trok Caliël omhoog, en ving hem op toen hij door zijn knieën leek te gaan zakken. Hij voelde broodmager en breekbaar aan onder zijn tuniek, en

Korin hoorde hem onderdrukt kreunen toen hij zijn handen te stevig tegen Caliëls rug drukte. De korte plukken waar Cals vlechten gezeten hadden leken hem te bespotten.

'Het spijt me,' fluisterde Korin, zodat alleen Caliël het kon horen. 'Zo vreselijk!'

'Dat hoeft niet!' Caliëls handen grepen Korins schouders wat steviger vast. 'Vergeef mij omdat ik je reden gegeven heb aan mij te twijfelen.'

'Vergeven en vergeten.' Toen zei hij grommend tegen degenen die met ogen op steeltjes naar de dramatische hereniging hadden gekeken: 'Heer Caliël heeft berouw getoond. Hij en Tanil zijn weer Gezellen. Alben, Urmanis zorg voor jullie broeders. Maak het ze gemakkelijk en geef hen nieuwe wapens.'

De anderen hielpen Caliël voorzichtig op een draagstoeltje bij de rivier. Tanil bleef bij Korin, maar zijn ogen gleden steeds weer naar Caliël. Moriël liep irritant om hen heen, en Korin zag de ontiegelijke haat in de blik waarmee Caliël de Pad aankeek. 'Moriël!' beet hij hem toe. 'Ga de paarden roskammen! Allemaal!'

50

Onvermoeibaar had Tamír sinds zonsopgang iedereen aan het werk gezet om zich op de komst van Korin voor te bereiden, met Ki als haar steun en toeverlaat. Tegen de middag trok de mist op, maar uit de laaghangende bewolking bleef regen vallen, waardoor iedereen nog steeds in natte kleding rondliep en de rokerige vuurtjes uiteindelijk uitgingen. De boogschutters verzorgden hun bogen, spanden de verslapte pezen en wreven ze dik met was in.

Het gehele leger marcheerde naar het noorden en verzamelde zich aan de rand van de smalle open vlakte die ze had uitgekozen. Ki en een aantal van Nyanis' beste schutters namen hun boog mee naar de top van de heuvel, om te zien tot hoever de pijlen van de vijand zouden komen. De andere Gezellen markeerden de plaatsen waar de pijlen geland waren en Tamír trok langs al die punten een rechte lijn.

'Korin heeft dezelfde lessen gehad als wij,' merkte Ki wat zorgelijk op toen hij weer bij haar was. 'Ben je niet bang dat hij zich afvraagt waarom jij hem zo'n voordelige positie gunt?'

Tamír haalde haar schouders op. 'We nemen onze posities in en blijven hier zitten tot hij ons voldoende genaderd is.'

Ze verzamelde haar aanvoerders bij het riviertje, nam een lange stok en begon haar strategie uit te tekenen in de zachte bodem. 'We moeten ze hierheen zien te lokken.'

Ze zette soldaten van de genie aan het werk met hun houwelen. Ze groeven geulen en gaten, waarin de paarden van de aanvallers zouden struikelen. Anderen waren langs de oever bezig met het graven van kleine gootjes, zodat het water zich breed kon verspreiden en het gebied nog drassiger werd dan het al was. Ze stuurde de boogschutters naar het bos om staken te snijden.

Later op de middag zag Ki dat Tamír steeds vaker naar het zuiden keek, om te zien of er al nieuws kwam van de uitkijkposten bij Remoni.

Ki was in gesprek met een van de soldaten, toen enkele mannen achter hen schreeuwden en naar de top van de heuvel wezen. Ki zag nog net het hoofd van een ruiter, voor de indringer zijn paard keerde en weg galoppeerde.

'Dat moet een van Korins verkenners zijn,' zei Ki.

'Zullen we erachter aangaan, Majesteit?' vroeg Nyanis.

Tamír grijnsde. 'Laat maar. Nu hoef ik tenminste geen moeite te doen om zelf een spion te sturen. Nikides, pak pen en perkament en laat een gezant roepen. Lutha, jij en Barieus gaan terug naar de uitkijkposten om te horen of er al nieuws is. En zeg Arkoniël dat ik hem nodig heb.'

'Ze houden zich goed,' mompelde Ki toen hij de twee in het zadel zag springen en in galop weg zag rijden. Het beeld van de korsten en littekens op Lutha's rug liet hem niet los. Ze genazen voorspoedig, maar een paar diepere japen waren opgesprongen en waren weer gaan bloeden tijdens de zware tocht door de bergen. Met Barieus was het al niet veel beter gesteld. Maar ze waren allebei net zo taai en eigenwijs als vroeger en lieten zich liever een tweede keer geselen dan te klagen over hun pijn.

Tamír volgde hen met haar ogen. 'Korin is niet goed snik.'

De zon begon achter de wolken naar zee te dalen toen Korin Tobins linies naderde. Caliël was nog steeds slapjes, maar had erop gestaan om naast hem te rijden. Tanil was al net zo koppig.

Op een teken van Korin stopte het leger; hij zelf reed met Porion en Weeterink en diens garde vooruit om het strijdperk in ogenschouw te nemen.

Op de top van de heuvel aangekomen, zagen ze Tobins leger een kleine mijl verderop, tussen de kliffen en het bos, een kamp opbouwen.

'Hij heeft een behoorlijk leger,' mompelde hij, en hij probeerde de grootte in te schatten. Het was moeilijk te zien in de schemering, en ze zaten nogal opeengepakt, maar het was hoe dan ook een grotere strijdmacht dan hij had verwacht.

'Maar bijzonder weinig paarden, dat is een feit,' zei Porion. 'Als u zich van de hooggelegen stukken grond verzekert, wordt elke aanval gegarandeerd een succes.'

'Tamír, kijk eens,' zei Arkoniël en hij wees weer naar de heuvel.

Al regende het hevig, Tamír herkende Korin aan zijn zit, en de banier die klapperde in de wind bevestigde dat alleen maar. Ze zag Caliël naast hem. Gedachteloos stak ze haar hand op en wuifde naar hem. Ze wist dat hij haar nooit kon zien, te voet te midden van alle anderen, maar het deed haar toch een beetje pijn dat hij zijn paard wendde en achter de heuvel verdween. Ze sloot haar ogen toen de tegenstrijdige emoties plotseling toch vat op haar leken te krijgen. Spijt en schuldgevoelens probeerden de gelukkige herinneringen die terugkwamen te verdringen. Dat het zover had moeten komen!

Een warme hand sloot zich om de hare en ze zag dat Arkoniël naast haar was komen staan, en haar even aan het oog van de anderen onttrok.

'Kop op, Majesteit,' fluisterde hij en glimlachte. Ze hervond haar krachten, al wist ze niet of dat door magie of zijn vriendschap kwam.

'Ja. Bedankt.' Ze rechtte haar schouders en riep een gezant. 'Mijn neef de prins is aangekomen. Breng hem deze boodschap en wacht op zijn antwoord.'

Korin en zijn generaals kluisterden hun rijdieren aan de rand van het bos, en keken naar de andere paarden die over de grazige vlakte bij de kliffen verspreid stonden. Achter hen flitste het bliksemlicht vanuit de zware wolken in zee. Even later weerklonk het verre gerommel van de donder.

'Dit is geen weer voor een gevecht, en het wordt nog donker ook,' vond Porion.

'Je hebt gelijk. Laat het kamp maar opslaan.'

Uit de invallende duisternis kwam een eenzame ruiter aangereden, in het blauw en wit van een gezant, met een witte staf in zijn hand. Alben en Moriël reden naar hem toe om hem naar Korin te brengen.

De gezant steeg af en maakte een diepe buiging. 'Ik breng een brief van koningin Tamír van Skala, aan haar geliefde neef Korin van Ero.'

Korin keek hem schamper aan. 'En wat heeft die travestiet te melden?'

De gezant haalde een brief uit zijn jas tevoorschijn.

Aan mijn neef, Korin, van Tamír, dochter van Ariani, de ware bloedlijn van Skala. Neef, ik ben gereed om de strijd met je aan te gaan, maar hierbij doe ik je een laatste aanbod van amnestie. Werp je woede en je wapens terzijde. Geef je aanspraak op de troon op en laten we weer vrienden zijn. Je hebt mijn heiligste eed, bij Sakor, Illior en de Vier, dat jij, je echtgenote en het kind dat ze draagt aan mijn hof alle eer die ze verdienen zullen krijgen, als leden van de koninklijke familie. Aan de edelen die je volgen zal genade verleend worden, zij mogen hun land en titel behouden. Ik vraag je dringend, mijn neef, om je onwettige aanspraak op de troon op te geven en ons weer vrienden te laten zijn.

De gezant overhandigde hem de brief. Korin griste hem uit zijn handen, hield een hoek van zijn mantel op om hem te beschermen tegen het water dat van de takken boven zijn hoofd droop. Het was Tobins handschrift en zijn zegel. Hij keek naar Caliël en verwachtte enig commentaar, maar zijn vriend keek de andere kant op, en zweeg.

Korin schudde het hoofd en liet het perkament op de natte grond vallen. 'Dit is mijn antwoord, gezant. Zeg mijn neef dat ik hem morgenochtend zodra het eerste licht op de punt van zijn zwaard valt op het veld zal treffen. Allen die in zijn naam vechten zullen als verraders te boek worden gesteld, en verliezen hun land, titel en leven. Geen enkel pardon zal worden verleend. Zeg ook dat ik zonder tovenaars zal komen. Als hij een eerbaar man is, zal hij de zijne niet tegen mij en mijn mannen inzetten. Wel betuig ik mijn dank voor het laten gaan van heer Caliël en mijn schildknaap Talin. Ze vechten aan mijn zijde. Deze boodschap is afkomstig van koning Korin van Skala, zoon van Erius, kleinzoon van Agnalain.'

De gezant herhaalde de boodschap en vertrok weer.

Korin trok zijn mantel dicht om zich heen en wendde zich tot Porion. 'Geef bevel de tenten op te zetten en een warm maal te bereiden. Dan blijven we vannacht tenminste droog.'

Tamír riep haar aanvoerders voor haar tent bijeen om gezamenlijk Korins antwoord aan te horen. Iedereen was even stil toen de gezant zijn zegje gedaan had.

'Cal is toch niet in staat om te vechten!' zei Lutha bezorgd. 'En Tanil? Wat denkt hij wel?'

'We kunnen er niets aan doen,' zuchtte Tamír, al moest zij er niet aan denken dat ze tegenover hen zou komen te staan. 'Ik wou dat ik ze in hun kamer in Atyion had opgesloten, totdat dit allemaal achter de rug was.'

'Daar zou je geen van beiden een plezier mee hebben gedaan,' antwoordde Lynx. 'Ze zijn waar ze willen zijn. De rest is in Sakors hand.'

'Geloof jij dat hij inderdaad geen tovenaars bij zich heeft?' vroeg ze Arkoniël. 'Ik kan me niet voorstellen dat hij Niryn heeft thuisgelaten.'

'We hebben hem niet gezien, en ook geen magie om hem heen bespeurd, op wat beschermingsspreuken na die Niryn al maanden geleden over hem heeft uitgesproken,' antwoordde Arkoniël. 'Wacht eens even! Je was toch niet van plan om in te gaan op zijn verzoek?'

'Jawel.'

'Tamír, nee! Je bent al in de minderheid...'

'Maar wat zou je kunnen doen?' vroeg ze en ze keek alle tovenaars aan. 'Ik ben niet vergeten wat jullie bij de poorten van Ero voor me gedaan hebben, maar jullie zeiden zelf dat het al jullie krachten had gekost om één grote aanvalstreffer te veroorzaken. En ik weet nog hoe uitgeput jullie toen waren.'

'Maar zo'n gerichte aanval, zoals we op het strand tegen de Plenimaranen deden?'

'Bied jij me aan om Korin op het slagveld met magie te vermoorden?' Ze schudde haar hoofd. 'Nee, op die manier wil ik de kroon niet veroveren. Jullie zijn al zo'n grote steun voor me geweest, zonder jullie zou ik hier nu niet staan. Maar Illior heeft mij gekozen, en ik ben een strijder. Ik zal Korin eervol tegemoet treden, en zal eervol winnen of verliezen. Dat ben ik aan de goden en Skala verplicht, om de misdaden van mijn oom uit te wissen.'

'En als hij nu liegt over het feit dat hij geen tovenaars heeft?'

'Dan is hij degene die eerloos vecht en mag je doen wat je wilt.'

Ze nam zijn hand in de hare. 'In al de dromen en visoenen die ik heb gehad, mijn vriend, heb ik geen magie gezien die mij de overwinning bezorgde. "Door bloed en beproeving," sprak het Orakel. Korin en ik zijn als strijders opgegroeid. We moeten dit dus op onze manier uitvechten.'

Tamír trok haar zwaard en stak het de lucht in. 'Morgen zal ik dit zwaard inruilen voor het Zwaard van Ghërilain. Gezant, vertel prins Korin dat ik hem bij het ochtendgloren tegemoet zal treden en mijn aanspraak op de troon waar zal maken.'

De gezant maakte een buiging en liep naar zijn paard.

Tamír keek iedereen nog eens goed aan. 'Zeg aan de manschappen dat ze proberen zo veel mogelijk uit te rusten, en dat ze een offer brengen aan Sakor en Illior.'

Toen de aanvoerders salueerden en inrukten, boog ze zich naar Ki en mompelde: 'En bid Astellus dat hij die verdomde schepen uit Gedre nu eens laat binnenlopen!'

Saruel en Malkanus haalden Arkoniël weg van het wachtvuur om eens een hartig woordje met hem te spreken.

'Vind je nu heus dat we verder maar duimen moeten gaan draaien?' vroeg de vrouw uit Khatme ongelovig.

'Je hebt gehoord wat ze zei. We dienen de koningin, en zij mag zeggen hoe. Of ik het nu wel of niet met haar eens ben, ik mag er niet tegen ingaan. Het Derde Orëska werkt alleen als zij ons kan vertrouwen. We mogen geen magie tegen Korin inzetten.'

'Tenzij hij magie tegen Tamír inzet. Dat heb ik tenminste begrepen,' zei Malkanus.

'Zoiets,' gaf Arkoniël toe. 'Maar zelfs dan kunnen we niet meer doen dan de boel tijdelijk verstoren.'

'Spreek voor jezelf,' mompelde Saruel dreigend.

Het bevoorradingskonvooi kwam rond middernacht het kamp binnengereden, en Korin liet de wijn meteen onder de manschappen verdelen.

Hij dineerde met zijn generaals en Gezellen rond een groot vuur. Ze aten geroosterd gevogelte en vers brood. Al etend bepaalden ze hun strategie.

'Onze vermoedens blijken dus juist,' zei Porion. 'Een fatsoenlijke cavalerie ontbreekt. Tel daar uw overmacht aan manschappen bij op, dan breken we zonder probleem door Tobins voorste linie en rekenen we rustig af met de rest van zijn leger.'

'Ze zullen als kippen zonder kop rondrennen,' zei Alben grijnzend en hij hief zijn beker naar Korin.

Korin nam snel wat flinke slokken uit zijn eigen beker om te proberen daarmee de angst in zijn hart te verdringen. Het was hetzelfde gevoel als toen in Ero. Hij had zich voorgesteld dat het deze keer anders zou zijn. Maar dat was het niet. Hij deed het haast in zijn broek als hij eraan dacht hoe hij morgen die heuvel af zou moeten denderen, als aanvoerder van iedereen, en hij omklemde zijn beker om te verhullen hoe hij beefde. Nu het moment was aangebroken kwamen alle beelden van hoe hij gefaald had in de strijd weer naar boven. De onverschrokken vastberadenheid van Tobins brief had ook zijn laatste beetje trots weggevaagd.

Voor de eerste keer in lange tijd moest hij weer aan die nacht in Ero denken, de nacht waarin de strijd plotseling was opgelaaid. Zijn gewonde vader had toen om Tobin geroepen, in plaats van om zijn eigen zoon – zelfs hij stelde meer vertrouwen in dat vreemde joch dan in hem. De vrees van Korin werd bewaarheid toen zijn vader ijskoud weigerde hem aanvoerder te maken toen Tobin onvindbaar was, en hem ten overstaan van iedereen totaal voor schut had gezet.

Zijn vader was gestorven, de beste generaals waren gevallen, dus hij kon niet anders dan zijn vertrouwen in Niryn stellen en zo was hij de brandende stad ontvlucht, waarna Tobin zijn zoveelste triomf kon vieren.

Eens zou hij die zwaarmoedige gedachten aan Caliël hebben toevertrouwd, maar zijn vriend was zo stil en bleek, en Korin had de pijn in zijn ogen wel gezien toen Tobins brief werd voorgedragen.

Toen ze zich terugtrokken voor de nacht, stond hij even stil en schoot Caliël even aan. 'Niryn had niet helemaal ongelijk, hè? Je houdt nog steeds van Tobin.'

Caliël knikte langzaam. 'Maar mijn liefde voor jou is groter.'

'En als je morgen nu oog in oog met hem staat?'

'Voor jou vecht ik tegen iedereen,' antwoordde Caliël en Korin voelde dat hij de waarheid sprak. De woorden stonden in schril contrast met de herinnering aan Cals bloederige rug.

Hij ging naar zijn veldbed met alleen Tanil als gezelschap, en de jongen viel vrijwel onmiddellijk uitgeput in slaap. Korin vroeg zich af hoe hij hem kon overtuigen morgen in het kamp te blijven. Hij was geestelijk noch lichamelijk in staat te vechten, dat had hij inmiddels ook wel gemerkt.

De enige troost die hem nog restte was de wijn. Alleen drank liet de schaamte en angst verdwijnen, of verdronk ze in de troostrijke, verdovende warmte. Hij snapte dat hij vannacht niet te veel moest drinken, maar hij was zo'n ervaren drinker dat hij precies wist hoeveel hij nodig had om de angst op een afstandje te houden.

51

Tamír en haar leger brachten een onrustige nacht door op de vlakte. De mist kwam weer opzetten van zee, zo dicht dat de maan aan het oog onttrokken werd en je de gezichten rond de kampvuren nauwelijks kon onderscheiden. Eyoli sloop via het bos omlaag vanuit Korins kampement. Hij had daar zo lang rondgehangen dat hij ook maar met hem mee opgetrokken was. Hij bracht niet alleen verpletterende informatie van de aantallen mannen aan Korins zijde, maar wist ook dat Caliël en Tanil inmiddels tot zijn Gezellen waren toegetreden.

Tamírs eigen Gezellen leken verbijsterd door dit nieuws.

'Die zijn nog lang niet sterk genoeg om te vechten, zeker niet in de voorhoede. Dat kan Korin toch niet maken!' mompelde Ki.

Maar Lutha wisselde een trieste, veelbetekenende blik met Tamír.

Tamír lag, strak in haar vochtige deken gerold, te woelen door haar vage droom van de rotsachtige plek in haar visioen. Ook daar hing dichte mist en ze kon donkere gestalten om zich heen zien lopen, maar ze herkende hen niet. Ze schrok wakker en probeerde tevergeefs rechtop te gaan zitten, tot ze merkte dat Broer schrijlings op haar zat en haar tegen haar veldbed drukte met één ijzige hand op haar keel.

Zusje, siste hij en hij keek haar smalend aan. *Mijn zusje met haar ware naam.* De druk op haar keel nam toe. *Die mij niet wilde wreken...*

'Ik heb Iya toch weggestuurd!' piepte Tamír hees, nauwelijks in staat geluid te maken.

Door een waas van dansende sterretjes in allerlei kleuren zag ze dat hij naakt was, vel over been en smerig; zijn haar viel als een vettige massa vol klitten rond zijn gezicht. Het litteken op zijn borst was nog steeds een open wond. Het koude bloed drupte op haar buik en doorweekte haar hemd zodat ze versteende van kou.

Hij liet een ijskoude vinger over het litteken tussen haar borsten glijden. *Ik zal bij je zijn vandaag. Mijn bestaan zal niet ontkend worden.*

Hij verdween en ze kwam met moeite overeind, zwaar ademend en trillend over haar hele lichaam. 'Nee!' zei ze schor, en ze wreef over haar keel. 'Ik vecht mijn eigen strijd wel uit, mispunt!'

Er kroop een schaduw langs de tent en Ki tilde de flap op. 'Riep je mij?'

'Nee, natuurlijk niet. Nare droom, je weet wel,' fluisterde ze. Ze aarzelde, en biechtte het op. 'Broer was hier.'

'Wat moest ie?'

'Hetzelfde als altijd. En hij zei dat hij bij me zou blijven vandaag.'

'Hij heeft je toch wel vaker geholpen.'

Ze keek hem bozig aan. 'Als het hem uitkwam, ja. Ik moet zijn hulp niet. Dit is mijn strijd.'

'Ben je bang dat hij achter Korin aangaat, zoals toen met heer Orun?'

Tamír zocht de schaduwen af naar de demon. De herinnering aan Oruns dood in de haard bezorgde haar nog steeds een naar gevoel.

'Korin is de zoon van Erius, en hij zit tenslotte op jouw plaats.'

'Hij heeft helemaal niets te maken met wat er met mij en Broer gebeurd is.' Ze wierp de dekens van zich af en begon haar tuniek met zweetvlekken aan te trekken. 'Ik kan net zo goed opstaan. Wil jij nog slapen?'

'Al zou ik willen, het lukt me niet. Maar ik heb dit gevonden.' Hij trok een slappe wijnzak uit zijn riem, en liet het weinige wat erin zat even klotsen. 'Zuur bocht, maar je warmt er wel van op.'

Ze nam een grote slok en vertrok haar gezicht. Het had te lang in de zak gezeten, maar het verdoofde het hongergevoel enigszins.

Ze tilde de flap van de tent op en keek naar de zee van kampvuurtjes ervoor. 'We moeten winnen, Ki. Maar ik heb ze afgemat door die tocht over de bergen, en nu laat ik ze nog knokken op een lege maag ook. Bij de Vlam, ik hoop niet dat ik een verkeerde beslissing genomen heb door ze allemaal hierheen te slepen.'

Ki stond vlak achter haar en keek mee over haar schouder. 'Korin mag dan wel meer soldaten hebben, maar wij hebben meer te verliezen. Elke man en elke vrouw daar op dat veld wéét dat we moeten winnen, of het op zijn minst moet proberen, al wordt het hun dood.' Hij grijnsde weer. 'En ik weet wel dat ik er ook voor ga.'

Tamír draaide zich om en duwde hem terug in de tent om hem onhandig op zijn ongeschoren wang te kussen. Zijn huid voelde stoppelig aan en smaakte zoutig. 'Laat dat doodgaan maar zitten,' zei ze. 'Dat is een bevel.'

Ze drukte haar armen om zijn middel toen hun lippen elkaar raakten, en ze kreeg het aangenaam warm, wat niets te maken had met die zure wijn. Het voelde al bijna natuurlijk aan, hem te kussen.

'Uw wens is mijn bevel, Majesteit,' antwoordde hij zachtjes. 'Zolang u natuurlijk probeert voor mij hetzelfde te doen.' Hij deed een stap terug en joeg haar weer naar buiten. 'Kom maar even bij het vuur zitten. In die tent ga je toch maar zitten piekeren.'

De meeste Gezellen zaten samen met hun schildknapen onder twee mantels om warm te blijven. Ze had zo verdomd veel zin om hetzelfde te doen, en zou er vroeger geen seconde over hebben nagedacht. Maar met die warme kus nog op haar lippen, was ze nu te verlegen tegenover de anderen. Haïn, Malkanus en Eyoli zaten ook bij hun groepje.

'Waar zijn de anderen?' vroeg ze.

'Kaulin is aan het werk bij de helers,' antwoordde Eyoli. 'Arkoniël en Saruel kijken nog steeds uit naar Aurënfaier schepen.'

Barieus dommelde tegen Lutha's schouder. Hij rilde, hoestte schor en ging rechtop zitten, knipperend met zijn ogen als een uil.

'Heb je koorts?' vroeg Tamír.

'Nee, hoor,' zei Barieus een beetje te snel, en hij barstte weer in hoesten uit.

'Er heerst griep volgens mij,' zei Nikides. 'De paar drysianen bij ons hebben hun handen eraan vol.'

'Ik heb horen vertellen dat het een ziekte is die door het heuvelvolk is overgebracht,' zei Una.

'Ja hoor, het zal ook niet!' schamperde Ki.

Tamír keek weer naar de wachtvuurtjes. *Te veel nachten in de stromende regen en veel te weinig te eten. Als we morgen verliezen, kunnen we een tweede gevecht wel vergeten.*

Een frisse zeebries was het teken dat de dag aan zou breken, maar de zon verschool zich nog achter het donkere wolkendek.

Tamír riep haar tovenaars en kapiteins bijeen en bracht een laatste offer. Arkoniël kwam wat later. Er was nog steeds geen spoor van de Aurënfaiers te bekennen.

Iedereen sprenkelde de droesem uit de wijnzakken over de grond en wierpen paardjes van was en andere offergaven in het vuur. Tamír voegde er een handvol uilenveertjes aan toe en een groot pak wierook dat Imonus haar gegeven had.

'Illior, als het uw wil is dat ik regeer, schenk ons dan vandaag de overwinning,' bad ze, terwijl de zoete rook opsteeg.

Toen de gebeden gezegd waren, keek Tamír in de rondte. Enkelen van hen, zoals hertog Nyanis en de mannen van Alestun, kenden haar al sinds haar jeugd. Anderen, zoals Grannia, volgden haar pas sinds enkele maanden, maar toch zag ze in die vermoeide gezichten een enorme vastberadenheid.

'Wees maar niet bang, Majesteit,' zei Jorvai, die haar bezorgdheid verkeerd interpreteerde. 'We kennen het gebied als onze broekzak, en je hebt de goden aan jouw kant.'

'Wat ik zeggen wilde, Majesteit, mijn tovenaars en ik hebben een paar spreuken voorbereid die jullie vandaag bescherming bieden,' zei Arkoniël. 'Ik bedoel, als je denkt dat je daarmee je belofte aan Korin niet breekt.'

'Ik wil geen magie gebruiken die tegen hem gericht is. Dus ik denk dat dit niet telt. Ga je gang.'

De tovenaars liepen naar elke aanvoerder en gezel, en spraken bepaalde spreuken uit over hun wapenrusting, en andere om het knagende hongergevoel te laten verdwijnen.

Arkoniël liep naar Tamír en hief zijn toverstafje, maar zij schudde van nee. 'Ik heb alle bescherming die ik nodig heb. Bewaar je kracht maar voor de anderen.'

'Zoals je wilt.'

Tamír wendde zich tot de aanvoerders. 'Het is tijd.'

'Wat is het parool, Majesteit?' vroeg Nyanis.

'Geen genade tenzij ze zich direct overgeven. Overwinning of de dood, mannen en meiden!'

Maniës maakte haar banier los en schudde hem uit zodat hij de wind ving toen de strijdkreet werd overgenomen. Haar trompetblazer blies een kort, gedempt melodietje en het signaal werd door anderen overgenomen.

Arkoniël omhelsde haar en hield haar nog even op een armlengte van zich af, alsof hij zich haar gezicht wilde inprenten. 'Dit is het moment waarvoor jij werd geboren. Moge Illiors geluk met je zijn, net als het vuur van Sakor!'

'Kijk niet zo somber,' plaagde ze hem. 'Als de goden echt een koningin willen, wat valt er dan te vrezen?'

'Tja, wat, hè?' zei Arkoniël en hij lachte als een boer die kiespijn heeft.

Toen omhelsde Ki hem en fluisterde: 'Als het fout mocht lopen, dan kan die Korin met zijn eer de pot op. Dan dóé je iets, hoor je!'

Arkoniël kon hem alleen nog steviger omhelzen, maar werd inwendig verscheurd door twijfel.

Als een groot donker beest dat ontwaakte, vloeide Tamírs leger voor dag en dauw aaneen en bewoog zich naar de uitgangsposities; speren en stokken vormde de stekelige vacht. Niemand sprak. Het gekletter en geknars van wapenrusting en steekwapens, het geratel van duizenden pijlen die tegen honderden pijlkokers sloegen, en het gestamp van duizenden voeten op het vochtige gras, dat waren de enige geluiden die opstegen tussen zee en bos.

Tamír en de Gezellen hingen hun schilden om de ene schouder, de boog om de andere en liepen naar het centrale punt van de voorste linie. Ze hadden hun paarden achtergelaten bij de jonge jongens in het kamp; voorlopig zouden ze te voet vechten.

De mist wikkelde zich in rafelige slierten om hun voeten terwijl de twee voornaamste groepen zich op de flanken opstelden. Als rook bleef de nevel in de dichtstbijzijnde bomen hangen, terwijl de banieren afgerold werden van hun lange stokken.

Om Tamír en haar garde heen vormde zich aan elke zijde een compagnie boogschutters uit Atyion, met drie compagnieën voetvolk erachter. Kyman voerde de linkerflank aan, met de kliffen aan hun linkerkant. Nyanis' vleugel strekte zich uit tot in het woud. Jorvais strijders vormde de achterhoede, maar zijn boogschutters zouden hoog over de eigen manschappen heen schieten.

Elke generaal en kapitein had een eigen banier. Zodra de strijd om ieders inzet vroeg, zou iedereen onder zijn eigen banier strijden, om als een blok te vechten in de onvermijdelijke chaos en het lawaai.

Tamírs linie was net buiten het schootsbereik van boogschutters op de heuvel. Ze hoorden het leger van Korin al naderen.

'Boogschutters. Zet de staken neer,' beval ze en de kapiteins gaven het bevel aan beide zijden door.

De helft van de boogschutters in elke compagnie zetten hun puntig geslepen staken onder een hoek in de grond met de punten naar de vijand toe. Zo werd de 'egel' in stelling gebracht, een breed uitgemeten heg van scherpe punten verborgen tussen de manschappen, als naalden in bont.

Ze plaatsten net de laatste dodelijke puntjes op de i toen er uit de achterhoede een kreet weerklonk.

'We worden aangevallen! Zeg het de koningin, we worden hier aangevallen!'

'Blijf op je post,' schreeuwde Tamír en ze rende naar de achterste linies.

'Sodemieters, hij moet een ploeg door het bos gestuurd hebben,' zei Ki die haar volgde, terwijl ze zich door de manschappen heen worstelden.

De mist was opgetrokken. Ze konden de donkere massa van een naderend leger zien, voorafgegaan door vier ruiters in volle galop.

'Kunnen gezanten zijn,' zei Ki en hij en Lutha stapten met hun schild voor hun lichaam voor Tamír om haar te beschermen.

Toen de ruiters naderbij gekomen waren herkende ze meteen de voorste. Het was Arkoniël, en hij wuifde en schreeuwde. De anderen herkende ze niet, maar ze zag wel dat ze gewapend waren.

'Laat hen maar door,' beval ze, toen ze zag dat een aantal van haar schutters hun bogen spanden.

'Ze zijn er! ' riep Arkoniël en hield de teugels in. 'De Aurënfaiers! Ze zijn aangekomen!'

De andere ruiters die bij hem waren deden hun helmen af en knikten naar haar. Het waren Solun van Bôkthersa en Arengil, samen met een oudere man.

De onbekende boog in het zadel. 'Gegroet, koningin Tamír. Ik ben Hiril í Siris, van Gedre. Ik voer het bevel over onze boogschutters.'

'Ik heb een compagnie uit Bôkthersa bij me. Vergeef ons onze late aankomst,' zei Solun. 'De schepen uit Gedre lieten ons voorgaan, maar toen raakten we bij de oversteek in noodweer.'

'De storm sloeg ons compleet uit de koers. We kregen gisternacht pas de kust vlak voor uw haven in zicht,' legde Hiril uit.

'We hebben wel eten en wijn bij ons, en tweehonderd boogschutters van elke clan,' zei Arengil enthousiast. Hij nam een klein rolletje perkament vanonder zijn wapenkleed en gaf het haar met een trotse grijns aan. 'En ik heb toestemming van mijn vader en moeder om Gezel te worden, Tamír, als je me nog steeds hebben wilt.'

Tamír nam het rolletje aan. 'Heel graag, maar ik denk dat je vandaag nog even bij je eigen groep moet blijven.'

Arengil keek een beetje beteuterd, maar hij drukte de hand op zijn hart, op de Skalaanse manier.

Tamír legde haar plan in het kort aan Solun en Hiril uit, en gaf hun boogschutters een plek in het midden van de achterste linie.

Toen zij en haar Gezellen hun posities aan de frontlinie weer innamen, klonk er opeens rumoer boven op de heuvel. Korins mannen sloegen op hun schilden en schreeuwden oorlogskreten terwijl ze hun stellingen innamen. Het was een angstaanjagend geluid en het werd luider toen de eerste rij soldaten opdoemde uit de ochtendmist.

'Wat is daarop ons antwoord?' schreeuwde Tamír. Ki en de anderen trokken hun zwaarden en sloegen ze tegen hun schilden, terwijl ze riepen: 'Voor Skala en de koningin!'

De strijdkreet verspreidde zich over de gelederen als een oorverdovend gebrul dat aanhield totdat Korins totale leger boven op de heuvel stond.

Toen het gejoel opgehouden was, stonden de twee legers eindelijk tegenover elkaar. Korins banier bevond zich voor het eerste front en Tamír bespeurde zijn rode wapenkleed erachter.

'Is dat niet de banier van hertog Ursaris?' vroeg Ki. 'Die je weggestuurd hebt?'

'Ja,' zei Lutha. 'En daar is heer Weeterinks banier, aan de linkerkant. Die is van hertog Syrus en zijn boogschutters aan de rechterkant. Maar Korin vertrouwt nu eenmaal vooral op zijn ruiters, en zijn voetsoldaten, want daar heeft hij het meest van.'

'Waar is generaal Rheynaris?' vroeg Ki.

'Die is in Ero al gevallen. Caliël zei dat deze aanvoerders niet te vergelijken zijn met hem, als het op tactische manoeuvres aankomt.'

'Nou, dat is dan goed nieuws voor ons.'

'Maar hij heeft meester Porion ook nog,' merkte Barieus op.

'Bij de ballen van Bilairy, ik hoop niet dat iemand tegenover hem komt te staan,' mompelde Ki, en hij sprak daarmee uit wat iedereen dacht.

'Vervloekt,' mompelde Lutha die nog naar de top van de heuvel staarde.

'Wat is er?' vroeg Tamír.

'Rechts van Korin. Zie je ze niet?'

Tamír kneep haar ogen een beetje samen en keek goed. 'Verdomme!'

Zelfs van deze afstand herkende ze de goudblonde ruiter.

Het was Caliël. En tussen hem en Korin in zag ze Tanil.

'In de voorste linie nog wel,' kreunde Ki.

'Jij zou hetzelfde gedaan hebben, als je in hun schoenen stond,' merkte Lynx op.

'Lutha en Barieus, ik geef jullie toestemming om niet tegen hen te vechten,' zei Tamír. 'Ik kan moeilijk verlangen dat je strijd levert tegen Caliël of Tanil.'

Lutha keek haar dankbaar aan, maar schudde zijn hoofd. 'We doen wat we moeten doen, als de tijd daar is.'

Korins gezant kwam in korte galop naar beneden en die van Tamír reed hem tegemoet. Ze overlegden even, wisselden berichten uit en reden terug tot achter hun linies.

'Koning Korin verzoekt u zich nu over te geven, of te vechten. Ik gaf hem de mededeling mee die u hebt opgegeven.'

Tamír had niet anders verwacht. 'Je mag je terugtrekken.'

'Moge Illior u de overwinning schenken, Majesteit.' De gezant salueerde en reed naar een veilige plek aan de zijkant. Gezanten waren nu eenmaal heilig, ook in de strijd, en zouden de strijd gadeslaan en de uitslag over het land verspreiden.

Caliël zat op zijn geleende paard in zijn slecht passende wapenrusting; zijn nog altijd open rug schuurde pijnlijk tegen het ruwe hemd dat hij had gekregen. Niet dat het ongemak hem wat deed, hij merkte het nauwelijks toen hij met bezwaard gemoed de linie tegenover hem bekeek. Tamír stond middenin, net als hij gedacht had, en was te voet, zoals de anderen. Naast haar Ki en Lynx, en tegen beter weten in bekeek hij de andere gezichten. Met enige weemoed zag hij dat ook Lutha in hun midden stond.

Hij sloot zijn ogen en bad in stilte aan Sakor: *Alstublieft, zorg dat ik niet tegenover hem kom te staan.*

Hij was Korin zijn loyaliteit schuldig, maar hij had zijn leven aan Lutha en Barieus te danken, en Tanil zijn leven aan Tamír, al drong het niet tot hem door dat zij opeens hun vijand geworden was. Korin had echt geprobeerd Tanil bij de bevoorradingswagen achter te laten, hij had hem daar zelfs willen vastbinden, maar Tanil had gehuild en gesmeekt om mee te mogen. Hij dacht nog steeds dat hij om zijn afgesneden strijdersvlechtjes en andere belangrijke delen afgewezen werd. Hij wilde zich bewijzen.

'Laat hem maar meekomen,' had Caliël ten slotte gezegd. 'Hij is sterk genoeg om te vechten. En als hij geraakt wordt? Dan is dat alleen maar goed voor hem. Dan sterft hij tenminste als een heldhaftig man.'

Nu hij naar Tanils gezicht keek, wist hij dat Korin er goed aan gedaan had hierin toe te stemmen. Tanil zag er alerter en levenslustiger uit dan hij was geweest toen Caliël hem had gevonden.

Terwijl hij Tamírs banier daar beneden zag wapperen, vielen zijn twijfels zijn plichtgevoelens weer aan. Korin wilde niets weten van de waarheid omtrent Tamír, en Caliël hield zijn mond vanwege zijn eed. *Maar als ze nu eens echt de ware koningin is?* Zijn geweten sprak met de stem van Lutha. *Wat betekent het voor ons, als we de ware koningin bestrijden?*

Hij keek naar Korin en zuchtte. Nee, hij had zijn keus gemaakt. Hij moest ervoor gaan, wat de afloop ook zou worden.

Ki, die aan de rechterkant van Tamír stond, voelde zijn hart zwellen toen hij om zich heen keek. Lynx, Una, Nikides en hun schildknapen vormden een carré om hem en Tamír, iedereen even dapper en klaar voor de strijd. Dezelfde vastberadenheid maakte hij op uit de trekken van de soldaten. Kapitein Grannia en haar strijdersvrouwen keken uitdagend naar het andere leger – een leger waarin zij niet welkom zouden zijn geweest. Hij vroeg zich af waar Tharin op dit moment was, en of hij gewonnen had. Alleen de aanwezigheid van Caliël en Porion in die andere linie deed hem slikken, maar hij verdrong zijn schuldgevoel. Ze hadden zelf hun keuze bepaald.

Er daalde een stilte neer over het veld. Hij hoorde gemompel in Korins gelederen, het gekuch uit die van hen. De laaghangende zon was een vage witte schijf achter de wolken. In het bos waren de vogels ontwaakt, en hun gezang mengde zich met het toe- en afnemende gezucht van de ziedende zee tegen de kliffen. Al met al leek alles vreemd vredig.

Er ging een uur voorbij, en toen twee, terwijl Tamír en Korin beiden wachtten tot de ander de eerste zet zou doen. In zijn lessen over oorlog had hun oude leraar Raaf verteld dat dit een van de zwaarste onderdelen van de strijd was: het wachten. Ki moest hem gelijk geven. Hij begon te zweten in zijn vochtige kleren. Zijn lege maag rommelde en zijn droge keel deed pijn.

Nog een uur ging voorbij en de twee partijen begonnen elkaar uit te schelden. Maar Tamír stond zo stil als een standbeeld, met haar blik op Korin gericht, die was afgestegen om met zijn generaals te overleggen.

Nyanis kwam naar Tamír toegelopen. 'Hij verzet geen stap.'

'Dan moeten wij hem maar dwingen,' antwoordde Tamír. 'Laat de boogschutters zich gereedmaken. Grannia, geef het door aan Kymans vleugel.'

De kreet ging van linie naar linie en werd beantwoord door het geratel van pijlen die uit de koker genomen werden. Ki nam zijn boog van zijn schouder en legde een pijl aan.

Tamír trok haar zwaard en stak het de lucht in, terwijl ze schreeuwde: 'Boogschutters naar voren!'

De gehele frontlijn golfde naar voren terwijl de eerste rij schutters op de rand van de lijn ging staan waarvandaan hun pijlen de vijandelijke linie zouden kunnen raken. De rijen daarachter kwamen ook naar voren, en zo hielden ze de puntige staken verborgen.

Op haar teken losten de schutters hun pijlen. Een dodelijke regen daalde neer op de hoofden en opgestoken schilden van Korins linie. De honende opmerkingen van de vijand sloegen om in gevloek en geschreeuw van pijn, vermengd met het schrille gehinnik van gewonde paarden.

Tamír stond naast haar banierdrager, terwijl de Gezellen en boogschutters schacht na schacht naar boven schoten. Als een donkere hagelbui zoefden de pijlen een aantal minuten lang het vijandige leger in tot elke schutter zijn voorraad pijlen verschoten had, en dan weer de gelederen sloot.

Op de heuvel steigerden en bokten de paarden. Korins banier hing vervaarlijk schuin, maar viel niet. De linie was spoedig weer op zijn plaats en precies zoals ze gehoopt had, werd de tegenaanval ingezet.

Korin zag Tamír te voet aanvallen. Die blauwe banier bespotte hem terwijl hij zich onder zijn en Caliëls schild verborg, om de regen van fluitende pijlen te weren. Desondanks werd hij door drie pijlen geraakt, twee in zijn arm en één die zijn met maliën bedekte dij schampte.

De paarden van Porion en Garol werden getroffen en wierpen hen af, Urmanis stak zijn schildarm uit om zijn gevallen schildknaap te beschermen en viel ruggelings uit het zadel met een pijl in zijn hals. Garol kroop naar hem toe en hield hem vast terwijl Urmanis probeerde de pijl uit zijn vlees te trekken.

'Breng hem naar achteren,' beval Korin en hij vroeg zich af of dit een slecht teken was. *Nu al een van mijn beste mannen gevallen!*

'Kijk, Majesteit, ze trekken terug,' zei Ursaris. 'U moet een charge uitvoeren voor ze weer schieten!' drong hij aan. 'Dit is uw kans, Majesteit!'

Korin trok zijn zwaard en stak het omhoog, het teken voor Syrus' en Weeterinks cavalerie om vanuit de vleugels aan te vallen.

Met bloedstollende kreten gaven ze hun paarden de sporen en stormden ze de heuvel af, als een grote zwarte golf die Tobins linie wild moest overspoelen. De frontlijn van bewapende soldaten volgde hen op de voet.

'Kijk, ze verspreiden zich nu al!' joelde Alben toen Tamírs kleine leger als reactie achteruit leek te deinzen.

Maar de gelederen sloegen niet kriskras op de vlucht, ze trokken zich alleen terug achter de lange haag van puntige staken, een dodelijk obstakel dat de aanvallende ruiters veel te laat zagen. Tegelijkertijd werd een enorm salvo van pijlen uit de achterste linie afgevuurd, die met dodelijke precisie tussen de aanstormende ruiters terechtkwamen. Mannen werden uit het zadel gestoten of onder hun getroffen paarden vermorzeld. Anderen in de voorste gelederen, die hun paarden niet meer af wisten te remmen, werden afgeworpen toen hun paarden zich op de staken spietsten. Weer anderen keerden of bokten. Velen verlieten ook onvrijwillig hun zadel omdat hun paard op onverklaarbare wijze was gestruikeld. En ook hun eigen achterhoede die nog in volle galop naar beneden denderde vertrapte vele mannen.

Maar helemaal zonder succes was de charge niet en ook Tobins frontlinie werd getroffen. Korin zag hoopvol toe hoe Tobins banier wild heen en weer zwaaide. Maar haar linie hield het en rukte toch weer op, waardoor Korins resterende cavalerie klem kwam te zitten tussen Tobins manschappen en zijn eigen leger voetsoldaten, dat naar beneden was gestormd. Ineengeklemd tussen bos, kliffen, Tobin en zijn eigen strijders zaten ze klem als een kurk in een fles. Vanuit Tobins achterste linie kwam het volgende salvo dat keurig over Tobins linie heen vloog en dood en verderf zaaide in het restje van Korins cavalerie dat geen kant uit kon.

Zoals Tamír had gehoopt, was Korins voorste troepenmacht tijdens zijn eerste aanval samengebald, en maakte hun vaart het onmogelijk om de staken, modder en kuilen te ontwijken. Toen de Aurënfaier boogschutters een tweede salvo pijlen afvuurden, werd de slachting nog groter en het dal vulde zich met gegil van gewonde paarden en de kreten van ter aarde stortende ruiters. De charge werd er niet geheel door geweerd, maar het bracht wel een enorme verwarring teweeg.

'Verdedig de koningin!' had Ki geroepen en de Gezellen hadden een kordon om haar heen gevormd toen de vijandelijke ruiters naar beneden stormden. Haar boogschutters lieten hun bogen vallen en vochten met zwaarden of de houten hamers die ze gebruikt hadden om de staken de grond in te drijven. Haar soldaten drongen zich en masse naar voren, en stieten ruiters uit het zadel met hun stokken, of trokken hen naar beneden om ze vervolgens neer te knuppelen. Hoewel ze zich al in een nadelige positie bevonden, werden de ruiters nog meer samengedreven door hun eigen leger van voetsoldaten dat maar van de heuvel bleef komen.

'Voor Skala!' riep Tamír en ze wierp zich met haar Gezellen in de strijd.

Ki bleef dicht bij Tamír toen hij de vijand met getrokken zwaard tegemoet trad.

Het leek of hij in een muur van vlees hakte en gedurende korte tijd zag het ernaar uit dat ze teruggedreven werden. De herrie was oorverdovend.

Tamír hield stand, terwijl ze aanmoedigingen schreeuwde en hen steeds weer aanvuurde naar voren te gaan, hakkend met haar zwaard. Haar kling ving het licht met een rode gloed. In de opeengestuwde menigte struikelde haar banierdrager, maar Hylia ving de stok op terwijl hij neerging en hield hem hoog.

Er leek geen eind aan te komen, maar ten slotte blies de vijand de aftocht. Honderden dode mannen en paarden, en even zoveel die zwaargewond of stervende waren, bleven liggen in de vertrapte, drassige grond, maar iedereen die zich nog enigszins bewegen kon trok zich in een grote wanorde terug tot over de rivier. Aurënfaier pijlen achtervolgden hen tot het eind, en doodden zo de achterste soldaten die de inmiddels spekgladde heuvel trachtten op te komen.

Korin vloekte luid toen zijn aanvalslinie in verwarring raakte en liet hen terugtrekken. Tobins banier bleef maar in de lucht, en hij kon zweren dat hij Tobin vastberaden in de voorhoede zag staan.

'Vervloekt!' brieste hij. 'Porion, laat een tweede charge blazen. En deze keer zal ik leiden! We slaan terug voor ze zich kunnen hergroeperen. Weeterink, ik wil een compagnie in de flank die vanuit het bos hun achterste linie aan kan vallen.'

'Majesteit, wacht toch even tot de anderen terug zijn,' zei Porion met nadruk. 'Anders vertrapt u uw eigen mensen nog!'

Tandenknarsend liet Korin zijn zwaard zakken, zich bewust van de vele ogen die op hem gericht waren. Als hij te lang wachtte, kreeg de angst hem weer in zijn greep. Alleen al bij de aanblik van het veld dat bezaaid lag met doden begon hij te beven.

Nee, deze keer zal ik slagen! zwoer hij in stilte. *Bij het Zwaard van Ghërilain en mijn vaders naam, vandaag zal ik me als een koning gedragen!*

Hij keek tersluiks naar Caliël die kalm naast hem zat, en het strijdperk onaangedaan in zich opnam.

Korin putte moed uit de aanwezigheid van zijn vriend. *Ik zal zorgen dat je je niet voor mij hoeft te schamen.*

Zodra Korins eerste golf zich ver genoeg had teruggetrokken, stuurde Tamír mensen het veld in om de gewonden achter haar linie te brengen. Krijgsgevangenen moesten met dezelfde zorg omringd worden als haar eigen mensen, in plaats van hen kreunend op het slagveld achter te laten, tenzij ze dodelijk gewond waren.

Ze bleef op haar post, onder het bloed en buiten adem. De tunieken van de Gezellen vertoonden evenveel rode vlekken, maar het was, net zoals bij haar, niet hun eigen bloed, maar dat van de vijand.

Nikides keek haar wrang glimlachend aan terwijl hij met een mouw van zijn wapenkleed zijn gezicht afveegde, met het resultaat dat beide nog smeriger werden. Verdwenen was de vriendelijke, verlegen jongen die hij was geweest. Na dagen marcheren en ontberingen van het buitenleven, zag hij er ongeschoren net zo vuil uit als alle anderen, en hij leek er nog trots op ook.

'Je hoeft voorlopig nog geen nieuwe kroniekschrijver te gaan zoeken,' grinnikte hij.

'Zorg er maar voor dat ik dat ook niet hoef.' Ze maakte zich meer zorgen om Lutha en Barieus. Ze zagen zo witjes onder hun helmen.

'Maak je niet te sappel om ons,' zei Lutha. 'We moeten die ruggen van ons nog wreken.'

De mist trok op en het hield op met regenen. De zon stond recht boven hen, het was tijd voor het noenmaal geweest, als ze nog brood over hadden gehad. Ki gaf Tamír bij gebrek aan voedsel zijn waterzak en ze dronk met forse teugen, echter zonder Korin uit het oog te verliezen die met zijn vazallen aan het overleggen was.

Op dat moment werd er gejoeld in de groep soldaten achter haar. Arengil baande zich met armen vol kaas en worstjes een weg door de menigte.

'Eindelijk zijn ook onze voorraden aangekomen,' zei hij en hij duwde haar een worstje in de hand. 'Toen Hiril hoorde dat jullie al dagen niet meer gegeten hebben is hij zo vrij geweest om voedsel uit te delen.'

Tamír beet met een dankbare grom in het worstje. Het was hard en erg pittig. Het water liep haar al in de mond bij de volgende hap.

'Nu vind ik het helemaal geweldig dat je weer bij ons bent!' riep Ki uit met een mondvol kaas. 'Ik was al bang dat het paardenbiefstuk zou worden vanavond. Wijn heb je zeker niet?'

'Jazeker wel.' Arkoniël trok een aardewerken fles vanonder zijn riem en reikte hem aan. Ki nam een teug en gaf hem aan Tamír.

Ze nipte wat en gaf hem door aan Lynx. 'Bij de ballen van Bilairy, dat is niet slecht!'

Ook rondom hen stonden mensen te lachen en te proosten terwijl de proviand werd doorgegeven en verdeeld.

Maar de onderbreking was helaas van korte duur. Trompetgeschal klonk uit Korins gelederen en ze zag hoe hij zijn troepen in stelling bracht voor een tweede charge.

Tamír en de Gezellen lieten paarden halen en Tamír riep haar kleine cavalerie in haar geheel op. De ruiters werden in het midden gezet terwijl dikke rijen boogschutters hen omringden.

Korin was niet dom. Hij wilde geen tweede maal in de pennen van haar egel terechtkomen, dus richtte hij zijn nieuwe aanval op hun rechterflank, door via het bos van die kant te komen. Bij het riviertje aangekomen, slipten er een stel paarden in de zachte klei of struikelden in de gaten, maar veel maakte dat niet uit.

Korins linie was niet recht. De ruiters die het dichtst bij de rand van het slagveld reden hadden slechtere grond onder de hoeven en hun paarden kwamen niet zo snel vooruit als degene die de bosrand volgden.

Plotseling zag Tamír Korins banier de heuvel af komen en ze wendde haar cavalerie om hem tegemoet te rijden. Toen de twee groepen bijna botsten, zag ze hem eindelijk zelf, met een groepje Gezellen en lijfwachten om zich heen. Caliël, Alben en Talin waren nog steeds bij hem, en nog iemand anders met de bandelier van een Gezel.

'Dat is Moriël!' schreeuwde Lutha.

'Dus zijn wens is eindelijk uitgekomen,' zei Ki. 'Laten we eens zien hoe gezellig hij het vindt bij de Gezellen.'

'Alsjeblieft, Tamír, wil je de Pad aan mij overlaten als we in de buurt zijn,' vroeg Lutha. 'Ik heb nog een appeltje met hem te schillen.'

'Als het ook Sakors wil is, is hij helemaal voor jou,' antwoordde Tamír.

Ki moest zijn paard flink de sporen geven om Tamír bij te houden toen ze een uitval deden. Te voet was het eenvoudig geweest om dicht bij haar te blijven. Deze keer echter leidde Korin de tegenaanval en Tamír was erop gebrand hem recht in het vizier te krijgen. Zoals gewoonlijk moesten Ki en de andere Gezellen maar zien hoe ze haar bij zouden benen, als de strijdlust haar eenmaal goed in zijn greep had. Lynx reed met Una aan haar linkerkant. Nikides en Lutha reden met Ki mee, met een grimmige trek onder hun stalen helmen.

De twee linies knalden als golven tegen elkaar op. Het ene moment reden ze nog min of meer in formatie, een seconde later was het één grote chaos.

De voetsoldaten kwamen vrij snel achter de ruiters de heuvel af, en bestookten hen met speren en pieken. Ki kreeg een piekenier in het oog die, gebukt over de grond gaand, op Tamír toe wilde stoten. Hij schopte zijn paard voorwaarts en reed de man tegen de vlakte, en vervolgens nog eens twee die opsprongen om hem van zijn paard te trekken. Toen hij opkeek, daalde net een regen van pijlen neer op Korins opeengepakte massa voetsoldaten. Aan de hoge vorm van de boog te zien waren het weer de Aurënfaiers die over Tamírs strijders heen schoten. Biddend dat ze geen fouten in hun berekening maakten, spoorde hij zijn paard weer aan.

Korin had aangenomen dat Tamírs linie zich zou verspreiden om hem op te vangen, maar de achterhoede bleef op zijn post en liet zich niet meteen naar de zijkant jagen. Pas toen hij heel dichtbij was, reden ze op de vijand in, waardoor een deel van zijn cavalerie moest keren om hen weer terug te drijven.

Korin bleef recht vooruitgaan en hield Tamírs banier in het oog. Zijn neef was te paard deze keer, en scheen vastbesloten naar hem toe te komen. *Altijd aan kop, hè?*

De twee legers schoven naar voren en naar achteren, en woelden de zachte, kletsnatte grond om tot die een glibberige blubber was geworden, moordend voor mens en paard. Korin reed met getrokken zwaard, maar hij werd ingesloten door zijn garde, zodat hij er niet veel mee kon uitrichten en dus maar onophoudelijk bevelen schreeuwde.

Vanuit de verte ving hij nieuwe kreten op toen Weeterinks strijders uit de bossen achter Tobins linie tevoorschijn sprongen. Zoals hij gehoopt had, moesten de achterste linies zich omdraaien om die aanvallers af te weren, en zo werd Tobins troepenmacht eindelijk gespleten.

Maar desondanks hield Tobins frontlinie stand en Korin merkte dat hij langzaam achteruit het bos in werd gedreven.

Saruel merkte als eerste Weeterinks ruiters in het bos op. Arkoniël en de anderen hadden zich recht achter de Aurënfaiers opgesteld, te paard en klaar om stappen te ondernemen als de dingen een verkeerde wending namen.

'Kijk daar!' riep ze in haar eigen taal. 'Solun, Hiril, draaien! Jullie moeten ze opvangen!'

De linie van de Bôkthersanen was het dichtst bij het bos gestationeerd en ze stuurden direct een dodelijk salvo pijlen in de dichte groep ruiters die plotseling uit de beschutting van het bos tevoorschijn kwamen. Ze bleven onophoudelijk schieten toen de cavalerie recht op hen af kwam gestormd.

Hiril en de mensen van Gedre waren verder uit de buurt en hadden meer tijd om zich voor te bereiden, terwijl Soluns mannen zich in het heetst van de strijd bevonden.

'Gaan we hier zitten toekijken of doen we zelf ook nog wat?' riep Malkanis gefrustreerd uit.

'We hebben Tamír ons woord gegeven,' antwoordde Arkoniël, die het er zelf moeilijk genoeg mee had.

'Ja, dat we geen magie tegen Korins leger zouden gebruiken,' zei Saruel. Ze sloot haar ogen, mompelde een spreuk en klapte in haar handen. Over het veld heen liet ze de bomen die aan de rand van het bos stonden, en waartussen nog steeds ruiters opdoken, vlam vatten. De hoog opschietende vlammen likten aan de oude stammen, uitgespreide takken en sprongen aangewakkerd door de wind snel over naar naburige struiken.

Vanwaar Arkoniël het tafereel gadesloeg, leken de ruiters en hun paarden in brand te staan, maar de dieren werden alleen gek van de hitte en de rook en wierpen hun berijders af, of sleepten hen hangend aan de stijgbeugels mee naar de Aurënfaiers, om te vluchten voor het vuur. Arkoniël stuurde een zicht-venster de vlammen in en zag nog veel meer ruiters die moeite hadden hun dieren in bedwang te houden en door het zich verspreidende vuur een uitweg zochten.

'Als ze mij ter verantwoording roept, moet ik dan zeggen dat jij alleen de bomen hebt aangevallen?'

'Die bomen zijn toch niet van Korin,' antwoordde Saruel heel onschuldig.

De orde van eerder die dag leek in rook te zijn opgegaan; de strijd was één grote chaos. Gehinderd door de dichte haag van gardisten en paarden om hem heen kon Korin, nog steeds te paard, Tobins banier slechts tot op een paar honderd voet naderen.

Terwijl hij zijn mannen naar voren dreef, ving hij ook een glimp van Tobins helm op, en even later van zijn gezicht. Tobin was nu te voet, en kwam recht op Korin af, zijn mond vertrokken in diezelfde spottende lach die hij zo vaak in zijn dromen had gezien.

'Daar!' riep Korin naar Alben en de anderen. 'Prins Tobin! We kunnen hem pakken!'

'Waar, heer?' riep Caliël terug.

Korin keek nogmaals, maar nu was er geen spoor meer van hem te bekennen. Tobins banier was weer een stuk verder weg, wiegend boven de massa in de buurt van de banier van Nyanis. In de verte steeg witte rook in dikke wolken naar de hemel; af en toe schoot een regen van rode vonken op.

'Ze hebben het bos in de fik gezet!' schreeuwde Porion naar hem.

'Korin, kijk uit!' gilde Caliël.

Korin draaide zich net snel genoeg om om de vrouw met de speer te zien die door het cordon van lijfwachten heen gebroken was en hem te lijf wilde gaan. Hij wilde zijn paard de andere kant op sturen om haar frontaal te pakken, maar het verdomde beest stapte juist op dat moment in een kuil. Het paard gleed onder hem vandaan en viel op de grond, waardoor Korin aan de voeten van de vrouw terechtkwam. Ze hief haar speer maar Caliël raakte haar met een neerwaartse slag van zijn zwaard in haar nek, waardoor haar hoofd half van haar romp gescheiden werd. Toen ze ter aarde stortte, spoot het bloed recht in Korins gezicht.

Caliël steeg snel af en trok Korin overeind, en draaide zich om om de vijand bij hen weg te houden. 'Ben je gewond, Kor?'

'Nee!' Korin veegde het bloed uit zijn ogen. In de verte zag hij dat Ursaris nog steeds te paard zat en hem probeerde te bereiken, wat vrijwel onmogelijk was door de kluwen van vechtende mannen en vrouwen. Voor Korins ogen werd hij door een piekenier in de borst getroffen en Ursaris verdween uit het zicht.

Het vreemde was dat Korin, zo midden in het gevecht, helemaal niet bang meer was. Tijdens de aanval had hij de angst weten te bedwingen, maar te midden van dit strijdgewoel kwamen die lange jaren van training weer boven, en met gemak maaide hij de ene na de andere vijand neer.

Weer kwam een vrouw met de kleuren van Atyion op hem afgestormd, een strijdkreet schreeuwend en zwaaiend met haar zwaard. Hij dook naar voren en trof haar met de punt van zijn zwaard in de keel. Toen ze viel zag hij een beweging vlak achter haar en ja, daar was Tobin weer, deze keer maar een tiental voet van hem verwijderd. Hij keek Korin even aan en was weer verdwenen.

'Daar!' schreeuwde Korin en probeerde erachter aan te gaan.

'Waar heb je het over?' riep Caliël.

Uit het niets zoefden de pijlen hen weer om de oren. Mago gilde en viel, wild naar een bevederde pijl die uit zijn borst stak graaiend. Alben trok hem omhoog en probeerde hen beiden met geheven schild te beschermen. Een pijl kwam schuin in zijn dijbeen terecht, dwars door de slip van zijn wapenkleed heen en hij slaakte een kreet. Korin dook op hem af en brak het lange eind van de schacht af. De veren hadden drie baarden in plaats van vier.

'Aurënfaiers. Dat moet die versterking geweest zijn die we zagen. Alben, kun je nog staan?'

'Ja.' Maar hij bleef geknield bij Mago zitten, en hield de hand van zijn schildknaap vast, die kronkelde van de pijn terwijl de strijd nog altijd in volle hevigheid doorging. Bloedig schuim besmeurde zijn lippen en zijn ademhaling ging moeizaam en piepend. Lucht en bloed borrelden op uit de diepe wond in zijn borst.

Er was geen kans hem van het veld te slepen, en als ze hem lieten liggen, zou hij beslist vertrapt worden. Met een snik stond Alben op en gaf zijn schildknaap de genadeslag met zijn zwaard. Korin wendde zijn hoofd af en vroeg zich af of hij hetzelfde zou moeten doen voor de dag voorbij was.

De strijd woedde voort ondanks dat de middag ten einde liep. Het was niet te zeggen waar Korins andere generaals zich bevonden, hoewel hij af en toe een glimp van hen of hun kleuren opving.

Tobins banier verscheen en verdween weer als een kwelgeest, net als de jonge prins zelf eigenlijk. Korin rende op hem af, maar als hij even over zijn schouder keek, was Tobin alweer in de chaos verdwenen. Griezelig gewoon, zo snel als hij zich door deze massa kon bewegen.

'Ik wil zijn hoofd!' gilde Korin, en hij zag weer een glimp van hem bij de dichtstbijzijnde bosrand. 'Pak hem! Hij gaat het bos in!'

Tamír probeerde bij Korin te komen, maar ondanks dat ze haar uiterste best deed, kon ze door het gedrang zijn standaard niet bereiken. Elke keer dat ze er vlakbij was, was hij als bij toverslag weer verdwenen.

'Korin heeft onze andere flank aangevallen!' schreeuwde Lynx. 'En hij heeft het bos aangestoken!'

Tamír keek om en zag dat haar achterste linie zich verdeeld had. Rook steeg op in de verte. 'Daar kunnen we niks aan doen. Drijf eerst Korin in het nauw!'

'Verdomme, wacht nou eens één keertje op ons!' riep Ki, en hij sloeg een zwaardvechter neer die net Tamírs rechterzij wilde openrijten.

De Aurënfaiers waren naar de andere kant getrokken om de ruiters die een omtrekkende beweging hadden gemaakt te grazen te nemen. Tamír had dus nu alleen haar eigen garde en Nyanis' vleugel om zich heen, want Kyman was bezig een ander regiment in het midden in de pan te hakken.

Weer te voet struikelde ze over de lichamen, sommige dood, andere schreeuwend van pijn terwijl de strijd om hen heen gewoon doorging. Zij die zich niet op tijd uit de voeten konden maken, werden vertrapt in de modder.

Zij en haar Gezellen zaten onder het vuil en bloed, en het was niet te zeggen of ze zelf gewond waren. Nikides deed alles met zijn linkerarm, Lynx had een fikse snee over zijn neus en Barieus hinkte, maar ze bleven allemaal vlak bij haar en vochten dapper door. Haar eigen arm deed pijn en ze verging van de dorst.

Er werd zo hard gevochten dat ze soms geen idee had op welk deel van het slagveld ze zich bevonden. Toen de hemel een gouden tint aannam, stond ze opeens met één voet in het modderige, hier en daar roestkleurige water van het stroompje dat het slagveld in tweeën had gedeeld. De donkere bosrand doemde voor haar op en plotseling zag ze Korins banier weer, nog geen driehonderd voet van haar vandaan.

'Ki, kijk! Hij trekt het bos in!'

'Moet zich zeker weer verstoppen, hè?' sneerde Ki.

'Kom mee, allemaal!' schreeuwde Tamír en ze stak haar zwaard naar voren om de juiste richting aan te duiden. 'We nemen hem gevangen in het bos en zetten er een punt achter.'

52

Korin bereikte de rand van het bos en bleef even tussen de bomen staan; het hart bonsde in zijn keel. De geur van rook was overduidelijk, maar het vuur was nog ver weg. Tanil was bij hem, met zijn onrustige blik en bebloed gelaat. Zijn geest mocht dan niet honderd procent zijn, zijn arm was dat wel. Hij had dapper gevochten.

'Korin, wat doe je nou?' zei Caliël hijgend, het bloed en zweet van zijn gezicht vegend toen hij hen had ingehaald.

'U kunt het slagveld nu niet verlaten!' riep Porion vertwijfeld toen de rest van Korins lijfwachten en een stel gewapende soldaten om hem heen kwamen staan om hem te beschermen.

'Dat doe ik ook niet. Maar ik zag Tobin hier het bos in rennen.'

'Weet u het zeker, Majesteit?' vroeg Porion aarzelend.

Korin zag een witblauwe flits tussen de bomen. 'Daar! Zag je het? Kom op!'

Het was een oud bos, met torenhoge sparren en weinig struiken en lage planten. De bodem was bedekt met afgevallen naalden en tapijtjes van zacht groen mos en paddenstoelen. In het groene schemerlicht lagen overal omgevallen bomen: sommige nog met naalden of bladeren aan hun takken, andere waren verweerd zilverkleurig, glimmend als de verbleekte botten van gevallen reuzen.

Het gevecht had zich al tot het bos uitgebreid, hier daar vochten kleine groepjes tussen de eeuwenoude bomen. Hun geschreeuw en gevloek kwam van alle kanten.

Met Tanil en Caliël naast zich rende Korin achter de banier aan, en de anderen konden hun koning slechts volgen, en sprongen over boomstammen en rotsblokken of strompelden over de ongelijke bodem. Korin trok een vies gezicht terwijl hij rende; het stonk hier naar dood en verrotting. Een misselijkmakende lucht leek hem te omgeven terwijl hij de schimmige gestalte voor zich achtervolgde.

Hij kon niet zien hoeveel man Tobin had meegenomen, maar het konden er nooit veel zijn.

Hij probeert te ontsnappen! dacht Korin voldaan. Vandaag zou hij zijn eigen eervolle strijd bekronen met Tobins beschamende aftocht.

Ki had het idee dat achter elke boom een vijandelijke boogschutter zat, terwijl hij met Tamír en de anderen achter Korin aan het bos in was gerend. Het was donker onder de bomen. De middag ging over in avond en regen begon weer door de takken te druppelen.

'Ik weet niet of het nu wel zo'n goed idee is,' zei Nikides hijgend.

'Hij kan hier heus geen leger mee krijgen,' antwoordde Tamír en ze bleef even staan om op adem te komen.

'Misschien probeert hij weer te ontsnappen,' meende Ki.

'Ik denk het niet.' Tamír liep weer snel verder.

'Laat me dan op zijn minst teruggaan voor meer soldaten, Majesteit,' zei Una schor, terwijl ze met haar opliep.

'Misschien moet je...' Tamír stond stokstijf stil en richtte haar ogen op iets in de verte.

'Wat?' vroeg Ki en zocht iets dat haar aandacht moest hebben getrokken.

'Ik zie hem,' fluisterde ze.

'Korin?'

'Nee. Broer.'

De demon was maar net zichtbaar tussen de bomen, en hij wenkte haar. In het heetst van de strijd was ze hem totaal vergeten, maar hier was hij dan en er was geen twijfel mogelijk aan wat hij wilde doen. Hij wilde dat ze hem volgde.

Ki nam haar bij de arm terwijl ze Broers kant op liep. 'Ik zie geen hond.'

'Hij is daar,' antwoordde ze.

'Vast weer een van zijn spelletjes!'

'Vast.' Maar ze volgde hem toch. *Jij bent Skala, en Skala is jou, net zoals jij je broer bent, en hij jou is.*

Met getrokken zwaard zette ze het op een lopen. Ki vloekte hardop terwijl hij en de anderen zich uit de naad moesten rennen om haar bij te houden.

Korin kwam in volle vaart aan op de open plek en stopte meteen. Daar zat Tobin op een grote steen op hem te wachten, het gezicht deels verborgen door de kaakbeschermers van zijn helm. Vreemd was het wel. Hij was helemaal alleen, geen garde, niemand. Ze zouden wel achterop geraakt zijn. Korin hoorde al twijgjes kraken en gedempte stemmen vanachter de bomen komen.

Korin dook weer achter een grote boom, voor het geval er boogschutters op de loer lagen. 'Neef, ben je gekomen om je over te geven?' riep hij.

Tobin stak zijn handen op, om te laten zien dat ze leeg waren.

Het ging te makkelijk.

'Hij lijkt niet meer op een meid dan jij,' spotte Alben.

'Korin, er klopt iets niet,' waarschuwde Caliël en hij tuurde nog eens goed naar de zwijgende gedaante.

Tobin stond langzaam op en deed een paar stappen in de richting van de boom waarachter Korin zich had verscholen. 'Hallo, neef.'

Uit de stem klonk zo'n intense wraakzucht dat Korin als aan de grond genageld bleef staan. De stem leek ook niet op die van Tobin: hij was lager, heser en sprak sowieso op een heel andere manier. Het leer van zijn wapenrusting kraakte terwijl Tobin zijn kinband losmaakte, de helm optilde en afdeed.

Nog nooit had Korin zo'n hartgrondige haat op het gezicht van zijn neef gezien, en zo uitgemergeld en bleek was hij nooit geweest. De diepliggende ogen waren donker, haast pikzwart.

Caliël greep hem bij de arm. 'Kor, dat is...'

Voor hij zijn zin af kon maken, stoven er soldaten vanachter de bomen aan de andere kant van de open plek naar voren, en Korin hoorde een overbekende stem die plotseling schreeuwde: 'Tamír, kom terug!'

Ki en Lutha renden achter iemand aan die Tobins hemd en wapenkleed droeg.

'In de naam van Bilairy, wat is hier in hemelsnaam aan de hand?' bracht Porion uit toen hij een glimp van het gezicht onder de helm opving.

Het was Caliël die antwoord gaf. 'Dát is Tamír.'

'Kijk, daar is Tobin. En daar is Ki! Hé, Ki!' riep Tanil enthousiast en hij begon te zwaaien. 'Waar hebben jullie gezeten?'

Korin trok hem terug. 'Nee, niet doen. Zij zijn onze vijand.'

Een wolk van verwarring trok over Tanils ogen. 'Nee, het zijn onze Gezellen.'

'O goden,' kreunde Korin zacht. 'Cal, hoe kan ik het hem...'

'Tanil, kijk me aan,' zei Caliël en hij liet zijn zwaard vallen. Toen de schildknaap zich omdraaide, gaf Caliël hem een harde kinstoot en de jongen zakte zonder een kik te geven op de grond.

'Verdomme!' riep Ki uit en hij spurtte naar voren om Tamír van voren te dekken. Lutha en Lynx deden hetzelfde, en beschermden haar tegen een aanval. Korin stond tussen Porion en Caliël aan de andere kant van de open plek, en was zo een makkelijk doelwit. Ki zag echter allerlei bewegingen tussen de bomen achter hen.

Tamír schonk er geen aandacht aan en keek alleen maar strak naar Broer, die haar wapenrusting en kleren droeg. 'Blijf staan, jij!'

De demon draaide zich tergend langzaam, met een grijns op zijn gelaat, om naar Tamír. Zoals altijd raakte het licht hem niet als levende mensen, en zijn zwarte haar was dof. Ki slikte moeizaam toen hij zich herinnerde wat het Orakel Tamír had verteld. Iets over zij die hem was, en hij haar. Ze hadden er nog nooit zo verschillend uitgezien.

'Wat is dit voor valstrik?' riep Korin. 'Heb je die zwarte tovenaars toch meegebracht?'

Broer ging nu langzaam op Korin af, en siste vals: 'Zoon van Erius, ik ben geen Tobin en ook geen Tamír!'

'Hij valt hem zo aan!' fluisterde Ki. Als Broer Korin zou vermoorden zou alles voorbij zijn.

'Broer, stop!' schreeuwde Tamír. 'Raak hem niet aan! Ik verbíéd het je!'

Tot Korins stomme verbazing bleef Broer stilstaan en keek hij haar even aan.

'Dit is mijn strijd! Ga weg jij,' beval ze, zoals ze deed toen ze nog kinderen waren.

Broer trok zijn lip misprijzend op en loste op in het niets.

'Wat is dit nu weer voor tovenarij?' vroeg Korin boos.

'Ik ben het, Korin,' riep Tamír terug. 'Dat was mijn broer, of dat had mijn broer kunnen zijn. Hij werd gedood om mij tegen jouw vader te beschermen.'

'Leugens!'

'Het is zwarte kunst, precies zoals Niryn vertelde,' sneerde Moriël.

'Dat heb je mis, Pad,' riep Lutha terug.

'Jij!' Moriëls angst kwam bijna komisch over.

'Jij zou toch zelf alles over zwarte kunst moeten weten, als schoothondje van Niryn,' lachte Lutha. 'Waar is die meester van je trouwens? Ik sta versteld dat hij je niet aan de lijn heeft gehouden, reetkever!'

Moriël keek hem giftig aan. 'Hij had het goed gezien wat jou betreft, hè, verrader?'

Ki keek opzij en richtte zijn ogen op die van Caliël. Die groette Ki met een knikje. 'Klotezooi,' mompelde Ki en hij stak zijn hand op naar Caliël.

'Wie ben je nou eigenlijk echt?' vroeg Korin terwijl hij de regendruppels uit zijn ogen veegde. 'Laat je gezicht eens zien als je durft!'

Tamír deed haar helm af en haar maliënkap. 'Ik ben het, Kor, zoals ik altijd had moeten zijn. Caliël staat voor me in. Vraag het hem maar. We hoeven helemaal niet te vechten. Laten we erover praten. Laat me je het bewijs...'

'Vuile leugenaar,' beet Korin haar toe, maar Ki bespeurde er toch enige twijfel in.

'Ik moet koningin zijn, Korin, maar je blijft naaste familie. Een oorlog tegen jou is als een oorlog tegen mijn eigen broer. Alsjeblieft, we kunnen hier vrede sluiten, voor eens en voor altijd. Je zult je rechtmatige plaats aan mijn zijde innemen, op mijn erewoord. Ik zal genade schenken aan allen die jou gesteund hebben.'

'Erewoord?' zei Alben schamper. 'En hoeveel is het erewoord van iemand die zijn eed gebroken heeft waard?'

Ki greep naar zijn zwaard, maar bedwong zich toen er meteen een aantal flinke zwaardvechters vanachter de bomen naast Korin sprongen. In stijgende paniek zei hij: 'Denk nou eens na, Tamír, je kunt hier niet blijven staan! Het is minstens drie tegen één!'

'Hij luistert wel naar me, nu hij de waarheid gezien heeft,' antwoordde ze zacht. 'Hij moet wel!'

Korin had zich na de ontmoeting met een demon nog duidelijk niet hervonden, en staarde naar het meisje dat beweerde zijn nicht te zijn. 'Tobin?' fluisterde hij, geheel in strijd met wat hij met eigen ogen zag.

Door haar plotselinge, onverwachte glimlach – Tobins glimlach – had hij haast toegegeven. 'Ik ben Tamír, zoals ik je geschreven heb. Lutha zegt dat je mijn brief ontvangen hebt.'

'Allemaal gelogen!'

'Nee, Kor. Tobin was de leugen. Ik ben Ariani's dochter. Ik zweer het bij de Vlam en de Vier.'

Korin hapte naar adem.

Gewoon een malloot in een jurk, fluisterde Niryns stem in zijn achterhoofd. Korin klampte zich hardnekkig vast aan dat idee, hoewel het besef dat het waar was geleidelijk tot hem door begon te dringen. Als Tobin – als zij – de waarheid sprak, dan had Caliël al die tijd gelijk gehad. Niryn had dus inderdaad tegen hem gelogen en had hem gemanipuleerd. Caliël had zijn leven in de waagschaal gesteld om hem te laten inzien wat er aan de hand was, en hij had hem daarvoor bijna laten ophangen.

'We kunnen weer vrienden worden,' zei Tobin.

'Een truc!' siste Moriël.

Een truc! Niryns kille stem spookte door zijn geheugen.

'Majesteit, waar bent u?'

Tamír hoorde Nyanis in de verte roepen, luider dan het geluid van vechtende soldaten op het slagveld.

'Hier!' riep Una terug.

Ook Korin werd gezocht, en Tamír hoorde meer mensen aankomen die hem te hulp schoten. Er zou hier een bloedig gevecht ontstaan, tenzij Korin zou zeggen dat hij haar geloofde.

Ze bleef hem strak aankijken, als een havik die ze probeerde te temmen. Ze kende hem goed: ze zag dat hij een innerlijke strijd voerde. De adem stokte haar haast in de keel, zo spannend was het. *Door bloed en beproeving zul je je troon verdedigen. Uit de hand van de usurpator zul je het Zwaard loswringen.*

Nee! dacht ze. *Zo hoeft het niet te gaan. Hij luistert heus wel naar me! Broer heeft ons bijeen gebracht zodat we het konden oplossen.* Glimlachend stak ze haar hand naar hem uit.

'Korin, val aan. Jij hebt het grootste leger,' drong Porion aan. 'Sla toe!'

'Ja! We kunnen Tobin nu voor eens en voor altijd verpletteren,' fluisterde Alben.

Caliël raakte Korins arm aan. Hij zei niets maar zijn ogen stonden smekend.

Tamír liet haar helm vallen en drong zich langs Ki en Lynx. 'Dit kan ophouden, Korin,' zei ze, met haar hand nog steeds uitgestoken. 'Geef mij het Zwaard van Ghërilain en...'

Geef mij het Zwaard...

Korin kreeg het ijskoud. Hij had diezelfde woorden uitgesproken die nacht in Ero, en was nog steeds vervuld van schaamte bij de herinnering aan zijn vaders handen die zich om het gevest geklemd hadden. *Er is maar één hand die het Zwaard van Ghërilain hanteert. Zolang ik nog ademhaal, ben ik de koning. Bewijs jij eerst maar eens dat je die titel waard bent,* had Erius gezegd.

Nu klemde Korins hand zich woedend om het gevest en dat oude schuldgevoel en verdriet dat hij zich plots herinnerde vernietigden alle twijfels en alle liefde. 'Nee. Ik ben de koning!'

Tamír zag de fatale omslag. Ze had net genoeg tijd om haar helm weer op te rapen en hem op haar hoofd te zetten voor Korins mannen op haar af renden. Alleen Korin en Caliël hielden zich op de achtergrond.

Het verbaasde Tamír niet dat ze te midden van de chaos opeens tegenover Alben stond. Er was nooit vriendschap tussen hen geweest en die zag ze nu dus evenmin in zijn ogen toen hij grommend op haar af stormde. Alben was altijd al een geduchte tegenstander geweest en Tamír moest haar uiterste best doen om hem de baas te blijven. Ze dreef hem grimmig achteruit en zag geen greintje spijt in zijn ogen terwijl ze op elkaar in sloegen.

De open plek was nu vol zwaardvechters en voor sierlijke manoeuvres was geen ruimte. Als houthakkers hakten ze op elkaar in. Opeens verscheen er een dolk in Albens andere hand en hij probeerde haar tussen haar ribben te steken terwijl ze met de gevesten op slot vlak bij elkaar stonden. Haar maliënkolder hield de punt tegen en ze ramde haar elleboog hard in zijn gezicht, waarbij zijn neus brak. Hij deinsde bloedend achteruit en ze duwde haar knie in zijn kruis zodat hij over de grond rolde van pijn.

'Tamír, achter je!' riep Ki, die een man die met een enorme hamer zwaaide probeerde af te weren.

Tamír dook terwijl ze zich omdraaide; Moriël, die haar op haar hoofd had willen slaan, miste haar op een haar na.

'Demonenkreng!' Hij schopte haar hard op haar knie om haar uit haar evenwicht te brengen en hief zijn zwaard om het nog eens te proberen.

Haar pijn verbijtend, wankelde Tamír achteruit en kon alleen de punt van haar zwaard omhoog brengen om hem in zijn keel te steken als hij dichterbij kwam, maar zelfs Moriël kon die onhandige techniek ontwijken.

Lutha sprong uit de chaos naar voren en besprong Moriël, worstelde en trapte en bracht hem zo uit de buurt van Tamír.

Ze liet het hen verder uitzoeken en ging op zoek naar Alben, maar stond in-eens tegenover Caliël. Hij hief zijn zwaard al boven zijn hoofd, klaar om toe te slaan, maar bleef als versteend staan.

'Ik wil je bloed niet, Cal,' zei ze.

'En ik het jouwe niet,' antwoordde hij met zijn zwaard roerloos boven zijn hoofd. Ze hoorde hoeveel pijn het hem deed die woorden te zeggen.

Tamír hief haar kling om de eventuele slag te blokkeren, maar voor hun zwaarden konden bewegen, zag ze een warrelende beweging en een flits van staal. Caliëls helm viel af en met lege ogen zeeg hij ineen op de grond. Nikides stond boven hem, met zwoegende borst terwijl hij zijn bloederige zwaard met beide handen omklemd hield. 'Tamír, achter je!'

Ze wist nog steeds niet of Caliël nu dood was of nog leefde, maar draaide zich bliksemsnel om en ving de kling van een grote strijder op. Terwijl zij hem tegenhield, dook Ki onder hun geheven armen door en sneed de man zijn keel door.

Ki hijgde nu ook en vroeg: 'Ben je gewond?'

'Nog niet.' Ze bracht haar gewicht op het been waar Moriël tegen had geschopt om er zeker van te zijn dat die zere knie het zou houden. 'Waar is Korin?'

'In geen velden of wegen te bekennen.'

Deze kant op, Zusje, siste Broer in haar oor. Ze draaide zich om en ving een glimp van Korins banier op aan de rand van de open plek.

Een soldaat wierp zijn speer naar haar, maar viel zelf meteen dood neer, met Broer die zich boven op hem verkneukelde.

'Dit is mijn gevecht!' schreeuwde Tamír naar hem, al maakte ze wel gebruik van de opening die hij voor haar gecreëerd had.

'Verdomme, Tamír, wacht nou effe...' schreeuwde Ki, want ze had er weer flink de sokken in gezet.

Vlak achter elkaar baanden ze zich een weg naar de banier van Korin.

Korin zag Caliël vallen onder Nikides' zwaard.

'Verrader! En nou vermoord ik je!' Hij stormde naar Lynx. Voor hij ook maar in de buurt kwam, sprong een jonge schildknaap met Tamírs bandelier over zijn borst uit de massa vechtenden en blokkeerde zijn weg. Met één zwaai sloeg hij de knaap het zwaard uit de handen en doorstak hem. Nikides gilde en vloog op hem af, maar Porion kwam ertussen en verdreef hem.

Korin wilde hem helpen, maar plotseling zag hij Tamírs helm boven de massa uitsteken. Zij en Ki waren aan de rand van de open plek.

'Tobin is van mij!' schreeuwde Korin. Ki wilde ertussen komen, maar Porion was er eerder en leidde hem af.

Korin wilde uit alle macht toestoten, opgezweept door het weer opgelaaide idee dat hij verraden was. Eindelijk oog in oog met haar, zag hij iets wat op verdriet leek, maar ze aarzelde geen moment.

Ki probeerde Tamír in het oog te houden, terwijl hij tegenover meester Porion stond. 'Ik wil niet tegen u vechten,' flapte hij eruit, terwijl hij zich bleef verdedigen.

'Ik ook niet met jou, knul, maar zo staan de zaken er nu eenmaal voor,' antwoordde Porion. 'We hebben allebei gekozen. Nou kom op, laat eens zien of je werkelijk wat van me opgestoken hebt.'

Tamír had nog maar één keer tegen Korin gevochten, op die dag dat ze haar woede kwijt moest raken omdat ze gedwongen was Ki te laten geselen. Omdat hij ouder en sterker was, had ze geen schijn van kans gehad. Sindsdien was ook zij sterker geworden, maar hij was en bleef een gevreesd tegenstander. De felheid van zijn aanval was uitzonderlijk.

Slag op slag moest ze zien te pareren en ze werd een behoorlijk eind achteruit gedreven. Ze wervelden om elkaar heen, slaand en worstelend, tot ze bijna tussen de bomen belandden. Hij dreef haar terug in een bos varens die nog niet vertrapt waren. Terwijl ze de grote bladeren kneusden steeg de geur van het groen rondom hen op. Vlak achter zich hoorde ze het geluid van stromend water.

'Tamír!' riep Ki, een eind verderop.

'Hier b...' begon ze maar Korin joeg haar nog verder naar achter. Ze zette haar voet verkeerd neer, stootte haar knie ergens tegenaan en viel achterover, een vertwijfelde kreet slakend.

De grond was niet waar ze hem had verwacht. Ze tuimelde over de rand van een rotsachtig talud en rolde naar beneden, schaafde haar elleboog pijnlijk tegen een rots en verloor onderweg tot overmaat van ramp ook nog haar zwaard. Ze kwam tot stilstand in de koude modder aan de oever van een beekje. Dit moest hetzelfde stroompje zijn dat het slagveld in tweeën deelde, besefte ze, terwijl ze rondkeek waar ze was.

Ze krabbelde overeind, hield haar pijnlijke arm met de andere vast en begon naar haar zwaard te zoeken. Het lag halverwege de helling, en was achter een boomwortel blijven haken. Ze begon ernaar toe te klimmen, maar verstarde toen ze haar omgeving in zich opnam. Het was dat rotsachtige ravijn dat ze in haar visioen in Afra gezien had.

De banier? Waar is Korins zijden banier?

In plaats daarvan sprong Korin zelf boven aan de helling tevoorschijn met een moordlustige blik in de ogen. Haar zwaard was te ver weg om het te kunnen pakken voor hij bij haar was.

'Illior!' schreeuwde ze en ze trok haar mes als voorbereiding op zijn komst.

'Tamír!' Ki kwam in beeld, doodsbleek en besmeurd met bloed. Hij sprong naar beneden en landde op Korin. Samen tuimelden ze het talud af en landden ook in de modder, een tiental voet van haar vandaan.

'Pak je zwaard!' gilde Ki, terwijl hij Korin probeerde tegen te houden.

Tamír klom de steile helling op en greep haar zwaard. Terwijl ze zich omdraaide, zag ze tot haar verschrikking hoe Korin opeens met geheven zwaard overeind kwam terwijl Ki nog op zijn rug in de modder lag. Het was een schaamteloze daad.

'Vuile lafaard!' gilde ze. Ze moest Ki zien te bereiken, hem helpen, maar het leek wel of ze in een nachtmerrie beland was. Ze slipte en gleed uit over de rotsen, recht op hen af, maar ze leek geen duimbreed vooruit te komen.

Korin sloeg eerst op Ki's arm terwijl die zijn zwaard wilde pakken om hem al zittend in de blubber af te weren. Ze hoorde het misselijkmakende knappen van een bot en Ki's gejank van pijn. Hij probeerde weg te rollen van Korin, maar de prins deed een uitval en gaf een zijwaartse klap tegen Ki's helm. Ki viel op zijn zij op de modderige oever. Korin greep zijn zwaard met beide handen vast en ramde de kling in de spleet tussen de twee delen van het borst- en rugkuras.

'Klootzak!' gilde Tamír. Razend van smart overbrugde ze de laatste paar voet tussen haar en Korin. Ze mepte hem keihard tussen de schouderbladen om hem uit de buurt van Ki te krijgen. Hij maakt een sprong en draaide zich tegelijkertijd om. Er droop vers bloed van zijn kling, dat zich vermengde met de regen.

Ki's bloed.

Kokend van woede vloog ze weer op Korin af, en dreef hem achteruit met woeste slagen. Ki bleef bewegingloos liggen.

Spetterend stapte ze door de stroom op zoek naar vaste grond. Korin vocht uit alle macht terug, en vervloekte haar terwijl hij elke slag pareerde. Hun twee zwaarden kwamen kletterend tegen elkaar en het echode tussen de wanden van het ravijn waarin het beekje kronkelde. Haar zwaard kwam hard in zijn zij en maakte een deuk in zijn harnas. Hij beantwoordde die met een klap boven op haar hoofd, waardoor haar helm afvloog. Ze had geen tijd gehad om het gespje vast te maken.

In de hoop hem snel op te pakken deed ze een paar passen terug. Korin lachte en greep zijn kans door haar terug te drijven naar de beek, waar Ki zwakjes met zijn vingers in de modder klauwde.

Ze draaide zich om en sprong naar voren, want ze moest Korin uit Ki's buurt houden. 'Sta op, Ki! Pak je zwaard!'

Hoonlachend richtte Korin zijn aanval weer op Ki, en hief zijn zwaard voor de fatale klap.

Met een wanhoopskreet sprong ze op hem af en voelde tegelijkertijd Broers ijzige kilte rondom haar.

Het leek wel alsof hij onder haar huid kroop en haar vulde met de kracht van zijn onvoorstelbare haat. Die deed haar tanden in een grijnslach ontbloten en liet een onnatuurlijk gebrul uit haar keel opstijgen. De demonische razernij liet haar alles veel scherper zien, waardoor ze meteen het gaatje in de maliënkolder onder Korins arm ontdekte, en ze deed een haarzuivere uitval.

De punt van haar zwaard trof doel. Korins bloed vormde een bloeiende rode bloem door zijn wapenkleed en de ontwrichte ringetjes van de maliënkolder.

Hij keerde zich razendsnel om voor ze het zwaard er diep genoeg in had kunnen drijven en viel haar opnieuw aan, waarbij ze allebei over Ki heen struikelden. Korin begon bloed op te hoesten terwijl hij op haar inhakte, en zijn bewegingen werden wilder en onnauwkeuriger, terwijl hij wankelend in de beek hun gevecht gaande hield.

Uit de hand van de usurpator zul je het Zwaard loswringen...

'Geef je over!' schreeuwde ze en zij ving zijn zwaard met het hare op. Ze liet het glijden tot ze gevest tegen gevest vastgeklonken stonden.

'Nooit,' bracht Korin uit, terwijl hij bijna stikte in een golf bloed.

Ze trokken zichzelf los van elkaar en ze voelde een nieuwe golf van Broers haat in haar opwellen toen ze een blik op Ki wierp. Hij lag nu doodstil. De modder rondom hem was rood gekleurd.

Deze maal verwelkomde ze Broers kracht met open armen. Die mengde zich met haar opgekropte woede over alles wat haar ontnomen was: Ki, de liefde van haar moeder, een levend broertje, de vriendschap met haar vader, haar eigen identiteit. Alles was opgeofferd en dit was het resultaat.

'Vervloekt ben je!' gilde ze en ze vloog weer op Korin af, hakte zonder te stoppen op hem in, en dreef hem terug. Er kwam een rood waas voor haar ogen. 'Vervloekt ben je voor het nemen van zoveel levens!'

Korin sloeg haar op haar linkerschouder, en de kling gleed over de leren band van haar kuras. Ze voelde het nauwelijks omdat ze de neerwaartse beweging van de slag gebruikte om door haar knieën te zakken en met een halve draai aan Korins achterkant te komen, waar ze hem met haar voet een trap in de knieholte gaf.

Korin wankelde, verzette zijn voet een kwartslag in haar richting maar lette niet op haar, omdat hij al zijn aandacht nodig had om zijn evenwicht te bewaren. Vanuit haar hurkzit stootte Tamír haar zwaard met al haar kracht omhoog. Ze voelde opeens Broers hand om die van haar, die het gevest van haar zwaard overnam toen zij Korins hals net onder de kin raakte. Broer duwde de punt van haar zwaard diep zijn keel in.

454

Rochelend stiet Korin een verstikte kreet uit terwijl heet bloed uit de wond spoot. Ze trok de kling uit zijn hals en veegde met haar hand over haar ogen.

Korin stond doodstil en keek haar ongelovig aan. Hij probeerde te spreken, maar alleen bloed kwam over zijn lippen. Zijn ademhaling veroorzaakte een afschuwelijk gorgelend geluid bij de gapende wond in zijn hals. Zijn borstkas deinde nog één keer op en neer voor hij achterover tegen de rotsen klapte. Er gulpte nog steeds bloed uit zijn beide wonden, dat zijn weg zocht tussen de stenen op de grond.

Een rivier van bloed.

Tamír stapte naar hem toe, het zwaard naar voren voor de beslissende slag.

Korin staarde haar met lege ogen aan. Zijn woede was verdwenen, slechts intens verdriet stond op zijn gezicht te lezen. Met het zwaard in de hand vormden zijn lippen zijn laatste woord: *Nichtje.*

Tamírs eigen zwaard gleed onbewust uit haar vingers terwijl ze het leven uit die donkere ogen weg zag vloeien. Hij haalde nog één keer hakkelend adem en toen was het over. Zijn zwaard hield hij nog steeds met beide handen omklemd.

Broer was verdwenen en de gruwelijkheid van de strijd drong nu pas tot haar door. 'O verdomme. O Korin!' Nu hij dood was leek hij weer precies op de jongen met wie ze gespeeld had en had leren vechten, met wie ze dronken geworden was, al lag hij hier bloedend voor haar in de modder.

Boven op het talud klonken nog steeds de geluiden van de strijd; boven alles uit hoorde ze haar vrienden paniekerig om haar en Ki roepen.

Ki!

'Hier!' wilde ze roepen, maar er kwam slechts hees gefluister over haar lippen. Snikkend strompelde ze terug naar waar Ki met gesloten ogen op zijn rug aan de oever van de beek lag en ze knielde naast hem neer. Zijn wapenkleed was doorweekt met bloed en zijn gebroken arm lag in een vreemde draai onder zijn lichaam. Ze vond de gesp van zijn gebutste helm en trok hem af, en voelde tevergeefs naar zijn hartslag. Zijn zachte bruine haar zat vol bloed op de plek waar Korin hem geraakt had.

Ze tilde het slappe lichaam voorzichtig op, kneep in zijn goede hand en drukte zijn hoofd teder tegen haar borst. 'O nee! Nee, alsjeblieft, niet hij!'

Zijn bloed sijpelde door haar wapenkleed en kleefde haar vingers tegen de zijne. Zoveel bloed...

'Heb je nou je zin?' riep ze tegen Illior. 'Was dit allemaal nodig om Skala een koningin te geven?'

Iets raakte haar schouder en plonsde in het water naast haar. Ze keek en slaakte een doordringende kreet.

Het was Korins hoofd.

Broer dook boven haar op en zag er tastbaarder en steviger uit dan ooit tevoren. In zijn rechterhand hield hij het bloederige Zwaard van Ghërilain en terwijl ze keek, likte hij het bloed dat de vingers van zijn linkerhand bedekte op, als was het honing.

Hij wierp het zwaard naast haar neer, en met een ijzingwekkende glimlach streelde hij haar wang, en beschilderde haar met Korins bloed. *Dank je, Zusje.*

Ze deinsde terug van zijn kille aanraking, en drukte het lichaam van Ki nog dichter tegen zich aan. 'Het is voorbij. Je hebt je wraak gehad. En nou wil ik je nooit meer zien! Nooit!'

Broer glimlachte nog steeds terwijl hij naar Ki reikte.

'Waag het niet hem aan te raken!' schreeuwde ze, en ze gebruikte haar lichaam als schild voor Ki.

Spaar je tranen, Zusje. Hij leeft nog.

'Wat?' Ze drukte een vinger tegen de zijkant van Ki's hals, en zocht nogmaals verwoed naar het bewijs van het kloppen van zijn hart. Net onder zijn kaak kon ze een minieme hartslag voelen.

'Tamír, waar ben je?' Dat was Lynx, helemaal over de rooie.

'Hier!' riep ze, want ze had haar stem weer terug.

'Tamír!' Arkoniël verscheen boven aan het talud. Hij nam alles in ogenschouw en stormde met wapperend gewaad de heuvel af.

'Hij leeft nog!' riep Tamír. 'Haal een drysiaan!'

Arkoniël raakte Ki's voorhoofd aan en fronste zijn wenkbrauwen. 'Dat zal ik doen, maar jij moet nu onmiddellijk een eind maken aan de strijd.'

Het voelde aan alsof ze haar eigen hart uitrukte toen ze Ki in Arkoniëls armen vlijde, maar op de een of andere manier kreeg ze het voor elkaar.

Onvast ging ze staan en raapte Ghërilains zwaard op. Het gevest was plakkerig van vuil en bloed, maar het paste in haar hand alsof het voor haar gemaakt was.

Ze had het al een keer vastgehouden, op die avond van het feest in Atyion met haar oom. De versleten gouden draken die in reliëf op de gebogen handbeschermers waren aangebracht zaten onder het bloed, net als het met gouddraad omwonden ivoren gevest zelf en het gesneden robijnen zegel op de top van de zwaardknop. Het Koninklijk Zegel. Háár zegel nu – een draak die Sakors vlam droeg in een maansikkel op zijn rug. Sakor en Illior herenigd.

Jij bent Skala.

Ze bukte zich en trok Korins hoofd aan zijn haren uit het water en verbeeldde zich dat de hoofdhuid nog warmte afgaf.

'Zorg goed voor hem, Arkoniël. Hij mag niet sterven.'

Met haar gruwelijke trofeeën keek ze nog eenmaal bezorgd naar Ki, en begon toen de helling op te klimmen om de wil van de Lichtdrager verder te volvoeren.

53

De dag was bijna voorbij en de regen kwam nu echt met bakken uit de hemel toen Tamír tevoorschijn kwam uit het dal waardoor de beek stroomde. Het gevecht in het bos liep ten einde. Versuft keek ze rond en stuitte al snel op Porion die dood aan de rand van het ravijn lag. Even verderop lag Moriël in een plas bloed met een ponjaard in zijn nek.

Caliël herkende ze aan zijn haar. Hij lag met zijn gezicht naar beneden op de plek waar hij gevallen was, met Nikides naast zich, die zijn gewonde schouder vasthield en huilde. Una hield Hylia vast, wier arm gebroken leek te zijn.

Gezel tegen Gezel. Skalaan tegen Skalaan.

Lynx was tenminste nog op de been, net als Tyriën. Zij waren de eerste overlevenden die haar en haar last zagen.

'Korin is dood!' schreeuwde Lynx.

Even leek de tijd stil te staan. De laatste soldaten van Korin staarden haar aan en zetten het vervolgens op een lopen, hun gevallen kameraden achterlatend.

Nikides kwam moeizaam overeind en kwam hinkend naar haar toe. Zijn mond viel open toen hij zag wat ze bij zich had.

'Ik heb hem gedood. Zijn bloed kleeft aan mijn handen.' Haar stem leek van heel ver te komen, alsof een ander sprak. Ze was helemaal verdoofd en te uitgeput om verdriet, laat staan vreugde over de overwinning te voelen. Ze begon in de richting van het slagveld te lopen, zich vaag bewust van de anderen die haar volgden.

'Ben je gewond?' vroeg Nikides bezorgd.

'Nee, maar Ki is...' *Niet aan denken nu.* 'Arkoniël is bij hem. Hoe is het met de rest?'

'Lorin is dood.' Nikides moest even slikken, maar vermande zich snel. 'Verder heeft Hylia een gebroken arm. De rest is maar lichtgewond. En Lynx heeft helemaal niks, zoals gewoonlijk.'

'En de anderen? Caliël?'

'Hij leeft nog. Ik... Ik hield op het laatste moment mijn zwaard in. Het spijt me. Ik kon gewoon geen...'

'Het is al goed, Nik. Ik ben er blij om. Zorg dat hij en de anderen naar ons kamp worden gebracht.'

Maar hij bleef naast haar lopen, haar nogal vreemd aankijkend. 'Weet je zeker dat je niet gewond bent?'

'Doe wat ik zeg!' Ze had al haar aandacht nodig om de ene voet voor de andere te zetten. Nikides trok zich terug, waarschijnlijk om haar bevel uit te voeren, maar Lynx, Tyriën en Una kwamen naast haar lopen toen ze de rand van het bos bereikte.

Het slagveld was in een dodenakker veranderd. Dode strijders en paarden lagen overal in de rondte, en hier en daar lagen de soldaten drie hoog opgestapeld. Vooral bij de rivier waren er ontelbare mannen en vrouwen gevallen, en hun bloed was als slierten zichtbaar in de stroom.

Er waren zelfs nog enkele mensen aan het vechten. Een paar groepen strijders van Korin hadden zich op de heuvel teruggetrokken. Anderen dwaalden zoekend tussen de doden.

Tamír keek ontzet rond met het hoofd van Korin nog steeds in haar hand.

Plotseling dook Malkanus naast haar op, al had ze niemand zien naderen. 'Staat u me toe, Majesteit.' Hij liep een eindje opzij en hief zijn toverstaf. Een oorverdovend geloei golfde over het veld met zo'n kracht, dat zelfs de mannen en vrouwen aan de randen zich op hun knieën lieten vallen en hun oren bedekten.

Met een stem zo luid als de donder galmde Malkanus: 'Luister naar koningin Tamír!'

Het hielp. Honderden gezichten wendden zich in haar richting. Tamír liet de bomen achter zich en stond nu goed zichtbaar op het veld. Het zwaard en Korins hoofd hield ze zo hoog mogelijk op. 'Prins Korin is dood!' schreeuwde ze, met een stem die in het niets viel bij die van haar voorganger.

'Stop met vechten!'

De boodschap werd over het hele slagveld doorgegeven. De laatste soldaten van Korin maakten zich wanordelijk uit de voeten. De enige banier die nog overeind stond was die van heer Weeterink.

'Lynx, zoek wat vrijwilligers die Korins lijk helpen dragen,' beval ze. 'Ik wil dat het met respect behandeld wordt. Maak een draagbaar, bedek het lichaam en breng het naar ons kamp. Laat de drysianen weten dat het klaargemaakt moet worden voor een eervolle lijkverbranding. Nikides, jij zorgt voor Lorin.

We moeten hem aan zijn vader overdragen. Verdomme, zijn die gezanten verdwenen, in de lucht opgelost, of hoe zit dat?'

'Tot uw dienst, Majesteit,' sprak een gezant die toch plotseling opgedoken was.

Ze reikte hem Korins hoofd aan. 'Laat dit aan heer Weeterink zien en verklaar dat deze strijd door ons gewonnen is. Breng het dan weer terug naar het kamp. Alle edelen dienen zich per omgaande bij mij bekend te maken en hun diensten aan mij aan te bieden, of ik zal ze als verraders laten behandelen.'

De gezant bond het hoofd in een hoekpunt van zijn mantel en haastte zich weg.

Bevrijd van die last veegde Tamír het Zwaard van Ghërilain af aan de zoom van haar vuile wapenkleed en liet hem in de schede glijden, voor ze weer naar de open plek liep.

Ki was uit het stroomdal naar boven gebracht. Arkoniël zat op de grond onder een dikke boom, met Ki's hoofd in zijn schoot terwijl Caliël de wond in zijn zij probeerde dicht te houden om het bloeden te stelpen.

Verrast constateerde ze dat Caliël weer was bijgekomen. Zijn handen beefden bij het vasthouden van de doek en de tranen biggelden hem over de wangen.

Tamír knielde bij hen neer en stak haar hand uit om Ki's modderige wang aan te raken. 'Haalt hij het?'

'Ik weet het niet,' zei Arkoniël eerlijk.

De rustige woorden kwamen harder aan dan de hardste klap die Korin uitgedeeld had.

Als hij sterft...

Ze beet op haar lip, want ze durfde de gedachte niet af te maken. Ze boog zich voorover, kuste Ki op het voorhoofd en fluisterde: 'Je hebt het beloofd.'

'Majesteit?' vroeg Caliël zacht.

Ze kon hem nog niet aankijken, en vroeg: 'Waar is Tanil?'

'Tussen de bomen, daar verderop. Hij leeft nog, geloof ik.'

'Ga maar naar hem toe. Vertel hem het nieuws.'

'Dank je.' Hij stond op.

Ze keek op en bestudeerde zijn gezicht, maar het drukte één en al verdriet uit. 'Jullie zijn allebei welkom in mijn kamp.'

Dat veroorzaakte een nieuwe huilbui bij Caliël, de tranen trokken lichte lijnen door het bloed en het vuil terwijl hij een voorzichtige buiging maakte.

'Voor wat het waard is, Cal, het spijt me echt. Ik wilde helemaal niet met hem vechten.'

'Dat weet ik.' Hij strompelde naar de bosrand.

Ze draaide zich om en zag Arkoniël naar haar kijken. Een bedroefd glimlachje speelde om zijn lippen.

Van takken, dunne twijgen en mantels werden haastig draagbaren voor de doden en gewonden in elkaar gezet. Korins lichaam werd het eerste weggebracht, op de voet gevolgd door dat van Ki. Tamír liep naast Ki, steeds een blik werpend op het moeizame rijzen en dalen van zijn borst, de hele weg naar het kamp lang. Ze kon wel janken, en wilde Ki het liefst stevig in haar armen houden om te zorgen dat hij haar niet verliet. Maar ze moest haar hoofd koel en geheven houden en de groet van de mannen en vrouwen die ze passeerde beantwoorden.

Strijders van beide partijen hielpen met het bergen van de doden, door hun vrienden op te eisen en de doden van de vijand te ontdoen van geld en goed. De raven hadden zich al verzameld, aangetrokken door de geur van de dood. Groepen kraaien verzamelden zich hoog in de bomen, en vulden de hemel met hun hese, hongerige gekras terwijl zij hun beurt afwachtten.

Bij het kamp aangekomen werd Ki haar tent binnengedragen. De drysianen togen direct aan het werk om hem te verzorgen. Tamír keek ongerust door de tentflap naar binnen in afwachting van de vazallen van Korin die haar hun diensten zouden moeten komen aanbieden.

Korins lichaam lag onder een mantel op een inderhaast opgestelde katafalk in de buurt, met Porion en de gevallen Gezellen naast zich. Haar eigen Gezellen, op Nikides na, namen de wake op zich.

Nikides was ondanks zijn verdriet om de dood van Lorin en zijn verwonding druk doende de nodige werkzaamheden te regelen: hij stuurde gezanten naar alle windstreken om de overwinning en Korins dood bekend te maken, en zag erop toe dat de postduiven losgelaten werden om het nieuws snel naar Atyion te brengen. Tamír was zoals altijd erkentelijk voor zijn vakbekwaamheid en zijn heldere geest.

Tanil zat ontroostbaar ineengedoken bij zijn gevallen heer, en snikte het uit onder zijn mantel en weigerde koppig hem te verlaten. Hij kon niet vatten wat er allemaal was gebeurd, en misschien was dat maar beter ook. Caliël knielde naast hem neer, dreef zijn zwaard rechtop in de grond en hield samen met hem de wake. Hij had eerder al verteld dat hij Urmanis, Garol en Mago had zien vallen. Waar Alben was bleef een raadsel: hij was noch bij de levenden, noch bij de doden.

Tamír kreeg bericht dat Jorvai aan een pijl in de borst bezweken was, maar

Kyman en Nyanis verschenen kort daarna en bleken ongedeerd. Korins be-voorradingswagen was in beslag genomen en zo kwam ze aan de nodige ten-ten en het voedsel dat ze zolang ontbeerd hadden. Samen met de voorraden die de Aurënfaiers hadden ingebracht zou dat voldoende zijn om het kamp te voorzien tot ook de gewonden vervoerd konden worden.

Arengil vertelde dat de Aurënfaiers alle ruiters die Korin gestuurd had om hen vanuit de flank aan te vallen gedood hadden en zelf weinig verliezen had-den geleden. Solun en Hiril arriveerden spoedig na hem, met de gevallen ba-nieren. Tamír luisterde maar met een half oor. Binnen in haar tent lag Ki nog altijd bewegingloos en de drysianen hadden een bezorgde trek op het gezicht.

Weeterink en de weinige vazallen die de slag overleefd hadden kwamen einde-lijk onder een wapenstilstandsvlag haar kamp binnen. De gezant met Korins hoofd was ook weer terug en legde het behoedzaam bij het lichaam onder de mantel.

De oude generaal knielde neer en boog nederig zijn hoofd. 'U hebt gezege-vierd, Majesteit.'

'Het was de wil van Illior,' antwoordde ze.

Hij keek op en bekeek haar nader.

'Gelooft u uw eigen ogen nu?' vroeg ze.

'Ja, Majesteit.'

'Zou u loyaliteit aan mij willen zweren?'

Hij keek haar met grote ogen aan. 'Graag, als u me nog wilt aannemen als vazal...'

'U was loyaal aan Korin. Toon mij dezelfde loyaliteit, dan kunt u uw titel en land behouden, mits u de bloedvete nietig verklaart.'

'Dat beloof ik u plechtig, Majesteit. Ik zweer bij de Vier en sta in voor allen die onder mijn banier gevochten hebben.'

'Waar is Nevus, zoon van Solari?'

'Hij is naar het oosten getrokken, richting Atyion.'

'Hebt u al bericht van hem ontvangen?'

'Nee, Majesteit.'

'Juist. En heer Alben? Is hij gevallen vandaag?'

'Niemand heeft hem gezien, Majesteit.'

'En heer Niryn? Wat is er met hem?'

'Dood, Majesteit, in Cirna al.'

'Heeft Korin hem vermoord?' vroeg Lutha die erbij was komen staan.

'Nee, hij is gevallen – van de toren van vrouwe Nalia.'

'Gevállen?' Tamír liet een vreugdeloos lachje horen. Het was een tamelijk lachwekkende dood voor iemand die door iedereen zo gevreesd werd. 'Nou, dat is dan eindelijk ook eens een goed bericht.'

'Heb ik uw toestemming om onze doden te verbranden?'

'Natuurlijk.'

Weeterink wierp een trieste blik op het bedekte lichaam op de katafalk. 'En Korin?'

'Hij is familie van me. Ik zal erop toezien dat hij volgens de regels en met de meeste eer verbrand wordt en dat de as aan zijn vrouw wordt gezonden. Stuur uw troepen naar huis, en maak over een maand uw opwachting in Atyion.'

Weeterink stond stram op en boog nogmaals diep voor haar. 'Uw wens is mijn bevel, genadige vrouwe.'

'Ik ben nog niet helemaal klaar met u, heer. Hoe staat het ervoor met de verdediging in Cirna? Welke voorzieningen heeft Korin voor vrouwe Nalia getroffen?'

'Het garnizoen van het fort zelf is op zijn post gebleven. Ze bestaan voornamelijk uit grijsruggen, tovenaars en Haviken van Niryn.'

'Zal zij zich tegen mij keren?'

'Vrouwe Nalia?' Weeterink glimlachte en schudde het hoofd. 'Ze zou niet eens weten hoe, Majesteit.'

Lutha had alles zwijgend aangehoord, en stapte naar voren. 'Hij heeft gelijk, Tamír. Ze is beschermd opgevoed en altijd opgesloten geweest. Iedereen die aan Korins hof leefde weet dat. Ze is volkomen hulpeloos daar. Als je het goedvindt, zou ik graag met een patrouille naar het noorden uitrijden om haar te beschermen.'

'Jullie moeten haar hier brengen en al die tijd goed in het oog houden,' raadde Arkoniël haar aan. 'We mogen niet het risico nemen dat iemand anders haar ontvoert zodat zij en haar kind tegen jullie gebruikt kunnen worden.'

Lutha zeeg neer op één knie. 'Alsjeblieft, Tamír. Ze heeft nog nooit een vlieg kwaad gedaan.'

Tamír voelde dat het niet alleen hoffelijkheid was waarom Lutha zo voor haar pleitte. 'Dat is prima. Ze kent je. Het is daarom het beste dat jij mijn afgezant bent in dezen. Leg haar maar uit dat ze onder mijn bescherming staat, en niet gearresteerd wordt. Maar je hebt wel strijders nodig om het fort binnen te komen.'

'Mijn mannen hadden een rustige dag vandaag,' zei Nyanis. 'Wij gaan met hem mee, als jij daarin toestemt natuurlijk.'

Tamír knikte dankbaar. Ze vertrouwde al haar vazallen, maar Nyanis in het bijzonder. 'Neem het gebouw in en laat een garnizoen achter, maar Lutha, breng haar zo snel mogelijk hier.'

'Ik zal haar met mijn leven beschermen,' zwoer hij.

'Arkoniël, jij en je tovenaars gaan mee, om met die tovenaars en Haviken af te rekenen.'

'Dat lijkt me een uitstekend plan, Majesteit.'

'Schenk hen niet meer genade dan zij betoond hebben aan degenen die ze op de brandstapel hebben gezet.'

'Wij zullen meegaan om die godslasteraars te vernietigen,' zei Solun.

'Dan gaan wij ook,' zei Hiril.

'Dank u. Ga maar. Neem voorraden mee en maak voort.'

Lutha en de anderen salueerden en haastten zich weg om alles te regelen. Arengil wilde met hen meegaan, maar Tamír riep hem terug. 'Wil je nog steeds lid van de Gezellen worden?'

'Natuurlijk!' riep de jongeman uit Gedre enthousiast.

'Blijf dan maar hier.' Ze stond op om weer eens poolshoogte bij Ki te nemen, maar merkte dat Arkoniël was blijven staan.

'De anderen kunnen Niryns ondergeschikten alleen wel aan; dus als je wilt dat ik blijf?'

'Er is niemand die ik meer vertrouw dan jij,' zei ze en ze zag dat hij begon te blozen. 'Ik weet dat je alleen doet wat het beste is, en haar uit mijn naam beschermt, wat er ook gebeurt. Ik denk dat je beter dan wie ook snapt waarom ik niet wil dat er onder mijn bewind onnodig bloed vloeit.'

'Dat betekent heel veel voor me,' antwoordde hij geëmotioneerd. 'Ik open af en toe een zichtvenster en kom meteen terug als je me nodig hebt.'

'Ik sla me er wel doorheen. Ga nu maar.' En ze tilde de tentflap op en ging gebukt naar binnen.

De lucht in haar tent was bezwangerd met de kruiden van de drysianen. Kaulin zat dicht bij Ki.

Ki's arm was gezet en strak in lappen gewikkeld. Zijn hoofd en borst waren ook in rafelig verband gewikkeld. Zijn gezicht was, onder de vegen modder en korsten bloed, zo wit als een doek en vertoonde geen enkele uitdrukking.

'Is hij al bij kennis geweest?'

'Nee,' antwoordde Kaulin. 'Het zwaard miste zijn long op een haar na. Maar die klap op zijn hoofd is het grootste probleem.'

'Ik zou graag even alleen met hem zijn.'

'Zoals u wenst, Majesteit.'

Ze ging bij Ki zitten en nam zijn linkerhand in de hare. Hij ademde nauwelijks merkbaar onder de vuile verbanden. Ze boog zich dicht naar hem toe, en fluisterde: 'Het is allemaal voorbij, Ki. We hebben gewonnen. Maar ik sta niet voor mezelf in als jij het niet haalt!' Het onweerde in de verte toen ze haar koele vingers op zijn wang legde. 'Zelfs al moet je er niet aan denken mijn gemaal te worden...' De gevoelloosheid die haar op de been had gehouden verdween opeens. Ze sloeg haar handen voor haar ogen toen de tranen begonnen te stromen.

54

Ki was verdwaald en koud tot op het bot.
Flarden van gebeurtenissen flitsten door zijn hoofd. *Ze is in gevaar!*
Ik kom nooit op tijd om haar te redden!
Een raam, door de sterren verlicht, en wild schoppende benen...
Tamír ongewapend, onder Korins glimmende zwaard...
Te ver! Kan er niet bij...
Nee!
Het werd hem zwart voor de ogen voor hij haar kon bereiken. En dan die pijn, zo'n pijn...
Terwijl hij eenzaam in de duisternis zweefde, meende hij verre stemmen te horen die hem riepen. Tamír?
Nee, ze is dood... Ik heb gefaald en nu is ze dood...
Laat mij dan ook maar sterven.
Zo'n pijn.
Ben ik dood?
Nee, nog niet, kiesa.
Lhel? Waar ben je? Ik zie niks!
Je moet sterk zijn. Ze heeft je nodig.
Lhel? Ik heb je zo gemist!
Ik heb jou ook gemist, kiesa. Maar nu moet je aan Tamír denken.
Hij raakte in paniek. *Het spijt me zo. Het is mijn schuld dat ze dood is!*
Een kleine, ruwe hand sloot zich om de zijne. *Doe je ogen eens open.*
En opeens kon Ki zien. Hij stond naast Lhel in de tent. Regen roffelde op het tentdak en droop door het canvasdoek. En daar was Tamír, ze sliep op de grond naast een veldbed, waarop iemand anders sliep.
Ze leeft! Maar ze kijkt zo bedroefd. Hebben we het gevecht verloren?
Nee, jullie hebben gewonnen. Maar kijk nog eens goed.

Tamír, we hebben gewonnen, riep hij en hij wilde haar schouder aanraken. Maar dat ging niet. Hij kon zijn eigen hand niet eens voelen. Toen hij zich naar voren boog, zag hij het gezicht van degene op het veldbed.

Dat ben ik. Hij zag zijn doodsbleke gezicht, en de schijfjes wit onder de iets geopende oogleden. *Ik ben dood!*

Nee, maar je leeft ook niet, antwoordde Lhel.

Je moet wachten. Broer verscheen naast haar en keek Ki minder vijandig aan dan anders. *Je moet wachten, net als ik al jaren wacht, tussen leven en dood. We zijn nog steeds met de aarde verbonden.*

Kijk nou eens goed, fluisterde Lhel. *Kijk naar haar hart, en kijk naar het jouwe.*

Met zijn ogen tot spleetjes geknepen kon Ki net iets zien dat eruitzag als een dunne, verwrongen zwarte wortel die van Broers borst naar die van Tamír liep. Nee, het was geen wortel, het was een verschrompelde navelstreng.

Hij keek naar beneden en zag er een tussen zichzelf en zijn eigen lichaam, en een die van zijn eigen lichaam naar Tamír ging, maar die was zilverachtig en glanzend. Andere koorden, die minder glansden, reikten naar buiten en hielden op. Een donkere ontsprong aan Tamírs borst en liep naar buiten de tentflap. Daar stond Korin, die met een wazige blik naar binnen keek.

Wat doe hij hier nou weer?

Ze heeft me vermoord, fluisterde Korin en Ki werd bang toen die duistere lege blik op hem gericht werd. *Valse vriend!*

Maak je nou maar geen zorgen over hem, kiesa. Hij heeft met jou niets te maken. Lhel raakte het zilveren koord tussen Ki en Tamír aan. *Deze is veel sterker, sterker dan je eigen levensdraad.*

Ik mag niet sterven! Ik mag haar niet in de steek laten! Ze heeft me nodig!

Je hebt vandaag haar leven gered. Dat zag ik al de eerste keer dat we elkaar ontmoetten, en veel vaker. Ze zal dodelijk bedroefd zijn als je sterft. Haar buik zal nooit opbollen. Jullie volk heeft de kinderen nodig die jij en zij hun zullen schenken. Als ik jou help naar het leven te gaan, zul jij dan van haar houden en haar liefhebben?

Met een blik op zijn eigen doodstille gezicht, zag Ki tranen vanonder zijn wimpers opwellen en langzaam langs zijn wangen biggelen. *Ja! Help me, alsjeblieft!*

Maar zodra hij het zei, voelde hij het koord tussen zijn ziel en zijn lichaam pijnlijk trekken, zodat het heel dun werd. Hij zweefde boven zichzelf en keek neer op Tamír. In haar slaap hield ze nog steeds zijn hand vast, alsof de dood hem dan niet mee kon nemen.

Alsjeblieft, fluisterde hij. *Ik wil blijven.*
Hou je vast, zei Lhel zacht.

'Kiesa, word wakker.'
'Lhel?' Tamír ging geschrokken rechtop zitten.
Het was nog donker in de tent en regen hamerde op het doek. Een bliksemflits veranderde de duisternis in blauwgrijs. Het was Mahti die zich over haar boog, niet Lhel. Een donderklap deed de bodem trillen. Er droop iets langs haar wang; het was water uit het haar van de heks. Hij was dwars door het onweer heen gelopen.
'Mahti, je bent teruggekomen!'
'Sst, kiesa,' zei de heks en wees naar Ki. 'Hij heel zwak. Laat me spelen, laat me helen. Zijn *mari* wil hem meenemen.'
Tamír hield Ki's hand nog steviger vast en knikte. 'Doe alles wat je kunt.'
Een tweede bliksemflits verlichtte de tent en de donder liet de grond beven, alsof de wereld onder hen op het punt stond te vergaan.

Mahti zat zo ver van Ki als de kleine tent toeliet, tegen het doorweekte canvas aan. Hij zette de oe'loe aan zijn lippen, liet de monding naast Ki's zijkant rusten en begon het bezweringslied.
De ziel van de jongen had het lichaam al verlaten. Mahti voelde hem, hij zweefde nog door de tent. Hij zag ook Lhel en Broer en de treurige ziel die buiten in de regen wachtte, maar Ki hing nog weifelend tussen leven en dood, dus kon Mahti hem niet goed onderscheiden. Het losmakingslied hoefde hij niet te spelen, maar hij wist dat hij het lichaam snel zover moest genezen dat de ziel binnen weer een toekomst had, anders zou die het lichaam definitief verlaten.
Tijdens het spelen vulde Trekkers diepe stem Mahti's hoofd en borst, en verzamelde de nodige kracht. Toen de stem van de oe'loe sterk genoeg was, stuurde hij het lied naar de zwevende ziel, wikkelde hem in een bindingslied om hem te beletten te ontkomen. Daarna weefde Mahti de klanken van purperreigers, roerdompen en grootvaderskikkers in de melodie om het donkere bloed uit de binnenkant van het jongenshoofd te spoelen. Het zag er niet best uit, die wond, maar Mahti had ze al vaker behandeld. Het kostte wat tijd, maar uiteindelijk voelde hij wat pijn het hoofd verlaten.
Vervolgens speelde hij voor het lichaam. Die botten in zijn arm zouden vanzelf wel aaneen groeien, maar die diepe zwaardsteek in de zij kon hulp gebruiken. Hij nam het berenlied om de koorts te verdrijven; er was hier al goe-

de magie gebruikt door de andere helers. Mahti beroerde de wond met zijn lied en knikte goedkeurend. Als hij bleef leven zou dit goed genezen.

Hij speelde door de rest van het lichaam, maar vond verder weinig wat hem nodig had. Ki was jong en sterk en wilde blijven leven.

Maar die hoofdwond zat hem nog steeds niet lekker, dus verhoogde Moriël de kracht van het lied om die duistere dreiging te verjagen. Het duurde heel lang, maar toen hij het reigerslied voor de derde maal gespeeld had, was de pijn bijna weggetrokken en stond Ki's gezicht niet meer zo gespannen. Mahti knipperde om het zweet dat in zijn ogen liep te verdrijven en verleidde de ziel weer zachtjes in het vlees terug te keren. Gewillig zweefde de ziel weer naar binnen, als een aalscholver die zich liet zakken om een vis te verschalken.

Toen hij klaar was hoorde hij naast het geluid van regen en donder alleen de gespannen ademhaling van het meisje, terwijl ze in gespannen afwachting naar de jongen keek.

'Ki?' Tamír streek het vieze haar, dat stijf stond van het bloed, weg van zijn in verband gewikkelde voorhoofd, en hield haar adem in toen zijn oogleden trilden.

'Ki, doe je ogen open!' fluisterde ze.

'Tob?' mummelde hij. Heel langzaam deed hij zijn ogen open, zonder zich ergens op te richten. Zijn rechterpupil was groter dan de linker.

'Het Licht zij gedankt!' Tranen liepen zonder dat ze het merkte over haar wangen toen ze zich over Ki boog. 'Hoe voel je je?'

'Pijn. Mijn arm... hoofd.' Hij keek waterig voor zich uit. 'Weg?'

'Wie is weg?'

Eindelijk richtten zijn ogen zich op haar, al zag hij alles blijkbaar nog steeds onscherp. 'Ik... Ik dacht... Ik weet niet.'

Hij sloot zijn ogen en tranen welden op onder zijn lange wimpers. 'Ik heb meester Porion gedood.'

'Niet meer aan denken nu.'

'Wakker houden,' zei Mahti tegen haar. 'Hij moet... ' Hij deed of hij over moest geven. 'Niet slapen tot zon weer ondergaat.'

Met wat hulp van Mahti kreeg Tamír Ki overeind met wat beddengoed in zijn rug. Hij begon vrijwel meteen te kokhalzen. Vlug greep ze een helm van de grond en hield hem onder zijn kin om Ki de kans te geven het weinige eten dat hij gehad had kwijt te raken.

'Rust jij,' zei Mahti tegen Ki toen hij slapjes weer in Tamírs armen viel. 'Jij helen nu.'

'Hoe kan ik je bedanken?' vroeg Tamír.

'Denk aan belofte,' antwoordde Mahti. 'En laat me spelen om jou te helen. Lhel zegt.'

'Ik heb je toch verteld dat ik dat niet nodig heb.'

Mahti pakte haar knie, en zijn donkere ogen kregen een dreigend tintje. 'Jij weet niet. Ík weet! Lhél weet!' Hij reikte naar beneden en bracht zijn gekromde hand hard tussen haar benen. 'Jij nog verbonden met demon híér.'

Tamír sloeg zijn hand kwaad weg, alhoewel ze zich dat sterke, verontrustende gevoel herinnerde dat ze twee lichamen had, haar eigen en dat van hem.

'Dit einde van magie,' beloofde Mahti, alsof hij haar begreep. 'Maakt je schoon.'

Schoon van magie, ja, dat wilde ze wel. Een bang gevoel onderdrukkend, knikte ze. 'Wat wil je dat ik doe?'

Mahti ging verzitten en zette de mond van de oe'loe tegen haar been. 'Zit.'

Hij sloot zijn ogen en begon een lage, kloppende toon te blazen. Tamír spande zich, want ze verwachtte het vuur dat haar jongenslichaam in zich had opgenomen.

Maar deze keer was het een totaal andere ervaring.

Lhel zat vlak naast Mahti, fluisterde in zijn oor, en vertelde waarnaar hij moest zoeken. Het was een vrouwenbezwering die hij ongedaan moest maken, en hij moest voorzichtig zijn met wat moest blijven.

Broer zat gehurkt naast Tamír, en staarde naar Lhel.

Mahti begon een waterlied te spelen, maar het deuntje veranderde snel. Hij kende dit lied wel; het was het eerste dat hij op Trekker gespeeld had. Nu liet het hem de dikke, verwrongen navelstreng zien die broer en zus met elkaar verbond. Het liet hem het schijnbeeld van het jongenslichaam zien dat als flarden van een afgeworpen slangenhuid nog aan haar kleefde. De schim van de penis hing nog altijd tussen haar dijen. Zijn lied liet de laatste restjes van het fantoomlichaam verdwijnen, zodat er alleen levend vlees achterbleef.

Slangenhuidlied, zo zou hij dit noemen mocht hij het ooit nog eens nodig hebben. Hij bedankte Lhel in stilte.

De navelstreng die haar met haar broer verbond was taai als een oude boomwortel, maar het lied verbrak hem evengoed. Hij verviel tot as tussen hen en verdween.

Jij nu gaan, fluisterde hij in zijn hoofd.

Uit zijn ooghoek zag hij Lhel opstaan en de bevende demonenjongen bij de hand nemen. *Kind, laat dit leven, dat nooit het jouwe was, nu maar los. Ga en rust uit voor je volgende leven.*

Ze omhelsde de bleke gestalte. Hij klemde zich even aan haar vast, als een levende jongen, en verdween toen met een zucht.

Goed gedaan, fluisterde Lhel. *Ze zijn allebei vrij.*

Maar Mahti zag een ander donker koord, dat Tamír met de verregende geest buiten verbond. Hij speelde het messenlied en bevrijdde de donkerogige dode, zodat ook hij in vrede kon vertrekken.

En dan nog dat andere koord, ontspringend in haar hart, en dat tot heel, heel ver weg reikte. Hij raakte het met zijn geest aan. Aan het andere eind werd hij een boze, verwarde ziel gewaar. *Moeder.*

Snijd dat ook maar door, zei Lhel.

Mahti deed het en hoorde een kort en ver gejammer.

Er waren veel koorden om haar heen, zoals bij alle mensen. Sommige waren goed, sommige schadelijk. Maar het koord tussen Tamír en de jongen in haar armen was het sterkste, en stralend als een bliksemschicht.

Lhel raakte hem aan en glimlachte. Deze had Mahti's bezwering niet nodig.

Tevredengesteld wat het hart van het meisje betrof, speelde hij nog iets wat de pijn van haar wonden oploste, en richtte zijn aandacht op de rode nachtbloem van haar schoot. Lhels bindingsmagie had niet zo diep gereikt. Ondanks haar smalle heupen en kleine borsten zat de baarmoeder goed in elkaar, een vruchtbaar wiegje dat op een kindje wachtte dat daar zou kunnen slapen. Dus speelde Mahti voor haar schaambeen en de opening tussen de beide heupbeenderen, waardoor de baby's makkelijker naar buiten zouden kunnen komen.

Pas toen hij daarmee klaar was, ontdekte hij dat Lhel verdwenen was.

Het verbaasde Tamír hoe troostend en rustgevend Mahti's vreemde muziek voor haar was. In plaats van dat koude, kriebelige gevoel dat ze kende van Niryns gewroet in haar hoofd, of het duizelende gevoel dat ze van Arkoniëls spreuken kreeg, voelde ze niets anders dan een aangename warmte in al haar leden. Toen hij klaar was, zuchtte ze en ze opende haar ogen, en voelde zich uitgeruster dan ze in dagen geweest was.

'Is dat alles?'

'Ja. Jij nu alleen jij,' zei Mahti en klopte haar op haar knie.

'Hoe voel je je?' vroeg Ki schor en hij tuurde naar haar alsof ze er nu totaal anders uit zou moeten zien.

Geconcentreerd probeerde ze na te gaan of iets in haar veranderd was. Er was inderdaad iets veranderd, maar dat kon ze niet onder woorden brengen.

'Dank je, Mahti,' zei ze uiteindelijk. 'Hoe kan ik je ooit genoeg bedanken?'

'Houd belofte en denk aan Lhel en mij.' Ze schonk hem haar liefste glimlach. Mahti stond op en liep de regen in.

Toen ze weer alleen met Ki was, bracht ze de vingers van zijn ongeschonden hand naar haar lippen en kuste hem met omfloerste ogen. 'Je had bijna je belofte gebroken, mispunt,' bracht ze uiteindelijk uit.

'Ikke? Welnee!' Ki lachte zachtjes. Hij richtte stil zijn ogen op iets onzichtbaars boven zich. Ze was bang dat hij weer in slaap zou vallen maar plotseling kneep hij hard in haar hand. 'Korin! Hij wilde je vermoorden! Ik kon niet snel genoeg bij je komen!'

'Dat kon je dus wel, Ki, en toen vermoordde hij jou bijna...'

'Nee... ik zag...' Hij sloot zijn ogen. 'Bij de ballen van Bilairy!'

'Wat?'

'Liet je in de steek... op het belangrijkste moment!'

'Nee.' Ze drukte hem dichter tegen zich aan. 'Hij zou me vermoord hebben als jij er niet geweest was.'

'Kon hem niet...' Ki rilde in haar armen. 'Kon het niet. Maar wat is er...' Zijn ogen vielen even dicht, voor hij ze wijd opensperde. 'Heb jíj hem gedood?'

'Ja.'

Ki was even heel stil en ze zag zijn blik weer afdwalen naar de openhangende tentflap. 'Dat wilde ik je besparen.'

'Het is beter zoals het gegaan is. Dat snap ik nu. Het was ons gevecht, die hele oorlog.'

Ki raakte zacht haar wang aan en de verwarring kwam weer terug.

'Ki? Ga nou niet slapen. Je moet nog even wakker blijven.'

Zijn ogen waren open, maar ze wist dat zijn geest afdwaalde. Bang dat hij in slaap viel, babbelde ze door over van alles en nog wat – wat ze zouden doen als ze de burcht weer zouden bezoeken, paarden, alles, als zijn ogen maar open bleven.

Gedurende enige tijd zei hij niets, maar plotseling zag ze zijn vochtige ogen weer glinsteren en ze las de pijn erin toen hij ze weer op haar richtte. 'Ik zie steeds maar weer voor me hoe hij op je afkwam. Ik zag je vallen. Ik kon niet snel genoeg...'

'Maar dat kon je wel!' Ze boog zich voorover, drukte haar lippen op de zijne en voelde hem beven. 'Dat kon je wel, Ki. Je bent haast voor me gestorven. Hij...' Ze slikte omdat ze het niet uit haar keel kon krijgen. 'Je had gelijk wat Korin betreft, de hele tijd al.'

'Het spijt me,' mompelde hij. 'Je hield van hem.'

'Ik hou van jóú, Ki.' Die overtuiging gaf een nieuwe betekenis aan de woorden die ze al jaren zo vaak tegen hem gezegd had. 'Als hij jou vermoord had, had ik niet verder willen leven.'

Ki kneep weer in haar vingers. 'Ik ken dat gevoel.'

Ze ademde nerveus in en glimlachte even. 'Je noemde me "Tob" toen je wakker werd.'

Hij stiet een zwak lachje uit. 'Dat heb je van zo'n klap op je kop. Worden je hersenen behoorlijk door elkaar geklutst.'

Ze aarzelde en lachte zachtjes. 'Ben ik nu dan eindelijk Tamír voor je?'

Ki bekeek haar gezicht in het schemerlicht en glimlachte slaperig. 'Ergens diep in je zul je altijd allebei blijven. Maar het is Tamír die ik zie, en Tamír die ik kus.'

Het was een pak van haar hart, niet alleen door die woorden, maar ook door die warmte in zijn stem en ogen. 'Ik wil altijd bij je blijven!' Ze flapte het eruit. 'Ik heb er zo'n hekel aan dat jij in een andere kamer moet slapen, en dat ik me schaam als ik je aan wil raken. Ik heb er een pesthekel aan dat we niet meer weten wat we voor elkaar betekenen. Ik...'

Ki kneep haar vingers bijna fijn. 'Dan moet ik maar met je trouwen zodat we daar achter kunnen komen, hè?'

Tamír staarde hem met open mond aan. 'Je raaskalt. Heb je koorts?'

De glimlach veranderde in een grijns. 'Misschien. Maar ik weet wel wat ik zeg. Wil je met me trouwen?'

Een koppige mengeling van grote vreugde en grote angst deed haar haast flauwvallen. 'Maar wat doen we met...' Ze kon zich er niet toe brengen het uit te spreken. 'Met mij?'

'We redden ons wel. Wat vind je ervan? Neemt de koningin van Skala een grasridder, een zoon van een paardendief, als enig wettig gemaal?'

Ze lacht wat beverig. 'Jou en niemand anders. Nooit ofte nimmer.'

'Mooi, dat is dan geregeld!'

Tamír zakte iets onderuit tegen de zak beddengoed met Ki's hoofd dat op haar borst rustte. Het voelde prettig, net als vroeger, maar dan een beetje anders.

'Ja,' fluisterde ze. 'Dat is dan geregeld.'

Mahti bleef even staan bij de bosrand, draaide zich om en keek nog eenmaal naar de verspreide kampvuurtjes en de gloed in die verre tent. Verderop lag het slagveld, waar de zielen van de jong gestorvenen dansten en ronddoolden als mistslierten die de regen maar niet weg kon krijgen.

'Waarom, Grote Moeder, zouden we zo'n volk moeten helpen?' fluisterde hij hoofdschuddend. Maar er kwam nu geen antwoord op, en een reisgezel had hij ook niet meer. Lhel was heengegaan, net als die demon heengegaan was. Hij vroeg zich af of hij haar ooit weer zou ontmoeten, in de ogen van een kind...

Onder de beschutting van de bomen bedacht hij zich iets en hij bleef weer staan. Langzaam liet hij zijn hand over de hele oe'loe glijden. Het was een geluidloos geluid, er zat nog geen barst in zijn instrument.

Hij glimlachte wrang toen hij hem over zijn schouder hing en verder liep naar het gebergte. Het reizen en trekken was nog niet voorbij. Niet dat het hem uitmaakte. Het was een goede, sterke hoorn. Hij vroeg zich alleen af wie zijn nieuwe gids zou zijn.

55

Tamír hield Ki de hele nacht in haar armen en hield hem wakker door precies te vertellen hoe de strijd was verlopen en haar plannen voor de nieuwe stad. Beiden vermeden beschroomd te praten over hun nieuwe verstandhouding. Die was te nieuw, te breekbaar nu er nog zoveel andere zaken voor hen lagen. En Ki steeds weer zien kokhalzen in een helm was ook niet bepaald iets wat het gesprek erover vergemakkelijkte. Bovendien waren zijn wang en oog donkerblauw, en het oog zat dicht ook.

Toen de zon opging was hij uitgeput en voelde zich beroerd, maar hij was niet meer zo vaag en duizelig. De regen was opgehouden en ze hoorden mensen schuifelen, kreunen en klagen. De geur van zure rook van de eerste brandstapels werd door de wind verspreid.

Lynx bracht hun een ontbijt – brood en een kleine portie lekkere lamsstoofpot die geleverd was door een van de kapiteins van de schepen uit Gedre. Hij had ook een versterkend drankje voor Ki. Hij hielp hem het te drinken, en grinnikte toen. 'Je ziet er niet uit.'

Ki wilde een weerwoord geven, maar zijn gezicht vertrok in een grimas van pijn, en stak toen maar de middelvinger van zijn goede hand op.

Lynx grijnsde. 'Je voelt je wel beter, zo te zien.'

'Hoe is het met de anderen?' vroeg Tamír terwijl ze Ki hapjes stoofvlees voerde.

'Valt wel mee. Ze hebben al brandstapels voor Korin en de anderen opgericht. Ze willen jullie graag zien, als jullie dat aankunnen.'

De tent was niet groot genoeg voor iedereen, dus ging Tamír naar buiten om plaats te maken. Ook Lynx stapte naar buiten en stond zwijgend te kijken terwijl ze haar stijve ledematen uitrekte. 's Nachts waren er een boel tenten bijgekomen, en het aantal bleef groeien. De drysianen waren aan het werk bij de honderden gewonden die nog in de openlucht lagen, en in de verte stegen zwarte rookwolken op tegen de roze ochtendhemel. Een paar brandstapels stonden dichterbij, vlak bij de rand van het klif, waarvan één reeds met Korins banier en schild versierd was.

De wolkenflarden dreven tot lange strepen uiteen hetgeen beter weer beloofde, en de donkerblauwe zee droeg witte koppen.

'Misschien dat we eindelijk eens op mogen drogen,' mompelde ze.

'Dat zou tijd worden. Er groeit mos op mijn kont, volgens mij.' Lynx keek haar schuins aan en ze zag dat hij voorzichtig glimlachte. 'Gaan jullie tweeën hier een mededeling doen, of wachten jullie tot je in Atyion bent?'

'Heb je het dan gehoord?' Haar wangen begonnen te gloeien.

'Nee, maar ik heb wel ogen in mijn hoofd. Nikides en ik hebben een weddenschap lopen sinds we Alestun verlieten. Dus het is waar? Heeft Ki het eindelijk aangedurfd?'

'Zo zou je het kunnen zeggen.'

'Het zou tijd worden ook.'

Haar blik gleed over de toegedekte lichamen die in de buurt lagen. Tanil en Caliël hielden nog steeds hun wake bij Korin. 'Zeg maar niets. Korin verdient dat er flink om hem gerouwd wordt. Hij was tenslotte een prins.'

'En een vriend.' Lynx' stem veranderde in hees gefluister en hij keek weg. 'Als ik die nacht niet met jou was weggegaan...'

'Ik ben blij dat je uiteindelijk aan mijn kant bent gekomen. Jij niet?'

'Ik denk het wel.' Hij zuchtte en keek naar Caliël en Tanil. 'Het is voor hen stukken moeilijker geweest.'

Die middag werden Korin en de anderen ritueel verbrand, met alle Gezellen als erewacht. Ki stond erop naar buiten gedragen te worden, en hield wacht met hen vanaf zijn veldbed tot hij geen kracht meer had. Caliël stond er met droge ogen; Tanil was kalm, maar duidelijk geschokt.

Tamír en de anderen sneden de manen van hun paarden af en wierpen de bosjes haar op de brandstapels. Tamír sneed zelfs een lok van haar eigen haar af voor Korin, Porion en Lorin.

De vuren bleven de hele dag en vrijwel de hele avond branden en toen de as afgekoeld was, werd die in aardewerken potten verzameld om aan de respectievelijke families overgedragen te worden. Tamír nam de urn van Korin mee in haar tent.

Als antwoord op de vraag die het hele kamp bezighield, spreidde ze haar matrasje naast dat van Ki uit en sliep vlak naast hem, terwijl ze zijn hand vasthield.

56

Nalia werd wakker. Het was pikdonker maar er klonk geschreeuw en hoefgeklepper van paarden op de binnenplaats. Heel even dacht ze geschrokken dat ze droomde over de eerste nacht dat Korin als haar echtgenoot aan haar werd voorgesteld.

Bevend stuurde ze Tomara naar beneden om te horen wat er gaande was, trok toen een ochtendjas aan en ging haastig het balkon op. Het was maar een handjevol ruiters. Ze kon niet verstaan wat er gezegd werd, maar de toon duidde niet op een overwinning. Toen Tomara maar niet terugkwam, kleedde ze zich snel aan en ging bij het vuur zitten, nerveus spelend met de parelketting op haar borst.

Haar angst werd bevestigd toen de deur openvloog en heer Alben binnenstormde, met haar kamermeid achter hem aan. Zijn gezicht en kleding waren bebloed, en zijn haar hing verward langs zijn bleke gelaat.

'Tomara, haal water en wijn voor heer Alben, snel! Heer, ga toch zitten, alstublieft.'

Alben liet zich in een leunstoel vallen en de eerste minuten kregen ze geen zinvol woord uit hem. Tomara depte zijn gezicht met rozenwater om hem te verfrissen, terwijl Nalia ongerust om hem heen liep.

Na enige tijd was Alben genoeg op adem gekomen om te spreken. 'Majesteit!' bracht hij uit, en zijn plotselinge stortvloed van tranen bevestigden wat ze had gevreesd. 'Het spijt me vreselijk dat ik u moet berichten dat de koning gevallen is!'

'We zijn verloren!' jammerde Tomara. 'O, vrouwe, wat zal er van u worden?'

Nalia zonk neer op een stoel naast de radeloze heer, verdoofd en verzwakt tegelijk. 'Wanneer, heer? Hoe is hij gestorven?'

'Twee, nee alweer drie dagen geleden, door de hand van de verrader Tobin.

Ik ben meteen op mijn paard gesprongen om u te waarschuwen.' Hij greep haar hand stevig vast. 'U verkeert in levensgevaar! U moet vluchten, nu onmiddellijk!'

'Dood.' Nalia kreeg nauwelijks lucht. *Ze had geen echtgenoot meer, geen vader voor haar kind.*

'U moet met mij meekomen,' zei Alben dringend. 'Ik zal u beschermen.'

'Werkelijk?' Eerst Niryn, die haar verraden had, toen Korin, die haar niet liefhad, en nu deze man, die nooit een vriendelijk woord voor haar over had gehad? Die openlijk gegniffeld had om haar alledaagse uiterlijk? Zou hij nu haar beschermer zijn? Tomara liep al te redderen, haalde kleren tevoorschijn uit de kasten om ze in kisten te doen.

'Hoogheid?' Alben wachtte nog steeds op een antwoord.

Ze keek hem aan, in die zwarte ogen vol paniek en nog iets anders. Iets wat ze maar al te goed kende. Ze trok haar hand uit de zijne en stond op.

'Dank u voor het vriendelijke aanbod, heer Alben, maar ik moet het afslaan.'

'Bent u gek? Tobin en haar leger zitten me op de hielen!'

'Háár leger? Dus het is dus toch waar dat ze vrouw geworden is?'

'Ik heb haar met mijn eigen ogen gezien.'

Nog een leugen, Niryn?

'Vrouwe, luistert u toch naar hem! U moet vluchten, en dat kunt u niet alleen!' smeekte Tomara.

'Nee,' antwoordde Nalia koppig. 'Ik dank u, heer maar ik zie er geen heil in. Ik zal hier blijven en zien wat die koningin met me voor heeft. Als u me wilt helpen, neem het bevel van het garnizoen dan over en regel de verdediging van het fort. Doe het maar zoals het u goeddunkt.'

'Het is de schok, heer,' zei Tomara. 'Laat haar er even over nadenken. Komt u morgenochtend maar terug.'

'Hij doet maar, maar mijn antwoord zal hetzelfde zijn,' zei Nalia.

'Zoals u wenst, hoogheid.' Alben maakte een buiging en vertrok.

'Ach, ach, vrouwe toch! Een weduwe al voor u moeder bent!' snikte Tomara en ze omhelsde haar.

Toen liet Nalia ook haar tranen de vrije loop, terwijl de ernst van de situatie tot haar doordrong. Ze huilde om Korin maar haar verdriet was vermengd met schuldgevoel. Haar hoop dat hij haar toch zou kunnen liefhebben was van korte duur geweest, want ze had die hoop laten varen na de zet die ze Niryn gaf. Ze wilde rouwen om haar echtgenoot, maar aan de andere kant zweefde het beeld van een leven vol kilheid en echtelijke plicht haar duidelijk voor ogen.

Wat er ook gebeurt, zo'n leven blijft me tenminste bespaard.

Nalia droogde haar ogen en ging terug naar bed. Ze viel in slaap tijdens haar innerlijke zoektocht naar werkelijk verdriet. Maar dat bleef onvindbaar.

Toen ze weer ontwaakte stond de zon hoog aan de hemel en was buiten alles stil. Ze stuurde Tomara naar beneden om haar ontbijt te halen. Ze had geen rouwkleding voorradig, dus deed ze haar allermooiste jurk aan, die eigenlijk voor Korins terugkeer bedoeld was geweest.

Tomara kwam met lege handen terug en riep schril: 'Ze zijn weg!'

'Wie?'

'Iedereen!' jammerde de oude vrouw. 'Heer Alben, de soldaten, iedereen, op een paar bedienden na. Wat moeten we beginnen!'

Nalia liep naar de deur van haar kamer. Voor de eerste maal stond er niemand die het haar belette de trap af te dalen. Het leek wel een droom zoals ze de trap afliep met alleen Tomara. Samen liepen ze de gangen door naar de grote hal.

Niemand te zien, op Korins achtergelaten honden na. Ze liepen kwispelend op haar af. Ze liep door naar buiten en zag de noorderpoort openstaan. Voor de eerste keer sinds haar nachtmerrie in Cirna begonnen was, liep ze naar buiten en wandelde ze, genietend van haar vrijheid, een stukje de weg af.

'We moeten weglopen,' drong Tomara aan. 'Kom met me mee naar het dorp. Ik heb kennissen daar. Die zullen u wel verbergen, u met een vissersboot de zee op sturen...'

'En waar naartoe dan wel?' vroeg Nalia zich af en ze keek naar de hemel. Die zag er net zo leeg uit als zij zich voelde. 'Ik heb nu niemand meer op de hele wereld. Doe wat je wilt, maar ik blijf hier!'

Nalia liep terug naar de toren. Het was niet langer haar gevangenis, maar het was wel de enige plek in het hele fort die ze altijd voor zichzelf had gehad.

De avond was net gevallen toen er een schreeuw van een stalknechtje op de zuidelijke muur weerklonk. Nalia liep naar het raam. In de schemering zag ze een donkere groep ruiters op de weg in galop aankomen. Ze zag niet hoeveel het er waren, maar de glinstering van helmen en speerpunten zag ze wel.

Toen werd ze bevangen door angst, alsof het nu pas tot haar doordrong hoe hulpeloos ze wel niet was.

Niets meer aan te doen, zei ze tegen zichzelf. Ze kamde haar haar, streek haar gewaad glad en ging naar beneden om hen in de grote hal te ontvangen.

Tomara klemde zich aan haar vast toen ze de verhoging opstapte en plaatsnam op de troon die van Korin was geweest. De staljongen kwam binnenrennen. 'Het is een gezant, vrouwe, en heer Lutha! Zal ik ze binnenlaten?'

'Heer Lutha?' Wat had dat nu weer te betekenen? 'Ja, laat hen maar binnen.'

Lutha en Nyanis hadden zich voorbereid op een hevig gevecht, en stonden dan ook paf toen ze het fort verlaten en met open poort aantroffen. Arkoniël vertrouwde het helemaal niet, maar een hinderlaag viel nergens te bekennen. De soldaten en tovenaars waren gewoon weg.

Een bang jochie begroette hen vanaf de muren en kwam terug met de boodschap dat vrouwe Nalia hen wilde ontvangen.

Lutha liet Nyanis en de Aurënfaiers wachten en nam alleen Arkoniël en de gezant mee over de griezelig lege binnenplaats.

Nalia wachtte op hen in de troonzaal, Tomara was haar enige gedienstige.

Ze keek hem onzeker glimlachend aan. 'Ik ben blij u levend en wel te zien, heer, maar het schijnt dat u uw loyaliteit aan een ander hebt verleend. Dat de koning dood is weten we al. Heer Alben bracht de boodschap, voor hij vluchtte. Dus nu ben ik hier alleen, en aan de genade van de koningin overgeleverd.'

'Korin is moedig gestorven,' vertelde Lutha. Tamír had hem verder geen details gegeven voor hij zijn missie aanvaardde. 'Koningin Tamír heeft me direct naar u toegestuurd, om uw veiligheid te waarborgen, en om u te zeggen dat u niets van haar te vrezen hebt, als u zich niet verzet tegen haar aanspraak op de troon.'

'Juist ja.' Ze keek even naar Arkoniël. 'En wie bent u?'

'Meester Arkoniël, tovenaar en vriend van de koningin.' Haar ogen sperden zich wijd open toen ze dat hoorde en hij voegde er snel aan toe: 'Hoogheid, ik ben er alleen om uw veiligheid te garanderen.'

De angst in Nalia's ogen ontging niemand. Lutha wilde wel dat hij meer kon vertellen om haar ongerustheid weg te nemen, maar aan de andere kant had ze daar meer dan genoeg reden toe.

Desondanks behield ze haar waardigheid en wendde zich tot de gezant. 'Wat is uw boodschap?'

'Koningin Tamír van Skala betuigt haar deelneming aan haar familielid, prinses Nalia, weduwe van prins Korin. Het is met groot verdriet dat ze mede moet delen dat prins Korin gestorven is. Ze schenkt u en uw ongeboren kind koninklijke bescherming.'

'Maar ze stuurt wel een leger mee.' Nalia zat rechtop en greep de armleuningen van haar troon vast.

'Koningin Tamír nam aan dat Korin u beter beveiligd had achtergelaten. Ze verwachtte bepaald niet dat u hier zonder enige bescherming zat,' antwoordde Lutha en ze kon zweren dat ze iets van woede in die ogen zag glinsteren.

Verward gebaarde ze met haar hand. 'Tja, zoals u ziet is mijn hofhouding enigszins ingekrompen. Niryn is dood en de anderen zijn gevlucht. Heer Lutha, wie heeft mijn echtgenoot eigenlijk gedood?'

'Hij en koningin Tamír troffen elkaar in een gevecht waarbij zij oog in oog stonden. Ze bood nog aan te onderhandelen, maar daar wilde hij niets van weten. Ze vochten en hij viel in de strijd.'

'En nu draagt u de kleuren van de koningin.'

'Tamír, die ooit prins Tobin was, is mijn vriend geweest. Ze nam ons op in haar kasteel nadat we gevlucht waren voor de strop. Barieus en ik behoren nu tot haar Gezellen. Ze stuurde me vooruit, want ze dacht dat een bekend gezicht u gerust zou stellen. Ze zweert bij de Vier dat ze u en uw kind geen haar op het hoofd zal krenken. En ze liegt nooit.'

'En wat is er met heer Caliël gebeurd?'

'Hij is teruggegaan naar Korin en heeft aan zijn zijde gevochten.'

'Is hij dood?'

'Nee, alleen gewond.'

'Ik ben blij dat te horen. En wat nu? Wat gebeurt er nu met mij en mijn baby?'

'Ik heb opdracht gekregen u naar het kamp te begeleiden. Als familie, hoogheid, niet als gevangene.'

Nalia lachte zachtjes, maar keek nog wel verdrietig. 'Ik heb weinig keus. Ik zal haar gastvrijheid dan maar accepteren.'

Daar gaan we weer, dacht Nalia die de bezigheden van de nieuwkomers vanaf haar balkon bekeek. *Maar deze keer heb ik er tenminste zelf voor gekozen.*

Hoezeer ze heer Lutha ook vertrouwde, de angst voor morgen liet haar niet los. 'Dalna, alstublieft!' fluisterde ze en ze drukte haar handen tegen de lichte bolling onder het lijfje van haar jurk. 'Laat mijn kind gespaard worden. Ze is alles wat ik heb.'

Tomara was naar beneden gegaan om te vragen wanneer ze zouden vertrekken, maar kwam haastig teruggelopen. 'Het is die tovenaar, vrouwe! Hij vraagt belet. Wat zullen we doen?'

'Laat hem maar binnen.' Nalia stond bij de haard en hield de schoorsteenmantel vast. Was dit het antwoord wat ze vroeg? Zou hij haar stilletjes vermoorden, of haar kind alsnog mismaken?

Meester Arkoniël zag er niet erg bedreigend uit. Hij was jonger dan Niryn en had een vriendelijk, open gezicht. Hij had niet dat sluwe trekje van Niryn, maar ze was al vaker misleid.

Hij maakte een buiging en bleef staan. 'Hoogheid, vergeef me dat ik u even lastigval. Lutha en de anderen vertelden me iets over uw behandeling hier, en dat was genoeg voor mij om te begrijpen dat u aan wantoestanden heeft blootgestaan. Niryn was een verachtelijk sujet en veel van de minder fraaie daden van uw echtgenoot zijn aan hem te wijten.'

'Dat wil ik graag geloven,' mompelde Nalia.

Ze namen elkaar wat langer op, en toen glimlachte hij. 'Volgens mij bent u toe aan een lekker kopje thee. Als u me even laat zien waar de spulletjes staan, zal ik het even zetten.'

Verbijsterd en een beetje ongerust, keek Nalia goed toe hoe hij de theepot omspoelde met warm water en de schepjes afmat. Was hij van plan haar te vergiftigen? Ze zag niets vreemds in zijn handelingen, en toen de thee getrokken was, schonk hij voor beiden een kopje in en nipte aan het zijne. Aarzelend zette ook zij het kopje aan haar lippen.

'Is het zo goed, hoogheid? Mijn meesteres heeft me geleerd het vrij sterk te maken.'

'Uw meesteres?'

'De tovenares die mij alles geleerd heeft,' legde hij uit.

'Ah.'

Ze zwegen weer en dronken hun thee. Toen hij zijn kopje neerzette, keek hij haar nadenkend aan.

'Hebt u Niryn gedood?'

'Ja. Vindt u dat erg?'

Hij glimlachte. 'Niet echt. Ik weet waartoe de man in staat was en volgens mij weet u dat ook.'

Nalia huiverde en zei niets.

'Ik vraag dit omdat ik nog wat slechte magie rond u voel hangen, vrouwe. Als u wilt zou ik het weg kunnen nemen.'

Nalia greep haar kopje stevig vast. Zouden de restanten van Niryns magie echt weggehaald kunnen worden, of zou het een valse truc zijn?

'Op mijn handen, hart en ogen, vrouwe. Ik zou u nooit iets aan kunnen doen, en het kindje al helemaal niet,' zei Arkoniël die vermoedde waarom ze zweeg.

Nalia worstelde nog even in stilte, maar toen hij niet aandrong, knikte ze uiteindelijk. Als hij haar zou verraden met die vriendelijke woorden en die aardige manier van doen, dan kon ze het maar beter meteen weten.

Arkoniël haalde een dun kristallen toverstokje tevoorschijn en hield het tussen zijn handpalmen terwijl hij zijn ogen sloot. 'O ja, daar is het,' zei hij na een tijdje. Hij legde een hand op haar hoofd en Nalia voelde een tinkelende warmte door haar lichaam glijden. Het leek in niets op Niryns magie; dit was als zonlicht vergeleken bij zijn ijzige tovenarij.

'U bent vrij, vrouwe,' zei hij en hij ging weer zitten.

Nalia vroeg zich af hoe ze dat moest uitproberen. Ze wist niet wat ze anders moest doen, dus flapte ze eruit wat ze altijd had willen zeggen: 'Niryn heeft me verleid.'

'Ach, ik begrijp het.' De tovenaar leek niet geschokt door dat nieuws, maar hij leek het triest te vinden. 'Wel, hij heeft nu geen macht meer over u. Zolang u onder bescherming van koningin Tamír staat, zal ik erop toezien dat niemand u meer kwaad doet. Mijn woord heeft u.'

De tranen sprongen haar in de ogen. 'Waarom doet u dit? Waarom stuurt ze zoveel aardige mensen naar me toe, als ik het kind van haar rivaal draag?'

'Omdat ze weet wat lijden is, en omdat ze veel van Korin hield, zelfs tegen het eind toen hij geen liefde meer voor haar voelde. Als u haar ontmoet, zult u het zelf wel zien.' Hij stond op en maakte een buiging. 'Slaap maar lekker vannacht, lieve vrouwe. U hebt niets meer te vrezen.'

Nalia bleef echter nog lang bij de haard zitten, want helemaal vrij van zorgen was ze nog niet. Maar de hoop nam toe.

57

utha keerde een week later terug. Vrouwe Nalia was bij hem. In over-
eenstemming met haar status, zat Tamír op een stoel waarover een
mantel was uitgespreid voor haar tent, met haar vazallen naast zich en
haar leger gegroepeerd in twee grote carrés voor zich, waartussen een lange en-
tree was ontstaan. Ki was weer op de been, en stond op zijn eigen plaats naast
haar, met indrukwekkende blauwe plekken en zijn arm in een draagband.

Caliël had beleefd geweigerd de bandelier die ze hem aanbood te dragen en
verder werd er weinig meer tussen hen gesproken. Hij stond een beetje achter-
af, met Tanil naast zich – de twee waren onafscheidelijk.

Toen het kleine bataljon terugkeerde, geloofde Tamír haar ogen niet. Het
leek wel vertienvoudigd. Het raadsel werd opgelost toen Lutha en Nyanis haar
tegemoet reden met een derde ruiter tussen hen in.

'Tharin!' En weg was alle waardigheid toen Tamír opsprong en hem tegemoet rende.

Tharin sprong uit het zadel, spreidde zijn armen en gromde tevreden toen
hij haar omhelsde.

'Ben je gewond?' vroeg ze toen ze weer een stap achteruit kon doen en
speurde naar bloed of verband.

'Niets ernstigs,' verzekerde hij haar. 'Heer Nevus heeft flink van zich afge-
beten voor ik hem versloeg. Dezelfde dag trouwens dat we hoorden dat jij hier
de slag gewonnen had.' Hij keek naar het zwaard dat aan haar zij hing en raakte het gevest eerbiedig aan. 'Eindelijk hangt het weer aan de zijde van een ware
koningin.'

Ki kwam trekkend met zijn been in hun richting en Tharin lachte breeduit
terwijl ze hun handen ineen klemden. 'Jij ziet er ook uit alsof je het een en ander beleefd hebt.'

'Dat wil je niet weten,' antwoordde hij met een vermoeide glimlach.

'Ik ben dolblij je te zien, maar wat doe je hier eigenlijk?' vroeg Tamír, met hem teruglopend naar haar provisorische troon.

'Nadat we Nevus verpletterd en op de vlucht gejaagd hadden, en Korins schepen hadden verbrand, trok ik naar het noorden, want ik dacht dat jij van de andere kant zou komen. We bereikten de istmus tegelijk met Lutha en Nyanis en ik besloot je zelf maar met het nieuws te verblijden. Atyion is veilig en de laatste noordelijke heren verklaren met luider stemme hun trouw aan jou. Onderweg heb ik er nog wel een paar moeten doden die beslist niet achter je wilden gaan staan. Ki, je broer laat de groeten doen. Rilmar heeft het beleg doorstaan en alles is daar dik in orde.'

Toen de Gezellen en haar aanvoerders de anderen begroet hadden, stuurde Lutha een boodschapper terug om Nalia naar voren te brengen.

Nalia kwam aangereden op een prachtig wit paard, begeleid door Arkoniël en de twee Aurënfaier aanvoerders. Tamír herkende haar meteen – Lutha had haar goed omschreven. Ze zag er inderdaad gewoontjes uit, en de wijnvlek was behoorlijk ontsierd, maar Tamír merkte ook de mengeling van angst en waardigheid in haar blik en houding op. Arkoniël hielp haar afstijgen en gaf haar een arm terwijl hij haar naar Tamír bracht. 'Koningin Tamír, met genoegen stel ik u voor aan vrouwe Nalia, echtgenote van wijlen prins Korin.'

'Majesteit.' Nalia maakte een diep knicks en bleef bevend op één knie voor haar zitten.

Tamír mocht haar meteen. Ze stond op, nam de jonge vrouw bij de hand en hielp haar omhoog. 'Welkom, beste nicht. Vreselijk dat we onder zulke nare omstandigheden kennis met elkaar moeten maken.' Ze gebaarde naar Lynx die naar voren kwam met de urn met Korins as. Nalia keek alsof ze niet wist wat ze ermee aan moest en pakte hem niet vast. In plaats daarvan sloeg ze haar handen tegen haar borst en keek ze Tamír onderzoekend aan.

'Heer Lutha en meester Arkoniël zijn uiterst vriendelijk tegen me geweest en hebben geprobeerd me gerust te stellen, maar ik wil het graag uit uw eigen mond horen. Wat bent u van plan met mijn kind?'

'Ben je dan echt zwanger?' Het was Nalia nog niet aan te zien.

'Ja, Majesteit. De baby moet in de lente geboren worden.'

'Je bent van koninklijken bloede, en je kind is dus ook familie van mij. Als je een eed zweert dat je mijn aanspraken op de troon erkent, en zelf geen enkele aanspraak zult doen, ben je van harte welkom aan mijn hof en krijg je have en goed en de titel die bij je hoort.'

'O, die eed zweer ik met heel mijn hart!' riep Nalia zacht uit. 'Ik weet niets van het hof en wil alleen maar een vredig leven leiden.'

'Dan denk ik dat dat best zal lukken, nicht. Heer Caliël, heer Tanil, kom naar voren.'

Caliël keek haar vragend aan, maar deed wat ze vroeg en trok Tanil mee. 'Mijne heren, zou u de vazallen van vrouw Nalia willen worden, en haar en haar kind willen beschermen zolang ze u daarvoor nodig hebben?'

'Dat willen we maar al te graag,' zei Caliël die begreep wat haar bedoeling was. 'Dit is zeer vriendelijk van u.'

'Mooi, dat is dan geregeld,' zei Tamír. 'Je ziet, Nalia, je bent niet zonder vrienden hier aan het hof, en heer Lutha acht je ook zeer hoog. Ik hoop dat je hem ook als vriend wilt aanvaarden.'

Nalia maakte weer een knicks en tranen blonken in haar ogen. 'Dank u wel, Majesteit. Ik hoop... ' Ze zweeg even en Tamír zag hoe haar blik door de pot met as getrokken werd. 'Ik hoop dat ik het op een dag allemaal zal begrijpen, Majesteit.'

'Dat hoop ik ook. Morgen marcheren we terug naar Atyion. Eet vanavond met me mee en zorg dat je goed uitgerust bent.'

Diezelfde avond nam Tamír afscheid van de Aurënfaiers, nadat ze overeenkomsten en verdragen gesloten hadden voor haar vazallen en tovenaars. Nadat zij naar hun schepen afreisden, bracht ze Nalia naar haar tent en ging met Ki terug naar die van hen. Arkoniël bekeek alles goedkeurend en glimlachte breed.

De volgende ochtend troffen overgebleven legereenheden voorbereidingen om af te reizen. Tamír reed met Arkoniël terug naar de kliffen boven de haven. Ze hielden de paarden in en keken uit over de eindeloze watervlakte. Heel in de verte konden ze nog net de zeilen van de schepen uit Gedre onderscheiden, die onder een heldere hemel en goede wind snel naar hun thuishaven voeren.

'Het is geen slechte ligging voor een natuurlijke haven, als je voornamelijk met de Aurënfaiers handel wilt drijven,' constateerde Arkoniël. 'Maar wat de rest van Skala betreft...'

'O, daar vind ik wel wat op,' mijmerde ze. 'Het is in elk geval een stuk moeilijker voor de Plenimaranen om ons hier aan te vallen. Ik ben hier een paar keer op verkenning geweest terwijl je naar Cirna was. Mahti had gelijk. Zuiver water, goede bodemgesteldheid en meer dan genoeg steen en hout om te bouwen.' Ze keek om zich heen, haar ogen glommen bij die gedachte. 'Ik zie het helemaal voor me, Arkoniël! Het zal mooier worden dan Ero ooit geweest is.'

'Een grote, schitterende stad, met een kasteel voor tovenaars in het centrum,' mompelde Arkoniël met een glimlach.

Toen ze nog kind was, had Tamír hem altijd zo gewoontjes en onhandig gevonden, en hij deed vaak zo dwaas. Ze bekeek hem nu met heel andere ogen, of misschien was hij net zoveel veranderd als zij. 'Je helpt me toch om het van de grond te krijgen, ja toch?'

'Natuurlijk.' Hij keek haar even aan en voegde er glimlachend aan toe: 'Majesteit.'

Arkoniël kon de muren al op zien rijzen, en stelde zich de veilige pleisterplaats voor vrije tovenaars al voor, en voor alle zwerfkinderen als Wythnir. Hij voelde het gewicht van de door het vele reizen besmeurde tas op zijn knie. Voor die last zou hij ook een veilige plek vinden. Het kon hem nu niet meer zoveel schelen. Hoewel hij gevaarlijk en vol raadselen zat, had die lelijke, kwaadaardige kom hem met Iya en de Gezellen verbonden die voor zijn geboorte geleefd hadden – en dat zou ook zo zijn voor hen die na hem kwamen. Misschien was Wythnir om die reden op zijn pad gekomen. Was hij misschien de volgende Hoeder?

'Ik zal je altijd dienen, Tamír, dochter van Ariani,' mompelde hij. 'Ik zal je tovenaars schenken zoals ze nog nooit in de drie landen bestaan hebben.'

'Dat weet ik.' Ze zweeg weer en hij voelde dat ze de moed bijeen raapte om hem iets te vertellen. 'Ki en ik gaan trouwen.'

Hij grinnikte om haar verlegenheid. 'Dat zou ik ook denken. Lhel zou zo teleurgesteld zijn als dat niet zo was.'

'Wist ze dat?'

'Dat zag ze al toen jullie kinderen waren. Ze was erg dol op hem. Zelfs Iya moest toegeven dat hij meer waard was dan ze had gedacht.' Hij glimlachte terwijl hij zacht zei: 'Knolrapen, garnalen en slangetjes.'

'Wat?'

'O, gewoon iets wat ze zei. Ki was de enige die jou nog enigszins waard was.'

'Ik heb haar nooit helemaal begrepen.' Ze liet haar paard een stukje naar links gaan, en hij vermoedde dat ze het onderwerp Iya nog steeds moeilijk vond.

'Het komt allemaal goed, Tamír.'

'Echt?'

'Ja.'

Ze lachte dankbaar naar hem en keek weer om zich heen. 'Ik heb zo vaak van deze plek gedroomd. Ki was dan bij me en ik wilde hem kussen, maar ik viel altijd van het klif of werd wakker voor ik het kon doen. Visioenen zijn maar merkwaardige dingen, niet?'

'Dat zijn ze zeker. De goden tonen ons een mogelijke toekomst, maar niets staat vast. Het ligt aan ons wat we met die dromen doen en wat we ervan waarmaken. De keuze is aan jou.'

'Als dat waar is, dan had ik er toch ook voor weg kunnen rennen? Ik heb er zo vaak aan gedacht.'

'Misschien heeft de Lichtdrager jou wel uitverkoren omdat jij dat niet zou doen.'

In gedachten verzonken tuurde ze over de zee en knikte toen langzaam. 'Je zou wel eens gelijk kunnen hebben.'

Ze keek nog eenmaal rond, en Arkoniël zag de toekomst schitteren in die blauwe ogen voor ze met een ondeugend lachje haar paard aanspoorde tot wilde galop.

Arkoniël lachte ook, schaterde het uit, en volgde haar zo snel hij kon, wat hij altijd zou blijven doen.

EPILOOG

Fragment van een document ontdekt door de Hoeder Nysander,
in de Oostelijke Toren van het Orëskahuis

Nu lopen slechts schapen over de Palatijnse Heuvel en zelfs Atyion is niet meer. Remoni werd Rhíminee genoemd, een aanpassing aan de Skalaanse taal, maar de betekenis blijft gelijk. Rhíminee, de levensbron van Skala's Gouden Eeuw.

'Wij tovenaars zijn stenen langs de oever van de rivier en zien het leven langs ons heen stromen.'

Ik denk zo vaak aan je woorden, Iya, wanneer ik door de straten van Tamírs schitterende witte stad loop. Vanaf mijn balkon kan ik nog steeds de muren zien die ze datzelfde jaar nog liet aanleggen, met een bron in het midden. De oude stad ligt als de dooier in een ei, omgeven door de aanbouw van haar opvolgers. Ik weet dat het haar goed zou doen te weten dat de bouw nog altijd doorgaat. Dat was haar ware roeping tenslotte, meer nog dan strijder of koningin.

Naar het noorden, waar het fort Cirna stond, ligt een groot kanaal dat we voor haar gegraven hebben, het eerste geschenk van het Derde Orëska aan de nieuwe hoofdstad. Haar standbeeld houdt de wacht, het werd gemaakt toen ze wat ouder was. Hoe vaak heb ik niet naar dat ernstige gezicht gestaard, hoewel ze in mijn hart altijd zestien zal blijven, terwijl ze met Ki te midden van dansende herfstbladeren staat en zij beiden verklaren altijd bij elkaar te blijven, met al hun vrienden om hen heen.

Tamír en Ki. Koningin en haar gemaal. Dikke vrienden en grote strijders tot het einde. Jullie tweeën zal ik altijd in mijn hart bewaren. Jullie erfgenamen zijn sterk en knap en eerzaam. In hun donkerblauwe of bruine ogen zie ik nog steeds een glimp van jullie terug.

Rhíminee heeft de anderen vergeten – Tharin, de Gezellen, Niryn, Rhius en Ariani, Erius en Korin zijn donkere namen in de bloedlijn, een verhaal dat een

489

waarschuwing in zich houdt. Zelfs jouw verhaal, Tamír – Tamír de Grote, zoals
je nu genoemd wordt – is maar voor de helft compleet. En dat is maar goed ook.
Broer en Tobin zijn de duistere tweeling in het hart van de parel; het gaat tenslotte
om de glans.

Het huilen van een baby spookt nog steeds door mijn dromen, maar de laatste
echo zal met mij sterven. Wat Tamír maakte leeft voort, en spreekt van haar liefde
en de liefde van degenen die haar steunden op haar reis naar de toekomst.

NAWOORD

Er zullen oplettende lezers zijn die zich, na het omslaan van de laatste bladzij, afvragen: 'Ja, en hoe zit het nu met die vervloekte kom waar Iya zich zo druk over maakte? Wat was ermee aan de hand?'

Dat had Arkoniël jullie niet kunnen vertellen, want hij wist het zelf ook niet. Maar hij zorgde er wel voor, zoals hem was opgedragen, en liet de kennis die er nog over was geleidelijk met de jaren vergaan. Hij was tenslotte een Hoeder, maar niet de laatste. Wat die kom voorstelt en wat ermee gebeurd is zal dus door een ander verteld moeten worden, iemand die leefde lang na de tijd waarin deze trilogie speelt.

De antwoorden kunnen jullie vinden in twee andere boeken van mijn hand *Luck in the Shadows* (In de schaduw van geluk) en *Stalking Darkness* (De Duisternis achterna). Veel leesplezier bij die de ontdekkingsreis!

LF
19 januari 2006
East Aurora, New York

DANKBETUIGING

Op de eerste plaats bedank ik Dr. Doug, mijn voornaamste muze en beste vriend. Ook dank aan Pat York, Anne Groell, Lucienne Diver, Matthew en Timothy Flewelling, Nancy Jeffers, dr. Meghan Cope en Bonnie Blach voor al het nuttige commentaar en geduld, en aan alle lezers die me in de loop der jaren zo enorm gesteund hebben.